文心雕龍講疏

王元化著作集 第一巻

岡村繁 主編

汲古書院

題字　九州大學・久留米大學名譽教授　岡村繁博士

王元化の大學生時代の寫眞。1938年上海で撮影。

1945年北平國立鐵道管理學院で教鞭を執る頃、
王元化と父親王維周との記念寫眞。

王元化の肉筆。
黄侃『文心雕龍札記』の抄本の一頁。

1981年國務院學位委員會第一回文學評議會メンバー。京西賓館での記念撮影で、左から
呂叔湘・李榮・朱東潤・吳世昌・蕭滌非・夏鼐・王力・錢鍾書・王起・王元化・王瑤・鍾敬文。

左から海村惟一・岡村辰子・岡村繁・王元化・陸曉光。

左から甲斐勝二・王元化。

『王元化著作集』の序

主編 岡村 繁

このたび『王元化著作集』全三巻が、日本・中國の若く有能な研究者たちの獻身的な翻譯努力によって、ついにわが國の代表的な中國學術出版社である汲古書院から公刊發行される運びとなった。わが學界諸賢の待望久しい著作集であっただけに、今後の日中學術交流の進展のためにも、まことに欣快に堪えないところである。

王元化先生は、すでに周知のごとく、長年にわたって現今の中國文學研究界を率先領導してきた碩學であり、その學殖は古今東西に遍く通曉し、この該博詳確な學殖をもって近來の中國學界に瀰漫する輕易巧便な弊風を嚴しく糾彈矯正してきた達見の學者である。思うに、かかる輕易巧敏な學界の弊風は、恐らく殘念ながらわが國の學界の現狀とも重なり合うところが多いであろう。だとすれば、この著作集の隨所に散見する王元化先生の學問的論說は、われわれ學問に攜わる日本人にとっても、こよなく切實な警鐘として、大いに耳を傾けるべきものではないか。

顧みれば、そのはじめ、私が、わが國に來訪する中國の著名な文學者の招聘に加わり、幸いにも身近にその學識や人品に接することができたのは、まず一九六三年十二月、私の名古屋大學在職中に迎えた楚辭學の游國恩先生（一八九九―一九七八）であり、つづいて一九六五年四月、私の東北大學在職中に迎えた文豪の老舍先生（一八九八―一九六六）であった。ところが、全く豫想もしなかったことだが、その一、二年後の一九六六年四月から中國では「文化大革命」が勃發し、この巨大な暴風雨は瞬く閒に中國全土を席巻して、悲しいことに、まず老舍先生が黯然として湖に身を投じて自盡され、その後幾許もなくして老齢な游國恩先生も泫然として世を辭された。兩先生の逝去は、どれほど悔やんでも悔やみきれない痛恨事であった。

ところが、その後、物換わり星移って幾秋かを經た一九八三年九月、圖らずも私は、生涯にわたって衷心より兄事し得る一人の卓偉な中國學者に邂逅する幸運に惠まれることとなった。その識見豐かな中國學者とは、この時、中國社會科學院がわが國に派遣した『文心雕龍』研究者視察團を九州大學に迎えた際、初めて接遇した團長の王元化先生である。

今あらためて當時を回顧すれば、王元化先生一行を九州大學に迎えた三日閒は、その日數こそ極めて短い期閒ではあったが、われわれにとっては非常に樂しく有意義な日々であって、今もなお胸が躍るような印象深い想い出に滿ち滿ちている――。とりわけ、その二日目の九月二十九日（木）は、早朝から秋晴れにも惠まれて、正に壓巻そのものであった。當日は、まず午前一〇時から約一時閒、九州大學文學部の會議室で、王元化先生の學術講演『文心雕龍研究の若干問題』。この講演の具體的な內容は、後日、九州大學中國文學會刊『中國文學論集』第十二號に詳しく掲載され、この『王元化著作集』第一巻にも再錄されているが、ご披閲のごとく、王先生の古今東西にわたる該博な學殖、精緻な考究、柔軟な思索による貴重な研究成果を懇切に說述された名講演であって、われわれ聽講者たちに深い感銘と多大な示唆を與えるものであった。不斷の眞摯な學問研究が人々に訴える底力である。

その午後は、秋晴れの下、王元化先生をはじめ、この視察團員として同行された復旦大學の章培恆教授、山東大學の牟世金教授、中國社會科學院の解莉莉女史を案内して、九州大學中國文學科の矢嶋徹輔・合山究・劉三富・西村秀人等の各氏と共に總勢九人が、劉・西村兩氏の運轉で、國立公園の阿蘇・九重へ一泊二日の觀光旅行に出掛けた。そして、その夜は、阿蘇東麓のホテルで一同ゆっくりと溫泉につかって疲れを癒やし、つづく晩餐會では、席を向かい合わせた王先生と私は、互いに酒を酌み交わし、興趣の高まるままに、胸襟をひらいて次次と中國歷代の詩文を論じまくり、歷史や思想を談じ合って留まるところを知らなかった。顧みれば、われわれ兩人共、つい最近まで、あの苛酷きわまる文化大革命と學園紛爭にそれぞれ身命を賭して立ち向かってきた。そのためか兩人は、片言隻句も胸底に相響くがごとく、不知不識の閒に肝膽相照らす仲となって、やがては魏の曹操の才學や生き方を絕贊するなど、すっかり意氣投合してしまった。

爾後、現在まで二十餘年の長きにわたり、われわれ兩人は、ただに性格が近似し意識が共通しているだけではなく、さらには『文心雕龍』という具體的な古典の研究を媒體として、その眞摯な學問的交流の過程で、正に「水乳交融」の友情を釀成してきた。

とにかく、私の數多い中國學界の朋友たちの中でも、王元化先生は、一人の極めて個性的で傑出した朋友と言うことができ、また政治・思想・學術・文化の諸方面にわたって縱橫無盡に活躍する一人の特異な讀書人と稱することができる。從って私は、いつも先生と談話を交わした後には、例外なく「君と一席話すは、十年書を讀むに勝る」という諺が少しも虛言でなかったことを覺えた次第である。

そのようなわけで、このたび私は、わが國の學界の友人たちにも王元化先生の學問の本質を理解していただき、その卓越した學問的識見を享受していただこうと思って、現在までに中國で公刊された王元化先生の厖大な著書――

1、『文藝漫談』（一九四七年、上海通惠印書館刊）
2、『向着眞實』（一九五二年、新文藝出版社刊）
3、『文心雕龍創作論』（一九七九年、上海古籍出版社刊）
4、『文學沈思錄』（一九八三年、上海文藝出版社刊）
5、『文化發展八議』（一九八八年、湖南人民出版社刊）
6、『思辨短簡』（一九八九年、上海古籍出版社刊）
7、『傳統與反傳統』（一九九〇年、上海文藝出版社刊）
8、『文心雕龍講疏』（一九九二年、上海古籍出版社刊）
9、『清園夜讀』（一九九三年、海天出版社刊）
10、『思辨隨筆』（一九九四年、上海文藝出版社刊）
11、『清園論學集』（一九九四年、上海古籍出版社刊）
12、『讀黑格爾《ヘーゲル》』（一九九七年、百花洲文藝出版社刊）
13、『清園近思錄』（一九九八年、中國社會科學出版社刊）

14、『談文短簡』（一九九八年、遼寧教育出版社刊）
15、『清園文稿類編』（二〇〇〇年、上海教育出版社刊）
16、『九十年代反思錄』（二〇〇〇年、上海古籍出版社刊）
17、『集外舊文抄』（二〇〇〇年、上海文藝出版社刊）
18、『清園自述』（二〇〇一年、廣西師範大學出版社刊）
19、『九十年代日記』（二〇〇一年、浙江人民出版社刊）
20、『清園文存』（二〇〇一年、江西人民出版社刊）

（以上、二〇〇一年現在）

等等の著作の中から、三册の先生の代表的著作を選出し、先生の同意を得て、日本語に翻譯した。これが、これから讀者諸賢の披閱に供しようとする『王元化著作集』全三卷である。

その第一卷『文心雕龍講疏』については、今更私のような淺學の徒が喋喋多言する必要は全くなく、とにかく中國や日本の中國學の權威たちによる的確な書評に耳を傾けていただきたい。まず南京大學の程千帆先生は言う——

「他面、（中國の文化が）外來文化の中で眞に價値あるものと結びつく場合は、强引にこれを當てはめるのではなく、融合させ浸透させるのであって、兩者間の內面には非常に嚴格な隔差がある。この見解は、章太炎・王國維・陳寅恪、その後輩の朱光潛、現在もなお學術活動に從事している王元化らの人々を代表とすることができるが、これらの人々は、傳統的な文學・文化と外來の文學・文化を互いに浸透させ、互いに結びつけた。その結果、文獻學それ自體においては言うまでもなく、あるいは文學・歴史や文藝・美學の研究分野においても、すべてにわたって新しい開拓を試みた。この點は、必ず全體からそれを把握しなければならないのであって、單にある一篇の文章、ある一つの結論だけを指すのではない。王元化は、わが國の古代文學理論における風格を説明すること、他者に比べて説明がいずれも優れているが、これは彼がドイツの古典美學に造詣が深いことに因る。無理矢理にヘーゲルの學説を用いて劉彦和の『文心雕龍』にこじつけたり、あるいは反論しているのではない。」（一九九五年、中國廣播電視出版社刊『原學』第三輯所收「程千帆先生訪談錄」）

程千帆先生は諄々と説いているので、一般の人にも理解しやすい。言わば、王元化先生は正に章太炎・王國維・陳寅恪の精華を繼承して、西歐の考え方を中國文化の理解に役立てたのである。

また畏友わが京都大學の興膳宏教授も言う――

「王元化氏の『文心雕龍創作論』（一九七九年、上海古籍出版社）に收められる『釋《物色篇》心物交融說――關于創作活動中的主客關係』によれば、『隨物宛轉』（物に隨いて宛轉す）は『心』が『物』に服從すること、つまり主體である作家の思考活動が客體に從うことであり、『與心徘徊』（心と與《とも》に徘徊す）は逆に『心』を以て『物』を統御すること、つまり主體である作家の思考活動によって、客體である自然を鍛え改造し征服することであるという。……近來再び注目を集めつつある形象思惟論の立場にもとづく解釋であるが、この場合基本的にかなりの說得力を持つといいうる。」（一九八一年刊『白川靜博士古稀記念中國文史論叢』・一九八八年、筑摩書房刊『中國の文學理論』等に收める「『文心雕龍』の自然觀照――その源流を求めて――」。一九八三年、齊魯書社刊『日本研究『文心雕龍』論文集』に收める中

國語譯「『文心雕龍』的自然観――探本溯源」）
これら兩教授の意見は、正確で明快な見解と言うことができよう。
ついで第二巻『思辨隨筆』についても、蕭乾に「『思辨隨筆』不可不讀」（『思辨隨筆』は讀まざるべからず）という一篇の書評がある。彼は言う――
「私は、今までこの書物の著者の王元化先生に出會ったことはないが、しかし五十年代にわれわれは南と北に分かれ分かれになって、共にそれぞれの冤罪事件のために、それぞれ異なる帽子をかぶせられたことを知っている。……私は、著者の見識の深くて廣いことに贊嘆した。この三百條に近い札記の著述視野の廣さは、かつて見たこともなかった。この中で論述するところは、まことに中國から外國まで、また古代から現今までに及んでおり、孔子・劉勰から魯迅・胡適まで、シェークスピヤからプーシュキンまで、長たらしい引用文はなく、そのうえ老人くさい平凡な四方山話も見られず、すべて著者の思考情緒と心に會得したことばかりである。」（一九九五年十二月二十九日の『聯合時報』）
また哲學の大家陳來も、『人文主義的視界』の前言の中で以下のように考えている――
「とりわけ指摘しなければならないのは、近年このかた王元化が深思熟慮を經て、深刻に文化の急進主義を檢討すると同時に、確實に繼承できる民族精神として儒家の倫理道德を肯定して、われわれのこの時代の思想家の眞實の面目を具體的に表現したことに在る。」（一九九七年、廣西教育出版社刊『人文主義的視界』前言）
智慧者は、賢明なことを言うものである。

最後の第三巻『九十年代の反思錄』についても、中國哲學界の中堅で、復旦大學哲學系の張汝倫教授は、その「拔地蒼松有遠聲」（地を拔く蒼松に遠聲有り）という一文中で、『九十年代反思錄』に論及している。彼は次のごとく言う――

「とかく一般の人びとは自分以外の一切のことには反省するけれども、自分自身を反省することは非常に少ないものだ。しかしながら、『反省』という言語の西歐語の語義に照らしてみると、反省とは、まず第一に内面に向かってするものであって、外部に向かってするプロセスではなく、批判的に自分自身の思想と行爲を檢證することである。このような反省は、本當の思想家の缺くべからざる指標であり、創造的思想が生ずる原動力である。」

そして、さらに論を進めて、張汝倫教授は次のごとく考える――

「現代の中國思想史上に在って、王元化先生は正に心底からこのような反省を實行している思想家である。」

かくて張教授は、以下のようにすら考えるようになる――

「彼（王元化）と接觸したか、それとも彼の著作を讀んだかに關係なく、いずれの場合も、この人物こそ本物の氣性の持主であり、本物の叡智の持主であることを知覺するはずである。これまで半世紀以來、彼はひたすら中國思想の最前線を歩みつづけ、彼の九十年代の反省は、二十世紀の中國思想史のために『過去を承けて未來を啓く』著作を書かしめた。彼の獨特な風貌は、中國思想の地平線上にいつまでも出現しつづけるであろう。」（二〇〇三年、湖北教育出版社刊、錢剛編『一切誠念終將相

遇――讀解王元化』六四頁）
もうこのあたりで、これ以上に多く、王元化先生に對する諸碩學の評價や贊辭を引用紹介することを切り上げたいと思う。ご寛恕を請う。
とにかく、讀者諸賢がこの邦譯本『王元化著作集』全三卷をご披閲くださるならば、私が王元化先生の數多くの著作の中から、この三卷を選び出した眞意が分かっていただけるはずである。また一方、わが國の讀書界の立場から言えば、現在の中國文化の生生しい變遷過程を知ろうとするならば、すべからくこの三卷を讀むべきではないかと考える。
最後になって恐縮だが、この『王元化著作集』全三卷の困難な編集・翻譯に當たってくださった常務副編の海村惟一、及び副編の陸曉光・甲斐勝二の三氏をはじめ、編集委員の故銭鋼・趙堅・野村和代・楢崎洋一郎・陳秋萍の諸氏、及び翻譯委員の淺野純一・海村惟一・石川泰成・甲斐勝二・嘉瀬達男・桐島薫子・鈴木康予・高橋俊・陳秋萍・楢崎洋一郎・野村和代・波多野眞矢・兪慰剛・芳村弘道の諸氏、ならびに終始好意ある激勵・助言と熱意ある協力を賜わった汲古書院の前社長坂本健彦氏、現社長石坂叡志氏、編集部の小林詔子さんに深甚の謝意を表する。

（二〇〇五・三・二九）

『文心雕龍講疏』日本語譯の序

本書の著述には、長く果てしない過程があった。青年時代に、汪公巖先生が私に『文心雕龍』を授けられて以來、おおむね以下のような經過があったのである：一九四六年、私が國立北平鐵道管理學院で教師をしていた頃、『文心雕龍』のいくつかの篇を選び出して、教材としたことがあった。授業をしていた時に得た理解が、私が本書を書く上での、最初の準備となった。六十年代初め、上海作家協會文研所に身を寄せていた時、私は『文心雕龍柬釋』を書き始めた。前後四年ほどで、初稿は全て完成した。しかし、その直後に、「十年の災厄」と稱せられる「文化大革命」の中で、原稿は沒收されてしまった。七十年代になって「文革」が終息すると、原稿はようやく返還された。私は一年近くの時間をかけて、原稿の修正と補充を進め、一九七八年に完成した。書名を『文心雕龍創作論』として、上海古籍出版社から出版した。出版された時期は、一九七九年の末であった。したがって、本書の準備は四十年代になされ、著作は六十年代になされ、出版は七十年代になされたことになる。八十年代に本書が重版されたとき、またいくらかの增補を行なった。『文心雕龍講疏』の重訂本の出版に至っては、九十年代初めのことである。

本書の基本が完成したのは四十年前のことであるから、私の現在の文學思想と美學思想とに基づいて判斷すれば、不一致が存在している。しかし、私の今日の見方によって、元來の舊作を改めるのは、別に新しい一册の本を書くのでない限り、不可能なことである。ただ私は、妄りに自ら卑下することもしない。この本は私が多年の心血を費やして書いた著作であり、材料の上でも、方法の上でも、觀點の上でも、今後の讀者にとって、あるいはまだ參考する價値があるかもしれない。なぜなら私は全精力を傾けたのだから。あのころ、私が本書を書いた目的は、『文心雕龍』のために注釋を作ることであった。だから、六十年代に私が書いた初稿は「柬釋」と題されている。私は、本書の下巻の首篇「釋義小引」の中で、熊十力先生の「根柢は其の固を易うること無く、而も裁斷は必ず己に出づ」という言葉を引用して、釋義の主旨を説明している。長期にわたって、大陸での國學研究は、「論を以て史に帶ぶ」ということを原則として、考證訓詁を蔑視し、煩瑣として斥けてきた。そのため、字面だけを見て當て推量の解釋をしたり、機械的に理論を當てはめるといった、種々の弊害が形成されてきた。八十年代の初め、私が「乾嘉學派への回歸」という文章を書いたのは、この種の良からぬ學風を糾彈するためであった。しかし私は、われわれは何もかも他人の模倣をし、舊來の方法を墨守しなければならない、と主張するのではない。先人はかつて、『文選』李善注は「事を釋して義を釋せず」と評したが、このように典章・文物の名詞・術語のみに勞力を費やすのは、實際、一種の缺陷だと私には感じられる。先人のいくらかの注釋は、往々にして、ただ典據を搜すだけで終わっている。わが國の『文心雕龍』の注釋を書いた者は（極めて影響力の大きい范文瀾でさえも）、なおこの習慣を免れていない。しかし、もし作者がなぜ先人のこの言い方を用いているのか、意味する所はどこにあるのか、これは本來の意義を引き伸ばしたものなのか、もしくは比喩としているのか、舊説を用いている所に寓されている新義とは何であるのか、といったことがはっきりしないのであれば、およそこれら種々の、千變萬化の情況について、皆一つ一つ探究すべきであり、舊い慣習に拘泥してはならない。私が「釋義小引」を書いたのは、つまりこの主旨を明らかにしたのである。實際のところ、これは私が立てた新義などでは全くない。清代の朱鼎甫の『無邪堂答問』が、當時の俗儒は「其の物名を務め、器械を詳らかにし、訓詁を考うるも、而も其の大義の及ぶ所を曉らかにする能わず。此れ女史の詩を誦し、内堅の令を傳うるに異なる無し」と指摘しているのである。だから私はこう考える。先人の著作に注釋をするにあたっては、一方では訓詁考證に勞力を費やして、原著の底蘊（Meaning）を示さなければならない――これがつまり「根柢は其の固を易うること無し」ということである。他方ではまた、上述の觀點に照らして、「事を釋して義を釋せず」という窠臼から抜け出して、原著の中に含まれている義蘊（Significance）を明らかにすべきである――これが所謂「裁斷は必ず己に出づ」ということなのである。私が當時、上述の主旨に照らして本書を書いたのは、一種の試みであったと言える。この試みの成果が、結局どうであるかについては、讀者の教えを賜りたい。

本書の日本語譯は、福岡大學の甲斐勝二教授が、職務の餘暇をもって、十年の久しきにわたって完成され、さらに岡村繁先生が、御高齢にもかかわらず、一年近くもの時間を費やし、精魂を傾けて、詳細な校訂を加えられ、この御厚意は私を感動させるものであり、今、謹んで衷心の謝意を表したい。そして、海村惟一、野村和代、陳秋萍らの方々が校正などの仕事に全力を傾け、楢崎洋一郎、海村佳惟、陳惠娟、呉曼青、藍云らの方々も多大な労力を拂ってくれた。ここに謹んで感謝を申し上げたい。

王　元　化

二〇〇四年八月十六日

凡　例

一　本書は、上海古籍出版社から一九九二年八月初版、一九九六年六月第三刷として刊行された王元化著『文心雕龍講疏』の邦譯書である。

二　原著はもともと章立てにしてなかったが、本譯書では讀者の便宜のため、三部に分けた。第一部は三章に分け、編譯者は第一部を「劉勰及びその文學思想」と名づけた。第二部は八章に分け、もとの題名を利用した。第三部は編譯者がこれを總括して「『文心雕龍』に關する諸論説」と名付けて、各篇名の前に漢數字を付けた。その八篇のうち、前四篇は講演の原稿であり、後四篇は序文であるので、それぞれの文章の性質上、前四篇を「です」調、「ます」調にしたが、後四篇は「である」調とした。

三　註については、譯注と原注とを一括にして、章のあと、または附錄のあとに付けて、原注ならば「原注」と冒頭に明示した。それ以外の註は全部譯注である。

四　原典の引用文については、「文賦」の引用文の訓讀及び現代語譯は、興膳宏氏の『潘岳・陸機』（筑摩書房刊中國詩文選）により、また『文心雕龍』の引用文のそれは、筑摩書房世界文學全集二十五『陶淵明・筑摩書房』卷に收める興膳宏氏譯の『文心雕龍』の訓讀と現代語譯を用いた。但し、本書の『文心雕龍』の引用は、文脈に沿う限り便宜上これを用いるが、翻譯の都合上多少改めて用いたところもある。

五　索引については、原著に索引はないが、編譯者が三卷を一括した上でこれを作成して『王元化著作集』（全三卷）第三卷の卷末に付した。

『文心雕龍講疏』著者序

本書が一九七九年に『文心雕龍創作論』の書名で出版されて後、今までにもう十餘年がすぎた。一九八四年、『文心雕龍創作論』の第二版が出版された時、私は表現を些か改め、更に關係する文章の後に二版としての附記を付け加えて、從來の視點を補充したり訂正したりすると共に、先後の二つの說を竝存させておいた。この方法は淸の學者閻若璩『古文尙書疏證』の論法に倣ったものである(1)。今、本書が版を再度改めて出版されるに當たり、私はこの新版で時にかなり大きな削減を行い、時に近年の新篇を付け加え、更には本來の書名までも『文心雕龍講疏』に改めた。

先の『文心雕龍創作論』は、一九七九年に出版されてから、一九八四年に再版されるまで、合計五萬餘冊が發行されたが、何年か前に旣に品切れとなっている。本書が出版されて後、郭紹虞・季羨林・王力・錢仲聯・王瑤・朱寨(2)ら著名な先生方からお褒めを頂いた。その他、この書に關して文字となって現われた專論、專著での批評や引用は、『中國大百科全書』中國文學卷・『新文藝體系理論二集』導言等を含んで數十種になる。これらの批評は單に古代文論の範圍だけに限られるものではなく、その他の領域へと發展するものでもあった。この著書の執筆者として、自分の著述がかくも廣汎な影響と反應を得た事に、嬉しく思うのは當然だろう。しかし、同時に心配と喜びの入り交じった複雜な思いもまた芽生えてくるのである。

『文心雕龍創作論』は六〇年代初期に出來上がり、既に三十年の春秋を經ている。この長い歳月のなか、世の中は大きく變わり、私自身の思想觀念も發展し變化した。私がこの書の執筆を構想し着手し始めた頃、私の主な狙いは『文心雕龍』という古代文論を通して文學の一般的な法則を示すところにあった。文藝領域にあって、長い間藝術性の探究が無視されていたこと、これは周知の事實である。しかし、このような考えを持つようになったのはなお他の理由もあったのだ。一九五〇年代の末、思想批判が次から次へと起こった政治運動の後、「大躍進」という嵐が中國の大地を荒れ狂った。[3] あの頃、人々は理性を失ったかのように、意志さえあれば、山をすら移し海までも傾けられると信じていたのだ。[4] 祖國の上空を覆ったこのような黑雲、それがもたらした迷妄と熱狂は、そこに居合わせなかった者にはとても想像できるものではない。意志が大聲を上げて絶叫し大自然を征服しようとする運動が始まるや否や、大自然は理性無視の盲目さ、愚昧さ、熱狂さに對して、すぐさま懲罰を加えた。その後、果たして歴史上に所謂「三年自然災害の時期」がやってきたのである。苦難に繼ぐ苦難を經て、學者の中には、唯意志論に對して身を切られるような痛みを感じるようになったものも現れた。まず最初に、經濟領域で孫冶方の價値規律理論が現れた。[5] それはすぐさま修正主義として非難に遭ったけれども、六〇年代に僅かに學術が活動した時期にあって、それは靜かな湖面に石を投げ入れたように、波紋が立つや、その波は次々と四方へ廣がっていったのである。哲學界では科學研究の方法の檢討が行われ、歴史學界では農民戰爭の性質に對して新しい評價がなされ、文學の領域でも、『文心雕龍』研究を代表とする古代文論研究[6]がわき起こり、ひたすら沈默していた心理學も聲を上げ始めた……これらの生氣に滿ちた理論的活動は、學術界に清々しいそよ風を吹き起こしたのだった。しかし、暫くすると、「階級鬪爭を絶對に忘れるな」というスローガンの一言で、風向きは一變し、全てが雲散霧消してしまったのだ[7]。とはいえ、私はこの突然の災難を理由に『文心雕龍創作論』の著作の繼續を中斷しようとは思わなかった。どのような運命が待っているか、それを知る術はなかったけれども。

當時私は、ヘーゲルの哲學的思辨の魅力に浸っていた。五〇年代中期、私は隔離審査の最後の年にヘーゲルを讀み始めた[8]。隔離が終わると、私は十册を超える『小論理學』の讀書ノートを家に持って歸った。その後、私は更にヘーゲルの『哲學史講義』、『美學』等のノートを讀んだ。この三部書はヘーゲルのその他の著作に比べて私により大きな影響を與えている。幾年かのうちに、私は『小論理學』を四遍讀み、二度にわたるノートを作った。ヘーゲルの『美學』についても、やはり非常に詳細なノートを作っている。後に私が發表したヘーゲルの美學思想に關する論文は、『文心雕龍創作論』の中の幾篇かの附錄を含めて、皆このノートの中から抄錄してきたもので、ほとんど修正は加えていない。當時、ドイツ古典哲學の限界性について語られるとき、その多くは頭の固い學者があらゆるものを包み込んだ膨大な體系を打ち立てたがるという特殊な習癖を批判するものであった。私も同じように考えていた。しかし、ヘーゲルの哲學のその力強く鋭い論理性は、却って私を魅了したのである。私には、それが恰もどんな物をも突き崩す力を持ち、現象界の一切のもやもやを一掃して、その中に潛む必然性を明らかにする魔力を持つものだと思われた。ヘーゲルの哲學は清々しく骨太の精神を持っていたのだ。一八一八年、ヘーゲルはベルリン大學の講座を受け持つ榮譽を得て、彼は講義を始める時、「精神の偉大さと力量は、決してそれを低く評價したり輕蔑したりしてはならない。隱蔽された宇宙の本質そのものは、知識を求める勇氣に逆らい得る如何なる力量をも内に持たない。それはこの勇氣ある探求者の前に開かれ、その富とその深みを眼前にさらけ出して彼に享受させるに違いない」[9]と述べている。この言葉は、理性と知識の力に對する信念を十分明らかにするものだ。このような事柄によって、文學の法則は明らかにし得ると考えた私の信念はますます強くなったのだ。

六〇年代は過ぎた。失われた十年が終わり[10]、私が新たに勉強し、考え、執筆する事ができるようになった時、私はヘーゲルの哲學を再度考え再度評價を加えた。近年では、海外の學者の中には、ヘーゲルの哲學を片隅に押しやり冷淡に扱った時期を經て、もう一度彼の「市民社會」の學説に興味を持つ者が現われ始めた。ヘーゲルは「死んだ犬」として簡單に否定してしまえるようなものではない[11]。彼の哲學は複雜な矛盾に滿ちている。ヘーゲルの哲學は、彼が自分の體系のために打ち立てた自在—自爲—自在自爲という理念の進化してゆく三段階を嚴密に守っていた。彼の著作には、この無變化で畫一的な體系に對する追求と人工的で强引な方法で對象内容をそのモデルに組み込もうとする努力がはっきりと現われている。七〇年代の末になると、私はヘーゲルの哲學の中のこの缺點を感じ始め、また私の考えを文章の中に書き込んでいった。私がヘーゲルの哲學をきちんと整理理解すること、それは實際のところ自分自身を反省することに他ならない。今日でもこの仕事はなお私の思想の中で進行中なのだ。ここでは話をこれ以上逸脱させるわけにはいかないので、以下に簡略に締めくくっておく。私はヘーゲルの哲學を私自身でしっかりと整理し理解しなければならないと思っている。彼のあの専制的な傾向を持つ國家學說以外の、私が深い影響を受けた法則觀念についてだ。六〇年代の初め『文心雕龍創作論』を書き始めたとき、私は機械論に對してとりわけ興味と警戒心を持っていた。なぜなら、それによって辛い目に遭い代償まで支拂ったからだ。私は藝術的法則の檢討が簡單にできるものだとは思わない。注意しなければ藝術を平板なモデルに落とし込んでしまうだろう。私は、嘗て章學誠の「文章をきちんと書き上げるには決まった法則はないが、無いながらもそこには決まったものがある」という言葉を引用し教訓としたことがある。[12]しかしながら、このような警戒心は法則を探ろうとするもっと強い興味や願望を完全には抑えることができなかった。『文心雕龍創作論』初版では法則を論じた所に些かの偏りがあり、第二版ではそれが尚殘っていたが、この最新版になって、漸くそれらを削ることができた。しかし、削っただけで、今日の觀點を以前の觀點に差し替えたと言うわけではない。よって、引き算だけして掛け算はしていないと言ってよい。とは言え、新版の中には、講演の原稿を新たに加えている。例えば玄學の評價についての問題、儒學・佛敎學・玄學の關係についての解明などである。特に一九八八年の講演の中に取り上げた「原道篇」の「道」と老子の「道」との淵源についての考察、「原道篇」に於ける「道」と「德」との關係についての考察、劉勰の「言」「意」辨別の觀點についての解明……などは初版の觀點に對する修正と補充である。[13]しかしながら、この新しい版でもまだ納得がいかないところがある。それは『「鎔裁篇」の三準說を釋す』の一章だ。私は今これに多くの修正を加え、內容を變えてしまう事はできないが、この問題は重視するべきものだと考えている。よって人體に殘る原始の魚のえらの痕跡のように、嘗ての進化の化石のように殘しておくことにした。

本書は『文心雕龍講疏』と名を改めている。講演もあれば解説ノートもあるという意味だ。一九四六年、私はかつて國立北平鐵道管理學院で講師の任に在った時、『文心雕龍』の講義をしたことがある。『文心雕龍創作論』の中のある種の觀點は、その講義中に芽生えたものだ。八〇年代には、日本の六ヶ所の大學に於いて、またスウェーデンのストックホルム大學に於いて、さらには中國内で擧行された『文心雕龍』の研究會に於いて、私は十餘回の講演をしており、今手元にはほぼ整理された四編の原稿があるので、これを新しい論文として集の中に入れることにする。最後に、本書の出版の世話をしてくれた友人の伯城、同賢及び編集の責任者である興康に感謝の意を表する。

著者　王元化　一九九一年　十一月二十四日

注

（1）閻若璩『古文尙書疏證』の論法に倣ったもの。閻若璩（一六三六－一七〇四）、太原の人。『古文尙書疏證』は、儒教の經典の一つである『尙書』の一種『古文尙書』が、後世の僞作である事を論證したもの。前に論じた事を、後で自分自身反駁しつつも、その前説を削ろうとはしていない。

（2）郭紹虞（一八九三－一九八四）、古典文學理論研究者、言語學者。一九五〇年より上海復旦大學中文系教授。季羡林（一九一一－　）、北京大學教授。中國を代表する世界的なインド學者で、インド古典の翻譯でも知られる。王力（一九一一－八六）、北京大學教授。言語學者、翻譯家。中國の現代言語學の基礎を築いた事で知られる。錢仲聯（一九〇八－　）、蘇州大學教授。中國古典文學研究・古籍整理で多くの成果を上げる。

王瑤（一九一四－八九）、北京大學教授。現代文學史の基礎を築いた文學史家、一九八九年上海で客死。

朱寨（一九二三－　）、中國社會科學院文學研究所研究員、當代文學研究室主任などを歷任。

（3）大躍進。技術革新運動や基本建設を通じて飛躍的な生産の向上をめざす政治運動で、一九五八年より始まる。結局食糧難や日用品の不足、多數の餓死者を出して一九六〇年に挫折。

（4）山をすら移し海までも傾けられる。當時人口に膾炙した毛澤東の「愚公山を移す」の話を踏まえたもの。

（5）孫治方の價値規律理論。孫治方（一九〇八－八八）、中華人民共和國成立後、國家統計局副局長、中國社會科學院經濟研究所所長、名譽所長。彼は、社會主義經濟は製品の二重性（使用價値と價値）から分析するべきこと、價値というのは生産費用（誘導費用）とその效用との關係である事、價値概念は社會主義經濟のあらゆる場所に貫かれるべきものであること等々を主張したが、それは從來の考え方に對する挑戰であったという。

（6）『文心雕龍』、梁劉勰撰。全五十篇。六世紀に著された文學理論書。前編二十五編では、その成り立ちから各種文體の派生まで、文學體裁論を主に論じ、後編二十五編では想像力の問題や字句の使用法など創作及び文學史・作家論など文學をめぐる一般的諸問題が主に論じられる。中國の中古時代を代表する文學論の書籍。

（7）「階級鬪爭を絶對に忘れるな」、以前から使用されてはいたが、一九六六年から七六年まで續いた文化大革命の時、とりわけ聲高に叫ばれたスローガン。

（8）隔離審查、王元化氏は一九五五年六月から一九五七年二月まで所謂胡風事件に卷き込まれ、嚴しい追及を受け、更に一九七〇年から七二年の閒もまた嚴しい隔離審查を受けている。

（9）翻譯は岩波書店『ヘーゲル全集Ⅰ』に收める「ベルリン大學における哲學教官就任に際しての告辭」を參照。

（10）失われた十年、所謂「文化大革命」一九六六年から七六年までの十年閒、國家機能や生産活動をストップさせて政治運動が行われた時代のこと。現在では建國以來最大の挫折としてその結果が否定される事になった。

（11）「死んだ犬」、マルクス『資本論』第二版後記にある以下の部分を踏まえた。「今ドイツの知識階級の閒で大きな口をきいている不愉快で不遜で無能な亞流が、ヘーゲルをちょうどレッシングの時代に勇敢なモーゼス・メンデルスゾーンがスピノザを取り扱ったように、卽ち死んだ犬として取り扱っていい氣になっていたのである」（譯文は大月書店刊『資本論』による）。

（12）章實齋、章學誠（一七三八－一八〇一）、實齋は字。『文史通義』『校讐通義』の著書で知られる。引用は『文史通義』巻五に収める「古文十弊」の「九曰、古人文成法立、未嘗有定格也、傳人適如其人、述事適如其事、無定格之中、有一定焉」の部分を指すもの。

（13）本譯書に収める「一九八八年廣州『文心雕龍』國際研討會閉幕の言葉」を參照。

文心雕龍講疏　目　次

文心雕龍講疏

王元化著作集　第一巻

第一部　劉勰およびその文學思想

第一章 劉勰の經歷と士庶區別の問題

劉勰の生涯については、歴史書に記載が少なく、現在傳えられる『梁書』と『南史』の『劉勰傳』が僅かに存在する文獻資料であろう。この二篇の傳記は粗略に過ぎ、その生卒年月さえ明らかでない。淸の劉毓崧『通誼堂集』「『文心雕龍』の後に書す」(1)は、『文心雕龍』時序篇の「皇齊の寶を馭するに曁んで、運は休明を集む。太祖は聖武を以て籙を膺け、高祖は睿文を以て業を纂ぎ、文帝は貳離を以て章を含み、中宗は上哲を以て運を興す。竝びに文明は天自《よ》りし、遐(熙)を景祚に緝《あつ》む(我が齊の王朝が天下の實權を握るや、めでたき氣運は一齊に集中した。高祖は武勇に因って天子たる命を受け給い、武帝は文化的手腕で創業を繼承なされ、文帝は二代の名君を受け繼ぎつつ輝かしい才能を擁され、明帝は英明な才智によって國運を奮い起たせられた。いずれも天性の文化的聰明さを働かせて、王朝の聖德を盛り上げ給うたのである)(2)」という一連の文に基づき、『文心雕龍』の成立は梁代ではなく、齊末だと論定した。その理由は以下の三つである。

一、時序篇の記述は、太古の唐虞から最近の劉宋に至るまで、その朝代名を上げるばかりであるが、齊朝には特別に「皇」の字が付け加えられている。

二、魏晉の君主は、謚號で呼ばれて廟號では呼ばれていないが、齊の四人の君主になると、ただ文帝だけが、死後の尊號を用いて帝と稱しているばかりで、その他は皆、祖と稱したり宗と稱したりしている。

三、歴代の朝廷の君臣の詩文は、稱贊もあれば批判もあるけれども、ただ齊代だけは懸命に贊美するばかりで、まったく匡正批判する言葉がない。

「『文心雕龍』の後に書す」はまた「齊の東昏侯が（明帝に）高宗の廟號を奉ったのは、永泰元年（四九八）八月の事であり、「高宗は上哲を以て運を興す」という文面に據れば、『文心雕龍』が完成したのは必ずやこの月の後の事であるはずだ。また、梁の武帝が齊の和帝の禪位を受けたのは、中興二年（五〇二）四月の事であり、「皇齊の寶を馭す」という文面に據れば、『文心雕龍』が完成したのは必ずやこの月以前であるはずだ。その間前後相距ること、ほぼ四年以内である」と言う。この考證は近人の研究を經て、すでに次第に定説となった。范文瀾『文心雕龍注』[3]は、この説から更に一歩踏み込んで、劉勰は齊の明帝の建武三・四年（四九六・九七）の間に『文心雕龍』を撰したのであり、時に彼は約三十三・四歳、正に『文心雕龍』序志篇に言う「齒は踰《わ》立に在り（年齡は三十歳を超えた頃）」の文と合致すると考證している。そしてその結果、劉勰の一生は宋・齊・梁の三代にまたがり、だいたい宋の泰始初年（四六五）に生まれ、梁の普通元・二年（五二〇・二一）の間に至り、五十六・七歳で卒したと推定した。ここに至って、劉勰の生涯ははじめて比較的明瞭な輪郭がつかめるようになった（劉勰の卒年に就いては、なお檢討を要する）。楊明照『文心雕龍校注』は、この基礎の上に立って、『宋書』『南齊書』『梁書』『南史』竝びに『梁僧傳』中の關係資料を參照し、記載事項を校勘して「梁書劉勰傳箋注」を作っている[4]。この箋注は『梁書』本傳の範圍を出るものではないけれども、劉勰の家系及び梁が齊に代わって以後に彼が仕官した經歷について、かなり豊かな增補があった。これらの成果はその研究に多くの手がかりを與えてくれる。しかしながら、尚解決を待つ幾種かの問題が殘されている。ここでは、まず劉勰の經歷の問題を取り上げようと思う。

『梁書』本傳は劉勰の家柄について僅かしか觸れておらず、そこには「劉勰、字は彥和、東莞莒《とうかんきょ》の人。祖は靈眞、宋の司空の秀之の弟である。父は尙、越騎校尉。勰は早に父を亡くし、篤志好學だったが、家は貧しくて婚姻せず、沙門の僧祐に依り、彼と共に同居すること十餘年を重ね、かくて佛典の經論に博く通じ、因って部類を區分し、記錄してこれを順序立てた」とあるだけである。靈眞・劉尙の二人は、史書に傳はなく、その事蹟は全くこれを考える術はない。しかし、ここより靈眞が宋の司空の秀之の弟であった事が分かり、更に秀之は宋の初代の皇帝劉裕を補佐した謀臣劉穆之の從兄子である。この手掛かりに據って、劉穆之と劉秀之の二つの傳から劉勰の家柄が推定できるはずだ。楊明照の「箋注」では關係資料を參考して劉勰の系圖を作っている。(5)「本傳箋注」は劉勰の系圖を分析して、「南朝の際は、莒の人には才人が多かったが、劉氏が最も多くの才人を出し、その直系・傍系で舍人（劉勰）と竝ぶものは、合わせて二十餘人、たしかに臧氏も盛んではあったが、これほどの家柄ではなかった。つまり舍人は由緒ある家柄であって、學術面では、必ずや啓發と激勵を受けたに違いない」と言う。ここで觸れられる臧氏とは、同じく東莞の莒の人であり、南朝成立時に江南へ渡來して來た大族であって、その中には臧燾・臧質・臧榮緒・臧嚴・臧盾・臧厥等がおり、史書にそれぞれ傳が立てられている。劉師培『中國中古文學史』(6)では「東晉以來、その文學の士は、だいたい名族から出ている」と言っている。(7)そこに擧げられる能文で名を知られた士族は、琅玡の王氏・陳郡の張氏・南蘭陵の蕭氏・陳郡の袁氏・東海の王氏・澎城の到氏・吳郡の陸氏・澎城の劉氏・會稽の孔氏・廬江の何氏・汝南の周氏・新野の庾氏・東海の徐氏・濟陽の江氏等の他に、東莞の臧氏も含まれている。「本傳箋注」では、劉勰が士族出身であるとの明言はないけれども、東莞の臧氏に比べているところを見れば、劉勰も又士族の家庭出身であると見做しているようだ。このような見方は、王利器『文心雕龍新書』序錄の中で更に進んだ肯定が行われた。(8)『序錄』の作者ははっきりと劉勰を士族に歸屬している。近來に劉勰の階級出身を檢討する文章もこの說を支持するものが多い。

劉勰が詰まるところ士族なのかそれとも庶族なのか、この問題は劉勰の經歷を考える大切な鍵である。當然ながら、南朝社會の構造に於いては、士族であろうと庶族であろうと、共に統治階級に屬する（當時の下層の民衆は小農・佃客・

奴隷・兵戸・門生義故・手工業勞働者等であった）。しかし、南朝では魏文帝の定めた九品中正門選制が繼承されたばかりでなく、[9]嚴しい等級差のある門閥制度が次第に形成されて、從って士族は更に大きな特權を享受するに至った。士族と庶族の區別は南朝社會での等級編成の一つの特徴である。それについて、『南史』王球傳を擧げて説明しよう。そこには、「徐爰は皇帝から寵愛を受けていた。ある時皇帝は王球と殷景仁に命じて彼らを親友にしようとした。ところが王球は謝絶して言った、『士と庶の區別は國の定めであります、私は詔令には從うことはできません』と。かくて皇帝は、容貌を改めて、わびを入れた」と。ここには士庶の區別が國家の定めであることが明確に述べられているのだ。當時の士族は多くが大きな土地と莊園を持つ大地主で、中には軍隊を占有したり、私兵を擁して自衛するものもいた。晉が魏に代わり屯田制を占田制に改めて以後、士族は門閥の高低に應じて、その親族を庇護することができるようになった。これはまた、租税と徭役を通して、庇護される同族の者と小作人に對して殘酷な搾取を進めた事を物語る。彼らの仕官には中正官の品評は不用であり、血統を區分し、家柄の高低をはっきりさせる事こそが問題なのであった。このような狀況の下、官には貴族の子孫ばかりが就き、族譜には世襲の官職が記され、かくして賈氏・王氏の「譜學」が、獨立した名家の學問となり、それに因って士族の系圖を確定し、亂脈な任用を防ごうとしたのである。士族は政治上・經濟上の特權を掌握して、實際には當時の王朝交替の陰の操縱者となった。庶族といえば、多くが中小地主階級に屬していた。しかし、豪族や大族が大規模に略奪を進め、土地が急激に集中する時代に、彼らの所有する土地は、時には兼併される危險があった。昇進のときには、家格が低いために、更に押さえ付けられ、決して士族のように順調に昇進しじっとして公卿にいたる事はできなかったのである。『晉書』では、劉毅が九品制度に八つのマイナスがあると述べているが、その第一は「上品に寒門出身者がおらず、下品には貴族がいない」ことであって、これは庶族が全て低い地位に沈淪しているという意味なのだ。晉の左思も「詠史詩」の中で「貴族出身者は高官へと向かい、庶族の英俊は下役人に沈む」という嘆息をもらしている。宋・齊の兩朝になると、庶族の仕官の條件は更に大きな制限を受けるようになり、『梁書』武帝紀には、「一流貴族は二十歳で官吏に任用され、二流以下は三十歳を過ぎてやっと官吏に任用される」という規定が載せられている。(10)確かに當時、些かの庶族は學識と品格を認められて、思いがけずも高位に登っているが、皆蔑視と攻擊を受けていた。『晉書』に據れば、張華が庶族でありながら學識と品格があり、聲望日々に高く、いずれ彼が政治を支えるであろうという期待があったが、荀勗は自分が大族であり、天子の思召しが深い事を恃んで、彼を憎み、隙を見ては、張華を都の外へと追い出そうとしている。『宋書』に據れば、蔡興宗は高位にあり、大きな權力を持っていたものの、それでも王義恭から「成り上がり」と誇られていた。興宗も言っている「私は、庶族よりぼつぼつ昇進してきたものだし、天子とはほとんど疏緣なので、いつも心配ばかりしている」と。『南齊書』では、陳顯達が卑しい家柄ながら高官に登ったため、官職を移る度に、いつもびくびくしていたという。彼はその子に、「麈尾扇というものは王家とか謝家という貴族の持つ物で、おまえはそれを持ち歩いてはならない」と諭しているのだ。これらの例は士庶の區別が、位の貴賤に因ってなんの變化も受けない事さえあった事を十分に證明するものである。所謂「高官の服を着る家柄、地位の高い人は、貧乏人や下っ端の子を視れば、召使いのように輕く扱い、草芥の如く侮って、全く仲間になろうとはしない」というものである（『文苑英華』に引く『寒素論』）。よって、勿論政治上でも經濟上でも、庶族は常に昇降浮沈を嘗め、不安定な地位に搖らめいていたのである。これを要するに、士族と庶族の身分の違い、及びこれに因って形成される政治的地位や社會的地位の違いが、思想領域に間接的なかたちで反映されて來るのは必然的な事だ。だとすれば、詰まるところ劉勰が士族なのか、それとも庶族なのか、これを判別する事は、彼に全面的な評價を與えようとする時に大切な鍵となってくる。

筆者の劉勰の家柄に對する考察に基づき、併せて彼の著作に表現される思想・觀點に照らして考證すれば、劉勰は決して士族なのではなく、沒落した貧寒庶族の出身である。その理由として以下の幾つかの點を擧げる事ができる。

第一、士族の身分規定に照らせば、まず魏晉時代の祖先の名聲地位が要件であり、その中でも歴代文官の家が高く評價されて、武官出身はそこに與る事ができなかった。ところが、劉勰の家系表の中には、一人として魏晉の頃に著名な祖先は見えない。秀之、靈眞の祖父の爽は事蹟が不明だが、劉氏の東晉時代の最も早い人物であろう。『南史』では山陰の令をした事があると記すばかりであるが、晉代の各縣令と言えば、低い官品の者をこれに充てた。系圖では東莞の劉氏は漢の齊悼惠王肥の後裔と稱しているが、これはかなり疑わしい。この説は元來、『宋書』劉穆之傳に基づくもので、ある程度の根據を持つようには見える。しかし、南朝時代、家系圖を僞造する事は極めて普通の現象で、聲望門閥ばかりを重視する社會にあって、多くの新興貴族が自分の社會的な身分を上げるために、帝王將相の地位にあった先祖を捏造する事はよく見られる事であった。よって、後出の『南史』では、『宋書』劉穆之傳の中の「漢の齊悼惠王肥の後裔」の一句を削除している。この削除は決して勝手に省略したのではなくて、『宋書』劉穆之傳の表記が信用できないと認めての事であった。この點については、『南史』の『齊書』本紀改訂に據って推察できる。『齊書』本紀の記載では齊の高帝蕭道成の家系を、蕭何から高帝の父まで、前後二十三代、みな官位と謚を持つものとする。『南史』齊本紀ではそのでたらめを直接指摘して、「齊代・梁代の記録に據れば、共に蕭何から出たと言い、又た御史大夫の望之をその先祖に竝べている。檢討するに、蕭何及び蕭望之は、漢に於いて共に立派な業績を殘したが、しかし望之の本傳には、蕭何との關係を示すこのような言葉はなく、齊代の記録に書かれた記事は實際の記録と違っている。近人の祕書監顏師古は、博く經籍を考察し、『漢書』に注解を加えて、記載の誤りを改めているので、今彼の説に從って改め削る」と述べている。『南史』が前史を改削したのはそれらの記事が實録に反する事が據り所となっているのだ。因って、東莞の劉氏は魏晉時代に高官に登った祖先は一人もいないばかりでなく、しかも漢の齊悼惠王肥の後裔という記事すら信用できない事になる。これは劉勰が決して士族出身ではない第一の證據である。

第二、劉氏の家系の中で、歴史書に傳が立てられているものには、穆之、穆之の從兄子の秀之、穆之の曾孫祥と劉勰の四人がある（その他の諸人は各傳の中に附載）。その中で穆之・秀之の二人は劉氏の家系で最も名の知れた人物と見なされる。『宋書』の記載に據れば、穆之は劉宋開國の元臣であり、軍吏出身で、軍功に因り拔擢されて前軍將軍となり、義熙十三年に死沒、重ねて侍中・司徒を追贈せられ、宋が晉に代わって後には、南康郡公に進められ、食邑三千戶となった。秀之の父の仲道は穆之の從兄であり、嘗て穆之と共に宋の高祖劉裕の部下となり、都を陷落させた後は建武參軍に補せられ、事態が平定した後餘姚の令となった。秀之は若くして父を亡くし貧窮していたが、何承天がその人柄を重視して、娘を妻わせ、元嘉十六年、建康の令に移り、尙書中兵郎に除せられた。彼は益州刺史に在任の折り、身を以て部下を指導したので、遠近の人々は皆安んじ喜んだ。死後、侍中・司空を追贈せられ、併せて封邑一千戶を贈られている。穆之・秀之は共に追贈を受け、位は三公に達し、食邑一千戶以上であるから、當然官僚大地主階級に歸屬すべきであろう。しかし、彼らの出身からみるならば、士族に屬したという何等の痕跡も發見することができないのだ。穆之は劉氏の家系の中で、最も早く頭角を現した重要な人物であるけれども、史籍中には彼が寒人の身分から身を起こした事を證明する十分な證據がある。『宋書』中の劉裕が宋公に進んだ後に穆之に追贈する上表文に、「故尙書左僕射前將軍の穆之、庶民の地位より身を起こして、皇帝の國家創建を補佐し、內部では樣々な計略を始め、外部では諸々の行政に勤め、軍國を懸命に支えて、心も力も共に盡き果てたのである」（この表は傅亮が劉裕に代わって作ったもので、梁代に編纂された『文選』にも揭載され、『宋公の爲に劉前將軍に加增せんことを求むる表』と題する）という。ここでは明らかに劉穆之の出身が布衣庶族である事が指摘されている。『南史』にもまた穆之の若い頃の話を載せており、ここの記事と相互に參照されたい。曰く「穆之は若い時家が貧しく、氣まま放題であって、酒食を嗜み、身を引き締めず、好んで妻の兄の家に行って食を乞い、馬鹿にされる事が多かったが、恥かしがる事もなかった。その妻は江嗣の女で、とても賢く、彼が出かけようとする度に禁じて出掛けさせなかった。妻の實家の江氏は、後日おめでたい會があっても、彼には來ないようさせたが、それでも穆之は出掛けて行き、食事が終わると檳榔をせびったので、江氏の兄弟が、『檳榔は消化を助けるものであって、反對に君はいつも腹を空かしているのに、どうして急にこれを欲しがるのか』とからかうと、今度妻は自分の黒髪を賣って御馳走を買い求め、その兄たちに代わって穆之に與えた」と（この話は宋の孔平仲の『續世説』にも見える）。この記事は正しく上表の「庶民の地位より身を起こす」の表現と合致するものである。當時次々と朝廷が代わり、政局は變わっていく情勢の下、寒人が軍功に因って高位に拔擢されて、最高統治集團に參與したことはしばしばあることであった。しかし、彼らはこれに因って士族に列したのではない。ここに目立った事例を擧げよう。『南史』に「中書舍人の紀僧眞は武帝に可愛がられて、軍事參謀を歴任し、その容貌には士族の風格があった。彼が帝に言うには、『小生は本縣の武官出身ですが、めでたい御代に生まれ合わせて、今の地位まで出世することができました。我が子の爲に荀昭光の娘を娶ることができれば、もう欲しいものなどはありません。どうか陛下、私を士大夫にしてください』と。帝が言うには、『江斅《こう》・謝瀹《やく》の意のまま、その問題は朕の容喙できるものではない、自分で訪ねてみよ』と。僧眞は言葉に從い江斅を訪ねて、客間に登り席に着くと、斅はすぐさま左右に命じて言った、『私の座席を移して客から離しなさい』と。僧眞はがっかりして歸り、武帝にその旨を報告したところ、武帝が言うには、『士大夫はもともと天子が決めることのできるものではないのだ』」とある。この例は、高位にある庶族が士大夫となる事を求めても、皇帝さえどうしようもなかった事をはっきり示すものだ。『南史』劉祥傳に於いても、穆之の身の上に關わる傍證が得られる。「祥は、若い頃學問が好きだったが、性格は豪放で、發言に注意せず行動も氣ままで、位の高下に區別をしなかった。齊の建中年間、正員郎となった。司徒の褚彦回が朝廷に入り、腰扇で日を遮っていたところ、祥はその側を過ぎて言う、『そんなやり方で、人に顔を合わせることを羞ずかしがっても、扇の隔てが何の役に立とう』と。彦回は言った『寒士不遜！』と」。劉祥は劉穆之の曾孫で、四代も隔たっているが、尙士族の者に「寒士」と呼ばれており、更には劉氏が結局士族に列し得なかったことを十分說明するものだ。「寒士」とは庶族の通稱でもある。（『唐書』柳沖傳では「魏氏のときでは九品の上下を立て、推薦者の中正官を置き、家格の高い所謂「世胄」を尊び、家格の低い所謂「寒士」を卑しんだので、權力は勢力のある家柄だけの手に歸した」と言う。つまりここでは「寒士」を「世胄」と對立させて擧げている。）これを要するに、劉穆之・劉秀之・劉祥の三傳の史實を細かく檢討すれば、劉氏の出身は布衣の庶族であること、殆ど疑いがない、これが劉勰が士族に屬さない第二の證據である。

第三、更に劉勰本人の生涯の事蹟を見る事に因っても、なにがしかの手掛かりを得ることができる。まず、『梁書』本傳に以下のような記事がある。「その初め、劉勰は『文心雕龍』を書き上げた、……既に出來上がったが、なかなか世間は評價してくれない。勰は自分自身その作品を高く評價して、その評定を沈約に與えてもらおうとした。しかし沈約はその當時、位が高く勢いも盛んだったので、訪ねていこうにも手立てがない、そこでその書を背にして沈約が外出する時を伺い、車の前に進み出て嘆願したのだが、その姿は物賣りのようであった」と。『文心雕龍』范文瀾注に據れば『文心雕龍』はだいたい齊の和帝中興の初めに成立したと言う。考えるに、このとき劉勰は既に定林寺に久しく住んでいて、僧祐の經藏の校訂を手傳った事もあり、更に定林寺の僧超辯の墓碑文を作っているので（『梁僧傳』の記事による。超辯は齊の永明十三年卒）、全く無名の人物であったとは言えない。一方、當時沈約と定林寺との關係もまたかなり密接であった。ここでは、定林寺の僧法獻が齊の建和末年に卒した後、劉勰が碑文を作った事を擧げるだけで、十分說明がつくであろう。法獻は僧祐の師匠であり[11]、齊の永明中年閒敕令によって僧を管理する僧主となっている一代の名僧である。劉勰は僧祐と極めて深い關係にあり、しかも僧祐の地位はその師の法獻に次ぐものであった。沈約が法獻の爲に碑文を作ったのが建武の末であり、『文心雕龍』の成書が中興の初めだとすれば、時期的に極めて近い。このような状況の下、劉勰がもし沈約に自分の作品の評價を得ようと思うなら、それほど難しい事ではないはずだ。なぜ故に、『文心雕龍』完成後、劉勰は定林寺にいるという自分の有利な立場及び僧祐との密接な關係を利用して沈約に會おうとせず、自分から會う手立ても無いまま、物賣りのような格好で、車の前に出ていかねばならなかったのであろうか。この疑問には、「士と庶の閒は天地ほどの隔たり」という等級の制限性に據ってのみ答えられる。南朝の士族名士は多くが庶族寒人との交際を拒む事が美德と考えていた。庶人がたとえ皇帝の身近にまで昇ったとしても、自らの身分も考えずに、士族に會見に行くと、やはり侮辱を受けないわけにはいかなかったのである。この種の話は歴史書中至るところに見え、一々例を擧げる必要はない。沈約本人も極めて士庶の區別を重んじた人物であって、『文選』に載せる彼の「王源を奏彈す」という一文がその證據である。東海の王源は王朗の七世の孫で、沈約は王源及びその祖父が共に士族の地位にありながら、娘を富陽の滿鸞に嫁がせたと言う。たしかに滿鸞は吳郡の主簿に任ぜられ、鸞の父の璋之は王國侍郎に任ぜられたが、しかし滿氏は「姓族士庶の區分が明快ではない」、よって「王・滿の二家が姻戚關係を作るのは、實に聞く人々を驚かし、貴族を侮辱すること、これより甚だしいものはない」のである。劉勰がもし自分の作品をこのような人物に認めてもらおうとするのであれば、ただただ物賣りの姿をして出ていくしか方法はなかったのだ。次に、『梁書』本傳にはこうも言っている。沈約は該書を手にして讀み了えた後、「大いに重んじて、深く文理を得たものと評價し、常に机の上に置いていた」と。沈約が『文心雕龍』を重視した原因は、これまで多くの推測が爲されていて、それは『文心雕龍』の「聲律篇」にあると考えられている。というのは、その篇と、沈約が一人胸中に會得したと自負する『四聲譜』[12]との閒に符合するところがあるからである。清の紀昀『沈氏四聲考』では、「劉勰は沈約の考えと同じだったので、沈約から賞賛されたのだ」と言っていたが、これは無理からぬ事である。この後幾ばくもなく、劉勰は梁の天監年間の初めにまず奉朝請に就職して、仕官の道に進入する。[13] しかし、たとえ『文心雕龍』が沈約に重視されたとしても、またたとえ劉勰が仕官後昭明太子に愛接されたとしても、彼ら二人の傳記や現存する文集には、劉勰に關連する事柄は全く無いし、一句として彼を褒めた言葉も出てこないのである。劉勰は依然として「世閒が評價してくれなかった」のである。[14] その原因は彼の出身が微賤であった事と關係があるに違いない。この他に、劉勰が若くして定林寺に入ったことや結婚しなかったことの原因も、彼の出身が貧寒庶族であった事を理由にしてのみ比較的納得のできる說明となる。歷史書では、南朝の賦役は重く人々には耐え難いものであったが、士族だけは特典を受けられ、勞役や課稅を免れることができたという。庶族は當然このような優遇免除を得ることができなかった。當時の歷史記述に據ると、一般の平民は重い課稅や勞役から逃れるために、しばしば寺廟に入るしかなかった。なぜならば、寺廟は特權を受けており、寺廟に入って後は民籍を離れ、政府に對する納稅勞役の義務を免れられるからである。『魏志』釋老志に據れば、もう旣に「愚かな民は萬一の幸せを求めて、佛道に入ると噓をつき、勞役や課稅を避けた」の語がある。『南史』齊の東昏侯紀では、「各地の勞働者は多く有力者に賴ってその使用人となったが、彼らを屬名という、出家・疾病の者も亦た租役を免れる事ができた」といい、『弘明集』では桓玄の「僚屬沙汰僧衆に與うる敎」を載せて、「租役を避けて來る者は各縣に集まり、逃げ出してきた者は寺廟に一杯になり、一縣で數千人に至り、みだりに集落を作る。街には職を持たない群衆が集まり、どの土地でも無賴の徒が一杯である」という。また僧順の「釋三破論」では「三破論」の「出家者の中にまともな人物を見かけず、皆勞役を逃げて來た者ばかりだ」という佛教批判の語を引く。[15] 當時租役を逃れるために寺廟に入るのがごく當り前の現象であった事が、ここにはっきりと述べられている。當然ながら、劉勰が定林寺に入ったのは別の原因、例えば佛教信仰及び讀書に利便がある（當時の寺廟は藏書が極めて豐富な場合がしばしばあった）等の原因があっただろう事は否定できない。しかし、佛教信仰の面を過度に評價してはならない。なぜならば、彼はずっと一般人である「白衣」の身分で定林寺に寄宿していたのであり、出家しなかったばかりか、一旦仕官の機會が得られるや、さっさと寺を離れて仕官してしまったからであり、彼が定林寺にいた當時、それほど敬虔な佛教信仰を持っていたわけではない事を證するに足る。更に、劉勰の家柄からしても、歴代佛教を信奉してはおらず、佛教との關係は密接なものではない。[16]劉勰は、夢に感じて『文心雕龍』を撰したと言うけれども、夢に見たのは孔子であって、釋迦ではなかったのである。[17]『文心雕龍』に現れる基本的觀點は儒家思想であって、佛學や玄學思想ではない。これらの一切は彼が定林寺に入り沙門の僧祐を賴って暮らした動機が全くは佛教信仰に因るものでは無い事を十分物語るものであり、その中でも租稅勞役を免れる事が重要な要素を占めていたに違いない。[18]彼が結婚をしなかった理由も、多くは彼の家が沒落した貧寒庶族であった事による。『晉書』范寧傳・『宋書』周朗傳には、當時の平民が「獨り身でいても結婚を願わず、兒を生んでも決して屆け出をしない」という記載がある。これを要するに、劉勰本人の幾つかの事蹟を見るに、それらは劉勰が庶族出身であり、家の境遇が貧寒であったという理由を以てのみ説明できるのであって、さもなければ甚だ説明しがたいのだ。これが劉勰が士族に屬さないという第三の理由である。

以上の三種の論據を示したが、今、振り出しに戻って、『文心雕龍』に示された思想觀點を參照して考證を加えても、やはり前述と同樣の結論を得ることができる。

『文心雕龍』は文學理論の書であって、書中、當時の社會問題や政治問題に對して劉勰の意見を直接示すものはない。當然ながら、我々は『文心雕龍』の思想體系と基本的な觀點から劉勰の政治傾向を推察することになる。しかし、ここでは劉勰の家柄を論證できる更に直接的な材料を搜さねばならない。この點から言えば、『文心雕龍』程器篇が、最も重視されるべき文章であろう。劉勰はこの篇の文章の中で文人の德行と才幹を論じて、詩文を學ぶのは政治に通曉する爲である旨を明らかにしている。その篇中で彼は深く慨嘆し、多くの激昂憤懣にあふれた言葉ばかりでなく、更にかなり直接的に正面から自分の人生觀と道德理想を吐露してもいる。清の紀昀は程器篇を評して、「此の一篇を觀るに、劉勰（彥和）もまた發憤して書を著した者といえよう。時序篇を觀れば、此の書は恐らく齊末に成り、劉勰（彥和）は梁の時代になって始めて仕官している。だからその頃はまだ鬱鬱としてこんな言葉を發したのか」と言っている。[19] 紀昀のこの言葉は、確にある問題を見拔いたものだが、彼は傳統的な偏見に引きずられて、その裏面の意味を掘りおこし、劉勰の激昂と憤懣がどんな社會現象に向けられたものであったかを究明していないだけでなく、逆に、ただ大雜把にこれを排斥して「激昂した言葉で、典雅簡要とは言えない」と評して、あっさり片付けてしまっていた。最近になって、劉永濟『文心雕龍校釋』が初めて程器篇にかなり充實した分析を行ったのである。[20] ここにその要點を擧げよう。「その文章を詳しくみると、二種の意味がある。一つ目は寄る邊の無い者が他人のそしりを招き易い事を嘆く氣持ち。二つ目は高位・重責の地位にある者がその職責を怠りながら、文彩をもって榮譽を求める事をそしる氣持ち。前者の意味については、當時の人物中、文名の高い者の多くが貴族から出ており、布衣の士は簡單には世の中に重視されなかった事實から理解できる。だいたい魏の文帝の時に九品中正の法を作ってより、日に日に弊害が生じたが……宋齊以來、これを守って改めず、……隋の文帝の開皇年間になって、ようやく廢止されたのである。この六代の閒人材の採用は結局この制度を出る事はなかった。そこで、士人たちは皆家柄を重んじて、寒族たちは出世の手立てが無く、これが劉勰の慨嘆した理由である。後者の意味については、當時の貴族たちが、ただ辭賦を功績とするばかりだったので、國の政治が弛緩してしまった事實から理解できる。恐らく道德と文章表現とが全く遊離してしまい、浮華で實が無い狀態となり、かくして劉勰がそれを深く愁えた事が、『文心雕龍』の作られた原因であろう」と。

劉永濟が劉勰の憤激の原因を士庶區別の問題に歸結させているのは明らかである。そこで今、程器篇より、いくつかの文章を引用して説明を加えよう。

一、「古の將相は、疵咎（缺點）實に多し。管仲の盜竊、吳起の貪淫、陳平の汚點、絳灌の讒嫉の如きに至っては、茲れ沿《よ》り以下は、勝げて數う可からず。孔光は衡を負い鼎に據るに、媚を董賢に仄《かたむ》く。況んや班・馬の賤職、潘岳の下位をや。王戎は開國の上秩（重臣）なるに、官を囂俗（俗世間）に鬻ぐ。況んや馬・杜の磬懸（困窮）、丁・路の貧薄なるをや（古代の將軍・宰相たちには、不品行が實に多かった。管仲はかつて盜みを働き、吳起は貪婪で好色、陳平は身持ちが惡く、周勃・灌嬰は人を妬んで陷れた。彼ら以降までは、とても數えきれたものではない。孔光は一國の宰相たる身でありながら、寵臣董賢に媚び諂った。まして賤職にあった班固・馬融、下級官僚の潘岳らが阿諛を責るのも道理である。王戎は晉建國期の重臣でありながら、官位を賣り物にして世間に物議をかもした。いわんや司馬相如・杜篤の一文無し、丁儀・路粹の素寒貧が行いすますことのできるはずがない）」——ここに例として擧げられた前人では西晉の王戎が最も時代が新しく、かつ勢豪家の出身である。（『晉書』王戎傳にいう、彼は「金儲けが好きで、八方の園田を廣く買い占め、その脱穀所は天下至る所にあり、品物を積み金を集めて、際限を知らない」と。）その他の先秦の管仲以下の諸人は、遙か往昔の存在で、士庶區別問題とは無關係のように見える。しかし、「紀昀の評」が典雅簡要な激昂表現と見做さなかったのは、正しくこの一段の文章に向けて放たれていたのだ。その內容を細かに見てみると、劉勰がここで故事を借りて今を譬えようとした深慮を見拔くことができる。表面は古代の將軍宰相を指摘しているように見えるが、實は當時の貴族を批判しているのである。『文心雕龍』奏啓篇には、「强禦を畏れず、氣は墨中に流れ、詭隨を縱《ほしいまま》にすること無く、聲は簡外に動く（强壓を恐れず立ち向かって、氣迫は墨痕を貫いて流れ、惡《わる》達者になることなく、作者の聲が文書の外まで躍り出すようにする）」ことを理想とし、諧讔篇では、「心の險しきことは山の如く、口を壅ぐは川の若し。怨怒の情は一ならず、歡謔の言は方無し（人の心の險しさは山の如く、民衆の口を塞ぐのは川を塞き止めるように難しいものだ。憤怒の感情は様々で、諧謔の表現も多様である）」と言う表現で、民間の嘲諷文學の生產原因が解說されているが、これらは共にこのような精神から發しているのである。この點は、以下の引用文をみれば一層明らかである。

二、程器篇に「蓋し人は五材を稟け、修短用を殊にす。上哲に非ざる自《よ》りは、以て備を求め難し。然れども將相は位隆《たか》きを以て特達し、文士は職卑しきを以て多く誚らる。此れ江河の騰湧する所以にして、涓流の寸折する所以の者なり。名の抑揚は、既に其れ然り。位の通塞も、亦以《ゆえ》有り（人が天性授かった才能は、長短それぞれに働きを異にし、聖賢でもない限り、完璧であることは難しい。だが將軍・宰相は位階の高さのために特別に衆より拔きんで、作家は地位が低いためにとかく非難の的になり易い。それはちょうど揚子江や黃河の水が躍り上がって滔々と流れる一方、小川の水が絶えず屈曲を強いられて流れて行く樣を思わせる。名聲があがるか否かには、今見てきたようなからくりがある。同樣に官位の昇進にも、またこうした經緯が付き纏うのである）」と。——この言葉を、まず始めに重視したのは魯迅だった。彼はかって早期の著作「摩羅詩力說」の中でこの部分を引用し、竝びに「東方の惡習、この數語に盡きる」と指摘している。(21) この文中に、當時の等級の嚴格な門閥制度の生む種種の惡習に對して、劉勰が持つ憤懣と不平をはっきりと讀み取ることができる。正に『文心雕龍校釋』に言う通り、彼は布衣寒族が寄る邊無く、簡單に誹謗される事を嘆き、また一方では貴族士人が高位高官にあって常に虛名を讚えられている事が不滿だったのである。史傳篇では、「勳榮の家は庸夫と雖も盡く飾られ、迍敗の士は、令德と雖も常に嗤わる。霜を吹き露を煦《ふ》いて、筆端を寒暑にす。此れ又た同時の枉にして、爲《ため》に嘆息す可き者なり（威勢赫赫の家柄であれば、凡庸な人物でも筆先で飾り立てられ、不幸な境涯にある人物なら、如何にすぐれた德を備えていようと常に笑い者にされる。これは霜や露に息を吹きかけ暖め、筆先で暑さ寒さを手加減するようなもので、同時代の歴史の歪曲として、感慨に堪えぬことである）」と言う。劉勰が史傳篇で「良史の直筆」を推賞して、歴史の著者が門閥の高低を専ら褒貶の基準とした事を批判するのは、同じくこの意圖から出たものである。

三、程器篇に「士の登庸は、成務を以て用と爲す。魯の敬姜は、婦人の聰明なるのみ。然れども其の機綜を推して、以て國を治むるに方《くら》ぶ。安《いずく》んぞ丈夫の文を學びて、政事に達せざる有らんや（知識人が登用されるには、實務の能力が問題となる。かの魯の敬姜は、たかだか聰明な女性というまでの事だが、機織りの仕組みから類推して、比喩的に國の政治に語り及んだ。まして男子たるものが、詩文を學んで、政治に通達せずにいる法はあるまい）」と。――ここでは婦人の聰明さを用いて、詩文を學んで政治に練達するべき事を説き、そこに時弊を批判する意味を込めている。當時の士族の多くは政治を問題にせず、その時風の煽るところ、所謂英明の君主、賢明の宰相もまた例外ではなく、武人すらもその風潮に從ったのである。朝廷の士人が仕事をさぼっても、多くが許されたのだ。『南齊書』褚淵傳では、「顯貴な官位になる資質は、皆その家柄の良さに由る。順調に昇進して、苦勞なく公卿にまで至る。それで、國に殉ずるの氣持ちも湧くわけが無く、家柄を保つ思いだけが切實であればよい事がわかる」と言う。『梁書』何敬容傳には姚察の論を載せて、「宋の時代の王敬弘は宰相重臣の地位にいたが、まともに公文書を見たことがなかった。風雅な事ばかりを尊び、その風潮は廣く行きわたった。ただ文書に署名するばかりで政務に關心が無く、これを清貴であると自慢して、熱心に仕事に努めれば、最後まで下級役人に埋もれる始末。このため、朝廷の政道はだめになり、職務も墮落してしまった」と言う。『陳書』後主紀の論では、「魏の正始年間、晉の南渡より以來、高官の臣はたとえ政治を識る者がいたとしても、皆學藝の事ばかりに精を出して、細かな政事に關わろうとするものがおらず、朝廷や國家の重大な文書の時に、しぶしぶ相談に與る始末だった。一般的な書類や帳簿などは、みな下っ端役人に任せきりで、これが、だんだんと一般的になって、陳代に至った。陳の後主もずるずるとその風潮に從い、改革の餘裕などとても無かった」と言うのである。このような狀況は、歷史に絶えず記錄され、ほとんど至るところに見る事ができる。士人たちが政事を問題にしなかったのは、形而上の玄虚を重んじ、勝手氣ままな放誕を尊んだからである。實際に、玄談は當時既に仕官の手段となっていた。(22)『世說新語』では、晉の張憑が淸談によって劉眞長の賞讚を得、推薦されて太常博士となった事を記している。(23)南齊の任昉は「蕭揚州の爲に作る士を薦むる表」の中で更にはっきりと、「勢門上品でも、やはり淸談によって採否を決めるべきである」と提言している。(24)これらは玄遠な談論によって始めて仕官できることを言明したものである。劉勰は『文心雕龍』明詩篇で、東晉時代の玄學の氣風の「徇務の志を嗤笑して、亡機の談を崇盛す（まじめに世事に勵むことを嘲笑し、浮世離れの淸談をあおり立てた）」という不健全な傾向を批評する。議封篇では『韓非子』外儲說左上の「櫝を貴ぶ（櫝元の方を愛して公女を疏んずる）」「珠を還す（外箱の方を買って中身の眞珠を返還する）」という譬えを使って、「政體に達せざる（政治の本質に通達しない）」浮華の文風を叱責している。このような批評と程器篇の「文を學びて、政事に達す」という主張は氣脈相應じるもので、同様の論理に貫かれたものなのである。

四、程器篇に、「文武の術は、左右惟《こ》れ宜しくす。郤縠《こく》は書に敦《あつ》し、故に擧げられて元帥となる。豈に文を好みしを以て武を練らざらんや。孫武の兵經は、辭は珠玉の如し。豈に武を習いしを以て文を曉《さと》らざらんや（文才と武術は、左右にうまく均衡を保つべきものである。郤縠は古典の教養が深かったから、推擧されて元帥になった。彼が文學を好むあまり武術を怠ったとは言えまい。また孫武の兵經『孫子』は、珠玉のような美しい言葉で表現されている。彼が武藝に習熟するだけで文學を解しない人だとどうしていえよう）」——劉勰は何故文人が武術を學ぶ事を以て有用な士人を計る標準としたのであろうか。この主張を不思議に思う人は多い。しかし、もし當時の時代背景を參考にしたならば、劉勰がこの説を主張した理由も理解に難くはない。史書に、「齊梁の際、内難は九たび興り、外寇は三たび作こる」とあるが、劉勰が『文心雕龍』を撰したのは正にこの時である。當時中原は亡失して既に久しく、北魏は洛陽に都を移し、江南へ兵を侵攻させたが、南齊の王朝はこの侮辱を防ぐ決心が全く無かったばかりか、却って内部抗争の醜劇を繰り返すばかりであった。江南に渡って後、士族は江南の土地に安住してしまい、腐敗墮落した生活を送り、聲色に耽り、體力は軟弱化し氣力も衰弱していた。この事については、ここに『顏氏家訓』勉學篇の文章を引いて説明しよう。「梁朝（五〇二―五六）御全盛の時代、王侯貴族の有閑子弟ども、多くは學問の素養が缺けていた。だから、『車から轉《ころ》げ落ちなきゃ著作さま（著作佐郎）、ご機嫌いかが（體中何如）とだけ書ければ祕書さま（祕書郎）』という諺さえ出るほどだった。着物には香を薫き込め、顔には剃《そ》りを當て、紅や白粉で化粧をする。長柄の動搖少ない馬車に納まり、足には高齒の下駄を穿つ。碁石模様のついた廣い厚座布團に腰を据え、斑絲で飾ったクッションに倚り掛り、趣味の品々を左右に竝べまわす。居るにも立つにもその態度たるや眞に悠然たるもので、遠くから眺めてあれば神仙もかくやと思わるるばかり。そもそも射・御・書・數は、古人が皆學習しており、齊梁の子弟の如き柔靡脆弱なるものはこれまで居なかった。士人の習慣もここまで落ち果てては、國家の大事は尙更これを問う事などできようか」[25]。劉勰はつまりこのような状況の下で、文事武備共に重視する論を提言したのであった。

五、程器篇に、「君子は器を藏し、時を待ちて動き、事業に發揮す。固より宜しく素を蓄えて以て中を弸《み》たし、采を散じて以て外を彪《かざ》る。其の質を楩柟にし、その幹を豫章にす。文を摛くは必ず軍國を緯するに在り、重を負うは必ず棟梁に任ずるに在り。窮すれば則ち獨り善くして以て文を垂れ、達すれば則ち時を奉じて以て績を騁す。此くの若き文人は、應に梓材の士なるべし（君子たる者は德性を内に蓄え、然るべき時を待ち受けてそれを活用し、一つの事業に腕を揮うのだ。それには勿論優れた天分を育てて内面性を緊張させる一方、詩文の才を發揮して外面を充實させねばならぬ。木に譬えるなら楠の香氣ある資質を養い、檜の壯大な幹を形成せねばならぬ。文筆を執る目的は必ず一軍一國への政治參加に置かれ、責務を背負っては必ず國家の大黒柱たることが要請される。世に報われぬ時は獨り高潔を保って文章を後世に傳え、世に迎えられれば時勢に乘って功績をたてる。このような文人であってこそ『尙書』のいう理想的人材の知識人といえるのである)」と。――この說は儒家に出る。孔子は、「之を用ふれば則ち行ひ、之を捨つれば則ち藏る」と言い、孟子は「志を得れば、澤は民に加わり、志を得ざれば、身を修めて世に見《あら》わる。窮すれば則ち獨り其の身を善くし、達すれば則ち兼ねて天下を善くす」と言うのが、その基づくところである。(26) このような人生觀は、劉勰の憤りと不平を決定づけても、「邦に在りて怨み無く、家に在りて怨み無し」という儒家思想の限界を越える事ができなかったのである。紀昀は、劉勰が鬱鬱として志を得なかったために發憤して書を著したと述べたが、この論斷は、概ね間違いない。『文心雕龍』諸子篇の「嗟夫、身は時と舛《たが》うとも、志は道と共に申《の》ぶ（ああ、思想家たちは、わが身は世に背かれながら、內なる抱負を哲理に託して開陳した）」という感嘆も、同樣に先述の「窮すれば則ち獨り善くして以て文を垂る」という道理を語るものである。

以上の引用文と考察に據ると、程器篇は、多くの場所、士庶の區別というこの社會現象に批判を加えており、この批判は正に貧寒庶族の身分に符合するものだ。ここからも、先述と同樣に劉勰が決して士族に屬したのではないという結論が導き出され、正に上文の劉勰の家系の考證から得た結果と完全に一致する。劉勰が庶族に屬することが確定すれば、彼の一生の經歷がみな彼の出自と關係することが容易に見て取れる。等級が嚴しい門閥制度の中にあっては、貧寒庶族はしばしば動搖して不安定な地位にいて、經濟上では排斥を受け、立身出世の上では蔑視を受け、甚だしきは日常生活に於いてもまた常に恥辱を堪え忍ばねばならなかったのである。このような抑壓を受けた不安定な地位は、彼らをして當時の社會の暗黑現象に對して不滿を持たせたに違いない。

劉勰の一生は、寺に入り――仕官し――出家するという三つの段階を經てきた。彼は第一の時期、出身が卑しく、家の境遇が貧寒で、已むを得ない狀況下にあって寺に入ったために、「窮すれば則ち獨り善くして以て文を垂る」という臨機應變の策を採用し、發憤して書を著したのである。(27) 彼は『文心雕龍』のなかで内心の不平不滿を吐露し、門閥が標榜した浮華尙玄の文風に反對し、文質竝び重んじる進步的な文學主張を提言してはいるものの、しかし、思想體系から言えば、彼は終始儒家の思想原則と倫理觀念を越えていない。『文心雕龍』の基本的觀點は「(儒家)經典を宗とする」ものであった。彼は至るところで仁孝を强調しており、儒家が褒めそやす先王と孔子を尊崇して至れり盡くせりである。寺に入って以來、彼は儒家の經世致用、事業に發揮するという理想をひたすら胸に抱き續け、一旦仕官の機會を得るや、自分の抱負を實現できる時と認識して、すばやく仕官してしまった。よって、彼が、人生の第一段階から第二段階への移動、つまり寺住みから仕官するに至ったのは、全く論理に合った進展なのである。これは、正しく所謂「窮すれば則ち獨り善くして以て文を垂れ、達すれば則ち時を奉じて以て績を騁す」という人生觀の反映なのであった。第二の時期にあっては、個人的な將來性に惠まれ、社會的地位も急に高くなった事により、思想上でもそれなりの變化が生まれている。彼は、梁の天監の初めに奉朝請に初就任して以後、梁王朝へ迎合する氣持ちがその言行に明らかに現れている。『梁書』劉勰傳には、「時に七廟のお供えには、既に野菜や果物を用いていたのだが、南北二つの郊社では、まだ生け贄を捧げていた。そこで劉勰が二郊でも七廟と同じようにするのが良いと進言すると、皇帝は尙書に回して檢討させ、劉勰の言葉に從う事となった。步兵校尉に遷るが、舍人の職を兼ること元のままであった」とある。楊明照の「劉勰傳箋注」では、「步兵校尉には、この上表に因って移った」と分析している。(28) この說は眞に正しい。當時梁の武帝は、卽位するやすぐに食事に生臭物をさけ、三度も身を捨てて寺に入ったのである。劉勰の上表は正にこのような要望に迎合したのであった。(29) この他、劉勰がこの時期に作った『滅惑論』からも更に有力な證據を見つける事ができる。この論著は劉勰が儒家古文學派の立場を變え、玄學佛學の合流思想に轉向した事を示すものである（これについては下章に詳述）。『滅惑論』には次のような文がある。「張角・李弘は、毒を漢末に流し、盧悚・孫恩は亂を晉末に盈たした。餘波の及ぶところ、眞にたくさんの教徒が出た」と。劉勰が太平道を奉る張角と五斗米道の孫恩に反對するのは、佛教と道教の爭いのように見える。盧悚もまた天師道を奉じていた。李弘は事績不詳だが、しかし道教徒であることは疑い無いだろう。北魏の寇謙之の撰になる『老君音誦戒經』に、「名を李弘と呼ぶ、毎年やってきた」とある。晉の時期に李弘は五人いるが、漢代の史書中には李弘の名はまだ見つからない。劉勰はその『滅惑論』で「餘波の及ぶところ、眞にたくさんの教徒が出た」と言うのは、正にこれを指して言うのである。[30]實際、このような思想は封建統治を擁護しようとするものだ。『文心雕龍』諸子篇に、「昔東平は諸子と『史記』を求むるも、漢朝は與えず。蓋し史記は兵謀多く、諸子は詭術を雜うるを以てなり（昔、漢の東平王劉宇が、諸子の書と『史記』を求めた時、朝廷ではそれを許可しなかったが、それは『史記』には戰爭の策略が多く記され、諸子の書には奇怪な學説が混じっているからである）」とある。劉勰の見るところに據れば、兵謀詭術は、社會動亂を作り出す災いの元なのである。だから儒家經典以外の『史記』、「諸子」に對しては、かなり婉曲な表現が多くなっている。たとえ劉勰が仕官中に以前の憤懣を放棄して、精一杯蕭梁王朝の意向に迎合し、妥協の路線に從って、自ら軍政・內政に貢獻し、重責に當たるべき理想の實現を夢見たとしても、しかし、どうやら仕官中にはその志が得られなかったようである。梁の武帝は內外の學を兼ね、佛教を信奉して儒書も廢さず、この二つの分野で、多くの活動を始めて、史書と『弘明集』とには少なからぬその記録を留めているが、その中には劉勰が參與した形跡が全く無く、劉勰は梁の武帝の重視を受けていなかったようだ。晩年になるや、彼はやはり以前の鬱鬱として志を得ない境遇に陷ったのであった。梁の武帝は彼に佛僧と共に經典の著作を命じている。彼の地位は寺に居た時とほとんど變わりが無かった。結局彼は出家遁世の道を選んで、自分の最後の住處とする。『梁書』劉勰傳には、「敕令により慧震沙門と共に定林寺にて佛典の著作に當たらせた。仕事が終わると、出家を願い出たところ、先に鬢髪を燔いて誓願を立てていたので、敕許が出た。そこで寺に於いて服を變え、名を慧地と改めた。それから一年もしないで亡くなった」とある。劉勰が鬢髪を焼いて自ら誓うという固い態度で出家を求めたのは、仕途に幻滅を感じ、胸中に口に出せない苦しみがあったためであろう。これがつまり第二段階から第三段階へ、卽ち仕官から出家への原因である。これまで述べた所をまとめてみると、劉勰の一生の經歷は正に一人の貧寒庶族の恵まれない運命を明示していたのだ。劉勰は軍政・國政に貢獻し、重責に當たろうとする社會參加への思想を抱いていたのだが、結果としては出家せざるを得なかった。彼は、階級が嚴しい門閥制度に不滿を持っていたものの、最高統治集團には妥協せざるを得なかったのである。彼は儒家古文學派[31]の立場をしっかり守り、浮華な文風に反對したけれども、玄佛合體の統治思想と結び付かねばならなかった。このような矛盾現象は、彼の時代と經歷を通してのみ始めて最終的な説明を得られるのである。

注（原注を含む）

（1）劉毓崧（一八一八―六七）、清代の學者。『通誼堂集』「文心雕龍の後に書す」にて、これまでの「梁の劉勰撰」という著者標示に疑問を持ち、『文心雕龍』の成立が、梁ではなく南齊末であることを始めて主張した。現在でも、本書の他の箇所で觸れられるように、『文心雕龍』の成立年代には齊代説と梁代説があるが、齊代説を支持する者が多く、本書の著者もその説を取る。

（2）『文心雕龍』引用文は、筑摩書房世界文學全集二十五『陶淵明・文心雕龍』巻に收める興膳宏譯『文心雕龍』の訓讀文と口語譯を用いる。以下本書の『文心雕龍』の引用は、文脈に沿う限り便宜上これを用いるが、翻譯の都合上多少改めて用いたところもある。なお、『陶淵明・文心雕龍』巻には現代語譯及び注釋が付いているので、參考にされたい。この他に全譯としては、平凡社中國文學大系五十四『文學藝術論集』に收めるもの（目加田誠譯）及び明治書院新釋漢文體系六十四・六十五卷『文心雕龍』（戶田浩曉譯）がある。

（3）　范文瀾（一八九三―一九六九）『文心雕龍注』、范文瀾は歷史家として名を知られ、中國科學院哲學社會科學部常務委員、中國近代史研究所所長等の職歷がある。一九二五年に『文心雕龍講疏』を出版、それを基礎に一九五六年『文心雕龍注』を出版する。豐富な注釋と引用で定評があり、現代の『文心雕龍』研究に於ける基礎的な參考書となっている。本書が引用する范說は、序志篇の注（六）に見える。

（4）　楊明照（一九〇九―　）「梁書劉勰傳箋注」、楊明照は四川大學教授。中國古代文學理論學會會長、全國『昭明文選』學會會長等をつとめる。早くから『文心雕龍』の校勘や資料收集に於いて優れた業績を上げ、以後增補版を出版し續け、現在『增訂文心雕龍校注』（二〇〇〇、中華書局）が最も新しく、『文心雕龍』研究者必攜のものとなっている。「梁書劉勰傳箋注」は、もと一九四一年に『文學年報』第七期に揭載。以後、追加を加え、『增訂文心雕龍校注』に揭載。

（5）　原注、楊明照「梁書劉勰傳箋注」による劉勰の家系圖は次の通りである。

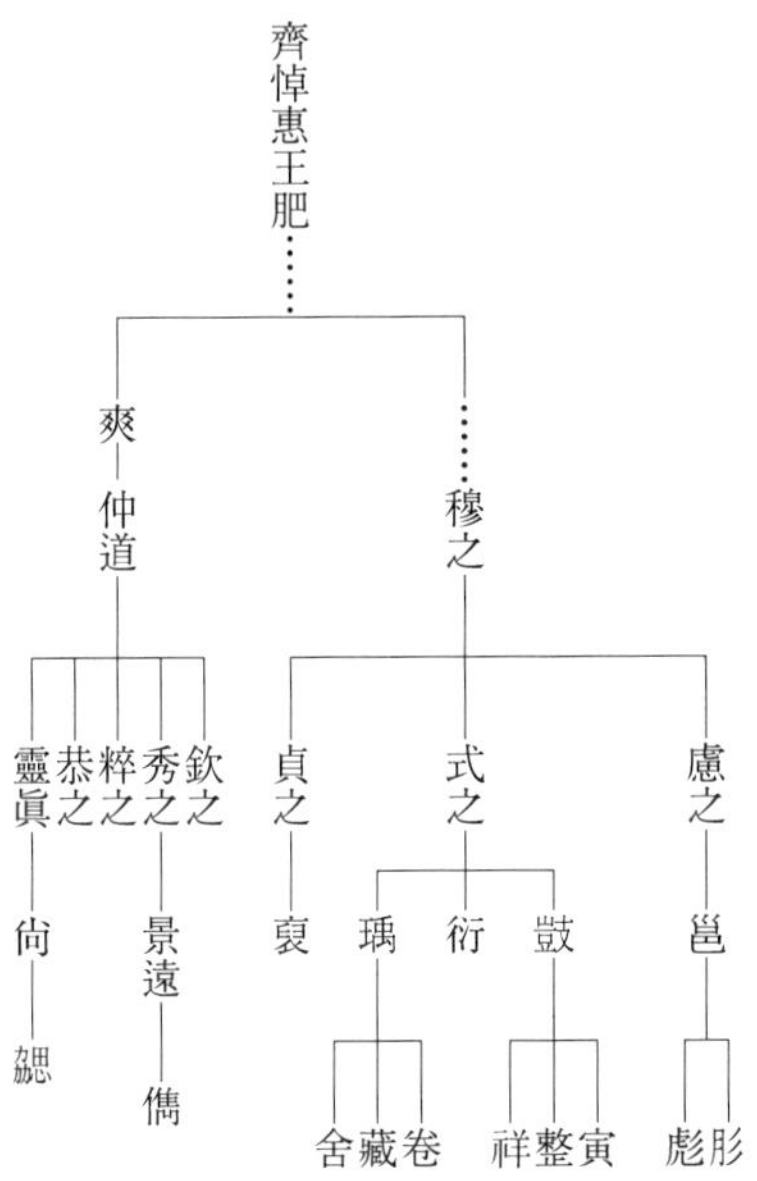

（この表は一九七九年『中華文史論叢』第一輯の作者（楊明照）の增訂を經た「梁書劉勰傳箋注」に載せられたもの。同じ學術誌には筆者（王元化）が本書に收錄した「劉勰の家柄と士庶區別の問題」が收められており、その中には一九七八年『劉岱墓志』に關する『補記』が附されている。その『補記』の中で私（王元化）はこの資料に據って、楊明照の作った劉氏の系圖に劉撫と劉岱の二人を加えるべきことを述べておいた。一九八二年末に出版された楊明照『文心雕龍校注拾遺』では劉撫と劉岱の名が補塡されている。）――『文心雕龍創作論』二版補記。

（6）劉師培（一八八四－一九一九）『中國中古文學史』、北京大學教授。『中國中古文學史』（『中國中古文學史講義』）は簡明で資料が豐富な學術書として知られる。尚、『文心雕龍』の制作年代を推定した劉毓崧は祖父に當たる。

（7）原注、史籍及び前人の著作には「士族」の語に統一された呼稱はなく、時には「世族」「勢族」「世胄」「右族」「右姓」「高門」「甲族」「勢門」等と呼ばれる。「庶族」の語も同樣で、「寒門」「寒人」「寒族」「寒素」「寒士」等と呼ばれる場合がある。

（8）王利器（一九一二－　）『文心雕龍新書』序錄、北京大學教授。『文心雕龍新書』はフランスのパリ大學北京漢學研究所が刊行した『索引叢刊』の中の一つで一九四三年の刊行。後、修改を經て『文心雕龍校證』として上海古籍出版社より刊行されるが、校訂が主となっており、索引部分は付いていない。

（9）九品中正門選制、各州・各郡に中正官を設け、各地の士人を九段階の等級に分けて推薦し官職につける選擧制度。三國の魏の初めから隋の初期まで行われた官吏登用制度。推薦者の恣意に據るところが大きいため、貴族の子弟が高位で推薦され、貴族政治の維持に大きな役割を果たした。

（10）原注、劉勰は正面から九品官人法を批判してはいない。しかし、兩漢の選擧制度に贊成して、魏晉以來の名ばかりの秀才孝廉の策試については婉曲的な批判表現が多い。議對篇に「かつて漢代の博士の宴席には、雉が座敷のまわりに群がったというのに、晉代の秀才に行った對策の試驗場では、鹿が周邊をうろつく始末だった。それは別に不思議ではない、人材の選拔に道を誤ったからに過ぎないのだ」と言う。ここには九品官人法以後の選擧制度に對する不滿が透けて見える。『詩品』の著者鍾嶸は、この點で劉勰とは態度を異にしている。『梁書』鍾嶸傳には「もし役人が寒門出身であれば、その家格をはっきりさせねばならない、軍功があるからといって、みだりに高位高官につけてはならない」という彼の言葉を記す。

（11）原注、『梁僧傳』は僧祐が「僧范道人に師事し、業を沙門法穎に受く」と言うばかりであるが、玄暢『法獻博』では「獻の弟子僧祐」という。湯用彤『漢魏兩晉南北朝佛教史』も、「『珠林』の記載に據れば、法獻を先師と呼んでいるから、僧祐は法獻の弟子である、この記事（『法苑珠林』の中の「佛牙感應記」を指す―引用者）は、僧祐の手になるものだ」と言う。『法獻博』には、法獻が永明年間に僧主を務めた後、「吳の地方一帶に敕を被り、二つの佛教集團を視察した」とある。『僧祐傳』では、祐が「永明年間に、敕により吳に入り、五つの佛教集團を視察した」という。二人は同時に敕を被り吳に入り法を廣めたのではないか。

（12）『四聲譜』、沈約とそのグループは、漢語が持つ音節上の上下アクセント（聲調）を意圖的に配置する作詩法を提唱した。『四聲譜』は聲調に基づいて漢字を配列した音譜表らしいが、現在は散逸。

（13）原注、近來、劉勰が奉朝請で起家した事から彼が「當然士族に屬す」と斷言する主張がある。この學說は正確ではない。思うに、『文獻通考』では「漢律に、諸侯が春に皇帝に見えるのを朝と呼び、秋を請と言う。奉朝請には、定員はなく、もともとは官職ではない。漢代の洛陽では退職した三公、外戚、皇室、諸侯が多く朝・請を奉じている。奉朝請とは、朝廷での集まりの招請を奉ずるだけであった」と言う。南朝時代、士族のみが奉朝請に就任し得たかどうかは、にわかに斷言できないのである。『文獻通考』の說に據れば、宋の武帝の永初年間以來、すでに「奉朝請選雜」の狀況があり、齊に至れば更に「人數猥積」となり、永明年間には奉朝請「多きときは六百餘人に至る」。このような狀況を無視して、劉勰が奉朝講に起家したというたった一つの證據だけで彼が必ず士族に屬したとは斷定できない。當時は、いくらかの寒人が、服裝の典雅さに據って、或いは軍功やその他種種の特殊な理由に據って、例外的に士族の仲間として選拔される事があった。前文に引く張華・蔡興宗・陳顯達らの諸人は、皆庶族で高官に就いた人物である。ここに蕭梁時代の事例を更に一つ擧げて說明しておこう。梁の武帝時代、中書通事舍人の職に周舍と朱異の二人が先後して就任した。汝南の周舍は士族出身で、朱異は寒人である。朱異は生活態度の傲慢さを戒められた時、こう言ったことがある。「私は寒士である。今日の境遇に巡り合わせたが、貴族の方々は先祖の枯骨を恃んで私を輕蔑なされ、私が遜ると輕蔑は特にひどいので、私は率先的にやっているのだ」（『南史』の記事）と。梁代の統治者が寒人を拔擢する政策を採ったのは、完全に政治上の必要のためである。梁の武帝は齊の末に上表して、「官を設け職を分置するのは、ただ才能を活用するために他なりません。もし古代の八人の才子が三十歳になっても卑しい仕事に就いて抑壓され、名高い四悪黨が二十歳そこそこで、貴族に入って威勢を示すようでは、代々の高官の家柄に、善を行う氣が無くなり、庶民たちも勝手氣ままに悪いことをするでしょう。それでどうして正しい道を奬勵し、後進に期待を繫ぐことができましょうか」と述べている。更に、卽位後も、しばしば才能ある人物を求める詔を出している。八年五月の詔に、「たとい牛飼いや羊の肉賣りであろうと、寒門・後門の者でも、その才能に從って官吏登用試驗を受けさせ、遺漏があってはならない」と。まさにこの理由で、『顏氏家訓』では「世を擧げて梁の武帝親子が賤人を愛して士大夫を輕んじた事を怨んだ」と言うのである。

(14)　原注、明の馮允中は、序文で『文心雕龍』が沈約に認められて後「當時の貴ぶ所となる」と言うが、これは憶斷といわざるを得ない。實際のところ、『文心雕龍』という書籍は、唐代になってやっとだんだんと影響を持ち始めたのである。劉知幾がまず本書に一定の評價を與えた。唐代の古文運動では、最も早く宗經を掲げた『文心雕龍』を重視するのは自然だった。孔穎達は『文心雕龍』を引用して儒教經典の注疏を作っている。しかし、このような影響も限られたものであった事は、唐代顏師古の『匡謬正俗』ですら劉勰の名前を間違えて「劉軌思」としている事を見さえすれば十分明らかだ。『文心雕龍』のかなり高い地位が確定したのは淸代である。章學誠は「大きな體系と、行き屆いた思想」と言う評語を與えたことがある。近代では章太炎の『五朝學』が淸代の漢學者朱彝尊・錢大昕等の後を繼いで、魏晉以來の學術思想に新たに評價を與え、一層の追い風を吹かせ、『文心雕龍』が大きな影響を持つようになったのだ。黃侃の『文心雕龍札記』、劉師培の『中國中古文學史』等は概ねこの潮流の下で生まれたのだ。

(15)　「釋三破論」、儒佛道を共に修した南齊の張融に假託して道士が作ったという佛教排擊論に「三破論」があり、その「三破論」の批判する問題を引用して答えたのが僧順の「釋三破論」。『弘明集』卷八に掲載。

(16)　原注、『續高僧傳』法融傳に、「宋の初め、劉司空は丹陽の牛頭山に佛窟寺を造り、その家は甚だ裕福で、寫藏にする經書を訪ねて、永鎭山寺のものを用いたが、貞觀十九年に至り火で全燒した」と言う。湯用彤『漢魏兩晉南北朝佛教史』では、『續僧傳』中の宋の初めの劉司空を「劉穆之か劉秀之であるかもしれない」と考えている。この說は信じられない。考えるに、劉穆之・劉秀之の傳記には全く佛教を信奉した記載が無いし、『佛窟寺經藏』の件は、『祐錄』に記錄がない。我々は、『祐錄』が、劉勰が僧祐を助けて編纂したものだと知っている。もし、佛窟寺が劉穆之または秀之の造營であるとすれば、劉勰は寺の經藏を全く知らないというはずがない。『祐錄』に於いては、『大雲邑經藏』・『定林寺經藏』・『建初寺經藏』等の書目を著錄しているのに、どうして『佛窟寺經藏』のみ一字も觸れられていないのか。これは甚だ說明しがたい疑問である。宋の周敦頤『六朝事蹟類編』中の『寺院門第十一』に據れば、佛窟寺は、「梁の天監年間、司空の徐慶造る」という。

（17）『文心雕龍』の執筆動機を語る「序志篇」には、「齡三十を越えたある夜、朱塗りの祭器を手に、孔子の後に從って南に向かう夢を見た。朝目覺めてから、私は嬉しくてたまらなかった。偉大な聖人に會うのは極めて困難な事なのに、その聖人がこの若輩の夢に現れ給うたとは」と述べられ、孔子の夢がその動機の一つである事を示している。

（18）原注、私は劉勰が租役を逃れるために寺に入った可能性が高いと考えるが、そのためには二つの問題を解決しておかねばならない。第一に、劉勰が當時租役を免除される特權を持っていたのかどうか。第二に、寺に入る以前、家の貧しさのために、租役を負擔する力が無かったのかどうか。まず第一の問題について、劉氏は東莞の人で、南徐州に原籍を持つ。劉宋の初期、徐・青・兗の三州からの南渡人に對しては優遇が示されたので、そのほかの諸郡とは異なり、登記を行わず、戶籍をつけなかった。このような狀況からすれば、東莞の劉氏は當然租役免除の優待を得ていたはずである。しかし、劉氏はこのような特權を長く享受できたのではない。宋の孝武帝の孝建元年紀に旣に「この歲始めて南徐州からの南渡の民に租を課す」の文がある。これに據れば、孝建元年になった時、南徐州の戶籍につけられていなかった南渡の民も在鄉の民同樣に租役が課せられたのである。第二の問題について、『梁書』本傳は、劉勰が若い時に家が貧しかったと言う。この表現は嘗て多くの疑問を引き起こした。劉氏の家系中、穆之・秀之は地位聲望が高くないとは言えず、家產も豐かでないとは言えない。ではなぜ、劉勰がこんなに貧窮することになったのか。この疑問に答えるのは難しくない。まず注意しなければならないのは、穆之・秀之の子孫は、齊が宋に代わって王朝を建てた後、家運が衰落し、幾度かの降封削爵を受け、土地は小さくなり、地位も日々に下降していたことだ。たとえ、彼らが尙ある程度の地位や聲望を持ち、ある程度の土地を持っていたとしても、劉勰は彼ら同樣の權利を受けられなかったのである。なぜならば、南朝社會では同族は分家して住み、互いに助け合わない現象が一般的だからである。『宋書』周朗傳では、周朗の上書を載せて、「今の士大夫の家庭は、父母が健在でも、兄弟は家計を異にすること、七割がそうである。庶人の親子も家產を別々にすること、八分の五がそうである。ひどい時はその安否も知らず、貧乏で滿足に食べられなくても知らんぷりだし、互いに嫉妬や悪口など、枚擧に遑がなく、宜しくこのような狀況を禁じて、その風習は改めるべきである」と。史實を參考にすれば、一家一門で同居できる者は極めて少なく、兄弟子姪で同居できる者はもっと少なかった。嘗て穆之の曾孫肜は刀で妻を斬りつけて爵位を奪った後、弟の彪に封土を引き繼がせた。彪は廟墓を修理しなかったため、爵位を削られて羽林監となり、その後、死んだ弟の母楊氏と別居し、楊氏が死んでも埋葬もせず、そのために役人が奏上してこれを彈劾した。このように弟の母すら生前に養育もせず死後に埋葬もしないという狀況は、正に周朗の言う「ひどいときはその安否も知らず、貧乏で滿足に食べられなくても知らんぷり」の語の證據である。實際のところ、同族同祖の困窮者がしばしば搾取され虐待される對象となった。これは、親族によって田畑の賣り買いをする制度の必然的な結果である。劉勰の祖父靈眞が、秀之の兄弟であるかどうか、范文瀾『文心雕龍注』に據っても、やはり疑問がある。それが事實だとしても、三代以後ともなれば親族關係は極めて疎遠になってしまい、同族でありながら分家して住み、互いに助け合わない當時の狀況下では、劉勰は父を喪くして後、やはり、微賤貧窮の境地に陷ったはずである。

(19) 紀昀（一七二四－一八〇五）、清の乾隆時代の進士。中國を代表する叢書『四庫全書』の總編纂官。引用文は『道光十三年廣東朱墨套印黃叔琳注紀昀評本』に據る。

(20) 劉永濟（一八八七－一九六六）『文心雕龍校釋』、劉永濟は武漢大學教授。詩・詞・曲・文學論等廣い領域で古典研究を行った。この書は一九四八年初版。武漢大學での講義錄に基づく。

(21) 「摩羅詩力說」、魯迅の『墳』の中に收載。「摩羅」とはサンスクリットで悪魔の意。悪魔派詩人や革命詩人ら天才詩人の迫害を論じるもの。

(22) 玄談、魏晉の頃に流行した『老子』・『莊子』及び『易』のテキストを據り所にした哲學談義。

(23) 清談、人物批評や時事批評を指すこともあるが、ここでは世俗に關わらない高尙な議論をいい、玄談と同じ意味。張憑が清談に據って劉眞長に認められた話は『世說新語』文學篇に見える。

（24）「蕭揚州の爲に作る士を薦むる表」、『文選』所收。齊の建武初年に人材の募集が行われた時、任昉が揚州刺史の蕭遙光のために作った上表文。

（25）顏氏家訓、隋の顏之推（五三一―？）の記した家訓書。顏之推は南朝梁・北朝齊、周、隋の官職を歷任し、王朝の滅亡を三度經驗する。學識こそ國家が滅亡しても自己を保つものだという視點から、當時の貴族の有樣が各所に描かれる。譯文は概ね平凡社『中國古典體系』9『顏氏家訓』によるが、射・御・書・數等以下の部分は未詳。

（26）引用された孔子及び孟子の語はそれぞれ『論語』述而篇及び『孟子』盡心上篇に見える。

（27）原注、『文心雕龍』は劉勰のこの時期の主要な仕事である。梁繩偉『文學批評家劉彥和評傳』には、「劉勰の『文心雕龍』は佛教を學んだ時の一種の副產物である。……ただ若いころのそそくさとした作品に過ぎない」というが、この斷言は正しくない。體系や規模はもちろんのこと、資料收集に要した時間と構想を練り上げるのに要した精力等の面から見て、『文心雕龍』は全く「そそくさとした作品」ではないのである。『梁書』本傳に「劉勰自らその文を重んず」とあるのは、何よりの證據である。

（28）步兵校尉、太子舍人が六品。步兵校尉は四品、武官ではあるが、魏の時代に著名な文章家阮籍が就任してより、著名な文章家も就任した官職。

（29）原注、梁武帝が菜食して殺生を斷ったのは、因果應報の迷信思想を宣揚するためであった。『廣弘明集』に彼の『斷酒肉文四首』が載せられ、その文頭には「十惡を行うものは惡報を受け、十善を行うものは善報を受く」という主旨の文がある。明らかにこれは、人民を騙そうとする手段である。當時、動物の殺害をやめることは、朝廷の大問題となっていた。『廣弘明集』の「梁の武帝の斷殺して宗廟の犧牲を絕つ事を敍ぶ」という一文に、「梁の高祖武帝、天下に臨みて十二年、詔を下して宗廟の犧牲を去り、佛戒を修行し、疏食して欲を斷つ」と言う。考えるに、この件は、定林寺沙門の僧祐・龍華邑正の柏超度等が上表陳請し、敕して尙書に付して詳しく議論されたものである。その時朝臣は二派に分かれ、贊成派には兼都令史の王述がおり、反對派には議郎の江貺等多くの人物がいた。梁の武帝は周舍に江貺を批判させて、ようやく宗廟の犧牲を斷つ詔を下したのである。劉勰の上表は、楊明照「本傳箋注」に據ると「天監十八年正月後に在る」と推定している。先の贊否の曲折を經て後に、劉勰は二郊を七廟と同じように改めるべきだと上表したのであって、當然武帝の御覺えはめでたかったろう。

(30)『滅惑論』、『文心雕龍』以外、劉勰の現存する著作は數少なく、佛教關係の著作を集めた『弘明集』に收めるこの「滅惑論」は、劉勰の思想を知る上で貴重な著作である。これについては本書に收める「滅惑論と劉勰の前後期思想の變化」を參照。

(31)古文學派、漢代には基づくテキスト文字の今古の違いに因って、儒學に今文派と古文派があった。漢代後期から學術界では古文派が力を持ち始めたが、魏晉になると『老子』・『莊子』・『易』の書籍に基づく玄學が盛んになり、表面的には古文派は目立たなくなっていく。

補　記

一九六九年、江蘇省の句容縣で南齊の『劉岱墓誌』が發掘された。缺損はなく、碑文は完全であった。以下にその要點を記錄する。

高祖、(劉)撫、字は士安、彭城の內史。曾祖は爽、字は子明、山陰の令。祖は仲道、余姚の令。父は粹之、字は季和、大中大夫。南徐州東莞郡莒縣都鄉長貴里の劉岱、字は子喬。君は幼少にして聰明、若年にして明達、父母に孝、長上に禮儀正しく、友人にも誠實であり、性格は素直で、見識・器量は深く豐かで、道德・品性は竝々ではなかった。山陰の令となり、太守の職に精勵したが、左遷されて、尙書の公文書を掌り、無位無冠のまま余杭縣を統治した。年齡五十有四、永明五年太歲丁卯夏五月乙酉十六日庚子、病を患い、縣役所にて終わる。その年秋九月癸未朔二十四日丙午、始めて墳墓を揚州丹陽郡句容縣南鄉糜里の龍窟山の北に作る。身内を記し德行を刻み、これを墓右に藏する。——悠々たり海と山、綿々たり精神と遺業。秦に漂い梁にさすらい、韋曲に行ったり杜曲に去ったり。奥床しくも立派な傳統を繼ぎ、代々立派な官爵を得た。その德は今を被い、その道は古からのもの。しかし、善行を積めば餘慶ありというのは虛言であり、仁者は長壽というのも怪しいものだ。淸らかな風尙は日々に消え、すばらしい抱負も永えに終った。靈前の供え物は虛しく竝び、黄泉の國の入り口もさぞ仄暗いことだろう。敢えて生前の立派な行いをここに記し、謹んでこれを永遠に殘すことにしよう。

この『墓誌』は、前掲の劉勰の家系圖を增訂し得るものである。劉爽の名の上に劉撫が加わるはずであり、劉粹之の名の下には劉岱が加わるはずである。劉撫は東莞の劉氏の遠い祖先であり、劉岱は劉勰の叔祖の世代に當たる。劉撫・劉岱は、共に史書に傳記が無い。劉撫は穆之・仲道を隔たること既に三代、晉代の人物だと推測される。『晉書』では、漢の皇帝劉氏の後裔については、多く彼らのために傳記を立てている。例えば劉頌（「列傳」十六）・劉喬（「列傳」六十一）・劉琨（「列傳」三十三）・劉隗（「列傳」三十九）・劉超（「列傳」四十）・劉兆（「列傳」六十一）等がそれである。更に注意すべきは、その「列傳」五十一には、「劉胤、漢の齊悼惠王肥の後」と載せるが、彼の原籍は東莞の莒縣ではなくて、東萊の掖の人である。胤の卒後、子の赤松が嗣ぎ、南平公主を娶り、位は黄門郎、義興の太守にまで至った。上記の諸傳記からは、劉撫に關わる手がかりは見つけられず、このことは、『宋書』劉穆之傳に、彼が「漢の齊悼惠王肥の後」と述べる事を一層疑わしいものにさせている。

南齊の『劉岱墓誌』には、更にもう一つ注意すべき所がある。それはそこに功德を褒めたたえる内容が付け加わっていることだ。これは、東晉の墓誌には無かったものである。南齊の『劉岱墓誌』に現れるこの新しい特徴は、正に劉勰が誄碑篇の贊で「遠を寫し虛を追いて、碑・誄は以て立つ。德を銘じ行を慕い、文彩は允《まこと》に集まる（遠く虛しき追憶を寫し出さんと、碑・誄は建てられた。德性を刻み善行を慕って、その文章の光彩は顯現される）」の說と相呼應するものである。

『文心雕龍創作論』二版附記

この幾年かの劉勰卒年研究には、代表的な新説が二つある。一つは楊明照が宋の釋志磐『佛祖統紀』に據って、劉勰の卒年を「大同四年（五三八）でなければ翌年である」（說は『文心雕龍校注拾遺』に詳しい）と推斷するもの。もう一つは、復旦大學の李慶甲が元の釋念常『佛祖歷代通載』に據って、劉勰の卒年を「中大通四年（五三二）」（說は一九七八年『文學評論叢刊』第一輯「劉勰卒年考」に詳しい）と推斷するもの。後者の說は、おおむね最近幾年かの內では、劉勰の卒年を再考證した最も早い文獻である。解放前に出版された劉汝霖の『東晉南北朝學術編年』という書はつとにこの問題に論及している。上述の李慶甲の論文中でもこの著書に言及していた。この著書の作者は、宋の釋志磐『佛祖統紀』に據って、劉勰の卒年を大同四、五年の閒だと推斷した。いま以下にその文を引く——

大通三年辛亥（五三一）

梁の太子卒す。（司徒左長史王筠に詔して哀册文を作らしむ）

大通四年戊午（五三八）

梁の劉勰出家して僧となる。劉勰は佛教に長じた文章を書くので、京都（建康）の寺塔及び名僧の碑文・墓誌は、必ず劉勰に文章の制作を依頼した。敕を受けて慧震沙門と共に定林寺で經典の編集に當たり、その佛事が終わると、出家を求めたが、既に鬚髪を下ろして誓っていたので、これを敕許した。そこで、寺院にて衣服を變え、名前を恵地と改めたが、一年も過ぎないうちに卒した。文集は世に行われる。

〔出處〕『佛祖統紀』卷第三十七、『梁書』五十「劉勰傳」、『南史』七十二「列傳」六十二「劉勰傳」。

劉汝霖の『東晉南北朝學術編年』では、劉勰の卒年の出處が『佛祖統紀』より引かれている事をはっきり注記していた。しかし、また一方で『南史』卷五十三「列傳」第四十三「梁の武帝諸子」の中の昭明太子が中大通三年に卒した記事に據って、『佛祖統紀』の誤りを訂正している。『佛祖統紀』では、昭明太子の卒年の中大通三年を誤って大同三年としていたのだ。これは祖琇の『隆興佛教編年通論』も同じである。後者（『南史』）は陳垣に「編纂には條理があり、論述も優雅である」（『中國佛教史籍概論』）著作と評價された。それは『佛祖統紀』等の著作ができた時の下本或いは參考資料であった。

『隆興佛教編年通論』では昭明太子の記事が大同元年「法師惠得」の後に置かれ、年號をはっきりと記していないが、しかし、この書の體例から見て、そこで三年と言うのは當然大同三年を指すのだ。そこで、ここから劉勰の卒年の異なる二説が生まれてくるのだ。劉汝霖の『東晉南北朝學術編年』は、一方で『南史』に據って『佛祖統紀』の記す昭明太子の卒年の誤りを正しているが、もう一方では依然として『佛祖統紀』に從って劉勰の卒年を大同四年だとする推定説を踏襲している（楊明照「梁書劉勰傳箋注」も同じ）[1]。これでは大切な問題を無視していることになるだろう。それはつまり、『佛祖統紀』は劉勰の簡單な履歷を昭明太子の事跡の後に續けて付していることだ。よって、昭明太子の卒年を訂正したならば、同時に劉勰の事跡の年代も訂正すべきであって、兩者を共に大通年代におくべきなのである。念常の『佛祖歷代通載』は正にこのようにしている。『通載』は正史に據って昭明太子の卒年を訂正し、併せて劉勰の事跡をその後、すなわち中大通三年に付置していたのである。李慶甲はこれによって劉勰が中大通三・四年に卒し、なかでも中大通四年の可能性が更に大きいと推斷したのである。私はもし宋や元の佛教家の編年記載に據って劉勰の卒年を推察するのであるならば、後者のほうがより合理的だと考える。

しかしながら、私には祖琇・志磐・本覺・念常・覺岸の諸作に據って劉勰の卒年を推斷する事には、十分な信賴性が無いと思われる。第一に、なぜ『梁書』や『南史』等の史籍にはいずれも劉勰の卒年について觸れていないのに（或いは確定できず）、それから數百年の後、宋元の時代になって、これまでずっと解決できなかった問題が、結局は突然すんなりと解決されてしまったのか。また、この問題を解決した根據は何か。上述の佛教家の編年史からは何の有力な證據も提供されず、甚だしきは、たった一つの證據やわずかな記載或いは追跡可能な手がかりさえもないのである。第二に、『佛祖統紀』であろうと『佛祖歷代通載』であろうと、編年體で書かれたものとは言え、二書とも劉勰の事跡を昭明太子の事跡の後に付けている。同時にまた、共に昭明太子の事跡を主體とし、昭明太子を記述するために劉勰にも言及したものなのだ。撰者が劉勰に言及した理由は彼が「平素から太子に重視されていた」ためである。例えば先の『通載』では、劉勰の事跡を昭明太子の事跡の文末に付けている。この配置が果たして劉勰が昭明太子の卒後に逝去したと考えての事なのか、それとも單に文章作りの都合のためで、嚴格に時代順を守って劉勰の事跡を述べたものではないのか、疑問が湧いてくる。私には後者の可能性がないとは思えないのである。

注

（1）楊明照氏の最も新しい著述『增訂文心雕龍校注』（中華書局、二〇〇〇）では、劉勰の卒年を「大同四年か大同五年」と推定している。

第二章　「滅惑論」と劉勰の前後期思想變化

劉勰の著述は、『文心雕龍』を除けば、現在わずかに『弘明集』巻八に載せる「滅惑論」[1]と『會稽掇英總集』巻十六に載せる「梁の建安王の剡山石城寺の石像を造る碑」[2]の二種の文章がわずかに残るだけである。[3]この兩篇の文章は近來非常に人々の注目を集め、少なからぬ論者がしばしば兩篇の文章を『文心雕龍』研究の補助資料にして、劉勰の文學觀及び世界觀を探究しようとしている。『文心雕龍』序志篇では、「文心の作や、道に本づく（『文心雕龍』の筆を執るにあたり、私は天地自然の原理に基づく）」と述べていた。『文心雕龍』の冒頭におかれたのは原道篇であり、その冒頭の一句は「文の德たるや大なり（文が文となり得た由來は實に偉大である）」（過去の注釋家は「德」を「德行」とか「意義」と解釋してきたが、いずれも誤解している。「德」とは「得」の意味で、「物德」の「德」のような意味である。いわばある物がその物となり得た所以のことをいう）という言葉がおかれていた。「文の德たるや大なり」もまた文の由來を說こうとするものである。劉勰の視點からすると、文學は如何にして誕生したのだろうか。原道篇こそがこの問題に對する解答である。しかしながら、原道篇は「道」の語義に對して、從來どおり甚だ不明快な述べ方しかしていないのだ。魯迅は『漢文學史綱要』の中で、「梁の劉勰が、『人文の元は太極より始まる』とか、『天地人の三才の顯現は、皆な道に由って妙なり』と述べるに至っては、……その說はあまりに漠然すぎて、はっきり理解しようがない」と述べている。[4]最近になると、「滅惑論」と「石像碑銘」が共に「道」の概念に論及している事に目を着け、その二篇の文章を原道篇に關連づけ、互いに參照させて、そこから劉勰の「文は道に原づく」という主張を明らかにしようとする人々が現れた。中でも「滅惑論」はとりわけ重視されている。なぜならば、そこには「至道と宗極は、その理は一つに歸す。妙法と眞境は、本來二つの概念ではない。佛の最高の境地は、空玄無形でありながら、萬象が全て呼應し、寂滅無心でありながら、奥深い知恵がいよいよ輝きを增す。深い教えは密かに働いて、その窮まるところを知らず。佛の功徳は影ながら日々に用いられて、それが人々に意識されることはない。ただ萬象がそこに生まれて、それぞれに假の名前が付けられる。梵語ではこれを菩提と言い、漢語ではこれを道と言うのだ」という文があるからだ。この文中に「梵語ではこれを菩提と言い、漢語ではこれを道と言うのだ」と明快に述べられているので、いっそう人々は『文心雕龍』原道篇と「滅惑論」とが共に同一の「道」という概念を明らかにしていると強く信じ込んでしまい、かくて兩者は互いに意味を説明し合うものだと斷定してしまった。

表面的には、この論斷は理由がないわけでは無い。しかし、我々がもし、原道篇と「滅惑論」とが異なった時期に書かれたものであること、及びその兩者の閒に明らかに示される思想の變化の痕跡を子細に検討するならば、この二篇の論著はこの「道」という名詞をそれぞれ異なった意味で用いている事に容易に氣づく。問題はまず同一名詞が異なる語義を持つという事にあるのだ。理論研究の仕事で最も難しいものの一つは、專門用語が持つ特定の意味を確定しなければならない所にある。同じ專門用語は異なる流派の思想家の閒でしばしば截然と異なる意味を持つばかりでなく、甚だしきは同一の作家が用いる時でもしばしば意味を異にする場合があるからだ。このような情況は、如何なる理論的な著作でも免れ難いものだ。正にマルクスが『資本論』の中で述べた次の言葉、「一つの專門用語が異なった意義で用いられると、簡單に誤解を招いてしまうものだ。しかし、如何なる科學といえども、この缺陷から完全には免れられない。高等數學と初等數學を比べてみれば分かるだろう」（『資本論』自體でも場所によっては「必要勞働時閒」の一語で二つの異なる意味を表示する事がある）の如くである。(5) 中國古代の論著は用語に科學性が缺けているので、同一の語で意義を異にする專門用語は一層珍しくない。このような情況に出會えば、我々は文脈で意味を判斷する事により、なんとか望文生義の誤りを犯さなくて濟む。佛教學の著作は、形音共に表現が繁雜で、つとに前人たちも讀みづらいと言っているが、その原因は佛教學がそれ自身で特殊な用語の體系を造っていたからなのだ。「滅惑論」は正にこのような佛教の教義の學說に屬する論文なのである。早期の佛教學の著作の中では、「道」或いは「佛道」の語は、漢化を經た專門用語であった。佛教は漢代に中國に傳えられ、最初は道家の仙術に付屬するもの、或いは道家の仙術の一種だと見做されていた。當時佛法を語る者は、梵文の原文には未熟だったので、佛教の教義についてはその研鑽が未だ精密なものとなっておらず、佛教學派特有の述語を表現する手立てが無く、中國に固有の名詞を以て代替えするしかなかった。例えば、最も早い漢譯佛典の『四十二章經』では佛教を「釋道」と呼び、佛教を學ぶ事を「道を爲す」・「道を行く」・「道を學ぶ」と言っている。[6]牟子の『理惑論』は『四十二章經』に比べて晚出ではあるが、『弘明集』の冒頭に載せられており、概ね中國での佛教理論を論じた最初の文獻だと言えるものであって、その中でも佛教を「佛道」と呼んでいる。[7]この「道」という言葉は、中國固有の用語を用いたものであるが、しかし意味內容は異なり、傳統的な概念を使って無理やりに解釋するわけにはいかない。丁福保『箋經雜記三』では『四十二章經』を釋して、「所謂『道を行く』とは、佛の四周にあって、佛を圍繞して右向きに行き、行くこと千百周、佛弟子としての敬禮の一種である。もし、通常の『道を行く』の意味で理解すれば、それは誤りだ。この他に『道』の文字は數十も見えるけれども、涅槃の路を通って涅槃の城に行く道の事を言うもので、通常の『道』とは意味が違う。このような各種の事柄は、專門用語のようには見えないので、最も誤解を招き易い」と述べている。[8]この解說は「佛道」と言う用語を理解するのに非常に役に立つ。魏晉以來、佛教の書籍が大量に中國に流れ込んできて、翻譯の仕事にも長足の進步が見られ、もともと道家の仙術に依存して出來上がった漢化佛教の專門用語は、次第に梵語の音譯に改められて、本來の面目に戻ったのである。（例えば以前は「無爲」と譯されていたものが後に「涅槃」と改譯され、以前は「除饉」と譯されていたものが後に「比丘」と改譯され、以前は「本無」と譯されていたものが後に「眞如」と改譯された例等々。）「滅惑論」では、「後漢の明帝の時代、佛典は初めて中國を過ぎた（「過」は「通」に作るべきではあるまいか）ばかりだったので、漢代の譯語は、音も文字もまだ正確ではなかった。「浮」の音は「佛」の音に似ており、「桑」の音は「沙」の音に似ているが、音聲的には間違っていた。「圖」を「屠」の文字で示したのは、間違った文字遣いであった。鳩摩羅什（三四四―四一三）は中國語も外國語も共にできたし、正確な發音や意味にも通曉していたので、きちんと文字の讀み誤りを改正したのは眞に結構な事であった」と述べていた。ここでは「佛圖」が「浮屠」の正しい譯だと言い、「沙門」が「桑門」の正しい譯だと言う。劉勰は佛教が盛んだった南朝に生まれている。當時は少なからぬ重要な梵語經典が何度も譯されていたので、彼は佛典の翻譯に於ける發音や文字の問題を非常に重視したのである。(9)「滅惑論」に所謂「梵語では菩提と言い、漢語では道と言う」とは、「菩提」という梵語の專門用語が早期の佛教學の論著の中ではしばしば「道」という文字で代替えされていた事を説明したに過ぎない。ここからすると、「滅惑論」にいう「道」とは、正に佛道と言う用語の異名で、佛教家の專門用語であって、特定の意味が込められ、中國に固有な「道」の概念とは異なる事が分かる。

劉勰の文學思想を研究する時、彼の全ての作品を集め、互いに參照して全貌を推察しなければならないのは當然である。しかしながら、もう一方では劉勰の思想の發展過程にも注意を拂うべきだ。それぞれの作家の思想は時代の發展、社會情勢の變化、個人的經驗及びその他の要素の影響を受けて、紆餘曲折の道を辿って行くものだからである。ある作家の思想の發展過程はもとより同一思想體系・同一思想領域の中で次第に深化し進化して行くものである。けれども、作家の中にはその思想の發展過程がしばしば前期と後期で大きな變化を示す者がいる。彼らは保守的な方向から進歩的な方向へと向かったり、進歩的なものから反動的なものへと向かったり、或いはその他種々複雑で錯綜した變化の形態を示す。このような變化の中では、その變化の筋道を辿る事ができ、前期と後期の思想に一定の關係及びその變化の論理的な繋がりが見出せるものだけれども、しかし我々は、だからといって前期の思想と後期の思想の性質の違いを區別しないわけにはいかない。劉勰の思想發展過程は、正に後者に屬し、大體においては、彼が梁の天監（五〇二―一九）の初めに官職に就いた頃を境界線として、前後の二期に分けることができる。劉勰の前期思想は、儒家に基づき、後期思想は玄學・佛教學の併用へと向うのである。『文心雕龍』は齊の時代に出來上がっているので、前期の作品であること議論の必要はない。「滅惑論」の制作年代に關しては、現在に至るまで意見が定まらないが、概ね劉勰が仕官する以前の作だということになっている。范文瀾の『文心雕龍注』では、「もし劉勰が自ら佛教經典を探究し、經典を校訂して『三藏記』・『法苑記』・『世界記』・『釋迦譜』・『弘明集』等の書籍を編述したとすれば、十年はかかるから、齊の明帝の建武三・四年（四九六・九七）頃になって、それらの編述が終わり、かくて夢に感じて『文心雕龍』を制作したのである」と述べている。[10] 楊明照の「梁書劉勰傳箋注」もこの説に同じ。思うに、この推測に由れば、「滅惑論」は劉勰の前期の作品であるばかりでなく、更に『文心雕龍』の前に作られた事になる。しかしながら、劉勰が僧祐を助けて上述の各種書籍を編述した時期を考察すれば、この説が不正確である事が分かるだろう。『廣弘明集』巻二十四に載せられた梁の王曼穎の「慧皎法師に與うる書」は、歴代の佛法の傳教の傳播の情況を論じ、僧祐の著作を梁代の著作と見做している。[11] 王曼穎と僧祐は同時代の人物であるから、彼の言葉は信用してよい。『出三藏記』が梁代に出來上がった事を證明するのは難しくはない。『出三藏記』の「集名錄序」及び「集雜錄序」はその中に「有漢に源を發し、大梁に至る」ものだと述べる文章を収める。この事は、『出三藏記』が齊の明帝の建武年閒に成立したものではない事を明らかにする。『弘明集』の中には梁の天監年閒の出來事が多く記録されてもいる。

梁の武帝『立神明成佛義記、竝びに沈績序注』（高麗本では題名を大梁皇帝と作るが、それが僧祐の原文であり、今本が武帝と稱するのは、後人の作り替えに違いない）、及び梁代の初めに激烈な論爭を引き起こした神滅問題の議論は、それぞれ皆その『弘明集』の中に收錄されている。これもまた『弘明集』の出來上がった時期が梁以後でなければならない事を明らかにするものだ。もちろん『弘明集』の成立年代によって「滅惑論」の著作年代を證明する事ができるわけではないのだが、『弘明集』の成立時期が齊ではなく梁であるという事が一旦證明されれば、「滅惑論」が齊代に書かれたに違いないとする說を打破し、それが梁代に書かれた可能性をもたらすものである。王利器の『文心雕龍新書』序錄では、「『弘明集』卷八には、劉勰の「滅惑論」が收錄がされており、その作者名を東莞劉記室勰と題しているから、これは當然劉勰がもともとそう書いていたに違いない」と言う。この「序錄」に引く題名は、その出典を明らかにしていない。磧砂藏本『大藏經』所收の『弘明集』を調べると「東莞劉記室勰」（書前の圖三を參照）となっており、これが「序錄」の基づくものであろう[12]。この題名に基づけば、我々は劉勰が「滅惑論」を作ったのは梁代に入って記室の職に在った時だと推察する事ができる（なぜならば、「記室」と述べて、「舍人」とは述べていないからだ）。『梁書』本傳の記載に據れば、劉勰は記室の職を二度擔當している。一回目は、中軍臨川王蕭宏が呼び寄せて記室の職を兼ねさせた時で、「天監三年正月以後……天監七年十一月以前に至っても、尙蕭宏の府中にいた」と言う。二回目は仁威南康王蕭績の記室に任ぜられた時で、「もし、舍人が、天監十一年前後に至るまで太末の令になっていたとすれば、蕭績の記室に任ぜられた年はその繼續であったにちがいなく、それから步兵校尉に至るまで約六・七年となる。任期は誠に長かった」と言われている（この兩說は共に楊明照の「劉勰傳箋注」增訂稿に見える）。もし「磧砂藏本」の題名が信じられるならば、「滅惑論」が書かれた年代は劉勰が中軍臨川王蕭宏の記室であった期間內であろう。

「滅惑論」の內容から見ても、梁の時代の佛教崇拜に關わる事柄が多い。「滅惑論」は佛教の立場に立って佛教家と道家の争いや、中國と異國の區別についての論爭記録を載せた書籍である。このような論爭は既に漢魏の頃に生まれていて、固より梁代に始まったわけではない。しかし、「滅惑論」が目的とした具體的對象は「三破論」であった。「三破論」の作者と年代は共に不詳、傳えられるところでは道士が南齊の張融に名を僞託して作ったものだという。(13)南朝の佛教は梁の武帝時代になって全盛期を迎え、當時の佛教崇拜派と反佛教派の間には激烈な闘爭が勃發していた。その中で最も著名なものは魂は死後も殘るかどうかという問題に關する所謂神滅不滅論爭である。この他に、朝廷の臣下の中で、郭祖深は佛教が政治を害し風俗を亂すのを見て、死刑を覺悟して上書したが、その中には封事（機密の意見書）二十九條が含まれていた。荀濟もまた梁の武帝に上書して、佛法の排斥を訴えている。荀濟の上書の中には「三破論」に言及がある。『廣弘明集』巻七に載せられた「辨惑論」第二之三では荀濟の武帝への上書について、「（荀濟は）また張融、范縝の三破の論を引いて、『張・范の論はこれを打ち破る事はできない』と述べていた」と言っている。(14)荀濟は范縝にもまた三破の論があったと述べているが、これは「神滅論」の間違いではあるまいか。范縝は鬼神を信じずに、その學は漢代の儒學に基づいていたので、道教の思想を重んずるはずはないからである。(15)張融の三破の論に關しては、劉勰によって論破されたものに他ならない。荀濟の上書はその年代を考證できないけれども、梁の武帝の時期である事は疑いない。荀濟の上書の中での言葉からすると、梁の武帝の時、「三破論」を論破できた人はまだいなかったようだ。少なくともここから、梁の武帝の時代、反佛教派は「三破論」を利用して佛教崇拜派を攻撃する有力な武器としていたという一つの證據を見つける事ができる。このような情況の下、佛教崇拜派にとって、「三破論」への反駁は大きな現實的意義があったのである。梁の武帝は佛教を統治手段に利用しようとして、自ら神滅論に反對する闘爭を發動した。荀濟が「三破論」を引用して佛法を排斥すれば、梁の武帝は當然放置しておくわけにはいかなかったのである。「三破論」の要旨は道家を重んじて佛教に反對する點にあるから、道家を捨てて佛教を崇拜する立場の梁の武帝とはちょうど反對の立場であった。梁の武帝はもともと代々道教を信じていたのだが、卽位以後の天監三年四月八日に、宗教家や一般の人々二萬人を集めて、重雲殿重閣に於いて手ずから「道法に事うるを捨つるの詔」を記し、佛教に改信すると宣言して、「佛弟子となった私は、嘗て迷いの道に惑い込んで、老子ばかりを崇拜し、代々續けて、この邪な宗教に染まっていたが、因縁に由りて善心が芽生え、迷いを捨てて本道に戻る事ができた。今や舊弊を捨て、正しい教え（本文は正覺、卽ち「菩提」のこと―引者）に歸依した。願わくば、未來の世に於いて、私めは出家し、佛教の教えを廣め、人々を教化濟度し（原文は含識、「人」の代名詞―引者）、共に成佛せんことを」と述べた[16]。また、敕を下し「門弟たちよ、佛典に據れば、道には九十六種類あるが、佛家の道こそ、正しい道にある、その他の九十五種類は、邪道と言うべきだ、と。私は邪教を捨てて、正しい諸々の佛や如來に仕える事にする。諸君の中で、この誓いに贊同できるものは、それぞれ菩提心を發すべし」と述べている。荀濟の上書と梁の武帝の詔を比べさえすれば、二人の間には嚴しい對立があるのが容易に分かるだろう。道家を崇拜し佛家に反對する「三破論」を引用した荀濟の立場は、邪教（道教）を捨てて正しい教え（佛教）に歸依すると宣言した武帝の立場と大きく隔たるのは明らかである。梁の武帝ははっきり、「道には九十六種類あるが、佛家の道こそ、正しい道にある、その他の九十五種類は、邪道と言うべきだ」と述べるのだが、荀濟は上書の中で、「九十六種類の道で、この道（佛教―引者）こそ最も貪婪である」と主張している。荀濟のこのような態度を、武帝は放ってはおかなかったのだ。このような情況の下では、最高統治者の意圖を受けて、荀濟と彼が佛教批判の武器とした「三破論」を攻撃する者が出て來るのも當然だ。劉勰の「滅惑論」は多分そのために作られたのだと私は考える。「滅惑論」の中に同じように九十六道の正邪眞僞の問題を發見するからである。「滅惑論」では、「九十六種の道と呼ばれるものがある。その名を聞くだけでは、それが正しいか邪かが判斷できないが、實際に行ってみれば、眞僞は自ずからはっきりする」と言っている。勿論、

「滅惑論」も佛教を正しく眞であるものとし、その他を邪であり僞であると言うのだ。これは、梁の武帝が出家から一般の人々までを率いて、重雲殿に於いて立てた誓いにぴったり一致する。梁の武帝の「詔」・荀濟の「上書」・劉勰の「論」が共に九十六種類の道の正邪眞僞に對する判斷であるという點を手掛かりにすれば、それらが書かれた順番を次のように假定する事ができるのではないか。つまり、「詔」が最も早く、「上書」がこれに次ぎ、「論」が最後である。或いは、少なくともこの三者は同一の問題を巡って論爭を進めているから、そこには一定の關係があると考えてもよいと思われる。

私は「滅惑論」が天子の意向に迎合して書かれた可能性が非常に大きいと考える。「滅惑論」は佛教の教義に關しては何ら獨創的な見解を示すところはどこにもなく、その中の多くの説は昔の著作を受け繼いだり、昔の説に雷同したもので、そこから劉勰の佛教學の思想を分析するのは非常に難しい。しかし、その主張を細かく見れば、概ねに於いてその基づく所を窺い知る事ができる。總括して述べれば、「滅惑論」は佛教學思想において、比較的際立った三つの特徴を持つ。一つは、文中に涅槃・般若の語が頻出し、佛典の中でもとりわけ涅槃・般若の學を重視しているが、禪法を捨てているわけではない。二つ目は、文中の各所に玄學的な言い回しが現れており、玄學と佛教學併用の濃厚な雰圍氣を帯びている。三つ目は、文中で儒・佛・道の三家の關係について論述する時はいつも、この三教の同源説に基づいている。この三つの特徴は、正に梁の武帝の佛教學思想の主旨と合致し、論理も軌を一にするものだ。

中國の佛教思想は、漢魏以來、次第に變わって來た。湯用彤『漢魏兩晉南北朝佛教史』に據ると、[17]初期佛教は道家に付屬しており、小乘禪法が流行した。正始年間以後、玄學の氣風が始まって、禪法は次第に衰え、名士や名僧は玄學から佛教學へと入り、大乘般若の性空の學が清談に付隨して隆盛となる。宋齊の兩時代は、涅槃・成實が競って談ぜられ、多くが妙有（絶對の有）の道へと向かって、眞空（眞實の空）の論はほとんど論ぜられなくなる。（『續僧傳』

には僧旻の「宋の時代には、竺道生を貴び、頓悟に由って經に通じたが、齊の時代は僧柔を重んじ、影毗曇に由って論に通じた」という言葉が記されている。「經」とは涅槃のこと、「論」とは成實の事である。成實とは、小乘の學のこと。）梁陳の時代になると、玄談は更に盛んとなり、三論が再び興ってくるが、宋齊とは些か違いがあるのだ（以上大意をまとめる）。この『佛教史』では、梁の武帝の學を論じて、「梁の武帝は甚だ玄學を好み、自ら老子の講義をした。成實に關しては彼が議論したとは聞いた事がないが、その學は初めに涅槃を重んじ、後に般若を尊んで、自ら大品般若經に注釋し、自身でしばしば講話を行った。その所論を見ると、世の人々が般若を輕んじ疑っている事を、最大の痛恨事としている」と述べている。梁の武帝は佛教の中でも特に般若と涅槃を重んじ、この點に關しては文獻から多くの證據を探す事ができる。梁の陸雲は、「御講般若教序」で般若こそ「衆聖の圓極（完全至極）、萬法の本源」であると言っているし、梁の蕭子顯「御講摩訶般若經序」もまた般若を「法部の尊、圓聖の極み」と稱している。[18]『出三藏記集經序』巻八に載せる梁の武帝の「注解大品序」では自ら「涅槃はその果德を顯わにし、般若はその因行を明らかにする。果を顯わにする事とは、常に佛性に止まる事を根本とし、因を明らかにするとは、無性中道を宗とする」と言っている。梁の武帝は涅槃・般若が佛法を統括すべきものだと考えており、彼がこの二つの教えを共に重んじている事が見て取れよう。我々は「滅惑論」の中にも容易に同一の觀點の痕跡がある事を探す事ができる。劉勰は佛教・道教の二家の正邪を辨別する時に、涅槃・般若を以て佛教を代表させて、「かの涅槃の大品が、どうして玄妙の上清などと比べられようか」と言うからである（『放光』と『道行』は共に「大品」と「小品」と呼ばれ、兩者は共に『般若經』である）。「滅惑論」は論爭の文章であって、その重點は論敵が提起した老子が西域に生まれて釋迦になった等の舊說を打ち破る所にある。佛教の教義學についてはほとんど述べていない。全文中で正面から佛教について論じているのは、先に引用した「至道・宗極」の言葉を除けば、「大乘は圓極にて、究理を究め妙を盡くす。よって二諦を明らかにして有を遣て、三空を辨じて無を標し、四等を以てその勝心を弘め、六度によってその苦行を振う」という言葉に注意すべき價値がある。「大乘は圓極」の語は卽ち般若の事である。（この部分と「御講般若經序」に般若を「衆聖の圓極」とする點、或いは「御講摩訶般若經序」に般若を「圓聖の極み」とする點とは基本的に變わらない。）文中に見える「有を遣て無を標す」という內容は、般若學の重要な標識だと言ってよい。正始時代以來、玄學家は、多く有・無とか本・末の區別について關わってきたが、無を本とし有を末とするのが、玄學家の本體論の立論の根本である。道安の時代、般若學には六家七宗があったが、ほとんど無を本とする事を標榜していたため、後の論者はほとんどが本無を般若學の異名と考えていた。「滅惑論」が有を遣て無を標したのは、實は玄學の本末有無の區別論を、般若の性空の談義へと融合させたのである。文中に用いられる言葉もまたこれと無關係ではない。「大乘は圓極……」の言葉はまず初めに二諦が稱されるが、二諦の概念は般若三論の骨幹である。梁の時代は般若三論が再び盛んになり、二諦の概念がそれにつれて重視されるようになっていた。當時の二諦の概念に關する議論は非常にたくさんあり、『廣弘明集』巻二十一には梁の昭明太子の「解二諦義章」が載せられている。梁の時代は二諦の概念を重んずる以外に、「三空」や「四等」の二語も多く使われた。『全隋文』巻十一に載せる江總の「攝山棲霞寺碑」に、「梁の武帝は能く四等を行い、善く三空を悟っていた」と述べている。「三空」とは、我空・法空・我法が共に空である事だ。善く三空を悟っていたとは、卽ち般若の智慧に由って空の理を明らかに悟って、我法の執着を打ち破っていた事を言う。梁の武帝は「摩訶般若懺文」で、「佛弟子の私はかなり空無の學を學び、深く虛假を知った。王として四海を領有しても、萬乘の位を尊いとは思わず、多くの人民を自分のものとしても、いよいよ政務が煩わしく思われる。いつも盛大で立派であっても、三界の生死の明らかなるに溜め息をつき、終日怠らず努力しても、生きとし生けるものが共に死滅してゆくのを嘆く。常に願うは智慧（卽ち般若―引者）の燈火に由って、世界を明らかに照らし、般若の船に由って、一般の人々を救わんこと」と述べている（江總の言う「善く三空を悟っていた」とは、或いはここを指すのかも知れない）。梁の武帝の空を悟ったという言葉は、「滅惑論」の言葉を使えば、「三空を辨別して無を標榜する」の一語でこれを盡くす事ができる。二つの言葉には長短の違いがあるが、詰まるところ内容に違いはない。「四等」というのは、慈・悲・喜・捨の四無量心の異名であり、本來は禪法の言葉である。『續僧傳』習禪篇論では、梁の武帝が禪定を殊更重視し、學者を捜し求めて、揚州に集めたとはっきり述べていた。この點について、我々は「滅惑論」の中で同様にその反映を探し當てる事ができる。「滅惑論」では「智慧の學びは禪觀に始まる」と言うが、これは般若と禪法を融合させて言ったようである。「大乘圓極」の一段からすると、「四等に由って悟りを求める心を廣くする」の語も、慈・悲・喜・捨の四無量心の修練に因って、始めて般若悟空の境地に到達できる事を示すようだ。これは江總が梁の武帝を稱贊して「善く三空を悟り、能く四等を行った」と言った言葉と、一つ一つ不思議に合致するのだ。

般若の學は、もともと玄學に付帶して勢いを增したものだった。梁の時代、般若が再び盛んになった時も、玄學の氣風と共にあった。『顏氏家訓』勉學篇では梁代の玄學の氣風を論じて、「梁代になって、この流行がまたまた頭をもたげてきて、『莊子』『老子』『周易』とは三玄と總稱された。武帝及び簡文帝は、自ら講義もし討論會もした」と述べる。『續僧傳』でも道宣が梁代の佛法を論じて、「毎日教化を廣めたが、ただ玄學の文章を明らかにするばかりであった」と述べている。以上はいずれも梁代になって再び正始の玄學の氣風が回復した證據である。この點から見るならば、「滅惑論」も梁時代に書かれたという烙印を留めている。「滅惑論」が玄學・佛教學併用という濃厚な特徴を帯びている事は、一度讀めば簡單に了解できるものだ。文中では佛教を「玄宗」と稱し、佛教の教化を「玄化」と言う。その他「空玄」・「玄智」・「妙本」・「宗極」などは、全て玄佛併用の特殊な用語なのである。玄學は虛無を貴び、本體論に於いては本末（或いは體用）の辨別論があった。本體は虛無で、現象の外に超越しており、具體的な表象世界では、形や名前を與えられず、これが方法論に及ぼされると、言葉と眞意を區分して考える言意の別という論が生まれるのだ。般若の性空の談論は、玄學から佛教へと入ったもので、またこの二つの説を取り入れている。因って「意を得て言を忘る（その内容を會得すれば、それを表現する言葉は必要としない）」という概念は佛教家が空を論じる著作の中にしばしば現れることになる。梁の武帝の「注解大品の序」には、「摩訶波羅密とは、底なしの深さを持ち、無邊の廣さを持ち、心も行爲も消滅し、それを表現する言葉もない。技能を以て求められるものではなく、意識を以て知ることもできない。（道教に言う日月星の）三明に由っても照らす事はできず、四辨に由って論じる事もできない」と述べている。「摩訶般若懺文」でも、「神妙な道は形を持たず、究極の理は言葉を絶している」と述べる。このような言葉は、皆玄學の「意を得て言を忘る」という概念を敷衍したものだ。劉勰「滅惑論」にはこのように明快で完全な表明は無いけれども、しかし、「三破論」が原理によらずにただ文字面を以て議論している事を責める時には、「意を得て言を忘る」という主旨を肯定しているだけでなく、しかも「迹を棄てて心を求む（表面に表れた形象にこだわらずに、その心意を求める）」という主張をも提示しているのだ。所謂「究極の理は言葉を絶している」或いは「形象にこだわらずにその心意を求める」とは、共に言葉と眞意とを辨別した場合、言葉は眞意を盡くすわけではない事を主張し、言語表現は末梢的な存在であり、假の現象であって、空無こそが本體であり、眞實の姿であると認識するものなのだ。因って、方法論上に於ける言意の辨別理論と本體論上の體用の辨別理論とは完全に一致するのである。梁の武帝は空無を以て本とし、究極の理は言葉を絶していると主張したが、「滅惑論」では有を捨遣して無を標榜し、形象にこだわらずにその心意を求めよと主張しており、これは玄學の立場から見れば道理に適った推論である。しかしながら、もし『文心雕龍』と「滅惑論」のこの言意問題に對する視點を比較すると、その閒に原理的な違いがある事に氣づくはずだ。『文心雕龍』は三ヶ所で言意問題について論究していた。一、神思篇に「物は耳目に沿いて、辭令は其の樞機を管す。樞機方に通ずれば、物は貌を隱すこと無し（外的事象が官能に觸れる時のバネとなるのは言語である。言語のバネが機能を全うすれば外的事象はくまなく映し出される）」。二、神思篇「意は思に授かり、言は意に授かる。密なれば則ち際無く、疏なれば則ち千里（構想は思考から生まれ、言語はまた構想から生まれるわけで、この三者の接觸が緊密であれば相互の關係には隙閒がなく、反對に疏遠であれば三者の閒には千里もの隔たりが生ずる）」。三、物色篇「皎日・嘒星は、一言もて理を窮め、參差・沃若は、兩字もて形を窮む。並びに少を以て多を總べ、情貌遺すこと無し（『詩經』の詩の中で、「皎《しろ》」いお日さま・「嘒《ちいさ》」な星といった表現が、たった一言で本質を窮め盡くしているなら、「參差」「沃若」などの措辭は、二字で物象の外形を完全に捉えている。これらはどれもできるだけ少ない言葉で多様な現象を統括しており、心情・外形共に描き盡くして餘蘊がない）」。ここに言う「物は貌を隱すこと無し」とは、言葉が具體的な現象を表現し盡くし得るという事だ。「密なれば則ち際無し」とは、思惟と意圖と言葉の三者の關係が互いに通じ合う事を言う。「理を窮め」「形を窮む」とは『詩經』こそ言葉で眞意を盡くす模範である事を言うのである。これらが「滅惑論」の「形象を棄てて、その心意を求める」という言葉とまったく背馳するのは明らかだ。もし、もう一度『文心雕龍』と「滅惑論」の玄學氣風に對する態度を比較するならば、更にその閒の矛盾を見つける事ができるだろう。「滅惑論」は、玄學を語る態度をはっきり持っているのだが、『文心雕龍』では以下のように玄學の氣風に對して強く批判を加えている。明詩篇には「正始の道を明らかにするに及んで、詩は仙心を雜う。何晏の徒は、率ね浮淺多し（魏の正始年閒には道家思想が表面化し、詩にも神仙的發想が混入してきた。何晏一派の連中は、概ね淺薄である）」、「江左の篇製は、玄風に溺れ、徇務の志を嗤笑して、亡機の談を崇盛す（東晉時代の作品は、形而上學に溺れて、まじめに世事に勵むことを嘲笑し、浮世離れの清談を煽り立てた）」と言う。時序篇では「中朝の玄を貴びし自り、江左は盛と稱す。談の餘氣に因り、流れて文體と成る。是を以て世は迍邅を極めて、辭意は夷泰なり。詩は必ず柱下の旨歸にして、賦は乃ち漆園の義疏なり（いったい西晉の時代から形而上學が重んじられたが、東晉になるとそれが全盛期に達して、清談の影響が文學の本質にまで及んできた。それで社會は動亂の眞只中に在るというのに、文字に見られる思想は太平そのもので、詩といえば決まって老莊思想の展開、賦を作れば莊子の注釋になってしまう有様である）」とある。このような言葉は玄學の氣風が現實を逃避し、現實を粉飾する好ましからぬ傾向を露骨に呵責するものである。ではなぜ劉勰は『文心雕龍』の中では「言は意を盡くす」という主張をしているのに、「滅惑論」の中では「意を得て言を忘る」という説に迎合したのだろうか。なぜ劉勰は玄學の氣風への反抗から一變して玄學の氣風と妥協してしまったのだろうか。これらの問題には、次のような推論を下さざるを得ない。つまり、劉勰に大きな思想的變化があったため、異なる時期に書かれた作品では明らかに以前の主張とは相反する矛盾した觀點が示される事になったのだ。さもなければ、劉勰自身が嘗て反對していた主張をなぜわざわざ宣揚したのか理解できないからである。

『文心雕龍』と「滅惑論」の儒學に對する態度にも明らかな違いがある。『文心雕龍』の主旨は、道に原づく「原道」、聖人に徴する「徵聖」、經典を宗とする「宗經」にある。「道は聖に沿って以て文を垂れ、聖は文に因って道を明らかにす（宇宙の原理は聖人に由って文章化され、聖人はまた文章を通して宇宙の原理を明らかにしている）」（原道篇）という言葉から見れば、聖人は道と文（經典）との仲介者であり、道・聖・文は三つに分かれているが、實は三位一體で、共に儒學を指している。宗經篇では、儒學の經典を「恆久の至道にして、不刊の鴻教なり（恆久の至高の原理、不滅の偉大なる教えの事である）」としている。この説は儒家が最高の地位を占める事を完全に肯定するもので、そこには儒家と佛教を同列に見做す如何なる態度も無い。しかし、「滅惑論」になると玄學・佛教學併用の立場に立って、梁の武帝の三經同原說に迎合したものとなっている。その文中、儒家を論じては「孔子と釋迦とはその教えこそ相異なるが、その道は一致している」と言うし、道家を論じては「老子は隱遁を尊び、實に大賢人である」という評價をしている。所謂「至道と宗極とは、その道理が一に歸すものであり、妙法と眞境とは、その本源がもともと二つあるのではない」の語は、一層はっきりと儒・佛・道の三家が根源的には一つの本源に歸する事を物語る。魏晉以來、儒・佛・道の三家の間には、互いに吸收したり排斥したり、仲良くしたり爭ったりという複雜な關係が續いていた。最も早期の玄學ですらも、既に儒家・道家に共通する傾向を持っていた。正始年間に於ける玄學の氣風の代表人物としては、まず王弼・何晏が擧げられ[19]、彼らの學問は「新義（新しい解釋）」と名付けられていた。王弼・何晏の二人は無を本源と見做し、老莊を始祖として尊ぶが、儒家の書籍を棄てたわけではなく、やはり孔子を聖人と見做して、儒家をも十分尊重していたように見える。しかしながら、實際は、老子を主體にし孔子を同化する方法を採用して孔子と老子を調和させて、道家を重んじ儒家を貶めるという目的を果たしたのである[20]。王弼・何晏の後には、向秀・郭象が現れる[21]。向秀・郭象の二人もまた儒家と道家を併せ學んでいる。謝靈運の「辨宗論」に言う、「向子期（向秀）は儒教と道教を一つに統合した[22]」の語は、卽ち儒教と道教の二つの學派を調和させた事を指して言ったのだ。孔子は名教を尊び、老莊は自然を崇拜したが、向秀・郭象の『莊子』の注となると内聖外王という論理を作り出して、名教と自然を互いに通じさせているので、どちらかの學派を一方的に重んじてはいないように見える。しかしながら、實際のところ彼らはやはり老莊を根本として、儒家を枝末としている[23]。南朝期の玄學の氣風が盛んな時には、佛・道・儒の諸學派は本源を相同じくすると考えている者が多かった。『梁僧傳』では、慧遠が廣く六經を理解し、とりわけ老莊を好んだと言う。彼の「法性論」に、「至極（究極の境地）は不變を以てその性と爲し、得性（性に隨うもの）は體極（天道に隨って行動する）を以て宗と爲る」と言う。『弘明集』卷五、慧遠の「沙門不敬王者論」では、「内外の道は、二つが合わさって明快になるのだ」と言う。慧遠は内外の思想の融合を主張するので、百家は同じ思想傾向という主旨を持つようだ。しかしながら、實際には彼は佛教の中に儒教道教を取り込もうとしていたのである。[24] この他、竺道生には「佛は是れ一極」の説があった（『法華疏』）。謝靈運にもまた「宗極（根源）は微妙なるも、理は一極に歸す」と言う説がある（「辨宗論」）。以上各種の言葉は、共に三教同源説の先驅けと見做すことができる。范文瀾『中國通史簡編』では、三教同源説が梁の武帝の創作だと述べていた。が、この説は何に基づくのだろうか。[25] 確かに當時殘された文獻から見るならば、一定の根據はあるように見える。梁の武帝は天監三年、道教を棄て佛道に事える詔を下した後、翌年すぐさま（『通史』では同年と間違っているが）孔子のために廟を建て、五經博士を置いている。嘗て彼には『孔子生言』・『老子講疏』等の儒教・道教に關する著作が二百餘種あった。『廣弘明集』巻三十九には梁の武帝の「三教を會する詩」が載せられ、そこでは自らその學の經歷を述べて「若い頃は周公孔子を學び」、「中年になると道教の書籍を讀み」、「晩年には佛典を紐解いた」と言う。この詩全體の内容は儒・道・佛三教義を一つの源に融合させる所にあって、「源を窮めたのは二人の聖人であるはずはないし、善を窮めたのは三人の俊英であるわけでもない」と言う。これは明らかに三教同源説を提示した證據である。後の論者もしばしばこの點を梁代佛教思潮の特徴だと見做していた。『廣弘明集』巻十一に載せる法琳の「傅奕の佛僧を廢する事に對する」では、「梁の武帝の世に曁んで、三教は連衡し、五乘は竝び鶩《は》せた」と言っている。これらの史料に基づくならば、梁の武帝がたとえ三教同源説の創設者でなくとも、少なくともこの學説を集大成した人物には違いない。彼は正始以來出現し續けてきた儒教・道教を同一視し、孔子と老子を同等化する玄談の傳統を取り上げて、慧遠以來の所謂宗極（根源）は一だという觀點（梁の釋智藏の「梁の武帝の三教を會する詩に和す」には「究極は同倫に本づく」とある）[26] を繼承し、それに因って三教同源説の理論を完成させたのであった。

「滅惑論」と梁の武帝の三教同源説に一定の淵源關係がある事を見出すのは容易い。「滅惑論」に「至道・宗極、理は一に歸し、妙法・眞境、本は固より二なし」とあるのも、宗極は一つであるとの旨意に基づくものである。思うに、宗極という用語は玄學・佛教學で共に用いる固有名詞である。『出三藏記集經序』巻十に、慧遠の「大智論鈔序」を載せて、「夫れ宗極は無爲もって位を設く」と言う。これは宗極が無爲に他ならないと言うのである。實際、宗極とは正に玄學家の說く本體のことだ。玄學は皆、無を本とし有を末とすると考えるので、空無（「滅惑論」では空玄という）こそは宇宙萬有の本體（或いは實體・實相と言う）となる。本體には姿形が無いけれども、萬物の源なのである。本體は二つに分かれるものではないので、また一極と名付ける（或いは『周易』の用語を借りて太極と稱す）。この一極の概念に因れば、たとい全ての事象は様々に變化していても、詰まるところ本體の外に超出するものではなく、従って儒・釋・道の三教も、その究極のところについて言えば、必ず一つの根幹に歸屬する事になる。これこそ三教同源說の理論的根據なのだ。梁の時代には二諦義を重んじたが、これもまた三教同源說と密切な關係を關連を持っている。二諦とは眞諦（また第一義諦とも稱する）と俗諦（また世諦とも稱す）の事である。教義の方面に應用すると、佛とは眞諦で、儒教道教などが俗諦となる。梁の武帝の皇太子昭明太子が出家や在家と二諦の概念について討論した時、「眞・俗一體」の說を提示した事がある。眞と俗とが一體であるのならば、儒・佛・道の三教の根本は當然二つあるものではない。いま、昭明太子の「二諦義を解する章」の大意をまとめると次のようになる。「眞理は靜寂なものではあるが、もともと夢幻ではなく、實相を以て出現するものでもなく、當然それ自體一體として存在している。これは本質的に深遠で絕對的なものだが、凡夫は判斷を迷わせて、恣に想像を巡らせ心を動搖させる。因ってこの一諦に復するのである。凡夫は形而下の「有」が見え、聖人は形而上の「無」が見える。また俗人は夢幻を見、眞人は涅槃を見る。既に眞人と俗人の見え方に違いがあるので、眞と俗との二諦という呼び方が生まれるのだ。眞と俗、凡と聖の見えるものが異なるなら、そこには當然二つの見地があることになり、それでは一とは言えない。もし、この「有」と「無」

の二概念が一體であれば、それは異なるものにはならない。眞は有を棄てて空のみを存するものではなく、俗もまた眞の外に出るものではないからだ。眞人は有に卽しながら空であり、俗は空を指して有とするのだ。凡夫は無の中にありながらそれを有と言い、聖人は有に卽して無を悟る。有と無とは異なっておらず、ここでは一體であることを言っているのだ。佛法に從って述べるなら、空と有とは不離一體のもので、二つのものだと言うことはできない。また世俗に從って語るならば、空と有とは見えるものが異なっているのだから、二つの概念になるのだ」と。昭明太子がここで言わんとするのは、宇宙には絶對的に深遠靜寂な精神の實體があり、全ての物質存在は皆移り變わる幻であり、一瞬の閒に現われたり消えたりする假の表象に過ぎない。ただ聖人（佛）のみがこの眞實の實體を窺い知ることができ、凡夫（儒家・道家など）は心にあらゆる惑いを積み重ねているので、この眞實の實體の中にありながら、無法にもその夢幻ばかりが見えてしまうのである。聖人と凡夫とは見える結果は違っても、見える對象は同じ實體なのである。聖人は眞に順いながらも世俗に逆らわず、形而下の有に卽して形而上の空を悟り、移り變わる夢幻の現象界から深遠絶對の實體を看取する事ができるのだ。凡夫の方は形而下の有を形而上の空と考えて、移り變わる夢幻の現象界を眞實の實體と見做してしまうのだ。とはいえ本體論に卽して言えば、空と有とは一體であり、眞と俗も相異なるものではなく、全てのものは實體の外に超出するものではない。よって凡夫が見る夢幻も、決して眞實實體の外で別の實體を見ているのではなく、實はこの眞實實體の中で惑うて夢幻を見ているのだ。この點からすれば、凡夫が見ている有は、聖人が見ている無に他ならない事になる。以上の論理は明らかに、同・異問題において作り出された概念上の遊戲だと言うことができる。[27]もし、昭明太子の二諦義論を覆う神祕的な外衣を剝ぎ取ってしまうならば、論點は二つだけになる。一つは眞と俗を同じだと考えようとすること、卽ち玄學の本體論に基づき、眞と俗を一體のものに歸着させることだ。玄學の本體論はそもそも一元唯心主義なので、この視點から見れば、世界の全ての現象は皆最終的には絶對的精神の表現であり外面化なのである。もう一つは眞と俗との間には違いがあるということだ。つまり各教の教義には嚴格な境界線があり、それらの内外・眞僞・邪生を見分けて、その高下を位置づける。表面的に見ると、昭明太子の二諦義は佛教を用いてその他の各教を調和させせようとしているように見えるのだが、實際は「同」を求めようと考える形式の下、「異」を存續する實質を隱蔽しようとするものだ。なぜならば、彼が述べる眞俗一體説は專ら純粹な抽象ではあるが、彼の說く眞俗の區別には現實的な意義があるからである。

昭明太子の二諦義に據れば、我々はより一層簡單に梁の武帝の三教同源説を理解する事ができる。三教同源說も同樣に形式上では同を求めているが、實質的には異を存續させている。梁の武帝は「三教を會する詩」で、「晚年佛典を開けば、多くの星々の中で光る月のようであった。苦集というものを初めて知り、因果が始めて明らかになった。その教えはひたすら平等で、究極の理は無生に歸す」と詠う。この詩の中で、「月が星々の間で輝く」という言葉で佛・道・儒諸家の關係を喩え、そこには明らかに上下輕重の位置づけがある。佛教の因果說・平等說・無生說等を用いて儒家道家を融合させせようとする所などは、より一層その意圖の所在を窺うに足る。劉勰の「滅惑論」の述べる佛・道・儒の三教の關係もまた同樣である。「至道・宗極」の一段に續く文では、宗極を認識する爲に必要な道筋を述べて、「愚かさを棄てるには四禪をその始めとし、智慧を進めるには十地を階程とする」と言う。そこでは佛教の教義のみを用いて、儒家道家の學說とは秋毫の相關關係も無い。この他に「滅惑論」では三教の上下を區別する點で、まず第一に、「感性には精粗があるので、教義も道と俗に分かれる」と言い、第二に、「至道は一つではあるが、その分かれ道では迷いを生ずる」と述べ、第三に、「九十六種の教義は、皆道だと呼ばれ、その名稱だけを聞くと正邪の判斷ができないが、眞理を調べると眞僞は自ずから分かれる」と言い、第四に、「佛道の尊さは、三界に明らかであり、神教の妙本、群致の玄宗である」と述べている。これらの言葉は、全て眞・俗の差異、朱・紫の區別が、決して混合して一つにはならない事を説明している。敢て恐れずに言えば、「滅惑論」は儒家に對してはかなり重視しているようであって、民間道教に對するようには嚴しい批判を行っていない。しかし、所謂「孔子と釋迦は、その教えは違っても道は同じだ」の語は空言に過ぎない。正に昭明太子の眞俗一體の論が抽象的には同一を求めようとしているのと同樣であって、それは具體的に異を存續しようとする面で、佛道と儒學の閒に嚴格な境界線を引く事を妨げるものではない。このことは、「滅惑論」と「三破論」との論爭の中にはっきりと現れていた。「三破論」では、佛教が親から與えられた髪を剃る不孝をば惡行を滅ぼす作法だと見做す事を排斥する。「滅惑論」では『論語』（泰伯篇・微子篇）を引用して論駁し、「昔、周の秦伯・虞仲は、髪を切り身に入れ墨をしたが、孔子はこの二人を「至德」（至上の道德）・「權に中《あた》る」（臨機の處置に合致する）と褒めている。世俗の中に住む賢人は、世俗の習慣儀禮を身に付けるべきであり、髪を切って國を讓った事は、聖人の美談である。況や般若の教えは、その作用が優秀で臨機の處置に合致し、菩提の境地は、條理がすばらしくて王位をも固持し得たのだ」と述べる。この言葉は全て牟子「理惑論」の舊説を踏襲しており、何の新しさもない。（「理惑論」では、「先王には至德・要道があって、泰伯は頭髪を短くし身體に入れ墨をして、吳越地方の習俗に従い、父母から受けた身體髮膚を傷つけないという儒教の教えには背いたが、孔子は泰伯を至德と言うべきだと褒めた」とある。）しかし、「滅惑論」の場合、孔子と釋迦の二つの教えに對する評價は「理惑論」に比べて一層はっきりしている。「理惑論」は孔子の言葉を引いて佛教の辯護をしようとしているが、「滅惑論」は更に一歩を進めて釋迦を孔子よりも勝れたものだと認め、儒家の「權に中る」「克く讓る」という德義が佛教家の般若の權教（假りの教え）と菩提の妙果（みごとな悟り）に遠く及ばないと述べている。そこには明快な境界線がある。早期の佛教は外來の宗教として中國に入ってきたので、漢化された上着を被り、固有の觀念と調和する方法を採用して、布教に役立つようにせざるを得なかった。梁の武帝は三教同源説を揭げたが、そこにはこの理由の他に、尚統治上の必要があったためだ。范文瀾『中國通史簡編』に、「彼は儒家の禮に由って富貴貧賤を區別し、道家の無に由って、爭奪を起こさないように導き、小乘佛教の因果應報に由って、人はなぜ既に決まっている富貴貧賤に安んじなければならないか、なぜ爭奪を起こしてはならないかという問題に解答したのである。三家を合わせて用いれば、非常に有利であったので、彼は三教同源說を創出し、無理に孔子老子を佛の門生としてしまったのだ[28]」とある。これに基づけば、三教同源說の主旨はやはり佛教を尊重するに在って、佛教を中心としている事になる。事實上、梁の武帝の三教の調和は、老子を以て孔子を教化したとか（以老化孔）、內面は道家で外側は儒家（內道外儒）という前人の玄學家に常套的な論法を踏襲して、利用できるものは保留し、利用できないものはさっさと捨て去ったり、或いは牽强附會に改造を加えて、できるだけ儒教道教を佛教に近寄せて、佛教の中に組み込んでしまおうとするものなのだ。「三教を會する詩」の着眼點は形式上での同一性を求めることだし、「滅惑論」の着眼點は佛教を尊んで道教を抑える所にあった。因って、共に儒家に對してはあからさまに攻擊の態度を取ることはない。しかし、場面が變われば違ってくるもので、梁の武帝は「捨事道法詔」の中で、儒教と道教は共に邪教だと明言して、「老子・周公・孔子などは、如來の弟子ではあっても、その教化の實態は正しくなく、世俗の善に止まり、凡人を改めて聖人にまで高める事はできない」と述べる。ここでは嚴格に三教の境界線が引かれている。なぜならば孔子老子の學說が結局、徹底的な唯心主義を宣揚するのに完全に利用できた佛教のようなものではないからだ。當時、范縝等は儒家古文學派の立場に立って、佛教の鬼神迷信に反對していた[29]。一方、佛教もまたしばしば調和の形式を採って儒學と戰っていた。『弘明集』後序（『祐錄』に據れば、『弘明論』とすべきである[30]）の中にも儒家に反對する議論を見る事ができる。そこでは「そもそも二諦の區別は、道と俗に分かれるものだ。道法（悟りの道）は空寂で、三界を包み込んで差別しない。世俗の教えは閉鎖的で、一國に固執して心の動きを制限してしまう。心が一國に制限されると、見たこと聞いたこと以外は皆疑って信じる事ができない。三界を差別しないと、佛の說法の道理は常に明らかだ。疑いに固執して明らかな道理に惑うから、多くの人々は永久に浮かばれないのである。世俗の教えを詳しく調べてみると、皆五經を基準として守り、尊ぶのはひたすら天で、行爲の規範はひたすら聖人に求める。しかし、天の姿を推し量る事はできず、聖人の心を推測する事もできない。これを敬い信じているとはいえ、なお濛々としてよく分からない。ましてや佛は天よりも尊く、佛法は聖人よりもすばらしく、教化は中華の域を超え、道理は言語に絶するほどすばらしいものである。『莊子』逍遙遊篇に見える肩吾の神ですら無限に廣がる銀河にびっくりしているが、まして俗人はどうして悟りの大海のような佛教の廣さに疑い驚かない事があろうか」と。この文中では、明らかに三世を洞察する佛教と目前の事象に拘泥する儒教の態度を對立させている。『弘明集』は、劉勰が僧祐の編集を助けて出來たものだ。清の嚴可均は「僧祐の作とされる「記」・「序」の類の中には、劉勰の作品が混ざっているかも知れないが、分別しようがない」と述べた。[31]『弘明集』後序が果たして劉勰の手になるかどうか、既に調査の手立ては無いが、しかし少なくとも劉勰の視點を反映している事は斷言できる。

これを要するに、私は「滅惑論」が梁の時代に作られた事に疑義はないように思う。これは、『磧砂藏本』に「東莞劉記室勰」という題名がある事が證據になるだけでなく、更に內在する證據に據って、一層この說がでたらめではない事を信じられるだろう。梁の武帝の時代、荀濟の上書は「三破論」を排佛の武器にし、「滅惑論」は「三破論」を論破するために作られたのだ。文中に明らかにされる佛理は、多く梁の武帝の佛教學の論旨と密接な繫がりがある。梁の武帝は佛教の中でもとりわけ般若・涅槃を重んじており、「滅惑論」は涅槃の大品に由って佛法を總括した。江總は先に「梁の武皇帝は能く四等を行い、善く三空を悟る」と述べていたが、「滅惑論」もまた三空・四等の論を援用して大乘圓極の道を明らかにしている。[32]梁の時代、玄風が再び盛んになり、武帝・簡文帝は自ら講義を行い、毎日教化を廣めたが、ただ玄學の旗印を確立しただけであった。「滅惑論」も同様に玄佛併用の濃厚な色彩が流露している。梁の武帝は三教同源説を掲げ、表面的に調和させるという方法に據って、佛教の中に孔子老子の思想を取り込む目的を果たした。「滅惑論」が述べる三教の關係も論旨はこれに同じであった。以上述べてきたこれらの事柄は、もし一つ一つ個別に見るならば、論斷する根據としては當然不十分なものだが、もしそれらを連係させて考察を加えるならば、これらの類似は、單に偶然にそうなったとは言い難く、全ての事柄がある一つの總合的な方向に集中し、各所に梁の武帝の意圖に沿おうとする明快な痕跡が流露しているのだ。劉勰はこの佛教學の論文の中で、『文心雕龍』の中にあった進歩的な意義を持つ思想要素を完全に放棄し、反對の道へと歩き出したのだ。「滅惑論」と『文心雕龍』には思想的な立場は固より、或いはある種の具體的な問題に於いても、共に本質的な違いが存在する。これは、この二つの著作が同一時期に書かれた作品ではあり得ない事を十分に物語るものなのである。

注

（1）『弘明集』、梁の僧祐撰、佛道を弘め佛教を明らかにするために、古今の文章・議論を集めたもの。梁の天監年間（五〇三―一五）の編纂とされる。「滅惑論」はその巻八に掲載。道家側からの佛教批判「三破論」に反駁したもの。

（2）『會稽掇英總集』、宋の孔延之編、會稽が山水人物に優れながらその記録が多く散逸していたため、漢から宋までの碑文や石刻などまで當時の逸文を廣く探し、銘や志、詩歌など八〇五篇を集めて二十巻にまとめたもの。

（3）原注、『梁書』本傳では、劉勰の文集が世に傳わっているという。その文集は、唐代初めに編集された隋代の圖書目錄である『隋書經籍志』には著錄されておらず、唐代の初めには既に散逸していたらしい。新・舊『唐書』は共に『劉子』十巻を劉勰の作だと言う。『魏晉叢書』には『劉子』を收錄して、これを『新書』と名付け、また梁の東莞の劉勰著と言う。これについては先人に既に間違いではないかと疑う者がいて、『劉子』の作者は實は北齊の劉晝だと考えた。『出三藏記』・『梁僧傳』

には、劉勰の作として「鍾山の上の定林寺の碑銘」・「建初寺初創の碑銘」及び超辨・僧柔・僧祐の諸碑があると記すが、現在その名が殘るだけで實際の碑文は殘っていない。「梁の建安王の剡山石城寺の彌勒石像の碑」は『藝文類聚』巻七十六にも掲載されているが、そこでは題名が「剡山石城寺の石像を造る碑」になっている。この碑銘は梁の天監十五年以後の作である。主な内容は石像制作の始終を記したもので、迷信が多くほとんどでたらめである。しかし、二點ばかり注意すべき所がある。一つは、文中で「道源は虛寂、冥機はその感に通じ、神理は幽深、玄德はその契を思う」と言っているが、これは「滅惑論」にいう「佛道は空玄」という主旨に合致する。二つ目は、文中に晉の釋于法蘭が石城に寺を創ったと記すところだ。考えるに、梁の武帝の佛教學の思想は于法開が打ち立てた「識含宗」に極めて近い。于法開は于法蘭の弟子である。梁の武帝が石城寺に十丈に及ぶ大佛を創ったのはこれと關係があるのではないか。

（4）魯迅『漢文學史綱要』第一篇「文字より文章へ」の部分。

（5）マルクス『資本論』第七章・第三篇「絶對餘剩價値の生產」の注に、「本書ではこれまで「必要勞働時間」という語を、一商品の生產に一般に社會的に必要な勞働時間という意味に使ってきた。これからは、勞働力という獨自な商品の生產に必要な勞働時間という意味でもこの語を使うことになる。同じ術語を違った意味で使用することは不都合ではあるが、どんな科學の場合にも完全には避けられないことである。たとえば數學の高等部門と初等部門を比較せよ」（譯は大月書店刊『資本論』に據る）とある。

（6）『四十二章經』、後漢に漢語譯された佛典で、さまざまな教典の言葉を集めたもの。後世の僞作ともされるが、湯用彤『漢魏兩晉南北朝佛教史』は後漢時代の翻譯である事を論證する。

（7）牟子の『理惑論』、梁の釋僧祐輯『弘明集』巻一に漢の牟融撰として收錄。以前は後漢末の成立だとされたが、三國吳の中期說もある。牟子についても果たして牟融かどうかよく分かっていない。

（8）丁福保『箋經雜記三』、未見。

（9）原注、僧祐の『梵漢譯經音義同異記』もまたこの問題に言及して、「梵文の內容をしっかり理解するためには、明快な翻譯に據らねばならない。『譯』とは、『釋』と言う意味である。二つの國の隔たりを釋くのに、譯語が間違っていれば內容もしっくりしないものだ。前漢の末より、佛教の經典は漸く中國に傳わったが、譯語が皆ひどく、しっかりと練り上げられたものではなかった。故に、浮屠・桑門という間違った譯語が、漢代の歷史書にまで殘存する事になった」と言う。この言葉と「滅惑論」の言葉とは大同小異であって、劉勰の手になったのではあるまいか。

（10）范文瀾『文心雕龍注』、序志篇注6に記載。「滅惑論」は『弘明集』に收錄されているから、『弘明集』の編集時を『文心雕龍』執筆の前とする范文瀾は、このとき既に「滅惑論」が書かれていたものを見ていたことになる。

（11）『廣弘明集』、『弘明集』の續編、唐の道宣撰。『弘明集』とは異なり、內容に由って十類に編まれ、各編に道宣の序文が付けられる。王曼穎の手紙とは「皎法師に與うる書」。

（12）磧砂藏本『大藏經』所收『弘明集』、『大藏經』とは佛教典籍の總集。磧砂版『大藏經』は南宋の紹定年間（一二二八－一三三）蘇州磧砂の延聖院で刊行。稀世の珍籍と稱される。高麗でも北宋版に基づいた高麗版『大藏經』が作成されている。同じ『弘明集』でも、四部叢刊に收める明の萬曆本では、ただ「梁劉勰」と記すだけである。

（13）張融の「三破論」、張融（四四四－九七）は南齊時代の吳郡の人。若い頃道士から「異人」と稱された。儒佛道三經を合わせ修める事を說く。「三破論」が張融への假託である事は『弘明集』に收める釋僧順の「釋三破論」題名下の注に見える。

（14）原注、この引用文には些か校訂を加えている。「辨惑論」第二之三の原文は、「又引張融・范縝三破之論、（前集備詳。有抗融・縝之詞、見於後述。）乃云、融縝之論、無能破之。（是虛言也。）」と。括弧內の文は引用文では省略している。原文の表現・內容は蕪雜で、文脈を追い難い。錯簡があるか或いは注文が紛れ込んだのではないか。「前集備詳」などの言葉は、或いは「三破論」は既に前集に載せられており、後人に「三破論」に對抗する言論を出す者がいたので、荀濟が言うようにこれまで誰もこの說を論破するものはいなかったわけでなく、荀濟の說を「是れ虛言なり」と言ったのかもしれない。この文ははっきり解らないとはいうものの、しかし、「辨惑論」に記される荀濟の說は一目瞭然である。

譯注、『廣弘明集』卷七、「辨惑篇」中の道宣の「敍列王臣滯惑解」の文。荀濟の上書の內容及び上書に至った經緯がそこに記されている。

（15）范縝、（四五〇?－五一〇?）佛教の因果論を否定して、身體がなくなれば靈魂もなくなると主張し「神滅論」を著した事で知られる。『梁書』の范縝傳に引用。多くの批判を受けても屈する事がなかったという。傳には「三破の論」についての記述は見えない。

（16）天監三年四月八日の詔及敕、『廣弘明集』巻八に收める唐の道宣「敍梁武帝捨事道法」中に引く武帝の詔及び敕に據る。

（17）湯用彤『漢魏兩晉南北朝佛教史』、湯用彤（一八九三―一九六四）は、清華學堂卒業後、アメリカ留學。歸國後、東南大學、南開大學、中央大學などを歴任し、一九三六年北京大學教授。成實及び涅槃については第十八章「南朝《成實論》之流行與般若三論之復興」參照。以下の武帝についての語もこの章の中に見える。

（18）陸雲「御講般若教序」、梁の蕭子顯「御講摩訶般若序」、共に『廣弘明集』巻十九に見える。

（19）王弼、（二二六―四九）若い頃より老子を好み、辯が立った。『老子』や『周易』に注を作った。何晏、（?―二四九）漢の將軍何進の孫、曹操の娘婿。『老子』の注を作ろうとしたが、王弼の『老子注』の計畫を聞いて取りやめたという。

（20）原注、王弼・何晏が老子を主體にして孔子を同化した事は、この二人の『論語』注の中に最も明らかに表れている。梁の皇侃『論語義疏』に引く王弼注は「大なるかな、堯の君たるや」章（泰伯篇）で、「聖人には天に則する德がある。だのに、ただ堯だけが天に則したという理由は、ただ堯だけがその時代に天に則する道を全うしたからである。蕩蕩とは、無形無名なるものに對する褒め言葉だ。そもそも名が名付けられた理由は、善德が明らかになり、しかも恩惠が存續する所から生じ、善惡が相倹って、それぞれに名號が付けられる。ところで、それが大愛にして私心がなければ、恩惠など存在しようがないし、至美にして比類がなければ、名號など生じようがない。だから、天に則して教化を成せば、その道は自然のままであり、その子供を私物化せずしてその臣下に君主となれば、惡者は自ずから罰せられ、善者は自ずから功績を擧げ、功績を擧げてもその名譽を顯彰せず、罰を加えてもその刑法に任さなければ、衆民は日常平和に暮らすだけで、その治まる理由に氣づかない。いったいそのようなものにどうして名を付けられようか」と言う。『義疏』はまた「之を瞻れば前に在り、忽焉として後に在り」（子罕篇）の何晏注を引いて「恍惚として形象が摑めない事を言うのだ」と言い、「大人を畏る」（季氏篇）に注して、「大人とは卽ち聖人の天地と德を合する者だ」と言い、「我なし」（子罕篇）に注して「古の出來事をそのまま記述して自分勝手な書き方をせず、群衆の中にいても自分勝手な行動をせず、ひたすら道にこそ順い、殊更に自分の身を目立たせない事だ」と言い、「道に志す」（述而篇）に注して、「志とは、慕うの意味だ。道は形態をとらないので、それに向かって志しかないのだ」と言う。以上に引用した注釋の言葉から、王弼・何晏が玄學に由って加工された老子の概念で如何に牽强附會に孔子の概念を曲解しているかを見て取る事ができる。『文心雕龍』宗經篇に、「徳を邁《おこ》ない聲を樹つるに、聖を師とせざるは莫し。而るに言を建て辭を修るに、克く經を宗とするは鮮《すくな》し（徳をみがき名聲を樹立するために、聖人を師と仰がぬ人はいないが、言葉を確立し表現を練るに際して、經書を祖述する者は稀である）」と言うが、これは以上のような傾向への婉曲な風刺だと言うことができる。

（21）向秀、（二二七?―七二）字は子期。竹林の七賢の一人として知られる。老莊の學を好み、その『莊子』の解釋は、玄學の氣風を盛り上げたという。

郭象、（二五二―三一二）老莊を好み、向秀の『莊子』解釋を受け繼いだが、史書には盗作の話が遺される。

（22）謝靈運、（三八五―四三三）晉から宋代にかけて生きた詩人として著名。佛教に傾倒し佛典の翻譯も手傳っている。

（23）原注、湯用彤『魏晉玄學論稿』に掲載する「向郭義之莊周與孔子」の一文では、向秀・郭象の『莊子』注が、「表向きは儒家の聖人の名を掲げながら、こっそりと裏面では道家の聖人の實質を明示するもので」、「向秀・郭象は、王弼・何晏の主旨を繼承して、内聖外王の論を打ち出した。内聖はまた外王でもあるので、名教は却って自然と合致する。外王は必ず内聖でなければならないので、老莊が反對に本體となり、儒家が末葉となるのだ。因って、向秀・郭象の概念に因れば、聖人という名は（例えば堯・舜など）漢代の議論を繼承しているとはいえ、聖人の内實は、既に魏晉の新學に依據しているのである」とある。

（24）原注、魏晉以來、玄學、佛教學を共に學んだ名僧には、内外の知識を兼ね備え、三家の學にも通じて、佛法を講じる時に、外典を内典にこじつけて、これを格義と稱した。道安になって、以前の格義の内容が理に沿わないので、始めて廢して使用しなくなった。しかし、『梁僧傳』慧遠傳に、「慧遠は二十四歳の時には、もう既に講義をしていた。嘗てある客が講說を聽き實相義について疑問をぶつけ、何度も議論の遣り取りをしたのだが、いよいよ疑いが増すばかりだった。そこで慧遠が、

『莊子』を引いて譬えると、始めてその疑いが晴れたのである。その後、道安は特別に慧遠が俗書を利用することを許すようになった」。この話から慧遠が内典と外典を融合し、外典の内容を内典に擦り寄せる方法を採用したが、これは佛法を解説するための方便に過ぎず、實際のところ、彼は佛教・道教・儒教の評價を嚴格に區別していた事が分かる。『廣弘明集』に彼が劉遺民に與えた書を載せ、そこでは、「常に往昔に思いを馳せ、心を世俗の典籍（儒學の書籍－引者）に遊ばせて、その頃は花園の中にいるように思っていました。しかし老莊の學に出會ってからは、直ちに名教（儒教－引者）が事態に對處するだけの虛言であると悟りました。今から見れば、奥深い内容を知るためには、佛教の教理をまず先に修めないわけにはいきません」と述べている。ここでは、佛教・道教・儒教に上下の等級を付けて配列しており、そこに見られる輕重高下には、些かも不明瞭な所はない。

（25）　范文瀾『中國通史簡編』、第二編第五章第一節に見える。范文瀾は、武帝の儒佛道に精通している事を認めながら、佛教歸依が政治上の殘虐性を隱す僞裝と見做している。

（26）　釋智藏の「和梁武帝會三教詩」、『廣弘明集』卷三十（上）に掲載する武帝の「會三教詩」に和したもの。釋智藏のこの詩は『廣弘明集』卷三十（下）に見える。

（27）　原注、玄學の本末の議論は、かなり思辯哲學の本體論に似ている。『神聖家族』では、嘗て果物の比喩を用いて、思辨哲學の祕密を暴き出した事がある。以下にその要點を記して、參考に供する。「もし私が現實のリンゴ・梨・イチゴ・アーモンドの中から『果實』という一般的な觀念を得たとしよう。もし、更に一歩を進めて、私が現實の果實の中から手に入れた『果實』（die Frucht）という抽象概念が私の身外にある本質であって、しかも梨やリンゴなどの眞正の本質だとすると、私は（思辨的に述べるなら）『果實』とは梨やリンゴやアーモンドなどの『實體』である。因って、梨については、梨を梨たらしめている所以は非本質的なものであり、リンゴについては、リンゴをリンゴたらしめている所以は非本質的なものなのだと言う事になる。それらの本質となるものは、決してそれらから我々が感觸に因って感じ取る實際の存在ではなく、それらの中から抽象されて出てきた、また無理にそこに押し込まれた本質、卽ち私の觀念の中の本質――『果實』なのである。そこで私はこう述べる事になる。リンゴ・梨・アーモンドなどは『果物』の單純な存在形式であり、それはその形態化なのである。確かに、我々の有限的で、感覺に基づく理知は、リンゴが梨とは異なり、梨はアーモンドとは異なる事を識別するが、しかし、私の思辨的理性は、この感性的な識別が非本質的なものであり、重要性の無い事だと主張する。思辨的理性は、リンゴと梨との閒に共通するものを見出し、梨とアーモンドの閒に共通するものを見出す。それが『果實』に他ならない。異なった特徵を持つ現實の果實は、從って只の夢幻の果實にすぎず、それらの眞正の本質は『果實』という實體だと言う事になる」。

玄學と思辨哲學の本體論からすると、まず存在するのはリンゴ・梨・アーモンド・イチゴなどではなく、これらの現實の果實の中から抽象された「果實」という概念である。逆に、リンゴ・梨・アーモンドなどは皆先驗的な「果實」概念という絕對的實體から派生するものなのである。だとすれば、共通性と個別性の關係は完全に轉倒したものとなる。共通性はただ個別性を通じて成り立つものだからだ。リンゴ・梨・アーモンド・イチゴなどの個別的・具體的・現實的な果實が存在しなければ、普遍的な「果實」という抽象概念もあり得ないのだから。

譯注、ここに引く『神聖家族』はマルクス・エンゲルスの共同著作。本來の書名は「批判的批判の批判――ブルーノ・バウアーとその一派に對して」。引用は第五章二思辨的構成の祕密（大月書店刊『マルクス・エンゲルス選集』參照）。

(28)　原注、梁の武帝が三教同源說の理論を確立させて以來、後世の封建統治者は多くが彼の衣鉢を受け繼いでいる。淸の胡珽が刊行した元の劉謐の『三教平心論』には、孤山圓法師が、「三教は三本足の鼎のようで、どの一本の足が缺けてもだめなのだ」と述べ（「三教平心論序」）、孝宗皇帝が、「佛教に據って心を治め、道教に據って身を治め、儒教に據って世を治める」と述べ（巻上）、無盡居士が「儒教は皮膚を治療し、道教は血脈を治療し、佛教は骨髓を治療する」と述べた言葉を載せる（巻上）。胡珽は書前に、雍正皇帝の「上諭」に「三教は共に一つの源より出で……洵に域内を整え風俗を教化する事ができ、國君を聖明の君たらしめ、恩惠を人民に施す大きな助けとなる」とある（「三教平心論」巻首）を載せる。以上の諸例は、歷代の封建統治者が三教の統合を人民の統治の有力な道具としていた事を十分に物語る。

(29)　原注、ここに興味ある一つの例を擧げる事ができる。劉宋の時代、釋慧琳の著作に『均聖論』（またの名を『黑白論』という）があった。論の名稱を「聖を均しくする」と言うのだから、當然、孔子と釋迦を折衷しようという意味がある。文中では、「六度〔六波羅蜜〔彼岸に至る六種の徳目〕─引者〕は五經と竝び行われ、儒教の信・順と佛教の慈悲とは竝立する」と。だから、二教はその方途は違っても同じ内容に歸する事になる。しかし、慧琳は黑學道士（佛）と白學先生（儒）の辯論を通して、はっきりと孔子と釋迦との矛盾を提示している。黑學道士は「周公孔子の教えは、ただ現世に及ぶばかりで、死後の世界を明らかにせず、來世の生まれ變わりにまで及んでいない。見るもの聞くものの他は、ぼんやりとして解らない。心を虛しくはできても、現世まで虛しくはできず、西域から來た教えの深さには及ばないのだ」と述べる。白學先生は、「大きな事を言うものだわい。假りに神の光というものを調べても、そこには僅かな明るさもなく、靈變なるものを調べても、變わったところは些かもない。死後の世界の原理では、勿論現世全ての事を窮め盡せるわけではない。周公孔子はその死後の世界を疑って明らかにしなかったし、佛教家は明らかにはしたが、その内容に實體がない」（大意を概說）と述べた。文中の「死後の世界の原理」「周公孔子はその死後の世界を疑って明らかにしなかった」こと、「佛教家は明らかにはしたが内容に實體がない」事などには、かなり儒教を重んじて佛教を抑えようとする意味がある。『宋書』には、『均聖論』が世に行われて後、「古い僧侶は、これが佛教家を貶めるものだと思い、批判を加えようとした」と言っている。無理もない事だろう。

（30）『祐錄』に據れば、『弘明論』とすべき、梁の釋僧祐の編集した『出三藏記集』弘明集目錄序第八では、『弘明論』後序となっている。

（31）淸の嚴可均、嚴可均（一七六二─一八四三）、字は景文、浙江の人。嘉慶の擧人。この引用文は、彼が二十七年の歲月を費やして編集した『全上古三代秦漢三國六朝文』中の「全梁文」卷七十一、「釋僧祐」下の割り注に見える。

（32）三空四等、大乘圓極、三空とは空・無相・無願の三解脫をいい、四等とは慈・悲・喜・捨の四無量心をいう。大乘圓極とは、廣く衆生を救濟する佛道が成就され究極に達すること。

『文心雕龍創作論』二版附記

本書第二章『「滅惑論」と劉勰の前後期思想の變化』は、一九六四年に書き上げ、その後、これを單篇の專論として『歷史學』に發表したのは、もう一九七九年の事となった。それまでの『文心雕龍』研究者はほとんど例外なく、一致して「滅惑論」が『文心雕龍』以前に作られたものだと思い込んでいた。この論文が發表された後、贊成した人もいればまた反對した人もいた。最初に異議を唱えたのは、馬宏山であって、彼は私の論文を讀むやすぐさま手紙で質問し、併せて疑義の論文を書いた。彼は『文心雕龍』の思想內容について語る時、「佛を以て儒を統べ、儒佛は相合して一になった」という說を唱え、劉勰の思想を立ち遲れたものと見做していた（『文心雕龍散論』に詳しい）[1]。一方、私の見解を最初に肯定したのは蘇州大學の錢仲聯であって、彼は私が提出した劉勰の前期・後期の思想の變化に對して贊成した。彼は『文心雕龍創作論の讀後偶見』（一九八〇年『文學遺產』第三期）の中で、こう述べている――「本書の考證の精確さについては、その『出三藏記』梁代成立說を例として擧げる事ができる。この論文の文中では、梁の王曼穎の書信・『出三藏記』及び『集雜錄序』を列擧して、これらの古資料では皆、そこに收錄されている各文が、『有漢に源を發し、大梁に至る』材料だと述べている。これは、『出三藏記』が齊の明帝の建武年間に成立した可能性の無い事を物語る。私の涉獵した結果に據れば、『出三藏記集』に「『寶頂經』……等の二十一種經、凡そ三十五卷は、齊末の大學博士江泌の處女尼子の手になる。初め、尼子が七、八歲の幼女であった頃、ある時目を瞑り靜かに座っていると、この經典を朗誦した。……天監四年三月、亡」と著錄されている。ここではっきり江泌の處女の卒年が天監年間であると記載しているのだから、劉勰が僧祐を助けて書籍を編集したのは天監年間であるとの本論の考證に疑問を差し挾む餘地は無い。この考證の結論は、劉勰の前期後期の主導的思想に儒教と佛教との違いがあったために、『文心雕龍』が佛教學とは無關係（ただ少しばかり佛教學の常用語を用いている程度）であったという主張に、有力な證據を提供した」と。

暫くあって、復旦大學の李慶甲が一九八〇年に出版した『中國古代美學藝術論文集』に發表した「劉勰滅惑論撰年考辨」は、私の觀點と更に一致するものであった。彼は私と同じように劉勰の思想を前期後期に分けるべきだと考え（前期では齊の時代に撰した『文心雕龍』に於いて儒家思想を忠實に守り、後期では梁代にやっと撰した「滅惑論」に於いて佛法を宣揚した）、更に「滅惑論」こそは「梁の武帝の意圖に沿って作られた」とまで考えている。私との違いは、「滅惑論」の制作年代の考證の相違にあるだけだ。彼は、「滅惑論」は劉勰が二度目に仁威南康王蕭績の記室になっていた時期、つまり天監十六年（五一七）頃に書かれたものだと考えている。

最近では、李淼にもこの問題に關わる專論があり、その論文「『滅惑論』の撰年と諸家の商兌」（一九八三年『社會科學戰線』第三期所載）では、同様に「滅惑論」は『文心雕龍』が完成した後に著されたものだと認めており、また「滅惑論」が梁の時代に書かれたものであると認めているが（且つ、劉勰が初めて中軍臨川王蕭宏の記室に任ぜられた時、つまり天監三年から天監七年の内に書かれたものである事にも贊成している）、しかし楊明照が推定する「滅惑論」齊代成立説及び李慶甲の推定する天監十六年前後著作説には反對している。ところで、彼は論文の中で、私に問うていた。私は第一版の文中で、荀濟の上書の年代は調べようがないとし、同時に、「それらの書かれた前後の順番を、梁の武帝の「詔」が最も早く、荀濟の「書」がこれに次ぎ、劉勰の「論」が最後に現れると假定できないだろうか。或いは、少なくとも三者は同一の問題を巡って論爭を進めたもので、そこにはある程度の關連を見出せるのではないか」との推測を提示しておいた。當時は、この推測を提示して、今後の檢討を待とうとしたのである。李淼は『廣弘明集』・『北史』等に基づいて、荀濟が梁の武帝に上書した年代を考證し、その上限が北朝の東魏の靜帝が即位した天平元年（南朝梁の中大通六年）であり、下限が東魏の靜帝の武定五年（梁の太清元年）、即ち荀濟の卒年の年とした。もし、この考證が信ずべきものであれば、私が第一版本文中で推測した、荀濟の上書が劉勰の作論以前だとする說は改正しなければならない。この他、李淼は『佛祖統紀』に梁の武帝が經典の講義や注釋を行った年代が記されている事に基づいて、それらの多くが劉勰の「滅惑論」撰述以後の事であろうとも考えている。(2) これらの考證は詳細な校勘がなされており、少なからず有用な手掛かりを提供している。しかし、梁の武帝が出家や在家を集めて佛典の講義を行ったのは非常に頻繁な事であり、『佛祖統紀』は必ずしも全てを一々記載したわけではない。同時に、私が第一版で援用した印刷化され成文化された講義や序言の類は、たしかにその多くが劉勰の「滅惑論」撰述より以後であったけれども、しかし、もしこれらの序言が刊行された後でなければ、梁の武帝が般若・涅槃に由って佛法を統括していたとは證明できず、また玄佛併用の特殊用語が出現するはずもないと認定するのであれば、それは餘りに頭が硬すぎる。これらの思想と用語は、必ずしもそれらを文章の中に書き出し、著書や立論として世に公表されてから後に、漸く人々に認められるものだとは限らない。實際のところは、これ以前にそれらの思想や用語は、かなり長期にわたる熟成と傳播の過程を經ているのが常なのだ。因って、梁の武帝の佛典の講義及び序言が世に刊行された年代を、劉勰が「滅惑論」を書いた年代よりも遲れるものだと考證する事は、その書籍の中の思想及び書かれた當時に通用していた用語が劉勰の「滅惑論」の後でなければ出現し得ないものだという事にはならないのである。

私は第一版の本文中では梁の郭祖深の上奏した封事二十九條（李慶甲の論文もまたこの事を引く）を引用したが、これについて評定を加えた論者はまだいない。しかし、もし考察を加えれば、この事件も劉勰が「滅惑論」を著した後である事は、難なく分かる。考えるに、郭祖深の上奏した封事二十九條は、その別條（序文）中に「皇基運を兆して、二十餘載」という言葉がある。これに據れば、その事は普通二年の後に當たる。『南史』巻七十の郭祖深傳には、左僕射の王暕が「喪中に在りながら、起用されて吳郡の長官になるとき、まったく辭讓しなかった」と言う言葉がある。王暕の卒年は普通四年なので、郭祖深が封事を上奏して王暕を彈劾したのは、これ以前である。だとすれば、郭祖深が封事二十九條を上奏したのは、普通三年に當たる事になる。

私は、第一版本文の中で荀濟の上書と郭祖深の奏上した封事二十九條の年代について考證してはいないので、ここで、この二者が劉勰の「滅惑論」撰述の後に屬することを考證することは必要なことであろう。しかしながら、たとえこの二つの事柄の發生がかなり遲かったとしても、それらに因って梁代の佛教派と反佛教派の鬪爭が、一般的な思潮となっていたことを説明することは可能である。例えば、「滅惑論」は「三破論」を相手としたものだが、荀濟の上書の中でもまた「三破論」に據って佛教派を攻擊しており、ここから「三破論」が佛教派と反佛教派の爭いの重要な一つとなっていた事が分かるのである。

注

（1）馬宏山、『歷史硏究』一九八〇年第四期に「劉勰の前後期の思想に原則の分岐が存在するか——王元化同志に尋ねる」を掲載する。馬宏山は既に鬼籍に入る。その著書『文心雕龍散論』は新疆人民出版社より一九八二年五月刊。

（2）『佛祖統紀』、五十四巻。南宋の僧志磐の撰、正史の體例に倣い、本紀八巻・世家二巻・列傳十二巻・表二巻・志三十巻から成り、インド・中國の高僧の傳記を述べて、天台佛教の正統を明らかにしたもの。

第三章　劉勰の文學起源論と文學創作論

『文心雕龍』原道篇では、宇宙の成り立ちと文學の起源問題を論じていた。この文章は我々が劉勰の宇宙觀と文學觀を考える上で重要な資料である。劉勰の文學起源論は彼の宇宙觀を基礎としているものだからだ。劉勰以前より、中國古代では夙に天をどう考えるかについて、渾天説・蓋天説・宣夜説の三家があった(1)。後漢から南北朝までの時期、天文學の領域では非常に大きな發展があり、當時は人材が續出して、後漢の張衡・南齊の祖沖之・東晉の虞喜・劉宋の何承天等は、皆その中の代表的人物である。彼らは測量器機や測量方法を作り出しただけでなく、しかも理論的にも新しい假説を打ち出したのだった。しかし、劉勰の宇宙構成論は、前人が自然科學領域で獲得したそのような成果を汲み取ることはなく、その逆に、『易』繫辭傳の「太極は兩儀を生ず」という古い觀點を踏襲しているのだ。劉勰の原道篇の理論的骨幹は『易』繫辭傳を軸とし、併せて『易』の文言傳や説卦・彖辭・象辭及び『大戴禮記』等の斷片的言辭を寄せ集めて出來上がっている(2)。たとえ劉勰がどのように混亂した形式をとろうとも、これだけは非常にはっきりしている。つまり、劉勰は天地萬物が太極より生成したと考えていた事だ。原道篇の「人文の元は、太極自《よ》り肇まる」という語が、『易』繫辭傳の「太極は兩儀を生ず」という論法からの强引な表出であることは明らかだ。かくして劉勰は、太極というこの重要なポイントを通して、文學の形成の問題と『易』繫辭傳に古くからある宇宙起源の假説を無理やりに一つに結び付けてしまう。『文心雕龍』全體の體例にもこのような無理に寄せ集めた痕跡がはっきりと露呈している。その序志篇に、「理を位し名を定め、大易の數に彰らかにす。その文用を爲すは、四十九篇のみ

（論旨に基づいて篇名を定め、『易經』のいう宇宙生成の數五十に篇を分かったが、うち實際に文學の働きについて述べたのは、四十九篇に止まる）」と言う。この意味はつまり、『文心雕龍』全卷が五十篇で出來ているのは『易』繫辭傳の「大衍の數（天地の數）」の五十に據ったという事である。繫辭傳には、「大衍の數五十、其の一は用いず」と言っている。「其の一は用いず」とは卽ち太極を指す。劉勰は『文心雕龍』五十篇の中のどの一篇が用いない「其の一つ」であるかは明言していないが、全篇の思想體系から見ると、明らかに原道篇を指している。なぜならば、彼は道（つまり太極）こそ、文學もその中に含まれる天地萬物を派生する最終的な原因だと考えており、それは正に『易』繫辭傳に言う太極の作用と同樣だからである。

劉勰のこのような觀點は、一體如何なる宇宙觀と文學觀を反映したものであろうか。前人の多くは彼の原道の觀點に基づき、彼を儒家思想の體系の中に組み入れていた。元人の錢惟善「文心雕龍序」では、「孔子の沒後、漢代以降は、老莊や佛教の説が盛んになり、學者は日々に異端に向かって、聖人の道が行われなかったが、天地の偉大さ、日月の明るさは、そもそも泰然として變わるものではない。老莊や佛教が發生し流行する時、一體誰がそれを排除し排斥する事が出來ようか。もしも道を原理とし、經典を模範とし、聖人に規範を求めて、論を述べ書を著わそうとするのは、眞にすばらしいことではあるまいか。ああ、この『文心雕龍』が書かれたのはこの理由に因る。佛教の盛んなことは、晉・宋・齊・梁の時期が一番だった。しかし、通事舍人の劉勰は梁の時代に生きながら、佛教側には入らずに、儒教側に屬したのであって、その志は眞に尊ぶべきであろう」と述べている。錢惟善以來、歴代の論者はほとんどこの説を支持してきた(3)。彼らは劉勰の原道の觀點が儒家思想を反映しているのだと大まかに指摘するだけで、原道篇と『周易』との間の密接な關係には注意を向けることはなかった。この『周易』は、もともと儒家の重要な經典の一つである。魏晉以來、『老子』・『莊子』・『周易』は三玄と併稱していたので、『周易』は玄學の理論の骨幹となっていた。(4) このような情況の下、我々は劉勰の原道の觀點が果たして儒家思想に屬しているのかどうかを確定しようとするならば、ただ原道篇が『易』に基づくというその一點だけで判斷する事は出來ない。なぜならば、原道篇は儒家思想の原理に照らして『易』を理解していた可能性もあれば、また玄學思想の原則に照らして『易』を理解していた可能性もあるからだ。儒學・玄學の二家は共に『易』の哲理を論じてはいるが、しかし、『易』の哲理に對しては相異なる解釋をしているところがある。南北朝時代、北朝側では鄭玄の『易注』が用いられ、南朝側では王弼の『易注』を用いていた。『晉書』荀崧傳には、「晉の元帝は學校を建て直し、博士の數を絞り、『周易』に王弼の學を置いた。大常博士の荀崧は上書して、更に後漢の鄭玄の『易』を增設することを請うたが、王敦の難が起こり、實際には行われなかった」と書かれている。劉宋の元嘉年間、王弼・鄭玄の學は共に立てられたが、顏延之が祭酒となった時に、鄭氏の學を下ろし、王氏の學のみを置いたので、鄭氏の『易』はまたもや打擊を受けた。鄭氏の『易』は南方では全く廢れたわけではなく、時には漢代儒學を尊ぶ經學家が登場して懸命に教官や博士という正統な地位の設置を求めたが、しかし、全體的な傾向から言えば、それは既に衰微していく運命にあって、王氏『易』とその勢力を爭う事は出來なかったのだ。鄭氏『易』と王氏『易』は相異していて、鄭氏『易』は漢代儒學の象・數の論說に基づき、王氏『易』は玄學の有・無の論爭に基づいていた。河北では鄭氏『易』を用い、江南では王氏『易』を用いたのは、北方が經學を重んじ、南方が玄學を重んじたという學風の違いを反映していたのである。

范文瀾『中國通史簡編』では『北魏書』李業興傳に據り南北で相異なる學風を紹介して次のように述べる。「李業興が梁の王朝を訪問した折り、梁の武帝は彼に儒學と玄學がどのように通じ合うのかについて尋ねた。李業興は、私はただ五經を學ぶばかりだから、深義（玄學を指す）については分からないと答えた。梁の武帝は更に、太極は有るのか無いのかと尋ねた。李業興は、私はもともと玄學を勉强していませんので、太極が有るか無いかは知りませんと答えた。また李業興は天を祭る大禮である南郊に關して朱異が發した問いに答えて、後漢の鄭玄の學説を説明し、魏の王弼の學説を排斥した。この問答は、南北の學風の相異を物語り得るものである」。ここに紹介された二番目の問答からすると、儒學ではそもそも太極を認めてはいない。この問答から推し量れば、「原道篇」が提出する宇宙の構成論と文學起源論は、既に太極を出發點としている以上、それを儒家の列に歸屬させることはできないことになる。

しかしながら、だとすれば『中國通史簡編』が『文心雕龍』に對して行なった分析と食い違いが出てくる。『中國通史簡編』では、「劉勰が撰した『文心雕龍』は、完全に儒家古文學派の立場の上に論が立てられている」と言い、「儒學古文學派の特徴は哲學的には唯物主義の傾向を持ち、玄學及び佛教學とは違っている」と言っているからだ。もし、儒家と玄學との區別の目安を太極の有無を認めるや否やというところに置くならば、劉勰はどうして基本的に太極を否認する儒家の立場に立つ事が出來ようか。考えるに、太極という語は『易』繫辭傳の中に見える。繫辭上傳では、「易に太極有り」と明言されていた。『周易』は儒家の五經の一つなのだから、漢儒を崇拝する經學家が繫辭上傳のこの言葉を承認せざるを得ないのは當然である。實際に、李業興も、太極の存在を否認してはいない。『中國通史簡編』に引く『北魏書』李業興傳のその會話の部分は、古代漢語を現代語に譯したものだった。その原文は次のようになっている――「衍は又『易』を問いて曰く、太極は是れ有か無か、と。業興は對う、傳うる所の太極は是れ有なるも、素より玄を學ばざれば、何ぞ敢えて輒ち酬いんや、と（蕭衍は又『易』について、太極は有るのか無いのか訊ねた。李業興は答えて、傳えられている太極ならば有るわけですが、日頃玄學を學んでいないので、どうして卽答などできましょうか）」。この部分、『中國思想通史簡編』には明らかに誤譯があった。梁の武帝は內外の學を統べ、儒經・道經・佛教の三家に通曉していたが、玄學をその骨幹としていた。玄學こそは本體論の學であって、有無本末の辨別を事とするものであり、梁の武帝は玄學に由って『易』を解釋していたので、彼が「太極は是れ有か無か」と問うたのは、太極が有るのか無いのかを問うたのではなくて、太極が「有」の範疇に入るのか、それとも「無」の範疇に入るのかを問うたのである。李業興の學は漢代の儒學に基づいており、玄學を知らなかった。因ってこの問題に答える事が出來なかったのだ。しかし、儒學では有無本末の辨別については講じられていなかったけれども、玄學と比較すれば、玄學は「無を貴び」、儒學は「有を崇拜する」ほうに近い。よって李業興は「傳えられている太極ならば有だ」と述べる事になったのである。この話から、儒學と玄學の二家は共に太極の存在を否定しているのではなく、兩者の區別は單に太極に對する解釋の相異にあっただけであることが分かるだろう。

玄學は本體論によって『易』を解釋し、太極は本源であり、本體であり、無であると認識した。唐代に成立した『周易正義』[6]には、魏の何晏の「上篇（繋辭上傳を指す―引者）は無を明らかにす。故に『易』に太極有りと曰う、太極とは卽ち無なり」という解説文を引いている。晉の韓康伯は「大衍の數」に注して魏の王弼の解説―「天地の運數を演繹するに、頼るものは五十である。その用いるものは四十有九なので、その一つは用いない。用いないのだけれどもこれによって全體が貫通され、數には入れないのだけれども、全ての數はこれによって成り立つ。これが『易』の太極なのである。四十有九は、數の極限である。そもそも無というものは無を以て明らかにすることはできないので、有に據って示す必要がある。だから、常に存在するものの極點に於いて、必ずそれが成り立つ本源が明らかにされるわけである」を引く。魏の何晏は、太極が無に他ならないと明言している。魏の王弼もまた同じ趣旨だが、有無本末の論爭を通して一層はっきりした表現となっている。玄學では概ね本は無であって末が有だと考えるのが普通である。本の無は、宇宙の本體を指し、それは絶對的虚玄の精神を代表する。末の有は、この絶對的精神が外に現われ出た現象界の事で、それらは刹那の間に消滅し、一瞬の間に様々の變化を見せるが、決して眞正なものではない。本の無は、宇宙の實相であり、また體と稱されるものだ。末の有は、宇宙の假の姿であり、また用と稱されるものだ。

王弼は大衍の義を解釋し、五十を以て宇宙全體を代表させ、この宇宙全體の中で、「その一は用いない」ものと「その用いるもの四十有九」との關係がまた體と用（或いは本末・有無）との關係でもある、と考えた。所謂「用いないのだけれどもこれに由って全體が貫通され、數には入れないのだけれども全ての數はこれに由って成り立つ、これが『易』の太極なのである」とは、つまり、その一つの用いないものである太極が宇宙萬有の基づく宗極だと言うのだ。萬有は本體の外に脱出することはできず、その本體自身は用いられず數にも入らないものだけれども、萬有はそれから離れることは出來ない。宇宙の本體が有ってこそ、初めて宇宙の萬有は具體的な「用」となり「數」となり得るのである。一方、本體は無であるが、無は無に據って説明出來ないから、我々が無を認識しようとすれば、必ず實在する有に據って説明しなければならず、ただ宇宙の萬有を通してのみ、初めて宇宙の本體としての無の存在を把握できるのである。玄學の術語に據って言えば、これは「體用一如」・「有無相即」と呼ばれるものである。ここでは、王弼は精細に檢討された唯心主義を十分に發揮している。王弼は太極が天地萬物を存在せしむる絶對精神であると考えて、精神を物質の上に位置づけ、始原的な要素としたのである。これがつまり玄學の太極成立に對する解釋である。儒學となると、多くが「元氣」或いは「北辰」に由って太極を解釋していて、玄學の解釋とは異なっている。漢代儒學の『易』學の全貌は今ではもう知ることは出來なくなった。唐代に定められた正義では、『易』は王弼の注を主としたので、鄭玄の學は次第に衰えていった。李鼎祚『周易集解』では漢代の學問を顯彰して、虞翻・荀爽等の三十數家の遺文を集め、切れ切れで不完全な漢代『易』學の古い解釋文を保存している。(7) 李道平はこの『周易集解』に『纂疏』を作り、(8) 併せて惠氏・張氏の説を採用して、その未解決の部分をうまく解決して、一歩進んだ補充をしている。これらの斷片的な資料から我々が概ね推測できる事は、漢代儒學は宇宙の構成論を根據にして『易』を解釋しており、彼らは多くが太極を天地がまだ分かれる前の混沌とした元氣であると考えていたことである。劉歆『鍾律書』(9) でははっきりと「太極は元氣であり、三を包括して一にする」と言っている。後漢の鄭玄は、『乾鑿度』の文「孔子曰く、『易』は太極より始まる、と」に注して、また「氣象がまだ分かれていなかった時が、天地の始まりである」とも言う。[10] これは太極を天地未分とし、萬物がまだ形にならなかった宇宙最初の状態だと言うのである。後漢の馬融は「『易』にある太極とは、北辰の事を言うのだ」と言う。呉の虞翻は、「太極とは、太一である。分かれて天と地になるから、兩儀を生じるのだ」と言う。馬融・虞翻の二人は、一方は太極を北辰であると言い、もう一人は太極を太一だと言って違いがあるように見える。しかしながら、鄭玄は『乾鑿度』に注して、「太一とは、北辰の神の名である」と言っている。だとすれば、太一もまた北辰に他ならず、從って馬・虞二人の説は同じ事になる。鄭玄はまた『星經』の「太一は、氣を主宰する神なり」を引く。これに據れば、北辰の説は元氣の説と通じることになる。漢代儒學が元氣を以て太極を解釋しようと、或いは北辰を以て太極を解釋しようと、彼らは共に宇宙の起源の假説に由って、太極を天地萬物が派生する起點と確認しているのだ。彼らの視點から見れば、天地が未だ分かれず萬物が未だ形體をとっていない前は、宇宙にはただ元氣が存在するばかりだった。元氣とは物質性の物體だったので、彼らの宇宙構成論は物質性の物體を始原的要素としたのである。

　劉勰の撰した『文心雕龍』は、基本的に儒學古文派の立場に立つものだ。この點は、序志篇の中で、非常に明白に「聖旨を敷讚するは、經を注するに若《し》くは莫し。而れども馬・鄭の諸儒は、之を弘むること已に精なり。就《たと》い深解有るも、未だ家を立つるに足らず。唯だ文章の用は、實に經典の枝條なり（聖人の思想を敷衍・稱揚するには、經書に注釋を施すのが一番だが、馬融・鄭玄らの學者が、既にこの方法を運用して精細な業績を殘しており、たとえ私に深い見解があるとしても、今更注釋家として一家をたてるまでもない事である。しかし、文章の果たす作用は、全く經典の働きを側面から補佐するものである）」と述べている。馬融・鄭玄は漢代末期の儒學古文派の大家で、劉勰は彼らを極めて稱贊しているばかりでなく、しかも劉歆・揚雄・桓譚等に對しても贊美を表明している。[11]これは彼の儒學（とりわけ古文派）への崇拜を物語るものだ。彼が文學を儒家經典の枝條だと見做して、儒學古文派の路線に從って文章の理を明らかにしようとした事は、決して空言ではない。『文心雕龍』の文體論は明詩篇から書記篇に至るまで、二十數種の文體の源流を分析している。劉勰は上述の觀點を論證するために、それぞれの文體の誕生を儒家經典にまで遡って求めたため、文學史の領域に先驗的な理論構造を作り出すことになった。彼は更に、儒學古文派の唱導する「訓詁に通じ、大義を擧げる」という方法を採用して、それぞれの文體のために「名を釋いて義を章らかに（名稱を解釋して內容を明らかに）」している。儒家の五經について論述する時には、彼は古文派の說に從っており、一家の解釋法・一師の學說を遵守する今文學派との間に區別が認められる。『文心雕龍』論說篇の一文――「秦延君の『堯典』に注するが若きは、十餘萬字。朱普の『尚書』を解するは、三十萬言。通人の煩を惡み、章句を學ぶを羞ずる所以なり（秦恭（延君）の『堯典』の注釋は、十數萬字に達し、朱普の『尚書』の解釋は、三十萬言にも上ったと言うが、そのため優れた學者は煩雜さを嫌惡して、注釋を學ぶのを恥とした）」と言うのは、古文派からの「章句にこだわる小儒」（今文派）への批判であると見做してよい。たとえ、劉勰が「毛公の『詩』を訓じ、安國の『書』を傳し、鄭君の『禮』を釋し、王弼の『易』を解するが若きは、要約明暢にして、式と爲すべきなり（毛公の『詩經』の訓詁、孔安國の『尚書』の傳、鄭玄の『禮』の注、王弼の『易經』の解釋などは、簡潔な達意の文章で、模範とするに足るものである）」と論說篇に述べて、王弼を古文學派と一緒に列べ、共に模範としたようであったとしても、しかし劉勰が『周易』に加えた具體的な分析の中からは、王弼の『易』解釋を採用した明らかな痕跡は見つからない。實際には、劉勰はやはり古文派の說に由って『易』を理解しているのだ。例えば、劉勰は、孔子が「十翼」を作り、文王が『卦辭』を作り、『歸藏』を『殷易』とする……等と言っているが、これらの言い方は全て鄭玄の說に基づく。[12]前人は、鄭玄の『易』は多くは日月などの天の動きを參考とし、王弼の『易』は形而上的な玄學の原理に基づいて、そこに清談を交えている、と言った。王弼は『易』の解釋で全く漢代儒學の氣風に反對して、「意を得て象を忘れ、象を得て言を忘る（ただ趣意だけを取って卦象を無視したり、ただ卦象だけを取って言語説明を無視する）」事を主張し、しかも五行・術數に對しては皆これを排斥しているのだ。(13) 趙宋の趙師秀の詩に、「輔嗣（王弼）の『易』行に漢學（漢代の學）無し」という句がある。(14) 劉勰の『易』理解は、基本的に鄭玄學の路線にあって、王弼の『易』のように一概に五行・象數の説を排斥する態度を取ってはいない。原道篇には、「象を河洛に取り、數を蓍龜に問う（黄河の圖や洛水の文書から暗示を得、蓍や龜の甲羅に運命を問い掛けた）」とあり、徴聖篇には、「書契は決斷して以て夬《かい》に象り、文章は昭晰にして以て離《り》に効う（易の「夬」の卦を具象化した明晰な文章、「離」の卦に象徴される明晰な文章）」。これらの言葉は、いずれも王弼の『易』が象數を排斥した主旨と相反する。更に注意しなければならないのは、劉勰の宇宙觀も同様に漢代儒學の宇宙構成論が基礎になっている點だ。劉勰は原道篇の中で次のような宇宙の形成の順序を語って、「夫れ玄黄は色雜り、方圓は體分かる。日月は璧を重ねて、以て麗天の象を垂れ、山川は煥綺として、以て理地の形を鋪く。此れ蓋し道の文なり。仰いで吐曜を觀、俯して含章を察し、高卑は位を定む。故に兩儀既に生ず。惟れ人はこれに參わり、性靈の鍾まる所、これを三才と謂う。〔人は〕五行の秀と爲り、實に天地の心なり。心生じて言立ち、言立ちて文明らかなるは、自然の道なり（天の黒色と地の黄色は混合し合い、地は方形に天は圓形に形體を分かっている。太陽と月は玉を連ねたように、天に在ってその美麗な存在を顯示し、山や川は美しい色どりで、地上の條理ある自然を展開している。これが天地自然の文彩というものであろう。上は日月の發散する輝きを見、下は自然の包含する美を見て、天地は高下各々その位置を定め、かくして宇宙を統べる二つの要素が生まれた。ところで人は天地の間に現われて、宇宙の靈妙さを集結し、天地と合わせて三要素と呼ばれる。人は萬物を形成する諸元素の精華であり、眞に天地の心である。天地の心が息づけば言語が現われ、言語が現われて文章が姿を明らかにする――これは自然の道理というものである）」（ここが卽ち先の一章に引いた魯迅の『漢文學史綱要』に、「梁の劉勰は、『人文の元、太極より肇まり』、三才の顯れは、道妙に由る」という文章の原文である）。これは、全く漢代儒學の宇宙構成論に基づく説明だと言ってよい(15)。漢代儒學の宇宙構成論では、天地萬物が太極（自然の元氣）より生まれるものだと考えていた。玄學の本體論では、「體用一如」・「有無相卽」の原則から出發するので、宇宙に先述のような形成過程がある事を認めない。玄學が認めるのは、太極が萬物を統括する絶對精神であって、天地萬物は皆この絶對精神の外現化、或いは外形化なのであり、その閒には太極が兩儀を生じる等という前後の順序はないのだ。よって、王弼は太極を直接に天地と解釋したのだ。『晉書』巻六十八（紀瞻傳）に、顧榮が「王氏は太極が天地だと言うが、それでは正しくないのではないか。そもそも兩儀とは、體現されたもので言えば天地であり、氣で表わせば陰陽である。いま王弼のように太極を天地とすれば、天地は自ずと生まれた事になり、天地を生んだものが無い事になる」と言ったことを記す。顧榮は王弼が太極を天地と解釋した事に贊成せず、天地とは太極が生んだ兩儀であると嚴密に規定したのであって、正に漢代儒學の宇宙構成論からの玄學本體論に對する批判を表明している。

これまでの分析に據れば、劉勰の原道という觀點は儒家思想を骨幹としていること、疑う餘地は無い。劉勰は、『文心雕龍』を撰する時、後漢の古文派の説を汲み取ったのである。その宇宙の起源に對する假説も漢代儒學の宇宙構成論に近いものであることは確かだ。しかしながら、だからといって劉勰の宇宙觀が唯物主義であると結論づけるわけにはいかない。なぜならば、劉勰は太極とは何かという大切な問題にはっきりとした定義を下していないからであり、從って古文學派が明確に太極とは元氣のことだと斷定した態度と比べれば、その態度は曖昧なのである。その宇宙構成論と文學起源論は共に極めて混亂した形式をとっており、これは固より儒家思想そのものが固有するものではあるけれども、彼自身の牽强附會の所爲でもあった。原道篇に打ち出される文學起源論は『易』繫辭傳の太極説と三才説を關連づけて一つにしてしまったのである。（三才説は、『易』説卦傳に見える――「天の道を立てて、「陰」と「陽」と曰い、地の道を立てて、「柔」と「剛」と曰い、人の道を立てて、「仁」と「義」と曰う。八卦はこの天・地・人三才を併せ兼ねてこれを二爻ずつで表わした」と言う。）劉勰に據れば、太極が兩儀を生む。兩儀とは卽ち天と地である、人は天地と共に生まれるので、まとめて三才となる。人は性靈の集まるところであるから、五行の秀であり、天地の心であって、その故に心から言語が生まれ、言語から文學が生まれた、ということになる。これがつまり、劉勰が「人文の元は、太極自り肇まる」と言った具體的な内容なのだ。また劉勰は文學が生まれるこの過程を「自然の道」と呼ぶ。彼は人類が天地とほとんど同時に誕生し、文學は人類が誕生するや間も無くして出現したのだと考えた。これは神祕的精神に滿ちたもので、科學性に反した荒唐無稽の論だ。『文心雕龍』の研究者の中には、この點に注意して論じる事なく、劉勰の言う「自然の道」ばかりを强調したために、實際には適合しない各種の曲解を生むことになった。黄侃の『札記』では原道篇に説明を加えて、「考えるに、劉勰の意見では、文章はそもそも自然より生まれたと見ていたので、篇中に何度も自然を言っている。『韓非子』解老篇に、『道とは、萬物がそうある所以、あらゆる理の基づく所以のものである。理とは、物を成り立たせた樣相であり、道とは萬物の成り立つ原因である。（道とは客觀的な姿、理とは内面的な姿のこと）故に、老子は、道とは、これに樣相を與えるものなのだ、と言ったのである』。考えるに、莊子・韓非子が道と言うのは、萬物がかくの如くある所以を言っているようである。文章が出來上がるのも、また自然に由るのである。だから韓非子は、聖人はそれを得て文章を作り上げたと言っているのだ。韓非子の言葉こそ、正に劉勰が基づくところであった」（節錄）と言う。陸侃如・牟世金『文心雕龍選譯』引言[16]では更に一歩を進めて、劉勰の「文は道から生まれる」という主張には、唯物主義思想が貫かれていたとして、「自然の道」とは「客觀的規律」或いは「宇宙間の眞理」に他ならないのだと斷言している。黃侃の『札記』が、佛教で平等不變の實相を言う「如」の語を韓非子の道にこじつけたことは、もう既に奇妙なことなのに、「韓非子の言葉こそ、正に劉勰の基づくところ」などと言うに至っては、餘りに牽强附會に過ぎる。[17] 韓非子の天道觀は『老子』の自然（卽ち無爲）の意味を捨て去っている。韓非子が言う「道」とは、先秦後期の法家が言う「主道」・「君道」の類の偏見を具備しているほか、更には『老子』の客觀唯心主義的な限界を突破してもいないのである（この說に關しては筆者の『韓非子論稿』を參照のこと、『附記』として添付）。劉勰の說く「自然の道」には別の意義があるのだ。劉勰は太極を天地萬物を生み出す最も始原的原因だとする。太極が天地を生み出し、天地それ自體に自然の美（卽ち所謂「道の文」）があるのだ。太極は天地を生み出すと共に、また人（聖人）を生み出し、人（聖人）は自分の「心」を通して、藝術の美（卽ち所謂「人の文」）を創り出す。道の文・人の文は共に太極からもたらされたもので、これが「自然の道」と呼ばれるのだ。原道篇では「傍《あまね》く萬品に及べば、動・植皆文あり（視野をさらにあらゆる存在に廣げれば、動物にも植物にもみな文彩が備わっている）」とか、「無識の物すら、鬱然として彩有り（意識を持たぬ自然にさえ、この盛んな裝飾がある）」と言って、自然美の存在を肯定し、自然それ自身が美の屬性を具備していることを認めている。所謂「雲霞の雕色は、畫工の妙を踰《こ》ゆる有り、草木の賁華は、錦匠の奇を待つ無し。夫れ豈に外飾ならんや、蓋し自然なるのみ（雲や霞の美しい彩りは、畫家の妙技を凌ぐものがあり、草や木の麗わしい花々は、刺繡工の手腕を待つまでもない。これらは決して外から裝飾を施したのではなく、自然の資質としての美しさなのである）」とは、更に一步を進めて自然の美と藝術の美を竝列し、自然の美に藝術の美と同等の價値づけを與えているのだ。これらの言葉は當時に在っては全て積極的な意義を持ち、我々は當然歷史的な價値を與えるべきである。しかし、自然美の客觀的な存在を認める事とは、唯物主義の立場から出發する事（ヘーゲルの美學が正にその例だ）とは全く違うことである。劉勰の文學起源論の思想的基盤について言えば、基本的に客觀唯心主義なのであった。

劉勰の述べた「自然の道」とはつまり「神理」でもある事は、難なく分かる。この點、黃侃の『札記』もちゃんと指摘していた。原道篇に、「若しくは迺ち河圖の八卦を孕み、洛書の九疇を韞み、玉版金鏤の實、丹文綠牒の華は、誰か其れ之を尸《つかさど》る、亦た神理のみ（黃河から出現した圖が八卦を孕み、洛水のもたらした文書が九か條の典範を生み、またこれらが玉の札に金文字で刻みつけられたり、綠の竹簡に赤い文字で書かれていたりするに至っては、いったい誰がやった事かと言えば、これもまた天の攝理に由るものというほかはない）」と言うが、「神理」とは卽ち「自然の道」の異名なのである。篇末の贊に、「道心は惟れ微にして、神理は教えを設く（宇宙の基本精神は精妙であり、この天の攝理が教訓を設定する）」と述べているが、この「道心」「神理」の二語は互文になっており、それは道心・神理・自然の三者が互いに通じ合う事を物語るものだ。これによると、劉勰が述べる「自然の道」は、人爲的・人造的な概念と相對して、客觀的・必然性という意味を持っているけれども、しかし、この客觀的・必然性はただ宇宙の主宰者（卽ち神理）の作用を代表するだけで、事物自體の運動が持つ客觀的な法則を指すものではなかったのだ[18]。劉勰の文學起源論に於いて、「心」という概念は最も根本的な要素である。「心生じて言立ち、言生じて文明らかなるは、自然の道なり（天地の心が息づけば言語が現われ、言語が現われて文章が姿を明らかにする——これは自然の道理と言うものである）」というこの基本的命題から見るならば、彼は「文」は「心」から生み出されると考えていた事になる。「心」というキーポイントに因って、彼は「道」－「聖」－「文」の三者を貫通せしめて、原道・徵聖・宗經という理論體系を構成したのだ（郭紹虞『中國文學批評史』では、明道・徵聖・宗經という三種の概念は、まとめられて一つとなり、中國の傳統的な文學觀となったが、「その基礎は荀子に因って確定された」と指摘する）[19]。劉勰の視點では、儒家の聖人の心は天地の心と合致しており、因って儒家の經典の文は卽ち自然の文なのである。ここでは、人の文と道の文は一つにしっかりと結び付けられている。しかしながら、これは自然美が藝術美の源泉であるとか、或いは藝術美が自然美の反映であるからではなくて、聖人の心が天地の心を完全に體現した結果に因るのである。原道篇の言葉を用いれば、これがつまり、「道は聖に沿《よ》って以て文を垂れ、聖は文に因って道を明らかにす（宇宙の原理は聖人に因って文章となって後世に傳わり、聖人は文章に因って宇宙の原理を明らかにした）」と言うことだ。劉勰は「心」をば道－聖－文を貫通する根本的なキーポイントとしたために、「心」という概念を餘りにもでたらめに誇張し過ぎたものとしてしまった。徵聖篇の全文の主旨は聖人の心が天地の心に合致する事を明らかにする點にある。その篇末の贊に、「妙極は生知、睿哲は惟れ宰す（精妙な生まれながらの知性、叡智の世界の主宰者）」と言うが、これがその觀點の概括的な説明となっている。（この句の大意は、聖人が睿哲なる所以は、聖人の心が天地の心に合致しているからであり、宇宙が智慧に滿ち溢れた聖人の心を生み出したのは、眞にその神妙極まり無い道理があるからだ、という）原道篇の贊に「道心は惟れ微にして、神理は教えを設く（宇宙の基本精神は精妙であり、この天の攝理が教訓を設定する）」と言うのも、同様に「道心」や「神理」の神祕性を明らかにするためである。しかし、「道心」が實際には把握できるものではなく、「神理」がはっきりと確認できないものであるとは言うものの「玄聖は典を創り、素王は訓を述ぶ。道心を原ねて以て章を敷き、神理を研めて教えを設け（太古の聖人たちは經典を創始し、無冠の帝王孔子は先人の遺訓を述べ傳えた。その態度はいずれも宇宙の根本原理を探究して文章に表出し、天の攝理を研鑽して教訓を設定し）」、かくして聖人が教化に用いた經典は、却って容易に理解できる。このように、劉勰は聖人の心は道の心の具現化であり、經典の文は道の文の具現化であるという結論を作り上げた。かくして、彼の説く文學の起源に於いて、「恆久の至道にして、不刊の鴻教（恆久の至高の原理、不滅の偉大な教え）」としての儒家の聖人の經典が、神聖なコロナに縁取られて、全ての眞理を凌駕する永久の眞理となったのである。

このような儒學唯心主義の觀點は、劉勰の文學起源論に極めて混亂し且つ荒唐無稽な形式をとらせることになり、この觀點は當然『文心雕龍』の創作論にもある程度の影響を與えた。とはいえ、總體的に言えば、劉勰の文學創作論は彼の文學起源論の持つ先驗的構造から來る拘束をそれほどには受けてはおらず、その中にはしばしば卓越した見識や創造に富む見識が閃くのである。范文瀾『中國通史簡編』では、神思篇・物色篇・養氣篇に見える基本的な論點に因って、劉勰が「論を進めている時には、却って唯物主義の觀點をはっきりと示す」と論斷していた。この視點に對しては、ここで補充と説明を加えて置かねばならない。『文心雕龍』の創作論（神思篇から物色篇まで）には、確かに合理的な要素が少なからずある事は認めねばならない。劉勰は創作論の中で創作の各種領域を豐富に示し、それらの間の關連や矛盾を通して藝術的な創作過程を明らかにしている。藝術法則と藝術方法の面で、彼は前人の藝術的實踐の經驗を總括し、大量の資料を把握し、相當に深く廣い論述を繰り廣げた。劉勰は少なからず鋭い意見を述べており、それは、ただに前人を超えるだけではなく、封建時代の文學理論の中でも異彩を放っている。これらの成果に對しては、實事求是の態度で分析を加え、然るべき評價を與えるべきだ。そのために我々はまず、この精華の部分も依然として劉勰の客觀唯心主義思想體系の中に含まれており、彼の思想原則から來る制約を受けざるを得なかった事を知っておかねばならない。また、過去の優れた思想家たちの理論的著作には、しばしば矛盾する狀況が現われる事にも、注意しておくべきだ。彼らの思想原則はそれぞれの具體的な論點の中に永遠に貫徹され且つ浸透しているものではないのである。原理と原理との間、體系と方法との間、形式と内容との間などには、ある種の不一致な狀況があり得るのである。例えば、フォイエルバハが「下半分は唯物主義者で、上半分は唯心主義者」と言われるのがそうだ。客觀唯心主義者だったヘーゲルは、倫理學や法哲學の領域では、フォイエルバハとは逆に、「形式的には非常な唯心主義だが、内容的には非常に現實的であった」と言われる。エンゲルス『自然辨證法』では、ヘーゲル『大論理學』の

「物自體」に關する論述は、彼が「近代自然科學者と比べても、更に一層確固たる唯物主義者である」事を證明するものだと言う。[20]『文心雕龍』の創作論が文學起源論を超えて、現實的な内容を持つ事が出來たのは、正に同じような理由に據る。因って、劉勰の文學起源論が荒唐無稽であるという理由から、彼の文學創作論も同じように閒違ったものばかりだと斷定する事はできない。しかしながら、原理と原理の運用との閒、體系と方法との閒、形式と內容との閒を見分けた場合、その閒に存在するかもしれない矛盾やズレは、それらの閒の關連を否定する事と同じではない。如何なる優秀な思想家でも自分の理論構造の基礎を形作ったり自己の理論に方向性を與えたりした思想體系の影響からは完全に抜け出す事はできないのだから。

劉勰は文學起源論の中で、「心」を文學の根本的な要素とはしていたが、その創作論の中ではしばしば「心」と「事物」の相互作用について語っている。劉勰は、「心」と「事物」という一對になる概念の藝術創作活動中の關係について、かなり丁寧に考えていた。神思篇では「思理の妙爲る、神は物と遊ぶ（想像力の働きは微妙であり、人閒の精神と外的事象は相互に作用を及ぼし合う）」という大綱を掲げ、物色篇では、更に一歩を進めて「情は物を以て遷り、辭は情を以て發す（感情は風物に従って變化し、言語は感情の流れに應じて姿を現す）」という主旨を明快に展開している。劉勰は、「是を以て詩人の物に感ずれば、類を聯ねて窮まらず。萬象の際に流連し、視聽の區に沈吟す。氣を寫し貌を圖し、既に物に隨いて以て宛轉す。釆を屬し聲を附し、亦た心と共に徘徊す（『詩經』の詩人たちは自然から感動を受けると、窮まり無い連想の翼を馳せた。彼らはありとあらゆる現象の閒を彷徨い、目と耳に訴えかける全てのものにじっと心をひそめる。生氣を傳え姿を描き出すには、對象とする自然の變化に自己を密着させるし、修辭を整え韻律を按配するには、自己の心情との關連に於いて久しく思案を重ねる）」と言い、篇末の贊では、「目は既に往還し、心も亦た吐納す（目が自然と交感するとき、心には知性が息づく）」「情の往くは贈に似、興の來るは答の如し（感動は自然への贈り物、詩想は心へのお返し）」と言っている。ここで、劉勰は文學の内容としての情志が、作者自身の主觀に由る瞑想から起こるものではなくて、心と事物が接觸した結果である事を明らかにしている。劉勰の言う詩人の事物への感應は、感覺活動を發端とするものだが、このような見方は基本的に認識の法則に合致する。當時は玄學の氣風が日々に熾烈で、老莊思想が非常に流行していた。莊子は包丁が牛をさばく話を譬えにして、「精神を以て對應して目では視ず、あらゆる感覺知覺が止まって精神の活動だけが活發化する」という神祕的な主張を提示して（養生主篇）、必ず感覺を通して物象を攝取することを起點とする認識活動を否定した。このような感覺知覺を棄てて精神の活動を重んずる唯心主義的認識論は、後に至るまで多くの藝術理論に影響を及ぼしてきた。劉勰はこのような神祕主義的な觀點に染まる事なく、創作論においては感官に因って事物を觀察する方法を堅持したが、これは主に荀子の學說をある程度繼承していた事による。漢の司馬遷の『史記』では荀子が「儒家・墨家・道德家（道家）の事績の善し惡しを推究した」と述べている。荀子は儒家・墨家などの著名な學問に對して修正を加え、批判的に繼承したのである。後期墨學の主要著作である『墨辨』（書名は晉の魯勝『墨辨注』に據る）では、[21]認識論の面で科學的な解明を行った。「經」上と「經說」上第三から第六までの四條が一組みとなって認識論の理論を體系的に說明している。その中で認識作用を「知材」・「慮求」・「知接」・「恕明」の四類に分け、更にその四つを「物を見る」・「物に接す」・「物を心に浮かべる」・「物を論じる」という事物へ觀點と直接に結び付け、思惟活動はこの感知・慮知・覺知・理知という認識過程を經て、然る後に始めて正確な思惟活動の論理形式を確立し得るのだと說いている（汪奠基『中國邏輯史料分析』說を用いる）。『墨辨』では感知・慮知・覺知・理知に關する說明が粗略で分かりにくいのだけれども、しかし、それらが認識に對する分類の萌芽狀態にあるものであり、既に我々が現在言うところの感覺・知覺・表象及び抽象思惟という幾つかの異なる段階の認識作用に近づく第一步を踏み出したものだと、概ね理解する事ができる。荀子の認識論は、このような前人の基礎の上に立って、それを發展させ改造して打ち立てられたものだった。荀子は、感官に基づくという「天官に縁る」説を掲げて、人閒の認識活動が目・耳・口・鼻・形體（體感）・心という感官を通して行われるものである事を一層强調したのである。この目・耳・口・鼻・形體の五種は、感覺器官に屬し、心（大腦と言うべきであるが）は思惟活動を代表する器官である。荀子は正名篇で彼の「天官に縁る」認識論を十分に説明していた。彼は「形・體・色・理（すじ）は目に由って區別する。聲・音・淸・濁・調・竽・奇聲は耳に由って區別する。甘・苦・鹹・淡・辛・酸・奇味は口に由って區別する。香・臭・芬・鬱・腥・臊・洒・酸・奇臭は鼻に由って區別する。疾・養・滄・熱・滑・鈹・輕・重は形體（體感）に由って區別する。説・故・喜・怒・哀・樂・愛・惡・欲は心に由って區別する。心には認識能力がある。認識能力は、耳に由って音聲を知って始めて作用し、目に由って形狀を知って始めて作用する。このように認識能力は必ず感官がそれぞれの部類ごとに外物に接觸して然る後に始めて作用するものなのである」と述べる。引用文中に言う「異」（區別する）とは、それぞれの同異を區別する事を指すのであり、また事物の特性を認識する事でもある。ここでは、目・耳・口・鼻・體感に由って感じ取られた外物の映像は、心の認識能力を俟って始めて認識の內容として構成されるのだが、心の認識能力がもし目・耳・口・鼻・體感を通して事物に接觸しなければ（客觀世界に接觸しなければ）、その總合と分析、同異を區別する作用を發揮する術も無い事を明示しているのである。

當然、劉勰の創作論は荀子の唯物主義的認識論に對して更に一歩を進めた發展を加えてもいないし深めてもおらず、甚だしきに至っては荀子のこのような觀點に對して完全な紹介や説明すらもしてはいない。しかし、彼の創作論は荀子の學説から相當な影響を受けている事は認めてよいだろう。さもなければ、當時の玄學の氣風が全ての學術界に滿ち溢れていた狀況の下、彼の創作論は、どうして老莊學派の「あらゆる感覺知覺が止まって、精神の活動だけが活發化する」という神祕思潮の浸透を受けずに、唯物的認識論に傾いたのか、その觀點がどこから來たのか、我々はこれを理解する術が無いからである。劉勰以前の人物の中では荀子だけがこの領域で詳しい論述をしていた。因って、劉勰が荀子の認識論を既に成立した結論と見做して彼の創作論に利用した可能性は非常に高いのだ。劉勰が「神は物と遊ぶ（人間の精神と外的事象は相互に作用を及ぼし合う）」という大綱の下に提出した「萬象の際に流連し、視聽の區に沈吟す（ありとあらゆる現象の閒を彷徨い、眼と耳に訴えかける全てのものにじっと心をひそめる）」、「物は耳目に沿いて、辭令は其の樞機を管す（外的事象が官能に觸れる時、その表現機關となるのは言語である）」、「目は既に往還し、心も亦た吐納す（眼が自然と交感する時、心には知性が息づく）」など、感覺活動を認識の起點とする論法、及び感官と心との作用を論じた言葉遣いと、荀子の認識論とを對應させるならば、その閒に淵源關係を見出す事はさして難しくはない。この基礎の上に、劉勰は、作家が創作活動に入って後に形成される心と事物との融合という複雜な狀況を論じ、少なからず銳い見解を述べるのである。創作過程という範圍に限って言っても、劉勰の見方はそれ以前の文藝理論家に比べて一層多くの新しい內容を打ち出している。彼の「心物交融說」が基本的にその主旨としたのは「吟詠の發する所、志は惟れ深遠に、物を體するの妙と爲すは、功は密附に在り（口をついて生まれる詩想は、深遠な思想性に貫かれる事が必要であり、自然を巧みに寫し取るには、對象に密着することが大切である）」と言うものだ。劉勰が揭げる「巧言切狀は、印の泥に印するが如く、雕削を加えずして、曲さに毫芥を寫す。故に能く言を瞻て貌を見わし、字に卽して時を知るなり（巧妙な表現・迫眞の描寫は、ちょうど判を印肉に押し當てたようにぴったりとして、彫琢を加えるまでもなく、微細なすみずみまで餘すところなく描き出している。だから言葉を通じて實相が手に取るように見え、文字を媒介として季節を追體驗する事ができるのである）」という主張から見れば、彼は景象をそのまま眞實の反映とする文藝理論へと向かった人のようである。

心と事物の關係以外に、劉勰の創作論は精神と形體の關係についても論じている。後者の關係は、前者の關係と密接に繫がるものだ。魏晉以來、精神と形體の辨別問題は、儒家と玄學家の論爭の焦點の一つであった。玄學は「意を得て形を忘れる」という説を掲げて、その説を精神と形體の問題にまで押し廣めていた。つまり精神を重んじ形骸を捨てるというもので、精神と形體との分離を主張し、精神は形體に由らなくても存在できるのだと考えるのである。當時、荀子・王充らの傳統を繼承していた學者たちは、このような唯心主義的觀點に反對して、「形體が失われれば精神も霧散する」（南朝宋の何承天「達性論」）との學説を打ち出した。[22] 齊梁の頃になると、この論爭の基礎の上に更に神滅問題の大論爭が爆發する。梁の武帝等は佛教の因果應報を用いて人々を欺くために、精神の不滅論を大いに宣揚した。これに對して梁の范縝が立ち上がって反論し、[23] 范縝はその「神滅論」の中で、「肉體が存在すれば精神も存在するが、肉體が衰滅すれば、精神も滅亡する」と述べた。彼は刀とその鋭利さを比喩として、精神と肉體との關係を、鋭利さと刀との關係に譬え、また肉體と精神との關係を、刀とその鋭利さとの關係に準えた。たとえ刀は鋭利さと言い換える事ができず、鋭利さを刀だと言い換える事もできなくても、しかし、鋭利さが無ければ刀とは呼べず、刀が無ければ鋭利さも無くなってしまう。刀が失われても鋭利さだけが殘り、肉體が失われても精神だけは殘るなどという道理はあるはずがない、と言うのだ。この觀點は唯物主義的である。劉勰の創作論は基本的には儒學古文派の觀點を汲み取ったもので、玄學とは異なる。『文心雕龍』の養氣篇からは、劉勰が自然元氣論から若干の影響を受けた事を知る事ができる。范文瀾『中國通史簡編』は、「養氣篇では、人間の精神は身體に附屬しているから、精神を養うにはまず身體を養わねばならない、と言う」とあるが、この説は眞に正しい。養氣篇では、冒頭から「昔、王充は著述して、養氣の篇を制す。己に驗して作る、豈に虛造ならんや（昔、王充は著述を事とし、活力の涵養に關する書を著したが、これは彼自らの體驗に基づくもので、決して頭の中で考え上げた空論ではない）」と述べる。これは劉勰が王充の自然元氣論を肯定していた事を物語る。たとえ養氣篇には多くの非科學的な成分が含まれているとしても、その主旨は非常に明快である。所謂「率志もて和に委ぬれば、則ち理融り情暢ぶ。鑽礪の分を過ぐれば、則ち神疲れ氣衰う（精神を自然のなすがままに委ねれば、條理はすっきりとし感情はのびやかに發散するが、精神の研鑽が過度に陥ると、神經は疲れ活力は衰える）」とか、「思いに利鈍有り、時に通塞有り。沐すれば則ち心覆り、且つ或いは常に反す（思考には遲速の別があるし、時と次第で回轉の具合も違ってくる。頭を洗う時には心臓が逆さまになって、考えも不正常になるという）」等は、いずれも身體の狀態が必然的に精神の狀態に影響を及ぼす事を述べており、從って精神が肉體に附屬するという論理を證明したのである。當然ながら、このような觀點は機械論的なところもあって、完全には正確なものではないが、しかし當時に在ってはかなりの積極的な意義を持っていた。なぜならば、それは正に精神と肉體の分離を主張する玄學的觀點と鋭く對立するものだったからだ。例えば、『弘明集』巻二に載せる劉宋の宗炳「明佛論」は、玄・佛合流の立場から全く劉勰とは逆の學說を唱えて、「もし、肉體が生ずれば精神が備わり、肉體が死ねば精神も死ぬのであれば、當然肉體に缺陷が生ずれば精神にも缺陷が生まれ、肉體が病氣になれば精神も病氣になるはずだ（疑うらくは缺文有り—引者）。體が腐る病に罹っても、その身體は臨終瀕死の時でさえ、精神心意は平然として變わる事なく、また『論語』雍也篇にあるように冉伯牛が重病になり、孔子が窓ごしにその手を取るまでになっては、病氣も最後だが、しかし伯牛はその德行のすばらしさを失う事はなかった事などは、恐らく精神が不滅である證據である」と述べている。[24] 宗炳は精神と肉體が分離しているという觀點から出發して、人がたとえ病氣になって死に瀕している時でも、精神は少しの影響も受けないと考えた。從って、肉體が傷ついても精神が害せられる事はなく、また肉體が病を得ても精神が病む事はないのだから、肉體が失われても精神は不滅であるという結論を導き出したのである。

養氣篇に示された肉體が精神に影響を與えるという論點は決してこの篇だけに孤立するものではなく、それはまた精神・肉體と關係あるその他の問題の中にも貫かれている。比興篇は專ら藝術形象を檢討した篇であるが、篇中に提示される「容を擬し心を取る（姿を譬え心を汲む）」というテーマは、藝術形象の問題に於いて精神と肉體との關係を明らかにするものであった。ここに所謂「心」と「容」とはそれぞれ精神と肉體の異名である。漢代の人々は骨法（詩文の風骨・技法）を重んじ魏晉では神理（天の攝理）を重んじた。南朝の時期には、玄學の氣風の浸透に因って、多くの文藝理論家が文藝に於ける精神の細やかな表現を提唱し、形體の細やかな模寫には反對し、そこから精神と肉體の分裂が始まるに至った。劉勰は全くこの影響を受けず、一貫して精神も形體も共に細やかに表現する事を重んじた。これに對してある人は、劉勰の創作論は玄學の精神を重んじて形體を捨て去る傾向を反映したものだと考えているが、これは間違っている。(25) 比興篇では、「比の類は繁なりと雖も、切至を以て貴しと爲す。若し鵠を刻みて鶩に類すれば、則ち取る所無し（比には樣々な種類があるが、大切なのは的確な比喩を選ぶことである。白鳥を刻んだつもりが家鴨に似るような始末では、何らの效果も無いのである）」と述べており、ここから劉勰が形體の模寫の重要性を認識していた事がはっきりとわかる。劉勰の說いた「容を擬し心を取る」とは、「心」と「容」（卽ち神と形）の二つの方面を包括したものだ。「容を擬す」とは現實の姿形を模寫する事を指し、「心を取る」とは現實の意義を明らかにする事を指す。劉勰は藝術的形象を創作し成功するには、「容を擬す」事と「心を取る」事は共に不可缺な條件であり、現實の表象を模寫するには、形體の細やかな表現にまで至らねばならず、その上に現實の意義を明らかにするには、精神の細やかな表現にまで至らねばならないと考えていたのである。神思篇には「物は貌を以て求め、心は理を以て應ず（事物は形貌に由って作家を動かし、心は理知に由って相應の活動を起こす）」、物色篇には「志は惟れ深遠に、物を體するには密附（作者の情志は深遠である事が必要であり、自然を巧みに寫し取るには對象に密着する事が大切である）」、章句篇には「外文は綺交わり、内義は脈注ぐ（外面には修辭の美が綾なし、内面では主題が一貫した流れを成しつつ脈打つ）」とあるが、これらの言葉は皆この趣旨を明らかにしているのだ。ここで劉勰は精神が形體に據らない獨立した存在であるとは認めていない。これは明らかに當時に在っては健康な文學觀を代表するものである。後の文藝理論家は、唐の司空圖の「形を離れて似るを得」(26)説から始まって、ほとんど大多數がこの問題にあっては精神を重んじ形體を捨ててしまう傾向に從いつつ、わけのわからない神祕的境地に滑り込んでしまった。しかしながら、これまで見てきたような劉勰の見解は形式的な敍述を以て明快に述べられたものではない。彼は惟だ詩經・楚辭・賦などの有限な文學體裁からもたらされる材料に基づいて、藝術的な形象に關する理論を概括しているに過ぎないのだ。當時、小説と戲曲はまだ萌芽狀態にあって、幼稚な段階に位置し、且つ文學の範疇にも入れられていなかったために、劉勰の形象論は原始的な狀況に留まり、狹い領域内に閉じこめられていたのである。同時に、彼の客觀唯心主義思想體系の限界性の故に、劉勰はあれこれと神祕的な意味合いを持つ「心」に由って、「現實意義」というこの概念を表示せざるを得なかった。劉勰は養氣篇の中で、道家の方士の「胎息」「吐納」「衞氣」等の長壽不老の技術を無理に文學創作活動の領域に應用し、そのために、精華と糟粕が一緒に織り込まれてしまったのだ。

　藝術形象の問題という中心軸を巡って、劉勰は互いに對立しながら統合する同一系統の範疇を提示して藝術的創作活動を説明している。比興篇に「名を稱すや小なるも、類を取るや大なり（小さな具象の屬性から、大きな抽象的意味を抽出してくる）」と言い、物色篇に「少を以て多を總べ、情貌遺すこと無し（できるだけ少ない言葉で多様な現象を統括しており、心情・外形共に描き盡くして餘蘊が無い）」と言うのは、兩者が互いに補充し合う主張である。劉勰は「少」と「多」という矛盾しながらも連係し合う一對の概念を通して、作家が最も精錬され、最も鋭く、最も切り詰められた材料を運用して、最も複雜で、最も豐富、最も深遠な内容を表現しなければならない事を説く。時間と空間の條件について言えば、如何なる作品も一定の制限を持ち、そこには限られた數の事柄、限られた時期の人生を描く事ができるだけである。作家が「少を以て多を總べる」という技法を身に付けるのは、つまりこの限界と制限を打ち破って、個別性を通して普遍性を表現し、有限性を通して無限性を表現し、それに因って作品の規模を廣げるためなのである。劉勰の言葉を使えば、これがつまり「名を稱すや小なるも、類を取るや大なり」と言うことなのだ。ここに言う「名」とは、「個別の事柄」を指し、「類」とは、「複數の事柄」を指す。たとえ、文學作品に表現されたものがある一瞬の斷片的な人生に過ぎなくとも、それは「少を以て多を總べる」という藝術的創造に因り、ある一つの現象もそれに類似する無數の現象を代表させる事ができるのであり、從って、それ自身で完結する完全な世界が作り上げられ、讀者はその作品に描かれる僅かな瞬間から、その全體の經緯を追跡する事ができ、作品に描かれる斷片から、その世界の全貌或いは全體の姿を見通し得るのである。劉勰のこのような視點は、既に「典型性」という藝術理論を奥深く胚胎していたと言ってよい。「少を以て多を總べ、情貌遺すこと無き」作品を生み出すために、また劉勰は神思篇の中で、「博にして能く一なり（廣い見識と一貫した論理が相俟つ）」という命題を提示する。この命題は作家の體驗と表現について言われたものだ。「博」とは「見聞の博さ」を指し、「一」とは「一に貫かれる」事を指す。劉勰が「博見は貧に饋るの糧爲り、貫一は亂を拯うの藥爲り（見識を廣める事に因って内容の空疎さを救う事ができるし、論理の一貫性に因って、内容の亂れが防がれる）」と述べるのは、作家はその體驗を「博」く持たねばならないが、その表現に於いては「一」貫されていなければならず、「博」と「一」とを一つに統べなければならないからだ。事類篇では、一つの巧妙な比喩を用いて、見聞を博くする事の重要性を説明して、「狐腋は一皮の能く温むるに非ず、鷄蹠は必ず數千にして飽けり（狐の腋の下の毛皮も一匹のものだけでは着物に仕立てられないし、鷄の蹠の肉は數千羽の分を食ってやっと滿腹するというようなものだ）」と述べたことがある。つまり、世間には純白の狐はいないのだけれども、狐の純白の裘は存在し、この純白の裘は正に多數の狐の腋下の白い毛皮を取って綴り合わせたものである。作家の見聞が狹いと、「事義に迍邅す（描寫すべき事實を探すのに骨が折れる）」という缺陷に陷る。もし、不斷に自己の視野を廣めているなら、自然に「博見は以て理を窮むるに足る（博い識見に因って道理に迫る事ができる）」のだ。勿論、見聞が博いだけでは不十分で、必ずや「博にして能く一なる」ものでなければならない。「一」とは、繁雜にならぬよう、中心軸を持って、思想上に首尾一貫性をもたらすことだ。劉勰は、「類」の概念から出發して、大と小、少と多、博さと統一性というこれらの對立する範疇を一つに統べている。このような辨證的な觀點には注意しなければならない。これらも同じように前人の獲得した成果の基礎の上に打ち立てられたものだからである。

劉勰以前に、『墨辨』が「達名」「類名」「私名」という名付け方の三つの範疇を提示していた。その經說上篇の解釋に據れば、「名。全てを一括して物というのが達である。實體のあるものには必ず文飾した名がある。一括して馬と呼ぶのが類である。このように實體には必ず名がある。賤人を臧と呼ぶのが私である。名というものは實體のあるものに限る[27]」と言う。『墨辨』に所謂「達名」とは、普遍的な範疇を指し、卽ち後に荀子が正名篇で「大共名（外延の大きい類名）」と述べたものである。例えば「物」、この概念は萬有を包含できる。「類名」とは特殊な範疇を指す、卽ち荀子が「大別名（普遍性のやや低い類概念）」と名付けたもの、例えば「馬」、この概念に據って牛や羊とは區別できるが、一方で一切の違った形態の馬もその中に包含してしまう。「私名」とは個別性の範疇を指し、卽ち荀子が「このようにして次々と分別して行き、もう分けられなくなった所で止めた」と言うもの、例えば「臧」、この概念はある個體（個人）特有の名前である。『墨辨』では「辭は類を以て行う」と言う理論を提示した。荀子は「類」の概念に對して一層の發展を示しており、その儒行篇では「統類（統一的な中心法則）を擧げてこれに對應する」、子道篇では「言葉遣いは類（規範）に適って使用する」、非相篇では「類をもって類を推し量る」「事物の類（基準）が變わらない限り、時代が經ってもその道理は同じである」と言い、王制篇では「類（統一原理）に基づいて雜多な問題を處理し、一の原理で萬事に對應する」と述べている。大體のところ、荀子は「類」の識別が概念を立てる根本であって、「類」の概念を理解して、感性的認識の限界を突破し、身近な出來事で遠い出來事を知り、一つの事で萬事を知る事ができると考えていた。劉勰の創作論がこれらの理論的成果を取り入れていた事は容易に分かる。劉勰が小と大、少と多、博と一という對立しながら統一される關係を論じる時、明らかに『墨辨』と荀子が提示した普遍性・特殊性・個體性の三範疇說を繼承したのである。劉勰はそれらの理論を科學的な理論に整理して、はっきりとした論斷をす打ち出す事はなかったけれども、彼は既に、普遍性が特殊性な個別體を統括しており、しかも個體もまた普遍性と特殊性をそれ自身の中に内包している事には氣づき始めていていたのだ。因って、普遍・特殊・個體という關係は、それぞれ區別されてもそこには不可分な要素があるのである。これにより、劉勰は前人が「名を稱するや小なるも、類を取るや大なり」と言った言葉の誘導の下、(28)「少を以て多を統べ」、「博にして能く一なり」という辨證的な論斷を打ち出したのである。

劉勰の創作論は形式と内容の問題をかなり深く探究してもいる。通變篇と情采篇では共に「文」と「質」との關係を檢討している。劉勰は恐らく眞っ先に「文」と「質」というこの對立概念を文學領域に適用した理論家だろう。この「文」と「質」の兩語が最も早く現われるのは『論語』と『禮記』である。『論語』雍也篇に「質が文に勝れば野となり、文が質に勝れば史となる、文も質も彬彬と兼ね備わってこそ君子である」とあり、顏淵篇には「文は質と同じようなものだし、質も文と同じようなものだ。美しい文彩を持つ虎や豹の毛皮も毛を拔いたなめし皮は、ちょうど犬や羊のなめし皮と變わらないようなものだ」と言う。『禮記』表記篇では、「虞夏の質、殷周の文は非常にすばらしい。虞夏の文は、その質に及ばない。殷周の質は、その文に及ばない」と言う。これらの文では、文と質との關係は仁と禮との關係から推し廣めたもので、専ら道徳規範と禮學制度とを指して述べている。「質」とは素材を示し、「文」とは素材に施した加工を示す。この「文」と「質」との關係は、形式と内容との關係に近似する所がある。劉勰以前では、後漢の班彪「史記論」が司馬遷を「辯は立つが派手さは無く、質實ではあるが田舍びておらず、文と質とが互いにバランスを取り合っていて、良史の才能を持つ者と言えよう」（『後漢書』班彪列傳）と稱していた。これは文質の概念を史學に用いたものである。（魏の應瑒の「文質論」は文を論じていないので、ここでは扱わない。）魏晉以來、佛教家が佛典を翻譯する時、梵語を漢語に移すに當たり、譯文の忠實さと上品さが求められて、更に幅廣く文と質との關係が問題となり、この一對の概念は翻譯理論に組み込まれて行った。[29] このような基礎があって、劉勰が提出した文質論は一層文學の形式と内容との問題に近付く事になった。通變篇では、文と質との概念を通して（「質・文の間に斟酌す（質朴と華麗の間を程よく調整する）」）歴代文學の變遷を分析しているが、そこでは旣に原始的な文質概念は更に發展させられて、以前の意味とは些か違うものになっている。情采篇では、「水の性は虛にして淪漪結び、木の體は實にして花萼振う。文の質に附くなり。虎豹の文無ければ、則ち鞹は犬羊に同じく、犀兕は皮有れども、色を丹漆に質る。質の文を待つなり（流動的な水には漣が立ち、固定的な木には花が咲く。つまり装飾は内容に依存するものである。また虎や豹のなめし皮にもし模様が無ければ、犬や羊のなめし皮と何ら選ぶところはなく、犀や野牛の立派な毛皮も、赤い染料で着色加工されてこそ役に立つ。つまり、内容は装飾を必要としているのである）」と述べる。ここで說かれる文と質とが文學の形式と内容を指す事は明らかである。劉勰は文は質に依存し、質は文を必要とすると主張して、形式が内容に服從し、内容が優美な形式を通じて表現されるべき事を要求しているばかりではなく、更に劉勰は内容が形式を決定するという原理にまでも說き及ぶ。情采篇では、「情の爲に文を造る（内容から出發する）」事と「文の爲に情を造る（形式から出發する）」事を區別して、前者を肯定し、後者を否定する事で、當時文壇に瀰漫していた形式主義の傾向を攻撃したのである。この點に於いて、劉勰は少なからず鋭い見識を述べている。「鉛黛は容を飾る所以なれども、盼倩は淑姿より生ず。文采は言を飾る所以なれども、辯麗は情性に本づく。故に情なる者は文の經にして、辭なる者は理の緯なり。經正しくして後に緯成り、理定まって後に辭暢ぶ、此れ文を立つる本源なり（白粉や眉墨は顏かたちを飾る道具だが、眞の美貌は生地の肉體から生ずるものである。修飾は言葉を飾る方法だが、言葉の本當の美しさは思想・感情に基づくものである。だから思想・感情はいわば文飾の縱絲、言語は論理の横絲といえる。縱絲が正しく張られてこそ始めて横絲は織り込まれ、論理がしっかり定まってこそ言語はのびやかに活動する。この道理こそ文章の修辭に關する基本と言うべきである）」と言うのだ。體性篇でも「情動いて言形《あら》われ、理發して文見《あら》わる。蓋し隱に沿《よ》って以て顯に至り、内に因って外と符する者なり（感情が搖らげば言語に表現され、理知が働いて文章が生まれる。これは蓋し潛在から顯在への移行、内部から外部への照應の作用である）」と言っている。「情性」或いは「情理」は内容の範疇に屬するものであり、「文采」或いは「文辭」は形式の範疇に屬するものだ。「經正しくして緯成り」と「内に因って外と符する」とは、相互に補充しあう命題であり、これに因って形式は内容から生まれ、且つ内容によって規定されている事を説明したのである。

劉勰は形式を「外」と稱し、内容を「内」と稱した。比興篇に示された「容を擬し心を取る（姿を譬え心を汲む）」もまた、内と外との兩面に分ける事ができる。容姿を模擬してその形象をぴったりそのままに描く事が「外」であり、内心を把握してその意味を正確に示す事が「内」である。劉勰は内容が形式を決定すると考えていたので、比興篇の中では、ただ容姿を模擬し形體を酷似させる事ばかりを知って、内心を把握してその意味を正確に示す事を知らない詞人の作品に反對して、このような形式を重んじる傾向を「小に習いて大を棄つ（小に馴染んで大を輕んずる）」と評したのである。風骨篇では、別の角度から、「内」と「外」との關係について探究している。篇中では、「辭の骨を待つは、體の骸を樹つるが如く、情の風を含むは、なお形の氣を包むが如し（言語にとって骨が必要なのは、ちょうど肉體が骨格を形成するのと同じであり、感情が風を孕むのは、恰も形骸が精氣を宿す關係に似る）」と述べる。黄侃の『札記』ではこれを解釋して、「風とは文意に他ならず、骨とは文辭に他ならない」と述べた。この理解は簡單すぎるとは言え、大體に於いて閒違い無かろう。范文瀾の注はこの『札記』に更に一步を進めた補足を加えて、「この篇で述べる風・情・氣・意は、實は同じ一つの事である。とはいえ、この四つの概念には、また虛實の違いがある。風は虛で氣は實だし、風・氣は虛で、情・意は實である。この篇を熟讀する事で體驗的に意味が會得されるのだ。文辭と骨との關係は、文辭が實で骨が虛だ。餘分なものが無く眞っ直ぐに述べられた表現を文辭と言い、一方、餘計なものがあり繁雜になった表現もまた文辭と言う。しかし、前者のようであってこそ、初めて文骨と稱し得るのであって、後者は文骨と緣が無いのである」と述べている。范注に述べる虛と實もまた內と外との概念で理解できる。虛とは實の內面に含有されたもので、實の內在的素質である。ある人はこの范注の說に基づいて、『札記』は風を「內（文意）」に歸屬させ、骨を「外（文辭）」に歸屬させていると考えたが、それは閒違いだ。なぜならば、風骨篇では、明らかに辭と骨との關係を身體と骨格との關係に譬えており、情と風との關係を身體と生氣との關係に譬えていて、骨格は身體の內に含まれ、生氣は身體の內に含まれ、從って骨も文辭の內に含まれ、風も情感の內に含まれる事になるからである。因って、風・骨は共に內の範疇に屬すべき概念なのである。實際、ある人の前述のような見方では、風・骨というこの一對の概念が、內・外の關係に於いて相應する意味を理解していないのである。骨と文辭との關係は、骨が虛で文辭が實であり、骨は內で、文辭が外になる（ちょうど骨格が身體の中に含まれるように）。風と心情との關係は、風が虛で心情が實である。風は內で、心情は外である（ちょうど生氣が身體內に含まれるように）。この意味から言って、風と骨とは共に身體を作り上げる內在的な要素なのであり、因って「內」の範疇に屬するのである。しかし、骨と風との關係について言えば、この兩者自身の閒にも内外の區分がある。なぜならば、風は文學の内容を形成する文意と一緒になっており、骨は文學の形式を作り上げる文辭と一緒になっているからである。この意味からすれば、風はまた「内」の方に屬し、骨はまた「外」の方に屬する事になる。この内外の關係は、ある意味に於いては、形式と内容との關係でもある。『文心雕龍』の創作論、特に風骨篇では文意を形成する内在的要素である「風」と、文辭を形成する内在的要素である「骨」について專論し、「内に因って外と符する事（内部から外部への照應）」の重要性を論證している。劉勰は、ひたすら骨に熟練してこそ、文辭表現が始めて精密になり、風に精通してこそ、心情表現が始めて明晰になると考えていた。風の目指すものは「意氣駿爽（精氣が活發に發散する）」事であり、その逆は「思い環周ならず、索莫として氣に乏し（思考に一貫性が無く、干からびて無氣力な）」狀態である。骨の目指すものは「言を結ぶこと端直なる（言語の組み立てが筋に適う）」事であり、その逆は「瘦義肥辭の、繁雜にして統を失する（内容の空疎な美辭麗句を竝べ立て、亂雜で條理を失った）」狀態である。劉勰が風と骨という一對の概念を提出したのは、正しく風を失った文意、骨を持たない文辭に反對するためだったのである。この他に、體勢篇・情采篇・事類篇・隱秀篇等も、些か互いに關連しながらも互いに對立する範疇である内と外の關係を論じている。これらの諸篇は『文心雕龍』全篇の中でも、特別に際立っている。情采篇は、「辭を聯ね采を結ぶは、將に經を明らかにせんと欲す（文章表現に裝飾を加えるのは、經典を明らかにするためである）」事が論旨となり、通變篇では、「訛を矯《ただ》し淺を翻すは、還って經誥を宗とす（作爲や淺薄の弊を改革するには、再び立ち返って經書を師とせねばならない）」べき事が根本となっている。體性篇ではとりわけ「軌を儒門に方ぶる（儒教的世界に仲間入りする）」典雅な風格が重んじられ、風骨篇では、まず冒頭に、「風は乃ち感化の本源なり（風こそは教化の本源である）」という詩經說を引用する。(30) 劉勰の文質說と孔子の文質說は、もともと異なった領域で用いられているので、それぞれ違いはあるのだが、しかし、劉勰の文質説は詰まるところ孔子が文質の概念に與えた道德規範の意義を基盤にしたものだったのだ。

注

（1）渾天説・蓋天説・宣夜説の三家、渾天説とは、宇宙を卵のようなものと考え大地をその中に浮かぶ黄身のように考えるもので、今日の宇宙觀に近い。蓋天説とは、天を大地に被さった半球であると考え、太陽の運行で宇宙の構造を説明するもの。宣夜説とは、天には一定の形狀が無く、日月星辰は空中に浮かんで氣に因って動いていると考えるもの（『晉書』天文志上）。

（2）『易』は、儒學の五經の一つ。『周易』とも呼ばれる占いの書で、萬物の變化と倫理の關係を說く。特にその繫辭傳は上篇下篇から成り、易全體の哲學的解說をした部分で、古來儒學の理論的裏付けにしばしば用いられた。『大戴禮記』は、禮についてのノートで、前漢の戴德の著。

（3）原注、前人が『文心雕龍』を論評する時は、殆ど例外なく儒家の系列に歸屬させている。私の見たところでは、僅かに李家瑞『停雲閣詩話』のみが異説を唱えている。李家瑞は、劉勰について「如來や釋迦に追隨しておればよいのに、どうして我が孔子の夢など見るのか」と思った。このような批判は偏見に滿ちており、成立するはずもない。劉勰が『文心雕龍』を撰した時は、ちょうど玄學と佛教が盛んに行われていた時だった。『南史』儒林傳には、「宋・齊時代の國立學校は、時々設置されたとはいえ、なかなか勸誘督勵が行きわたらなかったので、十年と保持できず、結局その條文があっただけでその實體はなかった。この時、民間では學校は開かれず、貴族たちも儒教に通じるものは少なかった。朝廷の大學者は、一人で勉強して人々を教育しようとはせず、從って後學の若者たちも、獨りぼっちで、折角經典を胸に抱きながら誰も教えてくれなかったのである」と記されている。このような情況の下、劉勰は『文心雕龍』を撰して儒學の立場を取り、玄學に抵抗する態度を示したのだ。

（4）玄學、後漢末から魏晉にかけて盛んに議論された形而上學。當時の玄學が據った主要なテキストは、儒學の『周易』と道學の『老子』『莊子』所謂三玄であり、儒學と道學に跨るものであった。

（5）范文瀾『中國通史簡編』（修訂本・人民出版社）第二編第五章第三節の三「經學」を參照。以下の『文心雕龍』の部分については同書同節の一「文學」を參照。

（6）『周易正義』、魏の王弼・晉の韓康伯が注をつけた『周易』に基づき、唐の孔穎達が更にその注の解説として疏（正義）をつけたもの。

（7）李鼎祚『周易集解』、李鼎祚は唐の人だが詳しい生卒年は未詳。天寶以後であろうと考えられている（四庫全書總目提要）。『周易集解』は王弼本に基づき、子夏以來三十五家の諸説を採用したもので、資料的な價値が高い。一九八四年、北京中國書店影印本がある。

（8）李道平、『周易集解纂疏』：李道平は清の人。『周易集解纂疏』（十巻）は現在湖北叢書。續修四庫全書等に收錄。

（9）劉歆『鍾律書』、佚書。清の黄奭『黄氏逸書考』子史鈎沈に輯められる。

（10）鄭玄注『乾鑿度』、『乾鑿度』は易の緯書。佚書。その鄭玄注は『武英殿聚珍版書』等に收められる。

（11）原注、劉勰が劉歆・揚雄・桓譚について述べる事は相當に多い。『文心雕龍』ではしばしば彼らの見解を應用している。この他、玄學の風潮に反對した儒學者たちに對しても多く肯定的な態度を取っている。その才略篇では、「成公子安は賦を撰して時に美なり（成公綏（子安）の作る賦は時として生彩を放つ）」とあり、奏啓篇に、「傅咸は勁直にして、按辭は堅深なり（傅咸は剛直な人で、その彈劾文は堅實に深く事實を突く）」とあり、才略篇では、「傅玄の篇章は、義に規鏡多し（傅玄の作品には、教訓的な内容が多い）」とある。成公綏には「錢神論」がある。傅玄・傅咸は共に、玄談の「空虛な事ばかりに憧れて高尚と考え、反對にまじめに働く事を嘲笑する」氣風を攻撃している。晉の干寶「晉紀總論」では、「傅咸の上奏、成公綏の錢神論を詳しく讀めば、當時の物品の私寵や賄賂の醜狀がよく分かる」と言っている。

（12）原注、孔子が「十翼」を作った事については、――原道篇に、「庖犧は其の始めを畫し、仲尼は其の終わりに翼す（伏犧がまず八卦を描き、最後に孔子（仲尼）が「十翼」を著してこれを解説した）」と言い、宗經篇に、「夫子の刪述して自《よ》り、大寶咸な輝く。是《ここ》に於て『易』は十翼を張る（孔子がそれらの古籍を整理編集してから、古代の寶典は光芒を放つようになった。かくて『易』は「十翼」（十篇の注釋）を展開した）」とある。孔子が「十翼」を作ったという説は、もともと『史記』に基づく。『周易正義』に言う、「鄭玄の學を學ぶ者は、皆この説に據った」と。文王が卦辭を作った事については――原道篇に、「文王は患憂して、繇辭は炳曜たり（周の文王は憂悶を抱きつつ、易の卦辭・爻辭を著わして光彩を馳せた）」とある。『周易正義』に、「鄭玄の學では、卦辭・爻辭は共に文王の作である」と言う。『歸藏』が『殷の易』である事については——諸子篇に、「『歸藏』の經は、大いに迂怪を明らかにす。乃ち羿の十日を斃し、嫦娥の月に奔ると稱す。殷湯（「湯」は當に「易」に作るべし—引者）すら茲《か》くの如し、況や諸子をや（殷代の易經『歸藏』では、奇怪な説が誇示されており、羿が十個の太陽を射ただの、嫦娥が月に昇っただのと言われている。殷の易さえかくの如くなのだから、まして諸子については言うまでもない）」とある。ここでは『歸藏』を「殷易」と考えている。鄭玄は「易の贊」で「夏の時代は『連山』と言い、殷の時代は『歸藏』と言い、周の時代は『周易』と言った」と述べているから、きっと劉勰はこの鄭説に基づいたのだ。この他に、原道篇に「日月は璧を疊ねて、以て麗天の象を垂る（太陽と月は玉を連ねたように竝んで、天上からその美しい存在を顯示する）」と言うところも、鄭玄注「繫辭上傳」の文を應用したものだ。鄭玄は繫辭上傳の「天に在りては象を成す」に注して、「日月星辰の事をいうのだ」と言う（楊明照は『意林』が引く『論衡』の「天に日月星辰あり、これを文という。地に山川陵谷あり、これを理という」との文に基づいて、「劉勰が日月山川を天地自然の文と考えたのは、王充の影響を受けた可能性がある」と述べる。この説は參考とすべき價値を持つ）。原道篇に、「炎（炎帝。卽ち神農の事—引者）皞（太皞。卽ち伏羲の事—引者）の遺事は、紀して三墳に在り（神農や伏羲の事跡は、『三墳』に記載されていた）」とある。この説は孔安國「尚書傳の序」に見える。皮錫瑞『經學歷史』では、孔子が『三墳』『五典』を解したという話は鄭玄に基づくと言う。儒家經典の配列では、劉勰はやはり古文學派の定めた先後順序に從っている。これらの諸例から劉勰は基本的には古文學派の説に據って經典を解釋している事が見て取れる。

（13）原注、王弼は『周易例略』で、漢代儒學の『易』學説を批判して、「體（卦）を互いにして足らざれば、遂に卦變するに及ぶ。變じて又た足らざれば、推して五行を致す。一たび其の原を失すれば、巧いよいよ彌すます甚し（上下兩卦を交錯させて新しい卦を見つけ、その新しい卦で解釋しようとしても不十分ならば、卦を變じて解釋する。變えてもまた不十分ならば、無理遣りに五行までも持ち込んで來る。こうやって初めにその原則を失えば、占筮の巧妙さばかりがいよいよ顯著になる）」（明象）と言う。

(14) 趙宋の趙師秀、字は紫芝。宋の詩家、永嘉（溫州）の四靈の一人。清苑齋と號する。

(15) 原注、原道篇のこの言葉は、漢代儒學の宇宙構成論が『周易』繫辭傳の太極說と三才說を一緒にしたものに基づいている。繫辭下傳にはそもそも「三才の道」という言葉があった。三才とは、天道・地道・人道を指す。劉勰の「三才」に對する理解は、全て漢儒の訓釋に據っている。孟康注『鍾律書』に「太極は元氣なり。三を包含して一と爲る」とあるが、ここでは三が卽ち三才で、天・地・人を指すのだ。鄭玄は三才と兩儀との關係について、「太極は三を包含して一にするが、三つの者は同時に生まれる。因って太極から兩儀が生まれた時には、既に三才が備わっているのである」と述べた。劉宋の何承天『達性論』では、「そもそも兩儀がそれぞれの位置に定まって、帝王がそこに參加すれば、世界はこれより尊いものは無くなる。天は陰陽を以て別れ、地は剛柔を以て作用を成し、人は仁義に以て成立する。人は天地が無ければ生まれてこず、天地は人がいなければその靈妙さが發揮できない。三才は一體で、どれが缺けても成り立たないものだ」と言う。明らかに、これらの表現は劉勰に極めて大きな影響を與えている。

(16) 陸侃如・牟世金『文心雕龍選譯』引言、本書は上下二册、上は一九六二年、下は一九六三年に山東人民出版社から出版。後、修訂され全譯本『文心雕龍譯注』上下册として一九八一・八二年齊魯書社より出版。陸侃如・牟世金は共に著名な學者で山東大學の教授だったが、既に故人となっている。

(17) 原注、『文心雕龍』では各所に法家への蔑視が見られる。『諸子篇』では一層露骨に、「商・漢の如きに至っては、六虱・五蠹、孝を棄て仁を廢す。轘藥の禍も、虛しく至るには非ざるなり（商鞅・韓非子の說いた、「六種の虱《しらみ》」と「五種の害蟲」の說は、孝悌を放棄し仁義を排斥した暴論で、彼らが車裂きの刑に遭ったり毒殺されたりしたのも、理由の無い事ではない）」と述べる。劉勰の韓非子への批判は實に嚴しく、彼の原道の主張と韓非子の思想はほとんど關係がない。

(18) 原注、前人の著述の中では「自然」という一語は必ずしも「自然界」を代表するものではないし、況してや必ずしも今日に言う「物質」に等しいものでもない。例えば魏晉以來、玄學家は「自然」という言葉を非常に喜んで使いたがった。夏侯玄は、「天地は自然を以て運行し、聖人は自然を以て用《おこ》なう」と言い、何晏はこれを解釋して「自然とは、道である。道は本來名を持たない」と言う（『無名論』）。何晏はまた、「語ろうとしても言葉が無く、名付けようとしても名付けられず、見ようとしても見えず、聞こうとしても聞こえない、これでこそ道は完全なのである」とも言っている（『道論』）。よって、「自然」と稱する「道」は語無く、名無く、形無く、聲無き本體に他ならず、或いは更に明快に言うならば、「無」なのだ。王弼も同様に玄學の本體論から「自然」を解釋して、「自然とは、そうとしか言えない表現であり、究極の言葉である」と言い（『道德經注』）、また「自然とは、その端兆を見る事ができず、その意圖を見破る事もできないもので、言い換えられる言葉は無い」と言っている（同上）。これに據れば、玄學に所謂「自然」とは、認識不可能な無（卽ち宇宙の本體としての絶對精神）のことだ。劉勰の「自然の道」は儒家に基づくもので、玄學とは内容を異にするけれども、しかし、やはり物質自體の運動の客觀的法則を指すものでもない。

（19）郭紹虞『中國文學批評史』、上卷第二篇第一章第三節「荀子の傳統的文學觀」。

（20）エンゲルス『自然辨證法』、「辨證法と自然科學」の中に見える言葉。邦譯は有澤廣巳譯『自然辨證法』（黄土社刊、一九四八）を參照。

（21）『墨辨』、諸子百家の『墨子』を指す。墨學は戰國時代儒學と竝ぶ重要な一派で、論理學や科學的視點の面で優れていた。『墨辨』の名は、『晉書』魯勝傳に「『墨辨』に上下經あり、經に各おの說あり、凡そ四篇」とあるに基づく。この『墨子』の部分、以下に翻譯（平凡社東洋文庫『墨子』藪内清譯）を擧げておく。「經」は本文、「說」は解說。

經三、知は材（能力）である。

說三、知材。知はそれに因って事物を知るものである。見る力があって必ず知るようなものである。

經四、慮とは、求める事である。

說四、慮。慮とはその知力を以て求むる事である。必ずしも求め得ない事があるのは、斜視の場合によく似ている。

經五、知は物に接する事である。

說五、知。知とは知力をもって事物にふれ、その狀態を心に浮かべること、恰も目で物を見るようなものである。

經六、恕は、明らかにする事である。

說六、恕。恕とは知るところを以て事物を論じて、物を見るようにはっきりと知る事である。

（22）何承天の「達性論」、何承天（三七〇－四四七）、東海郯の人。その「達性論」は、『弘明集』巻四所收。儒教の側から佛教の輪廻を批判する。

（23）范縝の「神滅論」、范縝（四五〇－五一五）、南鄕舞陰の人。その「神滅論」は、『梁書』儒林傳（范縝）に見える。精神と肉體を一體として、肉體が滅びれば精神も滅びるという主張で、當時賛否兩論を巻き起こしている。

（24）宗炳「明佛論」、宗炳（三七五－四四三）、南陽の人。博學多才、儒・佛・道に精通した。敬虔な佛教信者で多くの佛教に關する著論がある。「明佛論」は佛教への世俗の偏見に答えようとしたもの。

（25）原注、湯用彤「言意之辨」（『魏晉玄學論稿』）では、「漢代では人を觀察する時筋骨から判斷し、魏晉では人を鑑識するのに精神を基準とした。顧氏（長康）の繪畫理論も、恐らく意を得て形を忘れるという學説の表出である。魏晉文學は意味深長な表現を争って重視し、『文心雕龍』は『隱』（含蓄）であり『秀』（目立つ表現）であるものを評價した。意味深長な表現とは甘美にし又内容も優れること。心情が言外にある事を『隱』といい、その狀況が目の前にありありと現われる事を『秀』という。共に當時の文學が同一の原理を用いていた事が分かる、……」と言っている。實際は、隱秀篇に殘された文章では、心情表現についても形似表現についても、内・外共に考えに入れているので、正に劉勰が形似狀表現を無視していたわけではない明らかな證據とする事ができる。

（26）司空圖の「形を離れて似るを得」、司空圖（八三七－九〇八）は唐の咸通末の進士で、唐末を代表する文論家。この引用は、その『二十四詩品』の「形容」にみえ人物描寫について、表面的には似ていなくても、その人の雰圍氣がちゃんと傳わる事を説く部分。

（27）この部分の引用だけではよく分らないかもしれないので、その部分全體の譯を擧げる（藪内清譯）

經、名には達、類、私がある。

經説、名。全てを一括して物というのが達である。實體のある物には必ず文飾した名がある。一括して馬と呼ぶのが類である。このように實體には必ず名がある。賤人を臧と呼ぶのが私である。名というものは實體のある物に限る。聲が口から出て名が生まれる。人の姓名のようなものである。

（28）原文は、『文心雕龍』比興篇に見えるが、本來『易』經繫辭傳の文を出典とし、劉勰はこれに基づいている。

（29）原注、魏晉以來、佛書は大量に中國本土に傳えられ、翻譯も盛んに行われた。當時の名僧鳩摩羅什・道安・僧叡・慧遠等は、その譯經序文で佛教書翻譯の問題についてかなり廣汎な檢討を加えている。論題の一つは、文・質の關係を如何にはっきりさせるかというものだった。ここでは紙幅の關係で、以下に幾つかの例を擧げるに留める。『梁僧傳』では、道安の言葉を記錄して、「支謙は文を棄て質を保って、愍ろに經典の文意を得た」と言う。『出三藏記』卷八には、道安の『摩訶鉢羅若波羅密經鈔の序』の文を載せて、「昔から經典を人々に傳えた人は、多く梵語表現が堅苦しく素朴なので、當時の流行語に合うよう改めたが、ここではそのような譯語は採用しない。なぜならば、梵語を漢語に改めて傳えようとしても、人々は俗語に不慣れのため、經典の內容を知らせるだけが精一杯で、どうして文とか質などに不滿を持つ餘裕があろうか。文・質はその時々のものだから、どうかそれを改めないで欲しい。經典が巧みに書かれていたり質朴に書かれていたりするのは、それ自體の性格なのである。ただそれが十分に傳わらないのは、譯出した人の責任にほかならない」と言う。『出三藏記』卷七に載せる道安の『合放光光贊隨略解の序』には、「光贊・護公が西域の書を受け持ち、聶承遠が中國語に書き移した。譯語は天竺の語を規準とし、內容は修飾を付け加えず、全て書かれているように譯したが、その表現は文よりも質を重んじたスタイルになっている」とある。『出三藏記』卷十に載せる慧遠の『大智論鈔の序』に、「聖人がきちんと教えを述べる時には、文・質それぞれスタイルを異にする。もし文飾のスタイルで質朴な文章を譯すなら、疑問に思う人が多くなる。もし質朴なスタイルで文飾の勝った文章を譯したら、滿足する人が少ない。そのために天竺で教化が行われる時には、言葉は質朴でも內容は奧深く、言葉は身近なものでも主旨は高遠だったのである。內容が奧深ければぼんやりとして捕まえ所が無く、主旨が高遠であればどこから理解してよいか尋ねようもない。故に、普通の教訓に慣れ親しんでいる者は、慣れ親しんだことに心が引きつけられ、聖人の教訓に縛られている者は、知らない事ばかりで混亂する。もし進入しやすい道を開くなら、信賴できる方途が出來、だんだんと理解を深める方法が明らかになれば、始めて救われる手掛かりが摑めるというものだ。かくて始めて、簡略と繁多、整理と混亂は、その程よさを明らかにし、文・質のいずれにするかスタイルも決まり、內容は表現から遊離しなくなるものだ」とある。『出三藏記』卷七に載せる『首楞嚴經の後記』（作者不詳）に、「文飾は俗に近く、質朴は道に近い。文・質が兼ね備わるのは、聖人だけが出來る事だ」とある。僧祐の『出三藏記』に、「各地の俗語は音が異なり、文・質の性質も異なる。梵語を中國語に譯す場合、その譯出は一人だけだったのではない。ある者は梵語には强かったが漢語には弱かったし、ある者は漢語には强かったが、梵語に通じていなかった。佛典は多種多様であって、これを程よく譯すのは困難な事だ」とある。

（30）詩經說：風骨篇は「詩は六義を統べ、風は其の首に冠す。斯れ乃ち感化の本源にして、志氣の符契なり（詩經がまとめる詩の六つの原則の中で風はその第一に位置づけられている。風こそは教化の根源であり、内面性の率直な表象である）」と述べる。これは、漢代の詩經解釋である毛詩大序を踏まえるもの。

附　記

ここに拙論『韓非論稿』の關係部分を參考として摘錄しておきたい。

近人が韓非子と老子との關係を論じる際には、しばしば韓非子が老子の唯物主義思想を繼承したと述べられている。仁繼愈『中國哲學史』では『韓非子』解老篇の「およそ理というものは、方・圓、長・短、粗・密、堅・軟の區別を言う」という言葉を引き、これに解釋を加えて、「道とは自然界の根本原則で、理とは萬物がそれに因って互いに區別される特殊な原則のことだ。特殊な原則は全體の原則を食み出す事はなく、全體の原則は特殊な原則の中に内在されている」と言う。このように述べる事は、今日の哲學概念で韓非子の理論を覆ってしまおうとするものである。(1)「道」とは老子の本體論であって、それは春秋以前の人格神に比べて進歩したものだとは言えよう。しかし、老子の道と德に對する韓非子の理解は既に老子の原意から離れていて、認識論の面では老子の唯心主義を打ち破るものではなかった。『中國哲學史』に引用される解老篇二十五節全文を通讀しさえすれば、そこから一般原則と特殊原則及びその閒の辨證關係を導き出すことができないという結論を發見し得るはずだ。解老篇二十五節の全文が語るのは、「およそ理というものは、方・圓、長・短、粗・密、堅・軟の區別をいう。だから、理が定まって始めて物はその道を手に入れる事ができるのだ。因って、一定の理を備えたものには、存・亡、生・死、盛・衰が付き纏う。そもそも物が存在したり亡失したり、生まれたり死んだり、初めは盛大だが後には衰亡したりするようでは、常と言うことは出來ない。……聖人はその目に見えざる不思議な存在を觀察し、その無限な循環の原理を捕えて、これに強いて道という呼び名を付け、呼び名を付けて始めて議論が出來るようになったのだ。だから、『道の道とすべきは、常の道に非ず』と言うのだ」と。『中國哲學史』では、解老篇で明らかにされた道は「絶對觀念」ではないとする。しかし、實際はその逆なのだ。韓非子の立場からすれば、理とは變化するものなのである。方・圓、長・短、粗・密、堅・軟、存・亡、盛・衰等は皆相對的なものであって、凡そ對應する所があるものは道とはならない。道とは對應する所がなくそれ自身で成立するものであって、言い換えれば絶對的な「常」に他ならない。「常」は永遠に變わらないもので、天地と共に生まれ、天地が消滅してもそのまま死にもせず衰えもしないものなのだ。「常」には變化は無く、定まった理も無い。解老篇二十三節に道を解釋して、「道とは萬物をそうあらしめているものであり、あらゆる理が貯えられているものである。理とは、物の形を成立させる樣相である。道とは、萬物を成立させる原因である」と言う。また主道篇では、「道とは、萬物の始め、是非の大綱である」という。ここから考えれば、道とは萬物の本體であり、この本體は正にそれ自身で成り立つ絶對觀念に他ならない。あらゆる物あらゆる理の變化はこの永劫不變な道の顯現なのである。だから、道と理との關係は、決して一般と特殊の辨證關係などではなくて、絶對的なものが、相對的なものを統御する關係、不變なるものがあらゆる變化を統御するという關係なのである。韓非子の本體論に在っては、道が唯一の主宰者で、あらゆる物あらゆる理の個體そのものには何の價値も無いのである。このような本體論は、客觀唯心主義者のヘーゲルすらそれを虛妄なものだと指摘していた。ヘーゲルは『哲學史講演錄』の中で、このような古代の東洋に流行していた本體論の實質に言及し、その實質は、ただ以下の事を認める所にあるという。つまり「唯一それ自身で存在する本體こそが眞實であって、もし各個體がそれ自身で存在し行動するもの（本體を指す－引者）から離れて對立する時には、各個體そのものは如何なる價値もなく、また如何なる價値をも獲得する事はできない。ただこの本體と一つに合わさった時に、それは始めて本當の價値を持つのである。しかし、本體と一つに合わさった時には、個體はすぐさまその主體性を失って、沒意識の中へと消え去るのだ[2]」これを簡潔に言えば、このような本體論は本體を現實世界の一切の個別の事物の外側に存在する絕對的なものと考え、この絕對的な本體は、現實世界の一切の個別の事物から抽象されてくるものではない。それは現實世界の一切の個別的な事物に先だって存在するものなのであって、その存在は現實世界の一切の個別な事物に依存しない。これに反して、現實世界の一切の個別的な事物は、必ずそれが無くては存在し得ないのである。ヘーゲルが述べたこの「個體にその主體性を失わせる」――つまり普遍性の中に個性を消失させ、同一性の中に特殊性を消し去るという本體論が、韓非子の哲學思想の基礎であった。この基礎の上に彼の君主本位主義の全ての理論が導かれるのである。

侯外廬『中國思想通史[3]』もまた、同樣に韓非子と老子の違いを區別せず、時に甚だしきに至っては『韓非子』の解老篇の言葉を老子本人の學說內容として扱っているところすらもある。『中國思想通史』の著者は「德」という概念について解說する時、「『德』とはこのように『理に核して普く至る（事の道理にぴったり適合して普遍的に存在する）』ものであり、『物を成すの文（物の形を構成する條理）』であるのだから、それは卽ち萬物の規律性に相當するものだ」と述べている。所謂「理に核して普く至る」の一語は、『韓非子』の揚搉篇に、「そもそも道とは廣大にして形を持たないもの、徳とは理に核して普く至るものである。道も德も、萬物の中に普遍しており、萬物は分に應じてその道と德を酌み取って自分のものにしているが、しかし道と德は如何に萬物が皆盛んになっても決して萬物と共にその安泰に滿足するものではない。道なるものは一切の事物の中に普遍的に存在し、具體的な事物に對する考察にしたがってそれぞれに名稱を付與するが、具體的な事物は時閒の推移と伴に生まれまた消えてゆく。かくて萬物はそれぞれ名稱が異なり、職分にも差異が出るものだが、道の觀點から見れば、萬物皆一貫して道は同じなのである。だから、諺に『道は萬物に同じからず、德は陰陽に同じからず、衡《はかり》は輕重に同じからず、繩《すみなわ》は出入（凹凸）に同じからず、和（音律の規準）は燥濕（季節の乾濕）に同じからず、君は群臣に同じからず』と言うのである。これらの六種の情況は、全て道から敷衍されて出てきたものである。道は唯一無二のもので對應するものが無く、よって『一』と呼ばれるのである。だから、賢明な君主は道の唯一無二な絕對的威容を重んじる。君主たる者と臣下たる者は、その道を異にし、臣下は自己の主張を陳述して君主に求めればよい。君主は臣下の主張を使いこなし、臣下はその功績を擧るようにして、主張と功績が互いに對應すれば、上下は調和するのである」と見える。ここに所謂「道とは廣大にして形を持たないもの、德とは理に核して普く至るもの」の二句は、互いに表現を補い合って文義を完全にする表現法であって、老子は道を非常に玄妙なものだと述べたが、韓非子の場合もしそこに「理に核して普く至る」卽ち「事の道理にぴったり適合して普遍的に存在する」という「德」の定義を付け加えなければ、そこから彼の君主本位主義の政治思想にまで發展させる事は極めて困難だった。しかし、一旦付け加えてしまえば、もはや老子が自然を崇拜した道德の本義から離れて、素朴な宇宙觀から君主專制の覇術論へと一變してしまうのである。揚搉篇のこの一說の要點は、同樣に現實世界の全ての個別事物の外側に存在する彼の本體論を明らかにする所にある。道は萬物と異なるが故に、萬物を生み出す事が出來、德は陰陽と異なるが故に、陰陽を生み出し得るのであり、因って君主は群臣と異なるが故に、群臣を治める事ができる事が分かるのだ。君主と臣民の關係は、正に道と萬物の關係と同様である。道は萬物の主宰であるから、君主もまた臣民の主宰なのだ。「道は唯一無二のもので對應するものが無く、因って『一』と呼ばれるのである」、それで君主は必ず自分が唯一無二の道の化身だと明知しなければならない。「賢明な君主は道の唯一無二な絶對的威容を重んじる」、それで君主は必ず天下の大權を專斷し獨裁しなければならないのだ。かくして老子の素朴な宇宙觀を形成していた道德論は、ひとたび韓非子の手にかかると、結局は君主本位主義に落着してしまったのである。だとすれば、どうして「理に核して普く至るもの」の一語に基づいてそれが「萬物の規律性」を明らかにするものだと斷定できようか。私は問いたい、また、どうしてこのような「規律性」を運用して事物の關係と運動を説明する事ができるのか。

注

（1）仁繼愈『中國哲學史』、仁繼愈（一九一六−　）山東平原の人。中國の代表的な中國哲學史・中國佛教史・中國道教史の學者。

（2）ヘーゲル『哲學史講演錄』、日本では『哲學史講義』の名で知られる。引用文は抄譯である岩波文庫『哲學史序論』では、「東洋哲學」に見え、東洋の宗教について、絶對的な存在者と個人の關係を論じる部分。

（3）侯外廬『中國思想通史』、侯外廬（一九〇三−　）、山西平遙の人。中國の代表的な哲學者・史學者。『中國思想通史』全五巻の主編。

第二部　『文心雕龍』創作論八説釋義

『文心雕龍』創作論八説釋義　小序

『文心雕龍』という典籍は主として三種の部分、すなわち總論・文學體裁論・創作論から成っている（この典籍の中では作家の才能・文學批評・文學史などテーマ別の研究に及ぶ事もあるが、いずれもそれぞれ單獨の一篇となっている）。その著述方法を見ると、筆者の劉勰は「歴史」・「論述」・「批評」の視點を一緒に混ぜ合わせて書いている。よって、全書の三種の部分では、いずれも文學史の論述・文學批評の分析・文學理論の説明によって貫かれる事になった。とはいえ、三つの部分は性質が異なるので、「歴史」・「論述」・「批評」の各方面でもそれぞれにその重點がある。創作論の場合、文學理論の面が強調される事になる。筆者のこの「釋義」は、『文心雕龍』の中から、今に至ってもなお現實的な意義を持つ藝術法則と藝術方法の領域に關する問題を選び出して、分析を加えたいと思うが、この分野の問題はほとんど全てが創作論の中に包括されており、この事こそ筆者のこの「釋義」が『文心雕龍』の創作論を主要な研究對象とした理由である。當然ながらこの「釋義」に選んだ創作論の八説は、この分野の問題を全て包み込んだものとは言えず、遺漏は避けられなかった。

この「釋義」は劉勰の理論を明らかにしようとするものであって、その堅牢な根底に改變を加える事がないようにと努めたが、分析判斷は必ず自己の責任で行った。科學的な觀點から分析を進め、この論文の制作過程を筆者自身の學習過程にしようとしたものだ。

中國の古代文論にはそれ自身で體系を形作る民族的な特徴があるので、この特殊性を無視し、今日行われる文藝理論に據って勝手なこじつけを行っては、竹に木を接ぐような結果になってしまう。劉勰の創作論を解明する時には、まず事實を究明して眞實を求める實事求是の態度に據って、それが本來持つ意味内容を明示し、その本來の特質を明らかにし、併せて、前人或いは同時代人の理論の中から源流に遡り、歴史的な比較と考察を進めて、その淵源を探り、その脈絡を明らかにすることが必要である。かかる討究に當たっては、多くの研究者が既に少なからぬ貢獻をしている。この「釋義」では、既に取得された成果の基礎の上に、些かでも新しい視點を提供できることを希望し、これらの視點は「釋義」の本文の中に記しておいた。

しかし、その一方、もし劉勰の創作論をわずかに中國の傳統的な文論の範圍内に閉じこめてしまうだけに終わって、今日更に發展した文藝理論に據ってその創作論に分析を加え、その中から中國内外に通じる最も根本的で最も普遍的な意義のある藝術法則と藝術方法（例えば、自然美と藝術美との關係、審美的主客關係、形式と内容との關係、全體と部分との關係、藝術の創作過程、藝術の構想と想像、藝術の風格・形象性・典型性など）を探り出そうとしなければ、そんなことでは、ただに研究の現實的な意義を削ぐばかりではなく、更には『文心雕龍』の創作論の内容・實質をも正しく明示し得ないからである。正にマルクスの『政治經濟學批判序文』に、「人體解剖は猿體解剖に對する一つの關鍵である。下等動物の體に現われた高等動物の徴候は、高等動物自身において既に認識された以後に始めて理解される」と述べる通りなのだ。(1)このような方法を參考にするならば、『文心雕龍』の創作論を中國の傳統的な文論と比較し檢討するだけでなく、その後更に發展した文藝理論と比較し檢討しなければならない。かかる比較と檢討には、その中に外國の文藝理論を含み込まざるを得なくなる。しかしながら、このような討究に攜わる時、當然ながらその閒にある歴史の相違性を無視する事はできないが、むしろここから更に深く『文心雕龍』の創作論の實質を究明し、更にはっきりと中國の傳統的文論の民族的な風格を明示するべきなのだ。筆者はこの點では自己の能力に基づき、或いは自分の視點を打ち出し、或いはただ若干の資料を提出するだけにして、分析を進め、もって讀者の參考に供した。今、それらは「釋義」の本文の後に附錄として掲載する。かつて清の閻若璩（一六三六―一七〇四）が『古文尚書疏證』を著した時、各篇の本文の後に、若干條の札記を附錄させたところ、ある人は著書の體例が嚴正ではないと考えたが、私はそのようなやり方にも良いところがあり、その長所は執筆に生氣が宿り、拘束を受けず、作者の意見がいろいろな面から發揮できると考える。よって、筆者も同樣な方式を採用したのである。[2]

「釋義」では整理と批判の原則を以て『文心雕龍』の創作論に分析を加えた。しかし、論述の面では、「釋義」の本文と附錄とはそれぞれの記述の重點が違っている。本文は整理に重點を置く。なぜならば、先に述べた通り、本文の任務は劉勰の理論の本來の特質に從って忠實にその本來の意味內容を明示することであって、この重點から外れて別に枝葉を述べ、說明すべき重要な筋道を混亂させ、讀者の注意を分散させるべきではないからである。それで、この「釋義」では批判は附錄にまわし、附錄での重點の一つとした。當然ながら、研究の面から言えば、整理と批判は明快に區分できるものではない。批判を經てこそ始めて、劉勰の理論の本來の特質が正確に整理できるのであり、同時に劉勰の理論の本來の特質を正確に判斷した後にこそ、それに對する批判が始めて要點を突くものとなり、實事求是なものとなり、また科學性を持つものとなるのである。しかしながら、研究の成果を述べようとする時には、やはり本文と附錄にそれぞれの重點があっても構うまい。とはいえ、讀者諸賢には是非とも本文が重視する整理については、それが批判を經た後の整理だと理解し、附錄が重視する批判については、それが整理を經た後の批判だと理解していただきたい。

附錄では、その他、更に劉勰の創作論の分析を通して、そこで言及される藝術法則と藝術方法の問題について檢討を進める事にも重點を置いている。嚴格に言うならば、これは「釋義」の範圍には屬さず、專門テーマの研究と檢討の領域に入るものだ。しかし、この點と「釋義」とは決して完全に關連が無いわけではない。なぜならば古典文藝理論の遺產を批判し繼承する目的は、その本來の特質「如何なるか」を説明する他に、更に歩を進めて問題自身を明らかにし、それが結局「如何ようか」をも究明しなければならないはずだからだ。この目的の實現のために、筆者は附錄の中で代表的な外國文藝の理論を選んできて論述を加えた時もある。當然ながら、このような論述はある範圍內に制限されるものであり、つまりは劉勰の創作論八説が言及する問題の範圍內に限られるものである。

これを要するに、この「釋義」は中國の古典文藝理論の遺產の批判と繼承に些かの新しい研究方法を提供しようと望むものである。同時に、筆者は次のような願いも持っている。つまり、整理と批判を經た後に、中國の古典文藝理論の遺產を今日の參考に利用されるようにし、また世界文學の叢林の中でその本來享有するべき位置づけが得られるようにしようとすることだ。『文心雕龍』のように內容が豐富で考察の行き届いた大作は、同時代のヨーロッパ中世期の文藝理論の專著の中にもこれと比肩可能なものは見當たらない。しかし、中國以外では僅かな中國學研究者以外には、その本當の價値は今に至るまでなお輕視されてきたのだった。その原因は、中國と外國とでは文字が通じない事以外に、恐らくはその理論が持つ意味內容を未だ十分に明示しなかった事にも因るのだろう。「釋義」は僅かにこの分野での初歩的な試みに過ぎないものではあるが、願望はなかなか現實と同じようにはゆかないものであって、筆者は「釋義」が讀者からの檢證と批判を得られる事を心から期待している。

最後に更に述べておかねばならないのは、科學的な觀點を用いて前人の理論を整理するのはなかなか骨の折れる仕事であるという事だ。筆者はエンゲルスの『フォイエルバハとドイツ古典哲學の終焉』がこの點で一つの範例を留めていると思う(3)。この著作はヘーゲルの「全ての現實のものは皆合理的なものであり、全ての合理的なものは皆現實のものである」という主題を解説するものだ。解説の中で提示される幾種かの觀點は、ヘーゲル自身がそのように確定して明快に述べていたわけではなく、それらはヘーゲルの主張を整理した後に始めて把握された結論なのである。このような整理方法は、表面的には原著の限界を逸脱してしまったもののように見えるが、しかし實際は全くその逆で、その整理方法は是非とも必要なものなのだ。なぜならば、もしそうしなかったら、ヘーゲル哲學の核心に隱れている合理的な要素を正しくは明示できないからである。我々はこのような科學的な觀點で前人の理論を整理する方法と、原著を遙かに越えてこれを現代化させる傾向とを同日に斷ずるべきではない。當然ながら、この種の方法を過不足無く運用するのは非常に難しい。筆者は「釋義」の中に行き過ぎや不滿足な點があるかどうか、やはり讀者からの批判と指正を希望する。

注

（1）マルクスの『政治經濟學批判導言』、翻譯は岩波文庫『經濟學批判』掲載のものを參考にした。以後その『經濟學批判序説』によって譯す。

（2）閻若璩『古文尙書疏證』、閻若璩は、清朝の考證學の先驅者。『古文尙書疏證』八巻は、『古文尙書』孔安國傳二十五篇が魏晉時代の僞作であることを論證した勞作。『皇清經解續編』所收。ちなみに『四庫全書總目提要』は『古文尙書疏證』の項で、各條に自分の札記をつけたことについて、その札記が傳わらないのを心配したための補足かと揶揄し、また前後の主張の不一致を擧げて體例の不安定さを指摘している。

（3）エンゲルスの『フォイエルバハとドイツ古典哲學の終焉』、フォイエルバハ（一八〇四－七二）はヘーゲル學派のドイツの唯物論哲學者。ヘーゲル哲學を批判し、マルクス・エンゲルスに多大な影響を與えた。『フォイエルバハとドイツ古典哲學の終焉』は、エンゲルスがヘーゲルとフォイエルバハとマルクス主義について三者の系統的な關係を示したもの。

第一章　物色篇の心物交融説を釋す
――創作活動に於ける主客關係について――

魏晉以來の文學理論家の多くは素朴な觀點から文學と自然の關係を分析してきた。西晉の陸機（二六一―三〇三）の「文賦」では「四季の移り變わりに從って時の過ぎ去るを悲しみ、盛衰する萬物を眺めては複雑な思いに驅られる」と言い、梁の鍾嶸『詩品』では「氣が萬物を動かし、その萬物が人の心を感動させる、かくて人は感情を搖り動かして、それを舞踏や歌詠に表現する」（序）と言っている。[1] 共に景物に因って詩人の情感が生み出される事を明示した名文である。

劉勰は物色篇の中で、齊梁當時かなり一般化した論法を採用して、「物」「情」「辭」の三者の閒の主從關係から、「情は物を以て遷り、辭は情を以て發す（感情は風物に從って變化し、言語は感情の流れに應じて姿を現わす）」という文學主張を明らかにして、外界の文學創作に對する重要な意義を認めていた。それと共に、彼はこの基礎の上に更に一歩を進めて、創作實踐過程の中の主體と客體との相互關係の問題を探究し、「氣を寫し貌を圖し、既に物に隨いて以て宛轉す。采を屬し聲を附し、亦た心と與に徘徊す（生氣を傳え形貌を描き出すには、勿論對象とする外物の變化に從って自己の心情を變化流動させ、修辭を整え韻律を按配するには、更に自己の心情のままにそれが詩文に表現されるようにする）」という視點を打ち出した。[2] この見解は陸機や鍾嶸らの未だ指摘していないものであるばかりでなく、更に後世の論者もほとんど論及していないところでもあった。

従來の注釋者は、劉勰の所謂「物に隨いて宛轉す」「心と與に徘徊す」という辭句に對して、未だ詳しく檢討する餘裕は無く、然るべき注意が拂われてこなかった。淸の紀昀（一七二四―一八〇五）が僅かに「極めて流連の趣を盡くす」と評するばかりである。(3) 近人の黃侃（一八八六―一九三五）の『文心雕龍札記』では物色篇をそもそも缺いてはいるものの、しかし書末には駱鴻凱の「物色篇注」が附錄されていた。(4) 駱注は、この部分の辭句を分析して、「そもそも氣・貌・聲・采は、萬物によってそれぞれ異なるもので、對象の風容をきちんとそのまま表現する事は、なかなか容易なものではない。ましてや造化が萬物を廣く生み出す場合は、際限が無く限定も無くて、迎えようとしてもまだ形をなさず、摑まえようとしても旣に形が無くなっているのに、人間の知恵は融通がきかず、何事にも拘泥ばかりしている。だとすれば、事物の樣態はかくの如く樣々であり、かくの如く一定していないのだから、その中に入り込んで、精神と事物とを冥合させない限り、どうしてその本當の姿が傳えられるであろうか」と言う。この駱注では「精神と事物との冥合」という辭句で「物に隨いて宛轉」「心と與に徘徊」を解釋しているが、やはりまだその內實は盡くしてはいない。劉勰は旣に想像力の問題を論述した神思篇の中で、「思理の妙爲る、神は物と遊ぶ（想像力の働きは微妙であり、人閒の精神と外的事象は相互に作用を及ぼし合う）」という論法を提示して、「精神と事物との冥合」の意味を明らかにしたので、彼はその後に再び文學と自然の關係を論じた物色篇の中で足踏みして進まず、前說を繰り返す事は絕對に無いはずだ。逆に、劉勰は更に深い檢討を加えて、補充し、豐富にし、自分が神思篇の中ですでに表明した論點を進展させようとしたのであった。「物に隨いて宛轉」「心と與に徘徊」という辭句は、劉勰が「精神と事物との冥合」に對して更に一步を進めた發動だったのである。

考えるに「氣を寫し貌を圖し、旣に物に隨いて以て宛轉す。采を屬し聲を附し、亦た心と與に徘徊す」という辭句は、二文で互いに意味を補い合う表現法である。氣・貌・聲・采の四事が指しているのは、自然の景象と姿形なのである。寫・圖・屬・附の四字が指しているのは、作家の模寫と表現であり、それは卽ち駱注に所謂「風容をきちんとそのまま表現する」ことであり、模擬比較の意味である。劉勰は、これによって作家の創作の實踐過程を述べて、以下のように言いたいのであろう。つまり、作家が一旦創作の實踐活動に入り、自然の景象と姿形を模寫し表現しようとする時には、外界の事物を材料として、心と事物の間に融合し交感する現象を形作り、それは一面では心情が外物の變化に從って變化流動し、他の一方では、外物もまた作者の心情のままに詩文に表現されるものなのだと。

ここに提示された「物に隨いて宛轉す」という語は、實は劉勰自身の創作になる論法ではなく、彼は前人から借用してきたのである。『莊子』天下篇に、「椎拍輐斷、物と與に宛轉す（禮教的規範を叩きつぶし切り捨てて、相手に調子を合わせた融通無碍な生き方をする）」と言っている。ここに言う「物と與に宛轉す」とは、そもそも先秦時代に莊子學派が愼到の道術に對して下した評語である。愼到は戰國時代の著名な齊の稷下の學士であって、彼は最初に「勢に因る（萬物のあるがままの姿に從う）」を主張した理論家だ。我々は天下篇の彼に對する批評から愼到の思想の概要を知ることができる。天下篇に言う、「愼到は知恵を棄て自我を去って、不可抗的な必然の流れに身を任せ、物事のあるがままの姿にそのまま隨って、その沒主觀的な態度を道理とする」と。つまり、愼到が主張したのは、個人の主觀的な要素を排斥して、そうならなければならないような流勢に身を任せ、物事の自然に隨って、自分個人の知恵には賴らないと言うのだ。所謂「物と與に宛轉す」という一語は正にこの自然の勢いに任せるという思想から導き出された結論なのである。この辭句は、「物事と共に推移して、主觀的な妄想をもって勝手に自然を改竄はしない」と解釋する事が可能である。劉勰が、「物と與に宛轉す」という一語を借りて來たその目的は、正に作家が自然を模寫し表現しようとする時には、必ず自己の主觀による隨意性を克服して、客觀的な對象と融通無碍に適合すべき事を明らかにするためだったのだ。

下句に所謂「心と與に徘徊す」とは、明らかに上句の「物に隨いて宛轉す」と相對して提示された辭句である。「物」は客體と解釋でき、自然の對象を指して言う。「心」は主體と解釋でき、作家の思想活動を指して言う。「物に隨いて宛轉す」とは、物を中心として、心を物に隨わせる事である。言い換えれば、即ち客體としての自然の對象を中心として、主體としての作家の思想活動を客體に隨わせる事でもある。これに對して、「心と與に徘徊す」とは、心を中心として、心によって物事を制御する事である。言い換えれば、即ち主體としての作家の思想活動を中心として、主體によって客體としての自然の對象を鍛錬し、改造し、自分のものにする事でもある。

劉勰が提示した「物に隨いて宛轉す」「心と與に徘徊す」という論法は、一方では物事を主として、心が物事に隨う事を要求しつつ、もう一方では心を主として、心によって物事を制御する事をも要求したものだ。表面的に見れば、これは矛盾した論法のようである。しかし、實際には、この二つは互いに補充し合うもので、互いに反しながらも互いに成立し合うのだ。作家の創作という勞働は正に人類のその他一切の勞働と同じようなものであって、その實質から見れば、不可避的に主觀と客觀の閒の對立・統一過程を包含している。人類の勞働は「人と自然の閒の一つの過程であり、この過程の中で、人は彼自身の活動から、人と自然の閒の物質變換を導き出し、調節する。人は一種の自然力としての資格で、自然の物質と相對立する」[5]。作家の創作活動にも同じように一種の對立が存在している。創作實踐の過程にあっては、作家は自然に對して消極的に、受動的に屈服するのではなく、作家は藝術的構想の要求に基づいて自然を改造し、かくして自然の上に自己獨自の風格・特徴を刻み付けるのである。同時に、自然は作家に對して獨立性を具有するものであり、自然自身の發展法則に據って作家の主觀的な隨意性を規制し、作家の想像活動が客觀的眞實に隨うように要求し、それによって作家の藝術的創作活動を現實的論理の軌道に從って展開させるのだ。このような事物と主觀との閒の對立は、常に作家の創作活動の內部に貫かれており、この兩者二種は競り合い矛を交えながら、同時にそれぞれの機能を發揮し、もし一方が完全に他の一方を壓倒してしまうか、或いは一方が完全に他の一方を屈服させてしまえば、作家の創作活動も直ちに存在しなくなってしまうのだ。一方的に心ばかりを主とし、心によって物事を制御しようとすれば、必ずでたらめになり、眞實に反してしまうだろう。また事物ばかりを主とし、心を事物に屈服させれば、必ず心は事物の奴隷に陷り、現象を模寫するだけになってしまうだろう。所謂「物に隨いて宛轉す」「心と與に徘徊す」とは、正にこの事物と自我とが共に織りなす競合狀況を見事に解說するものなのだ。劉勰は、作家の創作活動は、この兩方面の矛盾を統一して、事物と自我との對峙を起點とし、事物と自我との融合を歸結とする事にあると考えたのだ。彼が物色篇の贊の中で述べる「目は旣に往還し、心も亦た吐納す（眼が自然の景物と交感する時、心も同時に息づいて作品になる）」「情の往くは贈に似、興の來たるは答の如し（感動は自然への贈り物、詩想は心へのお返し）」という表現は、このような事物と主觀との融合、兩者の協調和睦、暗默の合致が實現した最高の境地と言ってよいであろう。

注

（1）ちなみに、同じく『詩品』序に、「春の風春の鳥、秋の月秋の蟬、夏の雲炎暑の雨、冬の月激しい寒さ、これらの風物は、四季が詩的感興を呼び起こす題材である。またためでたい宴會の席では樂しい心を詩に寄せて親しみあい、仲間から離れている時には、寂しい心を詩に託して悲しみ怨むものである。……すべてかかる男女の失意・得意のさまざまな事態は、みな當事者の心情を搖り動かすのであり、詩に詠出する事をおいて何によってその感情を發散させる事ができよう」とあって、「物」の字義に、作者のおかれた境遇や自然情況一般が含まれている事が分かる。これは附錄の「心物交融說物字解」の參考資料ともなる。そもそも、『文心雕龍』と『詩品』は同時代の作である。王元化氏が、この釋義で明らかにしようとする心物交融論は、主觀と客觀情況との關係に對する當時の視點を示すものであり、それはほぼそのまま『詩品』解釋にも適用できるものと思われる。尙、「文賦」の譯文は、筑摩書房刊中國詩文選『潘岳・陸機』（興膳宏）でなされる解釋及び譯文による。以下同樣。

（2）この引用は、劉勰が褒めて已まない『詩經』詩人の手法について述べた部分。なお、詹鍈『文心雕龍義證』（上海古籍出版社刊、一九八九）では、先行する諸說を擧げながら、結論として、「この部分で語られるのは、次の通り。つまり詩人が外界萬物からの感銘を受ける時、關係する連想を限りなく呼び起こされるものである。詩人が各種の自然現象の中を巡り行き來する時には、情景の變化に從って、それらの風情や樣子を細やかに描き出そうとするものだ。詩人が視覺や聽覺の音や色の中に浸り吟じようとする時、彼が使用する文辭と音調は、彼の心情の搖れと一致する。これは景物の樣子や形態を適切に描き出す事を要求するものであり、作者の景物に對する感性を表出する事を求めるものでもある」と述べている。

（3）紀昀の評、道光十三年兩廣節署刊『文心雕龍』黃叔琳輯註附載紀昀評本（一七三六頁）にみえる。

（4）黃侃『文心雕龍札記』、一九二七年、北平文化學社刊、當時北京師範大學教授であった黃侃が『文心雕龍』に關して記した札記。近代の『文心雕龍』研究の先驅けとなり、しばしば『文心雕龍』の解釋に關する先驅的な學說・視點として引用されるが、時には教條的に引かれる嫌いもある。

駱鴻凱の物色篇注、黃侃『札記』卷末の附錄に見える。

（5）括弧內の記述は、『資本論』第一章第三篇第五章第一節勞働過程の中の勞働についての一文からの引用。

〔附錄一〕心物交融說の「物」字解

心物交融說に言及するならば、まずこの「物」の字義を如何に解釋すべきかをはっきりさせる必要がある。なぜならば、この問題については尙、若干の異なった解釋もあるからだ。

中國の古漢語は、字義が様々で、本義があり、そこから發展した派生義があり、音が同じで通用されたり當て字に用いられたりした借用の義もある。その漢字を理解するには、必ず文脈に隨って字義を選擇すべきであって、文字面から勝手に意味を推定してはならない。もしも自分の氣持ちで强引に古人の事を推し量るばかりで、具體的な分析を加えなければ、前人が誹ったように、意味のずれたものでなければ、荒唐無稽なものになってしまうはずだ。この「物」の字について言うならば、『經籍籑詁』に收錄する先秦から唐代までの字義解釋によると、全部で五十餘例がある[1]。もし、その中で互いに意味が近いもの、及び「物」と他の字が組み合わされて複合語となっているものを除いても、なお二十餘例がある。これらの字義解釋には、非常に大きな内容の違いがあって、中には全く逆の意味を持つものもある。例えば、同じく「物」の字でありながら、「乾」と解釋され（『易象（謙卦）上傳』の「稱物平施」、及び『繫辭上傳』の「備物致用」の虞翻注）、また「坤」とも解釋される（『繫辭上傳』の「坤作成物」の荀爽注）。しかし、一般に通用している解釋では、多くは「物」字を「雜帛（雜色の絹布）なり」・「萬物なり」・「事なり」・「器なり」・「外境なり」などと訓じている。

『文心雕龍』の中で、「物」の字が用いられているのは全部で四十八ヶ所（「物」の字と他の字による複合語、例えば、文物・神物・庶物・怪物・細物・齊物・物類・物色などの用語は除く）、原道・宗經・明詩・詮賦・頌贊・銘箴・諧讔・諸子・封禪・章表・神思・情采・比興・指瑕・總術・物色・才略・序志の各篇の中に散見する。これらの「物」の字は、ごく僅かな例外を除いては、共に同じ意味を持つ。創作論の各篇について述べれば、例えば神思篇には「物」の字が三回見えるが、いずれも同篇中の「神は物と遊ぶ（人間の精神と外界的事象は相互に作用を及ぼし合う）」の句中の「物」字の意味と同じである。比興篇には「物」の字が六回見えるが、いずれも同篇中の「物を寫して以て意を附す（物を描いてそこにある意味を附加する）」の句中の「物」の意味と同じである。物色篇には「物」の字が八回見えるが、いずれも同篇中の「詩人の物に感ずれば、類を聯ねて窮まらず（『詩經』の詩人たちは自然から感動を受けると、窮りない連想の翼を馳せた）」の句中の「物」字の意味と同じである。以上の「物」の字は意味が同じであるばかりでなく、しかもそれらは上篇の明詩篇中に見える幾つかの「物」の字（「物に感じて志を吟ず（外物に心を動かされて志を吟う）」「物に應じて斯に感ず（外物からの刺激に對して反應する）」「宛轉として物に附す（柔軟に對象に密着する）」「情は必ず貌を極めて以て物を寫す（內容面では對象の姿を深く窮めて寫實的に描く）」）、或いは詮賦篇中に見える幾つかの「物」の字（「物を體し志を寫す（事物を體現し志を描く）」「品物は畢く圖す（あらゆる物質はこれを賦に描いている）」「其の物の宜しきに象る（その事物の當然あるべき姿を描き出す）」「物を睹て情を興す（具象を見れば情趣を喚起される）」「情は物を以て興る（情趣は具象に觸れて喚起される）」、「物は情を以て觀る（具象は情趣を以て喚起される）」「物を寫し貌を圖す（物の樣相を描く）」）と同じ意味である。これらの「物」の字は、原道篇に馥郁として大いに文彩を持つと言われた「無識の物（意識を持たぬ自然）」の事でもあり、外界或いは自然の景物を代表する呼稱ともなっているのである。『文心雕龍』には完成された體系があり、その中の論點はしばしば前後呼應している。しかも心物交融説は、劉勰が論じ述べようとした重要な文學主張であって、例えば、詮賦篇に「情は物を以て興る」、「物は情を以て觀る」とあり、神思篇にも「思理の妙たる、神は物と與に遊ぶ（想像力の働きは微妙であり、人間の精神と外的事象は相互に作用を及ぼし合う）」とあるが、明らかにこれらの文例は物色篇に「物に隨いて以て宛轉し（對象とする外物の變化に從って自己の心情を變化流動させ）」、「心と與に徘徊す（自己の心情のままに詩文に表現されるようにする）」という趣旨を述べるものだ。これによれば、これら幾篇かの中には、「物」の字の意味解釋に如何なる異議も全く無い。

范文瀾『文心雕龍注』[2]では神思篇の「神は物と與に遊ぶ」の句を解釋する時、黄侃の説を採用し、黄侃『札記』を引用して、「ここは內心と外界が相接する事を言うのだ。內心と外界は、常にぴったりいくものではなく、氣分が鬱屈している時は、すぐ近くに見え聞こえるものでさえ、心は氣づきにくいものだし、氣分が樂しい時には、八方の遙か彼方の遠い場所ですら、道理が通じない事はないのである。だとすれば、心情によって外界を把握しようとすれば、外界は十分に心のために役立つが、外界を摑まえて心に從わせようとすれば、心は外界を明察することができない。内心も外界も共に把握して、互いに交融させる事ができるようにすべきだ。これこそ琴の名手の成連が伯牙の心情を變化させた所以であり、料理の名人の庖丁が自分の志を滿足させた理由でもあるのだ」と述べる。[3] ここでは「物」を「外界」と解釋している事は非常に明らかである。しかし、『范文瀾注』では神思篇の前述の引用文に續く部分「物は耳目に沿う」の句を説明する時、「物」の字に對して明らかに異なる解釋をして、「物とは事の意味であり、理の意味である。事柄の理が心に受け取られ、心は言辭を出す事によってこれを明快にする」と言っている。これでは容易に種々の誤解を招いてしまう。近頃、ある論文では、一方で神思篇の「神は物と與に遊ぶ」の中の「物」が「物は耳目に沿う」の「物」であると認めながらも、他の方面ではまた『范文瀾注』の「物は耳目に沿う」に對する解釋に從って、この「物と與に遊ぶ」の「物」を「事なり、理なり」と解釋しなければ正確ではないと考えていた。この論文は『范文瀾注』が神思篇中に下した二種の「物」に對する異なる解釋に氣づかなかったので、その結果、そこになされた上述の論斷は論證上二律背反となってしまったのである。つまり、もし『范文瀾注』に從えば、「神は物と與に遊ぶ」の「物」が卽ち「物は耳目に沿う」の「物」と斷言できないし、もし「神は物と與に遊ぶ」の「物」が卽ち「物は耳目に沿う」の「物」であったら、『范文瀾注』の「物」の字の解釋は正確ではない事になるのだ。なぜならば、『范文瀾注』は同じ神思篇の二種の「物」字に對して、一つには「外界」と解釋し、もう一つには「事なり、理なり」と意味解釋しており、この二つは全く違った意味であって、互いに通じ合うような意味ではないからである。

實際のところ、「物は耳目に沿う」の「物」字を「事なり、理なり」と解釋し、更に進んで、「事柄の理」と概括してしまっては、その本義を失ってしまうのである。ただ感性的な事物（外界或いは自然）があってこそ、始めて感覺器官（耳目）によって受け取られる事になる。「事柄の理」となると、抽象的な思惟機能の面に屬し、決して感覺器官によって直接捉えられない。よって、「物は耳目に沿う」の「物」を「事柄の理」と解釋する事は、抽象的な「事柄の理」をば感覺器官としての耳目を通して直接感じ取る事ができると論述するに等しく、これでは明らかに不合理だ。ちなみに、『范文瀾注』は『文心雕龍』を詳細に解明しており、その努力は最も精力的であって、今に至っても依然として諸家を抜きんで、諸注を越える立派な作品であり、筆者もそこからずいぶん教えられた。しかしながら、我々にはやはり實事求是の態度が必要であり、一つ一つ考察を加えて、きちんと取捨選擇しなければならない。

『范文瀾注』が「物」字を「事なり、理なり」と解釋したのは、清朝の言語學者の段玉裁に基づく。(4) 段玉裁『說文解字注』では小篆「牛」の本文及びその段注に以下の如く言う、「牛は、事なり、理なり。（段注）『事なり』とは、その事柄に從事できる事を言うのである。牛は耕作を任務とする。『理なり』とは、その筋目模様に沿って區分けできる事を言うのである。庖丁が牛を解體するには、天然自然の筋目に從い、肉の閒の大きな筋目の隙閒を割き、骨の閒の大きな空閒に導かれて處理するのである。牛・事・理の三字は共に上古音の第一部に屬する。この牛と、『說文解字』の「羊は、祥也」、「馬は、怒也、武也」とは同じ音類の文字で解釋も同一の例だ。淺學の者はこの原義を知らなかったために、意外にも本文の文字を改めて、「牛は大牲也。牛、件也。件、事理也」と作ってしまったのである。『吳』字の下でも妄りに文字を增して、「（吳は）姓也、亦た郡也」と言っているが、これも同樣の閒違いだ。（以下略）」と。所謂「事なり、理なり」は、本來『段注』本の牛字の訓解であって、今『范文瀾注』はこれを「物」字の意味解釋に移して使っているが、果たして成立し得るのかどうか。考えるに、「物」字は「牛」が偏となり「勿」が發音を示す。王國維の「釋物篇」では、卜辭（戩壽堂所藏『殷虛文字』の第三葉、及び『殷虛書契前篇』巻四の第五十四葉。卜辭の原文は略）に據って、「物も牛の字である」と論證した事がある。[5] だとすれば、「牛」から意味を廣げて「物」とすることもできるわけだ。『范文瀾注』が、「牛」字の訓で「物」の字を解釋しても問題ではない。問題は『段注』に所謂「事なり、理なり」を結局どのように解釋するべきかなのだ。『段注』自體に據って見るならば、『段注』は「理」の字を「文理（筋目模樣）」として解釋すべきだとしている。以前、ある人は「牛訓理說」を著した事があり、そこでは卽ちこの例に從って、やはり「理」の字を「筋目模樣」と解釋していた。「理」が筋目模樣の理であるとすれば、當然目で見る事のできる感覺器官の對象に屬するものであって、抽象的な思惟に訴える「理」字とは決して一緒に論じられるものではない。『范文瀾注』は『段注』の說を援用しながら、逆にこの區別を混亂させたばかりか、「事なり、理なり」を纏めて「事柄の理」と言ってしまったわけで、ここまで來ると、もう異質なものとなってしまう。もし、この上に更に一歩を進めて意味を擴大させ、これを哲理や道理の類の「理」にまで附會してしまうと、それはもはや全く別の意味となってしまう。

確かに通行する許愼の『說文解字』の「牛」の字には、「事理」の訓解がある。その「牛」の小篆の下には、「大牲なり。牛は、件なり。件は、事理なり。（下略）」と述べている。或いはこれが『范文瀾注』の根據の一つかもしれない。しかし、この說については前人が夙に誤りだろうと疑っている。つまり、上文に引用した『段注』の文章の中で、既にその誤りが指摘され、「淺學の者のでたらめな追加」だとして排斥している。王筠の『說文解字句讀』も、「『牛は、件なり。件は、事理なり』の二句は支離滅裂だ。きっと後人の追加であろう」と言い、更に「明の李自珍が引用して、『牛は、件なり。牛は大牲たり。部分部分に分解されるを以て事理となすべきなり』と言うが、やはり理解できない」と言う。白作霖『釋說文牛馬字義』もまた言う、「事理の訓は、武・怒のそれと較べて更に解りづらい。よって、後人が小篆の「牛」字の下に增補した解說はとりわけひどいものだ。宋代の徐鉉・徐鍇の校定した『說文解字』

の本文は『牛は、大牲なり。牛は、件なり。件は、事理なり』と作る。徐鍇は言う、『一件、二件と言うようなもので、大きければ分解する事ができるからである』。桂馥氏『說文解字義證』はこれに據って「事理」の意味を解釋している。もしも許愼『說文解字』の本文に錯亂があると疑えば、「事理」の意味にもこじつけをした疑いがある。王筠氏がこれを論駁したのは正しいことだ」と。(6) 徐承慶『段注匡謬』になると、『段注』自體が「事」と「理」の二語に分けて解釋していることに對して賛成しないばかりでなく、努めて批判論駁を加えて、『段注』を「文章は杜撰で、解釋もこじつけだ」と言っている。(7) これらの學說は皆、「牛」を「理」と訓じる說を基本からひっくり返してしまったのである。

それでは、「物」字の意味は、結局どのような意味が勝るのだろうか。筆者は王國維の說がかなり優れていると考える。王氏の「釋物篇」には、「古は雜帛を物と呼んでいた。恐らく物は雜色の牛の呼び名に基づき、後世これを推し進めて雜帛の呼び名となったのである。『詩經』小雅「無羊」に言う、『三十維れ物、爾の牲は則ち具わる』と。『毛傳』に言う、『毛の色を異にするものが三十頭』と。實は『三十維れ物』は、同じ『詩』に出てくる『三百維れ群』『九十其れ犉』と句法は正に同じであって、雜色の牛が三十頭いると言う意味だ。雜色の牛の呼稱から、これに由來して雜帛を呼ぶ名稱となり、更にはそれに據って各種樣々な諸々の物を呼ぶようになったのであって、これは文字の意味擴大派生の通例である」と述べている。(8) 王國維が提示した雜帛という意味解釋は、先秦以來の古籍の中に多くの例證を探し當てることができる。例えば、『周禮』司常に、「雜帛を物となす」と。(9)『儀禮』士喪禮に「銘と爲すは、各おの其の物を以てす」・『儀禮』鄉射禮に、「旌は各おの其の物を以てす」とあり、注に「雜帛を物と爲す。大夫の建つる所なり」と言う。(10)『釋名』釋兵に、「雜帛を物と爲し、雜色を以て其の邊を綴りて燕尾と爲し、將帥の建つるところ、物の雜色なるに象るなり」と言う。(11)「雜帛」は、「物」字の本來の意味の「雜色の牛」に最も近い意味解釋であり、ここから更に引申して萬物という意味へと擴大したのである。許氏『説文』の「牛」字にも萬物という字義があったけれども、王國維はそれを「紆曲（こじつけ）」したものだと評している。この批判は、許氏の『説文』があれこれくどくどと述べ、「牛は大きな物であって、天地の數は牽牛に起こる」ことに因って、更に「牛」の解釋を「萬物」だと結論づけるが、その述べ方は回りくどくて論理が通りにくいからである。王國維は「萬物」という訓解を決して否定しているのではなく、彼はただ「萬物」が「物」の本義なのではなくて、その本義は「雜色の牛」なのであり、そこから意味が推し廣がって「雜帛」を呼ぶ名稱となり、更に後にそこから各種様々の萬物を呼ぶようになった、と指摘しただけなのである。よって、「萬物」と言う意味は「物」の字の引申された意義なのだ。王國維の説は、意味の據り所が甚だ明らかであって、優れた解釋だと評すべきである。

數多くある「物」の字義の中で、劉勰の神物交融説に見える「物」字の意味は、則ち王國維が擧げた引申の意義、つまり「各種様々の萬物」に他ならない。よって、論者はそれを「外界」と解釋したり、或いは「自然」と解釋したり、或いは「萬物」と解釋するが、どれでもうまく説明できる。神思篇の「神は物と與に遊ぶ」と「物は耳目に沿う」の中の二つの「物」字に限って、「外界」と「事柄の理」に分けて解釋し、更に無理に區別しようとしたり、或いは舊來の解釋に拘泥して、それらを一律に強いて「事なり理なり」と解釋し、更に一歩を進めて「理」の字義を「哲理」の理として、自分の考えに從わせようとすれば、それは全て正確ではなく、更には必ず我々が『文心雕龍』の思想・蘊蓄を檢討する時に不要な障害をもたらすものに違いない。

注

（1）『經籍纂詁』、一〇六卷。淸の阮元らの編。過去の辭書や古典の注釋に殘存する字義解説を集めて、韻によって區分配列した辭書。字音による字義の解釋には高い評價が與えられている。嘉慶三年（一七九八）の成書。
（2）范文瀾『文心雕龍注』、『文心雕龍』の注釋や翻譯は近年中國・臺灣で數多く出版されているが、その先驅けとなったのが、この范文瀾（一八九三―一九六九）の注であり、『文心雕龍』テキストへの注釋の豐かさ及び作品や文獻資料の數多い引用と、幾種かの校勘資料の添附によって、現代の『文心雕龍』研究の基礎を作ったものと言われている（『文心雕龍學總覽』上海古籍出版社、一九九五）。
（3）成連・庖丁、成連は春秋時代の琴の名手。伯牙は成連に師事したが、なかなかうまくならないので、成連が伯牙を蓬萊山に連れて行き、海水の音や鳥の聲を聞かせたところ、伯牙は先生は私の氣持ちを變えたと嘆じ、以後大いに藝は進み、ついに天下の名手になったという話（唐の吳兢『樂府古題要解』下、「水仙操」）を踏まえる。また庖丁は、牛の解體を始めた頃は牛の姿しか見えなかったが、やがて牛の體の部分が見えるようになり、ついには目で見なくとも精神で解體ができるようになったという話（『莊子』養生主篇）を踏まえる。共に言葉を越えた妙技の會得を喩える。
（4）清朝の言語學者の段玉裁、段玉裁（一七三五―一八一五）は清朝の乾嘉學派の著名な文字訓詁學者。『說文解字注』は、彼の古代音韻學の理解に基づき注釋を加えた代表作。漢代の許愼が作った小篆字の字典『說文解字』に注釋を加えたもの。
（5）王國維の解釋、王國維（一八七七―一九二七）は清朝末・民國初頭の學者で、浙江省海寧縣の人。字は靜安、號は觀堂。一九一一年辛亥革命に伴い來日し甲骨文・金文等の古代文字を集中的に研究した。歸國後は、精華大學文學院の教授として經史、小學などの學科を教える。その「釋物篇」は『觀堂集林』卷六（藝林六）に見える。
（6）白作霖『釋說文牛馬字義』、『說文解字詁林』牛字に收載。
（7）徐承慶『段注匡謬』、『說文解字詁林』牛字に收載。
（8）『詩經』小雅無羊、『詩經』は先秦の詩を集めた古代歌謠集。小雅はその中の區分で、「無羊」は篇名。『詩經』に付けられた漢代の現存注釋が『毛傳』。
（9）『周禮』、儒家の經典の一つで、周王國の官制を記したものとされるが、實は戰國當時の社會制度を傳えるもの。「司常」は、その春官に屬する官名。

（10）『儀禮』、儒家經典の一つで、禮の行動を記すもの。戰國時代に成るとされ、先秦の風俗・社會・宗教を傳える。
（11）『釋名』、漢の劉熙撰。聲訓と呼ばれる類字音を用いた字義解釋を特徴とする。

〔附錄二〕王國維の境界說と龔自珍の出入說

劉永濟の『文心雕龍校釋』では物色篇を論じて言う、「この物色篇は、神思篇の第二段落で論じた心情と外界との交融の道理を述べる。神思篇ではその大綱を擧げているが、この物色篇はその條項別の說明である。およそ精神と事物との交融には、また區別もあり、事物が情感を流動させる時もあれば、情感が事物も共感させる時もある。事物が情感を流動させるとは、情感が事物によって移り變わり、事物の樣子が悲しげであれば、そのまま此方の心も憂鬱になるものであり、それで『文心雕龍』では『物に隨いて以て宛轉す』と言っているのである。また情感が事物を共感させるとは、事物が心情に從って變わり、心の中の悲しみ樂しみによって、外界が樂しいもの悲しいものとなるものであり、よって『文心雕龍』では『心と與に徘徊す』と言っているのだ。前者を批評家は無我の境と言い、或いは寫境と言っており、後者を批評家は有我の境と言い、或いは造境と言ったのである」と。(1)

『校釋』は劉勰の心物交融說を說明するに當たって王國維の境界說を用い、以前の注釋者に較べて大きく前進の一步を踏み出している。とはいえ、我々は同時に、王國維の境界說が劉勰の心物交融說の變化發展であり、兩者の閒には一定の關連はあるけれども、前者の境界說は既に後者の心物交融說の時代を異にした新しい發展であったという點にも目を向けねばならない。

王國維は清末に生まれ、嘗て西方の文藝思潮の影響を受けたことがある。彼の言った「有我の境」（或いは「寫境」）と「無我の境」（或いは「造境」）は、「理想主義と寫實主義の二派の區分される理由」を強調して提示したものである。嚴格に言うならば、王國維のこの説と劉勰の心物交融説とは全く相同じというわけではなく、劉勰はその當時にあっては、まだこのような明確な理論を提示できるはずもなかった。よって、『校釋』が直接王國維の「有我の境」と「無我の境」を用いて劉勰の「物に隨いて宛轉す」と「心と與に徘徊す」を解釋しようとする事には、かなりの無理がある。王國維の境界説では、「有我の境」は自我によって事物を觀察する理想派を指し、「無我の境」は事物によって事物を觀察する寫實派を指す。文學創作の方法にあって、この二つの流派はそれぞれに一派を建てて、二者は獨自の道を歩み、決して混淆を許さない。王國維は正に兩者の相異なる方面から論を立てたのである。しかし、劉勰が提示した「物に隨いて宛轉す」と「心と與に徘徊す」とは、二句で相補って滿足する意味を傳える表現法で、そこで述べている事は一つの內容である。考えるに、物色篇の原文「寫氣圖貌、既隨物以宛轉。屬采附聲、亦與心而徘徊」は、その中に竝立の關係を示す「既」と「亦」の二字が用いられているので[2]、「物に隨いて宛轉す」と「心と與に徘徊す」との二句は別々に分かれて二つの事柄になるわけがない。この二句は互いに反發しながら互いに補い合って意味を完成させ、兩者が統一されて始めて審美的主客關係という有機的な繫がりが構成されるのである。王國維の「有我の境」と「無我の境」は、創作方法論上の相異なる流派の論述に重點が偏っているが、劉勰の「物に隨いて宛轉す」と「心と與に徘徊す」との場合は、審美的主客關係の論述に重點を置いているのであり、よってこの兩者を簡單に比較してはならないのだ。

では、王國維の境界説と劉勰の心物交融説とは全く無關係であるならば、この兩者を結びつけて比較研究を進めるべきではないのであろうか。これもまた必ずしもそうではない。詳細に考察を加えさえすれば、その閒にはなお尋ねるべき繋がりを見つけ出し得るはずである。なぜならば、創作方法上の理想と寫實というこの二大流派から更に深く踏み込んで檢討するならば、必然的に審美上の主客關係というこの美學の根本問題に必然的に歸結するはずだからである。王國維の境界說の積極的な意義は、理想と寫實の兩派が二つに別かれているとはいえ、事物と自我との關係から見るならば、この二つの流派が却って相互に通じ合うと王國維が既に初步的に認識していた點にある。『校釋』は、この點において頗る見識ある說明をしている。つまり「(無我の境は）自我が受動的に動かされ、後者（有我の境）は自我が主體的に動く。受動的に動かされるとは、ひたすらな心が靜かに澄み切って、事物のままに動かされるので、ただ事物のすばらしい境地が描かれるだけながら、我が心の閑靜な趣も、またその中にあり、たとえ無我とは言っても、實は有我でもあるのだ。主體的に動くとは、萬物はそのままの狀態でありながら、情感によってその捉え方が變わるので、たとえ人の微妙な心情を抒述しても、外界の事物の音や彩りの美しさも、またその表現の中に現れ、たとえ造境とはいっても、實は寫境と同じなのだ。よって、純粹に情景だけでは文とは言い難く、純粹に情感だけでも美とは言い難く、巧みに詩文を作るとは、必ず情感と景物が融合し、事物と自我が共に合致する場合でなければならないのである」と述べる。ここに所謂「情感と景物の融合」、「事物と自我の合致」とは、事物を以て事物を觀察する「無我の境地」が決して自我を完全に外に排除できるものではなく、また自我を以て事物を觀察する「有我の境」も決して事物を完全に外に排除できるものではない、ということなのだ。

王國維はその著書『人閒詞話』の中でこう言っている、「自然の中の事物は相互に關係し合い、相互に制約し合う。然るに、文學及び藝術の中でこれを描こうとする時には、必ずその關係や制約を無視せねばならない。よって寫實家といえども、また理想家なのである。また如何なる虛構の世界でも、その材料は必ず自然現象に求めねばならず、その構造もまた必ず自然の法則に從わねばならない。よって理想家もまた寫實家なのである」と。この種の見解は當時にあっては、頗る奇特で貴重なものであった。しかしながら、王國維が理想と寫實との二派の互いに通じ合える理由を、文學と美術の中にあっては自然・萬物の相互關係・相互制約から離脱し得るという局限性に求めたのは、却って些か曖昧模糊たる感じがする事を免れない。しかし、王國維は『人間詞話』の中で以下のような主張もしていた、「詩人は宇宙や人生に對して、是非ともその内面に入らねばならないし、またその外側にも出なければならない。その内面に入るので、うまく描寫できる。その外側に出るので、うまく觀察できる。その内面に入るので、生氣が出る。その外側に出るので、品格が出る」と。所謂「入る」とは、自我が事物の内面に入る事を言い、事物を主體とするので、自我は受動的となる。所謂「出る」とは、自我が事物の外側に出る事を言い、自我を主體とするので、自我は主動的となる。詩人の創作では必ず入ることも出ることもできねばならず、これは正に「情感と事物の融合」「事物と自我の合致」の趣旨を説明するものである。

王國維より以前には、清末の龔自珍（一七九二―一八四一）が既に「善く入り善く出る（善入善出）」説を提出していた。もし我々が中國の文學論發展史の觀點から檢討を進めようとするならば、劉勰の心物交融説から龔自珍の「善く入り善く出る」の説に至るまで、更には王國維の境界説に至るまでに、中國の文學論が審美的主客關係理論について檢討してきた進歩變轉のプロットが明らかに示されている事を看取できるだろう。しかし、龔自珍の「善く入り善く出る」説に言及する前に、解決しておかねばならない問題が二つある。第一に、王國維と龔自珍は共に「入」と「出」という兩概念に言及しており、しかもその論旨も大同小異であり、さすれば、王國維は龔自珍の影響を受けたのではあるまいか、という問題である。『人間詞話』について見るならば、王國維は龔自珍を非常に輕視している。彼は嘗て龔自珍の『己亥雜詩』の中の一首を引用して、ズバリと「その人物の輕薄にして品行の惡い事、紙上に躍如として顯れている」と批判した事がある。(3) 龔自珍の理論を尊重する事ができなかったようであるとはいえ、この事は暫く放置して論じない事とするが、彼らが藝術法則を探究する上である種の共通の結論を出した事、この點には更に注意する喚起する價値がある、と言えよう。第二に、龔自珍の「善く入り善く出る」説は彼の尊史篇に見えるものである。この文章は既に「史」を標題にしているのだから、「文」に適用してよいのかどうか。この問題を解決するためには、まず龔自珍の所謂「史」が極めて廣い意味を持つ概念である事を明確にしておかねばならない。淸人は多くの人が「六經は皆な史」という説を支持していた。所謂「六經は皆な史」とは、一般には儒教聖典の六經が周代の史官に據って管掌されていた事を指すのであるが、龔自珍はこの概念を擴大させた。彼は五經が史の主役であり、諸子が史の脇役であると考え、その上『漢書』藝文志で、漢の劉向がわずかに道家・數術家だけを史官から出たものとした學説を批判した(4)。龔自珍は甚だしきに至っては、小説家をも史の領域に組み入れて、「訓戒教育を任とするの史」と呼んだのである。彼は「古史鉤沈論」二の中で更に一歩を進めて、「史官の外には言語を持たず、史官の外には文字を持たず、史官の外には人材品評の資格を持たない」と主張した。これは既に六經を周代史官の管掌と見做す範圍を通り越している。よって、龔自珍が尊史篇に提示した「善入善出」説は明らかに文學にも適用できると考えるのである。

龔自珍の「善入善出」説から看取できるのは、その説と劉勰の心物交融説にある程度の淵源關係があることである。尊史篇は言う、「善く入るとはどんなことか。天下の山川の形勢、人心の風氣、土地の良し悪し、姓の貴賤など、すべてを知っている事であり、國家の祖宗の教えから、下は下級役人の仕事まで、全て知っている事であり、禮儀作法の話をし、軍事の話をし、政治の話をし、裁判の話をし、故實の話をし、文章の體裁の話をし、人の賢愚の話をする時に、まるでその家庭の私事の話をするように詳しければ、〈入〉だと言ってよい」と。ここでは、作者は靜かに默って觀察し、描寫される對象の中まで掘り下げ、徹底的に研究して、十分心に熟成させ、一家の寶にされるような位置にまで到達する。これでこそ「善く入る」のである。それは劉勰の述べた「心は物に隨いて以て宛轉す」に相當するものだ。また言う、「善く出るとはどんなことか。天下の山川の形勢、人心の風氣、土地の良し惡し、姓の貴賤、國の祖宗の教えから、下は下級役人の仕事まで、いずれも關連するものであって、それぞれ獨立した專門の官職があるわけではない。禮儀作法の話をし、軍事の話をし、政治の話をし、裁判の話をし、故實の話をし、文章の體裁の話をし、人の賢愚の話をする時に、あたかも俳優が堂屋の下で、大聲で泣いたり歌い舞ったりして、様々に歡び悲しんでいるのに、堂屋の上の觀客は、かしこまって靜坐し、じろじろ左右を見回して批評するようである。こうあってこそ〈出〉と言い得るのだ」と。此處に所謂「善く出る」とは、作者が對象を掘り下げて研究した後に更に跳び出して、自己の對象に對する態度・見方及び評價を下そうとする事を指している。善く出てこそ始めて木を見て森を見ない缺點、孤立した事物に拘束される失態に陷らずにすむのであって、それでこそ全體の局面を統括的に觀察でき、事物の間の關連を發見する事ができるのである。これは劉勰の言う「物は心と與に徘徊す」に相當するものだ。

龔自珍は、作者たる者は「善入」が必要であるだけでなく、更に「善出」も必要であり、必ず兩方を兼ね備えねばならない、と考える。彼は言う、「善入しないものは、本當の記録ではない。垣根の外から耳をそばだてても、どうして堂屋の中の俳優を指導することなどできるだろうか。そのような場合、史の言説は、必ずたわいもない寢言に聞こえるはずだ。また善出しないものには、必ず高邁な心情や立派な議論は期待できず、俳優の様々な喜怒哀樂の感情、目まぐるしい手足の動きや言葉の遣り取りなど、どうしてその哀樂について自分の見解を語れるだろうか。そのような場合、史の言説は、必ず無用な咳《せき》にしか聞こえないはずだ」と。善入しなければ必ず現實から遊離してしまい、虛空の世界に舞い上がり、ずるずると事實無根の捏造へと流されてしまう。また善出しなければ必ず現實の奴隷となり、個性に缺けて、他人の模寫模倣ばかりに陷ってしまう。龔自珍の提示した「善入善出」という主張は、つまり作者が寫實を重視するだけでなく、更に個性の表出をも重視し、それによって文學の眞實性と作家の獨創性を結びつけて、個性が對象の眞實描寫に浸透し、どんな場合でも例外なくそれが貫かれて、心物交融の境地に到達する事を要求するものであった。

もし、我々が劉勰・龔自珍・王國維の三家の説を一括して概説するならば、以下のように言うことができるだろう――劉勰の心物交融説は第一段階として審美的主客關係の問題に言及しただけで、まだ原始的で素朴な見方であった。龔自珍の「善入善出」説は一歩を進めて、審美的主客關係の上に主體と客體の相互浸透を提示した。王國維の境界説になると、主客關係の「その内に入る態度と、その外に出る態度」から更に一歩を進めて、創作方法の上に寫實と理想との二大流派を明示すると共に、この兩派が互いに通じ合うものである事を初めて提示したのだ。以上の概説からあらまし中國の文學論の各時代における發展の道筋の輪郭が見て取れるだろう。

注

（1）劉永濟の『文心雕龍校釋』、劉永濟（一八八七―一九六六）は、現代の著名な古典文學者で、湖南省新寧縣の人。武漢大學教授等を勤める。その業績は詩・詞・曲及び文學論に及んだ。著書『文心雕龍校釋』は一九六二年に中華書局より刊行した。

（2）「既」（……であるだけでなく）「亦」（一方では）と言う竝列用法。

（3）王國維の龔自珍批判、『人間詩話』册稿四三に、「龔定庵（自珍）詩に云う：『偶たま湊雲を賦し偶たま倦飛、偶然間に慕う初衣を遂ぐるを。偶たま錦瑟に逢いて佳人を問い、便ち説く春を尋ねて汝の爲に歸ると（時には雲を凌ぐ超俗の詩を作り時には飛ぶに厭きた士官嫌惡の詩を作っていたが、偶然にもそぞろに士官以前の生活を貫く事が慕わしくなってきた。ところが、たまたま美しい琴の音を聞いて佳人を訪ねとっさに「春を尋ねてそなたに逢うために歸ってきたのだ」と口説く始末）』と。その人物の輕薄にして品行の惡いこと、紙墨の間に躍如として顯れている」という。この自珍の詩は『己亥雜詩』第三一五首」という。

（4）『漢書』藝文志、『漢書』は後漢の班固の手になる漢代の歴史だが、その中に收錄される藝文志は、各學術の源流を説く圖書目錄で、劉向の『別錄』・劉歆の『七略』を整理踏襲したもの。

第二章　神思篇の「杼軸もて功を獻ず」説を釋す(1)

――藝術的想像力を巡って――

中國の古典文藝理論では、しばしば想像力の問題に論及する。「言は盡くることあれども意は窮まることなし（言語には限界があるが情意には際限がない）」、これは恐らく詩人たちが誰でも理解している常識であろう。(2)「意は到るも筆は到らず（イメージが湧いてきても、筆はそのイメージを全部畫かない）」、これは恐らく畫家たちが誰でも熟知している方法であろう。「手もて五弦を揮い、目もて飛鴻を送る（奏でられる音樂と共に、そのイメージが目の前に浮かぶ）」、これは恐らく音樂家が誰でも體得できる風情であろう。(3)詩人は常にこのような原理に基づき、表現を越えて作者の意思が訴えられる藝術作品を創造して、讀者の樣々な連想を湧き立たせ、酌めども盡きぬ味わいある境地へと導くのだ。『文心雕龍』の神思篇はその冒頭から以下の如く述べている、「古人云えらく『形は江海の上に在りて、心は魏闕の下に存す』と。神思の謂いなり（古人の言に『身は海濱にさすらいながら、心は榮達を夢みる』と言う。想像力とは、つまりこうした働きを指す）」と。これが、劉勰が想像力に對して下した定義である。ここで言う「形は江海の上に在りて、心は魏闕の下に存す」という語句は、魏の中山公子牟の言葉からくるもので、「わが身は草莽の間に落ちぶれていても、心は朝廷での立身出世を願う」という處世態度を指し、本來は誹謗の意味を帶びていた。(4)劉勰はこの語句を引用する時、その本來の誹謗的な意味を捨て去り、この二句の字面だけを借りて、「神思」という心の働きには、その身體から心靈が遊離し、こちらからあちらへと關連する事物や概念を思い浮かべることができる連想機能が具有されている事を明確にしようとしたのだ。ここから、劉勰が述べる「神思」が想像力の事だと、はっきり讀み取ることができる。

藝術作品には讀者に想像力を働かせるように誘導する機能がある。作家はしばしばその作品の中で、讀者に知らせなければならない事物を省略して書かなかったり、書いても全てを書き盡さなかったりして、一字一句とことん切りつめた筆法で、ひたすら暗示的に描くばかりであるが、これは、作家たちが筆墨を惜しんだためではなくて、讀者の想像力を喚起するためなのだ。文藝作品の中でしばしば見受けられるこのような現象については、劉勰の言辭を借りれば、「思表の纖旨、文外の極地に至っては、言の追わざる所にして、筆は固より止まるを知る（思辨の埒外にある微妙な情緒や、文章の盡くし得ぬ妙味という事になると、言語ではもはやどうすることもできず、作者はただ筆を置くより他はない）」と言う。たとえ作者がその筆鋒を隱し、胸におさめて外側に顯れないようにしても、讀者にとってそれは何らの障害にもならず、讀者たちは自分の想像力を働かせて、作品が提示する一つの斷片や、一すじの手掛かり、僅かな暗示等に從って、それらを補充し、藝術の再創造を推し進め、それに據って作家の樣々な足跡を探り出し、一幅の完全で活き活きとした繪畫に作り上げて、そこから更に大きな滿足を手に入れる事ができるのである。

劉勰に先立つ晉の陸機（二六一―三〇三）は「文賦」の中で、このような想像の働きを「古今を忽ちの閒に見渡し、全世界を一瞬にしてわが手の內に收める」とか、「萬里の果てまでも際限なく廣がり、億萬年の彼方にまで掛け橋を架ける」と言っている。劉勰の神思篇は、更にこれを推し廣めて「寂然として慮を凝らせば、思いは千載に接し、悄焉として容を動かせば、視は萬里に通ず。吟詠の閒に珠玉の聲を吐納し、眉睫の前に風雲の色を卷舒す（靜かに思いを廻らせば、千年の昔にまでも通じ、密やかに面をあげれば、萬里の果てまでも見通す事ができる。作家はつぶやきの中に珠玉の妙音を創出し、眼前に彷彿として風雲の佇まいを見る）」と更に發展させて述べている。このような言葉は、想像力の働きが、感覺に據る實際經驗の限界を打破する力を具有する事を物語りそれは身體や五感に因る制限を越えた心理現象である。これもまた、正に劉勰が想像力を「神思」と稱した主要な原因である。

「神思」の語を、最も早く用いたのは劉勰のようだ。その後、この語は次第に人々に用いられてゆく。梁の蕭子顯(四八九?―五三七?)『南齊書』文學傳の論では「文章制作の道は、神思より始まって、様々な感應が湧き起こり、その變化は窮まり無い」と言っている。ここに所謂「神思」は、明らかに劉勰の提示した用語の意味と完全に一致する。とはいえ、蕭子顯は陸機と劉勰の想像力の理論を單純に繼承したのではなく、彼の述べる想像力は、神祕的な彩りを帶びた心理活動で説明したものである。例えば『南齊書』文學傳の論では、「文章というものは、作家の性格の標識であり、作家の精神の基準である。思考を凝らして筆を口にくわえると、様々な連想が胸の中で動き出し、言葉に出して紙に記せば、その人の風格が自ずから釀し出される。凡て文章は、その人の性靈に基づき、その嗜好に從うものであり、その見識は様々であり、その嗜好もまちまちである」と言う。この論法に據れば、想像力の働きは、ただ性情と精神とに基づいて、完全に「連想が胸の中で動き出す」心理現象の一種である。これに對して、陸機や劉勰の場合、ある程度、かかる心理現象である想像力の働きと客觀的な實際生活との閒に相當な關連を持たせていることが見て取れよう(當然ながら、彼らが理解していた客觀的實際生活は、多分に自然界の方面に重點を置いていたけれども)。神思篇で、「思理の妙爲る、神は物と遊ぶ(想像力の働きは微妙であり、人閒の精神は外的事象と相互に作用を及ぼし合う)」と述べるのは正にこの事を明らかにする。陸機の「文賦」もまた同樣に、「宇宙の中心に佇んで深く萬物を觀察し、自分の思想・感情を三墳五典の古典から涵養していると、四季の推移につれて時の移ろいを傷み、萬物の盛衰を眺めつつ思いは千々に亂れ騷ぐ」と言う。ここでは、「思」が生まれるのは「物」に感じたが故であり、「物」の變化は「思」の變化を引き起こす事を指摘しているのである。[5]

しかし、陸機の場合は僅かにここまでで終わってしまい、その後劉勰に至って漸くこの問題を解明し始める。神思篇には、「拙辭或いは巧義を孕み、庸事或いは新意を萌す。布を麻に視《くら》ぶるに、未だ貴からずと云うと雖も、杼軸には巧を獻じて、煥然として乃ち珍なり（月並みな描寫に時として優れた趣向が潛んでいたり、平凡な事柄から時として新鮮な發想が芽生えたりするものである。譬えば麻布は原料の麻絲と本質上は同じ粗末な物だが、織機に掛け加工されて、美しく織り上げられると人々に珍重されるようになる）」とある。これこそが、想像力とは何かという問題に對する答えなのだ。

この文にある「杼軸に巧を獻ず」という語を、多くの注釋者は「文章は修飾を貴ぶ」と解釋する。黄侃（一八八六―一九三五）『文心雕龍札記』の神思篇の段では「杼軸には巧を獻ず（織って人工を加える）――この一句は文章が修飾や潤色を貴ぶことを言う。素朴な表現の中にも巧みな內容を含み、修飾を加えると巧みな內容が明らかに外に現れるし、平凡な事柄からでも新鮮な發想が芽生え、潤色を施すと新鮮な意味が生まれてくるものである。一般に、創作後に添削を加えていない詩文だとか、まるで前もって作っておいた詩文だとか言われる秀作は、その作者の添削修改の勞苦が、既に平素から加えられ、その技術も熟練を重ね、かくて缺陷もだんだんと除かれてゆくのであって、最初に作られた時からそのようにみごとな作品ではなかったのだ」と述べる。

私は、このような視點では、劉勰がここで提示している「布を麻に視ぶる」という比喩が理解できないと思う。劉勰は決して修飾や潤色の作用を殊更に強調しているわけではないからだ。その逆に、『文心雕龍』では、「羽を飾って畫を尙《くわ》え、鞶帨を文繡す（自然の装飾を備える鳥の羽に繪の具を塗りたくり、皮帯や手拭いにまで綺麗な縫い取りを施す）」（序志篇）という薄っぺらな文飾に凝る傾向に反對する個所が多い。凝った文飾に反對しておれば、修飾や潤色の作用を大げさに取り上げるはずは無く、修飾や潤色を僅かに形式を整える一種の手段と見做すに過ぎないはずであろう。このような意味で、もし内容自體が「庸事」(平凡な事柄)であるならば、少しばかり形式的に修飾や潤色を施しても、そこに「新意」(新鮮な發想)を芽生えさせる事はできないだろう。もし、内容自身に「巧義」(優れた趣向)が含まれているのであれば、艶やかで美しい言葉によって素朴な「拙辭」(月並みな描寫)に取り變える必要も無い。詰るところ、「平凡な事柄」でも「新鮮な發想」を芽生えさせ、「月並みな描寫」でも「すぐれた趣向」を含むというのは、修飾や潤色のもたらす効果を利用する事ではなく、想像力の働きが引き起こす作用によってでなければならないのである。劉勰がここに提示した「布を麻に視ぶるに、未だ貴からずと云うと雖も、杼軸には巧を獻じて、煥然として乃ち珍なり」とは、この點に焦點を合わせた發言なのだ。

考えるに、「杼軸」という一語で文學の想像力の活動を表そうとしたのは、そもそも陸機に始まる。その「文賦」に「予が懷に杼軸すと雖も、他人の我に先んぜんことをおそる(文章は自分の胸の内から織り上げるものだけれども、他人が既に同じ事を言っていないかどうか氣掛かりなものだ)」とあるのが、劉勰の基づくところだ。「文賦」では、「杼軸」の語は詩文の構想を立ててそれを組織化するという意味を持ち、作者の構想活動を指して言う。しかし、陸機が「予が懷に杼軸すと雖も、他人の我に先んぜんことをおそる」と述べる場合は、その重點を想像力の獨創性の面に置いており、これに對して劉勰が「布を麻に視ぶるに、未だ貴からずと云うと雖も、杼軸には巧を獻じて、煥然として乃ち珍なり」と述べる場合は、その重點を想像力と現實との關係の面に置いているのである。

ここでは、劉勰は誠に味わいのある比喩を提示している。つまり「布」と「麻」との關係を用いて想像力と現實との關係を明示しているところだ。(清の趙翼の『陔餘叢考』では、「昔はまだ綿布がなく、凡そ布といえば總て麻で織ったものだった。『禮記』禮運篇に『その麻絲をうまく處理して、布帛を作る』と言うのがそれである」と言う。(6) 南朝時代には既に綿布はあったが、「麻」「布」の二字はなお混用される事が多く、例えば、當時の書家の多くが布紙の事を麻紙と言っていたのは、ここで言う「布」が實際には「麻布」を指していたからに他ならない。『文心雕龍』正緯篇で「絲麻雜らずして、布帛乃ち成る（絹絲と麻絲が混亂せず織り合わされてこそ、麻布や絹布が出來上がる）」と述べ、やはり麻布や絹布が絹絲や麻絲に據って織られて出來上がる事を言うのも、更に佐證とする事が出來る。）劉勰の見方によれば、「布」は「麻」が紡がれて出來る物であって、兩者は素材が變わるわけではなく、纖維の組織も同じ物であり、この點から見ると、「布」は決して「麻」よりも價値があるわけではない。しかし、「麻」が紡績されて織り上げられた「麻布」は、「煥然として乃ち珍」なる完成品に變わってしまったのである。とはいえ、「麻」がなければ「麻布」も織り出せない。このように、現實の素材が無ければ、想像力の働く據り所を失ってしまうのだ。この點から言えば、想像力と現實との關係は、正に「布の麻における」關係と同樣なのである。

劉勰の述べる「布を麻に視ぶるに、未だ貴からずと云うと雖も、杼軸には巧を獻じて、煥然として乃ち珍なり」の語の意味が一旦わかってしまえば、彼がその上文に述べた「拙辭或いは巧義を孕み、庸事或いは新意を萌す」という表現も、すらすらと理解できる。この辭句は、正に作家の想像力の運用に對應して言った表現なのだ。見たところ何の美しさも無い「拙辭」に深い意味のある「巧義」を内在させるには、如何にすればよいか。誰もが熟知している「庸辭」に、誰もが初めて出會うような「新意」を生み出させるには、如何にすればよいのか。作家は決して見た目に素朴な「拙辭」を、美しく巧みな言葉に變える必要は無いし、誰もが熟知している「庸事」を、初めて聞く不思議な話に變えてしまう必要もない。作家が作品の中で描くものは、やはり日常生活によく用いられる「拙辭」（例えば陸機の「文賦」が言う「榛や楛のような雜木でも伐りとらない」とか、鍾嶸の『詩品』上品（阮籍）に言う「言葉はよく見聞き出來るものを使って」などは、一般的で平凡な言葉の使用を指す）であり、やはり日常生活の中でよく見かける「庸事」（例えば劉勰の言う「舊を以て機に合する（過去の著述からの借用が機微をつく）」とか、「言は庸なれども隘なし（言葉は平凡でも滯る事はない[7]」など）である。作家は、ひたすら想像力の作用によって、その中に人々から顧みられなかった「巧義」を提示し、誰も見た事がない「新意」を提示するだけである。この點に關して、その後、金聖嘆もまた同様な視點を示している。金聖嘆の言う「人々が心に持っているものだが、書かれた事は誰も氣付かなかったもの」という語は、創作活動における想像力の働きが、よく知られている事物の中から、他人がこれまで理解していなかった意味内容を提示しなければならない事を説明したのである。[8]「人々が心に持っているもの」とは、誰もが熟知している「庸事」と「拙辭」の事であり、「書かれたことは誰も氣付かなかったもの」とは、これまで誰もが顧みなかった事、あるいは理解できていなかった「新意」と「巧義」を指しているのだ。作家が自分の想像力の働きを用いて、一旦「庸事」から「新意」を提示し、「拙辭」から「巧義」を引き出し、「人々が心に持っているもので、書かれた事は誰も氣付かなかった」文藝作品を生み出せば、恰も「麻」が「杼軸には巧を獻じて」後に、「煥然として乃ち珍」なる「布」が生み出されるように、人々の耳目をすっかり新しくしてしまうのである。

注

（1）「神思」及び「杼軸」、「神思」とは、所謂心の不思議な力・神妙な思惟の力を言い、「想像力の働き」「靈妙なる精神の働き」「文學的想像力」等と譯される。「杼軸」は布を織る時の道具。「杼」は横絲を通す道具、「軸」は縦絲を捲く道具の事。詩文の構想に譬える。「杼軸獻功」とは、詩文の構想に力を注ぐこと。神思篇に見える表現。

（2）「言は盡くることあれど意は窮まることなし」、『易經』繫辭上傳に「書は言を盡くさず、言は意を盡くさず（文章は言いたいことを述べ盡くし得ないし、言語は心に思う事を言い盡くし得ないものだ）」と。

（3）「手もて五弦を揮い、目もて飛鴻を送る」、三國魏の嵆康「秀才の軍に入るに贈る」詩（第四首）に「目もて歸鴻を贈り、手もて五弦を揮う」と。

（4）中山公子牟の言葉、『莊子』讓王篇の話。中山公子牟が瞻子に、體は江海のほとりに在っても、心は宮廷の事が思い出されてならない、どうすればよいだろうか、と尋ねると、瞻子は、生命を重んぜよ、そうすれば名利を輕く見るようになる、と應えたところ。

（5）本書第四章第一節「釋物色篇心物交融説釋義」參照。

（6）清の趙翼、趙翼（一七二七―一八一四）。乾隆二十六年の進士。清代前期の有名な史學者で二十二史に考證を加えた『二十二史箚記』三十六巻や『陔餘叢考』四十三巻が有名。

（7）「言は庸なれども隘なし」、この部分、唐の寫本は「言は曠くして隘なし（言葉は無限であって阻むものはない）」と作り、多くの注釋書は唐寫本に從っている。

（8）金聖嘆、金人瑞（一六〇八―六一）、字は聖嘆、明末清初の文藝批評家。

〔附錄一〕「志氣」と「辭令」が想像力の中で果たす役割

劉勰は神思篇の中で、想像力の働きの性格に關して、先述したものとは別の一論點を擧げている。つまり彼が述べる「神は胸臆に居るも、志氣は其の關鍵を統べ、物は事物に沿うも、辭令はその樞機を管す。樞機方に通ずれば、則ち物は貌を隱すこと無く、關鍵將に塞がらんとすれば、神は心を遯ること有り（精神は胸臆に住んでいるけれども、意志がその關鍵を握っており、外的な事象は官能に觸れて見えたり聞こえたりするものだけれども、言語がその樞機を掌っている。言語という樞機がきちんとその機能を全うすれば、外的事象は殘るくまなく映し出されるし、意志という關鍵が役目を果たさなくなると、精神は胸中に逼塞してしまうわけだ）」というものだ。劉勰はここで「志氣」

を想像力の働きを導く「關鍵」とし、「辭令」を想像力の働きを支配する「樞機」とするが、このような視點は同様に十分注意に値する。以下これについて述べて、前文の足りなかった所を補う事にしたい。

まず、「志氣は其の關鍵を統ぶ」という問題から述べよう。「志氣」とは、ここでは廣く情志や氣質を指す。つまり、想像力の働きの性質について言えば、それは思想や感情の導きを受けるものだ。思想や感情は想像の働きを鼓舞するばかりではなく、その上に想像活動の原動力ともなるものだ。幾つか例を擧げれば、疑心暗疑でつまらぬ事に驚く事を喩える「杯弓蛇影（杯に浮かぶ弓の影を蛇の影かと疑って氣分が悪くなる）」という故事成語は、想像力の働きと思想や感情とが緊密に結びついた最も良い例である。[1] 非常に恐ろしくまた張り詰めた狀況の下にあったればこそ、初めてこの杯に寫った弓の影が蛇の影となるという想像力の働きが生まれたのだ。陸機の「文賦」では「心が樂しい事に及べば文章も必ず一緒に笑い出し、哀しい事を語る時には文章もとっくにため息をついている」と言うが、これは既に陸機の頃この點に氣付き始めていた事を物語る。（劉勰は夸飾篇で陸機の言葉を更に展開させて言う、「歡を談ずれば則ち字は笑いと竝び、戚を論ずれば則ち聲は泣《なみだ》と共に偕《とも》にす（歡びを描いては文字も一緒に笑い出し、悲しみを述べては音聲も共に涙を流す）」と。） 全ての想像力の働きは、みな作家の持つ一定の思想や情感が誘導し、鼓舞するものなのである。思想や感情の誘導を離れると、作家の想像力の働きは劉勰の所謂「關鍵（意志）將に塞がらんとすれば、則ち神は心を遯ること有り」という狀態に變わってしまうものなのだ。神思篇の贊に、「神は象を用《もっ》て通じ、情は孕むところに變ず（想像は現象と交錯し、心情は脹みつつ變貌する）」と言うのも、同じ原理を述べている。「神」とは「神思」に他ならず、想像力の活動を指す。「象」とは卽ち「意象」の事で、藝術的境地或いは形象に相當する。「情」とは卽ち「情志」の事で、思想や感情を表示する。總じて言えば、この語句の意味は想像力の運用が、藝術的境地や形象を構成せしめ（「通ず」には達成する・貫徹するの意味がある）、そしてこのような境地や形象を構成する想像力の活動が、また思想や感情の變化によって生み出される事を明らかにしたのである。この語句と先述した説話を考え合わせれば、劉勰が「志氣は其の關鍵を統ぶ」と言った意味を一層明快に見て取る事ができる。

更に、ここで意見を一つ補充しておきたい。一方では思想や感情が想像力の働きを鼓舞し誘導しながら、他の一方で想像力の働きは思想や感情の内容を深くし強くする事ができる。このような情況は文藝鑑賞の方面で最も顯著である。一篇の作品の思想内容は、我々に感銘を與え、我々が共鳴すればするほど、我々の想像力を刺激し、我々の想像力をかき立てる。これに反して、我々が自分の想像力を使って作品を體驗し、補充すればするだけ、深く強くその思想内容を理解する事ができるのである。

次に、「辭令は其の樞機を管す」という問題について述べよう。「辭令」とは言語や言辭を指す。想像力の働きは言語を媒介としたり手段とする。裸のままの思想などは無く、各種の思考活動は皆言語に據って進められるものだ。我々が頭の中で形成する「物」の表象は「言語」と密接に繫がっているのである。「これは綠の葉です」、「あれは燃えている炭です」……これら一切の「物」の表象は、共に言辭を媒介として始めて作り上げられるものなのだ。正確な言辭を使ってこそ始めて正確に事物の姿を反映させる事ができる。よって、劉勰が言う「樞機方に通ずれば、則ち物は貌を隱すこと無し」という見方も、誠に合理的なのである。

さらに附帶説明をしておきたい。神思篇では、更に「其の翰（筆）を搦《と》るに當たって、氣は辭の前に倍するも、篇の成るに曁んで、半ば心の始めを折る（筆を執り言葉を選ぼうとする時、その意氣たるや眞に盛んであるが、いざ作品を書き上げてみると、始めに企圖した事の半分も表現できていない）」と言ってもいる。范文瀾の『文心雕龍注』では、これは「言語は考える事を完全には表現できない」、或いは「文章と考えの間には避けがたい落差がある」ことを説明したものだと考える。もし本當にその通りなら、この言辭は上文の「樞機方に通ずれば、則ち物は貌を隱すこと無し」という文と明らかな矛盾を起こしてしまう。確かに、文學の創作に在っては常に構想時には、「氣は辭の前に倍す」る意氣盛んな狀態となるが、書き始めてみると「半ば心の始めを折る」といった挫折現象が出現しがちであるが、しかし、これは構想自體の問題が引き起こすものか、或いは表現傳達の面での問題が引き起こすものである。我々はその理由を「言語は考える事を完全には表現できない」という所に歸着させるわけにはいかない。もし、ある作家の構想自體が不明確なものであれば、たとえ彼自身が如何に新鮮な感動を人に與えようと思っても、自分でもまだ徹底的に明確化していない考えを紙上に書きつけるときには、すぐさま至るところで思い通りにならず、恰もへし折られたような挫折感に落ち込むだろう。一方、ある作家が、たとえ自分の構想の中の考えを的確明白に理解し、この考えを言辭で自分だけには表現できたとしても、しかし、一旦紙上に書き付ければ、やはり不滿な現象が發生する可能性がある。これは一體どうしてなのだろう。我々は次の區別を明確に見分けなければなるまい。つまり、自分にはっきり理解できる思想表現と、他人にもはっきり理解させられる思想表現とは別の事なのである。心理學者は前者を「對內的言語に據る言語表現」と言い、後者を「對外的言語に據る言語表現」と呼んでいる。もし作家が、自分にだけ理解できる「對內的言語に據る言語表現」を、「對外的言語に據る言語表現」に移し變えて、他の人にも同樣に理解させることに長じていなければ、彼が一旦その考えを紙上に書き附けたとき、やはりまるでへし折られたかのような挫折感を覺えるだろう。前者の曖昧な對內的表現情況は構想自體の問題であり、後者の明確な對外的表現情況は表現傳達の問題である。兩者は共に「言語は自分の考えを完全には表現できない」という議論を證明するほどのものでは無いのである。

注

（1）この成語は漢の應劭の『風俗通義』怪神第九（世間に多く怪を見て驚怖して以て自ら傷む者有り）にある次のような説話に基づく、汲縣の長官の應郴の所に文書係の杜宣が挨拶に來ると、酒を賜った。見ると酒に蛇が映っているが、飲まないわけにはゆかなかった。かくて、その日より内臓が痛み出し、食事も喉に通らず、あの手この手を盡くしても治らない。しばらくして郴が用事で杜宣の家を訪ね、その病氣の原因を尋ねると、蛇が腹の中にいるという。郴が家に戻って部屋を見廻すと、壁に弓が掛けてあるを見た。そこで、彼はこれに違いないと考え、杜宣を手押し車に乘せて呼び出し、もとのように酒宴を開くとやはり杯の中に蛇が映っていた。そこで郴が、「これは壁に掛けた弓の影だ、物の怪ではない」と教えると、たちまち杜宣の病は治った。なお、『晉書』樂廣傳にも同様の話がある。

〔附錄二〕　玄學に於ける「言語は意思を表現し盡くし得るか否か」の議論について

言語が意思を表現できるかどうか、これは魏晉以來の重要な名・理（事物の名稱と條理との是非・同異を辨析した哲學論）の問題であり、當時の玄學家が「三理」と呼んでいたものの一つである。『世說新語』文學篇には、「舊說に言う、王丞相（王導）は江南に渡ってきてから後に話題にしたのは、ただ『聲に哀樂無し』『生を養う』『言は意を盡くす』の三理（三種の哲學論）だけだった」と記されている。[1] ここで言う「言盡意（言は意を盡くす）」とは、言語が意思を表現できるや否やという問題についての當時の議論を指す。この問題は、もともと『易』繫辭上傳にある「聖人は八卦の象（記號）を立てて意を盡くし、更に卦・爻の辭を附して言うべき言葉を盡くした」という語句に對する異なる解釋によって引き起こされたものだ。その素性から言えば、本來は文學の領域には屬さず、當時の玄學の本體論の領域に關係するものである。しかしながら、劉勰が神思篇に提出する幾つかの主張（例えば「物は耳目に沿うも、辭令はその樞機を管す。樞機方に通ずれば、則ち物は貌を隱すこと無し（外的事象は官能に觸れて見えたり聞こえたりするものだけれども、言語がその樞機を掌っている。言語という樞機がきちんとその機能を全うすれば、外的事象は殘るくまなく映し出される）」とか、「其の翰（筆）を搦《と》るに當たって、氣は辭の前に倍するも、篇の成るに曁んで、半ば心の始めを折る（筆を執り言葉を選ぼうとする時、その意氣たるや眞に盛んであるが、いざ作品を書き上げてみると、始めに企圖した事の半分も表現できていない）」とか、「意は思に授かり、言は意に授かる。密なれば則ち際なく、疏なれば則ち千里（構想は思考から生まれ、言語はまた構想から生まれるわけで、三者の接觸が密であれば相互の關係は天衣の如く無縫だが、反對に疏であれば三者の關係には千里もの隔たりが生ずる）」等々の言い方）は、しばしば當時の玄學における言語と意思の關係をめぐる議論を想起させ、その結果それらと結びつけて、一様に取り扱いがちなので、念のためにここでは簡略な説明をしておきたい。

魏晉以來、名と理との關係を研究する學者は、西晉の歐陽建（?—三〇〇）が主張する「名稱は事物に從っていろいろと付けられ、言辭はその内容條理によっていろいろ千變萬化する。これはさながら聲が發せられれば響きがこれに應じ、形があれば影がこれに付隨するようなもので、二つに切り離せないものだ」と述べる「言は意を盡くすの論」[2]（『世説新語』では、東晉の王茂弘もまた嘗てこれを論じたと言う）を除くと、その他の玄學者は概ねみな「無を體とす」という唯心主義の世界觀から出發し、儒家を道家に合わせた論法を利用して、儒學經典に牽強附會な解釋（梁の皇侃『論語義疏』に、王弼が「根本を修得して言語を廢棄する」の趣意を以て、『論語』の「子曰く、予は言うこと無からんと欲す」の語に附會した例を引くのが、最も明らかである）[3]を加えて、簡便に所謂「性は天道に與《く》みする」という玄學理論を擔ぎ出して本末體用の論を處理したために、ほとんど例外なく「言は意を盡くさざるの論」一派に屬した。なぜならば、言語が意思を盡くさないのは、まさに「無」を根本とし「有」を末梢とする玄學の原則に基づいて擴大解釋された必然的結論だからだ。以下、幾つかの代表的な例を擧げる事ができる。

『三國志』魏書の荀彧傳注に引く何劭の『荀粲傳』に言う：「荀粲の諸兄は揃って儒家の學説を基に議論したが、荀粲だけは好んで道家の説を唱え、子貢は『夫子が人間の本性と天道に關して言われる事は、とても聞く事ができない』と言っている（『論語』公冶長篇）。もしそうならば、六經が存在していても、當然それは聖人のつまらない戯言に過ぎない事になる、と常に主張していた。荀粲の兄の荀俣（『百納本』に據る）が批判して、『易の繫辭上傳にも、孔子の言葉として、聖人は八卦の象を立てて言葉では傳え得ない深意を表現し盡くし、卦爻の説明の辭に關連させて言わんとすべき事を述べ盡くしたと言っている。だとすれば、どうして聖人の奥深い言葉を聞く事ができないはずがあろうか』と言うと、荀粲は、『思うに、奥深い道理というものは、事物によって表わし切れるものではありません。今、八卦の象を立てて言葉では傳え得ない深意を表現し盡くした、と言われましたが、この易の言葉は深意の外にまで適用できる言葉ではありません。また卦爻の説明の辭に關連させて言わんとすべき事を述べ盡くした、と言われましたが、この易の言葉は關連する事柄以外のものにまで言及した言葉ではありません。これに據れば、八卦の象の外にある意味、卦爻に關連する事柄以外の言葉は、當然深奥に隱れて表われない事になります』と答えた」。ここで、荀粲は人の本性や天道の學の「微理」が、奥深くて表面にでない「象外の意」であり、「繫辭以外の言」であり、從って、名稱や言葉では明示しようがない事を説明しようと企圖したのである（考えるに、荀氏には『易』學の研究者がかなり多いが、みな舊來の學問を中心とし、漢儒に基づく。例えば荀爽・荀顗・荀崧・荀融等は皆そうである。ところが荀粲は玄學に基づき、ひとり新しい解釋を標榜した）。この言語は意思を盡くさない、という主張は極めて明快であって、當時の名士たちは、例えば歐陽建が言うように「通達した才人識者たちは、皆その通りだと考えた」のであった。玄學を代表する人物の王弼（二二六－四九）も同様の見解を提示しているが、しかし彼の場合は比較的に婉曲な論法を取っていた。王弼は『周易略例』明象篇の中で、『易』の象（符號）とそこに付けられた辭（説明）について以下の如く述べる。「聖人がそこで言わんとする意思は易の卦象で盡くされており、卦象の意味は説明の言語で明らかにされている。よって言語は卦象の意味を明らかにする手段であって、卦象が分かればその言語を忘れるし、また卦象はその意味を内在させる手段であって、意味が分かれば象を忘れるものだ。それは例えば罠はウサギを捕まえる手段だが、ウサギを手に入れた後は罠はどうでもよくなり、また梁は魚を捕まえる手段だが、魚を捕まえた後は梁はどうでもよくなるようなものだ。だとすれば、言語とは易の卦象を捕まえる罠であり、卦象とはその意味を捕まえる梁である。それゆえ、言語がまだ殘っているようでは、その卦象を理解した事にはならず、また卦象が殘っているようでは、その意味を捕まえた事にはならないのである。易の卦象は聖人の言わんとする意思を説明するために生まれたのに、その卦象を忘れないで殘しているようでは、殘している卦象は本當の卦象ではない。また易の言辭は卦象を説明するために生まれたのに、その言辭を忘れないで殘しているようでは、殘している言辭は却って本當の言辭ではないのだ」と。王弼の考え方からすれば、言辭・卦象・意思の三者は關連があり、また區別がある。言辭は卦象より生まれ、卦象は意思より生まれる。よって言辭から卦象が考察でき、卦象から意思が考察できるのだ。しかし、これはただ問題の一面にしか過ぎず、他の一面で、王弼は、言辭が卦象に對し、或いは卦象が意思に對して、ただ認識上の便宜のために設定された「象徵文字」式の符號（つまり所謂「重卦」）に過ぎないのであって、眞實の反映ではないと考え、そのために、結局「卦象が殘れば殘った卦象は本當の卦象ではなく、また卦象を解説する言辭が殘れば殘った言辭はその本當の言辭ではない」という辯解を作り出す事になるのである。實質的にこれは荀粲の「言語は意思を表現し盡くさない」の論と異なるものではない（ある人は、王弼の説を「言は意を盡くす」論と「言は意を盡くさざる」論との兩派の間に「介在するもの」と考えているが、決して正説ではない）。王弼の「言語に寄せて意思を出す」説の内容と何晏の「無名論」は、かなりよく似ており、當時に在って極めて大きな影響を遺している。魏晉の玄學者たちは大抵みなこの學説に興した。郭象は『莊子』に注して「その最終的な歸結點を求めて、その附屬的なものは捨てる」と言い、支遁が『莊子』逍遙遊篇を解説して「莊子は大道について意見を述べ、その趣旨を鳳凰と鶉《うずら》に託した」と言っているのは、みな王弼の説を繼承した痕跡がはっきりと見て取れる。また別の系統の玄學家の嵇康は、『聲に哀樂無きの論』を著して、「和音には形象が無い」と明言し、また「聖人が鑑識するには、言語を借らない」と言っているが、これも「內容さえ理解すれば、それを傳えた言語はもはや不要だ」という趣旨と軌を同じくするものである。

このような玄學の氣風は當然ながら佛教學の方にも波及する。『高僧傳』の記述に據れば、晉の釋僧肇は『涅槃無明論』を著して、「そもそも涅槃の道というものは、寂寞として廣大無邊、形象や名稱で捉えられるものではなく、情意で理解できるものではない。……よって、釋迦はマガダ國で部屋に閉じ籠り、維摩はヴァイシャリーで口を閉ざし、須菩提は『説くこと無し』を唱えて佛道を明らかにし、帝釋天と梵天は聽く事を止めて空から花を降らせた。これはみな眞理が神妙なものであるがゆえに、口を閉ざさねばならなかったのだ。それが判っていないのではない、判っていてもはっきり分析して述べられないだけなのだ。經典には『眞の解脱は言葉や數理とは無緣だ』とあるではないか」と述べる。(4) 劉宋の釋竺道生は王弘らが眞理の道を質問した時に、王弼の論法を直接踏襲して、「そもそも（易の）卦象は內容を盡くすもの、內容が分かれば卦象は忘れられる。言語の説明は眞理を正しく傳えるもの、眞理が傳われば言語の役割は終わる。もし、魚を捕らえて筌の事を忘れるようであれば、始めて道について語る事ができよう」と言っている。(5) 暫くして後、梁の釋惠皎も『高僧傳』義解論の中で、「そもそも究極の眞理はそれを説明する言葉は無く、その玄妙なる趣意は奧深くて靜寂なものだ。奧深くて靜寂であるから心の變動はその活動の場を失い、言う言葉が無いので言語表現はその發表の道が無い。言語表現がその道を失った時は、勝手な説明を付けてもその本當の內容を傷つけてしまうし、また心の變動が斷絶した時は、勝手な考えを巡らしてもその眞理を失ってしまう。だからこそ維摩詰は方丈で口を閉ざし、釋迦は沙羅雙樹の影で沈默したのであり、道理の奥深さ靜寂さを知ろうとしたので、言語を用いなかったのである。しかし、とりとめもない夢うつつの世界は、眞理から特に隔絶しているし、ごそごそと蠢く凡愚の輩は、教え導く以外にどうやって悟らせる事ができよう。よって、聖人は靈妙なる精神によって人々に對應し、深遠さ靜寂さを身に付けて精神を悟らせ、奥深い言葉を借りて道理を導き、形象を使って眞理を傳えようとしたのである。故に、老子に『武器というものは不吉な道具で、仕方なくこれを用いる』と言い、同様に、言語は不正確なもので、已むを得ずこれを用いるのだ。だから、釋尊は初めて鹿野苑で四諦を說いてより、最後に鶴林で三點を示して大團圓とするまで、その閒八億を越えて數え切れないほどの布教傳導の言葉を發したのだ。それは象の背中にも負い切れず、龍宮にも收め切れないほどであった。罠を利用してウサギを手に入れ、指を借りて月の所在を知ろうとした場合、すでに月を知ったら指はもう不要、ウサギを得たら罠もいらなくなるものだ。經典に『道理に依存して說明の言葉には依存しない』とあるが、それはこの事なのだ」と言う。

以上述べた各種の論說は、明らかに大量の玄學用語を採擇して佛經の教義に注釋を加えている。僧肇の「道は形象や名前で得られるものではない」とか、竺道生の「形象にこだわって眞理が分からなくなる」・「言外に物事の奥底を悟る」とか、惠皎の「言語とは眞實を表現しないもの」等は、みな言語と思想との閒には避けられないずれが存在すると考えたものである。彼らは共に玄學家がしばしば援用する「魚を獲れば梁を忘れ、ウサギを捕まえれば罠を忘れる」という『莊子』の典故を好んで用い、それによって所謂「眞理は精神が掌るもの」という神祕思想を宣揚しているが、それは、道を重んじてその手段は忘れ去るという玄學の見解と同じ思考から出ていると言ってよい。これは、當時玄學と佛學が合流して、兩者が方向を同じくする情況の下では、決して不思議な事ではない。もちろん玄學家であれ佛學家であれ、彼らは共に「無を本體とする」思想から出發し、無爲あるいは空無を絶對的な本體として、この無爲或いは空無を宇宙萬有の上に放り上げたのである。形象や名稱はもともと「有」である以上、當然「不眞の物（眞實を表現しないもの）」であり、從って寂寞として廣大無邊、しかも神祕的で奥底の知れない「道」や「眞理」を反映する事はなかなかできないのである。

これが劉勰以前（または同時代）の玄學家に據る言語と思想との關係に對する概ねの見方である。當然ながら、劉勰は前人が遺した思想的資料から完全には離れる事ができていない。しかしながら、彼はこれらの思想的資料が提供する形式をただ利用しただけで、その中には彼らとは違った内容を注入している。劉勰の所謂「物は耳目に沿うも、辭令はその樞機を管す。樞機方に通ずれば、則ち物は貌を隱すこと無し」という言辭は、言語と思想との關係問題に對する彼の根本的な觀點である。彼は具體的な作品を分析する時、やはり同樣にこのような主張を貫いている。物色篇では『詩經』の詩句について「皎日・彗星は、一言もて理を窮め、參差・沃若は、兩字もて形を窮む（「皎《しろ》」いお日樣、「彗《ちいさ》」な星といった表現が、たった一言で本質を窮め盡しているなら、「參差《とりどり》」「沃若《つややか》」などの措辭は、二字で物象の形態を完全に捉えている）」と稱贊して、言語や文字がその本質や形態を表現し盡す事ができるものだと明確に説いている。この他、夸飾篇でも「歡を談ずれば則ち字は笑いと竝び、感を論ずれば則ち聲は泣《なみだ》と共に偕《とも》にす（歡びを描いては文字も一緒に笑い出し、悲しみを述べては音聲も共に涙を流す）」と論述して、明らかに當時の三種の玄學理論「三理」の一つとしての「聲に哀樂無きの論」（嵆康）と鮮明な對照をなしている。「言語は意思を述べ盡くす」という觀點から出發すれば、必然的に文學藝術の内容と形式との統一を認める事になる。また「言語は意思を述べ盡くさない」という觀點から出發すれば、必然的に文學藝術の内容と形式は、「途を殊にし軌を異にして、互いに關係しない」という結論になる。例えば、嵆康の「聲に哀樂無きの論」では、「……そうだとすれば、心と聲との關係は、明らかに別々の二物なのであり、明らかに別々の二物であるならば、情感を求めようとしても情感は形貌から見て取る由もなく、また心情を推し量ろうとしても心情は聲音からは聞き取れる術もないのである」と言う。劉勰が示した上述の見解と玄學家の「言語は意思を述べ盡くさない」の論とは、明らかに別物である。たとえ迹語の面で、彼が「思」「意」「言」の三語を用いても、それは王弼の玄學的な意味を含んだ「意」「象」「言」の三語の意味とはそれぞれ異なるのであって、混同してはならないのである。

注

（1）『世説新語』、劉宋の劉義慶（四〇三―四四）の編になる漢末六朝の知識人の逸事集。
（2）「言は意を盡くすの論」、現在、『藝文類從』巻十九及び『世説新語』文學篇注に引用されて殘存する。
（3）『論語義疏』、南朝梁の皇侃が、魏の何晏の注に更に注釋を加えたもの。夙に南宋時代に滅びたが、清の乾隆年間、改めて日本から逆移入される。
（4）『高僧傳』、梁の釋慧皎撰。この話は巻六の僧肇の傳に見える。
（5）王弘が尋ねた話は未詳。ただし『高僧傳』議解の竺道生の傳記の部分に同様の記事があり、それは竺道生の悟りの由來を説くところの言葉である。

〔附錄三〕　劉勰の虛靜說

魏晉以來の文學理論家が文學の構想問題を論じる時、多くは虛靜說を重んずる。既に晉の陸機の「文賦」には「收視反聽、耽思傍訊（視覺・聽覺を内に集中し、ひたすらに思索を深め遍く問題を追究する）」とか、「澄心を磬くして以て思いを凝らす（心を靜かに落ち着けて思索を凝らす）」等々の發言がある。劉勰の神思篇では、更に一歩を進めて「文思を陶鈞するに、貴は虛靜にあり（文章の構想を練るに際して、必要とされるのは靜謐の境地である）」と明言している。

これまでの注釋家は、しばしば神思篇の虛靜説と道家の思想を一付に結び付けた。黃侃の『文心雕龍札記』では、『莊子』人閒世篇の「唯だ道は虛に集まる」及び『老子』第十一章の「車輪の三十の輻（矢）は一つの轂《こしき》に集まる。そこには何もないが、車には必要な部分となる」を引用して、「文章の構想を練るに際して、必要とされるのは靜謐の境地である」という一語を説明している。

實質的な面から見れば、老莊の虛靜説は完全に虛無・超俗の消極的思想を内容とする。老子の場合、虛靜とは、「無爲であれば自ずから敎化し、淸靜であれば自ずから正しくなる」こと（第五十七章）を意味している。『莊子』の場合、虛靜とは、「意志の錯亂を解決し、心の束縛を解放し、德の煩累を除き、道の障碍を取り去る」こと（庚桑楚篇）を意味している。兩者共に、虛靜とは、聰明さを絶ち知惠を捨て、無知・無欲の混沌とした境地として理解しており、共にこのような境地を生命養育の最高の目標であると考えている。老莊のこのような虛靜説は、後世の論者に對して確かにある程度の影響を與えている。例えば、前漢に編纂された『淮南子』精神訓には、「もし耳目が冴えわたり、深く透徹して迷い惑わず、心氣が虛しく淡々として嗜欲を忘れ、五臟が安らかで充實して下痢もせず、精神が自分の形骸を守って、外部へ散らぬ時は、過去の更に以前を眺め來世の更に以後を察する事さえ、いともたやすくできるものであって、ただに禍福を見分けるだけに止まらない」と言っている。魏晉以來、玄學も佛學も共に取り入れた學者もまたその多くが老莊の虛靜説を採用した。梁の武帝は「淨業の賦」において「もし動であれば心が汚れ、もし靜であれば心が清淨になる」と述べている。武帝は、目は事物に從って變易し、眼は事物と共に轉移し、六塵（色・聲・香・味・觸・法）は共に善の道に障害をもたらし、人を苦海に沈めて、いつまでも悟ることはできないものだ、と考えた。もしこのような煩累を捨て去ろうとするならば、「淨業の賦」に言う通り「外は目に映る外物を捨て、內は心中の垢塵（雜念）を取り除いて、與えもせず取りもせず、喜びもせず怒りもしない」ようにするしかない。明らかに、このような論法はいずれも、老莊の虛を主として、實から虛に歸る理論を明示するものである。しかしながら劉勰の虛靜說は意外にもこれとは全く異なっており、彼は虛靜說を詩文の構想を練る積極的な手段として見做し、これを構想の以前に必要な準備であると考えて、そして、これによって思想や感情を一層充實させ活氣づけようとしたのである。養氣篇の贊の中で「水は停りて以て鑑とし、火は靜にして明らかなり（水は動かぬ時に鏡となり、火は搖らめかぬ時に輝きを增す）」と言うが、これが正に虛靜說に對する劉勰自らの注釋となっている。水の流れは停止してこそ始めてはっきりと物の形が映り、火は搖れなくなってこそ始めて明るく物の姿を照らすのだ。よって、水が流れを止めるのも火が動きを止めるのも、共に高い見識を達成する積極的な目的を出發點にするものである。これは、前人の所謂「明鏡はたびたび事物を映しても疲れない」という道理そのままである。(1)このようなわけだから、劉勰の虛靜說は老莊の虛靜說と正に鮮明な對照をなすものなのである。老莊の虛靜說では、素朴に戻り眞實に歸る事を最終の目的地とし、それを虛靜の終點と考える。ところが、劉勰の場合、虛靜は想像力を呼び起こすための事前の準備と見做し、それを起點だとしているのである。老莊が虛靜を提唱する目的は、無知無欲で混混沌沌たる虛無の世界に到達するためであった。しかるに劉勰が虛靜を提唱した目的は、反對に虛靜を通り越して、虛靜とは相反する思想活動、感情の輝き溢れる境地に到達するためである。前者は消極的で、後者は積極的、兩者の區別は一目瞭然である。

先秦諸子で虛靜說を提唱したのは、道家ばかりではなかった。老莊以外にも、なお荀子がいる。荀子は解蔽篇の中で「虚・壹にして靜にす（心を虚と壹と靜の狀態にする）」という方法を提出して、それを心によって道を知る方法とした。荀子は「人は如何にして道を知るのか。心による。心は如何にして知るのか。虚心・專壹にして安靜にすることによる」と言うのだ。

「虚・壹にして靜にす」という一語は、最も早くは先秦諸子の宋鈃・尹文の著作に見えるが[2]、しかし荀子はそこに新しい意味を賦與している。解蔽篇で、「宋子は欲に蔽われて得るを知ることができなかった」と明言しているから、荀子の言う「虚・壹にして靜にす」の語が、荀子から偏見に蔽われていると見做された宋子・尹文の學を全く無批判に踏襲するはずがないことは明らかだ。宋子・尹文の學派が作り上げた主觀的思惟の認識過程は、所謂「心治の術（主觀的判斷による方法）」であった。彼らは、「意思だけに關心を向け、心情だけに關心を置く」という主觀的認識論を提出し、客觀的な外界の一定の現象をマスターする事に反對して、感覺や五官の感應活動を「自ら充ち自ら盈ち、自ら生じ自ら成る」（『管子』內業篇）という範圍に限定し、そこから「外物によって五官を亂さず、五官によって心を亂さず」（同上）という判斷內容を作り出したのである。たとえ『荀子』の解蔽篇が宋子・尹文の說の別方面への發展だと見做せても、しかし實際上、荀子は、宋鈃・尹文が「虚・壹にして靜にす」という用語を通して表示した「靜にして動を制し、靜にして心を養い、知を去り欲を去り、何も求めず何も藏さない」という消極的な目的を捨て去ってしまって、明らかに相反する基準を提出した。では荀子の言う「虚・壹にして靜にす」とは如何なる意味を持つだろうか。彼の言い方からすると、「虚」の反義語は臧である。臧とは、藏のことで、積んで蓄えておくという意味を持つ。「壹」の反義語は異である。異とは心と知恵を指すものだ。「靜」の反義語は動である。動とは心が自ら動き運行する事である。心の本性からすれば、その心は「臧」・「異」・「動」の特徴を持ったものである。つまり、心はしばしばたくさんの固定化された視點を蓄藏し、多くの複雜多様な要素を含有していて、しかもしばしば無意識に運行してしまうものでもある。もし、心で道を知ろうとするのであれば、臧（蓄積）から虚へ、異（別々）から壹へ、動から靜になる必要がある。心は固より「臧・異にして動く」特色を持つものであるが、しかしそれでも「虚・壹にして靜にす」の境地まで達することができない事もない。そのためには、まず、「自分の蓄積してきたものによって、これから受け入れたいものを妨害しないようにする」ことであり、これはつまり、自己の心の中にこれまで蓄積してきた固定的な見方によって、これから受容しようとするものを損なわない、と言うことだ。これをこそ「虚」と呼ぶのだ。その次は「あちらの一事を以て、こちらの一事を損なわない」こと。これはつまり、あちらの道理で以てこちらの道理を損なってはならないということ。或いは更に的確に言うならば、一面的な觀點によって全面的な觀察を損なうような、と言うことである。解蔽篇で擧げている「墨子は實用ばかりに惑わされて、文化的な面を理解していない」・「莊子は無爲自然の道に惑わされて、人の世界を理解していない」という發言などは、荀子の述べる「一隅だけに惑わされた」一面的な觀點の例證である。もしこのような一面的な觀點を克服して、一元論の立場から複雜多樣な萬物を統一的に觀察できるならば、これがつまり「壹」と呼ぶものなのだ。最後は「夢想によって知恵を混亂させない」ことである。ここで言う夢とは、自主性に由らないで人が夢の中にいるように勝手に動く心の働きを指す。無秩序に湧き起こる一切の雜念や、潛在意識の心理活動は共に夢の領域に繰り入れてよいものだ。もしよくこのような現象を克服し、心を使役して、心に使役されず、考えを集中させるならば、これをこそ靜と言うのである。荀子は、「虚ならば則ち入り」――心が虚であれば、始めて全ての事象や道理を取り入れる事ができるし、「壹ならば則ち盡くし」――心が壹であれば、始めて全ての事象や道理を窮め盡くす事ができるし、「靜ならば則ち察す」――心が靜かであれば、始めて全ての事象や道理をはっきりと察知する事ができる、と考えていたのだった。以上が荀子の說く「虚・壹にして靜にす」の大體の內容である。

荀子の「虛・壹にして靜にす」の說もまた、思想が活動する前の準備手段として提出されたものであり、これは劉勰が虛靜說を詩文構想の前の準備手段としたのと同樣だ。荀況・孟軻の名聲は元々肩を竝べるものだったが、漢の文帝が『孟子』を學官に列し、『孟子』の學を持ち上げて、『荀子』の學を抑壓した時より、高低優劣が付くようになってしまった。劉勰は漢の末期以後に生まれており、諸子篇の中でもこの種の偏見の影響は全く受けていなかったので、舊來の如く荀子と孟子を列べて擧げて、「かの孟・荀の述ぶる所を硏むるに、理は懿にして辭は雅なり（かの孟子・荀子の述作は、整った理論を展開して表現は雅馴である）」と稱贊しているのである。この點からすると、劉勰は荀子の幾つかの思想を攝取したり、荀子の幾つかの影響を受けたりしていたのであり、これは槪ねあり得ない事ではないだろう(3)。

注

（1）明鏡はたびたび事物を映し續けても疲れない、『世說新語』言語篇に見える。東晉の袁喬が車胤の問いに答えて「なんぞかつて明鏡の屢しば照らすに疲れ、淸流の惠風に憚るを見んや」と言った言葉に基づく。

（2）宋鈃・尹文の著作：宋鈃・尹文は先秦諸子の中でしばしば同一思想家として引用される。ただし漢代に小說家として分類された『宋子』は傳わらず、名家として分類された『尹文子』が傳わるが、現在通行している本は漢魏の頃の僞作とされる。現在この學派の思想內容を傳えるものとして『管子』の心術上下・白心・內業篇があるとされ、『荀子』解蔽篇に所謂「虛・壹にして靜にす」の思想は、『管子』心術篇上下に述べられている。王元化氏の引用文はこれらの諸篇による。なお馮友蘭（一八九五―一九九〇）の視點では、宋鈃・尹文らの見解は、荀子の唯物主義に對して唯心主義であったとされるが、『管子』に見えるその說は、もともと彼らの學派のものであり、彼らの著作そのものに直接結び付くものではない、と言う（『三松堂文集』13、河南人民出版社、一九九四）。

（3）『文心雕龍』に荀子の影響がある事については、この他、臺灣の李曰剛氏（一九〇六－八五）の研究業績（『文心雕龍斠詮』）や、北京大學の張少康氏（一九三五－　）の論文（『文心雕龍新探』）等に、劉勰の文體（ジャンル）發生原理論が強い影響を受けた事を指摘している。

第三章　體性篇の才性說を釋す

――風格：作家の創作に於ける個性を巡って――

體性篇は中國で最も早く風格の問題を論述した專著である。篇名にある「體」とは文體（詩文の風格）を指し、「性」とは才性（作者獨自の才能と個性）を指す。篇末の贊には、「才性は區を異にし、文體は繁詭なり（作者の才能と個性は多樣であり、詩文の風格も樣々だ）」と言うが、つまりこの二句は、作家のそれぞれに異なる創作上の個性が、作品の風格の差異を生み出す事を說明したのである。

遙かに劉勰より以前、先秦時代の『尙書』皋陶謨では、もう既に人の本性とその行爲には九種の德（品格）があると論じて、「寬大にして謹嚴、柔和にして獨立、實直にして恭愼、治才あって敬虔、從順にして果毅、正直にして溫和、簡易にして廉直、剛健にして篤實、剛勇にして義を好む」と言う。この九種の德とは、人を選んで官職に就ける爲に提示されたものであった。ついで漢代の官僚の選出においては、まず選拔試驗があって、そこではその人物の優劣を鑑識し、勤務評定をして實審議したので、その結果として所謂「人物月旦」[1]が出現して、性情と行爲の兩面から人物の品評が行なわれた。更に魏晉になると、玄學の氣風が盛んになり、才性說が淸談の題目として一世を風靡した。劉宋時代に編集された『世說新語』文學篇には、魏の鍾會が「四本論」を撰した、と述べる。[2]そこに施した南朝梁の劉孝標の注に據れば、所謂「四本」とは、當時の論者が「才と性は同じだという說（傅嘏）」「才と性は異なるという說（李豐）」「才と性は離反するという說（王廣）」「才と性は合致するとする說（鍾會）」に分類できた四派を指す。[2]人の性情と行爲、或いは才能と個性における差違は必ずや言語や文章の上に流露するはずであり、從って、このことから發言によって人を觀察する方法が出來上がった。『易』繋辭下傳には、「叛こうとしている人はその發言には恥じらいがあり、心中に疑惑がある人はその言辭が支離滅裂であり、德のある善人の言辭は言葉は少ないが、心の亂れている者の言辭は多く、人を讒訴しようとする者はその發言がうわついて落ち着かず、守るべき節義を失った者はその言辭がすぐに行き詰まる」とあるが、これは修辭學の視角から言語の風格の問題に迫るものである。晉の陸機の「文賦」では、「外觀の美しさを喜ぶ人は華麗な表現を尊び、心に訴える內容を欲する人は論旨の的確さを要求する。言語表現が貧しい者はどこまでもみみっちい調子だし、論旨が通達する者はひたすら自由奔放であろうとする」と言っているから、前者よりさらに一歩を進めて文章の風格の問題を文學理論に引き入れたのである。劉勰が『文心雕龍』で提示した才性說は、正に先人の提供したこのような資料の上にうち立てられたものである。『文心雕龍』才略篇では、文學史的な角度から、虞舜より東晉に至るまでの、九代にわたる作家の才性について論述し、體性篇と相呼應すべきものだが、そこには「皋陶の六德」に關する說が引かれている。[3] また總術篇では、「精なる者は要約なるも、匱《とぼ》しき者も亦た尠《すく》なし。博き者は該贍なるも、蕪《みだ》るる者も亦た繁なり。辯ある者は昭晳なるも、淺き者もまた露わなり。奧《おくふか》き者は複隱なるも、詭《いつわ》る者も亦た曲なり[4]（精妙な作家の文章は簡潔だが、才能の乏しい人の文章も簡略ではある。博雅の士の文章は豐富多彩だが、雜駁な人の文章も繁多ではある。論理的な人の文章は明晰だが、淺薄な人の文章も露骨ではある。思想深遠な人の文章には陰翳があるが、奇を衒った文章にも屈折はある）」と言っている。これは、先述の『易』の修辭學的風格論と「文賦」の藝術的風格論との延長擴大と言える。體性篇の才性說になると、魏晉以來の「四本論」と相似たところが明らかに出てくる。

魏の鍾會の「四本論」はすでに亡失したが、一體どんな具體的內容が含まれていたのか、『世說新語』文學篇とその劉孝標の注が留める僅かな斷片資料があるばかりで、今や既に詳しく考える手立ては無い。しかしながら、大體の狀況からこれを推察するに、「四本」とは玄學の論題の一つに屬し、當時行われた才性説に關係ある討論であって、專ら才性の離・合・同・異を分析しており、それは玄學の本體論と密接な關係を持っていた。所謂「性は、其の質を言う」とは、性を實質と見做し、實體と見做しているようである。また所謂「才は、其の名を言う」とは、才を名目と考え、作用と考えていたようだ。『世説新語』文學篇で、傅嘏を「善く虛勝を言う（巧みに虛無優劣論を談じた）」と稱贊していること、及びその劉孝標注で『傅子』の「（傅嘏は）道理に明らかで要點を押さえ」、「（才性を論じては）その本源を探究すること精深細微」という言葉を引いているところから見ると、才と性の離・合・同・異を討論した當時の代表人物であった傅嘏は、明らかに玄學家であった。近來の論者の中には、劉勰の才性説が玄學家の才性説に源を持つとし、また體性篇の「才・性は區を異にす（才能と個性は多様だ）」とか、「性に因って才を練るべし（各自の個性に應じて才能を伸さねばならない）」とかいった語によって、劉勰が「才性は異なる」と主張する一派に屬するのだと判斷する者がいるが、これは的確な見解ではない。なぜならば、體性篇に説かれる才性説は、全く才性の離・合・同・異の問題にまでは論究していないからだ。具體的に言うならば、體性篇の才性説は單に才と性という兩概念の論述だけに終わるのではなくて、この兩概念を通して更に廣汎な內容を統轄したものなのである。この事は體性篇の冒頭にはっきりと述べられている。つまり、「夫れ情動いて言形われ、理發して文見わる。蓋し隱に沿りて以て顯に至り、內に因って外と符する者なり。然れども才に庸儁有り、氣に剛柔有り、學に淺深あり、習に雅鄭有り、竝びに情性の鑠《とか》す所、陶然の凝らす所なり。是を以て筆區は雲譎し、文苑は波詭する者なり（感情が搖らげば言語に表現され、理知が働いて文章が生まれる。これは蓋し潛在から顯在への移行、內部から外部への照應の作用である。ところで人の才能には凡庸と俊英、氣質には剛毅と柔順、學識には淺薄と深遠、習性には高雅と卑俗の違いがある。

これらは人ぞれぞれの性質によって形成されたもの、後天的に培われたものであり。かくて多様性の基礎の上に開ける文學の世界は、雲のたたずまいや海原の波のうねりにも似て、様々の様相を呈する事になる）」と言うのだ。この一段の論説の中には以下の幾層かの意味が含まれている。まず第一には、内と外との意味、つまり文學における内容と形式との關係を説明する事に在る。次には、この内と外との關係、つまり「潛在するものから顯在するものへの移行」、及び「内實に基づく外部表現の符合」は、專ら作家の創作における個性とこれによって形成される作品の風格について言ったのである。更に第三には、作家の創作における個性の構成要素について言うならば、その才・氣・學識・習性の四つの側面を含んでいる事である。才と氣はその人の情性から授與されるもので、これは先天的な素質であり、學識と習俗は陶冶によってできあがったもので、後天的な素養に屬する。とにかく才・氣・學識・習性の四つの要素は、或いは「情性による資質」と「陶冶による形成」という二種の側面にまとめられて、この兩者が作家の創作上の個性を構成したのかもしれない。最後に、作家の創作における個性は、「潛在するものから顯在するものへの移行」及び「内實に基づく外部表現の符合」という藝術の法則に從って、「様々な詩文が雲のように湧き上がり、種々の作品が波のように立ち上がる」といった、無限で多様化された様々な藝術的風格を形作るのである。體性篇の以下の文章では、更に「英華を吐納するに、情性に非ざるはなし（かくて吐き出された文學的言語は、作者の個性と切り離す事ができない）」と述べ、併せて漢の賈誼たち十二人の作家を列擧してその事例を示し、以て創作における個性と藝術的風格が「表裏必ず符す（作家の個性と作品の風格は必ず照應する）」という原則を證明している。このような觀點はビュフォンの「文章スタイルに關する演説」の中の名言「風格こそその人自身（文は人である）」に良く似ている。(6)

體性篇の才性説の内容は才・氣・學識・習性の四つの事柄を含んでおり、これは明らかに魏晉の玄學家の才性説とは趣意を異にしている。劉勰と玄學家との最も大きな相違は、劉勰が「氣」という概念をその才性説の中に取り入れた點にある。體性篇では、才性の他に、更に才氣という語彙も用いているが、この二つの用語はその表現こそ異なるが意味は同じで、取り替えが可能なものである。體性篇に「類に觸れて以て推せば、表裏必ず符す。豈に自然の恆資、才氣の大略に非ざらんや（かかる先例から推斷を下せば、作家の個性と作品の風格は必ず照應すると言えるのである。生まれながらに付與された賜物、才能の必然と言うべきであろうか）」と言うが、この部分の「才氣」という語は正に「才性」の別稱と見做す事ができる。『文心雕龍』の中では、しばしば才性または才情と氣との關係に論及している。その樂府篇では、魏の曹操・曹丕・曹植を「氣は爽にして才は麗（清爽の氣と華麗な才能を備える）」と稱贊しているし、雜文篇では、楚の宋玉の「對問（楚王の問いに對う）」を「懷を廖廓に放《ほしいま》まにするは、氣の實に之を使せしむ（胸の内を無限の宇宙に解放しているのは、全く彼の内なる生氣のなせる技に他ならぬ）」と稱贊している。才略篇では、前人たちを評論して「才が穎《さと》い」とか、「氣が盛んだ」とか、「力が緩い」とか、「情が高い」とか述べているが、文字の使用法こそ甚だ雜多ながら、しかし、いずれも才性或いは才氣の語彙範圍に歸屬させてよい。才略篇に所謂「嵇康は心を師として以て論を遣《や》り、阮籍は氣を使いて以て詩に命ず（嵇康は本然の心情のままに論文を書き下し、阮籍は意氣にまかせて詩を作りまくった）」という評文は、更にはっきりと才性或いは才氣の説を運用して魏末晉初の文章の風格を明らかにしている。劉勰の所見から見れば、才性或いは才情は、氣によって決定されるものである。體性篇に「才力は中に居り、肇まるに血氣自《よ》りす（内面に宿る才能の働きは、本然の資質によってもたらされるものである）」と述べるのは、即ちこの趣意を説明したのである。ここより劉勰の才性説が概して後漢の王充の自然元氣論から相當の影響を受けている事が見て取れる。漢の王充の『論衡』もまた「人は元氣を天から授かる」(7)と考えており、從って彼は、氣というものを先天的に賦與された素質であり、性格の内容を構成する根本的な要素と見做している。『論衡』無形篇では、「人は天から氣を授かり、氣が具わって形が定まり、形と命とが依存し合って、死亡に至る。形は變化させる事ができないし、命も勝手に增加させることはできない」と述べている。これは體質の强弱が天より授かった氣の濃淡によって決定されることを言ったのである。元氣は單に人の體質を決定するだけではなく、更に人の性情をも決定してしまうのだ。『論衡』率性篇では、「天から授かった氣には濃淡があるので、性にも善惡がある」とか、「人の善惡は、同一の元氣を共有しているが、人の氣には多寡があるので、性にも賢愚が生じる」とか述べている。氣の授かり方の違いによって、單に善惡賢愚に個々別々の相異が顯れるだけではでなく、更には性情が風格をなす場合にも差異が出てくるのである。率性篇に列擧する「齊の人はゆったり、秦の人は傲慢、楚の人はせっかち、燕の人は愚直」という評語こそこの例證である。

王充のこのような見方は、後世の論者にかなり大きな影響を與えている。魏の任嘏は『道論』を作り(8)、「木の氣を持つ人は勇敢、金の氣を持つ人は剛健、火の氣を持つ人は强くていらだち、土の氣を持つ人は賢明で寛容、水の氣を持つ人は短氣で殘虐だ」と述べた（『太平御覽』の引用による）。魏の劉邵の『人物志』(9)でもまた「人は氣を受けて生まれ、その本性はそれぞれに異なる」という原理を論述している。劉邵はその九徵篇で、「そもそも外見の立ち居振舞いは、心氣から發する。その心氣の象徵が聲の種別である。そもそも氣は合して聲となり、聲は陰陽の音調に對應して、和らぎ平らかな聲が出たり、清く伸びやかな聲が出たり、回りくどい聲も出る。そもそも聲は氣から流れ出たものであるから、その內實は顏色に現われる」と述べる。後魏の劉昞は『人物志』に注釋を加えて、「心は內面に氣を蓄え、容は外面に現われる」と言い、また「氣でなければ聲を成り立たせる機緣は無く、聲が成り立てば外貌がそれに應じるのである」と言う。曹丕は更に一歩を進めて、氣という概念を文學の領域に引き入れた。彼は『典論』論文の中で、「詩文は氣を主體とし、氣の清濁にはそれぞれその人の稟性があって、無理やりに一定の形に引き寄せられるものではない」と述べて、當時の文章家の孔融を論じては、彼は「體氣が高妙である」と評し、徐幹を論じては「時に齊氣あり」と評したのである。所謂「齊氣」とは、これまた王充が述べた「齊の人はゆったりしている」というものであって、ここでは文章の氣勢が形作る風格の特徴を指している。[10]『典論』論文で明示された「氣の用い方にはそれぞれ相違いがあるので、詩文の巧拙にも素質の相異があって、たとえ父や兄といえども、その子や弟に傳えられるものではない」という見解は、正に氣が作家の創作個性を形成する基本元素である事を明指したものだ。曹丕はこの點をはっきりと説明するために、これを音樂に喩えた事もあって、彼はたとえメロディーが均一であっても、リズムが同一であっても、氣の用い方にそれぞれ相違があるので、演奏者はやはり異なった風格を表現するはずだ、と考えたのである。この視點は、たいへん劉勰の稱賛を得る事なって、彼は『文心雕龍』總術篇で、「魏文の篇章を音樂に比するは、蓋し徵有り（魏の文帝は文學創作を音樂になぞらえているが、それは確かに根據のあることだ）」と述べている。その後、明の李卓吾も、「聲と顔色の由って來たるところは、情性より發し、自然に基づくものである」（「讀律膚説」）と言っている。そして李卓吾は「讀律膚説」の中で同樣に音樂を比喩に用いて、[11]文章の創作上の個性が形作る多樣な風格を説明して、「性格が一徹な者はその音調が自然にまっすぐに通り、性格がのんびりした者はその音調が自然に伸びやかなものになり、こだわりのない者は自然におおらかなものとなり、雄々しく積極的な者は自然に壯烈なものとなり、沈み込んで内向的な者は自然に悲慘なものとなり、偏屈な變わり者は自然に風變わりなものとなる。それぞれの風格に基づいて、そのままそれぞれの音調が出て來るものであって、皆情性がおのずから然らしめる所以である」。このような李卓吾の論法は、正に『文心雕龍』體性篇に「おのおの成心を師とし、その異なるや面の如し（作家は各々の個性に從って創作し、その違いはさながら人の顔が萬人萬樣であるのと同じだ）」とか、「英華を吐納するに、情性に非ざるはなし（かくて吐き出された文學的言語は、作者の個性と切り離す事ができない）」

とか、「豈に自然の恆資、才氣の大略に非ざらんや（生まれながらに賦與された賜物、才能の必然と言うべきであろうか）」などと述べた趣旨を、更に一歩進めた發言だと見做してよい。以上の各種の論法は共に音樂の格調を用いて藝術の風格を説明するものであった。作家の創作における個性について言うならば、「氣」とは氣質に相當し、天から賦與された資質に屬し、無理やりに招致できるものではない。作品の風格表現について述べるならば、「氣」とは氣韻あるいは語氣に相當し、これを音樂の格調や音色に比べることができる。語氣や格調或いは音色は、作家の氣質の創作對象上における情緒的な反映であり、それは作家が人生を觀察する時に自然に流露してくる彼自身の獨特の特徵を明示したものなのである。よって、作家の創作における個性（作風）が形成する個人的な風格は、それぞれの作家に內在する氣質の違いを體現したものだ、と言うことができよう。

劉勰の視點から見れば、作家の創作における個性（作風）は決して完全に先天的な賦質ではない。體性篇では、才・氣・學識・習性の四點を列擧して、それらを「情性の鑠《とか》す所、陶染の凝らす所なり（人それぞれの性質によって形成されたもの、後天的に培われたものである）」と見做しているからであり、これはつまり、天賦の才氣に更に學習という陶冶の働きを經驗させてこそ、始めて作家の創作上の個性が形作られるものだと考えたのである。この篇で所謂「體を摸して以て習を定め、性に因って以て才を練るべし（人は模範とすべき作風に則って修練を積みながら、一方で各自の個性に應じて才能を伸ばさねばならぬ）」、及び神思篇に「學を積んで以て寶を儲《たくわ》え、理を酌んで以て才を富ます（學問を積んで知性を養い、理知を働かせて才能を富ます）」、事類篇に「才は內自《よ》り發し、學は外を以て成る（才能は人間の內面から沸き出、學識は外面から完成される）」などと述べるのは、共に先天的な性質（才能）も尙後天的な鍛錬を經なければならない事を説明したのである。體性篇の篇末では、更にわざわざ「才には天資あり、學は始習を愼む。梓を斲り絲を染むるに、功は初化に在り。器成り綵定まりては、翻移す可きこと難し（人の才能は先天的なものだが、文章を學ぶには基礎の段階をしっかり固めておかねばならぬ。譬えてみれば、木を削るにも絲を染めるにも、最初が肝心であるようなものだ。器が完成し布が織りあがった後では、やり直しはききにくい）」と言う。このような論法は、先述と同様に王充の觀點を繼承したものだ。『論衡』率性篇には、「『詩經』（鄘風「干旄」）に言う『あのすてきなお方、何を贈ればよいかしら』と。その注釋では『これは例えば白絲の場合、これを藍青で染めたら青くなり、これを丹朱で染めたら赤くなるようなものである』と説明している。十五歳の少年は、恰もこの白絲のようだ。もともと恥じらいのある純眞な少年が、だんだんと影響を受けて善人や悪人に變わってゆく事、恰も丹や藍で白絲を赤や青に染めるようであって、青や赤に一旦染め上がると、その色は變わる事はない。だから楊子は分かれ道で大聲をあげて泣き、墨子は白絲を見て同じく大聲で泣いたのである。それは大本から離れてしまえば、もはや再び戻る事ができない事を悲嘆したのである」と言う。王充と劉勰は共に教訓の效能、積み重ねの效力をとても重視したのである。體性篇の贊のなかに所謂「習は亦た眞を凝らし、功は漸に沿いて靡く（修錬もて眞美を探り、日を重ねて努力は實る）」とは、習慣というものは一度できあがれば、非常に引っくり返しにくく、作者の性格の中に浸透して固定的なタイプとなってしまうものだ、と考えたのである。このような状況は、作品の内面では、作家の創作上の個性を通じて獨特の作風を形作るはずである。よって、もし學習を始めたその時に、「體を摸して以て習を定め、性に因って以て才を練るべし（模範とすべき作風に則って修練を積みながら、一方で各自の個性に應じて才能を伸ばさねばならぬ）」事に注意しなければ、その作風は必ず好ましからざる自分の癖に變わってしまう。例えば、體性篇に列擧する八體の内、「新奇」と「輕靡」との二種の作風は、前者が「古を擯けて今を競う（古さを嫌って新趣向を競う）」、「危側して詭に趣く（常軌を逸した奇異さを尊ぶ）」ものであり、後者が「浮文弱植にして、縹緲として俗に附く（薄っぺらな華やかさで、容易に俗流に迎合する）」ものだと言うが、これこそこのような状況を言うものである。

作家の創作上の個性は、このように才・氣・學識・習性の違いに基づき、人によって異なるものだから、そこから形成される風格も「筆區は雲譎し、文苑は波詭する（詩文の世界は眞に多種多様で、雲の如く湧き起こり、波の如くうねりくねって、變幻極まり無い）」という無限に多様化した狀態を作り上げる。體性篇ではその歸結を八體にまとめて、「一に曰く典雅、二に曰く遠奧、三に曰く精約、四に曰く顯附、五に曰く繁縟、六に曰く壯麗、七に曰く新奇、八に曰く輕靡」と述べた。これは當時の文學作品に基づいてその要點をまとめこれを體系づけた分類ではあるが、いずれもこれで完全無缺だと言うわけではない。『文心雕龍』では具體的な作家や作品の風格を論述する時、眞に細かに分析している。劉永濟の『文心雕龍校釋』は、嘗て辨騷・詮賦・樂府・誄碑・哀弔・雜文・封禪の諸篇に據って、劉勰が並べた各種の異なった風格を列擧し、その名目は極めて繁雜ではあるが、更に劉永濟はここより推論して以下の如く解說する――體性篇では「八體にまとめられてはいるけれども、その種類は窮まりない。とはいえ、典雅なるものは必ず奇拔ではなく、遠奧なるものは必ず明顯ではなく、繁縟なるものは必ず簡約ではなく、壯快なるものは必ず輕薄ではない。兩極端に相反するこのようなものを除けば、その種類は多様で錯綜している」と。この側面では、八體に要約したのは體系的に總括した分類であって、これに據って當時の作家・作品の風格の基本的な傾向を概括でき、從って必要な事である事を說明したのである。また他の一方では、八體の中での各一體がそれぞれ更に木目細かく分類でき、しかもその變化には際限が無い事も說明したのである。劉氏のこの解說は基本的には八體分類の要旨を明示したものである。

劉永濟の『文心雕龍校釋』では、更に續けて下文に「一人の作品に卽して言えば、典雅であっても華麗ではなかったり、幽遠であってしかも壯快であったり、繁縟ながらも華麗さを兼ねていたり、精密であって典雅でもあったりと、その違いはとても多い」と述べているが、この解說には些か說明を補充しておく必要がある。それは、風格の問題にあっては、作家の創作上の個性（作風）作風という主觀的要素以外に、尙客觀的な要素も存在することだ。同一の作家が違った文章體裁の作品を書く時は、必ず違った風格を明示するはずであるが、これは、それぞれ相異なる文章體裁はその作品自體から出發するものなので、その文章體裁自體が必要とする風格に順應するよう作家に要求するからである。定勢篇では、このような狀況を「體に卽きて勢を成す（各樣式に應じて調子が決まってくる）」といい、「形生じて勢なる（形體があって調子は生まれる）」と述べている。ここに言う「勢」とは「體勢」つまり文章體裁が持つ作風の事である。もし我々が、「體性」を風格の主觀的要素だと稱するならば、それなら「體勢」とは、風格の客觀的要素だと稱してよいだろう。『典論』論文に「奏・議の文體は典雅であるのがよく、書・論の文體は論理的であるのがよく、銘・誄の文體は事實に合う事が大切であり、詩・賦の文體は華麗である事が望ましい」と言い、「文賦」に「詩は感情に基づいて華麗であり、賦は事物を直寫して清澄であり、碑は文飾を繰り廣げて事實を助け、誄は情緖こまやかにして悲傷をそそり、銘は博大な內容を簡潔な表現に包んで溫かく潤いがあり、箴は抑揚に富んで淸々しく力強い氣韻を持ち、頌はゆったりとして華麗に、論は精緻でのびやかに、奏は分かり易くて上品に、說は物事に通曉していて虛構に富む」と言い、また『文心雕龍』定勢篇に「章・表・奏・議は則ち典雅に準的し、賦・頌・歌・詩は則ち淸麗に羽儀し、符・檄・書・移は則ち明斷に楷式し、史・論・序・注は則ち覈要に師範し、箴・銘・碑・誄は則ち弘深に體制し、連珠・七辭は則ち巧艷に從事す。此れ體に循いて勢を成し、變に隨いて功を立つる者なり（章・表・奏・議といった公式の文章では典雅な調子を狙い、賦・頌・歌・詩などでは清新華麗な調子を基準にし、符・檄・書・移などの通信文では明快さが根本、史・論・序・注などの議論文では核心を突く正確さを學び、箴・銘・碑・誄などの儀禮的文章では廣さと深さを心掛け、連珠・七辭などの風刺的文章では、氣のきいた美しさを事とする。詰るところ、いずれも各樣式に應じて調子を定め、調子の起伏に從って效果をもたらすのである）」と言うところなどは、相異なる文章體裁がそれ自體の要求するそれぞれの風格を具有し、作家が創作する時もその風格の客觀的要素に從わざるを得ないことを說明しているのであり、これは同一の作家が相異なる文章體裁の作品を作る時に相異なる風格を表現した主要な原因なのである。しかしながら、文章體裁はただ構成の類型と作品の風格との基本的輪郭を規定するだけに過ぎない。相異なる作家は、創作上の個性（作風）の相違に因るのであって、同じ文章體裁の作品を書く時にも、やはり各作家の創作上の個性（作風）の特徵がそこに燒き付けられ、その作家が持つ獨自の風格の共同基調が明示されるはずである。よって、藝術的風格にあっては、「異の中の同」がある——つまりそれは時代の風格、流派の風格、文章體裁の風格といった面に表現される概ねの一致性である。また同時に「同の中の異」もある——つまりそれは、ある作家の創作上の個性（作風）がその作品の中に明示される獨創性である。正にこの理由によって、博學な考古學者と眼識ある藝術鑑定家は、分毫も誤る事なく古人の藝術品（繪畫・書法・彫刻及び文學など）の中から、それがどの時代のものか、どの流派のものか乃至はどの作者の作品かという事まで鑑別する事ができるのである。

注

（1）「人物月旦」、人物の品評をいう。『後漢書』許劭傳に、當時高名な許劭と從兄の許靖が共に每月の朔日に鄕里の人物を評論した、と言う。この故事に基づき、「月旦評」は後に人物評論を指す成語となった。

（2）「才性四本論」は、人閒の持つ才能と本性との關係について議論したものらしいが、その具體的內容を傳える文獻が殘っていないので實際の論議の內容はよくわからない。岡村繁「才性四本論の性格と成立」（『名古屋大學文學部研究論集』二八』、一九六二）を參照。

（3）「皋陶の六德」說、先述の『尚書』皋陶謨には九德と共に表われる言葉で、九德の內の六德を特に指すもの。

（4）「曲」字、もと「典」に作る。王氏原注に「曲字、楊に從って改む」と。近人楊明照『文心雕龍校注拾遺』（上海古籍出版社、一九八二）三三〇頁を參照。

（5）『傅子』、『隋書』經籍志の子部に、『傅子百二十卷』、晉の司隸校尉の傅玄撰とあるが、現在は散逸。

（6）ビュフォン、（Georges Louis Leclerc de Buffon）（一七〇七－八八）フランスの博物學者、啓蒙思想家。

（7）王充の『論衡』「人は元氣を天から授かる」、王充（二七－九六?）は後漢の學者。『論衡』の本領は、科學的な批判精神と嚴密な實證主義にあるとされる。引用文は無形篇の文章。

（8）魏の任嘏『道論』、『隋書』經籍志の子部に、『任子道論』十卷、魏の河東太守任嘏撰とあるが、現在亡逸。引用文は『太平御覽』卷三六〇（人事部、敍人）に見える。

（9）魏の劉邵の『人物志』、劉邵は三國魏の明帝時代の學者。その『人物志』は、中國で最初に、人物を見極めるための理論的著作として編まれた有名な著書。

（10）曹丕『典論』論文、曹丕（一八七－二二六）は三國魏の初代の皇帝。その詩文を論述した「論文」篇の部分は『文選』に收錄され、比較的まとまって殘存するが、『典論』全篇は現在散逸。

（11）李卓吾「讀律膚說」、李贄（一五二七－一六〇二）、號は卓吾。明代の思想家。「讀律膚說」は『焚書』の中の文章。

〔附錄一〕　劉勰の風格論についての補述

體性篇は風格を作り上げる主觀的な要素である作家の創作上の個性（作風）を專門に解明し、劉勰の風格理論の骨幹をなすものである。しかし、『文心雕龍』の中には他にもこれに關係する篇章があって、そこでも風格の問題に論及しているので、ここでは些か補充說明をしておきたい。

從來、定勢篇に關する檢討は意見が最も分かれていた。論者の中には、「勢」を文章の中の氣勢であると解釋し、それによって、「勢」を修辭學の分野に入れてしまう者がいた。このような説明は粗雜に過ぎる。またある人は字源學の面から「勢」字の來源を檢討して、「勢」とは「埶」であり、埶はまた臬の假借（當て字）で、藝と音義が通じ、規則という意味だと考えている。またある人は、勢とは『孫子兵法』に基づく概念で、孫子が勢について論じたものの擴大發展だと考えている。しかしながら、そのような異議よりも更に重要な事は、定勢篇の基本的な趣旨の所在を如何に理解するのか、ということだと私には思われる。定勢篇では、體と勢を連續させて單語とし、「文章の體勢」と述べており、この現象は注意に値する事である。劉勰が提示した「體勢」という概念は、正に上述の「體性」と相對するものだ。「體性」が指すものは、風格の主觀的要素であり、「體勢」の方はその指すものは風格の客觀的要素なのである。

黃侃の定勢篇解釋は、簡潔な言葉で意を盡くし、眞にこの一篇の要領を得たものとなっているので、今これを以下に引用する。「その一篇の冒頭には、『情に因って體を立て、體に卽きて勢を成す（その內容に從って文學の樣式が選ばれ、各樣式に應じて調子が決まってくる）』と言う。だとすれば勢は自ずからできあがるものではなく、體（文體）に從ってできあがる事、明らかである。定勢篇では、これを發展させて、『機發して矢は直に、澗曲がりて湍回るは、自然の趣なり（弓の彈みを利用するから矢がまっすぐに飛び、谷川が屈曲しているから早瀨に渦卷きができるようなもので、これらはいずれも自然の趨勢なのである）』とか、『激水は漪せず、槁木に陰無きは、自然の勢いなり（急流にさざ波は立たず、枯れ木に木陰ができないのは、全く自然の趨勢なのである）』とか論述する。これによれば體（文體）によって勢が定まり、體を離れて勢を成り立たせる事は、どんな聖人哲人でも不可能な事、明らかである」と。ここでは「勢」は自ずからできあがるものではなく、體に從ってできあがるものである事がはっきりと示されている。つまり、勢は體を離れる事ができず、ただ體に依存してのみ勢が成り立ち得るものだから、それは體と勢との相互依存の原理を説明したのである。作家の創作上の個性（作風）は、たとえどんな道筋を辿ろうとも、結局は作品に表われ出て、一種獨特な風格を形成しようとするもので、これが風格の主觀的要素である。一方、作品の文章體裁は文章構成の類型を規定したわけだが、この文章體裁自體から出發して、作家が必ずその類型の特定の風格に順應しなければならない事を要求し、しかもこの特定の風格は作家の意志によって動かされるものではなく、從って主觀的な隨意性を排除するもので、これが風格の客觀的要素である。とはいえ、風格の主觀的な要素と風格の客觀的要素とは、嚴しく對立するものではないし、また全く關係が無いものでもない。なぜならば、前者は正に後者を通して表現されるものだからだ。明詩篇では、「詩には恆裁有りて、思いには定位無し。性に隨い分に適し、能《よ》く通圓するは鮮《すく》なし（詩には一定の様式があっても、詩想には定型がないから、各人の性格に從い才分に應じたように作ることになるもので、すべての詩體に完全無缺な事などあり得ない）」と言っている。この「隨性適分（性に隨い分に適す）」という四字は、正に各作家がそれぞれ異なる才性によって、同じ體裁の作品を作るとき、作家は皆その文章體裁が要求する風格の特徵に順應する必要はあるものの、やはりそれぞれに異なる創作上の個性（作風）をありのままに表現して、その獨特の風格の主觀的要素を明示するはずである事を説明している。このようなことを劉勰は明確に表出しているわけではないけれども、彼の具體的な論述の中から十分合理的にこのような結論を導き出す事ができるのである。

黄侃の『札記』では、風格の主觀的要素と客觀的要素を區別しなかったし、またその閒の相互關係から定勢篇を分析する事もなかったので、ただ勢を「文勢」と理解しているだけである。よって、一面では「勢は體から離れず、體によって勢は決まる」という正確な結論を下しながらも、その一方では却ってかなり曖昧な見方を出す事になった。例えば『札記』では、「劉勰はその篇に題して『定勢』と名付けたが、篇中に述べているのは、總て勢には決まったものがないと論ずるばかりである」と述べているが、これは頗る人に誤解を引き起こし易い。もし定勢篇が、勢には決まったものが無い事を明らかにしようとする目的ならば、篇中に所謂「圓なる者は規體にして、その勢や自ずから轉じ、方なる者は矩形にして、その勢や自ずから安んず（天の形體は圓形だから、その調子は回轉的であり、地の形體は方形だから、その調子は安定的である）」とある「體によって勢が定まる」という原則をどのように解釋するのか。また、篇中に擧げている「章・表・奏・議は、則ち典雅に準的す、賦・頌・歌・詩は、則ち清麗に羽儀す。符・檄・書・移は、則ち明斷に楷式す。史・論・序・注は、則ち覈要に師範す。箴・銘・碑・誄は、則ち弘深に體制す。連珠・七辭は、則ち巧艶に從事す（章・表・奏・議といった公式の文書では典雅な調子を目的とし、賦・頌・歌・詩などの文藝作品では清新華麗な調子を模範にし、符・檄・書・移などの通信文では明快さを規範とし、史・論・序・注などの議論文では核心を突く正確さを目標とし、箴・銘・碑・誄などの儀禮的文章では廣さと深さを典型とし、連珠・七辭などの風刺的文章では、氣のきいた美しさを對象とする）」というのをどのように解釋するのか。まさかこれら劉勰の論述は、文章の體裁がそれぞれの體裁に順應した風格の具有を要求する事を如實には説明していないなどとは言えまい。同時に、また『札記』自身が、定勢篇の趣旨は「勢は自ずからできるものではなく、體に從って勢は成る」、「勢は體を離れず、體によって勢が決まる」という事實を釋明する事に在った事を解明した論述とどうやって整合させるのか。『札記』は、「決まった勢に固執して、たくさんの體を操ろうとする」といった本末轉倒の態度に反對しているが、これは確かにその通りである。しかし、「專ら文勢を掲げて、徒に項目に分け」ることを矯正した事に由って、別の極端に走り、劉勰の定勢説を「勢には決まりが無い」と言ってしまうのでは、「枉を矯めて正に過ぐ」の誹りを免れない。

實際のところ、劉勰は各文章體裁にはそれぞれの體裁が持つ特定の風格があると考えていたばかりではなく、それぞれの時代にもそれぞれの時代の特定の風格があるとも考えていた。時序篇は、その時代が持つ風格の問題について専論した専著である。この時序篇では、上古から兩晉までの文風の變化の流れを明らかにした。この篇の論旨は、「文變は世情に染まり、興廢は時序に繫る（文學の變遷は社會情況に影響され、その盛衰は時代の動向に左右される）」の二句で概括する事ができる。篇の中では「蔚として十代に映え、辭釆は九變す（十代の王朝を盛大に彩って、文學はめまぐるしく相貌を變えた）」という風格の變遷を分析している。所謂「歌謠の文理は、世と推移し、風は上に動きて、波は下に震う者なり（歌謠の傳統は、時代につれて推移し、時代の風調が上に動けば、文學の波浪もその影響下に在って震えうねる）」とは、社會の變化は必ずや文學に反映し、その時代の詩文の風潮を形成するはずである事を説明したものである。同一の文章體裁の作品について言えば、時代が違えばその風貌も變わるはずだ。時序篇では、中國の早期歌謠を例に擧げているが、堯帝陶唐氏の時代は世の中が質朴であったために、素朴な民謠が生まれ、次いで舜帝有虞氏の時代になると、政治は安泰で人々にも餘裕ができ、心は樂しく聲も落ち着いた響きとなり、從って、詩文にはゆったりとした美しさが生まれてきた。更に禹王・湯王や周の文王の德が盛んな時代になると、功績や德行を褒め稱える作品が增え、その後、幽王・厲王が暗愚で亂暴な政治をすると、そこで「板」「蕩」といった憤怒の詩が現われ、最後に平王になって衰微すると、終に「黍離」といった悲哀の詩が現われてきた。これらは皆、同じ文章體裁ながら時代の違いによって風格が異なることを豊かな說得力で說明したものである。更には同じ時序篇で、三國魏の初期以來の文學と晉の元帝の南渡後の東晉以來の文學との差異について論及し、ここもまた、時代の風格という角度から分析を加えたものである。前者の魏代初期以來の文學について、劉勰は「其の時文を観るに、雅《つね》に慷慨を好む。良《まこと》に世よ亂離を積んで、風衰え俗怨むに由りて、竝びに志深くして筆長し、故に梗概して氣多きなり（この時代の文學を觀察してみると、慷慨の感情が頻繁に歌われているのがわかる。久しく動亂の時代を重ねて、風氣は衰え人心の不満が積もった結果、思惟は深く沈潛し、筆の運びは綿々と續く。正にこの故にこそ、文學は慷慨を發して氣迫が漲ったのである）」と言い、また後者の東晉以後の文學に關して、彼は「中朝の玄を貴びし自り、江左は盛と稱す。談の餘氣に因り、流れて文體と成る。是を以て世は迍邅を極めて、辭意は夷泰なり。詩は必ず柱下の旨歸にして、賦は乃ち漆園の義疏なり（いったい西晉時代から形而上學が重んじられたが、東晉になるとそれが全盛期に達して、清談の影響が文學の本質にまで及んできた。社會は動亂の眞只中にあるというのに、文學に見られる思想は太平そのもので、詩といえば決って老子思想の展開、賦を作れば莊子の注釋になってしまう有様である）」と言う。この論述は、二つの相異なる時代の文學の風格に對して、その要點をうまく摑んだ説明となっている。劉勰のこの論旨は現在でも尚參考に値する。以前、魯迅は『魏晉の風度及び文章と藥及び酒との關係』という文章で、「嵇康は心を師として以て論を遣《や》り、阮籍は氣を使いて以て詩に命す（嵇康は本然の心情のままに論文を書き下ろし、阮籍は意氣に任せて詩を作りまくった）」という才略篇の二句を用いて、當時の文學が持った時代の風格の特徴を説明した事があった。魯迅は、「この『心を師とす（心情のままに）』、『氣を使う（意氣にまかせて）』の二語がそのまま魏末・晉初の文章の特徴であります。正始時代の名士や竹林の名士の精神が滅んでしまいますと、勇敢にも『心情のままに』、『意氣に任せて』歌う作家もいなくなるのであります」と指摘した。「心情のままに」、「意氣にまかせて」とは、體性篇に言う「才性」という語の言い換えでもあって、創作上の個性を指している。魏末、晉初は思想活動が比較的活發な時期であって、かなりの程度まで禮教の束縛から脱却した時代であり、從って作家は作品の中で思い切って自分の眞情・實感を述べる事ができたから、作家自身の創作上の個性をかなり自由に表現する事ができ、これこそが、當時の文學の時代的風格であるもう一つの特徴を作り上げたのである。

この他、通變篇では、「文を設くるの體は常有るも、文を變ずるの數は方無し（文章の様式は一定しているが、文章創作の展開に關しては定まった法則が無い）」と明言して、文章制作の理法には恆常的なものと多様なものとがあることを呈示している。この問題も風格と關連するものだ。ここに言う「常」とは、作品の體裁と文章法則の恆常性を指し、卽ち篇の中で、「凡そ詩・賦・書・記は、名理相い因る。此れ有常の體なり（およそ詩・賦・書・記といった諸様式は、それぞれ固有の概念があり、それに對應する内容が規定されている。文章の様式が一定しているというのはこれである）」と言うものである。また所謂「變」とは、作家の才性または獨創性を指し、卽ち篇の中で、「文辭と氣力は、通變すれば則ち久し、此れ無方の數なり（文章の表現法や迫力の問題になると、傳統と變革に對處し得てこそ時開の推移に堪え得るわけで、創作の展開に定則が無いというのはつまりこれである）」と述べるものである。通變篇では、「現今の新しい流行を追って古い傳統をないがしろにし、時代の風尚が末期的症状となり作者の精氣が衰えた」當時の弊害を批判して、「訛を矯《ただ》し淺を翻《かえ》すは、還って經誥を宗とす（作爲や淺薄の弊を改革するには、再び立ち返って經書を師としなければならぬ）」という主張を提示するが、これには肯定されるべき面もあれば、また批判されるべき面もある。もしその中の局限的な問題には觸れず、總體的な傾向について見るならば、通變篇が明示した「文章制作の理法には恆常的なものがありまた多様なものがある」という原則は、やはり合理性が高いと言うべきである。劉勰から見れば、たとえ作品の體裁または文章法則には恆常的な規則があるとしても、作家は當然この恆常の規則の枠内で「情に憑って以て通に會し、氣を負いて以て變に適す（心情に依據しつつ傳統的法則に適應し、精氣に基づいて變革に應ずる）」のであり、それによって同じ文章體裁の作品の中で自分自身の創作上の個性（作風）を表現し、獨特の風格を作り上げるべきなのである。劉勰はこのような状況を「無窮の路を馳せ、不竭の源を飲む（無窮の路を馳せ、酌めども盡きぬ源泉を飲む事ができる）」と喩えており、これはそれぞれの作家が自分の創作上の個性（作風）によって明示される風格の特徴が無限の豊かさと多様性を持つ事を説明するものだ。かくして、恆常的な體はその風格にある程度の類型化を決定づけてしまうとはいえ、作家の獨創性を妨害するものでもないし、作家が自己の作風の獨特な風格を表現しようとするのを妨げるものでもないと劉勰は考える。この點については、彼の「循環して相い因り、軒《たか》く翥《と》んで轍を出づと雖も、終に籠内に入る（漢代以降の作家は、相い次いでこの方法を踏襲し、努力してマンネリズムから抜け出そうとしても、結局舊來の手法のとりこになってしまったのである）」といった風潮に對する作品批評から、すぐさまはっきりと見て取る事ができるのである。

　劉勰の通變説を參照しながら更に劉勰の風格理論を分析してみると、以下のような視點を推定する事ができる。詩・賦・書・記に據って概括される各種の文學の體裁は、名稱と内容とが對應するもので、これは恆常的な文體として、一定の安定性を持つ。作家の創作上の個性（作風）に因って表現される文辭の氣力は、各種各樣に入り亂れて、これは定め無き方法として、無限の多樣性を持つ。――實際には、これもまた作家の獨創性に他ならない。陸機の「文賦」に「百代の閒に誰もが用いた事の無い發想を取り入れ、千年の閒誰にも氣づかれなかった響きを採用して書く。開いてしまった朝の花はあっさり捨て去って、まだほころばぬ夕べの花をこれから開かせるのだ」と言うのも、この事を明言しているのだ。しかし、劉勰は更に一歩を進めて、恆常的なものの中に多樣があり、多樣の中にも恆常的なものがあって、恆常と多樣とは互いに浸透し合うものであることを指摘する。まず多樣な面から言うならば、たとえ同一の文章體裁の作品は、作家がその文章體裁の共有する風格類型に順應することを要求するとしても、しかしこの同一の風格類型も作家や時代の違いに因ってそれぞれに異彩を呈するはずである。また、恆常的な面から言うならば、たとえ作家が相異なった文章體裁の作品を書く時に相異なった風格を表現するはずであっても、しかし一人の手になるものであるのだから、この相異なった風格の中にもやはり依然として作家の創作上の個性（作風）が持つ一貫した特徴が表現されているはずである。

劉勰の風格論が現われてより、その後の論者はこの問題に注意を拂い始めた。盛唐の釋皎然の『詩式』では、高・逸・貞・忠・節・志・氣・情・思・德・誠・閑・達・悲・怨・意・力・靜・遠という十九の文字に據って詩體をまとめており、日本の遍照金剛空海の『文鏡祕府論』は體性篇八體の説に基づき、些かこれに手を加えて、博雅・清典・綺艶・宏壯・要約・切至の六種目に絞っており、[1]晩唐五代の司空圖『詩品』になると分析がもっと繁雜になって、二十四種類の名目を羅列している。風格の分類については結局誰が一番優れているのか、ここではひとまず置いて論じないことにしよう。とはいえ、私には、劉勰以後の中國古代の風格理論は、全て劉勰の風格問題に對する分析のように豊かな内容と深い認識を具有したものに及ぶものはないと思われる。これは、劉勰が我々に殘した大切な遺産なのである。

注

（1）遍照金剛空海の『文鏡祕府論』、南卷の論體の文。

〔附錄二〕　風格の主觀的要素と客觀的要素

ドイツの理論家ヴィルヘルム・ヴァッケナーゲル（Wilhelm Wackenagel）も『詩學・修辭學・風格論』という一文の中で、風格の主觀的要素と客觀的要素の問題を論じている。この文章では、筆者本人のそれに對する意見をあれこれと述べるつもりはなく、ただヴァッケナーゲルの風格理論について簡單な紹介をして、參考としてもらおうと思うばかりだ。なお、文中に引用したヴァッケナーゲルの原文は筆者が基づいたクーパー（Lane Cooper）の英譯本から重譯したものである（『Theories of Stylein Literature』）。

ヴァッケナーゲルのこの文章は四節に分かれていて、それぞれに、「修辭學と風格論の區別」・「散文の概況」・「風格學」（stylistic）及び「風格槪說」という小見出しが付いている。ここでは後者の二節の中で風格の主觀的要素と客觀的要素に關係する論點を主に紹介したい。

ヴァッケナーゲルは、風格理論に因って檢討される對象は「言語表現の外貌」であると考えた。彼は、「このような外在的な事柄なら、ちょっと教えれば直ちにできるようになり、少し學べばすぐ分かるようなものだ、と考える人もいるかもしれない。しかし、正直に言えば、風格は決して機械的な技法ではないし、風格に關係する言語形式は完全に必ず內容または意義に因って決定されねばならないものなのである。風格は決して思想の實質の表面に張り付けられた生命のない假面ではないのであって、それは面貌の生き生きとした表現であり、躍動する姿態の表現であり、それは無限の意味を含み蓄える內在的な靈魂に因って生み出されるものなのである。或いは、言葉を換えて言うならば、それはただ實體を覆う外裝であり、體を覆う衣服であるが、しかしその衣服の折り目や襞は、却って衣服に據って覆われる肢體の表情・態度が作り出すものなのである。靈魂、もう一度言おう、ただ靈魂だけが肢體にこのような、或いはあのような動作を賦與するのである」と述べている。

ヴァッケナーゲルは、全ての藝術領域の中に在って、風格とは結局獨特の現われ方を通して外部表現の中に作者自身を明示した內在的特性を意味していると考える。我々はこの意味において、ローマの建築の風格や、ラファエロの風格、セバスチャン・バッハの風格等々について言及することになる。彼が指摘する風格の構成は、二種類の要素に據って決定されている。一つは表現者の心理的な特徵、つまり我々が先に述べた作家の創作的個性（作風）に因って決定されるものであって、これはまた風格を構成する主觀的要素に他ならない。もう一方は、作品が表現する內容と意圖に因って決定される。（內容とは、主題となる思想及び主題思想を巡る全ての思想的素材を指す。意圖とは、この思想に讀者から贊同や支持を博さんとする事を指す。）これはまた風格を構成する客觀的要素に他ならない。この點を説明するために、ヴァッケナーゲルはヘルダー（Herder）の地理學の學術レポートを例としている。客觀的要素から言うならば、ヘルダーのレポート全體は、地理學の學術報告としての風格を持つものである。このレポートはある程度あらゆる同樣のレポートと類似した所があるものだが、しかしヘルダーのレポートがあらゆる他の類似のレポートと區別される點は風格の主觀的な要素であって、この主觀的要素には、彼の獨特の思想と訓練、及び彼が生きた特定の時代が包括されている。これらの要素は、彼に彼獨自の方法を運用させて、自分の觀念を表現させせまた修飾させ、また自己の語彙を配列させ、分散させせたり連續させせたりしたのである。

ヴァッケナーゲルの風格に對する主觀的要素と客觀的要素の論述にはかなり混亂がある。嘗てクーパーはその缺點を指摘し、併せて一歩進めた補足もしている。クーパーは、風格の主觀的要素は客觀的には三種の方式に因って規定され、從って客觀的要素もまたそれに相應して當然三種の方面に表現されなければならないと考えたのである。主觀的要素となる個人の風格は、まず（甲）として、作家が所屬する（一）種族、（二）國家、（三）方言または文學の流派、（四）家族、という要素に因って變わってくる。もし、ヘルダーが（四）の要素として、ある別の家族の出身であって彼自身の家族ではなかったり、或いは（三）の要素として、バヴリア（Bavaria）に屬して東プロイセンではなく、或いは（二）の要素として、フランスに屬してドイツではなかったり、或いは（一）の要素として、アジアに屬してヨーロッパではなかったと假定したら、彼の表現する最初の傾向はたとえ變わらなくても、上述の各狀況の下で、彼の著作が合成する風格は全く違ったものとなったはずである。因って、客觀的にもそれに相應して以下の區別が考えられる。つまり（甲）としては種族の風格・國家の風格・方言或いは流派の風格・家族の風格がそれである。これは地理或いは空閒の面からの區分である。その次には、（乙）として、時閒の面に屬する區分であって、つまり、それぞれの歴史段階が形作る風格の變遷である。ヘルダーがマルチン・ルターの時代に生きたと假定するか、或いは現代に生きていると假定するかによって、彼の風格はたとえ依然として自國の文學の全歴史期閒中に顯示された幾許かの特色を持ち續けていたとしても、しかし必ずや現代ドイツで用いられる言葉遣い、またはルター時代のドイツで用いられていた言葉遣いが現われてくるはずである。最後に（丙）として、個人の風格は客觀的には作者が作ろうとする文學の種類または様式の作品に據って移り變わるものである。戯曲の中で、或いはその他の想像を特色とする藝術作品の中では、ヘルダーの風格は確かに（甲）の種族・國家・方言或いは流派・家族を、また（乙）に言う時代の標識を保持しているとはいえ、しかし、結局のところ、彼の地理學レポートとは異なっている。クーパーは、ヴァッケナーゲルが上述の第三の條件を强調しすぎて、恰もこの條件のみが客觀的要素と考えて、種族・時代などの要素を全てヘルダー自身の人格の主觀的要素に歸してしまったらしいが、これは正確ではない見解だと批判した。クーパーは、「個人の風格（つまり風格の主觀的要素）とは、作家の身邊からあらゆる彼自身のものではないもの、その作家と他の作家とが共有する要素を剝がし去った後に獲得される剩餘または核心の事なのである」と提議している。

以上の説明は確かにヴァッケナーゲルの風格理論に不足する部分を補足し得るものだが、しかしそれ自身にも若干の缺點がある。まず、もともと階級の風格という大切な問題について言及していない事。その次には、クーパーは「常」と「變」または「同」と「異」の閒にある有機的な關係から風格の主觀的要素と客觀的要素を分析していない事。民族の風格・階級の風格・時代の風格・流派の風格は「常」または「同」の一面であり、個人の風格には「變」或いは「異」の一面である。この二つの面は互いに浸透し合っているものであり、複雜で錯綜した現象を呈するのである。具體的な作家の風格を分析する時には、とりわけ「同」中の「異」或いは「異」中の「同」に注意して、「常」の中にある「變」、或いは「變」の中にある「常」という視角から詳細な識別と分析を加えねばならない。この點、ヴァッケナーゲルの論述はかなり合理的である。彼が言うには、風格の主觀的要素と客觀的要素、「この二つの面は必ず一緒に結びついており、この兩者は引き裂かれる可能性もないし、また引き裂かれるべきでもないものである。なぜならば、この兩者は二にして一の概念——つまり言語の外在形式はわずかに相異なる視角だけから觀察できるが、同時に、眞っ當で成熟し周密な文章にあっては、如何なる面でも獨立して存在する事はできないからである。もし、ある讀者が風格の客觀的な要素だけを持つ文章（殘念にもこんな文章は餘りにも多いのだが）を讀むに至れば、その時は、すぐさま個性が感じられないという不滿足な印象を持つ事になるはずだ。この二つの面は共に必ずそこに參畫しなければならない。この二面は正確な有機的關係に因って一緒に結合しているのであって、場合によっては一方の面が比較的に突出する時があるし、また他の場合にはもう一方の面が比較的に突出する時もあるが、どんな狀況下に在っても、この兩面は共に內容に因って決定され、より主觀的要素が多いか、より客觀的要素が多いかという內容の性質に因って決まるのである。言い換えれば、風格の持つ主觀性或いは客觀性の多寡のみがその基準となるのである。歷史を詠ずる詩人について言うならば、彼の視點は最大限の客觀性を要求するために、また彼はその觀念と材料を決して自分自身の內部から引き出すのではなくて、完全に外部からそれらを自分自身の內面に取り込んでくる事に因って、そのために彼の主觀的要素が最低限度にまで抑えられた時に、我々は外在的表現——風格——も稱贊に値するものである事を發見する事ができるのである。なぜならば、この主觀的要素は詩人が濃厚な主觀的色彩を帶びた狀況下に在って始めて廣範に明示する事ができるからだ。これとは逆に、ある抒情詩人の場合、もしその個人の抒情的色彩を具有する詩歌の特色の中に全ての詩人が共通する風格を探しきれなくても、誰もその詩人を責め咎めはしないだろう。抒情詩人は、個性的であればあるほど、ますます彼の内在的氣質に接近するのである。或いは言い換えれば、抒情詩人は、より眞摯に心情を抒べようとすればするほど、ますます自己の意思の外在的表現に、それに見合う強烈な主觀性を與えねばならない」と。

ヴァッケナーゲルは風格の主觀的要素と客觀的要素の有機的な結合を「風格の混成要素」と呼んでいる。しかしながら、風格の混成要素は相異なる性質に基いて、時には主觀の面が優勢になったり、時には客觀の面が優勢になったりして、各種各様の表現形態を呈する事になるが、しかし、その風格の混成要素は必ず一定のバランスを保ち、作品自體の内在的要求に適合しなければならないのであって、主觀の任意性を許す事はあり得ないのだ。一旦表現對象の基礎から逸脱して、純粋に作家の嗜好や勝手さ・習性のままに創作を始めれば、すぐさま風格の構成要素のバランスが崩れてしまうはずである。ヴァッケナーゲルはこのような現象を「マンネリズム」（mannerism）と呼んだ。外國の文藝理論或いは美學の書籍では時にこの「マンネリズム」を簡單に「作風」マンネリ（mannner）と呼ぶ事もある。ここで使われる「作風」という語は、われわれが通常に使用する漢語の「作風」とは意味が違い、この語はけなす意味を持っている。例えば、ヘーゲルの『美學』では、風格と「作風」とを嚴格に區別している。彼は、「藝術家が作風を持った時、彼は單に彼個人の單純で狹い主觀性のままに支配されているだけに過ぎない」と言っている。ヘーゲルは「マンネリ」が特殊な處理方法或いは表現方法であり、ある一人の作家によって創造されたものが、彼の模倣者或いは門弟たちにまねされて、それが幾度も繰り返されるうちに硬直化して型にはまった習慣になってしまうが、これは藝術的風格を傷つけるものだ、と考えた。因って、彼は「マンネリが特殊なものであればあるほど、それは一層退化して魂のないものに墮落し易く、從ってそれは無味乾燥な重複とわざとらしい見せ掛けであって、もはやそこに作家の精神も靈感も見られなくなってしまう」と考えたのである。(1)この視點とヴァッケナーゲルの視點とは基本的に一致するものである。

　この「マンネリズム」について、ヴァッケナーゲルはアリストファネスの『蛙』を引用してギリシャ三大悲劇作家に對し次のような評價をしている。アイスキュロス――マンネリズム、エウリピデス――個性を缺く、ソポクレス――ほんとうの風格。嚴格に言うならば、アリストファネスは『蛙』の中でアイスキュロスとエウリピデスを借りて互いに指摘させ合っているから、實際には二人ともマンネリズムであると批判されている事になる。例えば、アイスキュロスはエウリピデスがいつも詩句中の第五番目の音の後ろでポーズを入れたがる事を責め、そこで彼に代わってエウリピデスの毎行の詩句のポーズの場所に、一つの文句「油壺をばなくしたとさ」[2]を挾み込んでからかい、エウリピデスの平板單調な詩句を冷やかしている。その一方では、エウリピデスもまたアイスキュロスが好んで大言壯語を重ねた文句を濫用する事を責めている。彼はアイスキュロスが『ミュルミドン』の中で全く必要も無いのに、多くの詩句の後ろに「そうじゃ、あの打擊を、しかも助太刀には參られぬのか」と言う一句を插入している事を嘲笑い、これによってアイスキュロスのわざとらしい見せ掛けを揶揄している。ヴァッケナーゲルは、この例を擧げながら、たとえ偉大な作家であってもマンネリズムという現象からは免れ難い事を説明している。彼は、風格の混成要素、つまり主觀的要素と客觀的要素の融合には、必ず一つの原則を遵守するべきであると考える。それはつまり、作家は必ず自分の氣質を對象に服從させねばならず、反對に對象を自分の個人的な氣質に屈服させてはならない、と言うことだ。一旦後者の狀況が上位を占めてしまって、作品の主要な傾向となってしまうと、マンネリズムの惡弊に陷ってしまう可能性がある。

注

（1）ヘーゲルの『美學』、引用は第一部第三章C藝術家三手法様式獨創性（譯は『ヘーゲル美學講義』作品社刊の該當部分を參照）の部分と思われる。

（2）引用語句の解釋は以下『ギリシャ喜劇』（筑摩文庫）による。

第四章　比興篇の「容を擬し心を取る」説を釋す*

――意象、卽ち表象と概念の總合について――

*比興篇は、詩文における直喩と隱喩の修辭法を論述した篇。その贊に、「容を擬し心を取る（形象をなぞらえ精神を汲み取る）」と。（譯者）

『文心雕龍』を著した劉勰自身の見解に據れば、「比興」という語には二種の意味がある。これを分けて言えば、まず「比」は「附（近づける）」と解釋して、本篇に所謂「理に附くものは、類を切して以て事を指す（事物の道理に近づけるには同類項で整理しつつ事態を説明する）」ことであり、興は「起（おこす）」と解釋して、同篇に所謂「情を起こす者は、微に依って以て擬議す（心情を搖り起こすには、心の微妙な襞《ひだ》に沿いつつ思考を纏め上げる）」ことである。これが「比興」の一つの意味である。もう一つの意味は、「比興」二字を接續した一つの熟語とし、一つのまとまった概念と見做すものだ。『文心雕龍』比興篇の篇名と篇末の贊に所謂「詩人の比興」などは、共に更に廣い内容を含んだ用例である。この場合、この「比興」という一語は藝術的な性格の特徴として、我々が今日使用する「藝術的形象」という語に近いものだと解釋する事ができる。

「藝術的形象」という概念は、長い閒の發展と豊かな過程を經て、今日の意味を持つようになったものだが、その源流に遡ってみれば、「藝術的形象」という概念の芽生え或いは胚胎は、早期の文學理論の中に見出す事ができる。たとえそれらの言説が現在の藝術的形象の概念の持つある種の要素を完全には備えたものではなく、ぼんやりとしか持っていないものであったとしても。例えば image の語は、比較的早期の文學理論に在っては形象を表示する意味に用いられた。この用語はそもそもラテン語の imago から生まれ出たものだ。その本義は「肖像」・「影像」・「映像」であり、後には更に修辭學上の「明喩」と「隱喩」との共通用語となった。「像」とは感性に訴える具體的な事物の姿であり、「明喩」と「暗喩」とはともに藝術的意味傳達の方法または手段を指し、從って、ここにも我々が今日藝術的形象と呼んでいる概念のある種の内容が明示されている。中國で使われた「比興」の語は、劉勰の「比は顯にして興は隱なり（比は性格が明らかなのに、興だけが模糊としている）」という見解（後に唐の孔穎達がこの説を採用）に照らして「明喩」と「隱喩」として解釋すれば、ラテン語と同樣に藝術的形象のある面を含んだ内容となる。神思篇に、「聲律を刻鏤して、比興を萌芽す（音律を刻みつけ、比興を運用し始める）」と述べたのは、「比興」の中に音律を練り上げ藝術的形象を作り上げる手法が芽生え始めていると考えたからだ。

比興篇は劉勰が藝術的形象の問題を検討した專論であり、そこで「詩人の比と興は、容を擬し心を取る（『詩經』の比と興は、形象をなぞらえ精神を汲み取る）」と述べる言葉は、彼が藝術的形象の問題に對して提出した要旨であり精髓であると言ってよい[(1)]。

この藝術的形象の問題については、實際には劉勰以前では、晉の陸機が既にこれに觸れている。陸機は「文賦」の中で、「方を離れ圓を遁ると雖も、形を窮めて相を盡くさんことを期す」と述べていたのである[(2)]。陸機のこの言葉に對する過去の注釋者の解釋は山のように數多くある。例えば唐の李善の『文選注』では、「方・圓とは定規とコンパスのことである。文章には從うべき各種の基準があるという意味だ」と説いているが、原文を詳細に讀めば、このような解釋は頗る穿ちすぎている[(3)]。もし「方圓」を定規とコンパスとして解釋するならば、陸機ははっきりと「方を離れ圓を遁る」という主張をしており、「離（離れる）」も「遁（遁れる）」も共に逃れ離れるという意味であるから、道理に照らせばそれは當然各種の基準を打ち捨ててしまえと言う意味になるはずであって、絶對にその逆の意味「文章には從うべき基準がある」という意味にはなるはずがない。清の何焯『義門讀書記』は南齊の張融の『門律』に所謂「そもそも文章というものには常體はないが、しかしさまざまな體があることを常とする」（『南齊書・張融傳』）との語を引いてこの陸機の説を注釋しているけれども、(4) これもかなり回りくどくて分かり難いものである。考えるに「方を離れ圓を遁る」の語には、實は比喩を運用するという意味が寓せられているのだ。この語を直譯すれば、つまり「四角いものをそのままに四角と言ってはならず、四角とは直接言わないようにしてその四角さを説明しなければならない。丸いものはそのまま丸いと言ってはならず、丸いと直接言わないようにしてその丸さを説明しなければならない」という意味である。中國の傳統的な畫論ではしばしば「不似の似（似ていないものが却って似ている）」と言われるが、これもまた「方を離れ圓から遁れる」の別の表現なのだ。例えば文章を作る時、比喩を運用した細やかな筆致で讀者の心に弦外の音・言外の意味を傳える事ができず、ただ單純にありのままを記し、見たままを述べるだけならば、「方を離れ圓から遁れる」の趣旨に沿ったものではない。前人はこのような直線的な作文法をしばしば「罵題（表現と内容が異なること）」と稱していたが、陸機が異を唱えたのは正にこの點なのである。陸機の説に從えば、「方を離れ圓から遁れる」とは、藝術的形象を作り上げるためには必ず採用せねばならない手段であり、しかも「形を窮めて相を盡くす」とは、藝術的形象を作り上げる時には必ず達成せねばならない目的なのであった。因って、比喩を運用するのは對象の豊かな形貌を更に生き生きと十全に表現するためである。比興篇に「比の類は繁なりと雖も、切至を以て貴しと爲す。もし鵠を刻みて鶩に類すれば、則ち取る所無し（比にはさまざまな種類があるが、大切なのは的確な比喩を選ぶ事である。白鳥を刻んだつもりが家鴨に似るような始末では、何らの效果も無いのである）」と述べるが、正にこの趣旨と同じ事である。「切至」も「形を窮め相を盡くす」という意味に他ならない。詮賦篇に「諸《これ》を形容に擬すれば、則ち言は細密を務め、其の物宜を象《かたど》れば、則ち理は側附を貴ぶ（事物の姿を描き出すには、表現に周密さが望まれ、事物の性格を寫し取るには、内容にほのかな密着のある事が大切である）」と言うが、その「側附（直接に描寫しないで、間接に説明する）」の語も「方を離れ圓から遁れる」の意味に近いものである。

しかしながら、陸機が提出した「方を離れ圓を遁れ、形を窮め相を盡くす」という見解は、ただ藝術的形象という形式の問題に關係があるばかりであるから、陸機のこのような理解はやはり完全に初歩的で、眞に粗っぽいものであった。これに比べて、劉勰は大きな前進をしたと言えるのであって、彼は單に形式の面から藝術的形象の問題を考察したばかりではなく、更に内容の面からも藝術的形象の問題を考察したのである。彼の「詩人の比興は、容を擬し心を取る」という一語は、形式と内容いずれの面にも偏る事のできない藝術的形象に對する劉勰の言明であった。もし我々が同時に神思・物色・章句・隱秀（殘缺）の諸篇を參閲し、その中の關係する論點を互いに照らし合わせれば、劉勰が述べた「容を擬し心を取る（姿を喩え心を汲む）」という語がどのような意味を持つのか、それをはっきりと理解する事ができる。

「容を擬し心を取る」という語の中にある「容」・「心」の二字は、共に藝術的形象の範疇に屬し、同一の藝術的形象の兩面を代言したものであって、外側に當たるものが「容」であり、内面に當たるものが「心」である。前者は藝術的形象の形式的側面について言うのであり、後者は藝術的形象の内容について言うのである。「容」は客體の容貌を指し、劉勰は時にまたこれを「名」とか「象」と呼ぶ時もあるが、實際には、これもつまりは藝術的形象が提供する現實的表象という側面に對應するものである。「心」は客體の内心を指し、劉勰は時にまたこれを「理」とか「類」と呼ぶ時もあるが、實際には、これもまた藝術的形象が提供する現實的意味という側面に對應するものである。「容を擬し心を取る」と述べて、容と心を合わせて述べた意圖は、藝術的形象を造り上げるには、單に現實の表象を模擬する必要があるばかりでなく、更に現實の內在的意味を吸い取る必要があり、現實の表象を描寫する事を通して、現實の內在的意味の提示にまで達しなければならないのである。現實の表象は個別的で具體的なものであり、現實の內在的意味は普遍的で概念的なものである。そして藝術的形象を造り出すのは、個別性と普遍性との綜合、或いは表象と概念との統一を實現させる事にある。このような綜合或いは統一の結果、劉勰が藝術的形象について「名を稱するや小なるも、類を取るや大なり（小さな具象の屬性から、大きな抽象的意味を摘出してくる）」と述べる特徵、——つまり個別のものが普遍性を含み、或いは具體的なものが概念性を明示するという特徵が造り上げられるのである。

宋の陳應行の『吟窗雜錄』[5]に載せる舊題白居易『金針詩格』と稱される詩話には、「詩には內・外の意がある。內なる意は其の理を述べ盡くそうとするものであって、この理とは義理の理であって、贊美したり風刺したり箴誡したりするような類がこれである。外なる意は其の象を述べ盡くそうとするものであって、象とは物象の象の事で、日月山河蟲魚草木などの類がこれである」と言っている。舊題賈島『二南密旨』にも內外の意の說があって、「外意とは篇目につれて明白になるもので、內意とは入るにつれて風刺が込められるものだ」と言う。このような見解は劉勰の「容を擬し心を取る」說を解釋するのに非常に都合がよい。「外意」とは、正に劉勰が述べていた「容」に當たり、「內意」とは正に劉勰が述べていた「心」の事なのだ。「外意」という點から言えば、藝術的形象が提供する現實の表象は必ず完全無缺で現實の生活に酷似したものでなければならない。「內意」の面から言うならば、藝術的形象が提供する現實の內在的な意味は必ず奥深くて普遍性を持ったものでなければならない。正に藝術的形象は單に現實生活に外在する現象の活動的な再現であるばかりでなく、更には現實生活に內在する本質的な奥深い掲示でもあるので、そのために藝術的形象は始めて思想內容を體現するものとなり得るし、藝術作品の形象は始めて思想的作用を發揮できるのである。物色篇に「志は惟れ深遠に、物を體するの妙と爲すは、功は密附にあり（詩想は深遠な思想性に貫かれる事が必要であり、自然を巧みに寫し取るには、對象に密着する事が大切である）」と述べ、章句篇に「外文は綺交わり、内義は脈注ぐ（外面には修辭の美が綾なし、内面では主題が一貫した流れを成しつつ脈打つ）」と述べ、隱秀篇に「情は詞外に在り、狀は目前に溢る（その心情は文辭の外に現われ、その形狀は目の前に溢れる）」と述べる(6)のは、いずれも藝術的形象の内意と外意との相互の結合を説明しようとしたための事である。

劉勰は、姿形と内心或いは現實表象と現實の内在的意味が統一されて、始めて完全無缺な藝術的形象を形作る事ができると考えていた。現實の内在的意味を代表する「心」は現實の表象である「容」を通して現われ出るものであり、現實表象を代表する「容」もまた現實の内在的意味である「心」を示す事に因って生命を得るものである。「心」が有って「容」が無ければ、現實の表象を抽象的な原理の中に埋沒させてしまうはずであり、「容」が有って「心」が無ければ、現實の意味を魂の拔けた死體の中で消滅させてしまうはずである。優れた藝術家は誰でも明快で生き生きとした藝術的形象を通して讀者を誘導し、現實を認識し人生を理解させるものなのだ。

ところで、なぜ比興篇はその題に「比興」と名付けながら、その實は「比」の方に重點を置いて論じているのだろうか。昔の人は嘗て「興という道理は餘り用いられなかったからだ」とこの問題を解釋した。しかし實際には、劉勰が「興」よりも「比」について多くを論じた原因は決してそこにあるのではない。もし、漢魏以來「興という道理は餘り用いられていない」ので、彼は「興」を重視しなかったのだとか、或いは「興」を詳しく分析する必要がなかったのだとか言うだけならば、このような理由づけは不十分である。凡そ研究者の論述というものは、ある問題が普通的に重視され得たか否かを基準とする事はできないのであって、當然その問題の重要性を研究目的としなければならない。劉勰は既に比興を藝術的形象を代表する完全な概念と見做しているからには、當然彼には輕いか重いかを比較する考えがあるはずはない。劉勰は「比」と「興」を分けて論じる時でも、兩者の閒の有機的な關係を引き裂きはせず、やはり藝術的形象の完全な概念から出發しているのである。劉勰は「比」を現實的表象を描く範疇に屬し、つまりこれも「容を擬し」「象を切にす」という意味だ。「興」は現實の内在的意味を明示する範疇に屬し、つまりこれも「心を取り」「理を示す」という意味であると考えた。劉勰の後、唐の釋皎然の『詩式』では、「姿形を示すのを比と呼び、義を示すのを興と呼ぶ。義とは姿形の下に内在する意の事だ」と言う。このような見解も、比と興とを完全な一つの藝術的形象の持つ二つの有機的側面と見做すものだ。劉勰は正に完全な一つの概念に基づいて詩人・辭賦家が比興を運用する具體的な問題を陳述したのである。彼は比と興が當然一つのものとして綜合されねばならないと固く信じていたからこそ、彼は「諷は比・興を兼ぬ（諷諭の技法には「比」「興」を綯い交ぜて用いている）」という屈原の『離騷』を評價し、「比を用いて興を忘れ」た辭賦を批判したのである。彼が比を特に重點的に論じた理由は正に漢末以來の「興の義は銷亡す（興の意義も忘れてしまった）」という現象に鋒先を向けて發せられたからである。これは單に興の意義を粗略にしたわけではなく、その反對に、却って興の意義を重視しての事なのだ。比興篇には、「炎漢は盛んなりと雖も、辭人は夸毗し、詩刺は道喪ぶ。故に興の義は銷亡す。是に於いて賦頌は先に鳴り、故に比體は雲構して、紛紜として雜遝し、舊章に倍《そむ》けり（「倍」字は『范注』校に據って「信」を「倍」に改める）（漢代は詩文が隆盛を極めた時代であったが、辭賦家は大袈裟な表現に流れ、『詩經』の批判精神がその道を喪失した結果、「興」の意義も忘れられてしまった。そこで詩に代わって賦や頌が勝鬨をあげ、「比」の使用はさながら雲の湧き出る勢いで、紛然として混亂に陥り、古典に悖るに至ったのである）」と言っている。そこには非難の意思が露わである。それに引き續き魏晉以來の辭賦を論じて、「日々に比を用い、月々に興を忘れ、小に習いて大を棄つ。文の周人に謝する所以なり（「比」はいよいよ愛用されるし、「興」はますます疎んじられる一方となり、小に馴染んで大を輕んずるありさまだ。漢代の文學が周代のそれより劣る原因がここにある）」と述べる論述を、この點の明證とする事ができる。劉勰に據れば、藝術的形象がもし現實の表象を通して現實の意義を明示し得ずに、僅かに藝術的形象を外在する現象を描くだけの單純な手法とするならば、劉勰にとってそれは「小に習いて大を棄てる」という取るに足らない小細工になってしまうのである。彼が「比を用いて興を忘る」と述べたのも、ただ姿や形ばかりを精密に描く事を知るばかりでその意義を示す事を知らず、ただ「容」の模擬ばかりに努めて「心」を汲み取る事を理解していない、という意味だったのである。

　當然ながら、劉勰は容姿や形象を的確に模擬し表現する事の意義を決して抹殺しなかった。例えば比興篇には、漢の王褒が慈父の子を愛する優しさ溫かさを洞簫の響きに比喩し（洞簫の賦）、張衡が蠶の繭から絲を引き出すようなたよやかさ輕快さを鄭の舞踏の姿に比喩する（南都の賦）等の例を列擧している。これら「比」の技法で姿容や形象を喩える例は、共に相當の藝術的成功を収めたものと言う事ができる。しかし、藝術的形象の意義は詰まるところやはり姿容や形象を的確に模擬し表現する手段に據って、その内面を汲み取り意味を示し傳える目的を達成する事にある。作家は音の響きに喩え、事物の姿形に比べ、事柄に譬えるという技法を用いて現實の表象の描寫を進めるのだが、ただ自分の知覺に賴るだけでも十分その任に堪える事ができる。しかしながら、もし作家が現實の表象と現實の内在的意味とを融合し貫通させて、個別的・具體的な「容」を以て普遍的・抽象的な「心」を表わそうとするならば、更に大きな才能を持ち得なければ無理な事だ。因って、「比を用いて興を忘」れた藝術的形象と「諷は比・興を兼」ねた藝術的形象とは同一次元で論じられるものではなく、この兩者はその相異なる藝術的創造力とその相異なる創作態度を明示しているのである。

注

（1）原文「詩人比興、擬容取心」、これは比興篇末の贊に、「詩人の比興は、物に觸れて圓覽す。物は胡越と雖も、合すれば則ち肝膽なり。容を擬し心を取るに、辭を斷ずるは必ず敢なれ。詠歌に攢雜し、川の渙なるが如し（『詩經』の詩人の比と興は、對象に密着した觀照の所產。緣もゆかりもない物も、比と興をうまく使用すれば懇ろな仲。姿を譬え心を汲むに、言葉の選擇は果斷であれ。もの竝べて詩に注ぎ入り、川のごとさらさらと流れゆく）。」と述べる文の中の、「詩人の比興」と「容を擬し心を取る」との二句の語を組み合わせて述べたもの。

（2）陸機「文賦」の該當部分について、參考までに邦譯（興膳宏）でその前後を擧げておく。傍線部が本文に引用される部分。

「文體は千差萬別であり、描く事物も多種多樣で一つの尺度では計れない。この兩者が交錯し入り亂れると、その文章の複雜さはとても言葉では說明し難い。文辭は才能に應じて技巧を發揮し、構想は要點を摑んで工匠の如く組み立てる。虛實の間に在って大いに努力し、淺深の閒を追求して完璧を期する。文章の作り方に一定の規則はないが、要は對象の形狀を窮め盡くすことだ」。

（3）李善『文選注』、陸機の「文賦」は『文選』に收錄され、唐の李善がこれに注釋をつけている。なお、『文選』胡刻本考異では、「これは、文章には從うべき各種の基準があるとの意味だ」の部分を十字缺くテキストが示されており、この部分は李善本來の注ではなく後世の加筆の可能性がある。

（4）淸の何焯『義門讀書記』、何焯（一六六一－一七二二）、義門はその書塾の名。『義門讀書記』は經書・史書・詩文にわたる彼の讀書ノート。引用は卷四十五『文選』陸機「文賦」の部分。

（5）宋の陳應行の『吟窗雜錄』、魏の文帝の『詩格』、唐の白居易の『金針詩格』、賈島の『二十南密旨』などの詩文評類を集めた雙書だが、それらは編者の陳應行の名をも含めて大概が假託されたものと今では考えられている。しかし、宋以前の詩文評類の樣子を知るには、貴重な文獻とされる（『吟窗雜錄』（中華書局）附錄「論『吟窗雜錄』」張伯偉の文を參照）。

（6）隱秀篇の語として引かれるこの「情は詞外に在り、狀は目前に溢る」の語は、隱秀篇にはなく、典據不明。

〔附録二〕「方を離れ圓を遁る」補釋

清の何焯『義門讀書記』は、南齊の張融の『門律自序』に「そもそも文章というものには常の體は無いが、しかし様々な體がある事を常とする」という二句を引いて、晉の陸機の「文賦」に所謂「方を離れ圓を遁ると雖も、形を窮めて相を盡くさんことを期す」の語を解釋しようとしたが、その見解は成り立たない。その主な理由は兩者が接觸している問題は決して同じ範疇に屬していないからだ。張融の所見は文體の問題について發せられたものであって、その意見は「文章というものは一つのスタイルにこだわる事はないけれども、しかしそれぞれの文章にはそれなりのスタイルがある事は、どのみち一定普遍の道理だ」というものである。一方、陸機の所見は形象の問題を目的として發せられたものであった。

「文賦」では、「方を離れ圓を遁る」と述べるその上文に「體に萬殊有り、物に一量無し、紛紜揮霍として、形は狀を爲し難し（文體は千差萬別であり、事物は多様で一つの尺度では計れない。兩者は交錯して入り亂れ、その複雑さはとても筆舌では説明し難い）」と提議し、またその下文にも詩・賦・碑・誄・銘・箴・頌・論・奏・説等の十種類の文體を提示しているから、論者はしばしば容易に上下の文を連ねて統一的に説明し、一律に文體の問題だと思い込んで取り扱いがちである。しかしながら、些か深く考えるならば、このような結び付け方は間違っている事が直ちに分かるはずだ。その第一の理由として、「文賦」は一篇の普通の文學論ではなく、賦體に據って書き上げられた文學論であって、形式の上で賦體に據る嚴しい制限を受けている。劉勰はその序志篇で「文賦」の「巧なれども碎亂（巧妙だがくだくだしく不統一）」という缺點を指摘している。つまり「文賦」は整然とした文脈と明快な條理を缺いており、しばしば相異なる範疇の問題を一緒くたにして論述し、しょっちゅう反復したり錯綜したりする狀況を露呈しており、從って同じ段落の中でも、後の部分が文體の問題を檢討しているからといって、前の部分も必ずしも同樣に文體の問題を檢討しているとは限らないのだ。第二の理由は、「方を離れ圓を遁る」の上文は、「體に萬殊有り、物に一量無し、紛紜揮霍として、形は狀を爲し難し」と述べているのだが、實際には所謂「體」は文體を指して言っているのではない。この語句の中では、「體に萬殊あり」「物に一量なし」の二句は雙方で互いに文を補い合って意味を充足する「互文」であって、共に審美的客體を指し、下文の藝術的形象の問題を導き出しているのである。我々がもしそれらをを文體の問題と思い込んで取り扱うならば、ただ作者の意圖は、文體が千變萬化して形容のしようが無い事を說くところに在るのだ、と考えるはずである。もしそうだとすれば、なぜ「文賦」は直下に續けて文體を十種に分け、その上全てにわたってはっきりした定義を賦與したのか。既に文體が十種類に分けられ、更にその全てに一々定義を賦與したとすれば、まさか相變わらずなぜ「交錯し入り亂れて、その複雜さはとても筆舌では說明しがたく」、千變萬化して、形容のしようがないものなのか。このような明白な矛盾は如何なる推理常識を具有する論者でも取らざるところである。理由の第三には、何焯が引いた『門律』の見解ではどうしても「方圓」の語を解釋できないからである。何焯は、『文選』李善注が『孟子』の離婁上の「方圓を規矩と爲す」という意味に基づいて無理遣りに下した解釋に對して相當に不穩當だと感じていたのは明らかなのだが、しかし彼はまたこれ以外の適當な說明を見つける事ができず、そこであっさりと恥も外聞も無くこの二つの文字を投げ捨ててうやむやのままに片づけてしまったのである。

實際のところ、何焯の牽强附會な解釋を投げ捨て、「文賦」の交錯した議論を一緒くたにして語らず、また『文選』李善注の曲解を投げ捨て、「方圓」の解釋を「規矩」という舊訓にこだわらないようにしさえすれば、「方を離れ圓を遁る」という辭句は明らかに形象の問題を説明している事を見て取る事ができるだろう。「文賦」が用いる「方圓」という一語は、先秦諸子の伊文が述べる「物を呼ぶ名」という辭句の意味に非常に近いものである。『尹文子』上篇では、「名には三種類あり、法には四法則ある。一つ目は物を呼ぶ名、方・圓・黒・白などがそれである。二つ目は毀譽の名、善・惡・貴・賤などがそれである。三つ目は比較の名、愚・賢・愛・憎などがそれである」という[1]。伊文などの指摘した「名」の三種の論理的な意味からすれば、「物を呼ぶ名」とは具體的なものに屬し、「毀譽の名」とは抽象的なものに屬し、「比較の名」とは對比するものに屬する。「方圓」という語は古漢語では本來廣く一般的に事物の名稱を指すという意味がある。陸機は正にこの意味で、「方圓」という語を用いて文學の描寫對象を代表させたのであった。

注

（1）『伊文子』、『伊文子』は『漢書』藝文志に見える。傳えられるものは上篇に論理學的な記載が多く、下篇には法術の記載が多い。恐くは原貌を傳えるものではないだろうとされる。

〔附録二〕　劉勰の比喩説とゲーテの内義説*

*「内義」説の「内義」は、王元化氏の原文では「意蘊」に作る。中國語の「意蘊」は、深奥に含まれている意味（譯者）。

藝術的形象の問題に在って、ゲーテの「内義説」にもまた内・外の二つの面が含まれている。外在の面とは藝術作品が直接呈示する形狀であり、内在の面とは外在の形狀に生命を吹き込む意味内容である。ゲーテは、内在的な意味は外在的な形狀に顯われ、外在的な形狀は内在的な意味へと導入すると考えた。ゲーテは『自然の純粋模倣・作風・風格』という文章の中で、「藝術の企及し得る最高の境地」を説明して「最も深遠な認識の原則に基づき、物事の本性に基づきながらも、その物事の本性は當然我々が見たり觸れたりできる形式の中で認識できるものだ」（クーパー英譯本に據る）[1]と言った事がある。ゲーテは藝術的形象を外在的形狀と内在的意味に分けていて、恰も劉勰の「容を擬し心を取る（姿を譬え心を汲む）」説とどこか似たところがある。とはいえ、二人は全く相同じというわけでもなく、その最も大きな相違は個別と一般との關係に對する理解の相違にある。

比興篇では、「名を稱するや小なるも、類を取るや大なり（小さな具象の屬性から、大きな抽象的意味を摘出してくる）」と述べるが、この見解は『周易』に基づく。『周易』繫辭下傳に、「そこで指し示される物事の名稱は些細だが、譬えられる同類の物事は大きく、その内容は深遠、その文辭は美麗、その言葉は委曲を盡くして當を得ている」とある。魏の韓康伯注では、「象徵するものに託して道理を明らかにし、小さな事に因って大きな事を譬える事」という。唐の孔穎達の『正義』では、「その内容が深遠とは、身近な事柄を述べて遠大な事柄を明らかにする意味である。その文辭が美麗とは、そこで問題になっている事を直接には述べないで、道理からそれを明らかにしようとする事、これがその文辭の美麗な事である。その言葉は委曲を盡くしているが當を得ていると言うのは、變化して常無く、決まった體裁に納まるものではないのだが、その言葉は事柄に從って委曲に述べられながら、しかもそれぞれの本質的な道理に的中しているという意味だ」と言う。ここから考えれば、前人達は概ね繫辭下傳の言葉を「比喩」の意味として理解していた事が看取できるし、このような視點は劉勰が比興を「明喩」と「暗喩」と見做した事と相通じるものがある。（最初に繫辭下傳のこの語を文學の領域に用いたのは『史記』を著わした前漢の司馬遷であって、彼は『離騷』を評して、「その文章の表現は些細であるけれどもその内容は大きく、比喩に擧げる事は卑近ながらあらわす道義は高遠である」と言う。(2) この司馬遷の見解も劉勰にかなりな影響を與えている。）

劉勰の形象論は一種の「比喩説」だと言う事ができる。比興篇に「名を稱するや小なるも、類を取るや大なり」と言い、物色篇に「小を以て多を統べ、情貌遺すこと無し（できるだけ少ない言葉で多様な現象を統括しており、心情・外形共に描き盡くして餘蘊が無い）」とあるが、この二つは共に互いに補充し合う判斷内容なのである。「名」と「類」または「少」と「多」には共に個別と一般の關係が含まれていたのだ。劉勰が提示した「容を擬し象を切にする」事と「心を取り義を示す」事は、共に客觀的な審美對象に對應した發言であって、現實の表象を的確に模擬した上に、また現實の内在的意義を明示し、それに因って個別の事象を通して一般な事柄を表現するようにと作家に求めたのである。しかしながら、ここで確認しておかねばならないのは、劉勰の個別と一般との關係に對する理解は、彼の思想體系からの制約を受けたがために、本來正確な方向に向かって發展できたはずのその形象論の内容が窒息させられてしまった事である。劉勰は天地の心と聖人の心とを同一なものと考えていたので、それによって、彼の思想體系から結論を下せば、自ずから森羅萬象それ自體の意義は聖人の「恆久の至道」に合致しないものはない。このように、作家が「心を取り義を示そうとする」時には、ただ傳統的な儒家思想をしっかり守ってさえいれば森羅萬象に内在する意義を完全に明示する事ができるのだ。勿論、劉勰の創作論は先述のような觀點ばかりに據って論を立てたものではない。劉勰が先述のような視點に背を向けた時に、彼は何らかの正確な視點を提示している。けれども彼の「容を擬し心を取る（姿を譬え心を汲む）」説は先述のような觀點からの拘束から完全には離脱しておらず、その中には何某かの不純物が混じっているのである。例えば、比興篇で開口一番、「詩文は弘奥にして、六義を包韞す（『詩經』の内容は深遠で、その中に詩の六つの原則（六義）を包攝している）」と宣言し、續けてまた、「關雎は別有り、故に后妃は德を方ぶ。尸鳩は貞一なり、故に夫人は義を象る（『關雎』の雎鳩は折り目正しい鳥であることから、后妃の德の高さが比喩され、『鵲巢』の尸鳩には操の正しさがあるから、君主の夫人の貞節さがそこに象徵される）」とわざわざ述べて、その「心を取り義を示す」典範としている。（舊題白居易『金針詩格』も同樣に儒家の『詩經』教化説に基づき、「內意」を「毀譽褒貶や箴誨」などの類の「義理」だと說明している。）これに據ると、劉勰は理論上では自然界を「心を取り義を示す」對象としたとはいうものの、しかし彼の儒家的偏見が必然的に實踐の面でそれとは相反する結果を引き起こしている事を看取する事ができる。というのは、儒家思想の束縛の下では、作家はしばしば自分の主觀や信條を現實の物事の本質だと思い込んでしまうものだからだ。それ故、極めて簡單に次のような情況を引き起こしてしまう。つまり、作家は現實にある個別の物事を通してそれら自身が明示する一般的意味を表現するのではなく、先入觀を主とした既成觀念に因り、また現實にある個別の物事を儒家の說く一般的な義理にこじつけ、現實の物事を毀譽褒貶や箴誨の比喩と思い込んでしまうのである。因って、そこに反映される個別と一般の關係も、一種の比喩の關係へと變わり果ててしまうのだ。（例えば『詩』小序に「關雎の詩は、后妃の德を歌うのである」とか「鵲巢の詩は、夫人の德を歌うものである」とか言うのは、[3]正にこの面の典型的な例證である。）

ゲーテの「內義說」は劉勰の「比喩說」ほどに主觀的な色彩を含んではいない。ゲーテはこう言っている――「個別的なものを模索して一般的なものを探し求める詩人と、個別的なものの中に一般的な通性を見拔く詩人との間には、とても大きな差異がある。前者は比喩文學を生み出すが、ここでは個別なものは單に一般化された一つの例證か事象に過ぎない。後者こそは詩歌のあるべき眞實の本性なのである。たとえ、ただ個別的なものを表現するだけで、一般的な通性までには全く思い至っておらず、またそれを少しも示そうとしてもいなくても……。ある人がある個別的なものを生き生きと把握しさえすれば、その人は既にそこにある一般的通性も把握したのであって、ただ彼がこの時この事にまだ氣づいていなかっただけに過ぎないのであり、或いはその人はずいぶん時間が經ってから後ようやく氣づくものだ」（『ゲーテ文學語録・第十二節』）[4]と。ゲーテのこの見解は大いに劉勰の「比喩説」に對する批判として活用する事ができる。ゲーテは「個別なものは單に一般化された例證か事例に過ぎない」ところの比喩文學に反對して、作家はまず個別的なものを把握しなければならないものの、個別的なものを一般的なものに無理に結びつけてはならない事を强調して、現實生活を尊重しようとする態度を示したのである。この視點は非常に奥深い意味を持つものであって、文學創作論にとっても重要な意味を持つものである。實際、一般的な通性はただ個別的なものの中から抽出され得るものに過ぎないからである。作家はまずたくさんの個別的な物事のそれぞれ特殊な本質を認識してこそ、始めて更にそれらの個別の物事に共通する本質を認識する事ができるのだ。この意味から言って、ゲーテが作家に個別からの出發を求めたのは、「比喩説」が作家の主觀を現實に附會させるという誤りから免れる事ができるものであるからである。

しかしながら、同時に注意しておかねばならないのは、ゲーテの「内義説」には、過去ほとんどの現實主義理論が持っていた共通の缺陷を有している事である。ゲーテの個別と一般との關係に對する理解にはかなりな偏向性が窺われる。つまり、ゲーテは作家の認識活動において、ただ個別から一般へと向かう方面に注意するばかりで、もともう一方の一般から個別に向かう過程がある事に全く觸れていない。人類の認識活動は、特殊から一般へ、また一般から特殊へと、相互に結び付いた二つの過程なのである。人類の認識は全てそのように循環し往復しながら進行してきたのだ。ゲーテは正にこの相互に結び付いた二つの過程を分割してしまったのである。彼は先述の引用文の中で

「たとえ、ただ個別的なものを表現するだけで、一般的な通性にまでは全く思い至っておらず、またそれを少しも示そうとしてもいない」詩人を稱贊して、このような詩人は個別的なものを把握した時には、一般的な通性にまでは氣づいていないか、或いはずいぶん時間が經ってから後ようやく一般性に氣づくものだ、と考えた。しかし、個別から一般へ、また一般から個別へと、この相互に結び付いた過程は分割できるものではない。事實、一般から個別へという過程を完全に排除した認識活動なるものは決して存在しない。作家は抽象的な人物ではないし、彼が個別性を把握した時、その頭の中は全くの白紙なのではなく、その反對に、そこには既に一般的な通性の烙印が押されているのである。作家が具體的に認識活動を進めている時、この段階の個別から一般へと向かう過程は、しばしばそれ以前の個別から一般へと向かった過程にぴったりと接續しているものである。このような情況下では、作家が自覺するか自覺しないかに關わらず、彼は必然的に彼が以前の段階で把握した一般的な通性に由って、現段階の認識活動が指導されるはずである。因って、この個別から一般へと至る過程も、一般から個別に至る過程と相互に結び付いたものだったのだ。作家の認識活動は、必ず個別から一般に、また一般から個別にという二つの相互に結び付いた過程が互いに循環し往復して進行するものなのである。だからこそ、作家の認識活動は過去の段階から現在の段階に至り、更に現在の段階から未來の段階へと進んで、絕えず深まり續ける動きを形成する事ができるのである。

實際、作家の創作活動も同様に一般から個別への過程を缺く事はできない。作家の創作活動は彼の認識活動において獲得した成果を藝術的表現へと進展させる事である。作家は筆を下ろす前に、既に練り上げ成熟させた藝術的構想を持ち、ある程度の創作的意圖を確立している。因って、彼の創作活動の全ては本來自分の頭腦の中に在った創作的意圖を順を追って具體化したものなのである。創作的意圖は普遍的で一般的なものだが、作品の中に形成される人物と事件は具體的で、個別的なものである。如何なる作家の創作活動であっても、ゲーテの所謂「ただ個別なものを表現するだけで少しも一般的な通性にまでは思い至らないし、またそれを提示しようとしてもいない」というようなものではない。作家は竝べて自覺的に自分の創作的意圖に基づいて創作を推し進めるものである。人類の勞働は決して蜜蜂が巣を作るように、ただ本能だけの現われではなくて、自覺的で、目的を持った、能動的な行爲なのだ。作家の創作活動も同じような性質を持っている。作家の創作的活動が自己の創作的意圖から出發する事を否定するならば、それは必ず作家の創作活動の自覺性と目的性を否定する事になるはずである。

藝術と科學とは世界を理解する方法の上でそれぞれ相異なる特色を持っている。藝術家は科學者のように個別の中から一般的通性を抽象するのではなくて、個別を通して一般的通性を具體的に表現する。科學者は一般的な概念を使って特殊な個體を統轄するが、藝術家は特殊な個體を通じてその一般的な內在的意味を明らかにする。藝術的形象は當然具體的でなければならず、科學的概念もまた當然具體的なものでなければならないし、科學者が抽象的な規則を生み出す思考を進めている時には必ず具體的な再現を引き起こす必要があり、それは正にマルクスの『經濟批判序說』に所謂「抽象的なものから具體的なものへ上昇する」方法は唯一にして正確な科學的方法だ、と説くようなものである。とはいえ、そこに言われる具體性とは論理の範疇を經て概念形體に由って表現される數多くの規定と關係とを具有する綜合を指すのである。科學者は混沌とした表象と直感に手を加え、具體的で一般性を持つ概念を抽出した後、特殊で個別的な感性・形態を排除してしまう。しかし一方藝術家の創造力の働きは形象を材料として、最後まで形象を巡って進められる。藝術作品が呈示する一般性とは、必ず感性・觀照に呈示されなければならず、因って、藝術家は現實生活に對して藝術的加工を推し進めて、事物の本質を明示するのであって、決して物事の現象・形態を放棄してしまうのではなく、加工された後の現象・形態を通じて事物に內在する關係を明示するのだ。とはいえ、藝術作品の中に表現された現象・形態は既に本來の生活における現象・形態とは異なったものとなっている。なぜならば、前者は既に直感の中で互いに疎外し合い、互いに獨立し合った雜多な現象・形態をば內在的な關係を具有する多樣性のある統一體へと轉化させているからである。これはつまり、個別から一般へ、また一般から個別へという認識法則が藝術的思惟の中の特殊な形態に具體化された事なのだ。藝術的形象の具體性は、それが既に一般的意味の典型であるだけでなく、同時にまた特殊な個體でもある點にある。それは現實生活の細部にわたる眞實性を保持し、典型性は現實生活の細部にわたる眞實性の中から立ち現われて、直接感じ取り得る對象に變化する。ここでは、個別から一般へ、そしてまた一般から個別へ、というこの二つの認識過程は竝列的なものではない。作家の認識活動は個別の感性・事物としての形象から出發する事しかできないのである。あらゆる創作過程の中で、形象から遊離して概念から出發し構想を進める段階などは全く存在しないのだ。因って、一般から個別に至る認識の效用は、それだけ孤立して單獨に現われるのではなくて、個別から一般に至る過程の中に浸透して、それは作家が個別的なものを認識するのを指導する導火線または指針となる。この個別から一般に至り、再び一般から個別に至る認識法則に對しては、以下のように二種の相異なる理解があり得る。一つの理解はこの二つの過程をはっきり分けて、孤立的・排他的な相互に干渉しない獨立した過程と考えるもの。例えば、所謂表象－概念－表象の法則は、藝術の創作過程において形象を排除する抽象的思惟の段階が存在していて、藝術的創造はその抽象的思惟を經て獲得した概念を形象化する事にある事を意味している。これは一種の「形象圖解論」と言ってよく、それは形象的思惟に反對するものである。もう一方の理解はその逆で、個別から一般へ、そして更に一般から個別への過程が孤立的・排他的なものではなくて、相互に連結し、相互に滲透し合ったものと考えるのである。後者のような理解でこそ始めて辨證的な觀點と言えるのである）。

注

（1） 潮出版社『ゲーテ全集』の譯を參考に擧げておく。「自然の模倣、普遍的な言葉を得ようとする努力、更には對象そのものの精密な深い研究を通して、ついに藝術が物の本性やその存在形式をますます正確に知るようになり、あまたの形態を見渡し、特色ある様々な形狀を比較して模寫できるようになれば、このとき様式はおよそ藝術の到達し得る最高の段階に立つものとなる」。

（2） 司馬遷の『離騷』評、言は『史記』屈原傳に見える。

（3） 『詩』小序、『詩』は『詩經』。小序は『詩經』に收められた各詩の始めにつけられた解題の部分で、經學的な視點が強い。

（4） 大東出版社『ゲーテ全集』（「格言と反省」）ではこの部分、「詩人が普遍のために個別を索めるか、個別において普遍を觀ずるかは大きな相違である。前の仕方からは寓喩が生ずる。ここでは個別はただ普遍の例としてのみ通用する。しかし、後の仕方が元來の本性である。それは普遍を考えることなく普遍を指示することなしに、個別を表現する。或いは後になって始めてそれと氣づくのであるが」と譯す。

〔附錄三〕「抽象的なものから具體的なものへ上昇する」に關する若干の説明

マルクスが『政治經濟學批判序說』の中で提示した「抽象的なものから具體的なものへ上昇する」という科學的方法は方法論における重要な問題の一つである。六〇年代の前期、中國の哲學會ではこの問題について討論を展開した。當時ある人は、このマルクスの提案が感性から理性に至るという認識の共通法則に極めて沿い難いと考え、そこで『資本論』第二版の跋に提示された「研究方法」と「敍述方法」との區別を引用して解釋を加え、「抽象的なものから具體的なものへ上昇する」とは「敍述方法」を指す見解だと考えたのである。最近の哲學界では分析と總合に關する問題の討論に在って、再び改めてこの問題に議論が及ぶようになった。ある論文はやはり先述の說を踏襲している。卽ち『文史哲』一九七八年第四期に掲載された『李澤厚氏に問う』の論文では、「實際のところ、マルクスが述べるこの方法は、ここでは僅かに敍述の方法を（重點符號は原論文に加えられたもの）指すだけに過ぎないのだが、この敍述の方法は硏究方法と認識方法を完全に包括し得るものではない」と言う。けれども、私は、この主張は成立し得ないと思う。「抽象的なものから具體的なものへ上昇する」という科學的な方法を「硏究方法」の外へと排除して、それが認識の領域に屬さないと考えているが、これはマルクスがこの方法を提出した本來の趣旨にそぐわないものである。マルクスの意圖に據れば、「抽象的なものから具體的なものへ上昇する」という方法は正に「世界を掌握する」思考活動の方式なのである。確かに、マルクスは政治經濟學の方法が抽象から出發するべきであるとは言っていない。むしろその反對に、彼は『政治經濟學批判序說』の中で、政治經濟學の方法が「直感と表象とを加工して概念に作り上げる過程」にあるのだ、とはっきりと指摘する。とはいうものの、私は、政治經濟學の科學的方法は、正に藝術的思惟と同様に、その特定の形態を以て感性から理性へと至る認識の共通法則を具體的に表現するものだと考える。藝術的思惟は形象を材料にして、終始形象を巡って進行する。政治經濟學の方法は範疇を材料として、終始範疇を巡って進行するのである。

マルクスが『政治經濟學批判序說』の中で明らかにした政治經濟學の科學的方法の全過程とは、「もし人口から述べ始めるならば、これはつまり混沌として全體に關わる表象に他ならないが、より近接した規定を經た後、分析の中でますますシンプルな概念に到達し、表象の中の具體性はますます希薄な抽象に到達して、そのまま最も單純な規則へと到達するはずである。そしてここで、この行程は再びそこから前に立ち返り、そのまま最後にはまた人口に戻って來なければならないのだが、しかしその時の人口はもはや混沌として全體に關わる表象ではなくて、多くの規定と關係を持った豊かな總體となっている[1]」というものだった。我々はこの過程を三つの段階に概括する事ができる。それは、混沌として全體に關わる表象から始まって（感性的具體性）――理知的な分別作用を經て抽象的な規定を生み出し（理知的抽象）――多くの規定の綜合を經て多様性の統一に達する（理性的具現）の三段階である。ここで、マルクスは政治經濟學の方法には二本の路線がある事を指摘している。まず第一の路線では、一つのまとまった表象を抽象的法則へと昇華させる事。これは十七世紀の古典經濟學者の採用した理性的分析方法である。第二の路線に在っては、抽象的な規定を思考過程の中でもう一度具體的なものに再現させる事。これは歴史唯物論者の採用した辨證法的方法である。マルクスの十七世紀の古典經濟學者への批判は、實質的には辨證法的觀點に據る知性的觀點に對する批判でしかない。啓蒙學派と密接な關係を持つ十七世紀の古典經濟學者は、「思考する悟性（知性）」を以て一切を評定する尺度とする。彼らは早期の英國唯物論者と同様に、理性的な分別作用にこだわり、一つのまとまった表象の中から、決定的な意味があり、抽象的な一般的關係を探り出すと直ちにそれで停止してしまって、これ以外に「認識には更に多くの作用はあり得ない」（ロック）と考えたのだった。このような知性的分析方法は正にゲーテが『ファウスト』第一部の中で悪魔に述べさせたように、「化學者の所謂自然の化學分析は、ただ自分を嘲笑し、しかもそれがなぜそうなるのか自分でも分からないでいるに過ぎないのだ。それぞれの部分は非常に鮮明に彼の面前に列べられているのに、殘念な事にただ精神的な結び付きがないのだな[2]」というものであろう。

しかし、マルクスは、科學的に正確な方法は、單純な分析に留まる事はあり得ず、必ず抽象的なものから上昇して具體的なものの再現を導き出さねばならない、と考えていた。これはつまり分析から綜合へと進む必要があるという事だ。辨證的方法は、決して理性の分別作用を排除するものではなく、理性の分別作用をもそれ自身の中に包括してしまうものなのである。知性的な方法は理性の分別作用に固執するため、ただ分析する事を知るだけで、綜合する事を知らず、完全な表象から簡單な要素を抽出し、しかもこれらの要素を孤立させ、「永遠の理性」に因って發見された眞理原則と思い込んで、それらの要素の間の內部的な關連を捜し出し、更に進んで抽象的な法則を思考過程の中で具體的な再現にまで誘導させる事ができないのである。この最後の段階こそマルクスが提示した「抽象的なものから具體的なものへ上昇する」方法の要旨が存在する所なのである。

最後に尙明らかにしておかねばならない事がある。それは政治經濟學の科學的方法の起點となる感性的認識は「混沌として全體に關わる表象」であるが、これと藝術思惟の起點となる感性的認識が現實生活で感じられる具體的形象とは明らかな區別がある。確かに兩者とも感性の範疇の表象に屬するとはいえ、この二つの表象の性格はそれぞれその趣意を異にするものである。政治經濟學の科學的方法論の起點となる表象も外界から與えられる感性的材料であるが、これら外界からの感性的材料が構成する表象はしばしば思想的形式を取るのである。例えば、先述に擧げたマルクスの所謂「人口」という「混沌として全體に關わる表象」が明らかな例である。この他、「怒り」とか、「希望」等々も擧げる事ができよう。これらの表象はみな我々の感覺が熟知したものだが、しかしそれらもまた全て普遍的な思考形式をもって立ち現われてくるのである。ところが、文學者・藝術家が外界から取り込んだ表象に至っては、決してこのような普遍的な思考形式を取らない。人物形象の表情・姿態・擧動・談話……など各種の外在的特徵や、思想・感情の複雜で微妙な表現方式、および彼らの經歷、巡り會い、周圍の環境、そして他人と接觸した時に生み出される形狀反應等々の具體的な細部は、政治經濟學者にとっては、皆大局に關わり無い事である。彼らにはこのような感覺形式に據って出現した表象を詳しく記述する必要などはなく、大方はただ大體の輪郭を描き出すか、或いは統計方法を使ってあっさりと表現してしまうだけである。たとえエンゲルスが書いた調査報告の『イギリス勞働者の狀況』などの著作でも、このように描寫された表象は殆ど見つからない。しかしながら、文學者・藝術家にとっては、このような感覺形式に據って表出されるその表象こそ却って不可缺なものであり、甚だしきに至ってはしばしば最も重要なものにすらなるのである。我々は必ず思考形式として出現する表象と、感覺形式として出現する表象の性質の違いをはっきりと區別しなければならない。もし、この兩種の相異なる表象の區別を探究する事なく、ただ簡單に感性から理性に至る認識の共通法則に因って大雜把に藝術と科學の思考活動を一律に判斷してしまったら、形象思惟（形象に關する認識活動）に對する探究は更に深く一歩を進める事が不可能になってしまうのだ。

注

（1）この部分、參考のために岩波文庫『マルクス經濟學批判』「經濟學批判序說」の該當部分の日本語譯を擧げておく。「もしわたくしたちが人口から始めるとすれば、それは全體の混沌とした表象なのであり、いっそうたちいって規定することによって、わたくしは分析的にだんだんとより單純な概念に達するであろう。つまりわたくしは表象された具體的なものからますます希薄な「一般的なもの」に進んでいき、ついには、もっとも單純な諸規定に到達してしまうであろう。そこから、こんどは、再び後方への旅がはじめられるはずで、ついにわたしは、ふたたび人口に到達するであろう。しかしそれは、こんどは全體の混沌とした表象としての人口ではなくて、多くの規定と關連をもつ豐富な總體としての人口である」と。

（2）新潮文庫『ファウスト』「書齋」ではこの部分、「何か生命のあるものを認識記述しようというのに、最初にその生命を追い出そうとする。手元に殘るのが部分ばかりだというのも當たり前だ。肝腎肝要の精神という箍が缺けておるのだな。化學のいわゆる自然のやり口がそれだ。しかし、どうしてそうなるのか、自分でも解らないでいるのだ」と譯す。

〔附錄四〕　再び比興篇の「容を擬し心を取る」説を釋す

前述の「比興篇の『容を擬し心を取る』を釋す」が單獨の論文として發表されて後、些かの論爭が起こった。ある論文は「比興」とは技法の一種に過ぎず、現在言うところの形象思惟（形象に關する認識活動）或いは藝術的形象とは關係はあるけれども、詰まるところ相異なる概念なのだ、と主張した。これに因って、私が劉勰の「擬容取心」説を「藝術的形象と言う概念の萌芽或いは胚胎」（つまり「不完全・不明確に既存の藝術的形象の概念に含まれた幾つかのある要素」）と述べた事に納得しなかったのである。それだけではなく、私が劉勰の用いた術語の本來の意味に嚴格に沿う論述をしておらず、古人の論點を歪曲したのではないか、或いはその比興説を今日的な觀點に改變してしまうものだと見做し、従って、これは歴史主義に違反するものだと斷言したのである。

私はこの問題の鍵は結局「比興」という概念をどのように取り扱うべきかにあると思う。そのためにはまず當然唐の孔穎達の三體三用説（南宋の朱子の三經三緯説は孔穎達の説の發展した結果である）という先入觀を捨てねばならず[1]、三體三用説を唯一の基準として、古人のまちまちな概念を持つ各種の相異なる論點を踏襲してはならず、當然歴史の發展という觀點に従って、その源流を辿り、その概念が時代の相違なり作者の相違なりに因って、どのような獨特の意味を持ち、どのような發展と變化を經てきたものかを檢分しなければならないのであり、かくあってこそ始めて比較的に實際に沿った論斷が下し得るのだと考える。私は孔穎達の體用説に據って劉勰の「比興」概念を解釋する事には贊成できない。たとえ、前者が後者の中から何某かの要素を吸收していたとしても、兩者の間には明らかに差異が存在する。孔穎達は僅かに「比興」を手法の一種とのみ見做したが、劉勰は「體」「用」――つまり詩の樣體と詩の技法との問題の上に、孔穎達のような嚴格な境界線を引いてはいないからだ。

　この點を明らかにするために、ここで「比興」説の源流を簡單に概括しておきたい。『周禮』春官・「大師」には「六詩を教う。曰く風、曰く賦、曰く比、曰く興、曰く雅、曰く頌。六德をもって之が本とし、六律をもって之が音とす」とある。『詩經』周南「關雎」の序にも「故に詩には六義あり。一に曰く風、二に曰く賦、三に曰く比、四に曰く興、五に曰く雅、六に曰く頌」とある。(2)『周禮』の六詩説と『詩經』・「關雎」序の六義説は結局どのように理解すべきなのだろうか。かの前掲批判論文に言うように、大雜把に「これまで所謂六義を解釋した人は、概ね風・雅・頌は『詩經』の詩の分類であり、賦・比・興は作詩の三種類の方法である、と考えている」と認識してよいものだろうか。私はそれは無理だと考える。『周禮』と「詩序」自體から見ると、まず配列の順序の問題がある。もし、風・雅・頌が詩體の分類であり、賦・比・興が詩法の分類だとするならば、それでは、『周禮』と「詩序」はなぜそれらを風・雅・頌・賦・比・興の先後順序の通りに一緒に配列しなかったのだろうか。ただこのような配列であってこそ始めて道理にかなって無理のない文章になる。けれども、『周禮』の六詩でもよいし、或いは「詩序」の六義でも構わないが、共に賦・比・興を風と雅・頌の閒に竝べている。この配列の仕方は明らかに看過できない問題だ。因って、漢代の人が六詩か六義を解釋する時、風・雅・頌は詩の樣體であり、賦・比・興は詩の技法なのだという結論を誰も明確には提示していない。彼らはこの問題に對して愼重な態度を採っていたのである。確かに彼らも詩の表現方法の問題にまで及ぶ事があったとはいえ、しかしそれは詩體の檢討から必然的にたまたま詩の技法の問題にまで及んだので、そのために彼らはしばしば詩の技法の分類に從って詩體の分類を説明しているのだ。このような狀況は『詩經』の關雎序自體の中に既にその手掛かりが示されている。孔穎達の三體三用説の觀點から見れば、「風」は詩體の一つであって、作詩の表現技法ではない。しかしながら『詩經』關雎序では「風」に對する解釋として、「上は詩に由って下を風化し、下は詩に由って上を風刺するのだが、文飾された表現を主體にしてやんわりと遠回しに諫めるので、それを述べた者は罪に問われないし、それを聞いた者は戒めとする事ができる。因って風と言うのだ」と述べている。明らかにこれは詩體と技法の兩面を兼ね合わせて述べたものだ。鄭玄は六義に注してこの點に配慮しないはずはなく、彼は「風とは聖賢の治世が遺した教化を言うのである。賦の意味は鋪くという事、現在の政治教化の善悪を直接に鋪き述べるのである。比は現在の失政を見ても決して直接に批判せず、比類（同類）のものを取り上げてそれを言うのである。興は現在の善い政治を見ても、おべっかのように受け取られないように、他の善い事柄を取り上げて勸め喩えるのである。雅は正である。現在の政治の正しいものは後世の規範となる、という意味だ。頌の意味は誦、容姿の意味、朗誦してそれを褒め稱えるのである」と述べている。ここでは詩の形體、詩の技法の閒に嚴格な仕切りを引き、その閒に決して本體と用法の區別が有るなどと指摘してはいないのである。

それでは『詩經』の中ではなぜただ風・雅・頌の三種類の詩體區分しかないのか、この理由をどのように解釋すべきであろうか。この問題に對して、前人の解釋は明確さが足りない。孔穎達の疏は、「鄭玄の『鄭志』では、張逸が『どんな詩が比・賦・興に近いのでしょうか』と尋ねたところ、（鄭玄が）答えて言うには、『比・賦・興の詩については、昔吳の公子札が魯國で詩を鑑賞した時にはもう歌わなくなっていた（『左傳』襄二九）。その後、孔子が詩を採錄した時には、既に風・雅・頌の中に併合されていて、もはや選別しづらかったのだ。しかし詩篇の中には内容上興の詩は多い」と引用している。このような曖昧な言い方は後世の人々には様々なこじつけをさせる可能性を殘す事になった。この問題は、近人の章炳麟の「六詩說」が出るに至って、漸く比較的合理性の高い解決がなされたのである。[3]章氏の見解に據れば、風・賦・比・興・雅・頌はみな詩體であるが、しかし音樂に載せるか載せないかの區別がある。賦・比・興の三體は、「管弦に合わせず」「聲樂に載せない」ものだから、孔子が詩を採錄した時にはみな削除されてしまったのだ、と言う。最近では、郭紹虞『六義考辨』が章氏の説を採用して、それに取捨と詳述を加え、「その音樂に載せられたものは風と稱したが、尚多くの音樂に載せられないものがあってそれらを賦・比・興と稱したのである。であれば、賦・比・興は共に民閒歌謠だと言ってよい。民閒歌謠の數量は多過ぎたので、更に相異なった方法を用いて、幾種類かに分けたのであり、そのように風類の次に竝べられたのも非常に妥當なものであり、しかも『周禮』の六詩と『毛詩』の六義は、これもまた整合性のある解釋が成立するのである」と考えた。この解釋は『周禮』の六詩の名と風・賦・比・興・雅・頌の配列順序とを說明するのに、いずれもきちんと對應するものである。とはいえ、ここではただ漢人の六詩或いは六義に對する理解を明らかにしようとしただけであって、まだ詩體と詩法の區別をしていない。詩體と詩法の閒に嚴格な境界を設けるのは以後の仕事であって、それこそが唐人の孔穎達の三體三用說なのであった。

孔穎達の『疏』は、鄭玄の『詩經』注である『鄭箋』を基礎として著作されたものであって、從來は鄭玄の言わんとするところを明らかにする有力な資料と認められてきた。けれども實際には、我々は必ずしもこれに過度にこだわって、前人の所謂「疏は注を越えない」という所說に束縛される必要はない。淸の孫詒讓は、梁の皇侃が『禮記正義』に基づいて「皇侃も時に鄭玄の意圖に背く事がある」と述べ、また『左傳正義』に基づいて、「隋の劉炫は晉の杜預の『左傳注』の意圖を學習しながら杜預を批判している」と述べて、六朝の義疏家は多く代々相傳の學問を破壞し、憶測を恣にしでたらめを述べたてている事を認めているが(4)、ひとり孔穎達の『疏』だけには決して惡口を言わなかった。彼自身は『周禮』の六詩說を解釋する時にも、常に孔穎達の『疏』には無理にでも服從しようとする所がある。しかし實のところ、孔穎達の『疏』の六義に對する學說は、たとえ鄭玄の意圖に基づくと豪語してはいても、しばしば疏が注に對應せず、說明も原典に忠實ではない。孔穎達の『疏』は三體三用說を創出して、「風・雅・頌なる者は、詩篇の體樣の違いである。賦・比・興なる者は、詩文の表現の違いに過ぎない。大小の違いはありながら、六義として竝立し得た理由は、賦・比・興が詩の用法であり、風・雅・頌は詩の形體であるからだ。賦・比・興の三表現を用いて、風・雅・頌の三形體ができ上がるのだから、それで共に同じく「義」として呼稱されるのである。別に獨立して詩の篇卷が有るわけではないのだ[5]」と述べる。この發言は、先に引用した鄭玄の六義に對する學說と比較した場合、單に互いに照應し合う事ができなかっただけでなく、更には自分の勝手な意見を以て增益した論だと言ってよい。

孔穎達の『疏』の學說は、說述は精密なものだが、その缺點もまたそこにある。その逢着する最大の厄介物こそ、六義の「一に曰く風、二に曰く賦、三に曰く比、四に曰く興、五に曰く雅、六に曰く頌」という配列順序の問題である。孔穎達の『疏』ではこの問題に對して回避し切れず、やむなく無理に解釋して、「風が採用した表現法は、賦・比・興の技法を用いてその歌詞を作った。因って風の下にすぐさま賦・比・興を續け、その後に雅・頌を竝べたのだ。雅・頌の詩體もまた賦・比・興の技法を用いてこれを作った。既に賦・比・興を風の下に竝べたので、雅・頌の場合もそれと同樣である事は明らかなのである」と述べる。一見すると、この說明はまあ理に適っているようだが、この理由を以て六義の頭に數詞をかぶせた「一に曰く風、二に曰く賦、三に曰く比、四に曰く興、五に曰く雅、六に曰く頌」という配列順序を釋明したのであれば、强引に過ぎるという誇りを免れない。もし、賦・比・興が既に風の下に列べられ、同時にまた雅の下にも列べられ、進んで更に頌の下にも列べられたのであれば、それでは、一から六までの數詞を用いてそれらを配列する事は可能だろうか。孔穎達の『疏』は自分が立てた三體三用說を堅持するために、『疏』の中で「『鄭志』に、張逸が問う」の引用文を解釋する時、やはり前人の說を無理に自分の主張に合わせている。鄭玄が、賦・比・興は吳札が詩を鑑賞した時には既に歌われていなかったと答えたのは、これ以前には賦・比・興が尚單獨で存在していたのであるが、ただ孔子が詩を記錄した時になって始めてそれらを風・雅・頌の詩の中に合併させてしまったために、もはや再び選り分ける事が難しくなってしまった事を幾分かは意味している。ところが、この原文は一たび孔穎達の『疏』の解釋を經ると、全く様子が變わってしまう。孔穎達の『疏』は「『鄭志』に、張逸が問う」の部分を解釋して以下のように述べる——「張逸は風・雅・頌にそれぞれ區分があるのを見て、比・賦・興にもまた區分があるものだと考えた。つまり一篇全部が比の詩である事があり、一篇全部が興の詩である事があると思って、この事を鄭玄に教えてもらおうとしたのである。そこで鄭玄は、比・賦・興とは文章表現の相異であって、篇巻の區別では無いので、それで本來は區別が無かったという意見を遠回しに述べたのである。呉札が詩を鑑賞した時には既に歌われてい無かったと言っているから、それ以前には賦・比・興という詩體の區別は無く、區分できなかった事は明らかだ。元々から合併していて區分できないものだから、今や再び選り分ける事は難しいわけである」と。これは明らかに三體三用説の宣揚であって、いったいどこが「『鄭志』に、張逸が問う」の一段の本來の意味を解釋した事になるのだろうか。ここでも章炳麟の『六詩説』を例として擧げておく。章氏はこの論文の中で開口一番「『鄭志』に、張逸が問う」の原文を引用したが、しかし彼の解釋は孔穎達の『疏』とはちょうど逆になっていて、「ここは比・賦・興にはそれぞれまとまった詩篇が有ったのだが、孔子が配列を混亂させ、更に前漢の毛公が傳注を加えた時にはただ興だけしか表示せず、比と賦については暫くは放置しておいた事を言う。聖人がひっくり返して形と名を亂し、大先生が偏った解釋をしてその類別が分からなくなってしまって、なんとまあ混迷ついにここに至ったとは」と言う。私は、章氏が述べる「比・賦・興にはそれぞれまとまった詩篇が有った」という見解が「『鄭志』に、張逸が問う」一段の本來の趣旨にぴったり合ったものだと考える。

これまでの考察は、鄭玄の六義の注が詩の體様と詩の技法を兼ねて述べられたものであり、孔穎達の『疏』の六義は詩の體様と詩の技法を嚴格に區別するものであった事を明らかにし、これに因って兩者の區別の所在を明示するためであった。しかしながら、これは決して孔穎達の『疏』の價値を否定しようとするものではない。六詩或いは六義の本來の意味を検討するという點からすれば、當然『鄭注』の方が優れ、孔穎達の『疏』は頼りにならないものである。とはいえ問題はそれほど簡單ではない。中國の長期に亙る封建社會に在って、舊時代の文學論にはそれなりに複雜にして屈曲した發展過程がある。ある時期のある種の理論においては、初めは缺點があっても、最後にはちゃんと收拾をつけるという效驗がしばしば生まれるものだ。六義の原義の解明という點はさて措き、單に詩の表現方法の説明となると、孔穎達の『疏』にはそれなりに積極的な意味がある。孔穎達の『疏』は詩の技法の問題をより明確に提示して、賦・比・興を三種の表現方法として竝べ（實際にも敍述と描寫の二方面を兼ね合わせている）、後人に對してとても大きな影響を與え、その後の詩の表現方法に對するますます深みを增してゆく研究を開いており、これは全て無視するわけにはいかない事だ。

　劉勰は南朝に生まれ、漢代以後・唐代以前の人物である。彼の六義に對する見解は、鄭玄『箋』と孔穎達『疏』の閒の過渡段階に當たり、前代を繼承して後代を開く機能を發動している。劉勰は鄭玄『箋』よりも更に一歩を進めて詩の技法の檢討に重點を置いていたけれども、更に孔穎達『疏』のようには詩の體樣と詩の技法を截然と區別していない。總じて言えば、劉勰は尙鄭玄『箋』の示したような「體が卽ち用であり、用が卽ち體であり、詩の體樣と詩の技法は相兼ねるという觀點を保持している。彼は『詩經』以來の文學發展の實際狀況に基づいて、賦と頌を『文心雕龍』の文體論の中に竝べて入れた。しかし、詮賦篇ではその名稱を釋してその本義を明らかにして、「詩に六義があり、其の二を賦と曰う。賦とは、鋪なり。采を鋪き文を摛べ、物を體して志を寫すなり（『詩經』には六義があり、その第二を「賦」という。「賦」とは「鋪」である。つまり文彩を「鋪《し》」き列ね、事物を體現し志を描くものである）」と言い、頌贊篇では同樣にその名稱を釋してその本義を明らかにして、「四始の至、頌は其の極に居る。頌とは、容なり。盛徳を美めて形容を述ぶる所以なり（詩の四つの起源という至理の、その極點の位置を頌は占めている。「頌」とは「容」である。つまり盛んな美徳を贊えてその「形容」を述べるものである）」と言う。このような見解から以下のような事を見て取る事ができる。卽ち、劉勰はやはり漢人の六義説の古い解釋を踏襲して、詩體と技法とは相兼ねるという觀點の痕跡をあからさまに見せつけた。同時に、劉勰は文學の創作方法の問題を檢討するために、比・興を創作論に竝べ入れたのである。しかし、比興篇でもまた同樣に詩體と詩法は相兼ねるという觀點から論を立てている。この比興篇で「比體」の語を一度使用し（「比體は雲搆す（比の體の使用はさながら雲の湧き出るよう）」）、「興體」の語を二度使用している（「毛公の傳を述ぶるに、獨り興體を標す（毛公が『詩經』の注釋を書くに際し、ことに興體を大きく取り上げている）」、「情を起こす故に興體は以て立つ（心情を搖り動かすところから興體が生まれる）」）事例が、それを明白に證明している。比興篇は創作論のグループに入っているので、當然その重點は創作方法に置かれているが、しかし劉勰はなお漢人の「詩體と詩法は相兼ねる」という觀點を保持しており、既に比興を藝術的技法として取り扱っただけでなく、更に比興を藝術的方法に由って創り上げられる藝術的形象として取り扱っているので、それで比興篇では始めて「比體」・「興體」という用語が出現したのである。

けれども、先に擧げた評論論文は、私がこれまで述べてきた觀點を批判して以下のように述べる――「古代の劉勰は、まだ科學的に『形象思惟（形象に關する認識活動）』の法則を説明する事はできなかったけれども、しかし賦・比・興が一種の表現方法である事は理解していた。劉勰は『文心雕龍』神思篇の中で、「神は象を用《もつ》て通じ、情は孕む所に變ず。物は貌を以て求め、心は理を以て應ず（想像は現象と交錯し、心情はふくらみつつ變化する。外界の事物はその形貌に由って作家の心を動かし、作家の心は理知に由って事物に相應じる）」と言うが、これこそ作家の認識・思考及び構想を推し進める思考過程を指しており、これに對してその下文に「聲律を刻鏤して、比興を萌芽す

（音律を刻み付けて、比興表現を芽生えさせる）」というのは、どのような手法で彼が頭脳の中に既に構成されていた映像を表現するか、という事である。『文心雕龍』の中で、劉勰は比興篇を神思篇と一緒に並べる事はせずに、それを麗辭篇・夸飾篇と並べているが、このことは劉勰の眼中に『比興』もわずかに技法の一種に過ぎない事を物語る。『藝術的形象』という概念となると、それは創作過程が完成して以後作品の中に再現された人物或いは生活現象を指すものだ。それは作家の創作過程の中の思考活動或いは使用する表現技法とは、全く同様の概念ではないのである」と。

私がこの主張を不正確で不適切だと思う理由は、第一に、歴史的な發展の觀點から、比興という概念が時代の相違や作家の相違に據って相異なる意味を持つ事を考察しておらず、從って孔穎達『疏』の三體三用説を唯一の標準と思い込んで、それと唐人以前の「詩の體様と技法は相兼ねる」という觀點とをごちゃ混ぜにしている事に在る（例えば劉勰が「賦・比・興は一つの表現方法である事を理解していた」と言うのがその一例である。實際のところ、賦・比・興の三種の技法を詩の表現法とし、風・雅・頌の三體と區別するのは、孔穎達の主張であって、劉勰の當時には決してこのような分類法はなかった）。よって、このような三體三用の觀點からすれば、技法はただの技法でしかあり得ず、詩體はただの詩體でしかあり得ない。「詩體と詩法は相兼ねる」という觀點からすれば、詩體はすなわち技法であり、技法は卽ち詩體である事など全く分かっていないのだ。時には詩の技法の方を偏重して、比・興を藝術的技法と見る事もできれば、時にはまた技法から體様に及び、比・興をこの藝術的技法に由って創り上げられた藝術的形象と見做す事もできるのである。私が述べた「藝術的形象」とは、決して「作品の中に再現された人物や生活現象」を指すのではなくて、作品の中に凝集された藝術的特徴を指すのである。この點について、私は「釋義」の中で既に「この『比興』という用語は藝術的性格の特徴と解釋する事ができ、我々が今日言うところの『藝術的形象』という用語に近いものだ」とはっきり指摘している。ここは當然ながらこれを誤解して「作品の中に再現された人物或いは生活現象」とまで飛躍してしまってはならない。もし、私が劉勰の比興概念を以て當時の作品にはなく更に『文心雕龍』全篇の中でも始終まだ言及されていない現在の所謂「人物」――この意味における藝術的形象――にこじつけるとすれば、それではまた荒唐無稽の謗りを免れまい。その批判論文は、劉勰が既に「賦・比・興は一種の表現方法である事を理解していた」と考えたので、別の場所で、私を「『比興』と『藝術的形象』とを同一視すると、それならば『賦』の技法は藝術的形象を作り出せないと言うに等しく、従って形象思惟の外に追い出されてしまう」と批判した。これも事實にそぐわない所論だ。私は決してそのような同一視などした事はない。劉勰に至っては後世の三體三用説に従って賦・比・興を一つに合わせたわけではないから、私は「釋義」の中で歴史事實に背いて、この觀點を無理遣りに彼に當てはめるわけにはいかない。たとえそのようにすれば彼の理論を一層完全にする事ができ、我々が今日言うような「形象思惟」に更に接近する事ができたとしても……。しかし、私は「釋義」の中で同様に以下の如く言明した――「『藝術的形象』という概念が今日的な意味を持つようになったのは、長い間の發展と豊かな過程を經たからだが、我々がもしその源流に遡れば、早期の文學理論の中から『藝術的形象』という概念の萌芽或いは胚胎を發見する事ができる。たとえそれらの言説が不完全・不明確にしか現在の藝術的形象の概念が持つある種の要素を内包しているに過ぎなくとも……」と。私はこの意味で、「神思篇に『聲律を刻鏤して、比興を萌芽する（音律を刻み付けて、比興を芽生えさせる）』と述べるのは、『比興』の中に音律を練り上げて藝術的形象を造り上げる手法が芽生え始めている、と考えているからだ」と提議したが、これがどうして「『比興』と『藝術的形象』を同一視し始めた」と言えるのだろうか。ここでついでに述べておけば、私は本書の「小引」の中で、「人體解剖は猿體解剖に對する一つの鍵である」というマルクスの言葉を引用して、本書を作った理由と方法の問題を説明した。ここでは少しその補説をしておこう。我々がひとたび猿體のある器官と組織から人體のある器官と組織の徴候を發見したとしても、それはいずれも兩者が同一のものだという事ではない。だとすれば、どうしてかような調査分析が必要なのであろうか。動物解剖學について言うならば、動物という有機體の進化の歴史を探究するためである。文藝解剖學（もしこのような比喩が可能ならの話だが）について言うならば、これは文學の「有機體」としての發展の歴史を探究するためである。私が考えるに、文學はそれが誕生したその日から、文學の特徴となる形象性は既に存在していたのである。言わば、悠久の歴史を持つ中國古代文學論がこのような客観的に存在する事實に對して全く無知であり得たとは考えられない事だ。今日の文藝理論研究者の任務は、實事求是の立場に立ってそれを明示する事にある。

第二に、かの批判論文が引用した神思篇の贊に「神は象を用《もっ》て通じ、情は孕《はら》む所に變ず。物は貌を以て求め、心は理を以て應ず。聲律を刻鏤して、比興を萌芽す。慮を結び契を司れば、帷を垂れて勝ちを制す（想像は現象と交錯し、心情はふくらみつつ變貌する。外界の事物はその形貌によって作家の心を動かし、作家の心は理知に由って事物に應じる。音律を刻み付けて、比喩の表現を芽生えさせる。構想を練り表現を運用すれば、居乍らにして勝ちを制する）」とあるが、私はこれは藝術的な想像活動である「神思」の要旨を概括したものだ、と考えており、それは首尾一貫して「慮（構想）を結び契（表現）を司る」事の内容を説明して、中途から切斷できるものではなく、「神は象を用て通じ、情は孕む所に變ず。物は貌を以て求め、心は理を以て應ず」という一節を「作家の認識や思考、及び構想を推し進める思考過程を指す」と見做し、また「聲律を刻鏤して、比興を萌芽す」の部分を、上述の領域以外において、「その指すところは、どのような手法で作者の頭の中に既に構成された映像を表現するか」という事なのだと見做しているのである。なぜか。比興篇の贊に所謂「詩人の比興」の「容を擬し心を取る」は、ちょうど神思篇の贊の中の「物は貌を以て求め、心は理を以て應ず」と呼應するものであって、この兩者は表現は異なっても意味は同じであり、共に同一の觀點を説明したものだからである。なぜこの同一の觀點が、神思篇では「作家の認識や思考、及び構想を推し進める思考過程」であるのに、一方の比興篇では「作家の認識や思考、及び構想を推し進める思考過程」ではないのか。ここでついでに述べておけば、同様に藝術的形象の表現方法を藝術的思惟の外に切り離して、それはただ作家の頭の中に既にある映像を表現する單純な技法に過ぎないものと認識する觀點は、決して正確なものだとは思われない。ヘーゲルは『美學』の中で「形象の表現方式こそ正に彼（藝術家）の感受と知覺の方式である」とか、「藝術家のこのような形象の構成能力は、ただに認識機能の想像力や幻想力及び感覺力であるばかりでなく、更には尙實踐能力としての感覺力、つまり實際に作品を完成させる能力なのである。この二つの面は本物の藝術家の身中で一つに結合しているものだ」とか、「藝術の概念に從えば、この二つの面――心の中での構想と作品の完成（或いは傳達）は手を攜えて竝び進むものなのである」とか述べているが、私はこの見解は參考すべき價値があり、少なくとも先揭の批判論文に見られる觀點、つまり藝術的形象を造り上げる表現方法を藝術的思惟の埒外或いは後方に遊離した單純な技巧だと見做す觀點に比べれば、更に幾分正確なものだ、と思う。

第三に、かの批判論文は「劉勰は比興篇を神思篇と一緒に竝べる事はせずに、麗辭篇・夸飾篇と竝列させている」事に據って、「劉勰の眼中では比興も僅かに技法の一種に過ぎない」と斷定した。これは『文心雕龍』の創作論の構成を分析していなかったために、それで比興篇と神思篇との閒の有機的な連關までも認識していなかったのである。神思篇は創作論の各編を統括する綱領であって、この點について私は本書第二部第六章の「熔裁篇の三準説を釋す」の〔附錄一〕の中で表を列して意見を示し、「先に立つものが伏線を敷いて、あらかじめ後のものに示し、後のものは一歩を進めて先のものが示唆した事を説明し發展させるのだ」と説明した。[6]私は、神思篇に所謂「物は貌を以て求め、心は理を以て應ず。聲律を刻鏤して、比興を萌芽す（外界の事物は形貌に由って作家の心を動かし、作家の心は理知に由って事物に對應する。音律を刻み付けて、比興表現を芽生えさせる)」という一節と比興篇に所謂「詩人の比興は、物に觸れて圓覽す。物は胡越と雖も、合すれば肝膽なり。容を擬し心を取るに、辭を斷ずるは必ず敢なれ(『詩經』の詩人の比と興は、對象に密着した觀照の所產。縁もゆかりもない物も、比と興をうまく使用すれば懇ろな仲。姿を譬え心を汲むに、言葉の選擇は果斷であれ)」という一節は正にこの關係をはっきりと示す明證だと考える。もし我々がただ創作論の諸篇の竝列されている側面からのみその閒の關係を分析して、劉勰が神思篇を大綱として創作論のその他の諸篇に內在する關係をカバーしている事に考え及ばなかったならば、劉勰の意圖の所在は理解できるものではない。劉勰が神思篇を創作論諸篇を統括する大綱としたのは、正に想像力の活動(神思)としての藝術的認識活動が全ての創作過程を貫くものだと見做す彼の觀點を具體的に表現したものであって、これは一つの卓越した見識である。ここでついでに述べておけば、創作活動は終始形象思惟(形象に關する認識活動)に因って現實化されるものである。それは決して先述の批判論文が述べるようなものではない。つまり、まず感性の材料としての表象を抽象化して概念とし、更にこの抽象概念を藝術的表現手法に由って藝術的形象と化する、すなわち所謂、表象－概念－表象(この公式は實際には表象→概念、概念→表象となる)といった「形象圖解論」のようなものではないのである。(抗戰前、ある日本の作家はこのような「形象圖解論」に從って、『資本論』を一篇の小說に書き改めようと企てたが、しかし失敗した。) 藝術的認識活動は形象を材料として、終始形象を巡りながら進められている。作家の理性的な認識は、その生活を分析する指針であり、作家を生活に對して「理解した後のより一層奥深い感覺」へと到達させる事ができる。それは一本の縫い針のように作家が形象を把握する過程の中で複雜に錯綜しながら縫い進められ、一步一步と深みを增してゆく運動を作り上げる。しかしながら、「形象圖解論」の通りに考えれば、藝術的認識活動は決してその特殊な形態に因って感性から理性に至る認識法則を具體的に表現するものではなくて、その藝術的認識活動と理論的認識活動を一律に束ね上げ、その間の差異は、僅かに、後者が表象→概念という手順を實現して終結を告げ、前者は却ってその手順の後に尙概念→表象という過程がある、という事に在るだけだ。こうなると、お訊ねするが、他に尙どんな形象思惟（この語は「思惟」という言葉の本來の意味で言ったものだが）があると言うのか。形象思惟にはただ形象化という表現手法が殘るだけである。創作活動の中には當然ながら表現技法の問題が存在しており、表面だけ見れば、それは創作過程の後半の段階に現われるように見えるが、しかし實際のところ表現技法も作家の全ての構想活動の中に潛在しており、作家の構想活動と様々に絡み合った關連を持っている。ヘーゲルは形象の表現方式こそ作家の感受と知覺の方式であり、形象を構成する事は生活に對する觀察と感受という認識の範疇に屬するばかりでなく、更に生活に對する表現或いは傳達という實踐的範疇に屬し、從って、作家にこの兩面を一つに結合させ、手を攜えて共に進む事を求めている、と考えた。私は彼の見解はかなり合理的なものだと思う。なぜならば「形象圖解論」は、作家の創作活動の認識性と實踐性を分けてしまって、形象化という表現技法を以て生活の感性・形體を排除した赤裸々な概念を傳えようと企てるものだが、正にそれこそ類型化を作り上げる主要な原因なのだから。

以上が私の先述の批判論文に對する回答である。次に、もう一篇、別の質問論文について述べる事にしよう。この質問論文と先述の批判論文には、幾つかの論點で相反する點があり、私の「釋義」に對して相異なる角度から批判をしたものだと言ってよい。この質問論文では私が「比興を藝術的形象の描出と結び付けたのは非常に正確な見解だ」と認めてくれたが、しかしその一方で私は比・興を同一の概念としているが、ここは「比・興の二つの技法」を引き裂いて、對立させ始めたのだと指摘する。なぜならば、劉勰は決して比と興とを一つの事だとはしておらず、彼が「比」を解釋する時には決してただ「象（形象）を取る」事だけを言って、「理（道理）」を無視しているとは言っていないし、また「興」を解釋する時にも、ただ「義（内容）を取る」事ばかりを言って、「象（形象）」のことを無視しているとは言っていないからだ。そして最後に、「我々が古代文藝理論家の比興に對する解釋を研究する時、前人の解釋と我々が今日運用しているマルクス・レーニン主義の藝術的形象或いは形象思惟（形象に關する認識活動）についての解釋とを簡單に同一視する事はできない」と斷言している。

最後の斷言を除けば、先述の批判論文が私を「歴史主義に違反する」と批判したのと同様、何の例證も擧げていないので、私はどう答えてよいか分からないが、私は、この質問論文の中心課題もやはり劉勰の比興概念を詰まるところどのように理解すべきかという點にあるように思われる。この問題に答える前に、我々はまず私が本書の上篇で引用した「一つの專門名詞を相異なる意味で用いれば容易に誤解を引き起こしてしまうものだが、しかし、如何なる科學であってもこの缺點から完全に免れる事はできない」（『資本論』）という一節に注意しなければならないと私は考える。この前提の他に、我々がもう一つ注意しなければならない別の前提があって、それは私が本書の「小引」で嘗て列擧したように劉勰の撰した『文心雕龍』の一書が「史（文學史）」と「論（文學理論）」と「評（文學批評）」を一つにまとめた述作方法を採っている點である。因って、比興篇でも同様にこの三方面の領域を貫いた内容となっていて、文學史の論述、文學批評的分析や文學理論の解明が含まれている。以上の二種の前提に基づいて、もう一つ比興篇の内容を分析すると、當然以下の二種の問題を考慮しなければならなくなる。その第一には、劉勰は相異なる意味で比興概念を使用しているかどうかであり、第二には、劉勰は歴史時期の相違に基づいて比興概念の發展變化を分析しているかどうかである。私が思うに、何よりもまずこの二つの問題を解決してこそ、始めて比興篇に對してより事實にぴったり合った分析を行う事ができよう。

私は「釋義」の冒頭の部分で、「劉勰自身の見解に據れば、ここで扱う「比興」の語には二種の意味がある。それぞれ分けて説明すれば、比とは「附（近づける）」という意味であって、比興篇に所謂「理に附く者は、類を切して以て事を指す（物事の道理に近づけるには適切な同類を持ってきて事物を説明する）」事であり、興とは「起（おこす）」の意味であって、比興篇に所謂「情を起こす者は、微によって以て擬議せしむ（心情を搖り起こすには、事物の微妙な所に托して物事を推察させる）」事である。これが比興の一つの意味である。もう一つの意味は、比と興の二字を連結して一つの熟語とし、一つのまとまった概念と見做すものだ。『文心雕龍』比興篇の篇名及び篇末の「贊」に所謂「詩人の比興」などは、共に更に廣範圍な内容を含む用例である」と述べた。先に擧げた質問論文は、ただここに提示した最初の解釋を承認するだけで、後者の解釋を認めようとはせず、「毛澤東主席は單に比興を一つの事柄として取り扱わなかったばかりでなく、劉勰もまた比興を一つの事柄として取り扱わなかった」と考えている。確かに、毛主席が言ったのは「比興は二つの技法」であるが、それは決して劉勰の考えを説明しようとしたのではない。問題は、劉勰が比と興を分けて論じた以外に、比と興を連結して一つの熟語として、一つのまとまった概念としていたかどうかにある。もしその通りだと答えるならば、その證據は何處にあるのだろう。私が「釋義」の中で提示した理由は比興篇の篇名と「贊」の中の「詩人の比興」という表現である。これも同樣に『文心雕龍』の記述方式の問題にまで關係する。創作論の諸篇の篇名は、しばしば二つの相異なる内容を持つ文字を組み合わせて一つの單語としている。一字一字見てみると、それぞれの文字は特定の意味を持っているが、これを合わせて見ると、その二つの文字は組み合わさって一つのまとまった新しい概念となるのだ。例えば、體性篇の場合、體とは文章の體裁の事、性とは作家の個性の事だが、體性という熟語となると文章の風格を指すのである。また風骨篇の場合、風とは情感或いは思念の事であり、骨とは事物或いは意義の事なのだが、風骨という熟語となると文學の内容が持つ生命力の注入を指すのである。また通變篇の場合、通とは詩文の表現・内容の恆常性を言い、變とは詩文の表現・内容の變革性を言うが、通變という熟語となると古典に基づきながら今の情況を變化させる技術を指す事になる。また情采篇の場合、情とは心情を述べる事を言い、采とは美しい文飾を展開する事を言うが、情采という熟語となると、「表現が内容に依存し」、また「内容が表現を必要とする」という内容と形式の統一された關係を明らかにする事となる。また鎔裁篇の場合、鎔とは文章の基本構想を規範に合わせる事を言い、裁とは餘計な言辭を切り捨てる事を言うが、鎔裁という熟語となると、主旨を確定し結構を案出する方法を指す事になる。また章句篇の場合、章とは明らかにする事であり、句とは區切る事であるし、心情を宿す文節を章と言い、言語を位置づける單位を句と言うのだが、章句という熟語となると、文章の組織や作り方や構成の方法となる。また隱秀篇の場合、隱とは文辭の外に隱された情感を言い、秀とは目の前に溢れて見える景狀を言うのだが、隱秀という熟語となると、概ね「表現は終わっても餘情は盡きない」という主旨を明らかにする事となる（隱秀篇は完全には殘っていないので、假に意をもって推測する）。私にはこのような篇立てと篇の命名の方法は『文心雕龍』の創作論の各篇における篇名の通例になっているよう思われる。劉勰は二つの相異なる（時に甚だしきは相反する）意味をもつ單語を組み合わせて一つの新しい概念を作りあげたが、たとえそれが尙素朴な觀點であったとしても、彼が既にその閒に在る辨證的な關係まで認識していた事を物語る。私は比興篇の篇名もまたこの例に從うものと考える。だとするならば、劉勰が比と興とを連結して熟語を作って一つの新しい概念を構成したわけだが、その概念が持つ新しい内容とは如何なるものだったのか。私は比興篇の「贊」に言う「詩人の比興」という一節がその新しい意味であって、「容を擬して心を取る」という語がとりわけその精髓と稱し得るように思う。この論點はこれまで人に氣づかれなかった事であり、しかも後世の『金針詩格』や『二南密旨』の内外意說及び皎然『詩式』の取象取意說の先驅けとなったものであり、中國古代文論のために新しい種子を添加するものであった。これを無視する事はできない。「詩人の比興」という表現が比興を組み合わせて一つのまとまった概念とした事に至っては、正に先に引用した創作論各篇の諸「贊」が篇名の二字を連續させて一つの概念にして論述しているのと同様である。この點についてはただ先に擧げた各篇の諸「贊」の内容を見るだけですぐ分かる事なので、もう餘計な事は言うまい。

この他に、劉勰が歴史的觀點に基づいて比興概念の時代の相違に因る發展變化、それに因って具有された相異なる意味を分析したかどうか、と言う點については、私の回答はやはり肯定的である。比興篇では『詩經』詩人の比と後世の辭人の比とを嚴格に區分している事、非常に明快である。所謂「理に附く者は、類を切にして以て事を指す（事理に附《ちか》づけるには適切な類似を持ってきて事態を説明する）」、及び「比は則ち憤を蓄えて以て斥言す（比は胸中に鬱積する憤りをはっきりとそれと指して表出する）」（かの質問論文は後者の引用については觸れていないが、實はこちらの方がより重要なのである）は、『詩經』詩人の比を指して言うのである。ところが、劉勰の見解に據って見れば、漢代以後の辭人の比は日々に「憤りを蓄えて以て斥言す」という積極的な意義を失ってしまい、音聲に譬え姿形に比べるような技術的な面に沈醉して、終には形式主義的な方向へと傾倒してしまった。比興篇ではとりわけたくさんの例を擧げ、更にそれらを總括して、「斯くの若きの類は、辭賦の先とする所にして、日々に比を用い、月々に興を忘れ、小に習いて大を棄つ。文の周人に謝する所以なり（かかる一連の技法は、辭賦の文學の得意とするところであって、「比」はいよいよ愛用されるし、「興」はますます疎《うと》んじられる一方となり、小に馴染んで大を輕んじるありさまだ）」という。ここに所謂「日々に比を用う」の比の意味がどのようなものか注意して欲しい。まさか、『詩經』詩人の事を述べた「理に附く者は、類を切にして以て事を指す」、「比は則ち憤を蓄えて以て斥言す」という表現を用いて解釋したり、或いはそれらを同一視して解釋したりするわけにはいくまい。マルクス・レーニン主義の持つ概念に據って無理遣りにこじつけるのは當然間違いだし、過去の人物の意見を强引に自分の意見に従わせるのも正しいとは思われない。私にはただここに所謂「日々に比を用い、月々に興を忘れ、小に習いて大を棄つ」という劉勰の見解に基づいて、劉勰が比と興を對立的に擧げて、その兩者に褒貶の評價を加えた、としか解釋の仕樣が無い。だとすれば恐らく、私が「比と興との二つの技法を引き裂き、對立させ」たのは、必ずそれらに「高低・善惡の區別」があったからだ、という一つの理由をば、私の憶測を逞しくした妄說だとして非難するわけにはいくまい。比興篇の下文では更に「揚・班の倫、曹・劉より以下は、山川を圖狀し、雲物を影寫するに、比義を織綜して、以て其の華を敷かざるは莫く、聽を驚かせ視を回らすに、此を資りて績を效す（揚雄・班固の諸人、及び曹植・劉楨以後の作家たちになると、山川を描き、景物を寫すに當たって、必ずと言っていいほど「比」の方法を織り成して、その見せ場を作り、人の耳目を驚かせるには、この方法に據って效果をあげている）」と指摘したのは、わずかに現實の狀貌をそのまま描くだけのこれらの比の類と、『詩經』詩人の比とは淸濁その流れを異にし、朱と紫その色を異にするほど大きな評價の違いがある事を更に明らかにしたのである。もし、時間・環境・條件を區別せずに、劉勰が述べる詩人の比の「理に附く者は、類を切にして以て事を指す」を固定した標準にし、「比は『理に附く』（事理に近づける）事と分けられないものだ」と考えるならば、先に擧げた揚雄・班固以下の作家の用いた類の比の技法が客觀的に存在しているという事實を解釋する術は無いし、また劉勰が述べた「日々に比を用い、月々に興を忘れ、小に習いて大を棄つ。文の周人に謝する所以なり」という文章がどのような意味なのかも解釋する術が無くなる。私は「釋義」の中で、「作家が、音聲に譬え、形貌に比べ、事物に譬える手法を用いて現實的な表象の描寫を進めるなら、單に自分の知覺を據りどころとするだけで十分だ」と述べたが、これは正に、楊班以下作家の用いた比類の技法を指していて、明らかに貶める意味を含んでいる。ところが、かの質問論文は却ってそれを私の眞っ向からの主張と決めてかかって、「彼は比を『個別的で具體的なもの』を描寫する方法で、ただ知覺さえあれば實行できるものと言い做し、興は『現實的意味』を吸い取るものので、これこそ理性的な認識だと言うのだが、これは單に『比・興の二つの方法』を引き裂き、對立させるだけではなく、更に實際には典型化における個別化と概括化とを引き裂き對立させるものであった。典型化の過程の中の個別化と概括化とは文藝創作において感性から理性的認識へと至る過程の中で、交錯しながら進行してゆくものであって、個別化を簡單に感性の認識段階だと理解し、概括化を簡單に理性的認識の段階に繰り入れてしまい、作家が創作過程の中で個別化を實現する時には理性的認識を必要としなくてもよく、概括化を實現する時には感性的材料を排除してよいと考えている。これでは、文藝創作の法則に符合しないだけでなく、この方法を用いて『比・興の二つの技法』に當てはめるのも適當でない事だ」と述べている。

私がこの質問論文で指摘されたような典型化の主張を提示していたかどうか、私のその論文自體を讀んでいただければ分かるはずなので、ここでは多く辯解をしようとは思わない。しかしながら、かかる誤解は、單に劉勰の述べる『詩經』詩人の比と漢代以後の辭人の比とを善惡同一視して區別しないだけでなく、劉勰が擧げた現實的形象を描く事だけしか知らない比の類の技法に對する私の批判と、劉勰が比と興とを一つのまとまった概念としたことに基づいて私が提示した「容を擬し心を取る」説の示す説明とを綯い交ぜにした事に由る誤解であることだけは、はっきりと指摘しておきたい。このような誤解が生まれた原因は、先述の質問論文に二つの動かせない原則があったからである。まず第一に、比・興はせいぜい二種の技法に過ぎない事。第二に、比と理は分けられない事。（この主張にこだわり續けるために、甚だしきに至っては詮賦篇の「其の物宜を象れば、則ち理は側附を貴ぶ（事物の性質を具象化するには、その論理は的確である事が大切である）」に見える「理」すらも、心を汲み取って意義を示す意味の「理」と思い込んで述べているが、この「理」はただ「その事物の性質を具象化する論理」を明言したに過ぎず、心を汲み取って意義を示す意味の「理」とは全く何の關係もない。これは古漢語の一語が多くの意味を持つという特徴まで注意していなかったのだ。）

典型を作り出す過程について、かの質問論文は「個別化を感性的認識の段階と理解し、概括化を理性的認識の段階に繰り入れる」などと指摘している。しかし私はそんな事を言ってはいない。私は先掲の質問論文の中で始めてそんな言い方があるのを知らされた。私は典型を作り出す過程を個別化と概括化の二つに分ける言い方は決して科學的ではないと考える。私は自分のその論文の〔附錄二〕の中では、ただ「個別から一般へ、また一般から個別へ、というこの相互に結び付いた過程は分割できるものではない。作家の認識活動もまた同様にこの二つの循環往復しながら絶えず深化してゆく過程に從って進行するのだ」と述べただけである。しかし、先掲の質問論文が既に感性的認識と理性的認識の問題にまで持ち出している以上、ここで私も自分自身の見方を述べておこうと思う。私は、個別の事物に對する感性的認識は、決して理と不可分なものではないと考える。固より、如何なる具體的事物に對しても感性的認識が構成する感覺或いは印象——例えば、「この花は赤い」、「このストーブは熱い」、「この球は丸い」等々は全て「個別は一般である」という直接的判斷形式を構成している。「この花」は個別的であり、「赤い」は一般的である。なぜならば「赤い」というのは單に「この花」だけに適用されるものではなくて、尙他にも多くの別の花・別の物でやはり赤いものがあり、從ってこの「赤い」は共通點となるからである。我々の感性的認識が「個別は一般である」という共通內容を構成し具有できる理由は、人類が兒童だった時期に既に頭腦の中で概念を形成しており、それが一本の導火線として個別の事物に對する感性的認識の中に潛在しているからである。しかし、たとえそうであっても、我々は相變わらずこのような直接の判斷形式を具有する感覺或いは印象を感性的認識と稱して、それを理性的認識と稱する事ができない。なぜならば、理性的認識は必ず思想の抽象作用に由って、感性的事物からその本質と各種屬性との閒の內在的連係を抽出するものでなければならないからだ。ところが、「この花は赤い」という直接的判斷形式を構成できる感覺の中では、「赤い」は相變わらず一種の感じ取れる外在的な屬性に屬し、このような外在的屬性は思想の抽象作用を經由する必要はなく、ただ知覺に據りさえすれば十分なのである。因って、ここでは述語となる一般性もやはり感性的である。そこにある主語と述語との關係は決して實在と概念との關係ではない。しかし理性的認識判斷に在っては、主語と述語の關係は必ず實在と概念の關係でなければならない。我々が注意しなければならないのは、「個別は一般である」であるという認識内容を持つ事と、「個別は一般である」という認識内容を理解する事とはそれぞれ個別の問題だという事だ。我々は必ずこの兩者を嚴格に區別しなければならない。前者は感性的認識に屬するが、後者にして始めて理性的認識に屬するのだ。上述の理由に據って、私は劉勰に由って批判された「小に習いて大を棄つ」とは、ただ山や川をそのままに模寫し、情景や物象をそのまま寫生する事を心得ているばかりで、ひたすら現實の姿形だけを描寫している作家たちは、ただ自分の感覺だけに賴りさえすればそれで十分任に堪え得たのだ、と私は考える。このような比の類の技法であれば決して理（論理）と區別できないものではない。

前掲の質問論文では、「劉勰は比を解釋する時には、ただ『象を取る（形象を喩える）』事を言うばかりで『理（論理）』を無視したと言っているわけではないし、興を解釋する時にも、ただ『義を取る（意味を取る）』事を言うばかりで、『象（形象）』を無視したと言っているわけではない」と言う。この意味は、つまり劉勰は比が意味を取り形象をも譬えるものだと考え、興も意味を取り形象をも譬えるものだ（理・義の二字は内容が通じ合う）と考えていた、という事だ。すると、比・興はこの一點で完全に同樣となり、ただ一種の同義語の反復に過ぎない。これでは單に比興篇において、辭人の比がただ形象の比喩だけを知っていた事への論述に重點が置かれていたという事實に背くばかりでなく、この篇中における時弊批判、つまり「興の義は銷亡し（「興」の意義は忘れられ）」・「比の體は雲搆す（「比」の使用はさながら雲の湧き出る勢い）」についての慨嘆、及び「三閭は忠烈（屈原はあくまで誠實に國を愛して）」・「諷は比興を兼ね（風喩の技法には「比」「興」を綯い交ぜて用いている）」事を褒め稱えた贊辭を解釋する術も無いのである。もしも、更に上述で引用した「日々に比を用い、月々に興を忘れ、小に習いて大を棄つ」の語、及び比興篇「贊」の中の「容を擬し心を取る」等々の見解に照らし合わすと、思うに、私が「釋義」の中で述べた劉勰の觀點、つまり「形象を似せる」という視點から比の意義を説き、「意味を取る」という視點から興の意義を説くと述べた事は、決して根據が無い事ではない。劉勰が比興に與えたこのような意義は、マルクス・レーニン主義の既成觀念を用いて無理遣りにこじつけることは當然できない事であるし、私たちが妥當だと考える比興概念に由って強引に解釋しようとしてもまたうまくいかないのであって、私が思うに、ただ實事求是の態度でこそ、劉勰の元來の趣意を究明できるのであり、最大限にその本來の面目を明示できるのである。もしも劉勰が比と興とは形象を譬え意味を取る上で完全に同樣であり、單に同じ意味の反復に過ぎないと考えていたとするならば、それでは、私が基づいた先述の種々の見解をどのように解釋するのか。劉勰の所謂「興の義は銷亡す」「比の體は雲搆す」とは、明らかに内容を輕んじ形式を重んじる傾向を批判しているのである。また所謂「三閭は忠烈」「諷は比興を兼ぬ」とは、明らかに比と興を二つの相異なる概念と見做しているのであって、この二つの概念は同義の反復であるはずがない。また所謂「日々に比を用い、月々に興を忘れ、小に習いて大を棄つ」とは、比と興に上下の區分がある事を一層明確に物語るものである。私は、「小に習う」とは、ただ「形象を譬える」側面ばかりを知っている事を指し、「大を棄つ」とは、「意味を取る」事を放棄してしまった事を指すのだと考える。因って、「贊に提示された『容を擬し心を取る』」の句に對して、私は「釋義」で以下のような解釋をした――「『容』とは客體の形象を指し、劉勰は時にこれをまた『名』とか『象』と稱する時もあるが、實際には、これもやはり藝術的形象が提供する現實的表象という側面に對應するものである。『心』とは客體の内部に含まれる心意を指し、劉勰は時にこれをまた『理』とか『類』と稱する時もあるが、實際には、これもまた藝術的形象が提供する現實的意味という側面に對應するものである。『容を擬し心を取る』と述べて、兩者を合わせた意味は、藝術的形象を造り上げるには、單に現實表象をなぞる事が必要なだけでなく、その上さらに現實的意味を吸収し、現實の表象の描寫を通じて、現實的意味の明示にまで到達しなければならない、ということである。現實の表象とは個別的で具體的なものであり、現實的意味とは普遍的で概念的なものであって、藝術的形象の創出とは、個別性と普遍性との綜合、或いは表象と概念との統一を實現する事にある。このような綜合或いは統一の結果、劉勰が言うところの藝術的形象についての『名を稱するや小なるも、類を取るや大なり』——つまり個別が普遍性を含み、或いは具體が概念を明示するという特徴が造り上げられるのである」と。これが、劉勰が比と興とを組み合わせて一つの熟語として、一つのまとまった概念を造り上げ、「容を擬し心を取る」説を提出して行った説明なのだ。

最後に些か説明しておきたい事がある。私は先述の「比興篇の『容を擬し心を取る』説を釋す」で、題名を「釋」と名付けたが、その題名と字義からすれば、當然その性質内容を解釋するものに屬する。その任務は劉勰の本來の意圖を明らかにする事にある。論述の過程では、私自身の意見も入ってはいるけれども、しかしこの意見はただ分析と考究の範圍のみに限られる。(私はそれに對する自分の意見を附錄の中に記したが、その意見も僅かに藝術方法の面に限っている。因って、そこに呈示された劉勰の本旨の解釋を私の主張とする事はできない。例えば、先掲の批判論文は、既に劉勰の「比は顯にして興は隱なり」の語が明喩と隱喩の意味を持っていると私が解明した事を否定できないにもかかわらず、更に逆にその説を恰も私が現在主張しているかのように見做して、私が附錄中で劉勰の譬喩説を批判している事まで考えに入れていない。) また、私が比興篇のために釋義を作った事に因って、私が「『比興』と『形象思惟』とを同一視している」と考えたり、或いは私が劉勰の比興に對する説明を前人の論述中の典範と見做していると考える事もできない。先述の批判論文と質問論文は共に朱熹の賦・比・興に對する解釋を用いて私の釋義を批判する判斷基準としているが、私はそこには以上のような意味が含まれているように思われる。私のあの論文は全書の中の一章にしか過ぎず、その目的は劉勰の理論が中國の古代文學理論史の長い流れの中で占める意義を明らかにする事にあって、そこに中國の古代文學理論の全ての內容を含めよと要求するのは無理な事だ。今ついでに述べておくと、私は、『文心雕龍』より後れて登場する朱熹の賦・比・興說は、作詩の表現方法の問題に敍述と描寫を關連づけて、一層完成されたと考えている。けれども、もし毛主席が朱熹の說を引用したからといって、朱熹の三經三緯の說を丸ごと規範とし、一字一句も變更できないと思うようでは、科學的な態度ではない。先掲の批判論文と質問論文は、共に私が附錄の中で劉勰が「傳統的儒家思想を墨守している」事、及び劉勰が、『詩經』の「關雎」「鵲巢」を曲解している事に對して行った批判を、繰り返したり、引用したりしている。（もっとも、後者については、私はかの批判論文に所謂「完全に『毛詩』と鄭箋に騙されている」という批判には同意していない。なぜならば、もし劉勰自身が傳統的儒家思想を墨守していた事を承認するならば、彼が騙されたかどうかは問題にならないからだ。）しかも、これが劉勰の比興說を批判する理由の一つとなっている。しかしその一方で、朱熹の三經三緯說に對しては、一言すらも抵抗していない。これも科學的態度だとは言えまい。確かに、朱熹はある程度は漢代經學者の政治的な『詩經』解釋の枠組みを打ち破り、これに因って客觀的には『詩經』民歌の上に覆いかぶさっていた幾許かのベールを取り除いた。（とはいえ、朱熹は「風」を「民謠」と解釋した以外に、幾篇かの詩は所謂「淫詩」（淫奔な詩）だと指摘しているので、決して正面から『詩經』民歌の價値を肯定したわけではない。）しかし、彼も儒學の道學先生であったから、「關雎」を解釋して、「周の文王は生まれながらに聖德があり、更に聖女の姒氏を得て配偶者とした。宮中の人々は、彼女が初めてやってきた時、その幽閑で貞靜な德有るを見、故にこの詩を作ったのである」と言う。また「鵲巢」を解釋しては、「南國の諸侯は文王の德化を被って、能く心を正しく身を修めて一家を齊え、その女子もまた后妃の教化を被って、專靜で純一な德を有した。因って諸侯に嫁げば、その家人はこれを褒めて、『かの鵲に巣あれば、則ち鳩の來たりてそこに居る。その故にこの子の嫁げば、車百兩で大歡迎』と言われたのである」（朱熹『詩集傳』）と言う。試みに問うがこの部分と劉勰の所謂「『關雎』は別有り、故に后妃は德を方ぶ。尸鳩は貞一なり、故に夫人は義を象《かたど》る（「關雎」の雎鳩は折り目正しい鳥である事から、后妃の德の高さが比喩され、「鵲巣」の鳩には操の正しさがあるから、君主の夫人の貞節がそこに象徵される）」という見解と、またどんな區別があるのか。朱熹の賦・比・興の解釋は、簡潔で明快だから、前人の諸説の中では通俗で分かり易く、確かに一つの見識ある意見と言える。（これも詩の表現方法について論じたもので、決してその六詩或いは六義の原義に對する考察ではない。）しかし、これも朱熹の三經三緯説が完全無缺であって、更に檢討の餘地は無いという事ではないのだ。逆に、我々は必ず前人の基礎の上に立って、この問題の研究を更に發展させなければならないのである。朱熹の比・興に對する定義については、清の姚際恆『詩經通論』に、「郝仲輿がこれを反駁して、『まずこのものについて言う』（興）と『別のものでこのものを譬える』（比）との閒に相違などあるものか、と言っているが、その通りだ」とある。[7] 思うに、このような意見も檢討すべきであろう。朱熹が自分自身で賦・比・興のために作った定義を用いて『詩經』を解釋するとなると、確實にしばしば解釋し切れない箇所がある。前人や近人はこの方面に關していずれも大量の論述を殘しているが、私が思うにこれらもまた同樣に議論すべきであろう。この議論は我々が更に一歩を進めて六詩或いは六義説をはっきりさせるためにも、また更に一歩を進めて中國の古代文學理論における作詩の表現方法の問題を探究するためにも、共に有益なものだ。かかる問題は一篇や二篇の論文では解決できるものではなく、人々が共に努力し、絶えず深く探究して行かねばならないのである。

注

（1）唐の孔穎達の三體三用說、唐の孔穎達は、前漢の『毛詩故訓傳』、後漢の鄭玄『毛詩箋』に基づいて、更に注釋（『正義』）を加えた。これを一般に孔穎達疏という。彼の說では、風・雅・頌を詩體（詩の樣體）とし、賦・比・興を詩作の技法として、賦比興の技法に據って『詩經』に收錄された風・雅・頌各篇の詩體が作られると言う。（『毛詩正義』關雎の序に「故詩有六義焉。一曰風、二曰賦、三曰比、四曰興、五曰雅、六曰頌」の部分の疏を參照。）尙、孔穎達は賦を「直接に事實を述べるもの」、比を「……のようだ」と直喩するもの、興を「譬えを用い類似のものを引いて、自分の心情を暗示する」隱喩だと解釋しており、この見解は概ね宋の朱熹に引き繼がれている。

南宋の朱熹の三經三緯說　‥朱熹は『詩經』に彼自身の解釋による注釋を施して『詩集傳』を作った。朱熹の言葉に據れば、三經とは賦・比・興の事で、三緯とは風・雅・頌を指す。朱熹は、風・雅・頌を仲呂調、大石調などの樂章の調子の事だと述べ、賦は直接その事を述べるもの、比はあるものに譬えるもの、興はまず別のものを歌の導きに出すものだ、と言っているので孔穎達の視點と類似する（『朱子語類八十・詩・綱領』及び『詩集傳』參照）。

（2）『詩經』周南「關雎」序、漢の毛公が傳えたと言われる『詩經』のテキスト『毛詩』の卷頭に置かれた序文。大序とも言う。その作者には議論があるが、先秦の儒家の詩論をここに窺う事ができる。この毛公が傳えた『毛詩』に後漢の鄭玄が注（箋）を付け、これを『鄭箋』と言う。

（3）章炳麟の「六詩說」、章炳麟（一八六九－一九三六）、中國の近代の學者で革命家でもあった。「六詩說」は『檢論』の中の一文。

（4）淸の孫詒讓、孫詒讓（一八四八－一九〇八）、晚淸の著名な學者。

（5）以上の孔穎達の疏については、『毛詩正義譯注』第一册（岡村繁譯注、中國書店、一九八六）を參照。

（6）「鎔裁篇の三準說を釋す」、本書の第二部第六章（附錄二）「思・意・言の關係、及び『文心雕龍』の體例の解說」を參照。

（7）姚際恆『詩經通論』、姚際恆（一六四七－一七一五）『詩經通論』は康熙四十四年に完成した彼の『九經通論』のうちの一つで、漢代や宋代の解釋から離れて本文に卽した解釋を試みている。

第五章　情采篇の情志說を釋す

――情志、卽ち思想と感情の相互滲透について――

「詩は志を言う」、これは中國の詩論の本源的綱領である。(1) しかし晉の陸機が「詩は情に緣りて綺靡なり（詩は情感に基づいて美麗なもの）」という一語を提示して以後、魏晉以來のほとんどの文學理論家は多かれ少なかれ緣情（詩は情感に基づく）說の要素を取り入れてきた。(2)

劉勰はそれぞれの分野から文學創作における「情」の役割を論述している。『文心雕龍』ではほとんど一篇として「情」の概念に關わらない篇は無い。王利器『文心雕龍新書通檢』に據ると、「情」の文字は『文心雕龍』全篇の中で一百例を越えて現われるが、ここでは適當に幾つかの例を擧げてみることにしよう。神思篇に「神は象を用て通じ、情は孕む所に變ず（現象は想像と交錯し、心情はふくらみつつ變貌する）」とあり、これは「情」をば想像活動を喚起し誘導する媒介と見做して述べたものである。體性篇に「情動いて言形われ、理發して文見《あら》わる（感情が搖らげば言語に表現され、理知が働いて文章が生まれる）」とあり、これは「情」をば文學形式を決定する內在的要素と見做して述べたものである。指瑕篇に「情は根を待たずして、その固きこと難きに匪ず（心情は根を賴むこともないから、容易に確固不動を守り通す事ができる）」とあり、これは、「情」をば文學の特殊な機能を構成する感化力と見做して述べたものである。總術篇に「部を按じ伍を整え、以て情の會するを待つ（詩文の部分部分をうまく調整して、その內容が一貫するようにする）」とあり、これは「情」をば詩文の全局面を貫く伏線と見做して述べたものである。劉勰の見方に據れば、作家の創作活動はどんな場合でも「情」に因って決定され、どんな場合でも「情」の參與が求められるのであり、因って、劉勰は情采篇において一句の總括的見解を提示して、「情なる者は文章の經なり（思想・感情というものは文章の縱絲である）」と言ったのである。

嘗てある批評家たちは、しばしば「情」と「志」或いは「情」と「理」とを分けて、これを二つの調和し得ない概念だと考えた。清の汪師韓『詩學纂聞』には、劉勰を「詩緣情（詩は情に基づく）」派に歸屬させて、「後世の人々から理義の歸するところが分かっていないと責められる」破目になったと記されている。[3] このような理義に據って緣情に反對する見解も、「情」と「志」との間に越える事のできない大きな溝を設けたものである。實際には、劉勰は「情」と「志」の二つの概念が彼此互いに排斥し合うものだとは考えないで、互いに滲透し合うものだと考えていたのだ。情采篇に相前後して提示される「情の爲に文を造る」とか、「志を述ぶるを本と爲す（志を述べる事を根本的役割とする）」という二句は、「情」に由って「志」の領域を擴大し、「志」に由って「情」の內容を充實させて、「情」と「志」とを一つのまとまった概念に結び付けようと企圖するものである。

傳統的な見解に據れば、「志」は『書經』堯典の「詩は志を言う」の語に淵源を持ち、國家の儀禮風俗や政治教化に對する褒貶の面ばかりに重點を置いて、『詩經』の創作方式を理論的に概括するものである。「情」は「文賦」の「詩は情に緣る」の語から生まれ出たもので、個人の困窮榮達や出處進退に當たっての感情發露の面ばかりに重點を置いて、楚の屈原の「離騷」の創作方式を理論的に概括するものである。『詩經』と「離騷」それ自身から見れば、志を主とするか、情を主とするかは確かに重點に違いはあるが、しかし決して「情」と「志」との境界を嚴格に區分するものではない。志を述べて褒貶した『詩經』は必ずしも感情表現の要素を排除するわけではない。『毛詩』大序に、「心に在るを志と爲し、言に發するを詩と爲す。情の心中に動きて、言語に形わる」と言う。ここに言われる

「志」と「情」とは明らかに混用されて分けられない。一方、憤りを發し心情を表出した「離騷」もまた必ずしも完全に志を言う效用を無視したわけではない。『楚辭』の「悲回風」では嘗て「志」の問題に言及して、「介眇たる志の惑う所、竊かに詩を賦して明らかにする所なり（しっかりとした節義の志を守ったが故に世に用いられず、その志を詩に作ってそれを明らかにするばかり）」と述べている。(4)『詩經』も「離騷」もそれ自身既に「志」と「情」とがある程度互いに通じ合える事を物語っている。劉勰はまずこのような意味において「情」と「志」とをまとめて一つにしたのである。彼は『詩經』の創作方式を總括し、また「離騷」の創作方式を總括し、兼ねて前人が積み重ねた經驗の成果を取り入れ、更にそれらを融合して、獨自の見識ある一家の言を作り上げたのだ。序志篇に所謂「道に本づき、聖を師とし、經に體し、緯に酌み、騷に變ず（天地自然の原理（道）に基づき、聖人の教えを師とし、經書に範型を求め、緯書を參考とし、『楚辭』に變革を學んだ）」の語こそ、終始一貫して劉勰の立論の基本的綱領なのである。因って、彼が明詩篇で詩作の概說をした時、一面では志を言って褒貶する角度から始めて、詩には善を讃え惡を矯正する作用がある事を指摘しながら、別の一面ではまた憤りを發し心情を抒べる角度から始めて、詩には性情を吟詠する特徵がある事を指摘しているのだ。「人は七情を稟け、物に應じて斯に感じ、物に感じて志を吟ず、自然に非ざるは莫し（人は七種の感情を授かっており、外物からの刺激に對して反應し、外物に心を動かされて志を吟う。これは極めて自然な事である）」（明詩篇）と。この一節こそ「情」と「志」とが互いに補充し合う二つの概念として提示されているものだ。これが、劉勰が「情」と「志」とを綜合した第一の意義である。

次に、劉勰が「情」と「志」とを綜合した事には尙別にもう一つの意義がある。その意義は前述の第一の意義から派生的に出て來たものだが、しかし前述の意義とはまた一定の區別がある。第一の意義では、「情」・「志」という二つの概念は文學創作の性能と效用について述べたものだった。後者の意義では、「情」・「志」という二つの概念は文學創作の構成要素について述べられる。後者の意義からすると、「情」は感性の範疇に屬し得て、我々の言う感情に相當する。『文心雕龍』に用いられる「五情」・「七情」・「情性」・「情趣」・「情致」・「情韻」・「情源」等々の用語は概ねこの「情」の概念に屬する。「志」は理性の範疇に屬し得て、我々の言う思想に相當する。劉勰は「志」と「思」とを組み合わせて「志思」という一つの熟語を作り上げたが、彼の述べる「思」は時にまた「理」や「義」の意味とも相近い。情采篇に「志思は憤りを蓄えて、情性を吟詠す（志思は憤り悲しみを鬱積させて、その思想感情を詩に歌う）」と述べるが、ここに所謂「志思」は後者の理性を指し、「情性」は前者の感情の意味を指す。その後、少なからざる文藝理論家もまたこの意味で「情」と「志」の概念を理解してきた。例えば、詩教説を受け継いだ清の程廷祚は思想の意味ばかりに重點を置いて「義理」に高い評價を與えたし、性靈説を主張した清の袁枚は感情の要素面ばかりを重んじてただ「情を言う」事だけを標榜した。一方的に思想的意味の面ばかりを重んじる場合、極端に走れば、しばしば情感を異類と見做して、文學の存在を否定する「文章制作は道を害する」（宋の程頤『朱長文に答うる書』）という見解を生み出してしまった[5]。また一方的に感情的要素面ばかりを重視する場合、極端に走れば、しばしば情宜に溺れ、「詩は理に關わらず」（宋の嚴羽『滄浪詩話』）といった議論を起こす事になってしまうのだ[6]。

劉勰に據れば、感性の範疇に屬する「情」と理性の範疇に屬する「志」とは互いに補充し合い、互いに浸透し合うものである。これが劉勰が「情」と「志」とを綜合した第二の意義である。彼は單に常々「情」と「志」を對にして擧げ、互いに意味を補充させたばかりでなく、しかもしばしば感性の範疇に屬する概念と理性の範疇に屬する概念とを關連させて考えている。宗經篇に「義は既に性情を埏す（その内容はよく人の性情を陶冶する）」と言い、詮賦篇に「情は物を以て興こる。故に義は必ず明雅なり（情趣は具象に觸れて喚起されるから、作品の内容は必ず明快・優雅である）」と言い、章句篇で「情を明らかにする者は、義を總べて以て體を包む（心情を明らかにする「章」は内容を一つの總體に總括する役目を持つ）」と述べる。これらの發言はいずれも「情」が一定の條件の下では「義」の要素を含む事をはっきりと物語るものである。因って、彼がこの意味において提示した「情なるものは文章の經（縦絲）なり」という主張は「文は以て道を明らかにす」という主張と決して相背反するものではなく、「情の爲に文を造る」という見解は「志を述ぶるを本とする」という見解とも相矛盾しないのだ。劉勰は時に單に「情」の一字だけを摘出して文學の內容を包括する事があるが、これは藝術作品中の思想がしばしば情の感性形體の中に含まれるために他ならない。

嘗て劉勰は「情」と「志」とを結び合わせて一つの熟語にし、「情志」という概念を造り上げた。附會篇に、「必ず情志を以て神明と爲す（必ず思想・感情を文章の神經中樞とする）」と言うが、これこそ「情志」に因って文學の內容を構成する思想感情を明示したものだ。これは正に「情のために文を造る」事と「志を述ぶるを本と爲す」事を一つに綜合する發言なのである。この「情志」という概念は劉勰が初めて作り出したものではない。先秦の『尹文子』大道下篇に、「樂（音樂）なる者は情志を和する所以なり」と述べ、既に「情志」という言い方を使っている。『後漢書』文苑列傳の「贊」には「情志既に動けば、篇辭貴しと爲す（情志が動いてできたものだから、その作品は高貴なものだ）」とあり、後漢の張衡の「思玄賦」に「情志を宣寄す」とあり[7]、鄭玄『六藝論』には「箴諫する者が少なくなると、情志が通じない。故に詩を作る者は其の美を誦して其の過ちを譏る」と言って、やはり「情志」という一語を提示している。魏晉以來、「情志」という概念は更に一般的に採用された。晉の陸機の「文賦」に、「情志を典墳に頤《やしな》う」と言い、魏の嵇康の「琴賦」では音樂を稱贊して「神氣を導養し、情志を宣和す（精神を養い、情志を伸びやかにする）」といい、晉の摯虞の「文章流別論」では「そもそも詩は情志を本としながらも、音聲に據ってリズムが作られる」とあり、沈約の『宋書』謝靈運傳の論に「これより以後、情志はいよいよ廣まる」とあり、范曄の「獄中、諸甥姪に與うる書」には「常に情志の託するところを思えば、もとより當に意をもって主となす」とある。これらの諸例は皆劉勰以前或いは彼と同時代の人の發言であって、劉勰は彼らからかなりの啓發を受けた可能性が非常に大きい。

ところで、「情志」の語は『文心雕龍』では僅かに附會篇に一ヶ所見えるだけなのだが、我々がもし中國の古代漢語が持つ「文字は同じでも意味が異なる」という特徴と「文字は異なるが意味は同じ」という特徴とを考慮に入れれば、劉勰が正に「情志」を一つの重要な概念としていた事は容易にこれを知る事ができる。同じ鎔裁篇の中で、下文の「情を設けて以て體を位す（表出さるべき心情に則した様式《ジャンル》を決定する事）」という一句は、實際上、同篇上文の「情理は位を設く（作品の内容がその位置を確立する）」を言い換えた表現である。體性篇に、「志は實に骨髓」とあるのは、實際には附會篇の「必ず情志を以て神明と爲す」の言い換えに他ならない。因って、一定の條件の下では、「情」とは「情理」の事であり、「志」とは「情志」を意味する。しかし同時に「情理」・「情志」という二つの熟語は同じ意味と見做す事もできる。このような情況から考えると、劉勰は前人に比べて更に充分に「情志」という概念を明らかにしたものと言わざるを得ない。彼の所謂「情志」とは思想的要素を浸透させた感情という意味にかなり近いものである。外國の文藝理論では、古代ギリシア人にも類似した用語が見られる事がある。彼らの言う παθος（パトス）という單語は「情志」と譯すのが眞に妥當である。[8] 古代ギリシア人もこの單語を用いて文學創作における思想感情を表現したのだ。ヘーゲルの解釋に據れば、この單語は「合理的な情緒能力」を代表するもので、この情緒は一時の衝動から出たり個人の情宜に溺れたりしたものではなくて、「非常に愼重な檢討考慮を經てきたもの」であり、更には「全ての心情に充滿し浸透した基本的・理性的な内容」を具有したものである。[9] これは正に中國の傳統的文論における「情志」という用語が内包する意味と酷似する。

注

（1）「詩は志を言う」、一般に言志說として總括されるこの詩說は、もともと『尙書』堯典の「詩は志を言い、歌は言を永くし、聲は永きに依り、律は聲に和す」の語に見える。『莊子』天下篇や『荀子』儒效篇等の諸子から『毛詩』大序、『漢書』藝文志など漢代に書籍の中にもしばしば見える事に據れば、漢代以前にもかなり流行した考え方であったと思われる。そもそも「志」の意味には「感情」の意味も含まれていたのだが、漢代に經學的な觀點が強く提示された結果、後世「言志說」といえば、魏晉以降の修辭主義的な文學を主張する「緣情說」に對して、社會への意思や意圖といった硬派的な目的を持つ內容重視の立場を代表するよう見做されてしまった。尙、譯文「本源的綱領」は原文「開山的綱領」に作り、朱自清（一八九八―一九四八）の『詩言志辨序』の表現に基づく。

（2）「詩は情に緣りて以て綺靡なり」、晉の陸機が創作論を唱った「文賦」の中で詩の文體について語った部分。「緣情說」として總括されるこの詩說は、魏晉の時代から六朝へと向かう修辭重視の文風に沿って生まれた情感重視の詩說として、後世しばしば漢代の「言志說」と對立する立場として論じられる。

（3）清の汪師韓『詩學纂聞』、汪師韓（一七〇七―?）、『詩學纂聞』綺麗の條の言葉。（楊明照『文心雕龍校注拾遺』附錄に據る。）

（4）「悲回風」、「悲回風」は『楚辭』の「九章」の中の一篇だが、劉勰が『楚辭』を批判した辨騷篇では、「九章」が觸れられているし、また漢代の王逸の『楚辭章句』では屈原の作として廣く「離騷」の中に含める。因って本文で指摘される「離騷」とは單篇としての「離騷」以外に屈原の作として傳えられる『楚辭』作品を意味するものと考えてよい。尙「憤りを發し心情を抒べ」（原文「發憤抒情」）は、『楚辭』の「九章」惜誦にある言葉「發憤以抒情」の語を踏まえる。

（5）宋・程頤、程頤（一〇三三―一一〇七）は宋代の理學の基礎を建てた儒學者。理學者は基本的に道を重視して文は輕んじる。

（6）宋・嚴羽、嚴羽は十二世紀後半から十三世紀中頃の詩人。『滄浪詩話』一卷は南宋を代表する詩の批評書。

（7）この部分、『後漢書』張衡傳は「宣寄情志」に作る。「思玄賦」の序文の中の言辭。但し、その賦を收錄する『文選』にはこの序文は無く、『後漢書』本傳の「思玄賦」の直前にある范曄の文章を後人が誤って「序」としたものだ、と言う指摘もあ

る（『張衡詩文集校注』上海古籍出版社、一九八六）。

（8）$\pi\alpha\theta o\varsigma$、所謂パトス・パッションなどの語源になるギリシア語。王元化氏が以下に引用するヘーゲルの語も彼の『美學』の中の文章。

（9）ヘーゲルの解釋、ヘーゲルに據れば「パトス」とは、「人間の胸中にあって人間の心情の内奥を動かす一般的な力」であり、「それ自體が正當性をもつ心情の力であって、理性と自由意思を本質的な内容とし」、「その意味するところは、人間の自己のうちに働き、心情の全體を滿たし、心情の全體に浸透する本質的にして理性的な内容のこと」と解説される。（長谷川宏譯『ヘーゲル美學講義』に據る）。

〔附錄一〕　辨騷篇は『文心雕龍』の總論に屬すべきこと

前述したように、劉勰の文學理論は『詩經』の創作原則を總括したものであり、また『楚辭』の創作原則を總括したものであった。ところが、この視點は、別の一つの問題に關連してくる。それは、『文心雕龍』の第五章に配される辨騷篇が、果たして『文心雕龍』の總論部分の中に入り、第一巻の他の四篇（原道・徴聖・宗經・正緯の各篇）と一緒に配列されてよいかどうか[1]という問題だ。

この問題については、從來相異なる意見があった。ある一派の意見は否定的な態度を取る。明代の伍讓の「『文心雕龍』序」は辨騷篇の前にある四編を一緒にして（「道に本づきて聖に徴し、緯に酌みて經を宗とす」）、これを總論と見做し、これに續けて「騷賦より書記に至るまで、各種の文體を逐一竝べ列ねて、きちんとした順序立てを示している」と指摘する。明らかに、これは辨騷篇を文體論のグループに繰り入れて、書記第二十五までの諸篇と共に配合したものだ。以後、この説を支持する論者は、更に一歩を進めて辨騷篇とその他の四篇を一緒くたに取り扱う事は全く「めちゃくちゃだ」とまで考えるようになり、從って現在通行している『文心雕龍』十卷本の編次を根本からひっくり返してしまった。というのは、十卷本は正に原道・徵聖・宗經・正緯・辨騷篇の五篇を一卷として、その書の初めに置いているからである。梁繩禕の「文學批評家劉彦和（劉勰）評傳」には、「劉氏の元々の『文心雕龍』はただ上下の二篇に分かれていただけであった。現在の通行本が十卷に分かれ、毎卷五篇となっているのは、ただ扱い易いように整理しただけで、全く何の意味も無い。辨騷篇を切り取って第一卷の末尾に置いた處置などは、全く筋が通らない」という。(2) 梁氏の論文では『文心雕龍』の原書の形式はただ上下二篇に分かれていただけだと斷定しており、この主張は明らかに序志篇に所謂「上篇以上は、綱領（文學様式の要點）明らかなり」「下篇以下、毛目（創作の具體的問題）顯わる」という數句に據っている。では、『文心雕龍』の原書の本來の形態は結局どのようなものだったのだろうか。ただ上下二篇に分けるだけでその他の卷の分け方はしなかったのだろうか。假にそうだとしても、どうして辨騷篇が後ろのグループから切り取られて前のグループに入れられた事が分かるのだろうか。梁氏の論文は他に有力な證據も擧げておらず、極言すればたった一つの證據すらもないのだから、これでは些か獨斷的だと言わねばならない。『文心雕龍』の原書の本來の形態は既に考察はできなくなっているけれども、隋代の圖書目錄である『隋書』經籍志より以下、史書の著錄は皆十卷だといっている。宋代の陳振孫『直齋書錄解題』や、晁公武『郡齋讀書志』という書籍目錄でも共に「十卷」だと明記している。十卷本はその由來が既に久しいばかりではなく、かなり一般的に認められてもいたのだった。やがて清代の『四庫全書總目提要』に至って、始めてこの問題に疑問が表明される事になり、『文心雕龍』の原書が「元々は二卷に止まり、十卷本は恐らく後人が分けたのであろう」と考えた。(3) 當然ながら、我々は時代の古さを信じて眞實を見誤るべきではなく、『隋志』・『唐志』等等の記述が必ずしも信頼できるわけでもなく、また同時に現在傳わる十巻本が決して原本そのままではない事も十分に明らかな事だ。しかしながら、だからといって我々がもし現在の十巻本の篇次を「めちゃくちゃ」で、「ただ扱い易いように整理しただけで、何の意味も無い」ときっぱり決めつけてしまうならば、それも武斷に過ぎるという非難を免れまい。

一方、もう一つの意見は、現在に傳わる十巻本の配列順序をまったく否定していない。范文瀾『文心雕龍注』は基本的には上下二篇説を採用するが、しかし范文瀾は現行本五十篇の編次について些かも異議が無いばかりか、更にはその「組み立ての緻密さ」、「極めて秩序のある配列」をも指摘しているが、これは梁氏の論文で「めちゃくちゃ」だと述べた見解と正に對照を成すものである。范文瀾の『文心雕龍注』では、各篇の前後に相接する論理的な繋がりや内在的な關係を表示して説明し、詳しく分析を加えて、その要旨を明らかにし、その體系を詳らかにして、(4)『文心雕龍』の理論的構造を明らかにした。しかしながら、范文瀾の注では決して辨騷篇を原道篇・徵聖篇・宗經篇・正緯篇の諸篇と一緒には列べず、却ってそれを文體論グループの中に歸屬させ、明詩篇の前に置いているが、どうやらかなりの程度『四庫全書總目提要』の舊説を踏襲しているようだ。

ここで、私は『文心雕龍』が果たして上下二篇に分かれるべきか、それとも更に十巻に分かれるべきかの問題を議論しようとは思わない。私が明らかにしたいのは、今に傳わる十巻本が辨騷篇を第一巻の末尾に列しているのは決して根據が無い事ではないということである。なぜならば、第一巻の五篇は共に『文心雕龍』の總論に屬し、そもそも一セットにすべきものだからだ。序志篇では「上篇以上は、綱領明らかなり」という一節の前に、はっきりと「蓋し文心の作や、道に本づき、聖を師とし、經に體し、緯に酌み、騷に變ず、文の樞紐は、亦た云《ここ》に極まれり（『文心雕龍』の筆を執るに當たり、私は天地自然の原理（道）に基づき、聖人の教えを師とし、經書に範型を求め、緯書を參考とし、『楚辭』に變革を學んだ。文學の核心は、ここに盡くされているはずである）」と述べており、この數句は明らかに辨騷篇を第一巻のその他の四篇と共に提攜し共に論述を展開し、これらを總論として取り扱っているのであって、決して辨騷篇を明詩篇以下の諸篇の最初に置いて文體論として取り扱っているのではない。

劉勰は「文心の作」が單に「道に本づき、聖を師とし、經に體す」だけでなく、更に「緯に酌み、騷に變ず」る著作である事を明言しているが、この見解は彼の儒家古文學派の立場と矛盾するものではなかろうか。私は決して矛盾しないと考える。なぜならば、儒家古文家の立場から出發する時、儒家の經籍以外の一切の書籍を排斥する態度をとり得る場合もあれば、また儒家の經籍以外の如何なる書籍も決して排斥しない態度を採って、よければすぐにその中から有用な要素を吸收して元來の儒學を充實させたり改造させたりする場合もあるからだ。劉勰は正にこのような態度に基づいて儒家の經籍以外の全ての書籍に相對したのであった。例えば明詩篇での詩に對する定義などが明らかな一例だ。劉勰はこの詩論の中で、單に「舜典」「詩大序」『論語』等の儒家の經典の詩説を引用するばかりでなく、更に緯書の『含神霧』の「詩は持なり」という見解を採用し、併せて「人の情性を持するなり」という理論へと發展させている。『含神霧』は詩緯の一種であって、古文經學派からは「道に背き典に謬《たが》う」と評されている緯書なのである[5]。

劉勰は緯書に對しても尙「譎詭を芟夷して、其の雕蔚を採れ（奇怪な面を捨て去って、その文飾を取り入れよ）」という態度を守っていたから、まさか「離騷」に對しても兼取融合の態度が採れないはずはあるまい。劉勰は「騷に變ずる」事を「文の樞紐」の一要素と見做し、從って自己の文學理論において「離騷」の創作方式を總括していた、と私は考えており、これについては、彼の辨騷篇における「離騷」への具體的評價にその確かな證據を求める事ができる。辨騷篇ではそれまでの人々の「離騷」に對する誤った議論を批判して、「褒貶は聲に任じ、抑揚は實に過ぐ。鑑て精ならず、翫して未だ覈ならざる者と謂う可きなり（勝手氣ままな褒貶というもので、非難も賞贊も實際を飛び越えている。精細でない觀察、核心を突かぬ鑑賞と言うべきであろう）」と言う。これは當時に在っては多くの人々と違った獨特な見解であった。非難する者（例えば後漢の班固）であろうと褒め稱える者（例えば後漢の王逸）であろうと、彼らが「離騷」を評論する時には、或いは經典と比べたり、或いはその注釋に合致しないと言ったりして、いつも儒家の經典・解釋の着眼に拘泥して、勝手な褒貶を加えていたのである。ところが劉勰の場合、實事求是の態度を採り、「離騷」には風雅の傳統に沿うところもあれば、經典とは異なる部分もある事を指摘している。彼は決して前人たちのように、「褒める」ためには經傳と「異なる」所を强引に「同じ」だと言い張ったり（例えば後漢の王逸は「離騷章句」第一で離騷の「玉虬を駟して鷖に乘る」の句を、頑なに『易』乾卦の象辭の「時に六龍に乘りて以て天を御するなり」の語に基づくものだと主張する）、また「貶める」ためには經傳と「同じ」所を强引に「異なる」のだと言う（例えば班固は既に『書經』に「崑崙」の語が見えるのに「離騷」の「崑崙に登りて、流砂を涉る」について頑なに「經義に載っているものではない」と言い張る）のとは異なるのである。劉勰の「離騷」に對する評價は「經意を取鎔すと雖も、亦た自ら偉辭を鑄す（經書の思想を取り入れ生かしつつも、獨自の堂々たる表現を形成している）」という一文に盡きると言ってよい。ここには經書に對して溫故創新の態度を採るよう劉勰が相當强く主張した「通變」（傳統と變革の相互作用）」の觀點が明らかにしている。大體のところ、劉勰の「離騷」に對する評價は非常に高く、辨騷篇に所謂「氣は往きて古を轢《ひし》ぎ、辭は來たって今に切なり。驚采絕艷は、與に能を竝べ難きなり（その精氣は古代を壓倒し去り、その文辭は現代に訴えかける。人を驚かせる修辭と絕妙の艷麗さは、それに竝ぶものを容易に見出す事ができない）」の一文は、推賞する事至れり盡くせりの贊辭である。劉勰の多くの意味深い見解は、今でもなお我々を啓發するものがある。例えば、彼は後世「離騷」を模倣する作家は四種類に分けられると考え、「才高き者は其の鴻裁に菀し、中功なる者は其の艷辭を獵し、吟諷する者は其の山川を銜《ふく》み、童蒙なる者は其の香草を拾う（才能高邁な人はその偉大な精華を攝取し、小才の利く人はその艶麗な修辞を掻き漁り、愛好家はその山川の描寫を口ずさみ、初心者はその比喩を拾い回る)」と言う。彼は、この文中で最高の模倣者であっても、「離騷」の廣博な表現形式を模倣するだけに過ぎず、それより以下の者はただ「離騷」の中から香草や美人の類・美辭麗句を拾い上げてきて他人にひけらかしたり自分を見せびらかすために借用するだけに過ぎない、と指摘する。この指摘の言外に示唆するところは、深い意味を寓している。魯迅は嘗て詳細にこの數句の眞意を明示した事があり、彼はそこに込められた劉勰の意圖を次のように考えた――後世の模倣者は「皆、外形ばかりに心を奪われて、内面の實質にまで及ばなかったので、屈原のように孤高な偉人が自殺しても、社會は依然として變わらない。この四句の中には深い悲哀が含まれているのだ」という。(6)我々は正に劉勰のこのような意味深長な慨嘆から彼の「離騷」に對する高い評價を見て取る事ができるのである。しかしながら、同時に我々も忘れてはならない事は、たとえ劉勰が「離騷」に對して深い理解と獨特の見解を持っていたとしても、「宗經（經典にのっとる)」という立場・觀點は終始劉勰の越える事のできない限界となり、一旦彼が「離騷」と「經典」とを比較する時になると、彼はたちまち自分の「離騷」への愛好の心情を押さえ付けて嚴しい分別・制限を現わし、従って前後の議論に鮮明な矛盾を作り出す事になった。例えば、辨騷篇では「離騷」の文學史上における位置づけを決めて、「固《もと》より知る『楚辭』なる者は、體は三代に憲《のっと》りて、風は戰國に雜る。乃ち雅頌の博徒（范文瀾の注に據れば「博徒」は「賤者の稱」と―引者）にして、詞賦の英傑なり（『楚辭』は、本質的には夏・殷・周の三代に學びつつ、風格の上では戰國的な要素が混入しており、『詩經』からすれば博徒だが、後代の辭賦からすれば英雄といった存在である)」と述べる。つまりこの意味は、「離騷」をその中に含む『楚辭』は本來眞にすばらしいものではあるのだが、その價値はただ夏・殷・周三代以後に限られて、三代に著わされた經典と肩を列べて論じる事はできない、ということだ。このように三代に比べれば不足だが戰國以後に比べると有り餘るほどの高い評價は、どうして「經意を取鎔すと雖も、亦た自ら偉辭を鑄す」という見解とバランスがとれるのだろうか。またどうして「氣は往きて古を轢ぎ、辭は來たって今に切なり」という見方と一致する事ができるのだろうか。儒家の古文學派の觀點は、確かに劉勰に一定の進歩性を具有せしめたが、しかし同時にまた劉勰にこのようなかなり大きい局限性をももたらしたのであった。

劉勰が『詩經』の創作方式を總括すると同時にまた「離騷」の創作方式をも總括し、これに因って辨騷篇を『文心雕龍』の總論部分に編入した事實に我々がもし注目しなかったとすれば、それは閒違いだ。しかしながら、劉勰が『詩經』・「離騷」に平等な位置づけを與え、兩者を差別せず平等に見ていたと我々がもし考えるのであれば、やはり彼の徵聖（聖人に規範を求める）・宗經（經典を祖述する）の立場にそぐわないものである。正にこの區別があるために、劉勰は總論の中で明確に表明して、道に「本」づき、聖人を「師」とし、經典を「體」とする事を要求し、その一方で緯書に對しては却ってそれを「正」（矯正）する事を要求し「酌」（斟酌）する事を要求し、また「離騷」に對しては却ってその善惡を「辨」（辨別）する事を要求し弊害を「變」（變革）する事を要求したのであった。

私は、辨騷篇は當然總論に編入されるべきものであって、巻一から切り離して文體論に編入すべきではないと考えているが、これは序志篇の記述に據る以外に、更に辨騷篇の體裁からも同樣の結論を導き出す事ができる。劉勰は文體論の諸篇を作るに當たって概ね一定の體例と樣式を愼重に守っており、この態度は序志篇に述べる『文心雕龍』の執筆法――「若し乃ち文を論じ筆を敍すれば、則ち囿別區分し、初めを原《たず》ねて以て末を表わし、名を釋して以て義を章らかにし、文を選びて以て篇を定め、理を敷いて以て統を擧ぐ（韻文と散文とを論述するに際しては、それぞれの作品の樣式に應じて區別分類した後、各樣式の起源から說き起こして沿革を述べ、その樣式の名稱を解釋してその内容を明らかにし、これに屬する古來の代表的な作品を選定して模範を示し、理論的に筋道を整えて首尾を體系づけた）」

という基本方針に正しく沿ったものであった。全體的に見れば、劉勰は非常に方法論を大切にした學者である。「始めを原ねて以て末を表わす（各様式の起源から説き起こして沿革を述べる）」とは、文章の體裁の沿革發展の面に重點を置いていて、「史」の領域に屬しており、「名を釋して以て義を章らかにす（名稱を解釋してその內容を明らかにした）」とは、その文章の體裁の特徵と定義の面に重點を置いていて、「論」の領域に屬しており、「文を選びて以て篇を定む（代表的な作品を選定して模範を示す）」とは、その文章の體裁の作家とその作品に對する品評の面に重點を置いていて、「評」の領域に屬しており、「理を敷いて以て統を擧ぐ（理論的に筋道を整えて首尾を體型づけた）」とは、理論的な結論を集中的に概括したのである。劉勰の文體論は必ずしも完全に一定の先後順序に從って整然とこの四段階に區分されているわけではなく、時には文章の作り方が前後交錯する情況もあるのだけれども、しかし基本的には文體論の各篇が少しの例外も無くこの四種の面を具備していた事ははっきりと見て取れる。この點については、近人の黃侃『文心雕龍札記』や、郭紹虞『中國古典文學批評史』、羅根澤『中國文學批評史』が例を擧げて説明しているので、これ以上餘計な事は述べまい。もしこのような觀點を認めるのであれば、同時に辨騷篇はこれを總論から切り離して文體論のグループに入れられないという判斷を認めざるを得ない。問題は非常に明らかだ。なぜならば辨騷篇の體例・様式と文體論の各篇の體例・様式ははっきりと相違したものであるからである。例えば、明詩篇には詩の定義があり、詮賦篇には賦の定義があるのに、辨騷篇における「名を釋して以て義を章らかにす（名稱を解釋して內容を明らかにする）」ところは、いったいどうなっているか。原文の中にその部分は見付けられないのである。このようなわけで、後人たちに至って始めて辨騷篇の篇名に對して諸説紛々、全て適當なものはなかった。（「紀昀の評」では、まず辨騷篇の篇名に疑問を呈示して、「『離騷』は『楚辭』の中の一篇なのに、『楚辭』を總稱して『騷』としているのは、長年相傳の誤りだ」と言う[7]）。彼らは强引に辨騷篇を文體論に含めようとしたが、しかし劉勰がどうして賦體以外に別途に「騷體」を立てたかを説明する十分な理由が見付けられなかった。また彼らは強引に辨騷篇と明詩篇とを同じ分類に所屬させようとしたが、しかしまた劉勰がなぜ文學發展史の實際の情況に背いて後出の「離騷」を既存の「詩」以前に配置したのか、その理由が分からない。そこで、「辨騷篇を第一巻の末尾に置くのは、でたらめの最たるところだ」という亂暴な結論を出す事になってしまったのである。

實際のところ、劉勰が序志篇の中で「文心の作」は「騷に變ず（『楚辭』に變革を學ぶ）」事が「文章の樞紐（文學の核心）」の一要素だと彼自ら述べている事を知っておりさえすれば、また劉勰の「離騷」に對する評價、及び彼が儒學古文派の立場に立って前人の長所をも吸收しようとした態度、それに因って彼自身の文學理論の中で「離騷」の創作方式を總括した事を知っておりさえすれば、もはや上述のような疑わしい問題や混亂した意見は起こるはずはなく、その上、劉勰は辨騷篇を第一巻のその他の四篇と一緒に置いてこの五篇を『文心雕龍』の總論とした、と考える事は、眞に當然な事でもあるのだ。

注

（1）『文心雕龍』十巻五十篇は、各巻五篇ずつ配置されている。因みに第一巻には原道第一、徴聖第二、宗經第三、正緯第四辨騷第五の五篇が排列されている。

（2）梁繩『文學批評家劉彦和評傳』、小説月報一九二七、一七號外に掲載。

（3）清代の『四庫全書總目提要』、「その書、原道以下二十五篇は、文章の體裁を論じ、神思以下二十四篇は、文章の巧拙を論じ、序志一篇を合わせて五十篇とする。序志篇に「上篇以下」「下篇以上」と言っているから、元々は二巻だけだったのだ。けれども『隋書』經籍志では既に十巻となっている。後の人が分けたのだろう」と言う。

（4）范文瀾『文心雕龍注』では、「『文心雕龍』二十五篇の排列にはきちんとした順序がある」として、その關係を原道篇の注釋の中で系統圖表にして示している。

（5）緯書の『含神霧』、緯書は經書を補う聖人の書として漢代に流行した。しかし、文辭は卑俗、内容も怪しげなので、後世の儒者から排斥され、隋の煬帝になると緯書をはじめ含め天下の關係書籍を集めて燒いてしまったという。今日傳わるものに完本は無い。

（6）魯迅の解説、引用は魯迅『墳』の「摩羅詩力説」の中の言葉。

（7）「紀昀評」、清の紀昀が、黃叔琳の校注になる『文心雕龍』輯註本の欄外に評釋をつけたもの（黃叔琳輯註附、載紀昀評本）。「乾隆辛卯（一七七一）八月閲畢」の文あり。この後約十年を經て紀昀が總纂官を勤めた『四庫全書』が完成する。

〔附錄二〕　文學創作に於ける思索と感情

幾ばくかの古代或いは早期の文藝理論家は、既に文學創作活動が必ず思索と感情を一つに結び付けるものである事を一應は感じ取っていた。中國の傳統的な文學論に述べられる「情志」、古代ギリシア人の用いた παθος（パトス）という用語（アリストテレスの『詩學』に見える）等には、いずれもこのような意味が含まれている。しかしながら、古代の理論家たちはただ非常に大雜把な意味で文學創作における思索と感情とが一體となって相互に浸透し合っていると感じていたに過ぎない。彼らの言う「情志」はしばしば社會的實踐から遊離した抽象的な形式を以て出現するものであった。例えば、『文心雕龍』情采篇に所謂「立文の道は、其の理に三有り。一に曰く形文、五色是なり。二に曰く聲文、五音是なり、三に曰く情文、五性是なり。五色雜りて黼黻と成り、五音比びて韶夏と成り、五情發して辭章と爲るは、神理の數なり（裝飾の方式を分析すれば次の三つの種類に分けられる。第一は形而下的な裝飾で、色彩がこれに當たる。第二は音聲的な装飾で音律がこれに當たる、第三は感性的な装飾で、情緒がこれに當たる。色彩の組み合わせが綾錦となり、音律の調和が名曲となり、情緒が動いて文章となるのは、自然の法則である）」は、こういった缺陷を含み持っている。

文學における思索と感情の問題に關して、プレハーノフは、かつてトルストイが『藝術論』の中で提出した「感情の傳達」に對して批判を加えた事がある。(1)彼は、「藝術とは、人間の感情を表現するばかりでなく、人間の思索をも表現するが、しかし決して抽象的に表現するのではなくて、生き生きとした形象に據って表現するのである」と言う。私はプレハーノフのこの見解は極言すれば、トルストイの見解に比べて却って後退してしまったものだと考える。なぜならば、彼は藝術の特殊性から藝術作品が表現する思索と感情の持つべき特徴を明らかにしていないからだ。藝術が形象を通して思索と感情を表現しなければならない事、これは言を俟たないだろう。藝術作品に在っては、作家の思索と感情は必ず形象自體の中に凝集されねばならない。作家は必ず形象自體に據って語らねばならないのであって、頭腦の力を借りて形象が完全には語り切れていないものを補い、作者の思索と感情を有機的全體としての藝術形象の外へと遊離させるものではない。とはいえ、問題は藝術作品が表現する思索と感情自體が結局どのような特別形態を備えているかにある。この點に關して、前人が提示した「情志」の理論は我々に參考を供し得るだろう。

文學作品が讀者に提供するのは感性的な觀照である。文學創作においては、思索と感情は二つの不可分な要素である。作家はただある種の事物に對して血肉相連なる極めて親密な感情を起こしてこそ、始めてその事物を理解しようとする願望が一層呼び起こされ易くなり、また始めてその事物を理解する能力も一層掻き立てられ易くなるものだ。それとは逆に、作家はその生活の中で最初に感じたものがぼんやりとしたものであり、表面的なものであり、亂雜なものであっても、ただその理解を經驗して以後、始めて一層深くそのものを感じ取る事ができるのである。作家の創作活動というものは、その始めまだ理解を經驗していなかった朦朧とした感覺を、理解以後の更に明晰化された感覺へと變え、また最初はまだ精錬を經驗していなかった不確定な感情を、精錬以後の更に深みを増した感情に變え、それに因って感性の面と理性の面を互いに浸透させ合い、もはや分解不可能な有機的總體を織り上げるのである。かくあってこそ、文學創作は始めて人の心に深く入りこみ、素早く感銘を與える效能を發揮できるのだ。因って、文學を構成する要素である感情は、あっという間に過ぎ去ってしまう一時の衝動や、思索の持つ普遍的な意義から遊離した感情などではあり得ない。それは必ず現實に由って呼び起こされ、思索に由って向上させられなければならないのだ。文學を構成する要素である思索もまた、抽象的な形態を以て現われてくる各種の觀念ではなく、それは必ず藝術的形象の中に溶け込み、充分に感情の支持を得なければならないのだ。このような状況下に在ってこそ、我々は、文學創作における感情は、思索を經て深められた感情に他ならず、また文學創作における思索は、感情に滲透された思索に他ならない、と言うことができる。

注

（1）プレハーノフの批判、プレハーノフはその『藝術論』の中で、トルストイの『藝術とは何か』（藝術論）の中の「藝術をもって人々は相互に自分の感情を傳える事に存する」、「かつて經驗された感情を自分の内部に喚び起こすこと、そしてそれを自分の内部に喚びおこした後に、運動、線、色彩、言語に表現された形象をかりて、この感情を他の人々がそれと同じ感情を經驗し得るように傳える事、そこに藝術活動は成り立つ」の語を引き、これに反駁して、「トルストイ伯の意見によれば、藝術は人々の感情を表現し、言語は彼らの思想を表現する。これは正しくない」、「藝術が人々の感情のみを表現するという事も同様に正しくない、否それは彼らの感情をも思想をも表現する。しかし、抽象的にではなく、生ける形象をかりて表現する。そして、ここにそれの最も主たる特徴が存する」と述べている（翻譯は叢文閣發行、外村史郎譯『藝術論』參照）。

第六章　鎔裁篇の三準説を釋す
――創作過程に於ける三段階の進行順序について――

鎔裁篇では「端を始めに履むときは、則ち情を設けて以て體を位し、正を中に擧ぐるときは、則ち事を酌みて以て類をとり、餘を終わりに歸するときは、則ち辯を撮って以て要を擧ぐ（まず最初に表出されるべき心情に則した様式を決定する事。次には、主題にふさわしい素材を選定する事、そして最後に、要點を顯著に示す表現方法を工夫する事）」と三段階の創作の準則が述べられる。劉勰はここで『春秋左傳』文公元年の文[1]に見える「始」・「中」・「終」の論法を借りて、文學の創作過程が「情を設ける」・「事を酌む」・「辯を撮る」という三つの段階に分けられる事を表明したのである。

黄侃の『札記』では、この「三準説」を論述して、「劉勰の本來の考えは、ある一つの方法だけを固執して定式とするのではなく、凡そ文章たるもの須からくここに言う始・中・終の三段階に従うべきものであり、表現にこだわって本意を害してはならないと言う。劉勰は文章理論に精通しており、どうして自らたった一つの方法だけに制約されて、古今の詩文が全てその方法だけから導き出されているなどと言おうか。……章學誠の『古文十弊』篇に詩文には定格は無い事を論じた一節があって、その議論は普遍妥當であり、詩文創作の萎縮し凝固した病弊を癒すものであって、劉勰の論と補い合うものだ」と述べている。

黄侃は以前から「自己顯示」の態度で昔の作品を非難したり、先人を叱責したりする事には反對している。嘗て彼は『札記』の中で、「後世の者が昔人の優れた作品を評論する時、已むを得ない場合以外は、むやみやたらに誹謗するものではなく、その見解を素直な筆致で載せるべきだ」と述べていた。因って、彼は劉勰の「三準說」に對しても注意深く正面からの批判を避け、一種の彌縫方法でその誤りを指摘したのである。黃侃は決して劉勰が提示した「三準說」が融通の利かない固定した過程であるとは言わないで、ただ劉勰自身も「三準說」を普遍的な規律として取り扱ってはいないと言うばかりである。また彼は、劉勰の「三準說」が章學誠の「文に定格無しの論」と矛盾するとは言わないで、ただ、もし章學誠の論に據って劉勰の說を補えば「萎縮し凝固した病弊」を癒す事ができると言うのみなのである。このような好意的な庇護と、苦心した批判は、論者である黃侃の謙遜さを示すためだとはいえ、却って問題をぼやかしてしまった。劉勰は創作過程における三段階の進行順序を「三準」と命名したが、「準」とは準則という意味に他ならないからである。

文學の創作過程は作家の藝術的思惟活動に他ならず、それは作家に內在するものであるから、物質の生產過程のように明晰でもないし明快でもない。例えば、布地の生產は、原料の採集、職機の操作から、やがて製品へと變わるまで、この一連の工程を全て目で見る事ができる。しかし、一首の詩が最初どのようにして詩人の心に芽生え、成熟して行くかについては、この目で見る事ができないものだ。我々がこの目で見る事ができるものといえば、作家が既に紙上に書き記した創作の結果だけなのであって、作家の心の中で進められた創作の過程は見えないのである。從って、これまで多くの人々は、ひたすら文學が創り出される過程を科學的には分析できない神祕的な現象であると見做してきたのであって、黃侃もこのような視點に基づいて劉勰の「三準說」を評論したのである。

けれども、劉勰は決して文學の創作方法を否定したのではない。嘗て總術篇では「文の場・筆の苑には、術有り門有り（韻文の庭・散文の園生には、道もあれば門もある）」と述べていたし、また「術を執って篇を馭するは、善弈の數を窮むるに似、術を棄てて心に任するは、博塞の遇を邀うるが如し（創作の根本原理を把握した上で詩文を綴るのは、圍碁の上手が定石を知悉しているようなものだが、根本原理を顧みず心任せに書き散らすのは、雙六でツキを狙うようなものだ）」と述べている。この文中で劉勰は圍碁と雙六とを竝べ擧げて、文學創作上の二種の態度を説明している。「巧を儻來に借る（成功を出たとこ勝負に任せる）」ような「博塞の文章（雙六流の詩文）」は、創作方法を熟慮する事なく、ただ運に任せて賭をしていくばかりなのだ。これに對して、「術に恆數有る（創作方法に確固たる方策のある）」ような「善弈の文（圍碁の上手流の詩文）」は、確かに變化や情況に對應しつつ、言葉の配置も全く獨特で、決まり切った定石には固執しないものの、しかしそれは紛れもなく創作の方法を掌握しており、從って自分の心のまま手の動くままに、自由自在に用いる事ができた結果に他ならない。劉勰は、「心は要術を總べ、機に應じて立ちどころに斷ず（つぼを心得、機を摑んでさっと判斷を下す）」（神思篇）と述べ、「時に因り機に順いて、動くに正を失わず（時宜を得機會を逃さず、常に正道を逸する事が無い）」（總術篇）と言っているが、これはつまり、創作の方法を内面で充分に消化して、更にこれを情況に應じて幅廣く活用する事を作家に要求しているのだ。このような視點と章學誠の「文に定格無しの論」とは決して相背くものではない。章學誠はもとより詩文の作成法の固定化される事に反對しており、「詩文がきちんとでき上がるには、定まった方法などなかった」との主張を提示したが、その一方で彼は續けて「定まったものが無い中にも、定まったものが有るのである」と述べており、その方法の存在を無視していたわけではないのである。

劉勰もまた同樣の見解を持っていた。總術篇に「思いには定契無きも、理には恆に存する有り（思考には定まった樣式は無いが、創作の原理には一定の決まりが存在する）」と言うのが、その趣旨を明らかにするものだ。劉勰にしてみれば、それぞれの作家が、その創作過程において、各自樣々に異なり、それぞれの違った特徴を示したとしても、しかし突き詰めれば、共に「情を設け」、「事を酌み」、「辭を撮る」という三段階の進行順序過程に據って説明する事ができるのである。

まず、「情を設ける」事について述べよう。作家は創作の衝動に促されて創作を進めてゆくものである。劉勰が考えるには、人間は生來學習しなくても持っている「人情」（この説については、嘗て『劉勰の文學起源論と文學創作論』という一章の中で分析している）がある。作家はこれを根本として、大自然との接觸から深い感銘を受ける。それは我が心の中にわだかまり、捨てようとしても捨て切れず、追い散らそうとしても追い散らせない。この力こそ作家の行動を推進する原動力なのだ。物色篇の冒頭にこのような情況を描寫説明した一節があって、「春秋は代序し、陰陽は慘舒す、物色の動けば、心も亦た搖らぐ。蓋し陽氣萌して玄駟歩み、陰律凝りて丹鳥羞す。微蟲すら猶お或いは感に入る、四時の物を動かすこと深し。若し夫れ珪璋は其の惠心を挺で、英華は其の精氣を秀づ。物色の相い招くに、人誰か安きを獲ん（季節の絶え間ない移り變わりの中で、人は秋の陰氣に心ふたぎ、春の陽氣に思いを晴らす。自然の變化に感じて、人の心もまた搖らぐのである。思うに、春の氣配が萌すと蟻は活動を開始し、秋のリズムが高鳴れば蟷螂は冬ごもりの餌を蓄える。微々たる蟲けらでさえ外界の變化を身の内に感じるのだ。四季の變遷が萬物に與える影響は實に深いと言わねばならない。まして人類は美玉にも比すべき鋭敏な感覺を揭げ、名花にも譬うべき清澄の氣質を顯著に示す存在だ。自然のいざないに對して、誰が安閑として心を動かさずにいられよう）」と言う。創作衝動としての體驗は、換言すれば劉勰の所謂「情を設けて以て體を位す（表出さるべき內容に則して詩文の樣式を決定する）」事である。ここでは、「情」は作家が長期に亙って胸の內に育み、熟成して生み出された情志の事を指すのである。作家の胸裡にある種の情志が橫溢し、それを詩文に表現して、人々にも自分と同樣にはっきりとその感覺を感じ取る事ができるようにと切望する、これこそが創作過程の第一段階なのである。

次に、「事を酌む」について述べる。右に述べた第一段階にぴったりと引き續いて、作家は生活の中の記憶に基づいて想像力の活動を喚起し、最初に我が心の中に芽生えた情志の普遍性と朦朧性から次第に脱却して、これを順次具體的な事物へと轉化させてゆき、然る後に再び情志の指し示すところに從って、それらの事象を鮮明で生き生きとした概念へと仕上げ、「事切にして情擧がる（內容は核心を突いて心情ものびのびしている）」ものにするのである。これこそが劉勰の所謂「事を酌みて以て類を取る」に他ならない。所謂「事を酌みて以て類を取る」とは、その意味を換言すれば、作家が「損益を權衡し、濃淡を斟酌す（正しく添削を按配し、推敲に心を込める）」過程を經て、元來ちりぢりであった雜多な事柄を、「首尾圓合し、條貫統序す（一篇の首尾相い應じて、一貫した條理が走る）」概念へと變え整えるという意味でもある。嘗て事類篇では、この點に對して以下のような原則を提示していた。「是《ここ》を以て、學を綜ぶるは博に在り、事を取るは約を貴び、校練は精を務め、捃理は須く覈なるべし。衆美輻輳して、表裏發揮せん。（知識を得るには廣範に、事柄を持ち來たるには簡潔に、推敲は入念に、論理構成は要を得ている事。かくして多種多様の美がここに綜合されて、表裏自から光輝に溢れる）」、「故に事其の要を得れば、小と雖も績を成す。譬えば寸轄も論を制し、尺樞も闔を運すがごときなり（素材の利用が當を得ていれば、それ自體は小さな事でも大きな成果を擧げるものである。例えば一寸の長さしかない轄《くさび》が車輪全體を動かし、僅か一尺の樞《とぼそ》が門の開閉を牛耳るようなものだ）」と。これらの概念は個別的な「事」でもあり、また普遍的な「類」でもあるのだ。最初に作家の心の中に芽生えた情志は普遍的なもの（劉勰はこれを「思緒の初めて發するや、辭采は雜に苦しむ（構想を練る段階において、我々は表現が繁多な形で現われるのに當惑してしまう）」と述べる）であるが、作家はその普遍性と朦朧性を止揚して、これを具體的な事類へと轉化させ、更に新たに普遍性を持つものへと移行させるのである（劉勰はこれを「情は周にして繁ならず、辭は運りて濫れず（心情を傾け盡くして冗漫に流れず、言語を操って無秩序に走らない）」と言う）。とはいえ、後者の普遍性は個別性と結び付いて一つになったものなのだ（劉勰はこれを「名を稱するや小なるも、類を取るや大なり（小さな具象の屬性から、大きな抽象的意味を摘出してくる）」と言う）。この時點になると、作家は、まだこのような概念を紙上に表現してはいないとはいえ、既に作家の胸中に計畫はでき上がり、自然に完成に向かっているのである。作家はそれらがそれぞれに生き生きした姿態を以て自分の眼前に出現するのをはっきりと見る事ができるのである。陸機の「文賦」に「情は曈曨として彌いよ鮮やかに、物は昭晰にして互いに進む（感覺は夜明けの太陽の如く次第に輝きを増し、對象はくっきりと一つ一つ姿を現わしてくる）」と述べるのは、この段階を指して述べたものに他ならない。これがつまり創作過程の第二段階なのである。

最後に、「辭を撮る」について述べよう。これもまた作家が自分自身で練り上げ熟成した構想を如何にして表現するかという問題なのである。作家は「少を以て多を總ぶ（極めて少ない言葉で多くの内容を總括する）」という藝術表現の原則に基づいて、慌てず焦らずに胸中を直截に述べて、如何なる人爲的な彫琢も加えないものでなければならない。これこそが劉勰の所謂「辭を撮って以て要を擧ぐ」というものだ。作家の構想が成熟し、充實し、明確なものでありさえすれば、作家はそれにふさわしい表現形式を極めて自然に賦與する事ができる。神思篇で「馴致して以て辭を繹ぬ（各種の條件に習熟して修辭法を練る）」（「繹」の辭は黄叔琳の校正に従って改めた）[2]と述べて、作家にその時が來るまで待って詩文を書く事を要求しているのは、この趣旨を明らかにしているのである。因って、作家は内容を離れて獨創的な風格を追い求める事はできない。なぜならばそれでは無理遣りその風格に合うよう内容を矯正してしまうからだ。また作家は華麗な表現で内容の空虚さを覆い隱す事もできない。なぜならば奥深そうでも薄っぺらな詩文となってしまうからだ。劉勰の言葉を使って言うならば、これは「采濫れ辭詭れば、則ち心理はいよいよ翳る。固より知る翠綸桂餌は、反って魚を失う所以なり（無秩序な修辭や奇怪な措辭が氾濫すれば、肝心の論理の方は影の薄い存在になってしまう。翡翠の羽の釣り絲に伽羅の餌を付けて魚を誘ってみても、魚は却って逃げてしまうばかりだ）」という事である。因って、創作過程全體の中で、この最後の一段階はそれに先立つ二つの段階に據って決まる事になる。神思篇に「意は思に授かり、言は意に授かる、密なれば則ち際なく、疏なれば則ち千里（構想は思考から生まれ、言語はまた構想から生まれるわけで、三者の接觸が密であれば相互の關係は一分の隙間も無いが、反對に疏であれば三者の閒には千里もの隔たりが生ずる）」と述べるのは、この趣旨を明らかにするためである。ここでは、「思」とは「情志」に相當し、「意」とは「意象」（つまり神思篇上文に說くところの「獨照の匠をして、意象を窺いて、斤を運らさしむ（名匠の獨創性がイメージにのっとって活動を開始するのである）」と言う時の「意象」を指す[3]）の事で、具體的な事柄を述べる「事類」に相當し、「言」とは「文辭」に相當する。劉勰に據れば、作家がもし「內に依りて外に符し」、「經に依って以て緯を正す[4]」事ができるならば、文辭は筋道を通す事ができ、言葉は內面の意向を全て表現できるのであり、從って「思」「意」「言」三者の閒には「密なれば則ち際なし（密であれば相互の關係は一分の隙間も無い）」という緊密な關係が生まれるのである。これに反して、作家がもし本末を轉倒して、文章を作るために感情をでっち上げるようでは、言葉と心情とが相反し、自然な流れに從って進む事はできず、創作過程のあるべき階梯に違反してしまい、かくて「思」「意」「言」の三者の閒には矛盾が生まれ、從って「疏なれば則ち千里（疏であれば三者の閒には千里もの隔たりが生ずる）」現象に變わってしまうのである。

「情志」から「事類」へと轉化し、更に「事類」から「文辭」に表現する、これが劉勰の表明した文學創作過程における三段階の進行順序である。當然ながら、このような創作過程は抽象的に概括されたもので、實際の創作活動の大まかな描寫に過ぎない。實際の創作活動はもっと複雜なのだ。各作家の創作過程は、この三つの段階を具體的に表現する時、各種各樣に異なった表現を採る。これを別の視角から見るならば、實際の創作活動は、このようにきちんとした順序になってはいない。時にはある段階に限られて局部的に現われたり、錯綜して進行してゆく時もあるだろうし、時には表面的にある段階を繰り返しながら深化してゆく時もあるものなのである。

注

（1）『春秋左傳』文公元年、『春秋』は魯の國の歴史書、『左傳』は孔子の弟子とされる左丘明の注釋。文公元年に「先王の時を正すや、始に端を履み、中に正を擧げ、終に餘を歸す（先王が時を正されたには、節季の始めを年の始に揃え、氣候の正しい節を月々のまん中に置き、餘った日數は末に持っていって閏月にする）」とある。

（2）「馴致以繹」：黄叔琳は基づくテキスト「馴致以懌」の下に「懌」一作「繹」と指摘。楊明照『文心雕龍拾遺』も「案繹字是也」と述べる。王氏はこれに基づく。

（3）「意象」、現象が現實世界の事象を指すのに對して、心意世界の中にでき上がる形象（イメージ）を意象と言う。

（4）經に依って以て緯を正す、原文「依經以正緯」、「經」と「緯」は『文心雕龍』では「崇經」「正緯」の篇名でも分かるように、經書・緯書の意味で使われる事が多いが、ここでは布を織り上げる縦絲と横絲の意味。縦絲が決められて横絲が通されしっかりとした布が織り上げられる事を文章制作の比喩として使う。

〔附録一〕　思・意・言の關係、及び『文心雕龍』の體例の解説

過去の注釋家は神思篇の「意は思に授かり、言は意に授かる、密なれば際無く、疏なれば千里」の四句について、未だ細かな檢討を加える餘裕は無く、明快な解釋を施していない。表面的には、「密なれば則ち際無し」「疏なれば則

ち千里」ははっきりと相反する判斷のように見える。劉勰は結局「思」・「意」・「言」の三者を一つに通じ合うものと考えていたのか、それとも互いに抵觸して通い合わないものだと考えていたのだろうか。僅かにこの數句の言葉それ自體からでは答えを引き出す事はできない。しかしながら、もしその上文に所謂「物は耳目に沿いて、辭令は其の樞機を管す。樞機方に通ずれば、物は姿を隱すこと無し（外的事象が官能に觸れるときのバネとなるのは言語である。言語のバネが機能を全うすれば、外的事象はくまなく映し出される）」という言葉が、劉勰の思想と言語の關係に對する根本的な視點であると知るならば、劉勰が「思」・「意」・「言」の三者が一つに通い得るものと考えていたと推斷する事ができる。

「密なれば則ち際無し」とは、つまり「思」・「意」・「言」の關係が正常な狀態を言っているのだ。「疏なれば則ち千里」とは、「思」・「意」・「言」の關係が不正常な狀態を言っているのである。ここで、劉勰は「思」（情志）―「意」（イメージ）―「言」（文辭）を用いる事に據って、彼が後に鎔裁篇に提出する「三準說」を豫め提示し、以て「情を設けて以て體を位し」―「事を酌みて以て類を取り」―「辭を撮って以て要を擧ぐ」という三段階の進行順序を明らかにするものである。この二種の論法は、表現は違っても意味は同じであり、事實上、それらは共に劉勰の文學創作過程に對する同一の視點を代表し、また劉勰がしばしば言及する「內に因って外に符す（內部から外部への照應作用）」、或いは「經に依りて以て緯を正す（縱絲を基準として橫絲をきちんと通す）」という主張に他ならない。劉勰に據れば、一人の作家が創作過程においてもし「情を設けて以て體を位し」―「事を酌みて以て類を取り」―「辭を撮って以て要を擧ぐ」という三つの正常な段階を遵守する事ができれば、「思」「意」「言」の三者を「密なれば則ち際なく」する事ができるのである。逆に、もしこの三段階の正常な秩序を亂してしまうと、必然的に「疏なれば則ち千里」という不正常な情況が生まれてくるのである。

私は「意は思に授かり、言は意に授かる」という語が、鎔裁篇の「情を設けて以て體を位し」－「事を酌みて以て類を取り」－「辭を撮って以て要を擧ぐ」という正常な三段階を豫言するものだと考えるが、それは『文心雕龍』という書籍の體例と方法に對する私の判斷に基づくものである。ここではそれについて些か説明を補充しておきたい。神思篇は『文心雕龍』創作論の綱領であって、概ね創作論以下諸篇の重要な論點を統括するものである。前者の神思篇が伏線となって、後者の諸篇の所説を豫め示し、後者では前者より更に進んだ説明を加えて、前者の所説を一層明らかにするのである。嘗て范文瀾『文心雕龍注』では體系表を作って『文心雕龍』の神思篇を創作論の綱領とする體系を明らかにし、各創作論の間の脈絡關係を指摘したが、その分析は極めて明快であり、讀者はこれを吟味する價値がある。以下、私は重ねて幾つかの事例を擧げて詳細に解説しておきたい。

神思篇	創作論その他の各篇
「思理の妙爲る、神は物と遊ぶ」 （想像力の働きは微妙であり、人間の精神と外的事象は相互に作用を及ぼし合う）	「物色の動けば、心も亦た搖らぐ」 （自然の變化に感じて、人の心もまた搖らぐ） 「歳に其の物有り、物にその容有り。情は物を以て遷り、辭は情を以て發す」 （それぞれの季節にそれぞれの風物があり、各々の風物はまた各々の樣相を呈する。そして感情は風物に從って變化し、言語は感情の流れに應じて姿を現わすのである） 「是を以て詩人の物に感ずれば、類を聯ねて窮まらず。萬象の際に流連して、視聽の區に沈吟す。氣を寫し貌を圖し、既に物に隨いて以て宛轉す。釆を屬し聲を附し、亦た心と與に徘徊す」 （『詩經』の詩人たちは自然から感動を受け取ると、窮まり無い連想の翼を馳せた。彼

「心を秉り術を養いて、苦慮を務めとする無く、章を含み契を司どりて、必ずしも情を勞せざるなり」

（心を落ち着け然るべき方策を講じて、徒らな苦心を止め、よくよく吟味して適切な表現を心掛けて、無駄に頭を使わぬようにする事こそ肝要なのである）

「博見は貧に饋るの糧爲り、貫一は亂を拯うの藥爲り、博にして能く一なれば、亦た心力を助くる有り」

（見識を博めることによって内容の空疎さを救う事ができるし、論理の一貫性に因って内容の亂れが防がれる、廣

らはありとあらゆる現象の閒を彷徨、眼と耳に訴えかける全てのものにじっと心をひそめる。生氣を傳え姿を描き出すには、對象とする自然の變化に自己を密着させるし、修辭を整え韻律を按配するには、自己の心情との關連において久しく思案を重ねる）

以上「物色篇」

「心慮言辭は、神の用なり。率志もて和に委ぬれば、則ち理融り情暢ぶ。鑽礪の分を過ぐれば、則ち神疲れ氣衰う。」

（思考や言語は、精神作用の機能として存在する。精神を自然のなすがままに委ねれば、條理はすっきりとし、感情はのびやかに發散するが、精神の研鑽が過度に陷ると、精神は疲れ活力は衰える）

「是を以て文藝を吐納するは、務は節宣に在り。其の心を淸和にし、その氣を調暢す。煩にして卽ち捨て、雍滯せ使しむること勿れ」

（だから文章を思案するには、適度の調節が大切である。心を澄んだ穩やかな狀態に保ち、活力の流れを整える事。頭が混亂してきたらすぐに思考を中止し、氣分を鬱屈させてはならぬ）

以上「養氣篇」

「是を以て將に才力を贍かにせんとするに、務は博見に在り。狐腋は一皮の能く溫むるに非ず、鷄蹠は必ず數千にして飽けり。是を以て學を總ぶるは博に在り、事を取るは約を貴び、校練は精を務め、捃理は須らく覈なるべし、衆美輻輳して、表裏發揮せん。……事其の要を得れば、小と雖も績を成す。譬えば寸轄も輪を制し、尺樞も關を運らすがごときなり」

（そこで才能を伸ばすためには、何よりも廣く讀む努力が肝要である。狐の腋の下の

い見識と一貫した論理が相い俟って、思索活動に寄與するのである）

毛皮も一匹のものだけでは着物に仕立てられないし、鷄の蹠の肉は數千羽の分を食ってやっと滿腹するというようなものだ。知識を得るには廣範に、事柄を持ち來たるには簡潔に、推敲は入念に、論理構成は要を得ている事、かくして多種多様の美がここに綜合されて、表裏自ら光輝に溢れる。……こうした典故の用い方は、論理も通り内容も要領を得ていると言ってよい。素材の利用が當を得ていれば、それ自體は小さな事でも大きな成果を擧げるものである。例えば一寸の長さしかない轄が車輪全體を動かし、わずか一尺の樞が門の開閉を牛耳るようなものだ）

以上「事類篇」

「情數の詭雜すれば、體變は遷貿す」

（心情が複雜に搖らげば、文章の内容もそれに伴って多様性を帶びる）

「體を摹して以て習を定め、性に因って以て才を練るべし」

（人は模範とすべき作風にのっとって修練を積みながら、一方で各自の個性に應じて才能を伸ばさねばならぬ）

以上「體性篇」

「物は貌を以て求め、心は理を以て應ず、聲律を刻鏤して、比興を萌芽す」

（實體は形もて心に求め、心は理知もて彼に應える、聲律を刻みつけ、いま象徴の芽生え）

「詩人の比興は、物に觸れて圓覽す。物は胡越と雖も、合すれば則ち肝膽なり、容を擬し心を取るに、辭を斷ずるは必ず敢なれ」

（『詩經』の比と興とは、對象に密着した觀照の所產。縁もゆかりもない物も、手捌き一つで懇ろな仲。姿を喩え心を汲むに、言葉の選擇は果敢であれ）

以上「比興篇」

「心は要術を總べ、敏は慮の前に在って、機に應じ立ちどころに斷ず」

（創作のつぼを心得て、あれこれ思い煩う前に、機を摑んでさっと判斷を下

「是を以て術を執って篇を御するは、善弈の數を窮むるに似たり」

（創作の根本原理を把握した上で詩文を綴るのは、圍碁の上手が定石を知悉しているようなものだ）

「善弈の文は、則ち術に恆數有り。部を按じて伍を整え、以て情の會するを待つ、時に

す）	因り機に順いて、動くに正を失わず。數の其の極に逢い、機の其の巧に入れば則ち義味は騰躍して生じ、辭氣は叢雜して至る」（圍碁の上手流の詩文は、創作の原理において確固たる策略があり、きちんと定石を整えて、感覺の閃きに備える。時宜を得、機會を逃さず、常に正道を逸する事が無い。策略がぴたりと的を射て、時宜を巧みに捉えれば、コクのある内容が勇躍して出現し、迫力に滿ちた表現が群がるように集約してくる） 以上「總術篇」
「神は象を用て通じ、情は孕む所に變ず」（想像は現象と交錯し、心情はふくらみつつ變貌する）	考えるに、上斷のこの言葉は「神思」「情采」「比興」の三者の閒の關係を指摘する。「神は象を用て通ず」とは、意象（イメージ）が想像力の運用によってでき上がる事を言うのである。「情は孕む所に變ず」とは、想像力の運用が意象（イメージ）を形成する事ができる手であり、そのキーポイントは情志にある（なぜならばそれらは情志に據って育まれて出て來たものだからだ）という事であり、從って「情采篇」に所謂「情の爲に文を造る（心情を表現するために詩文を創作する）」という意味に歸結する。

〔附錄二〕　文學創作の過程に關する問題

外國文藝理論家の中では、嘗てロシアのベリンスキーが文學創作の過程に關する問題について論述した事がある。(1)以下、これを摘録して、參考に資しようと思う。

ベリンスキーは、その論文「ロシアの中編小説とゴーゴリの中編小説を論ず」の中でこう言っている――「藝術家は、自分自身の内面に、彼に據って感じ取られた（congue）一種の概念がある事を感じるのだが、しかし一般に言われるように、それをはっきりと目に留める事はできない。それを自分にも他人にも具體的に理解されるようにしようとすると、大變な苦しみを感じる事になる。これが創作の第一歩に他ならない。……藝術家は深い關心を抱いて苦しみながらもその概念を自己の感情という奥深い殿堂に保持し續けて、恰も母親が胎兒を育むように大切にしている。するとその概念は次第に藝術家の眼前に出現し、生き生きとした形象となり、モデルに變ってしまう。……これらの形象、これらのモデルは、順次に芽生え、成熟し、出現してゆき、そして最後に、詩人はそうやって具體化された事象を目にした後、そこに具現化された人物たちと會話を交わし、彼らの言葉や行動・姿態・歩調・容貌を熟知して、様々な面から全體的に彼らを眺め、自分自身の眼で見詰め、まるで白晝に出逢ったようにはっきりと彼らの様子を目撃するのである。……これが創作の第二歩である。その後に詩人はあらゆる人が見る事ができ理解できる形式を創作に賦與する。それが創作の第三歩であり、また最後の一歩である。この一歩はそれほど重要なものではない。なぜならばそれはその前の二歩の結果だからだ」（滿濤の譯文を用いた。引用時に多少省略を加えている）

ベリンスキーがその三段階説の中で創作過程の起點として考えていたのは「概念」である。彼はその他の場所でまた創作過程を概括して「概念より出發して再び概念に戻ってくる」という公式を出している。ではこの「概念」はどのようにして生まれたものだろうか。彼の理解に據るならば、創作の要求に因って導き出されたものではあるが、創作の要求は、意外にも「突然に、意表をついて、許しもなく、また完全に藝術家の意志とは無關係に彼の身に訪れて來るものである。なぜならば、藝術家は、何日の、何時、何分に創作活動を開始すると指定する事は不可能だからである」。ベリンスキーはこのような情況を「神祕的な閃き、詩的な夢遊病」と呼んでいるけれども、創作過程の起點となる「概念」がどこから來るかは指摘していない。この點で、ベリンスキーは、ヘーゲルの所謂「美は理念が感覺的な事物の中に現われたものだ」という美學觀點からの影響を受けているようである。[2]

とはいえ、ベリンスキーが最初から最後までずっと正統的なヘーゲル學派であったわけではないことを、ここで便宜上付け加えておかねばならない。たとえその初期においてさえも、彼の多くの觀點はヘーゲルの美學に背反している。彼は嘗て友人への手紙の中で、問題が藝術的眞理に及んだ時、「私の勇敢さと大膽さが極端な場合このような道理にまで到達すれば、たとえヘーゲルの權威でも束縛する事はできない……」と述べており、實際上も確かにその通りなのであった。ヘーゲルの美學は矛盾の和解を強調しており、本當の藝術はそれ自身調和が取れて安静な印象を我々に與えねばならず、讀者の心中にこのような調和や安静を破壊する怨恨のような感情を呼び起こすものであってはならないと考えていた。因って、ヘーゲルは「アテネのタイモン」をシェークスピアの失敗作であると見做したのだ。ヘーゲルはギリシア悲劇の人物のような堅強な性格を十分に崇拝していたのである。タイモンもまた堅強な性格を持っていたが、彼は世俗を憤り憎んだ人物であって、彼の主要な情念は怨恨である。ヘーゲルに依れば、怨恨は調和や安静を掻き亂す感情であって、それ故に美ではないものである。[3]それればかりではなく、ヘーゲルは平凡な生活を描こうとする事にも贊成してはおらず、彼は平凡な生活を「無味乾燥な散文」だと呼んだのである。しかし、ベリンスキーが表明した自然派の理論は、反對に藝術とは自然を装飾するものという傳統的な觀點を激烈に彈劾し、藝術は必ず現實生活の中の邪惡な部分を批判すべきものだと主張したのである。ベリンスキーはヘーゲルとは全く逆に、「アテネのタイモン」を贊美し、しかも更に重要なのは、彼が從來藝術の殿堂に入る事を許されなかった平凡な「下等人種」を藝術の領域に引き上げる事を強烈に要求した點である。[4]彼は傳統的美學の中の陳腐な觀點――そこにはヘーゲルも遵守した「藝術はひたすら内在的な美の對象を表現すべきだ」という見解も含まれる――を捨て去ったのだ。ベリンスキーの文藝理論に對する貢獻は、彼が獨自にプーシキン・レイモントフ・ゴーゴリらの人々の藝術的成果を總括して自然派の文藝理論を打ち立てたところにある。彼もまたヘーゲルの巨大な影響を受けてはいたのだが、殘念なのはこの事が却って彼を束縛する事になってしまったことだ。なぜならば、彼はヘーゲルの思考構造を他に增して多く吸收しているからだ。この點については、ただ友人からの情報に據るだけで、直接ヘーゲルの著作を讀む事ができなかったベリンスキーに責任があるのかも知れない。

ベリンスキーは創作過程を規定して、「概念から出發して再び概念に戻ってくる」という公式を示していたが、無論これはヘーゲルの方から來るものだ。ヘーゲル美學の思考構造は理念の自己綜合、自己深化及び自我運動の上に打ち立てられている。ベリンスキーのこの公式は正にヘーゲル美學の思考構造をそのまま用いたものだから、彼は創作過程をも概念の自我運動過程と規定したのである。とはいえ、ベリンスキーは正に彼がヘーゲル美學の吸收においてしばしば弱點を顯わにしたように、彼のこの公式もヘーゲル美學の荒っぽい模倣に終わり、彼自身の思考形式を通してその中にある現實的內容を檢討したというものではなかったのである。

ヘーゲルの美學は藝術の創作過程を正面から解明してはいないが、しかし彼はその論文『理想の定性（理想形の特質）』の中で、理念がどのような自我發展の過程を經て具體的な藝術作品を創り上げるのかについて詳細に説明している。ヘーゲルはこの過程をも三段階に規定している。[5] つまり、情況−情境−情節である。ヘーゲルが考えるには、「情況」とは則ち「一般的世界情況」であり、それは人物の動作（情節）及びその性質の前提となるものだ。ヘーゲルは、藝術の理想は一般的概念としての普遍性の上に停滯する事ができず、必ず實體的な內容を持った普遍的な力へと轉化すべきものだ、と考えた。普遍性はそれ自體を特殊な個體の中に實現し、それこそが理想的な定性である。このような實體性を持つ普遍的な力は、如何にして感性的な觀照に訴える藝術作品となり得るのだろうか。その普遍的な力が自己を實現しなければならない時には、動作及び一般的な運動や活動を通して發揮される事になる。このような動作或いは活動の場所、または前提こそが「情況」なのだ。ヘーゲルは、「情況は僅かに個別の形象表現の可能性を作り上げる事ができるだけで、まだ個別の形象表現自體を作り上げる事はできない。因って、我々が見出せるものは僅かに藝術において生命を持った個別の人物が出現する據り所となる一般的な背景に過ぎないのだ」という。ヘーゲルの「情況」に關するこの論述は非常に解りにくいものである。ヘーゲルは、僅かに古代ギリシアの史詩時代においてのみ、實體的内容を持つ普遍的な力が始めて個人の活動の中に完全に體現され、從って個體の獨立自足性を顯現しているのだが、現代の散文的生活の中では、普遍性と個別性は分裂狀態になっており、個性はただ局限された狹い範圍内だけで辛うじて自由自在な狀態を示しているに過ぎない、と考えた。それ故に、彼は古代ギリシアの史詩時代が藝術の理想を體現するモデルだと見做したのだ。要するに、彼の「情況」に對する說明は、調和・安靜という觀點から出發したものなのである。これは彼の思考構造に責任があると言うべきだろう。なぜならば、彼の見解に據れば、「情況」は、三つの段階の中で、まだ最初の拘束を受けない段階であり、その展開がどうなるかはまだ明らかではなく、その内容もまだ表面に表われておらず、このために、まだ混沌とした統一體に過ぎない。しかしながら、實際のところ、普遍性としての「情況」は、ただ個別の形象表現の可能性を形成し得ただけで、人物の動作を掻き立てる直接の推進力となる事はできない。その原因は決して一般的な世界情況に全く矛盾が存在しない事に在るのではなくて、このような「情況」こそが最も根本的、且つ最も普遍的な矛盾である事に在る。確かに、それぞれの社會の成員は全てこのような同一の普遍的矛盾の影響と支配を受けているのだけれども、その矛盾が特殊な矛盾として立ち現われる時こそ、始めて人物の行動を掻き立てる直接の要素となり得るのである。

これが次に「情境」の段階になってこそ、始めて「情況」に據って規定された人物及びその行動表現の可能性を現實的なものに轉化する事になる。ヘーゲルが言うには、「情境」とはつまり、「情況の特殊性を言い、この情況の定性がそれら實體性の統一に差異や對立の面及び緊張を發生させ、この種の對立と緊張が動作の推進力――これこそが情境とその矛盾闘争となるのである」と。ここで、ヘーゲルが、「情境」を混沌とした統一體が差異や對立面を生み出した結果だとするのは正確ではない。けれども、彼が「情境」を「情況」の特殊性と見做し、「情境」及びその矛盾闘争を個別の人物動作の推進力と見做しているが、このような見解は奥深いものである。なぜならば、藝術創作は、もし一般的な世界情況の立場からばかり人物を把握して、具體的な「情境」から人物を把握しなかったり、また矛盾の普遍性ばかりに着目して、矛盾の特殊性を無視するようであるならば、それはしばしば概念化の傾向を生み出す根元の一つとなってしまうからだ。人物の性格表現からすれば、矛盾闘争は特殊性の情境規定の中で發生し得るものである。ヘーゲルは、「情境を見付け出す事は重要な仕事であり、藝術家にとってもしばしば難しい事である」と言う。人物の性格は、情境規定を離れては表現する事はできない。あれやこれや適當な特定情境及びその矛盾闘争を選擇し、ちょうどよい場所でその人物の性格を明示して、その人物が如何なる人物かを讀者に理解させるのは、確かに簡單な事ではない。「情境」は、「情況」の普遍性を克服し、人物の具體的な立場・生活・境遇などと組み合わせて、人物の行動を掻き立てる契機と動力となるのである。因って、「情境」及びその矛盾闘争は、人物にとってみれば、人に行動を起こさざるを得なくさせる必然的な趨勢なのである。「情況」の段階では、具體的、特定的な矛盾闘争は未だ決まった形を取っておらず、「情況」は單に矛盾闘争の基礎であり根據であるに過ぎない。ところが「情境」に在っては、衝突の必然性は人物の内在的要求と變わり、彼の心情と緊密に結合して一つとなるのである。

しかしながら、「情境」はただ人物の行動を掻き立てる契機と力量であって、「情境」自體はまだ行動ではない。行動を起こすのは人なのだ。行動に祕められた狙いや、最後の決定及び實際の完成などは全て人に據って實現されるのである。「情境」及びその矛盾闘争に促された時、人は結局どのような行動を起こすのだろうか。性格の差異に因って、人々はしばしば同じような「情境」でも千差萬別の動きや反應をするものである。そこでは、人物の個性がその決定作用をする。因って、必然的に今度は「情境」から「情節」へと入ってゆかねばならない。「情節」とは則ち動作であって、人物の性格の中心をなすものだ。人物の性格は個體性の範疇に屬する。ヘーゲルに言わせれば、個體性とは「主體」と「基本」の事で、「種と類をそれ自分に包含している」のだ。矛盾する個別性は矛盾する普遍性（種）と矛盾する特殊性（類）をそれ自身の中に包含している。もしヘーゲルのこのような見解を更に明らかにすれば、人物は一面では社會關係の總和として體現され、別の一面では時代の矛盾が起こす特定の矛盾闘争と紛糾をも體現する事になる。この二つの面は共に主體の動作或いは反動作を通して明らかになるはずである。ヘーゲルはこの矛盾闘争し人々に行動を掻き立てる内在的要求を、古代ギリシア人の所謂 $\pi\alpha\theta o\varsigma$（パトス）という言葉を借用して表現した。大體のところ、ヘーゲルはこの言葉に據って特定の時代が持つ普遍的な倫理觀念を表現しているが、このような觀念は人物の場合では知性に由ってではなく、理性の内部に浸透した感情に由って表わされるものである。$\pi\alpha\theta o\varsigma$（パトス——『美學』の中國語譯本では「情致（情趣）」と譯している。この言葉が pathos と轉譯された所から「激情」とか「動情力」と譯す事もあるが、共に適切さに缺く。筆者には「情志」と譯す方が妥當ではないかと思われる）[7] という概念に關しては、ヘーゲルは詳細な説明を加えているので、我々は注意する價値がある。ヘーゲルは時にはこの概念を「神聖なもの」とか「神祕的な内容」と呼んだり、或いはあっさりと「神」と呼ぶ事がある。このような神祕的な見解はしばしば人を難解にする。その趣旨を細かく檢討すれば、我々は以下のように見て取る事ができる——これはヘーゲルが藝術の理想時代と見做したギリシア藝術の中から概括してきたものなのである。なぜならば、古代ギリシアの藝術の中には、彫刻であれ、史詩または悲劇であれ、たとえ神は唯一のものでなかったにしろ、最も主要な藝術表現の内容であったからだ。古代ギリシア人は正に神を用いて彼らの時代に一般性を持った倫理觀念を表現したのである。だとすれば、我々はヘーゲルの次のような言葉を容易に理解できる——「神たち（これはギリシアの諸々の神を指す。ヘーゲルはこれらの神を各種の人格化された情志だと見なしている。—引用者）を人間の外に存在する力と見做す場合は勿論、或いは神たちを人間に内在する力だと見做す場合も、共に正確でありまた間違いなのだ。なぜならば、神は同時にこの二つの力であるのだから」。字面だけから見ると、言葉遊びに近いように見える。けれども、もしその神祕的なベールを纏った晦澁な言葉を翻譯すれば、そこに内包される意味はやはり理解可能なものだ。時代の精神を反映したものや、普遍性を持つ倫理觀念は、個別の人物に由って作られるものではないし、ましてや彼の意志を以て移し換えたものでもないのだから、その人物にとっては外在的なものである。しかし、個別の人物はその時代から離脱できるものではなく、その人物の性格はその時代の持つ普遍的な倫理觀念に據って染め上げられて、彼自身の情志を作り上げているのだから、その人物にとっては内在的でもあるのだ。情志を通して、ヘーゲルはその人物の性格と彼の社會や時代を聯繫させて一つの有機的な組織體としたのである。

以上、藝術作品が形作られる三段階の内容について、ヘーゲルの論述を總括してみた。この總括の過程では整理と批判を通して、できるだけその合理的な内容に科學的表現を持たせるようにした。ヘーゲル本人となると先に擧げたような明確な論斷をしてはいない。一部の觀點は彼の辨證法的論理から必然的に導き出された結論である。その中で是非とも止揚すべきある種の思想的要素については、總括過程の中であるものは既に指摘しておいた。次に、ここでもう一度總括的な説明をしておこう。ヘーゲルの三つの段階を貫く主要な筋は理念の自己深化運動である。彼の思辨構造から言えば、藝術の理想（理念）は自己を實現し、定性の存在を獲得する事を必要とし、必ず自分の一般概念としての普遍性を否定して、實體性を具有する内容へと轉化しなければならないのであって、これこそが「情況」である。「情況」が差異と對立を引き起こして、矛盾闘爭と紛糾を展開し、それに因って原來の混沌とした統一を否定するのであって、これこそが「情境」である。「情境」においては、主體としての人物がそれに反應する動作を發動して、差異や對立の闘爭に解決を與え、矛盾の解消に至るのであって、これこそが「情節（或いは動作）」である。この三段階の中では、各段階がいずれもそれ以前の段階に對する否定となっているのだが、各否定が共に藝術の理想の自己深化運動を一歩進め、従って自在－自爲－自在自爲という論理公式を構成している事は、容易に氣づくはずだ。ヘーゲルは藝術の理想の自己深化運動をこの公式に組み入れるために、思辨哲學の强制的な手段を用いたのだった。よって、ある段階から次の段階への移行を敍述する時には、いずれも彼の强引さと難解さが表に現われてしまったのである。しかし、科學的な觀點を以てヘーゲルの體系を打破しさえすればわれわれは、ヘーゲルの思考構造の枠組みの中にある種の辨證的な觀點が含まれており、従ってそこには非思辨的な現實内容が包含されている事を發見できるだろう。この事は、ヘーゲルの三段階說とベリンスキーの三階梯說を比較しさえすれば一目瞭然である。確かに兩者は共に理念の自己深化運動を藝術作品の形成過程であるとしているが、ベリンスキーの論述は單にヘーゲルに比べて貧弱なだけでなく、更にヘーゲルが持っていた合理的な要素もベリンスキーは缺いている。最も顯著な點は、ヘーゲルが最初から最後まで社會と時代背景から人物の性格を考察し、人物と環境を一つに結び付けた所であった。

ヘーゲルの普遍性、特殊性そして個別性という三つの範疇の辨證關係に關する論述は、彼の論理學概念論（或いは總念論と譯すもの）の中の精華である。

彼はその著『小論理學』の中で、「一切の事物は全て一つの推論（或いは推理と譯す）である」と一言で概括した事がある。(8) その意味は、如何なる事物も皆普遍性と一般性と特殊性そして個別性という辨證關係を内包している事を指すのだ。彼はこの原理に據って藝術作品を形成する三つの段階、情況（普遍性）・情境（特殊性）・情節（個別性）を說明した。ヘーゲルのこの原理について、次に總括的に以下の幾つかの點を説明しておこう。

第一、ヘーゲルは客觀唯心主義思想體系より出發して、この三つの段階を理念の自己深化運動とした。ヘーゲルとは逆に、我々はヘーゲルが上下逆にした關係をひっくり返して、この三段階を現實の基礎の上に組織立てるべきである。つまり情況・情境及び情節を正確に理解して、現實世界の普遍性の矛盾・特殊性の矛盾・個別性の矛盾と考えなければならない。それらは如何なる精神の表現化などではなく、客觀的な社會存在なのである。

第二、ヘーゲル美學の思考構造は强制的な手段を使って、この三段階を無理遣りに情況から情境へ、更に情節へと至らしめる融通のきかない定型過程に規定してしまった。ところが、實際には作家の創作過程は決してこのような先後順序にきちんと従って進むものではない。作家が構想を醱酵させている時には、その時代や社會における普遍的な矛盾を表現する「情況」を起點とするかもしれないし、またある事件の特殊な矛盾を表現する「情境」を起點とするかも知れないし、或いはまたある性格の個別的な矛盾を表現する「情節」（人物動作）を出發點とするかも知れないのだ。恐らく最後の一種の狀況が、却って大多數の作家の創作經驗に一層符合するものであろう。こんな事を、もしヘーゲルのような博學で深い考えを持つ思想家が意外にも察知できなかったとすれば、明らかに信じられない事である。彼がこのような簡單な事實に目を向けなかった理由は、ヘーゲルが自己の體系性を構築する事に汲々としていたからに他ならなかったのである。

第三、ヘーゲルが提起した三段階は辨證的に一つに繋がったものである。作家が構想を醱酵させている時、どの段階を起點とするかは、それぞれの作家の具體的な「情況」に因って決定される。しかし、ここで是非ともはっきりさせておかねばならないのは、作家がどの段階を起點にしようとも、いずれも必ずその段階を仲立ちとして、他の二つの段階に通じ合わねばならない事である。例えば、作家がもし「情況」を起點とするならば、その作家は必ずその

「情況」を、ある事件の特殊な矛盾を表現する「情境」と、ある種の性格の個別的矛盾を表現する「情節」との仲立ちとして、三つの段階を有機的な一つの組織體に融合しなければならない。もし「情境」を構想の起點とするとしても、またもし「情節」を構想の起點とするにしても、やはり同様に必ずその起點の段階を仲立ちとして、その他の二つの段階と通じ合い、三つの段階を融合して一つの有機的な組織にしなければならない。このようにして、作家は文學の創作において始めて人物と環境をちぐはぐにしなくなり、たた漠然と時代の重大な事件を表現するばかりで人物を個性の喪失した曖昧な影法師に變えてしまったり、或いは逆に、ただ孤立的に性格分析に従事するばかりで人物を通して社會の偉大な背景を反映し得ない事から免れるのである。

注

（1）ベリンスキー、ベリンスキー（一八一一―四八）はロシアの文學批評家、ロシアの現實主義美學と文藝批評の基礎理論を築いた。この論文は一八三五年に發表。王元化氏が據った翻譯は、現在、『別林斯基・文學論文選』（外國文藝理論叢書　上海譯文出版社）の中に見える。尙、邦譯には森宏一譯『ベリンスキー著作集Ⅰ・Ⅱ』（同時代社刊、一九八八）の中に掲載する「ロシアの中編小説とゴーゴリ氏の中編小説」がある。

（2）このような表現はヘーゲルの『美學』の中に幾箇所か見られるが、ここでは「美しいものとは理念の感覺的な表れと定義できます」（作品社刊、長谷川宏譯『美學』上巻一一九頁）を指摘しておく。

（3）この『アテネのタイモン』をヘーゲルが失敗と見る部分は、「パトス」の語の意味解説と共に表われるので、少し長くなるが引用しておく。「それ自體で獨立の神としてあらわれるだけでなく、人間の胸中にあって人間の内奥を動かす一般的な力のことを、古代人にならってパトスと表現することにしましょう。この言葉はドイツ語に翻譯するのが難しい。Leidenschaft（情熱・感情）という言葉が當てられるのが普通だが、Leidenschaft には「感情（情感）にとらわれてはならない」といったように、つねにマイナスのニュアンスを引きずっています。が、ここにいう「パトス」は我欲といったマイナスの價値をまったくふくまない、高級で一般的な意味を持ちます……パトスという言葉は人閒の行動に限って使われるべきで、その意味するところは、人閒の自己のうちに働き、心情の全體を滿たし、心情の全體に浸透する本質的にして理性的な內容のことです。……パトスは、喜劇においても悲劇においても、たんなる愚かさや主觀的な氣まぐれとしてあらわれるわけにはいかない。たとえば、シェークスピア劇に出てくるタイモンはたんにうわべだけの人閒嫌いです。友だちは彼を饗應して、彼の財產を浪費するが、彼が金を必要とする段になると、かれを捨ててしまう。こうして、かれは激しい人閒嫌いになる。わかりやすく自然ななりゆきですが、とてもまっとうなパトスとはいえません」（作品社『美學』上卷二五二頁）。

（4）ベリンスキーは「ロシアの中編小説とゴーゴリの中編小説を論じる」の中で、「構想の平明さは、そしてリアルな詩は、眞實の詩の、眞の、そのうえ成熟した才能の、もっとも正しいしるしの一つである」としてシェイクスピアのこの劇を取り上げている（引用譯文は『ベリンスキー著作集Ⅰ』に據る）。

（5）『理想の定性』、ヘーゲル『美學講義』第一部第三章Ｂ「理想形の特質」の部分を指すものと思われる。參考までに日本語譯（作品社）の三段階を擧げておく。

一、個人の行動とその性格を理解するための前提となる、一般的な時代狀況。

二、共同體の統一と分裂と緊張をもたらし、そこから個人を行動へとかりたてるような特殊な境遇——局面とそこでの對立。

三、主體の側からの局面の把握と反應。そこでのたたかいを通じて分裂が解決されるのですが、——そうした意味での本來の行動。

（6）矛盾鬪爭、原文は「衝突」に作る。「衝突」は文藝理論の術語。現實生活の中で、人々の立場や觀點、思想や感情、理想や願望、利害等の差異に因って作り出される矛盾鬪爭。從って「衝突（矛盾鬪爭）」は、作品が「情節（動作）」を構成する基礎であり、人物の性格を展示する手段である。

（7）パトス、ヘーゲルのパトスの理解については本譯書の二六〇頁の注（9）參照。また王元化氏の示す「情志」の意味については本譯書、第二部「『文心雕龍』創作論八説釋義」第五章「情采篇の情志説を釋す」を參照。

（8）『小論理學』一八一頁に見える言葉（岩波書店刊行ヘーゲル全集Ⅰ『小論理學』を參照）。

第七章　附會篇の「雜りて越えず」說を釋す

——藝術構成の總體と部分について——

清の紀昀の『文心雕龍』評は附會篇の題名を解釋して、「附會とは、首尾が一貫していて、一篇全體を連絡づけて統合する事、つまり後世に所謂『章法（文章構成法）』の事である」と述べている。

「附會」という二字は劉勰以前の舊說に見え、その源流・來歷はずいぶん古い。『漢書』爰盎傳の贊に早くも「學を好まずと雖も、うまく附會す」という言い方がある。次いで『後漢書』では、張衡が「二京の賦」を作った事を賞贊して、「細思附會、十年にして乃ち成る」と言う。更に『晉書』左思傳には劉逵の「三都の賦の序」を載せて、そこでもまた「辭を傳し義を會し、多を抑へて致を精にす」と言っている。[1] 要するに、所謂「附會」とは、つまり文章制作における全體の構想や趣旨・仕組みや構成の方法を指すとも言えよう。

「附會」の問題は既に前人が取り上げているものではあるけれども、しかし藝術構想の根本的な任務は結局如何なるものなのか、劉勰はまずこの問題に明快な分析を加えている——「何をか附會と謂う。文理を總べ、首尾を統べ、與奪を定め、涯際を合し、一篇を彌綸し、雜りて越えざら使むる者を謂うなり（附會とはそもそも何か。それはつまり文章の條理を體系づけて、首尾を一貫させ、添削を明確に執り行い、相い隔たる部分を融合させて、一篇の作品に纏め上げ、複雜多岐な内容を乖離させない事を言うのである）」と。ここで提示された「雜にして越えず」という語は、如何にして藝術構成を處理するかという問題に關しての概括的說明となっている。

考えるに、「雜りて越えず」という一句は『周易』に見える。卽ち繫辭下傳に、「其の名を稱するや、雜りて越えず」と言う。魏の韓康伯の注に「物を備え變を極む。故に其の名は雜なり。各々其の序を得て、相踰越せず（『周易』では極めて様々な事象について述べられている、よってその卦の名稱は雜なものとなっているが、それぞれはそれぞれの位置づけを持ち、互いにその域を越え出る事は無い）」と言っている。焦循『易章句』[2]もまた「雜」とは「物の相雜る」を謂い、「越えず」とは「其の度を越えざる」を謂う、と解釋している。韓康伯や焦循の注釋は、共にこの一句は『易』が萬物の變化の理法のように、一面では萬物萬事は變動して止まる事なく、他の一面では萬物萬事の變化は全て天は尊く地は卑しいという限界を逸脱できない事を說明している、と考えた。劉勰はこの一句を文學の領域に利用したのだが、明らかに繫辭下傳での本來の意味を捨て去っている。なぜならば、附會篇に據れば、「雜」とは藝術作品內の各部分を指して言うものであり、「越えず」とは藝術作品の總體的な統一性を逸脱していない事を指して述べるものである。「雜りて越えず」という意味は、藝術作品の各部分は必ず一定の目的に沿って組み合わせられ一つにならねばならないという意味なのだ。たとえ藝術作品の各部分や細かな箇所がたとえ表面的には千差萬別で、互いに異なるものであっても、しかし、それらの各部分には當然共通する目的が浸透しており、共通する內容主旨を表現するためにごく自然に結び付いて一つの總體を造り上げ、表面的には不一致に見える各部分や各細部に、その目的と主旨の一致性を明示させるようにさせるものなのである。附會篇はこのような狀況を譬えて「駟牡は力を異にすれども、六轡は琴の如く、駕を竝べて齊しく驅くれども、一轂は輻を統ぶ（馬車を引く四頭の馬はそれぞれに力の大小があっても、それを操る六本の手綱は琴線のように一絲亂れず、多くの車輪が一齊に回轉している時、それぞれの車の輻はただ一つの車輪に向かって統一されている）」と述べる。更にここから、「故に善く附する者は、異旨も肝膽の如く、會に拙き者は、同音も胡越の如し（かくて「附」の技法をうまくやれば、本來別々の事象も肝臟と膽囊ほどに近い閒柄となる反面、「會」の技法の下手な連中の手にかかると、本來同じ趣旨のものも胡と越ほどに疎遠な關係になってしまう」という結論を導き出し、從って藝術構造の面で「首尾相い援け、節文自ずから會す（首尾が互いに支援し合い、秩序ある美しさが自ずと集結してくる）」ものとなるよう作家に求めるのである。

藝術構造の問題において、「雜りて越えず」という命題は、まず藝術作品が單一（劉勰はこれを「約」と稱する）と多様（劉勰はこれを「博」と稱する）の統一である事を説明する所に在る。單一という面から言うならば、藝術作品は必ず首尾が一貫し、表裏が一致していなければならず、あらゆる描寫を共通の主旨に圍繞させ、同一の目標に突き進ませるようにするべきであって、主題から逸脱するような餘計なものの存在を許さない。劉勰は言う、「一物の二を攜うれば、體を解せざるは莫し（一つでも不調和をもたらすものがあれば、全體が瓦解に陷る）」（總術篇）、「繩墨以外、美材も既に斲《けず》る（墨繩で肝要な部分を區切り、そこからはみ出たものは、たとえ美しい材木であっても削り去る）」（鎔裁篇）と言う。つまり、藝術作品の單一性を作家の取捨選擇の基準として取り扱っている論法である。藝術作品の單一性を破壞してしまうようなものは、たとえどんなにすばらしい材料でも、總體の調和から遊離した不要な贅肉となってしまうものなので、惜しむ事なくさっさと切り捨てねばならないのである。

多様の點から言うならば、藝術作品は必ず複雜性と變化性を持ち、豊富で多彩な形式を通して豊富で多彩な內容を表現するべきものである。藝術に求められるのは、生き生きとして豊かな表現があって、様々な情況の中で生み出され得る藝術形象の多様な變化を明示する事なのだ。陸機が「文賦」の中で「俯しては寂寞として友無く、仰いでは寥廓として承くるなく、偏弦の獨り張れるに譬へ、清唱を含むも應ずる靡し（下を見てもひっそりとして友も無く、上を仰いでもがらんとして手應えが無い。ちょうど一本の弦だけが張られて、確かに清澄な音色だけは出るが、それに響き合う音が出ないようなものだ）」と批判したように、單調・貧相・枯瘦に流れて、本來血肉の通うべき藝術形象を主旨を傳えるだけの抽象形式や單純な符號に變えてしまってはならないのだ。劉勰が「雜」という一語を用いて藝術作品の多様性を明示した事は、更に詮賦篇を例證として擧げる事ができる。詮賦篇では、「文は雜なりと雖も質あり、色は採ると雖も本有り（文飾は多様でもしっかりとした内容に裏付けられ、色彩は混合し合っても、確固として本質を失わない）」（この引用文は『文心雕龍新書』に據って校訂した[3]）と言うが、ここでは、「雜」「揉」の二字は同じ意味であり、共に多様という意味である。明らかに、劉勰は「雜」の語を肯定的な意味で揭示して、單調・貧相・枯瘦と對立させているのだ。

これを要するに、藝術作品は一面では單一性を持たねばならないが、他の一面では多様性をも持たねばならないのだ。劉勰にとっては、作家がもし單一性だけに意を用いるならば、「約なれば則ち義は孤なり（あまりに敍述が簡單だと內容が寂しい）」という缺陷を生む事になるはずだし、もし雜多性にばかり意を用いるならば、「博なれば則ち辭は叛く（餘りに饒舌に過ぎては言葉がそっぽを向いてしまう）」という弊害が起こるはずである。因って、彼は藝術的構想の任務は單一性と雜多性という見たところ矛盾するような二つの面を統一して、「雜りて越えず」という狀態に仕上げ、單一な中から複雜性を導き出し、多様な中から調和を導き出し、從って各種不揃いな要素を一つの目標に向けて揃えさせる事に在る、と考えた。附會篇の言葉を用いて言うならば、つまり「萬塗を同歸に驅り、百慮を一致に貞す（無數の筋道を一つの歸着點に結集し、あまたの思索を一つの結論に整理する）」事である。音樂に於ける五聲、繪畫に於ける五色、文學作品に於ける各種各様の細部などは、全て作家のこのような能力に由って一堂に集められて、調和の美を表わすはずである。總術篇に「一に乘じて萬を總べ、要を擧げて繁を治む（幹に沿って無數の枝葉を總べ、要所を押さえて細部を統轄する）」、「譬えば三十の輻の、共に一轂を成すが如し（それはちょうど三十本の輻が、一つの轂に集結しているさまに似る）」と述べるのも、この趣旨を明らかにしたものなのだ。

古代の理論家は藝術作品の各部分間の關係を生命體の各部分間の關係になぞらえられる事を既に感じ取っていた。彼らは、藝術作品の部分は、必ずや總體が缺く事のできない部分であると考えている。例えば、アリストテレスは、「如何なる部分であっても、ひとたび動かしたり削ったりすれば、すぐ全體を破壞してしまうものだ。もしある部分があってもなくても良いもので、何のたいした變化もないようならば、それは全體の中で必要な部分ではないのである⑷」と言っている。中國の文學論にも同じような言い方がある。『文心雕龍』鎔裁篇では、晉の張駿の言葉、「艾は繁なれども、刪る可からず、濟は略なれども益す可からず（謝艾の文は饒舌だが削る餘地は無く、王濟の文は簡略だが付け加える餘地は無い）」を引用する。劉勰はこの語を敷衍して「句に削る可きもの有れば、其の疎なるを見るに足り、字の減らすを得ざれば、乃ち其の密なるを知る。……字刪りて意闕くれば、則ち短乏にして覈に非ず。辭敷きて言重なれば、則ち蕪穢にして贍るに非ず（一句でも削れる句があれば、文章に隙がある證據であり、一字として省略できる字が無いようになってこそ、文章の緻密さが明らかにされた事になる。……もし一字の削除に因って内容が損なわれるようなら、それは舌足らずでこそあれ論理性の緻密さでは無く、内容を敷衍して表現が重複するとすれば、それは蕪雜でこそあれ思考力の多様さではない）」と言っている。これらの言葉は、總體を形作る有機的な各部分は最も適當な尺度に照らして一つに纏められたものであり、如何なる改變や移動でもそれは部分自身を變えてしまうばかりではなく、總體の性質にまでも影響が及ぶであろう事を説明したのである。

附會篇には、「義脈流れざれば、則ち文體を偏枯せしむ（内容の脈絡が通らないと、文學の本質も半身不隨になってしまう）」という言葉がある。この言葉は單に藝術作品を有機體と見做して、各部分に總體としての統一性を求めるだけでなく、更に藝術作品の中には主導的な力、つまり血管の中を巡る血液にも似て各部分に生氣を與え、部分を活性化させる力が無ければならないと指摘しているのである。劉勰にとっては、もし藝術作品を人という有機體に譬えるならば、「必ず情志を以て神明と爲し、事義をもて骨髓と爲し、辭采もて肌膚と爲し、宮商もて聲氣と爲す（思想・感情を文章の神經中樞とし、素材を骨格とし、言語を皮膚とし、韻律を息吹として重視する）」こととなる。ここに出てくる「情志」や「事義」こそ、先に述べた「義脈」に他ならない。「情志」と「事義」とが結び付いて藝術作品の內容・主旨が生み出される。藝術作品の中に在っては、この內容・主旨が各部分や各細部を統括し、それは正に人という有機體の中に於いて、內在する生命が、あらゆる四肢やあらゆる器官を統括するのと同樣なのである。

總體の統一機能としての內容・主旨は藝術作品の內在的側面であるが、全ての部分、全ての細部は、全て藝術作品の外在的側面である。劉勰は彼が一貫して主張する「內に因って外と符す（內部から外への照應）」という觀點に照らして、「義脈」を主導的な力として、藝術作品のあらゆる部分、あらゆる細部がいずれも內容・主旨を體現して、毫も例外なく目的の一致機能を滲透させる事を求めたのだ。かくして、作家は自然形態の各種細部に對して、何でもかんでも無制限に取り入れる事ができるものではなく、その中の些末な部分を捨て去り、內容・主旨を際立たせる特徵的な部分を抽出して、表裏一體化した藝術的形象を創り上げるのである。附會篇では「描く者は髮を謹んで貌を易え、射る者は豪を儀《のぞ》みて牆を失う。銳精細巧は、必ず體統を疎にす。故に宜しく寸を詘《ま》げて尺を信べ、尺を枉げて以て尋を直くすべし（畫家が人物の毛髮にばかり氣を取られていると顏全體を捉え損ない、射手が微小な一點ばかりを狙っていると大きな壁をも射損なうように、枝葉末節の巧拙に神經を集中していると、全體の統一が必ず疎かになる。一尺の爲に一寸を犧牲にすべきであり、一尋の爲には一尺を犧牲にすべきである）」と言うが、それはこの原則に基づいて述べられたものである。人の體の中で、毛髮は人の內在的特徵を最も表現し得ないものである。もし、このような自然形態の些末な部分に氣を取られ、本質を忘れて末節を追うように細かな描寫を加えるならば、極端な場合、全體の容貌が持つ生き生きとした表情も變化してしまうだろう。その逆に「寸を詘げて尺を信べ、尺を枉げて以て尋を直くす」というようであってこそ、初めて些事を捨てて大事を取り、粗雜を捨てて精粹を殘す事ができるのである。内容・主旨から出發し、内容・主旨の要求に基づいてあらゆる部分を處理し、あらゆる細部を配置して、少しのためらいもなく一切の餘計な裝飾・無用な贅肉をさっさと捨て去り、たとえそれらが作家には最も得意に思われる表現・構想であっても躊躇してはならないのであって、これこそ劉勰の藝術構想に對する根本的觀點なのである。彼が附會篇に所謂「辭を附して義を會するには、務めて綱領を總ぶ（措辭と内容を組織だてるに當たっては、大綱を引き締める事を主眼とせねばならない）」という語と、鎔裁篇に所謂「繩墨以外、美材も既に斲る。故に能く首尾圓合し、條貫統序す（肝要な部分からはみ出たものは、たとえ美しい材木であっても削り去る。因って一篇の首尾相い應じて、一貫した條理が走る）」という語は、共にこの趣旨を明らかにしたものである。作家がこの原則を掌握したならば、字句の添削は意のまま、文章の長短も自由自在になり、藝術作品のあらゆる部分、あらゆる細部を多種多樣でありながらも一つの主題の中に收束し、調和を保ちつつ、共通の目的に向かって邁進する事ができるのだ。

注

（1）辭を傅し義を會す、傅と附は同音同義。この原文「傅辭會義」は、「附會辭義（辭義を附會す）」と同意。劉勰もこの「附會」の語を分けて使う時がある。

（2）焦循『易章句』、清の焦循（一七六三―一八二〇）『易章句』の該當部分は、『皇清經解』卷一〇八四に見える。

（3）テキストはもと「文雖新而有質」に作る。この原文に對して王元化氏は王利器校箋『文心雕龍新書』の「雜原作新。據唐寫本・御覽改……雜與樸對文」の說に從い「新」の字を「雜」に改める。

（4）アリストテレス『詩學』第八章「筋の統一について」（岩波文庫『アリストテレース詩學・ホラーティウス詩論』參照）の言葉。

〔附錄一〕　文學創作に於ける必然性と偶然性

劉勰の「雜りて越えず」と、アリストテレスの「部分と全體との關係」という語は共に、作品の細部が必ず構想の主旨に由って導き出される美學的規律に沿うべき事を明らかにするものだ。アリストテレスは『詩學』の中で部分と全體の關係を示す以外に、差異感と整合感との問題にも言及している。後者は明らかにヘラクレイトスの影響を受けている。アリストテレスは嘗て「分かれたものは合することができ、異なるものは最も美しい和音を作り出す事ができ、萬物はみな鬭爭を通して生まれ出るものである」というヘラクレイトスの意見を引用した事がある。[1]この一節には單に「分」と「合」、或いは「異」と「和」の概念が提示されているだけではなく、さらに調和が鬭爭・衝突と否定を經て完成する事も明らかにしているのである。

とはいえ、劉勰はぼんやりとだが以下のように感じていたようである——もしただ一方的に「萬塗を同歸に驅り、百慮を一致に貞す（無數の筋道を一つの歸着點に結集し、あまたの思索を一つの結論に整理する）」ことだけが强調されて、幾許かの偶然の現象をも含む一切の細部が、全て必ず作品の主題・思想から導き出されるべき事を要求されるならば、文藝作品を一種の圖解式の人工的な構造に變えてしまい、從って凡庸沈滯化の弊害を生む事になると。因って、彼はそれと同時にまた文學創作に於ける自然性の問題をも提出する事になった。養氣篇では「常に閑を才鋒に弄す（常に銳利な才能を閑靜の境地に遊ばせる）」と言い、物色篇では「興に入るには閑を貴ぶ（詩想が喚起されるには心の閑一が大切である）」と言い、雜文篇では、「思いは閑にして贍《た》るべし（思索は落ち着いて考えれば充實させ易い）」と言うが、ここに用いられる「閑」という語は、後世の章學誠が所謂「閑を捜して神を傳うるは、また文家の妙法なり（閑静を求めて神髓を傳えるのは亦た文章家のすばらしい方策である）」、「閑情逸出すれば、正に阿堵の神を傳うと爲す（閑情が溢れ出ているようならば、正にその閑情が神髓を傳えているのだ）」（古文十弊）の中の「閑」の字義と相近いもので、共にそれに因って文學創作中の自然性を示している。しかしながら、劉勰はこの點に觸れたかと思うと、すぐそこで筆を止めてしまう。また、彼が「閑」の文字を使って自然性を代表させた事も、非常にぼんやりとした言い方であったのだ。

ここでは取り敢えず文學創作に於ける必然性と偶然性との關係について話してみようと思う。大體のところ、必然性とは偶然性を通して自分でその道を開くものである。形而上學的な觀點は必然性と偶然性を峻嚴に對立させて、それらを絶對的に排斥し合う二つの條件だと見做すけれども、それは開違いだ。現實生活に於ける必然性は、千變萬化する偶然現象の外側に存在するのではなく、正にまるで捕え處もないような偶然現象の中にこそ具體的に現われるのだ。我々は藝術作品が生活の本質を表現しなければならないものだと言うが、それは生活の中の現象形態を排斥する事を意味するのではなくて、作家の認識活動が生活現象の偶然性に止まらず、更に一歩を進めてこれら生活現象の内在的意義を理解すべき事が求められているのである。因って、作家が作品の中に表現する人生は、依然としてその細部の眞實性を持ち續けつつも、生活の現象形態の中に流れる抽象的必然性を排除する事は無い。

當然ながら、作家は現實生活の中から最も本質的な現象を選擇すべきではあるが、この事は決して細部全てが作品内に於いて同樣の地位を占め、同じような作用を發揮するのだと言っているわけではない。畫家が描く肖像畫は、單にその人物の精神的な特徴を示す細部（例えば眼睛――章學誠が「このものが神を傳える」と言ってこの點を説明した事がある(2)）を描出するばかりでなく、更に次に大切な瑣細部（例えば毛髮――章學誠は晉の顧愷之の「頰に添え毛を加えるのが絶妙だ」という言葉に據って、この點を説明している(3)）もまた描出しなければならない。現實の生活の中には偶然性の現象が含まれている。これらの偶然現象もまたそれらが生まれた出た原因を持っているとはいえ、それらは決して「しっかりしていて搖るぎない必然性の上に立つもの」ではないのである。例えば、「この一房のエンドウ豆の莢の中のエンドウ豆は五粒であって、四粒でも六粒でもなく、この犬の尻尾の長さは五寸であって、それ以上些かも長くもなく短くもなく、このレンゲの花は今年ミツバチに受粉されたが、あの花はそうではなく、しかもこのレンゲの花は一定のミツバチに由って一定の時間内に受粉されたものであり、風に吹かれて飛んできたこのタンポポの種は發芽したが、別の種は發芽しなかったし、今朝四時に蚤に咬まれたが、しかしそれは三時でもないしまた五時でもなく、咬まれたのは右肩であって、左足ではない……」と言ったように。もしこれら一切の偶然性もまた搖るぎない必然性の上に起こったものだと確信するならば、それは一種の「哀れむべき自己暗示」に過ぎない。なぜならば、「偶然性がここでは必然性から説明され得る事が無く、逆に必然性を純粹な偶然性の產物に引き摺り下ろしてしまったものだからだ」。

文藝作品は現實生活の細部に眞實性を持たせるために、しばしばこのような偶然性を持った細部を表現しなければならない時がある。もしも我々がこのような偶然性を持った細部を全て必然的に作品の主旨から導き出されたものだと見做し、全て作品の主題思想を反映するものだと考えてしまうのであれば、それは人々の正當な批判を受けても仕方が無い事である。例えば、ロシアの批評家シェヴィリョフは『死せる魂』の中のこのような偶然性を持った細部が全て重要な意味を持つものだと考えたが、チェルヌイシェフスキーはこのような見方に反駁して、「チチコフがマニロフの家へ行く途上、ひょっとしたら出會った農民は一人ではなく、二人或いは三人であったかも知れないし、マニロフの村はひょっとしたら大通りの左側に在って、右側ではなかったかも知れない。サバケービッチが賞贊した唯一の公正な人物は、檢察官ではなくて、民事法廷の裁判長、または副省長であるかも知れない、等々。『死せる魂』の藝術的價値は少しもこれに因って失われるはずはないし、またこれに因って引き立てられるはずもないのだ」と言っている。[4] 文藝作品の中のこのような偶然性を持った細部は、作品の主旨の中から必然的に導き出されるものではないが、それらは却って現實的な生活の屬性であるのだ。作品が現實的な生活の形態の細部までも眞實性を保とうとすれば、それらを完全に排除する事はできないのである。

注

（1）ヘラクレイトス、ヘラクレイトスは紀元前五〇〇年頃に生きた人。日本では田中道太郎の譯が筑摩書房の世界文學大系『ギリシア思想家集』に載せられている。參考までに擧げておけば「反對するものが協調するのであり、相違するものから、最も美しい音樂が生まれる。そしてすべては争いによって生じる」と。

（2）このものが神をつたえる、『文史通義』古文十弊の中の語。『世說新語』巧藝に載せる以下の話を踏まえたもの。晉の顧愷之が人物畫を書くとき、時によると數年間も瞳を描き入れないときがあった。ある人がその理由を尋ねると、「精神を傳えその輝きを寫しだすのはこのものにこそあるのだ」と答えた。

（3）頰に添え毛を加える、『世說新語』巧藝にある以下の話を踏まえる。顧愷之は裴叔則の畫像を描いた時、頰に三本の毛を付け加えた。畫を見るものが檢討すると、それを付け加えなかった時より一層優れているように思われた。

（4）シェヴィレーフ、シェヴリョフ・スチェパン（一八〇六－六四）、ロシアの批評家、文學史家、ゴーゴリの死後その全集を編む。

チェルヌイシェフスキイ：ニコライ・チェルヌイシェフスキイ（一八二八－八九）、十九世紀ロシア最大の思想家、革命家として知られ、論文に「ロシア文學のゴーゴリ時代の概觀」がある。

〔附録二〕　全體と部分、及び部分と部分

ヘーゲルの『美の理念』が主として、全體と部分及び部分と部分の間の必然性と偶然性の關係を論述しようとしたのであるが、今、その要點を以下に取り上げ、この問題に對する研究を更に進める參考にしたい。

ヘーゲルは、體系付ける必要から、美の理念を自然美の前に置いて述べており、彼は、美の理念は自然美に先立つ獨立した存在だと考えたのである。しかし、この美の理念と自然美との兩面に對する論述を細かに對照比較してみれば、すぐ氣付くのは、ヘーゲルが美の理念に對して下した種々の規定は、正に生命としての自然美の中より纏め上げられたものということだ。彼の所謂美の理念とは、正に『自然の生命力の美しさ』という一節の中で生命という有機體に周密な研究を加えた後に獲得された成果なのである。このような成果は、主に生命という有機體に關わる若干の法則性を持ったものを抽出してきて、これに規範化を加えて、美の理念の内容としたのである。因って、體系から見れば、ヘーゲル美學の中の最も唯心的なように見えるこの部分は、その内容から言えば、實は現實的なものなのだった。

ヘーゲルが『美の理念』の中で美の法則を論じる時、彼の概念論（或いは普遍的觀念論と譯すべきか）の三範疇、つまり普遍性・特殊性及び個別性を同じように運用していた。「普遍的なものは自己と同一的なものであるが、しかし、その普遍性の中に特殊的なものと個體的なものが含まれている、と理解しなければならない。また特殊的なものは區別されたもの、或いは特殊な性格を有するものであるが、しかし、それ自體は普遍的なものであり、且つ個體性を具有している、と理解しなければならない。同樣に、個體的なものもまた、その主體或いは基本が、種と類とをそれ自

體に包含し、實質的存在意義を具有している、と理解しなければならないのであって、これは概念の各部分にその異中の同があり、その區別の中の不可分離性があることを表明したのである」（『小論理學』第一六四節）[1]。美を作る統一體の中に在っては、普遍性を持つ內在的本質の面と特殊な個別である外在的現象の面とは相互に浸透し合うことができる。普遍性の內在的本質は特殊な個體である外在的現象を自分の中に統轄する事ができるが、同時に特殊な個體の外在的現象も普遍性を持った內在的本質を外に漏らす事ができ、それに因ってそれぞれ相異なる面の調和一致を形成するのである。ヘーゲルはこのような對立と統一の辨證法が知性では理解できないものと考えていた。彼は、「知性は美を掌握し切れない」と言っている。なぜならば、知性の特徴は何よりも「抽象」と「分離」にこそあるからである。知性は獨立した概念を抽象すればそれ自體十分であって、それに因って眞理を效果的に表現できる、と考えられる。實際のところ、知性はただ對象に對する外在的思考に過ぎず、知性に因って對象に名付けられた概念や名詞は、つまりは既成の表象に他ならず、外側から對象に加えられたものなのである。もし、知性によって美を把握すれば、美の統一體內部のそれぞれの相違點を分裂離散した單獨のものと見做し、從って美の內容をたかだか一つの抽象的な普遍性とし、そして、特殊な個體ときびしく對立させて、ただ外側からぎこちなくその特殊な個體に無理遣り從わせる事ができるだけであり、これを別の面から見れば、美の形式となる外在的形象も、ただ强引に內容の上に張り付けられた寄せ集めの贅肉に變えてしまうだけなのだ。それでは美の調和と統一は破壞されてしまうだろう。

ヘーゲルの視點からすると、美の對象の中では、概念と實在は共に事物そのものから生まれ出るものでなければならない。明らかに、これは生命と言う有機體の法則の中から概括されてきたものである。生命有機體の中では、概念と實在というこの二つの相違面の統一は、つまり精神と肉體（ヘーゲルはこれを「靈魂」と「身體」と名付けている）の統一である。精神と肉體は共に生命に固有のものである。この兩者の閒の關係は一種の有機的な內在的連繫關係である。精神が生命を肉體の各部分に注ぎ込むこと、これは感覺の中に見出せる。人間のこの感覺は決して單獨に身體のある一部分だけに發生するものではなくて、それは全身に行きわたっていて、全身の各部分が全てが同時にこの感覺を感じるのだ。しかし、同一の身體には幾千幾萬もの感覺者がいるのではなくて、ただ一個人の感覺者、一個の感じ取る主體しかいないのである。美の法則もまた同様である。藝術作品では、そこに込められた內容・意味とそれを表現した外在的形象は、必ず完全に通じ合い融合し合ったものとして顯現されねばならない。內容・意味は藝術生命の主體となり、生氣を外在的形象の各部分に注ぎ込み、それらを活性化させる。外在的形象の各部分は、いずれも同一の內容・意味を行きわたらせ、それらの生命を注ぎ込んで、一つに調和した有機體を作り上げるのだ。外在的形象は內在的意味自體から發展してできあがったものであり、內在的意味が現實の中で自己の外在的表現を實現したものであって、幾つかの外在的材料を寄せ集め、强引にそれらの材料を本來それらが實現し得る目的ではないものへと無理に移し換えたものではないのだ。なぜならば、それらの寄せ集められた藝術形象の各部分は、他の目的のために外側からそれらに加えられる抽象的な概念に對しては、至る所で全て抵抗や反攻を示し、それに因って形式と內容の分裂を作り出すはずだからである。

ヘーゲルは先に述べた美の法則に對して更に一歩を進めた說明を加えて言う。「美しいものは特殊性、特殊部分がどれほど觀念的に統一され、どれほど統一體として現われようと、その統一の現われ方は、各面や各部の獨立と自由を消しさるようなものではない。概念そのもののうちには觀念的な統一しかないのですが、美しいもののうちでは各面の獨立性も浮かびあがる。要するに、美しいもののうちには二つのものが存在しなければならないので、一つは概念の要求するところの、各面をつなぎ合わせる必然性であり、もう一つが、統一だけに縛られない各部分の獨立性という自由のあらわれである。必然性というのは、各面がその本質からしてたがいにつながりあい、この面を考えればただちにあの面を考えざるをえないという、關係のあり方をあらわす。そうした必然性は美しいもののなかになければならないものだが、そのままの形であらわれてはならず、むしろ、背後に隱れて、表面には意圖のさだかならぬ偶然性があらわれるべきなのだ。さもないと、特殊な實在部分は、おのれの現實性のゆえにそこに存在するのだという立場を失って、觀念的な統一にただただ服從する下僕となってしまうからである」[2]。

このヘーゲルの言葉の中には、「觀念的な統一」という用語が何度も出てきたので、簡單な解説が必要だろう。所謂「觀念的な統一」とは、事物の內在的な聯繫を指す。それを觀念的だと言うのは、このような統一が主觀的意識の中だけに存在すると言うのではなくて、このような內在的な聯繫に因って構成される統一が實に事物自體の中に存在する事なのだ。しかし、それが內在的であるがために、五感で知覺できるものではなく、ただ思考を通してのみ始めて見分ける事ができる。ところが、思考を通してこのような觀念的な統一を認識するのは、却って專ら哲學的認識機能のおかげなのである。しかし、美の對象の中では、觀念的統一は却って事物の外在的現象の中から直接に顯現されて、感性的認識に現われなければならないものだ。例えば、人の肉體と精神と閒には有機的な聯繫があって、平常では、このような內在的な聯繫は倘直接には見出す事ができず、ただ思考を通して認識する事ができるだけであって、これこそが觀念的統一である。しかし、人が一旦ある强烈な感情に由って支配される時、このような感情は卽刻彼の身體の各部分から殘らず顯現され、從ってこのような觀念的統一は、本來の內在的なものから直接外に排出され、五官で感じ取られるものへと變わってしまうのである。これこそ、美的對象が必ず具有しなければならない特徵である。

ヘーゲルはこの文章の中で、必然性と偶然性という一對の範疇を運用して、必然性と偶然性の美的對象の中に於ける辨證的關係を明示している。美的對象の中では、總體としての觀念性の統一は直接各部分の中より顯われ出てくる。これはつまり、各部分の閒に內容という生氣が注ぎ込まれることによって、全體にゆきわたる協調一致を作り上げるのである。それぞれ相異なった面が協調一致する必然性は、各部分の間に、このような一種の有機的關係を作り出させると、直ちにある部分は必ず他の部分との關係を持ってくるのである。自然の生命有機體の各部分は、このような方式に據って構成されているものである。生物學では、ダーウインがそれを名付けて「生長の相關法則」と言った。エンゲルスの『自然辨證法』では、この法則を解釋して、「一つの有機生物の個別部分の特定形態は、その他の部分のある種の形態と相關連しているのが常である。たとえ表面上はそれらの間に何の關係も無いように見えても」と言っている。自然の生命有機體の中では、各部分の形態や性能は、相互に影響し合うものだ。無機物ではそうではない。鑛物からある一部分を切り取ったとしても、全く總體には影響しないし、部分にも影響しない。切り取られたある部分について言えば、それはやはり同じ鑛物なのである。一部分を切り取られた總體から言っても、決して質的な變化が起こるわけではなくて、ただ量が變わっただけなのだ。しかし、生命有機體となると決してそうではない。人體から一本の腕を切り取ると、もはやそれは腕の役割を持たなくなってしまうのだ。藝術的形象では、どの部分を變えたとしても、必然的にその他の部分に影響を與えて作品全體の本來の性質にまで及ぶはずである。このような總體と部分、部分と部分との間の有機的聯繫こそ、ヘーゲルが述べた必然性なのである。

しかしながら、他の一方でヘーゲルは、このような必然性は、必ずしもそれ自體を藝術作品の中にそのまま現出させるべきではなく、必ず無意識的な偶然性の背後に隱さねばならない、と言う。これは、ヘーゲルが論述した美の法則の中の一つの重要な觀點である。この點を説明するために、やはりまず自然の生命有機體の話に戻ろう。相互に聯繫し合い、協調一致している生命有機體では、その各部分は、更にそれぞれ獨自に具有する獨立自由な様相を顯示している。例えば、人の身體のそれぞれの部分は皆相異なるものであり、それぞれの部分はいずれも明らかに獨立自由なものである。そもそもそれらはいずれも同一の生命に由って統括されており、いずれも同一の生命のために奉仕しているのだけれども、それらは單に形狀の上でそれぞれ違った獨立自由な外貌を顯現しているだけでなく、更には同一の生命のために奉仕する上に於いても、その形態構造の相違に従って、相異なる能力を發揮するのである。それらにはそれぞれの擔當があり、それぞれの仕事を果たしていて、相互の交換は不可能である。ヘーゲルは、生命の過程は矛盾の統一の過程であり、それは以下に述べる二重性の活動として表われると考えた——「生命過程は二重の活動からなっていて、一方で、絶えず繼續的に、有機體の各部分と各種の定質的な實在との差面を感性的存在とし、このような感性的存在に於いては、如何なる部分も全て獨立した存在と完璧な特性を具有せしめると共に、他の一方では、また絶えず繼續的に、この感性的存在をして、硬直化して獨立自由な特殊部分となり、彼我が對立し、排外的自制的で固定的な差面に變化するような事にならしめずに、それらの部分に觀念的統一が實現できるようにする」というのである。このように具體的に生命過程の二重性的活動を示す有機體にあっては、それぞれの差異面はそれらの獨立自由な様相を保持し、しかも何の抽象的目的性も顯わさない。つまり、ある一部分の特性は決して他の部分の特性を同時に持つことはない。いかなる部分も決して他の部分が具有する形狀によって直ちにその形狀を具有することにはならないのである。各部分の獨自性はそれら自身のためのように見えて、それらの統一體のためではないようだ。各部分の獨自性の中に一種の內在的な聯繫を見出し得るとしても、しかし、このような生命の注ぎ込み作用に據って生み出される統一の場合は、單に各部分それ自體の特性を消し去らないだけでなく、逆にこれらの特性を十分に表現して、それらをしっかりと保持するのである。これこそ、ヘーゲルが說く必然性は必ず思い掛けない偶然性の背後に隱されていなければならない、というものである。

因って、藝術作品の各部分・各細部は一つに寄せ集められただけの混合體ではあり得ない。なぜならば、混合體では、ある部分と他の部分との閒に何の必然的な聯繫も無く、それらが一緒になっているのは、ただ偶然的な機緣に過ぎないからである。同時に、藝術作品の各部分・各細部も、やはり形式面だけに限られた法則のある攝理ではあり得ない。なぜならば、法則のある攝理に於いては、ある部分がある樣式を取るのは、ただその他の部分もその樣式を取る理由に由るからに過ぎない。そのような場合、各部分・各細部はそれら自身の特性を失い、たかだか外在的な統一を示すだけであるはずだからである。これに反して、藝術作品の各部分・各細部は、一方では各自獨立した特性を保持しながら、他の一方では更に內在的な統一も手に入れるのである。それらは偶然的な機緣に由るのではなくて、內在的な必然性に由って聯繫して融合して一體となっている。とはいえ、藝術作品のこのような內在的な必然的聯繫は、正にそれぞれ獨立した特性を持った各部分・各細部から直接表われ出てくるものなのである。

ヘーゲルの美の理念に關する論述の中で、我々が注意すべき所は、以下の幾點かにまとめる事ができる。

一、ヘーゲルの總體と部分、部分と部分との閒の必然性と偶然性との關係についてのヘーゲルの論述は、形而上學的觀點（つまりヘーゲルが批判した「知性」的觀點）に致命的な打擊を與えた。形而上學的觀點は、必然性と偶然性とを銳く對立させ、しかも必然性を容認すべからざる專制的支配者の地位に置くものだ。ヘーゲルが見るところ、もし、藝術作品は概念の規定する各部分の一致協力に由る必然性を表現するのであれば、それぞれ相異なる各部分の多樣な獨自性は容認されなくなってしまう。各部分はそれ自身のために存在するのではなく、それらは完全に自己の獨立した地位と特性を失って、ただ單純に外側からそれらに與えられる抽象的概念のために奉仕するに過ぎない。このようにして作り出された藝術作品では、その中の人物形象は作家の思想を宣傳するメガホンに變わってしまい、作品の細部もまた主題思想を投影する象徵または記號に變わってしまい、從って、生活の現象形態としての偶然性は完全に藝術領域の外に放逐されてしまうのだ。

二、藝術創作は、一方では、生活の眞實の中に各個に分散している各現象の閒にある內在的な聯繫という必然性を直接表現する事で、感性的觀照を示すが、他の一方では、さらに生活の現象形態の中の偶然性をも保持して、この二つを一致協力させねばならない。ここに藝術創作の本當に難しいところがあるのだ。成功した藝術作品では、生活の各現象形態は保持されながらも、それらの現象が持つ斷片性は克服されており、偶然的な形式も保持されてはいるが、しかし必然性は偶然性を通して、自分自身のために道を切り開いている。ここで、ヘーゲルの偶然性に關する論述は、事實上彼自身が『藝術美ないし理想』第一部で提起した「淸洗」の理論に反駁するものにもなっている。

三、ヘーゲルが『美の理念』の中で明示した藝術の法則は、決して先驗的に自然美が生まれる以前に早くも存在していたものではない事は、たとえヘーゲル自身がそう言っていなくとも、理解に難くはない。實際、彼が明示した美の法則は、自然の生命有機體の中から概括されてきたものである。自然の生命有機體を離れて、更に一體どこから「美の理念」を探せばよいのだろう。ヘーゲル自身でさえもまた『美學』の中で、「凡そ觀念論の哲學（按ずるにヘーゲル本人の客觀唯心主義を指す－引者）が、精神の領域で遂行しようとする事は、自然が生命として既に實際にやって見せてくれている」と承認せざるを得なかった。因って、彼は、「生命こそが理念であり、理念こそが眞實なのである」と言う。ここに言われる美の理念は、ただ自然の生命有機體を基礎とし、そこから美の法則を抽出する事ができるだけである。正に宗教の幻想が作り出す神業が、ただ人間自身の本質の幻想的反映に過ぎないように、絶對的な存在としての美の理念もまた、ただ自然の生命有機體の本質の幻想的反映に過ぎないのだ。我々が一旦、幻想形式に據って出現した美の理念はただ自然の生命有機體の本質の反映に過ぎない、と認識した時、我々は同時にまた、ヘーゲルが美の法則に關して述べた、事物そのものの眞實を把握する、という敍述が、ただ「現實的發展を思辨的發展に變化させ、思辨的發展を現實的發展に變化させる」事に過ぎない事を發見するのである。

注

（1）岩波書店『ヘーゲル全集』小論理學・一六四頁も參照。

（2）譯は長谷川宏譯『ヘーゲル美學講義』（作品社）を參照。

第八章　養氣篇の「率志もて和に委ぬ」説を釋す

——創作の直接性について——

嘗て神思篇では、「心を秉り術を養いて、苦慮を務めとする無く、章を含み契を司りて、必ずしも情を勞せざるなり（心を落ち着け然るべき方策を講じて、徒な苦心を止め、よくよく吟味して適切な表現を心掛け、無駄に頭を使わぬようにする事こそ肝要なのである）」という主張を提示していた。養氣篇では更に一歩を進めて、「率志もて和に委ぬれば、則ち理融《とお》り情暢《の》ぶ、鑽礪の分を過ぐれば、則ち神疲れて氣衰う（精神を自然のなすがままに委ねれば、條理はすっきりとし感情はのびやかに發散するが、精神の研鑽が過度に陷ると、神經は疲れ活力は衰える）」と述べている。黄侃の『札記』では、「この養氣篇を作ったのは、神思篇の不備を補足して、文章の構想が常にうまくゆくような技法を探求したのである」と言う。なに故に、劉勰は「率志もて和に委ぬ（精神を自然のなすがままに委ねる）」事で文學の創作活動を説明しようとしたのだろうか。この點について、黄侃の『札記』ではまだ深く探求を加えていない。過去の注釋家は、「率志もて和に委ぬ」という言葉に對して、『莊子』知北遊篇の「生は汝の有に非ず、是れ天地の委和なり（生命とはおまえのものではない、天地が和順の氣を與えたのである）」という意味の言葉によってその出典としたり、或いは晉の葛洪『抱朴子』至理篇の「身勞すれば則ち神も散じ、氣竭《つ》くれば則ち命も終わる（身體が疲勞すれば精神も散漫になり、元氣が盡きれば生命も終わる）」という考えがその立論の基づくところなのだと言っている。私は、この二種の主張もやはり正確なものだとは思えない。

考えるに、「率志もて和に委ぬ」という語は、文學の創作過程に於いて、悠揚迫らず、氣持ちをそのまま表現する自然な態度を指す。文中の「率」とは「遵う（違わぬようにする）」、「循う（だんだん従ってゆく）」という意味である。「委」とは「附屬する（付き従う）」の意味だ。つまり「率志もて和に委ぬ」とは、心意の赴くままに順い、士氣の和らぎに任せるという意味に他ならない。これは莊子の述べた「天地の委和」とは、明らかに關係がない。莊子の「天地の委和」とはもともと丞が舜の質問に答えた言葉で、莊子がこの言葉を使ったのは人の身體や生命が共に天地自然から來るもので、善悪や生死が勝手に制御できるものではない事を説明するためである。よって、そこでは專ら天道の變化を論述する事に集中されている。しかしながら、劉勰の所謂「率志もて和に委ぬ」とは、作家が創作活動に従事する時には、必ずその心を澄み切らせ、その氣を伸びやかにし、悠々自適、思いのままに文章を作るものであって、停滞したり萎縮したりするような狀態に陷ってはならない事を説明するに在る。だから、この言葉は專ら創作上の特徴を論述する事に集注されているのである。莊子は宿命という觀點から出發して天道の變化を論じたが、劉勰は自然という觀點を基本として創作上の特性を論じたのであって、兩者の檢討の對象は同一ではなく、立論の觀點も互いに異なるのである。

『抱朴子』に所謂「身勞すれば則ち神も散じ、氣竭くれば則ち命も終わる」という語に至っては、表面上は、劉勰の所謂「鑽礪の分を過ぐれば、則ち神疲れて氣衰う」という語とかなりよく似たところがある。『抱朴子』は氣を活用する「行氣」の説を提唱し、劉勰には氣を涵養する「養氣」の論があって、この點から見れば、兩者は互いに似たところがありそうだ。しかし、表面上の類似を捨て去り、その實質の所在を尋ねるならば、兩者の閒の根本的な差異に氣付く。抱朴子の葛洪は東晉の金丹道教の基礎を作った祖師であり、その自敍篇では、「内篇では神仙・方藥、鬼神・變化、養生・延年、邪氣拂い・災いの避け方などの事を述べた」と言う。至理篇は正に『抱朴子』内篇に屬し、そこで主張している「氣を專らにし柔を致し、鎮むるに恬素を以てす（完全に精氣を保ち、この上なく柔軟さを持ち、恬淡素朴な狀態に置く）」という氣の活用法は、本來神仙家の服藥・房中術・まじないといった方術と互いに補充し合うものなのである。その目的は「內では生を養い、外では惡を滅却する」事で、所謂不老長生をなし、仙人となって天に昇る境地に到達する所にある。劉勰の養氣說はこれとは異なる。たとえ養氣篇に、「曹公は文を爲《つく》るの命を傷つけんことを懼れ、陸雲は思を用うるの神を困しむることを嘆ず（曹公は文章を作る事が命を縮めはせぬかと恐れ、陸雲は思考を巡らすのは精神の虐待だと慨嘆した）」と言う例證を引用して、氣を養う事の必要性を說明しているとはいえ、その目的は決して養生して長生きするためではない。劉勰は序志篇で、『文心雕龍』なる一書を作った趣旨は正に「文を爲るの用心（文章創作の心遣い）を言う」所にあると述べているのだから、彼の養氣說は『文心雕龍』の全體の主張である文章制作への様々な氣配りという根本的な目的と相矛盾するはずは全くないのである。

だとすれば、なぜ劉勰は最も複雜で、最も思想が高度に集中されるべき創作活動を論述する時に、結局は「苦慮を務めとする無く」、「必ずしも情を勞せず」（神思篇）という見解を提示したのだろうか。劉勰が「鑽礪の分を過ぐる」事に反對し、「率志もて和に委ぬ」と主張した原因はどこにあるのだろうか。この問題を解決するためには、『莊子』の中から手掛かりを求め、根據を見付けようとしても無理だし、『抱朴子』の中から手掛かりを求め、根據を見付けようとしても無理である。實のところ、劉勰の養氣說は文學創作活動の中の一つの現象を指しているものだからである。劉勰から見るならば、作家が文學の創作活動に從事する時、一方では必ず日頃の辛苦錬磨と絕えざる蓄積に支えられねばならないが、他の一方では必ず詩文創作の時、心情をそのままに描寫しようとする自然な態度を採らねばならないのだった。だからこそ、劉勰は神思篇の中で、一方では「心を乘り術を養いて苦慮を務めとする無く、章を含み契を司りて必ずしも情を勞せざる」という主張を提示しながら、他の一方では「學を積んで以て寶を儲え、理を酌んで以て才を富ませ、研閱して以て照を窮め、馴致して以て辭を繹ぬ（學問を積んで知性を養い、理知を働かせて才能を富ませ、見識を磨いて鑑照力を育て、それに沿って修辭法を練る）」事の重要さもまた强調するのである。

養氣篇ではこの事を非常にはっきりと述べて、「學業は勤に在り、功庸怠らざれ。故に股に錐して自ら厲む〔熊（の膽）を和（調和）して以て苦くする人〕（この引用文一句は後人の妄增である）[1]有り。文に志すや、則ち鬱滯を申寫す、故に宜しく從容として情に率い、優柔に會に適すべし（學問は努力する事が肝心であり、努力を怠ってはならない。だからこそ錐で自らの太股を刺しながら讀書に勵む人も〔熊の肝の丸薬を嘗めてその苦さでがんばる人も〕あったのだ。ところが文章の創作となると、これは心中に鬱積したものを發散させる手段であるので、ゆったりと構えて心情の趣くに任せ、餘裕を持って閃きを待つ事が肝要である）」と言っている。紀昀の評では、「志は當に至に作るべきで、その時に至ると理解すべきだ」と言う。嘗て紀昀は「勉學は苦しい修行が必要だが、作文は樂しい氣持ちで作らねばならない」という表現でこの養氣篇の一般の意味を解明したが、見事な見解と言うべきだ。「苦しい」とは正に辛苦して蓄積に勤める事であり、「樂しい」とは正に心のままに表現する事を指すのである[2]。作家は創作するまでに、必ず非常に複雜で非常に困難な準備段階を經なければならない。しかし、一旦創作の過程に踏み込んでしまえば、しばしば創作の激情が突然迸る現象が生まれてくるはずである。その一瞬、構想がからりと開け、想像力がひときわ躍動し、無數の生き生きとした發想や、無數の美辭麗句が、あちらこちらから競うように芽を出し始め、まるで何の苦もなく胸の内から湧いてくるように、筆先から流れ出すのである。この時こそ、作家は創作の最大の悦樂の中に浸るのだ。以前の人たちの大多數は、この現象を「靈感」と呼んでいたが、ロシアのベリンスキイとチェルヌイシェフスキイは、ある場合にはこれを「創作の直接性」或いは「直接要素」と呼んだ事もある。

ここに言われる「創作の直接性」とは、作家が生活を認識する面の生きた想像力と藝術實踐の面に於ける銳敏な表現力とを一つに結合させて、この二種の力を全體の創作過程の中で手を取り合って竝び進むようにさせる事だ。かくあれば、作家は作品の完成に必要な技能が、とても簡單な事だと思うはずだ。作家はなかなか思うようにならない材料をも命じるままにさせる事ができるのである。晉の陸機は「文賦」で、「沈辭怫悅として、游魚の鈎を銜んで重淵の深きを出づるが若く、浮藻聯翩として、翰鳥の繳に纓《かか》りて層雲の峻きより墜つるが若し（重い言葉がじわじわと浮かび出る事、恰も釣針を含んだ魚が深い淵の底から引き上げられるようであり、或いは輕い文辭がすいすいと口をついて出る事、恰も飛ぶ鳥が繳みに射られて遙かな雲の高みから落下するようである）」と言っていたが、この言葉はこのような境地への到達を生き生きと言い當てている。

全ての創造性を持った想像活動は、皆このような創作の直接性を缺かし得ないものだ。詩人が詩を書いている時、常に決して自己分析を通して理知的な修辭や、人工的な彫琢を進めているわけではなくて、全ての生き生きとしたアイデアや、美しい辭句が、まるで全部筆先から自然に迸り出て、止めようが無い時がある。從來、歴代の中國の文藝理論家は創作活動の中に存在するこのような直接性或いは自然性について、常々論述を加えてきた。南朝梁の鍾嶸は、「古今の勝語を觀るに、多くは補假に非ず、皆直尋に由る（古今の優れた表現は、あれこれ手を加えてできあがったものではなく、全て心のままに表出されたものである）」と言っているし、清の李漁は、「妙は水到りて渠成り、天機自ずから露わるるに在り（水のあるところに水路ができるように、天賦の靈性が自ずから露われるのがすばらしい）」と言い、章學誠は「無心にして偶會すれば、則ち點金の功を收め、有意にして更張すれば、必ず畫墁の誚り多し（餘計な事を考えず自然に任せておけば、見事な成果が得られるが、意圖的に廣げると、無益な事をし過ぎるという批判を被るものだ）」と言っている。(3) これらの言葉は、皆作家が文學創作に從事している時、人工的な補修という方法を克服して、悅樂の激情の中に完全に浸り切り、自然な心そのままに思いを抒べ筆を進めてこそ、始めてすばらしい作品が生み出せる事を明らかにしているのだ。ここに所謂「直尋」、「天機自ずから露わる」、「無心にして偶會す」という表現もまた劉勰の所謂「從容として情に率い、優柔として會に適す」という意味なのだ。これらの見解は「率志もて和に委ぬ」説をぴたりと注釋するものだ。

過去の文藝理論家にはこの創作の直接性に對して、しばしばその實體を見失った發言が見られ、荒唐無稽な弊害が多かった。例えば、プラトンはこの状態を「詩神の憑依」に據って生み出された「熱狂の狀態」と見做している[4]。しかし、創作の直接性に對する劉勰の分析は、かなり實際的なものである。彼は、日頃の修行の積み重ねを創作上の直接的な心情表現と結び付けて、後者が前者からの自然な産物であると考えたのである。創作の直接性とは、正に非常に複雑な閒接的準備段階を經て始めて創作活動に現われるものなのである。それは、常に沈潛し反覆された思索と長い生活經驗の結果なのである。ヘーゲルは知識の直接性と閒接性を論述して、「多くの眞理が複雜異常な閒接思考の歩みによって獲得された結果である事を我々は充分理解している。（しかし、それらは）その知識を熟知している人の心の前に、何の無理も無く直接それ自體を現わすのである」と言う。正にこの理由に因り、數學家は思索に苦しむことなく難題を解決することができ、音樂家は自由自在に樂曲を演奏する事ができ、詩人は心のまま筆のままに胸臆を直抒することができるのである。このように心のままに表現できる圓熟した技能は、全て皆閒接的な積み重ねの段階を經たものなのだ。作家の修養の面から言えば、思想の傾向・生活の知識・藝術的技巧は、全て日々月々の積み重ねに由って育成され鍛錬されて、自分自身の血肉として消化されていなければならないのである。こうであってこそ、創作活動に入った時、それらはまるでお腹の中の赤子や、植物の種子のように、一つの必然性を持って實現の可能性を獲得して、作家の前に出現するはずである。因って、作家が構想の前、或いは構想を巡らしている最中に進行している莫大な分析作業は、正に構想を實現しようとする創作活動に於いて直接的に現れ出てくるものなのだ、と言ってよい。これをこそ我々は「創作の直接性」と呼ぶのである。

注

（1）〔熊……〕（この句は……）、共に作者の原注。『新唐書』柳仲郢傳に「母の韓は卽ち臯の女なり。善く子を訓え、故に仲郢は幼にして學を嗜み、常に熊膽の丸を和して、夜咀嚥して以て勤を助けしむ」と。

（2）原注、この「樂しい」の語については、孔子の言う「之を知る者は之を好む者に如かず、之を好む者は之を樂しむ者に如かず」の「樂」を借用して説明をしておきたい。作家は描く對象について、當然ながらまずそれを熟知し、それを理解して、「知る」段階に至らねばならない。しかし、それでは尚不十分で、必ず更にそれを愛好し、それに對して情感を持ち、「好む」段階に至らねばならない。「好む」は「知る」に比べてより高い境地である。しかし、ここで止まってはならず、更に一歩進んで「樂しむ」段階に至らねばならない。所謂「樂しむ」というのは、作家がその描寫すべき對象と融合して一體になるだけの事である。それについて考える必要も、鑑賞する必要もなく、對象が自然に作家の心の中に湧き上がってくる。これこそ我々の言う作家が創作過程に在って創作の激情が突然迸り出るという最もすばらしい現象に他ならない。

（3）南朝梁の鍾嶸、『詩品』巻中の序文の言葉。

清の李漁、『閒情偶寄』巻三（詞典部、科諢第五、貴自然）の言葉。

章學誠、『文史通義』巻五（内篇五・答問）に見える言葉。

（4）プラトン「詩神の憑依」、プラトンは同様の事を各所で語っている。例えば『イオン』では「すなわち、敍事詩の作者たちで、すぐれているほどの人はすべて技術においてではなく、新氣を吹き込まれ、神がかりになることによって、その美しい時の一切を語っている」（岩波書店『プラトン全集』）。

〔附錄一〕　陸機の感興說

晉の陸機（二六一―三〇三）の「文賦」は、中國の文學理論批評史に於いて重要な位置を占める。「文賦」はラテン文學の黄金期の詩人ホラーティウス（前六五―前八）の『詩論』と同樣に最も早く詩體或いは賦體を使って書かれた文藝理論の專著である。西方に於いて、『詩論』は今に至るまで變わらずに盛名を保ち續けているが、しかし、「文賦」は、中國・西洋の文字の隔たりに因って、西方にはほとんど完全に知られていない。陸機の「文賦」は單に中國民族の傳統的な文學論の特色を持つだけでなく、文學創作の中の想像力の問題と感興の問題に對するその論述は、ホラーティウスの『詩論』でも十分には及ばないほどである。「文賦」を發端として、想像力と感興という二つの問題は中國の傳統的な文學論の重要な要素を構成した。劉勰の『文心雕龍』はこの點では明らかに「文賦」の影響を受けている。

陸機は「文賦」序文に、「余、才士の作る所を觀る每に、竊かに以てその用心を得ること有り。夫れ言を放《ほしいまま》にし辭を遣《や》ること、良《まこと》に變多し。妍蚩好惡は、得て言う可し。自ら文を屬《つづ》る每に、尤もその情を見る（私は才知ある文人の著作を讀む度に、彼らが創作に向かう時の心の使い方について祕かに悟るところがあった。いったい言語を操って文辭を綴るには、眞に多樣な行き方があるが、作品の美麗や善し惡しは言葉に據って論評できるのである。私自身が文章を書こうとする場合には、殊に身に滲みて人々の氣持ちが分る）」と述べている。陸機は創作の難易について深く理解していた作家である。「文賦」の大部分は、作家の創作經驗談のようなもので、その中には自分や他の作家の創作實踐に於ける切實な體驗が述べられている。陸機はこれらの體驗に基づいて問題を提出し、解決できるものについては自分の見解を提出し、解決できないものについては指摘するだけで、結論を急がない。彼の所謂「他日殆ど曲《つぶさ》に其の妙を盡くすと謂う可し（後日この賦を讀んでみれば、文學の妙趣を具に述べ盡くしたと評されるだろう）」という語はそれを物語る。「文賦」の理論性については、確かに餘り強いものではない。劉勰は、「汎く纖悉を論ずれども、實體は未だ該ねず（細部にわたる議論は行き届いているものの、文學の本質に關して充實した論述は見られない）」と指摘したが、これを酷評だとは言えない。しかしながら、「文賦」で重視すべき點は、それが正に文學創作の時に現われる大量の現象を忠實に記錄したところにある。これらの現象は、陸機が前人及び自分自身の創作經驗の中から總括して導き出したものだから、我々が文學創作の過程に於ける藝術的思惟活動を分析しようとする時、豊富な資料を提供してくれる。以下、「文賦」が提出した感興説に限って簡單な評價を加えてみたい。

　陸機は構想に於ける想像活動から、感興の問題を提示した作家である。陸機の想像問題に關する説明は、概ね以下の數點にまとめる事ができる。

一、陸機は「理は質を扶けて以て幹を立て、文は條《えだ》を垂れて繁を結ぶ（内容は作品の根本を助けて幹を立てているようなものだし、表現は枝を垂れて豊かに花をつけるようなものだ）」と言って、これを構想の基本的原則として、作家に思想内容を根本とし、内容から形式へと條理に由って筋道を通して、内容と形式の調和一致を實現するように求めている。因って陸機は、想像活動は必ず整理を經なければならないと考えたのであって、つまり「義を選び部を按じ、辭を考え班に就く（内容を系統的に選び整のえ、表現を順序立てて考える）」と言うのである。想像がまだ整理を經ていない時は、各種のアイデアがあれやこれやと様々に入り混じった状態なので、ちゃんとした順序に従ってそれぞれを區別し、しかるべき位置づけを與えてこそ、初めて首尾が整い、筋道が一貫するのである。

二、陸機は構想を巡らせる時には何度も推敲する必要がある事を強調する。彼は非常に練り上げられた言葉でこの點を明らかにした――「景を抱く者は咸く叩き、響きを懷く者は畢く彈ず（凡そ形のあるものは全てその實體を究め盡くし、音聲を發するもの全べてその音色を探り出す）」と言うのがそれである。この語は構想に於ける言葉と意圖との關係を解決する原則としてよい。執筆の最中には、意圖が對象に沿わなかったり、表現が意圖を巧く表わせないといった現象がしばしば起こるものだが、それらの大半は構想の不明確と表現の不確實さから引き起こされる事に由る。陸機の所謂「景を抱く者は咸く叩く」とは、心に浮かんだばかりのアイデアを慌てて書き付けてはならず、何度も反復し推敲して、構想の明確で透徹した表現に至らしめなければならない事を言うのである。また所謂「響きを懷く者は畢く彈ず」とは、最も適切な文辭で文意を表現しなければならない事を説明するのである。構想の中で醞釀されたアイデアはしばしば曖昧なまま多くの類義語と一緒に纏わり合っているものであって、その中から最も適切なものを選び出してアイデアを表現しようとすれば、それは琴のそれぞれの弦を彈いてみてその中から最も適切な音色を探し出すようなものなのである。

三、陸機は、想像過程全體は、例外なく隱れたものが露わになるものであり、朦朧としたものが次第に明晰になるものだと考えた。よって、作家は創作過程に於いて不可避的に「初めには燥吻に躑躅し、終わりには濡翰に流離す（初めのうちは口中で言葉がもたもたと難澁しているが、やがて終わりには水莖の跡もなめらかにどんどんと筆が進む）」という難から易への段階を經過する事になる。しかしながら、藝術の思惟活動は極めて複雜な心理現象であって、作家はいつも相異なる情況に出くわすはずであり、因って想像力を巡らす過程でも、「或いは妥帖して施し易き（或る時は措辭がすっきりとうまく調和する）」時もあれば、「或いは岨峿として安からず（或る時はぎくしゃくして落ちつかない）」ときもあるのだ。前者の情況であれば、作家は心のままに筆が進み、「觚を操りて以て率爾たり（木簡を執るや一氣呵成に書き上げる）」のだけれども、後者の場合は、作家が大いに取り扱いに苦心しても、やはり

「毫を含んで邈然たり（筆をくわえたままぼんやりと時を過ごす）」という事になる。

以上、陸機が明らかにした想像活動は、既に文章制作の構想の利鈍と感應の善し悪しという問題に關係しており、從って、彼の感興説とも既にある程度の關聯を持つ。「文賦」の中には、更に一節の文章があって、また創作過程に於いて現われる複雑な現象を語っている。彼は、以下のような情況を述べる――「或いは苕のごとく發び穎のごとく豎ち、衆を離れて絶致あり。形は逐う可からず、響きは繫ぐことを爲し難し。塊として孤立して特り峙ち、常音の緯する所に非ず。心は牢落して偶無く、意は徘徊して揥つる能わず。石は玉を韞んで山輝き、水は珠を懷いて川媚し。彼の榛楛も翦ること勿かれ、亦た榮を集翠に蒙る。下里を白雪に綴るも、吾亦た夫の偉とする所を濟す（ある句は葦や稻の穂のようにすっくと伸びて、他の多くの句々と掛け離れたすばらしい趣を見せる。そのありさまはちょうど追っても追えない影、捕らえようとしても捕らえられない音のようだ。だが、そうした秀句は孤獨であり、ひとりぼっちぽつねんと高く聳え立ち、尋常の語句の中には立ち交れない。虚ろな氣持ちのままに仲間も見出せず、あれこれと思い躊躇うがさりとて捨てるには惜しい。しかし、石ころの中に寶石が隠れていれば山全體が輝きを放ち、水底に眞珠が潛んでいれば川は自然と光彩を發するというではないか。たとえ雜木だとて切ってはならぬ、それらが集まれば鬱蒼と緑を滴らせるのだから。低俗な下里巴人の曲が陽春白雪の曲と一緒に奏されたって立派な見せ場はちゃんと出來るはずなのだ）」。この文章は想像力と感興とを關聯させて一緒に説明するものである。陸機は、周圍に拔きんでてすばらしい趣を見せる草木の萌芽に因って、構想の過程で心の中に突然わき起こった見事なイメージを形容する。このような感應の機會が如何ようにして生まれたかに關しては明快ではない。そのイメージは、影ばかりあってその實體が見えず、音だけありながらその木靈が付いて來ないようなものであって、それだけで單獨にそそり立ち、全く對應するものがないようになる。しかしながら、それが作品の中に組み込まれると、まるで岩の中に祕められた美玉が山なみ全體を光り輝かせ、川の中に沈む眞珠が川の水全體を艶やかにするようなものなのである。「榛楛も翦ること勿かれ」とは「苕のごとく發し穎のごとく豎つ」に對應させて提示されたものだ。この文章から、陸機が、徹底的に文章に手を入れ、苦心して修辭を磨き上げ、完全に自然の活力を切り捨ててしまう凡俗な修辭學に反對していた事を見て取る事ができ、これはなかなかの見識である。魯迅は嘗て『題未定草』の中で陸機のこの文章を引用した事があって[1]、魯迅は、「榛楛も翦ること勿かれ（雜木だとて切ってはならぬ）」、それでこそ始めて「深山幽谷」を顯示し得て、作品に雄渾で自然な雰圍氣を賦與し得る、と考えたのだ。

　しかし、陸機の感興説は「文賦」篇末に至って漸く表面に現われてくる。陸機は言う――「若し夫れ應感の會、通塞の紀は、來たりて遏む可からず、去りて止む可からず、藏るること景の滅ゆるが若く、行くこと猶お響きの起こるが如し。天機の駿利に方りては、夫れ何ぞ紛として理まらざる。思風は胸臆に發し、言泉は唇歯に流る、紛威蕤として以て駁遝たり、唯毫素の擬する所なり。文は徽徽として以て眼に溢れ、音は冷冷として耳に盈つ。其の六情底滯して、志往き神留まるに及んでは、兀として枯木の如く、豁として涸流の若し、營魂を攬りて以て賾を探り、精爽を頓めて自ら求むるも、理は翳翳として愈いよ伏し、思いは軋軋として其れ抽ずるが若し。是の故に或いは情を竭して悔い多く、或いは意に率って尤め寡なし。茲の物の我に在りと雖も、余が力の勠わする所に非ず。故に時に空懷を撫して自ら惋み、吾未だ夫の開塞の由る所を識らず（靈感の奇しき訪れ、思考作用の微妙な働きについて考えてみると、閃きは抗し難い勢いで押し寄せては、留め難い速さで引いてゆく。影が隱れたかと思うと、響きが起こるように湧き上がる。精神が本來あるがまま圓滑に働いている時、思念はなんと混沌として姿を現わすことか。構想は風の如く胸中に吹き起こり、言葉は泉の如く唇を突いて流れ出す。多彩にまた活發に着想が生まれて、ただ筆と紙を用いて書き付けるのを待つばかりだ。文辭は鮮やかな光彩を放って眼に溢れ、音聲は清々しい響きを耳いっぱいに廣げる。一方精神の活動が停滞すると、氣持ちは逸っても頭は回轉せず、枯れ木のように干からび、干上った川のように空しい狀態に落ち込む。魂を驅り立てて深奧を探索し、精神を凝らして獨り可能性を求めるが、論理は一層暗く沈潛してゆくばかりだし、思考は滯って引き出そうとしてもなかなか出てこない。かくして、心情を傾け盡くしながら多くの悔いが殘ったり、思いつくままに書き流しながらたいした缺陷もなかったりするものだ。文章は作者自身の内部から生み出されるものではあっても、自分の力ではどうしようもないところがある。だから時々私は虛な胸に手を置いて考え込んでしまう、思考はいったい何が原因で働いたり滯ったりするのか私には分らないのだ)」と。

ここでは、みごとな言語表現に據って「感應の會、開塞の紀（感興が湧き上がる瞬間、構想が行き詰まる時）」という二種の相反する情況を生き生きと描き出している。陸機が描いた現象は確實に創作活動の中に存在し、凡そ創作の實踐に長年攜わってきた人ならば、その多くが自分の經驗に照らして納得できるはずである。當然、今日でも思惟活動、とりわけ藝術的思惟の心理活動の神祕に關しては、未だ完全には明らかにされてはいないのだから、このような現象について、僅かな時間に完全な說明を付ける事はやはり難しい。陸機は「吾未だ夫の開塞の由る所を識らず（思考はいったい何が原因で働いたり滯ったりするのか、私には分らないのだ）」と認めている。彼がこの問題について解答を與えられなかったのは確實で、僅かに實際の經驗に基づき、作家が創作過程に入って後、しばしば出會う二つの情況、つまり或る時には「天機の駿利（精神が本來あるがまま圓滑に働く）」情況、或る時には「六情の底滯（精神の活動が停滯する）」情況を提示するばかりである。なぜこのように相異なる情況が形成される可能性があるのか、その理由については、陸機は決して作家の主觀的な念願にあるとは考えていなかった。彼の所謂「茲の物の我に在りと雖も、余が力の勠わする所に非ず（文章は作者自身の内部から生み出されるものではあっても、自分の力ではどうしようもない）」とは、文章構想が巧く進んだり滯ったりする事、感興が湧き上がったり消えてしまったりする事は、確かにいずれも作家の構想活動の中から具體的に現われてくるのだけれども、しかし決して本人の意志に左右されるものではない、と言うのである。我々はこの見解の奥深さに納得するはずだ。創作に攜わる人であれば、誰でも創作の激情が迸り、表現すべき内容がはっきりと思い浮かぶ境地、つまり陸機が形容したような「思風は胸臆に發し、言泉は唇齒に流る（構想は風の如く胸中に吹き起こり、言葉は泉の如く唇を突いて流れ出す）」狀態を願うであろう。しかし、單に作家の意志だけではこのような境地を引き寄せる事はできず、實際の情況は常に作家の願いとは裏腹に、陸機が形容した「理は翳翳として愈いよ伏し、思いは軋軋として其れ抽ずるが若し（論理は一層暗く沈潜してゆくばかりだし、思考は滞って引き出そうとしてもなかなか出てこない）」といった「六情底滯（情感が滯る）」狀態に落ち入ってしまうはずである。陸機はこのような情況を見事に言い表わしている。

大體のところ、陸機が言う「天機の駿利」とは、事實上イメージの構成と巧みな表現が輕快圓滑に進められることを言うのだ。まず、イメージの構成の點から説明すれば、作家が想像力を巡らせる時、先ずは彼が自分の外に在る材料の中から補捉してきた對象に藝術的な意義が本當にあるかどうかを決める事になる。もし、その對象と作家の愛憎とがぴったりと融合し、しかも作家の熟知したものであれば、作家の記憶の中から豊富な連想を呼び起こす事ができ、そうなれば、それは作家の想像力を湧き上がらせる活力となり、作家に易々と構想計畫を實現させ、この時、作家は創作の激情を迸らせるはずである。しかし、一般的な情況では、作家はしばしばかりそめのベールに覆われており、たとえ作家自身が自己の思想や感情の導きに從っていると思っていても、その愛憎は表面的なものであり、確乎としたものではなく、ただ單に頭に血が上ったばかりの一時の衝動に過ぎなかったり、或いは作家の摑んだ對象には藝術的な意義がなかったり、或いは作家がその對象を本當には良く理解していなかったりすると、ちょうど發芽しない種子を撒いてしまったように、自分の心の中でその對象に生命を持たせる事ができないのだ。こんな時には、たとえ作家が思索を深め熟慮を盡くして、全精力を構想に打ち込んでも、彼の思考活動は依然として活性化できず、逆に「兀として枯木の如く、豁として涸流の若し（枯れ木のように干からび、干上がった川のように空しい狀態に落ち込む）」という停滯した狀態に陥る事になってしまう。次に、表現技巧について述べれば、作家に創作の激情が迸り出る時、各種のすばらしいイメージ、躍動する言語が、全く自然に筆先からすらすらと流れ出て、陸機の所謂「紛威蕤として以て駁遝たり、唯毫素の擬する所なり（多彩にまた活發に着想が生まれて、ただ筆と紙を用いて書き付けるのを待つばかり）」という現象が起こる。この時、作家の主體はまるで客體である對象の內容を傳達する器官となってしまったかのように、完全に我が手中にある筆の進むままに從ってしまうのだ。陸機が說明できなかったこの情況に對して、我々は試みに藝術的思惟の特徵から說明を加えてみたい。一般には、一種の誤った見解があって、藝術的表現とは抽象的な概念を具體的な形象に翻譯するものだ、と考えている。しかし、實際は全くその逆なのであって、藝術的表現は作家の直接的な要求であり、自然な推進力なのであり、形象に據る表現という方法は、當然正に作家の感受と知覺の方法でなければならない。このような感受と知覺は、作家が長い年月を重ねて大量にその記憶の中に蓄積したものであり、因って創作過程に一旦入ってしまえば、それらは意圖して呼びだす必要もなく、自然に筆の下へと集まってくるのである。もし形象表現の仕方が、作家の平常の感受と知覺の仕方ではないとすれば、その時は、作家は創作過程に入るや、その時になって考え込まざるを得ず、概念を形象に翻譯し續ける事に追われて、その無味乾燥な機械的作業の中にはまり込んでしまい、これでは作家に創作の喜びがもたらされるはずはない。このような時、我々は前人が述べた「制作の勞苦が始まる時は、藝術が停止してしまった時に他ならないのだ」という言葉を引用しても構うまい。

注

(1) 魯迅『題未定草』、『且介亭雜文二集』題未定草八に見える言葉。

〔附錄二〕 創作行爲の意識性と無意識性

ベリンスキイは「創作の直接性」について專門に論述した事はないが、しかし、彼は「ゴーゴリの長編詩『死せる魂』に因って引き起こされた解釋に對する解釋」という文章の中で、この問題に論及した事がある。「創作の直接性」という概念に關して、ベリンスキイは固定的な術語を使ったわけではなく、論じ方も一樣ではない。同じ文章の中でも、彼は時に簡略して「創作行爲」と稱したり、時にまた「直接創作の能力」とか「直接創作の自然力」等と稱する事がある。同時に、ベリンスキイはこの概念について明確な定義をしていたわけでもなかった。彼の說明の中から、我々が概ね歸納する事ができるのは、以下のような幾つかの內容である。第一に、創作の直接性とは、作家の側からすれば、「一種の偉大な力であり、ちょうど數學に於ける抽象的な臨機應變の智惠のようである」と彼は考えていた事。第二に、創作の直接性を身に付けている作家は、その生活の全ての豐かさの中にある如何なる事物をも、最も精細な特徵と共にまるまる再現する才能を具有していると彼は考えていた事。第三に、直接創作の能力を持っていなければ、詩人たり得ないのだと彼は考えていた事。因って、創作の直接性は作家が必ず具備しなければならない條件なのである。實際のところ、ベリンスキイの述べる創作の直接性もまた、思索を借りる事なしに自然に筆が進むという創作の過程に現われる直接描寫の現象なのだ。それは異常にして複雜で、非常に困難な閒接的過程を經ながら、創作する時になると直接的に現われてくるという熟練の才能なのである。

もし、創作過程の中にこのような創作の直接性が存在する事を認めるのならば、直ちにもう一つの問題が生まれてくるはずである。それは、創作とは詰まるところ意識的なものなのか、それとも無意識的なものなのか、という問題である。この問題に於いて、ベリンスキイは「創作とは無目的でもありまた有目的でもあり、無意識的でもありまた意識的でもあり、依存するものを持たないものでもありまた持つものでもある。これこそがその基本法則である」と言った。彼の所謂、創作が無意識的でありまた意識的でもある、と言うのは、「詩人の創作中、詩人が詩の象徴の中である概念を表現しようとするのは、彼が目的を持っているからであり、また意識的に行動しているからだ。しかし、概念の選擇であろうと或いはその發展であろうと、それらは皆詩人の理性に由って統治された意志に依存するのではないのだから、彼の行動は無目的なものであり無意識的なものでもある」からである。ここでは藝術を規定して、「意識的でありまた無意識的である」行爲だとしているが、その意味には以下に述べる幾種かの情況が含まれている。

まず一つの情況――作家は意識的に彼自身の一定の意圖に照らして創作を進めるものだが、しかし創作の行程に於いて、しばしば彼は從來の目的を踏み外してしまい、書き始める前には豫想もしなかった結果に至る事が起こるはずである。最も突出した例は、チェーホフの『かわいい息子』である。トルストイは、嘗て『舊約聖書』民數記の中の「私はあなたに我が仇敵を呪わせようとしたのに、なんとあなたは彼らを祝福してしまった」という言葉を引いて、チェーホフがこの短編小説に於いてそもそもは登場人物を厳しく責めるつもりであったのに、圖らずもその後初志を裏切り、彼女に同情と哀れみを寄せる事になっていると、説明した。當然ながらこれは一つの極端な例だ。更に多いのは、ハイネがセルバンティスの『ドン・キホーテ』を論じる時述べたように、「一人の天才のペンは本來彼自身よりも偉大なものだ。ペンは作者が考えていた目的を大きく越えて廣がってゆこうとする」というような情況だろう。

これもまた今日の文藝理論において時折見かける「形象は思想よりも大きい」という視點に他ならない。現實とは最も頑强なものであって、作家の創作實踐は必ずこの現實の生活に從わねばならず、それに背く事はできないのだが、主題がまずでき上がれば、豫め決まっている主觀的な意圖に從って現實の生活を意圖的に歪曲する事になる。作家は意識的に既定の目的に從って創作を進めるものだけれども、しかし作家が創作を進めていて、最初に芽生えた創作意圖と現實の生活とが抵觸或いは矛盾する事に氣付いた時、もし作家が現實を藝術の本源と見做すならば、元來の創作意圖の方を修正して、改めて新しく作品の主題思想を確定するはずである。この意味に於いて、主題となる思想は、一度で決まりというわけではないのだ。作家が創作の過程に入って後でも、現實生活に對する認識は常に依然として繼續進行し、だんだんと深化してゆくのである。

しかしながら、もう一つの情況――よく言われるように、バルザックがその作品の中で「彼の階級的同情と政治的偏見に背かざるを得なかった」情況である。これは創作行爲の無意識的表現とする事ができるものではあるまいか。バルザックの作品を子細に檢討しさえすれば、バルザックの世界觀と藝術的方法の閒にはある程度に矛盾の存在を見出すことができる。以前、ソ連のラップ派はこの矛盾を否定したし、[1]中國の「主題先行論」と「形象圖解論」もこの矛盾を認めなかった。[2]しかしながら、もし理論的思惟を特徵とする科學的論著の中ですらたまたま體系と方法との閒に不一致が生じ、原則とその原則の運用との閒に格差が生じたならば、その時には藝術作品の中で更に世界觀と藝術的方法との閒に矛盾が生まれてくる可能性がある。けれども、かくの如き藝術家は必ず藝術に忠實であり、少しも手を緩めず眞理を追究しなければならない。

ロシアの社會思想家チェルヌイシェフスキイは、嘗てドイツの古典哲學者の進步の原則を以下のように敍述した。――「眞理――それは思惟の最高の目的である。眞理を尋ね求めよ、なぜならば幸福は眞理の中にあるからであり、たとえそれが如何なる眞理であるにせよ、それは一切の眞實ならざるものに比べてより良いものなのだ。思想家の第一の責任とは、如何なる結果を前にしても勝手に讓步してはならない事だ。思想家は當然眞理のために自分の最も心から愛する主張を犧牲にしなければならない。迷妄は全ての破滅の原因である。眞理は最高の幸福であり、その他の一切の幸福の來源でもある」（『ロシア文學のゴーゴリ時代概觀』第六篇）と。古典經濟學者がまだ後世の凡俗な經濟學者の如くには、完全には偏見の中に陷ってはいない頃、彼らは「利害關係を越えた研究」や「何の束縛もない科學研究」を進める事ができた。これもまた、バルザックがどうしてたまたま作品の中で彼の政治的な偏見に背いたのかを同様に説明し得るものであろう。

しかしながら、ベリンスキイが創作は意識的でありまた無意識的でもあると言ったのは、主に以下のような情況を指していたのである——卽ち、ゴンチャローフ(3)が彼の創作經驗談の中で指摘した、「知力が策定する主要な進行過程や筋書きの中で、また想像力に據って作り上げられた人物の面前で、恰もごく自然に勢いに乘じて場面や細部が湧き上がり、ペンもほとんど作文に追い付かないくらいになってしまう」（「遲作は書かないよりもましだ」）と言う狀態である。これら、理性による推敲や修練、固定された尺度に從った裁斷や裁縫、豫めじっくりと考慮されていた周密な處置などに據ることなく、全く自然に作家の筆の下から湧き出る場面と細部は、恰も臨機應變の才智と數學者の運算との關係、熟練された技巧と音樂家の卽興的演奏との關係、情緒的記憶が演技者に提供する激情的演技と同じである。我々はこの意味に基づいて、ベリンスキイの所謂「創作の直接性」を理解するのである。ゴンチャローフが述べた彼の創作經驗談の中で述べた事も、正にこのような創作現象を明らかにしているのだ。彼はベリンスキイが死んで三十年以上の後も、尙この民主主義の代表人物を崇拜し續けている。しかしながら、同時に彼のベリンスキイの文學主張に對する理解が、ある幾つかの點では不正確なものであった事も見落としてはならない。彼は創作行爲を截然と「意識的」と「無意識的」との二種類に分け、後者こそが文學創作の本筋であると斷言したのである。彼は全く節度を越えて「藝術的本能」を過大視し、形象思惟（思想内容を形象化する思考）をこう解釋している。それは「藝術家本人でも見えないもので、ある時代の生活が作った本能を筆が形態化することである……ちょうどここでは觀察力に據っては尙捕まえられず目で見る事もできない細い絲目が機能を發揮しているようであって、ある人はこれを、非物質的な力の精神的融合（また抽象的な力の融合のように）に據って噴出する流れが機能を發揮している、と言う」。彼は更に、「ベリンスキイは公正に藝術的本能に巨大な意義を賦與した」と斷言してもいる。このような斷言は、ゴンチャローフが彼自身の好む觀念をベリンスキイの上に託した、としか言いようがない。

ベリンスキイの言おうとした基本的な意見はこのようなものではなかった。彼はただ創作行爲が「意識的でありまた無意識的でもある」と言っただけなのであって、決して創作が藝術的本能に基づくものであり、無意識な活動だ、と斷言してはいない。逆に、ベリンスキイが創作の直接性を論じる時には、次のように何度も指摘しているのだ――「詩人の偉大性を計る尺度は創作行爲にあるのではなく、一般的な概念にあるのだ」――「直接的な創作という自然な力以外に、更に博い知識が求められ、現代世界に對應して前に向かって疾驅する精神生活に在って始終倦まずたゆまず追求し續ける知性の發展に基礎を置く」――「シェークスピアについて論じる時、もし彼の比類なき精確さと迫眞力を以て一切を表現する才能ばかりを鑑賞して、創作への理性が彼に賦與した幻想的なイメージの價値と意義に驚嘆しないのであれば、非常に不思議な事である。一人の畫家にとって、當然ながら、その偉大な長所は自在な筆の運びと色彩を操る才能にあるのだが、しかし、ただこの才能に依存するだけでは、尙偉大な畫家とはなり得ない。概念・内容・創作への理性――これらこそ偉大な藝術家を計る尺度なのである」（以上は共に「ゴーゴリーの長編詩『死せる魂』に據って引き起こされた解釋の解釋」からの引用）。このような見解からどうして「ベリンスキイは公正に藝術的本能の巨大な意義を賦與した」ことを證明できるだろうか。ベリンスキイがこの文章を書いた目的は、正に當時のロシアスラブ派の批評家アクサーコフ[4]がゴーゴリーの創作行爲を大げさに論じて「あらゆる敍事詩の直感を抱擁している」と言った事に對しての批判にこそあったのである。ベリンスキイは、毫も制限される事なく勝手氣儘に直接創作する自然の能力は、しばしば作者を分かれ道へと誘い込む可能性があり、甚だしきに至っては優秀な作家に自分自身を裏切らせる可能性すらある、と指摘している。彼は『死せる魂』の中でチチコフが死んだ農夫の名票を調べて購入しようとする件を擧げた時、ロシアの庶民の生活に想いを致し、これが詐欺師である買い手のチチコフの身分にはふさわしくないと考え、作者が「强引に彼（チチコフ）に、當然作者本人に由って語られねばならない言葉を語らせた」ものに過ぎない事は明らかだと言う。我々は當然ベリンスキイの『死せる魂』の缺點及びこの缺點を形成した理由についての指摘は、非常に見識のあるものだと認めなければならないであろう。

この他に、ベリンスキイは更にアクサーコフが述べた「ゴーゴリの敍事詩の直感的純粹性は古代的であり、誠實で、ホーマーのようである」といった類の誇大な發言に對しても、批判を進めている。アクサーコフは、彼が習慣的に用いる大言壯語をもって、先のように述べた後で、『死せる魂』第二部がロシアの社會生活の更に豊かな內容を表現描寫するであろう事を示唆していた。彼の根據は何であったか。それはつまりゴーゴリ本人が豫告した『死せる魂』の次の一部が、「ロシア精神の無限の豊かさ」を描出して、「一人の男子が神のような特徵と德性を持って我々の方に向かって來る、或いはロシアのすばらしい娘が、女性の持つ全ての美を持ち、滿ちあふれる高尙な努力に由って、甘んじて偉大な犧牲となる、このような男女は全世界に二人とは見當たらない。他の民族の中にいるどんな有德な男女であれ、その面前では色褪せ、その姿も消え入ってしまう事、恰も死んだ文學が生きた言葉に巡り會ったように」と言っているからである。この言葉は正にスラブ派のアクサーコフの氣持ちにピッタリと當てはまるものだった。ベリンスキイはアクサーコフがゴーゴリの弱點を利用してスラブ主義を鼓吹した妄論に對し、義憤で一杯になったのである。彼は、ゴーゴリが先掲の話の中で、「約束したものは餘りに多すぎる、多すぎてどうやってこの約束を履行すればよいのか分からなくなる。なぜならば、世上にはこれらのものが在ったためしがないのだから。心配なのは、『死せる魂』第一部の中の一切は喜劇的なものであり、どんなことがあってもやはり眞の悲劇に變わらせてはならないのだ。しかし、その他の兩部は、悲劇性を示しており、喜劇的なものにしてはならない」と述べている事を鋭く指摘する。ゴーゴリが『死せる魂』第二部の中で「ロシア精神の無限の豊かさ」を表現しようとするのだと豫言した點について、ベリンスキイは、「民族の實質は、ただ理性に由って緣取られた輪郭の中にのみ存在するのであって、言い換ればそれが肯定的實際的なものであり、推測的推量的なものでない場合」にこそ、初めて作家の描寫の對象になり得るのだ、と言うのである。これらの言葉は、皆ゴーゴリが『死せる魂』第二部を書く以前に述べたものである。その後、ベリンスキイの言葉が不幸にも當たっていた事を實際の出來事が證明する。ゴーゴリは結局彼の第二部の原稿を自ら焼き捨ててしまったのだった。

しかしながら、ここでもう一歩踏み込まねばならない。先に述べた創作の直接性の最後の情況、つまりゴンチャローフが述べた、「知力が策定する主要な進行過程や筋書きの中で、想像力に據って作り上げられた人物の面前で、恰もごく自然に勢いに乘じて場面や細部が湧き上がり、ペンもほとんど作文に追い付かないくらいになってしまう」という視點に據って見れば、創作行爲というものはいったい意識的なのだろうかそれとも無意識的なものなのだろうか。この問題に關して、このように答える事ができるだろう――作家の筆の下にごく自然に湧き出したその瞬間について言えば、それは無意識的なものだ。しかし、それが作家の經驗の中に存在し、作家の記憶の倉庫に積み重なっている時には、それは作家の經驗と記憶の外にある財産ではない。作家は經驗の中に無いものを書く事はできない。それは

作家が長い生活實踐の中で蓄えた蓄積であり、作家の日々の努力に據るものなのである。(5)

注

（1）ソ連のラップ、舊ソ連の文學結社「ロシア無產階級作家連盟」の簡稱。一九二五年の成立。哲學的認識論に基づく創作を提唱し、ソ連共產黨の後ろ盾を得て、文藝作品に哲學的觀念と黨の政策の圖解を求めたが、一九三二年にその排他性を黨より批判され解散。

（2）「主題先行論」は、文化大革命の頃四人組が主張したもので、主題を先に決め、人物形象をその主題に合せて作るというもの。

（3）ゴンチャローフ、ゴンチャローフ（一八一二―九一）長編小說『オブローモフ』で有名な作家。

（4）アクサーコフ、アクサーコフ・コンスタンチン（一八一七―六〇）ロシアの評論家、歷史家でスラブ主義者として活躍。ロシアの農村共同體を美化した。

（5）原注、本分に引用したベリンスキイの言葉は滿濤の譯文に據る。

第三部　『文心雕龍』に關する諸論説

一、一九八三年日本九州大學での講演(1)

まず初めに、『文心雕龍』が生まれた時代背景と時代思潮について話す事にします。

魏晉南北朝の時代は文學の自覺の時代だと言われています。中國では、魯迅氏が最も早くこの説を出しました。しかし、恐らく魯迅以前、鈴木虎雄氏が既にこの説を出していたのではないかという日本の學者の話を聞いた事があります。兩漢以來、文學の發展を束縛し硬直させ滯らせ杓子定規のものとしてしまった儒家一尊という情況は、この時代に打ち破られたのであります。當時、中國は分裂の狀態にあり、戰が續き、社會は混亂していましたが、學術の面では、眩いほどの成果を輝かせていたのです。この時代が文學自覺の時代なのですが、そう簡單に言ってしまえるものではありません。例を擧げて説明する事にしましょう。それまでの歷史書の中では、文・史・哲等の各種の學問分野に明確な境界線が引かれる事はありませんでした。因って、文士というものは皆「儒林傳」の中に入れられる事になります。私の記憶では、劉宋時代になって、歷史書の中に漸く「文苑傳」または「文學傳」というものが現われ、文學を經學・史學等から區分し始めます。これなどは、文學の自覺時代である事を示す一例だと言ってよいでしょう。

魏晉南北朝時代は、學術には活發な雰圍氣があり、かなり自由に研究や議論を進められる環境がありましたから、當時は各種異なる學説と思想流派が出現しています。そのころ南朝・北朝の學風には違いがあり、北方では儒學が重んじられ、南方で最も大きな影響を持ったものは佛教學でした。佛教學は後漢末に中國に傳えられました。魏晉南北朝の時代になると、玄學・儒學・佛教學の鼎立時代ができ上がり、大いに榮えました。當時、名僧が輩出し、たくさんの佛教經典が翻譯されました。彼らは、單に佛教書の面で大きな貢獻をしたばかりではなく、佛教理論にも優れていまして、皆、佛法を隆盛に導いた立派な僧侶であります。鳩摩羅什・慧遠・道安・僧肇などはその中でも特に優れたものと言えるでしょう。これらの名僧は皆多くの學識のある佛教學者でありました。當時佛教經典を翻譯するために、譯場と呼ばれたところでは、集團の力を統合し、綿密な組織的活動で翻譯を進めたのです。今日から見ても、當時の佛典翻譯の仕事は極めて誠實で眞摯な態度で進められていました。例えば、こんな話が殘っています。翻譯者の一人鳩摩羅什は衆人の前で誓いを立て、「もしこの翻譯に間違いがなかったならば、たとえ體が燒かれようとも、この舌は燒かれず殘るであろう」と宣言したのですが、死後火葬に付されたときには、果たして生前の誓いの通りだったと言う事です。勿論これは傳說に過ぎません。けれども、當時の佛典翻譯に於ける些かも疎かにしない嚴肅な精神がそこに顯われています。佛典をちゃんと翻譯しなければならないところから、この時期には文學を翻譯する理論もこれに伴って起こってきました。その中には見事な視點がたくさんあります。以下に幾つかの例を擧げましょう。當時の翻譯理論では文章を翻譯する時の文・質の問題に檢討が及んでいました。文・質というこの二つの概念は、孔子が最も早く述べていたものです。しかしながら孔子が述べた文・質は禮學規範の意味に於いて示されたものでした。當時の佛典の翻譯者は、この文・質概念を借りてきまして、更に發展させ、改變を加えて、佛典翻譯理論に應用して、文學を翻譯する時の重要な論題の一つとしたのです。當時の『梁僧傳』及び『出三藏記』にはこれに關する記錄がたくさん殘っています。考えますに、劉勰が述べた文・質の觀點は、恐らくこの文學を翻譯する時の文・質に關する議論とある程度の繫がりがあります。當時文學の翻譯に於いて、とても見識のある言葉が殘されています。例えば、道安が『比丘大戒序』の中で擧げた「葡萄酒に水を加える」の論があります。つまり、佛典を翻譯する時、面倒を避けて簡略にしてしまう事をばかりを考えて、もし通俗的で解り易くするために餘計な言葉を加えるようでは、それは正に葡萄酒の中に水を加えるようなもので、薄められ味がなくなってしまうという意味です。彼はこのような翻譯ではだめだというのです。鳩摩羅什も見事な意見を表わしています。例えば、彼は「咀嚼したものを人に與えるのでは、無駄に嘔吐を催させるだけだ」という譬えをしています。鳩摩羅什は、譯文は必ずや眞實そのままを傳えねばならず、譯者に由って咀嚼し盡くされてしまったものを示すのでは駄目で、そんなことでは人々から吐き出されてしまうのがおちだ、と言うのです。私はこの言葉は、恐らく今日でも現實的な意義を持つものだと思います。文學は專ら讀者自身の想像を導き、讀者自身の思考を導くものです。もし、作者が讀者の手間を省くため、自分の想像と思考を讀者自身の想像と思考に置き換えて、明々白々で何の味わいもない文章を意圖的に書くとすれば、そんな文章に意味はありません。『文心雕龍』の撰者劉勰は夙に「風物の形容が盡きた後も尙餘情が殘るのは、この通變の方法をよく心得た作家の手腕なのである」と言っていますが、これも文章は必ずや味わいが盡きないものでなければならないと説くものです。思想とは他人に代わってもらえるものではない事を知らねばなりません。咬んで含めるようでは、讀者の想像力を惰性に導くばかりなのです。

魏晉南北朝の時代は、儒・佛・道・玄の諸家が竝んで流行していました。當時この各家は互いに吸收し合い、互いに融合し合うと共に、また互いに排斥し合い、互いに攻擊し極めて複雜に錯綜した狀態となっていました。このような情況は劉勰が僧佑を助けて編集した『弘明集』の中にはっきりと見る事ができます。當時、佛教學の大量の傳入に加え、かなり深い研究が行われた事は、中國の學術にある程度の影響を產み、中國に新しい學派を出現させました。これが卽ち玄學です。玄學は、そこで語られる『老子』『莊子』『周易』の書を指して三玄と呼ばれたとはいうものの、しかし佛教學との關係は非常に大きなものがありました。當時の多くの名士の中で玄學から佛教學へと入っていった者はたくさんいましたし、多くの名僧がまたしばしば玄學家でもあったのです。このような情況に於いて、玄學・佛教學を共に用いるという思潮が生まれました。當時ではこのような思潮が學術思想に於いてほとんど支配的な地位を占めていたのです。私には、玄學が當時に出現した事は以下の幾つかの意義があると思われます。

第一に、玄學は中國の思辨思惟を發達させ始めました。それまで中國の思辨思惟は發達していなかったのです。ヘーゲルは嘗て中國の文化とインドを比較し、『哲學史講演錄』の中でこう言っていました。インドの史詩は非常に發達しているが、その史學はかなり遅れている。數百年前に遡るだけで、彼らの歴史記載はもう混亂し滿足なものではなくなってしまう。しかし、中國の史學は何千年も途絶える事が無かった、これはなかなか見る事のできない奇跡と言ってもよいだろう、と。哲學の面では、ヘーゲルは孔子の學説を一種の道德的箴言としてしか認めることができず、嚴格に述べれば、本當の哲學と呼ぶ事はできないと考えていました。勿論ヘーゲルのこのような發言には偏りがあるでしょう。ヘーゲルは漢語には詳しくなく、そのころ翻譯を通じて孔子・老子・『周易』を研究していたのです。實際のところ、中國では先秦以來、たくさんの名辨家(2)がおりました。鄧析子から始まって後期の墨學に至るまで、豐かな內容を持っていたのです。後期墨家の名著『墨經』或いは晉の魯勝之に由って『墨辨』と呼ばれるこの書籍は、先秦以來の名辨學家の集大成であると言ってよいでしょう。しかし、我々はこの書に對してあまり注意してきませんでした。最近の中國では僅かに數人がこれを研究しているに過ぎません。數日前、日本の書店で日本人の學者の書いた『墨辨』研究の著作を見まして、私は非常に嬉しく思った次第でした。まあ、ヘーゲルが中國の思辨思考が發達しなかったと言ったのには、やはりそれなりの理由があったのではないでしょうか。

玄學の最大の特徵は、思辨思惟を發達させ始めた事です。玄學家は本體論の問題を研究し、體(本質)と用(作用・顯われ)との關係問題を研究し、純抽象的な哲學領域に入り込みました。たとえ玄學の中に些か不健康なものがあったとしても、しかし、玄學は我々の哲學の視野を擴大させましたし、哲學の內容を豐富にさせたのです。玄學は新しい概念と新しい範疇の體系を提起しましたし、たくさんの哲學上の新問題を提起しました。これについては、當時の王弼の『周易』が例となります。『周易』は儒家の五經の一つです。後漢までは、ずっと儒家がその注釋を作ってきました。後漢の鄭玄・馬融・更に荀氏（崧等）の人々が儒家の立場をしっかり守って『易』を解釋してきたのです。南北朝時代では、南朝一帶に行われていたのは王弼の『易注』でしたが、北方では漢儒の『易注』が行われていました。唐代になりますと、玄學を嚴しく批判する姿勢をとり始めます。その頃は、萎縮して退廢的な六朝文學を排斥し、儒家の道統へと復歸する古文運動が提唱されました。儒家の佛教批判論もたびたび出ています。唐では『五經正義』を定めました。その中に用いられているのは漢代儒學の注疏ですが、ただ『周易』だけは依然として王弼の注釋を使っています。漢代の學者の『易』注は終には衰えて、今に殘るのは李鼎祚がまとめた殘篇や斷章ばかりになってしまいました。この點からすれば、玄學に嚴しく反對した時期であっても、やはりある種の玄學の著作は、それ自身獨特の價値に因って保存され、決して完全には抹殺できるものではなかったのです。

次に、劉勰と玄學及び佛教との關係の問題について話そうと思います。現在、中國でも外國でも、日本でもそうでしょうが、『文心雕龍』の思想の主體が儒家思想にあるのではなく、佛教學の思想體系に屬すものだと考える方がいます。目加田誠先生(3)もこの問題に注意を向けていらっしゃいます事を知っていますので、日本の學者もこの問題について興味がある事が分かります。最近では、『文心雕龍』が玄學佛教學の影響を受けており、その思想は佛教學を主體とするものだと考える一部の學者がおります。私の考えるところでは、この視點は科學的な態度に因って爲されたものではありません。私はこのような方法をとりあえず類似語句對應法と呼ぶ事にしましょう。つまり、『文心雕龍』の中に些かの語彙を探し出し、當時の玄學佛教學の用語に對應させます。もし、玄學佛教學の著作の中に同じような語彙が見つかれば、それを主要な根據として、兩者の思想は一致すると斷言してしまうのです。このような形態の類似ばかりを追求する單純化された方法は、『文心雕龍』が玄學佛教學の思想を主體或いは骨組みとするのだと證明するのに十分なものではありません。なぜならば、異なった理論家・思想家たちの閒では、同一の概念或いは同一の名詞と述語を使いながらも、しばしば全く異なった意味を込めている事があるからです。しかし、この種の類似語句對應法は、最近一部の研究者の閒でしばしば流行しております。きちんと分別することなくでたらめに用いるために、甚だしい場合は玄學・佛教學に屬さない述語すら玄學佛教學の述語として見做しております。例えば、「佛道」の語を佛教家のそもそもの言葉に他ならずと考え、劉勰が『原道篇』で述べる「道」も佛道に他ならないとするのです。實際のところ、「佛道」というこの術語からしますと、これは『文心雕龍』が佛教學の影響を受けたというものではなく、逆に佛教學が最初に中國に傳わった時に殘された中國化の痕跡にほかならないのです。と言いますのは、最初に佛教學が傳わった時、その名詞に對應する言葉やそれにふさわしい述語によって翻譯する事はせずに、中國にもともと使われていた述語を以て佛教學の翻譯に用いたからであります。當時はこれを「格義」と呼びました。因って、中國に翻譯されて傳えられた早期の佛教書の中には、しばしば漢化された譯語を見かける事になるのです。例えば「菩提」は「道」と譯され、「涅槃」は「無爲」に、「比丘」は「除饉」に、「眞如」は「本無」に譯される等です。後になると翻譯の進歩に因って、佛教學派の言葉を漢化させてしまった弊害が矯正され、正しい翻譯に改められます。私が思いますに、今話題にした類似語句對應法は、たとえ上述のような亂暴な牽强附會がなくても、やはり一つの作品を貫く思想及びその思想體系について判斷を下すには不十分なものです。なぜならば、我々は作者が詰まるところこの同一の名詞に如何ような意味を與えたかを見なければならないからです。先秦の諸子はほとんど皆「道」という述語を使っていますが、しかしそれぞれの思想家の道に對する理解には大きな隔たりがあったのです。このような例はとても多くて、枚擧にいとまはありません。

思想家というものは彼以前或いは同時代のその他の思想家が殘した思想的資料から離れる事はできません。劉勰は、彼が生きた時代の人物ですから、彼もまた彼の時代の多くの思想的な資料を不可避的に利用せざるを得ない事になります。ですから、彼は儒家の典籍以外にも、佛教學派、道家派、玄學派の思想的な資料に對して、時には利用する事もあるのです。例えば、彼は『文心雕龍』の中で、その當時の玄學に有名だった命題、言葉は心意を表現し盡くせるかどうか（言意の辨）に言及しています。玄學家は、言葉は心意を全て表現する事はできないと考えました。所謂「言語道斷（言葉では言い表わせない）」、「心行路絶（心は表現されない）」というものが、玄學派が當時常用した論旨でした。しかし、劉勰は言葉は心意を盡くすものだと主張したのです。因って、劉勰は玄學家の思想的な資料を用い、玄學家が議論した論題を用いてはいますが、しかし彼はやはり儒學の觀點から出發しており、玄學とは主張を異にしています。『文心雕龍』の中で、言葉は心意を表現し盡くせるかという問題に對しては、表現し盡くせるとの主張を何度も明らかにしているのです。神思篇に「構想は思考から生まれ、言語はまた構想から生まれるわけで、三者の接觸が密であれば相互の關係は天衣無縫だが、反對に疏であれば三者の間には千里もの隔たりが生ずる」と述べている所などは、明らかな證據であります。この言葉からは、用語の使用に於いて一定の修養がある作家ならば、言葉と心意が「密であれば相互の關係は天衣無縫」に表現されて、完全に自己の思想や感情を言葉に據って表出できるのだということが分かります。更に物色篇で「（『詩經』の）〝皎《しろ》〟いお日さま、〝嘒〟な星と言った表現が、たった一言で本質を窮め盡くしているなら、〝參差〟・〝沃若〟などの措辭は、二字で物象の外形を完全に捉えている。これらはどれもできるだけ少ない言葉で多樣な現象を統括しており、心情・外形ともに描き盡くして餘蘊が無い」と言っているのもそうであります。ここでは『詩經』を例にして、『詩經』こそは言葉が心意を全て表現するお手本であると見做しているのです。このような例證から見ますと、劉勰は玄學・佛教學の幾種かの思想資料を用いておりますし、玄學の議論の論題を検討してはおりますが、彼の觀點はやはり儒家のそれを保持しているのです。當時は、玄學と佛教學はほとんど不可分なものでした。既に述べたように、玄・佛併用の思潮が形成されていたのです。劉勰は玄學の氣風には反對でした。『文心雕龍』には玄學の氣風に反對する言論がたくさん見られますが、これは正しく劉勰がその時代の玄學と佛教學を併用していた思想に對して攻撃的な態度を取っていた事を物語るものに他なりません。彼は明詩篇のなかで「東晉時代の作品は、老莊玄談の風に溺れ、まじめに世事に勵む事を嘲笑し、浮世離れの清談を煽り立てた」と言っています。彼はまた、『時序篇』で「詩といえば決って老莊思想の展開、賦を作れば莊子の注釋になってしまう有様である」と述べて、當時の盛んだった玄學の氣風に滿ちた詩賦を攻撃しています。これらは共に玄風への反感を示すものです。この他に、『文心雕龍』の程器篇からでも、劉勰が儒家思想をしっかりと守っている事を十分に證明する證據を探し出せます。

しかしながら、論者の中には劉勰が若い時に出家して、定林寺の僧佑の所に入ったという事を根據に、『文心雕龍』は佛教學の思想に屬するものだと斷言する人たちもいます。楊明照先生は「劉勰本傳箋注」の中で劉勰が若いころに寺に入ったのは彼が佛教を信じた爲だろうと考えています。けれども、『梁書』本傳の中では劉勰が若い頃「家は貧しく結婚しなかった」と述べています。當時の史書の記載に據れば、南朝では賦役が度重なり、多くの人々が耐えられなかったので、一般の人々は重い賦税や徭役を逃れるためには、往々にして寺に入るしかありませんでした。というのは、寺には特權があり、寺に入れば民間の戶籍から外れ、政府への納税や服役から逃れられるからです。この點については、『魏書』釋老志・『南史』齊東昏侯本紀・『弘明集』與僚屬沙汰僧衆教等に掲載されるかなり詳しい記載に明らかなので、そちらを見てください。また、劉勰は最初から在家のままで寺に入っており、決して出家はしていないのですから、これは當然注意する必要があります。この事は、劉勰は機會がありさえすれば、さっさと官職に就くつもりだった事を物語るものでしょう。これでは決して敬虔な佛教徒が取るべき行爲だとは言えないのです。

以上の事柄は、劉勰がその當時佛教に對して非常に敬虔な信徒であったわけではない事を示すものです。彼は『文心雕龍』を書くいたのは、孔子を夢に見たからだと述べていました。彼は更に、本來は馬融・鄭玄と同様に儒家の經典に注釋を付けるつもりであったと述べてもいました。けれども、彼は「馬融や鄭玄らの學者が、既に精細な業績を殘しており、たとえ私に深い見解があるとしても、今更一家を立てるまでもない事である」と考えて、道を改め文章論へと進んだのです。彼は儒家の經典を廣めようという意思を文章論を書く事に置き換えたのでした。なぜならば、彼にとって、文章は「經典の枝條」だったからです。しかしながら、我々はやはり一人の思想家の思想體系を餘りに平板に理解し過ぎてはなりません。劉勰は『文心雕龍』の中で儒學の規範をしっかりと守っているとはいうものの、しかし、當時の時代思想を形作っていた佛教家・道家・玄學家の諸家に對して、融合して吸收しようとする一面を持っていた事は、正に先に述べたところであります。儒學自身も發展し、また變化すらしていて當時の儒學と早期の原始的儒學及びその後の兩漢の儒學とは既に異なっていました。同時に我々が注意すべきなのは、劉勰が歷史評價の問題に於いて、比較的公正な態度を取った事です。彼は『明詩篇』の中で、「魏の正始年間には道家思想が表面化し、詩にも神仙的發想が混入してきた。何晏一派の連中は、概ね淺薄だった」と述べています。これは、玄學家に對する非常に嚴しい批判です。しかし、彼は成果を擧げた別の玄學家に對しては、却って高い評價を與えているのです。例えば、彼は「阮籍は深遠な内面性に因って、際立った存在となっている」という言葉で、阮籍の奧深い思想を評價していますし、「嵇康は淸澄・高邁」と述べて嵇康の氣高い風格を評價しています。因って、もし彼が完全に昔の儒家と同じであり、佛教家や道學家、玄學家に對して一概に排斥して振り返らなかったと言うとすれば、それもまた偏り過ぎた視點となるのです。

私は『文心雕龍』と佛教學との關係は、直接の影響關係は無いけれども、一定の部分では間接的な影響を受けていると考えています。簡單に言えば、それは主に彼が方法論に於いて因明學からの無意識の内に啓示を受けている所です。(4)『因明入正理論』が中國に輸入されるに從って、因明學が廣く影響を及ぼす學問になったのは、唐代の事でした。しかしながら、南北朝の時代であっても、因明學は既に中國語への翻譯が始まっていたのです。北魏の孝文帝延興三年（四七三）、中國では初めての因明學の著作が翻譯されました。卽ち三藏吉迦夜と曇曜が譯した『方便心論』です。ここで私は昔私が書いた論文の間違いを訂正しようと思います。私は、劉勰は當時二種の因明學關係の著作を見ていた、一部は『方便心論』で、もう一部が龍樹が作った『回諍論』だと述べました。『出三藏記集』の著錄に據りますと、『方便心論』は北魏の孝文帝（元宏）延興二年（四七二）に譯出されています。その頃劉勰はまだ幼かったので、彼はこの書を見た可能性があります。しかし、『回諍論』は東魏孝靜帝（元善見）興和三年（五四一）の時になって翻譯されたものでして、その時には劉勰は既に沒していました。私があの論文の中で劉勰は二種の書籍をその時見ていたであろうと述べたのは、間違いでありました。その後、別の論文の中で、考證を經て訂正をしています。

これを要するに、劉勰の『文心雕龍』はスケールは大きく細部まで配慮が行き届いており、組織立ても綿密で、完成された體系を形作り、嚴密に系統立てられて、章實齊に由って「初めての完璧な書籍」と讃えられるまでに至ったのです。彼が因明學の影響を受けた事と、この事はとても密接な關係があったのであります。

附記

この文章は以前日本の九州大學『中國文學論集』に發表した事があります。私はここでこの文章を『中國文學論集』に發表する事を勸めて下さった岡村繁先生(5)にお禮を申し上げます。

注

（1）この講演錄は、一九八三年九月二十九日に中國社會科學院が組織した『文心雕龍』研究者視察團として九州大學に來訪された王元化氏が「文心雕龍研究の若干問題」の題でなされたものに基づく。後『中國文學論集』（九州大學中國文學會）第一二號（一九八三）に掲載。

（2）名辨家、名稱とそれが指し示す實體との關係を論じる一派。

（3）原注、目加田誠先生は日本九州大學教授で、三種ある『文心雕龍』の日本語譯の譯者の一人である。

（4）因明學、佛教學の中で進められた論理學。

（5）原注、岡村繁先生は日本九州大學教授で、中國文學者、編纂書に『文心雕龍索引』がある。

※尚、第三部の諸論説については、第一部、第二部で詳論されたものを踏まえて語られているので、注釋は最少限に止めている。細部については、本書末の索引を利用されたい。

二、一九八四年上海に於ける中國と日本の研究者による『文心雕龍』討論會での講演(1)

中國と日本の研究者による『文心雕龍』學術討論會が本日幕を閉じようとしています。筋から言いますと私がここでこの大會を締め括る發言をする理由はないのですが、昨日の議長會議で私がこの仕事をやらねばならない事になってしまいましたので、僭越ながら話をさせていただきます。

それぞれの民族の優秀な文學作品は、必然的に世界性を持つものであります。それらの作品はそれ自身の特色で世界文學の寶庫を滿たし、世界文學をかくも豐富で多彩なものとし、人類全體が共有する精神的財產を作り上げるのです。正に、ある先生が指摘されたように、我々は『文心雕龍』の歷史的な位置づけに對して慌てて評價を下す必要はありません。それぞれがそれぞれの見解を述べ、異なった視點を發表すればよいのです。と共に、我々はやはりより一層深く研究し、一層詳しくそこに內在する意義を探り出して、『文心雕龍』が持つ價値を明らかにし、多くの讀者に評定を委ね、『文心雕龍』が持つべき歷史的な位置づけを與えねばなりません。しかしながら、それとはまた別に、私はここで、王起先生と興膳宏先生がその發言中でなされたように、『文心雕龍』という中古時期に在って異彩を放った論著に對する自分の考えを述べさせていただこうと思います(2)。

古代ローマが蠻族の侵入を受け滅亡を告げて以後、ルネッサンスがまだその黎明の光を放つ以前、西方の歷史は暗黑と呼ばれる中世期でありました。この長い長い夜の中で、かなり瘦せている西歐文化の土壤の上に目立つものといえば、煩瑣なキリスト教哲學でありました。そのころ東方で『文心雕龍』が出現した事は人々の注意を引かざるを得ません。中古時期はちょうど中國の封建社會が成熟する時期であります。封建社會は私たちに退行的で、不良なものをたくさん殘し、今でも我々の思想を拘束しており、社會の前進を妨げる力となっております。しかし、封建時代に、人々の知惠に因って、科學技術の領域や藝術の領域で輝く成果を上げてきた事もまた認めねばなりません。當時、中國の科學技術は世界をリードする立場にあったのです。考えますに、マルコポーロの『東方見聞錄』を讀まれた方は、マルコポーロは中國の文化に對して驚きと贊美を示している事をご存じでしょう。文學の流域では、中國は中古の時期にも豊かな成果を上げています。『文心雕龍』はその中でも注目される論著です。魯迅先生は嘗てこの書籍をアリストテレスの『詩學』に竝べて論じ、古代文學理論を代表する雙子星としています。もし我々がホラーティウスの『詩論』と比べてみれば、『文心雕龍』の水準はその深さや廣さは勿論の事、內容の鋭さや扱った各領域の豊かさもまた、皆『詩論』を凌駕するものです。ホラーティウスは、上古時代が正に終わろうとする時代の文藝理論家で、彼が『詩論』の中で表明する文藝思想は、比較的簡單な教訓說と、娯樂說です。彼は教訓と娯樂を一つに結び付け、樂しみの中に教えを寓するという論を唱えたのです。『詩論』の中で示された文學の各領域、文藝觀點及び文藝理論は、それを『文心雕龍』と比較すると、どれもみずぼらしく見えてしまいます。しかしながら、十九世紀までは、多くの外國の學者はホラーティウスの『詩論』をしばしば援用し、僅か數えるばかりの日本の漢學者以外、誰も『文心雕龍』を引用する人はいませんでした。眞に殘念な事です。これは主に中國と外國との文字の隔たりに因るものだと思います。『文心雕龍』が國外の多くの讀者の手の元に傳わるのはやはり二十世紀以降にならねばなりません。私は日本の學者の果たした貢獻を我々は重視すべきだと思います。日本の學者が『文心雕龍』を日本語に全譯したのは、中國での現代語全譯よりもさらに早く、しかも十幾年かの內に陸續と三種の全譯本が出版されました。私の知るところでは、夙に第二次世界大戰の間、日本の軍閥が仕掛けた中國侵略戰爭が未だ終わっていない頃に、日本の學者たちの一部が、目加田誠先生の提唱の下、たゆまずに『文心雕龍』を研究し、その後の翻譯の準備としていました。この話は、魏晉時代、頻繁に起こる戰亂と社會の混亂の中、道安が弟子を引き連れて流れ歩く生活の中に在っても、相い變わらず樂器を奏で歌っていたという情景が思い浮かばせられ、感動させられるものです。この例は日本の學者が國外の學者の中で最も早く『文心雕龍』の價値を認識していた事を物語るものであります。私の記憶では、一九四八年ごろ、ソ連の學者が陸機の「文賦」とホラティウスの『詩論』を比較研究した專論を書いています。細かに調べた事はありませんが、この論文がたぶん中國の文學論と外國の文學論との比較研究を行った初めての論文ではないでしょうか。『文心雕龍』が人々の目を引いた理由の一つは、西方の文論とは異なった特徴を示すその民族的な特色でありました。たとえば、アリストテレスの『詩學』では自然の模寫を主張して現實の再現を主張しますが、そこでは想像力の問題はあまり議論されませんし、中國の魏晉時代のように文學の風格の問題を强調して檢討する事もしてはいません。中國の文藝論は、中國の畫論や音樂論と同じような特徵を持っています。それは自然の模寫を强調するのではなく、神韻（精神的な格調）を强調するのです。當然ながら、これは中國の畫論や音樂論が精神的な描寫を求めるだけで、形態的な類似は全く問題にしなかったと言うのではありません。例えば、晉の顧愷之は目を書き入れる事で精神を表現するという精神描寫の觀點を强調しましたが、しかし、彼はまた頰の細やかな表現をも主張しており細部の類似を無視しているのではありません。劉勰は『文心雕龍』の中で、これに似た議論をしています。彼は、「人物の髮の毛ばかりに氣を取られていると顏全體を捉え損なう」と言って、その本質の傳達を求め、細かな描寫に拘泥しない事を求めましたが、同時に彼は「自然を巧みに寫し取るには、對象に密着する事が大切である」とも主張して形態の模寫をないがしろにしてはいません。湯用彤は、「漢代では、筋骨を見て人を推し量ったが、魏晉では精神こそに見識があった」

と述べていて、なるほどと思われます。しかしながら、これを「意を得て形を忘れる」或いは「神を重視して形態を捨てる」という藝術理論の反映だと湯氏が考えたのは、些か偏り過ぎであります。神韻の重視とは、生氣に由って注ぎ込まれた内在的精神を藝術作品が持つべき事を求めているからです。謝赫の『古畫品錄』では六法を示していました。その中の一つが「氣韻生動」です。『文心雕龍』が述べる「思想・感情を文章の神經中樞とする」というのもこれと同じ意味です。この觀點から見るならば、藝術作品が持つ意味內容とそれを具體的な事物で表現したものとは、完全に對應して互いに通じ合わねばならないのです。正にそれは生命という有機體の中で、血管が全身に血液を送るような、或いは靈魂が體の隅々まで行き渡るようなものなのであります。『文心雕龍』の中で時に示された「外面には修辭の美あや無し、內面では主題が一貫した流れを成しつつ脈打つ」、「內容の脈絡が通らないと、文學の本質も半身不隨になってしまう」という言葉は、つまりこの事を言っているのです。このような事柄は皆六朝時代の文論や畫論の際立った特徵です。今回の會議に提出された論文でも、畫論と『文心雕龍』との關係を論じたものがありました。私はこのような研究が始まる事はとてもよい事だと思います。今後『文心雕龍』を研究する時には、我々の領域を開拓し、中國の各種藝術を總合して考察を進め、それらの閒の共通性を探さなければなりません。このようにしてこそ、中國の民族的藝術特徵を明らかにする事ができるのです。

最近中國の內外で關心を持たれているのが『文心雕龍』と佛教の關係です。魏晉時代は文學の自覺時代であるだけでなく、同時に中國が初めて外國（卽ち當時所謂西方）から佛教文化を取り入れた時代で、これは中國と外國の初めてのかなり大規模な文化交流でありました。西方から傳わった佛教學が中國で大きな影響を生んだのです。當時社會は動搖しており、政局は混亂していました（魯迅はこれを醜惡な「禪讓」の時代だと呼んだ事があります）。しかし、この時に、思想はかえって活發になったのでした。その主要な功績は兩漢時代に定まった儒家一尊の思想統一狀況を打ち破った事にあります。當時は儒・釋・道・玄の各思想が湧き上がりました。法琳が『對傅奕廢佛僧事』の中で述べた「三教は連衡し、五乘（佛教）は竝んで驅け回る」（『弘明集』）の語は、そのような學術狀況をうまく表現したものです。ここで注意しなければならないのは、當時の學術思潮の重要な特徴、つまり儒・佛・道・玄の間に、吸收と排斥、調和と闘争というある種複雜な局面が生まれていた事です。『文心雕龍』の思想を研究するには、當時のこのような思想的背景に注意を向けねばならないと私は考えています。我々は多種の學派が縺れ合った狀態に在った當時の時代思潮をしばしば單純化して理解してしまいますが、それは刀で水を切るような方法で、それらの學説を截然と切り分けて互いの關係を無くし、それ自身で孤立して存在する絶緣體としてしまおうとするようなものです。我々がもし、儒家は他の學派に排斥と闘争の面を持つだけで吸收と調和の面は持っていなかった、と斷言するならば、この理解は一面的であり、從って閒違ったものなのです。他の學派、例えば佛教學や玄學、道家の學説などに對してもこれと同じような視點で考えねばなりませんし、ある思想が儒學、或いは道家、或いは玄學、或いは佛教學に對して排斥と闘争だけを行ったのだとして、それらの閒にある吸收と調和の面が目に入らないようではいけません。ここで私は魏晉の玄學を例に擧げようと思います。魏晉の玄學は六朝を過ぎてよりは輕蔑と排斥を受け續け、一千餘年の長きにわたりました。清朝も終わる頃になると章太炎が錢大昕・朱彝尊らの跡を繼いで、漸く再評價が進められ、かなり妥當な評價が下されたのであります。今日既に玄學に對して公正な判斷を下すべき時が訪れております。私は、玄學は一種の文化思潮として當時に現われたもので、歷史の誤りだと見做してはならないと考えています。それはある意味に於いて中國の文化に對して一定の促進作用をもたらしたのですが、この點につきましては全くと言ってよいほど無視されています。中國はしばしば西方の哲學者から、實際的で思辨的な思考を缺いた民族だと見做されました。ヘーゲルは、先秦時代孔子を代表とする中國哲學は道德的な箴言があるばかりだと述べた事があります。これは正しくはありません。實際には、先秦時代には概念的な思考について考えた名辨家がたくさんいたのです。魏晉の時代になると、思辨的思考・思辨的思惟を用いた所謂本體論研究の哲學が行われるのです。玄學は、それと共に哲學の範疇を大いに豐富にもしました。玄學はたくさんの哲學的な討論と論爭を導き誘發したのです。これに因り、玄學は思想を前へと押し進め、思想の領域を擴大するという點で一定の作用を起こしたのでした。當時の彼ら玄學家は、儒學に對して固より排斥し闘爭した一面を持っていましたが、しかし同時に調和して吸收するという一面もまたあったのです。例えば、皇侃の『論語義疏』中では、王弼・何晏の注釋をあちこちで引用しています。王弼・何晏の二人は、老莊を祖として尊びましたが、儒家の書籍を蔑したわけではなく、やはり孔子を聖人としております。彼らは老子を以て孔子を教化するという方法で孔子と老子の教えを整えようとしたのです。王・何の後には、向秀・郭象がいます。向秀・郭象の二人もまた儒・道共に修めたと稱されました。謝靈運『辨宗論』には「向子期は儒・道を以て一つにした」と述べています。これは儒・道を調和した事を指しているのです。しかし、彼らの目的はやはり同じように道家を尊いものとするがためでした。この事は梁の武帝の揭げた三教同源論からも見て取れます、梁の武帝は初めは道教を信じていましたが、後に道教を捨てて佛教を信じるようになりました。しかし、彼が佛教に改心すると宣言した次の年（天監四年）には、孔子廟を建て、五經博士を置くのです。歷史書に著錄されるところでは、武帝は『孔子正言』・『老子講疏』等の大量の著作を書いています。しかし、これらの事は彼が「會三教詩」の中で佛教を崇拜した敬虔な態度を覆い隱すものではありません。以上の例から以下の事が十分に理解できるでしょう。つまり、當時儒・佛・道・玄はそれぞれ領域を打ち立て、はっきりした境界がそこにあり、思想體系から見るならば、それぞれの學派にしっかりした原則があって、他の學派とは區別して考えなければならない事、しかし、だからといってそれぞれが他とは無關係に孤立したもので、互いの影響關係や融合關係が無かったとは言えない事であります。

我々は一體如何ようにして劉勰が『文心雕龍』の中に現わした思想を考えればよいのでしょうか。中國の國内では、『文心雕龍』は、思想體系についてはたとえ玄學や佛教などの事象を取り入れてそこに組み込んだとしても、やはり儒家思想に屬すものだと多くの研究者が考えています。私もまた同様の觀點に立つものです。大切な事は、當時如何なる思想も混ぜ込んでいない絶對的純粋な儒家もなかったし、また絶對純粋な玄學も佛教學も無かったという事です。慧遠という名僧ですらも、内外の思想を一つにし、百家の思想を同じものとする事を主張しています。慧遠は『沙門は王者を敬せざるの論』の中で、「内外の道は、融合してこそ明らかになる」と述べました。彼は佛法を講じる時に、いつも他の領域の書籍内容で佛典の内容を譬え、これを格義と言いました。傳えられるところでは、慧遠は二十四歳でもう講義をしたそうですが、その折り聞き手が實相の意義について疑義を發した事があります。何度答えても、聞き手はますますわからなくなる、そこで慧遠は莊子を譬えに引くと、疑問が氷解したと言います。これもまた佛典外の書籍と佛典とが通じ合う事を物語るものでしょう。私は當時、絶對的に純粋な、他の思想とは隔絶された儒家・道家・玄學家または佛教學家は無かったと考えています。彼らは同一の時代に生きていたのですから、それぞれの學派の思想に些かも相互に關係した痕跡がないという事は、まず不可能でありましょう。

私たちがある一人の思想家を研究する時には、以下の點をはっきり區別しておかねばなりません。

一、用語の類似を調べる事である作家がある思想體系に屬すのだと考えてはなりません。これは非常に單純化された、また凡俗な方法であります。思想家が別の思想家の言葉を引用する時、我々は二つの違いに注意しなければなりません。一つは、その本來の意味を捨てて引用し例證とするもの、もう一つは原義に基づいて引用するものです。この二つの引用方法は、嚴密に區別されねばなりません。本來の意味を捨てて引用するとは、引用される原文の思想内容は問題にせずに、ある種の比喩として引者の觀點を説明しようとするものです。一方、原義に基づく引用とは、引用される原文の思想をそのまま受容するものなのです。これは、ある作家の文章の中で如何ように別の思想家の言葉の引用されているかを分析する時、まずはっきりさせておかねばならない問題です。

二、思想資料と思想體系とをはっきり區別しなければなりません。どんな思想家でも前人の思想的な資料から離れる事はできませんし、まして同時代の思想的資料から離れて說を立て書籍を著わして、自分の觀點を世に示す事はできません。因って、ある作家または思想家がどのような資料を用いたかという事は、彼の思想體系が引用された思想資料と完全に一致するものだとは言えないのであります。私たちは、その作家が用いる思想資料の中から、作家が表現した思想的意義と作家が明らかにしようとした思想的原則を掘り出し、そこから彼の基本的な觀點が如何なるものであるかはっきりさせねばならないのです。このようにして初めてその作家や思想家が如何なる思想體系に屬すのかをはっきりさせる事ができるのです。

三、私は儒學自身も發展していると考えます。因って、私たちは魏晉時代、或いは齊梁時代の儒學思想と先秦兩漢時代の儒學思想とを同じものだと考えるわけにはいきません。そこに違いを見付けたからといって、それが儒家の思想體系にはもはや屬さないのだと決めてしまっては、正確ではないのであります。かくして、以上の三點は、ある作家或いは思想家の思想が一體どの學派の思想に屬すのかを論じて決めようとする時、必ずやはっきり區別して考えておく必要があるのです。

劉勰が『文心雕龍』を書いた時に果たして敬虔な佛教徒であったかどうか、この問題については、たくさんの論爭がありました。私は劉勰が定林寺に入っていますので、固より全く佛教を信仰していなかったとは言えないと考えます。しかし、もし彼が佛教の敬虔な信者だったからこそ定林寺に入ったのだと言うならば、それは疑問です。劉勰の本傳では、彼の家は貧しくて結婚もできなかったので、定林寺に入ったと述べていました。彼は定林寺に長く居り、終始在家のままで僧祐の經藏校訂を手傳っていましたが、出家して和尙になる事はありませんでした。梁に入って後、彼は奉朝請となるやすぐに定林寺を離れて役人になってしまいました。このような行爲から見るならば、彼が佛教に對して敬虔な態度を持っていたとは證明できません。この態度は彼が後に出家した狀況とは全く違ったものです。後に出家した時には、彼は既に東宮舍人となっており、しかも出家を求める決意は固く、梁武帝が許諾する前に、鬢髮を燒いて誓っておりました。これは、彼が若い頃に在家のまま定林寺に入った狀況とは鮮明な對照を示します。ここから前期後期の異なる時期に、彼の思想に激しい變化が起こったと推論する事ができないでしょうか。このような前期後期の思想の變化を前提にしてこそ、一見しただけでは理解し難い狀況が生まれ得るのです。つまり、若いときには在家の身分で寺に入り、後に役人の道を進み、晩年になるや東宮舍人の身分を放棄して鬢髮を燒いて誓いを建て、堅く出家を求めたという狀況です。もし、劉勰の思想が前期と後期で違っていた事で劉勰の行爲を説明するのでなければ、如何にしてその前後の矛盾を説明すればよいのでしょうか。劉勰が定林寺に入った主要な理由は何處に在ったのでしょうか。當然ながら私もみなさんの參考のために假説を示し得るだけであります。私は劉勰が定林寺に入った主要な原因は彼が困窮した庶族に屬していたからだと考えています。南朝時代は士族のみが特典を受け、賦役を免ぜられ税を免れました。しかし、貧民でも寺廟に入れば、民籍を外れ、政府への納税義務や服役を免れ得たのです。このような狀況は史籍にいくらでも書かれています。例えば、『魏志』釋老志の中に、「愚民は僥倖を求めて、佛道に入ったと詐稱して、課税や賦役から逃げた」と書いてありますし、『南史』齊東昏侯本紀の中にも同類の記載が見えます。桓玄の『與僚屬沙汰僧衆教』の中には更に露骨に「賦役を逃れて貴族の莊園に集まり、逃げ出して寺廟に入るもの、一つの縣で數千人に至り、勝手に村落を作っている」と述べています。この他に、劉勰の家系から見ますと、代々佛教を信仰した家柄ではありません。彼の祖父の代の人々は「之」の字を付け輩行を表わしています。季羡林先生は、嘗て私と手紙でこの問題を議論した事がありました。彼が言うには、劉氏の家系から見ると、天師道と關係があるのではないかと言うのです。『續僧傳』法融傳では、「宋の初め劉司空は丹陽の牛頭山に佛窟寺を造營した。その家には巨萬の富があり、各地の經書を尋ねては寫して藏に納め、それによって牛頭山の寺廟を末永く修めようとしたが、貞觀十九年全て燒けてしまった」と述べています。湯用彤の『佛教史』では、『續僧傳』中の宋の初めの劉司空の事を、「劉穆之或いは劉秀之ではあるまいか」と考えました。この説は、信じられません。考えるに、劉穆之・劉秀之の傳記の中に佛教崇拜の記録はありませんし、また『佛窟寺經藏』の話は『祐録』にも記録されていません。『祐録』は劉勰が僧祐を手傳って編集したのは周知の事ですので、もし、佛窟寺が果たして穆之或いは秀之の造營になるならば、劉勰がその寺にある經藏を知らないはずはありません。ではどうして、『祐録』の中に『大云邑經藏』『定林寺經藏』『建初寺經藏』等の名目があって、ただ『佛窟寺經藏』のみが無いのでしょうか。これは眞に説明しづらい疑問です。宋の張敦頤の『六朝事跡編類』の中にある『寺院門第十一』では、佛窟寺が「梁天監中に、司空の徐慶に由って造られる」と述べています。これも、劉勰の家系が佛教と無關係である事を證明する傍證となるものです。私は、劉勰の志は『程器篇』中で十分に表現されていると思っています。劉勰はこう言っているのです。「文筆を執る目的は必ず一軍一國への政治參加に置かれ、責務を背負っては必ず國家の大黒柱たる事が要請される。世に報われぬ時は獨り高潔を保って文章を後世に傳え、世に迎えられれば時勢に乘って功績をたてる」と言うのでした。これは孔子や孟子の「困窮した時は一人道を守り、榮達すれば人々と共に天下を改善する」という人生觀に基づくものです。この問題については、拙文の『「滅惑論」と劉勰の前期後期の思想變化』を見ていただきたい。その論文で、私は『文心雕龍』が劉勰の前期思想に因る產品であり、「滅惑論」が彼の後期の作品であると考えています。この點では、李慶甲先生等が私の意見と概ね同じで、しかも一層しっかりした考證を行われています。

最後にもう一度この會議で受けた感想を申し上げましょう。私はこの會議の成果の一つは日本の學者がもたらしたとても良い會議の方法だと思います。この點につきましては、私が昨年日本に參りました時に既に感じた事でありました。それはつまり、各發表の後に參加者が自由に問題を提起し、發表者に答えさせるというやり方です。このような討論の方法は、目加田先生の言葉を用いて申しますと、これこそ「共同して研究する」というものであります。このような共同研究の精神に私はとても好感を持ちますし、とても落ち着いたものの思われます。たとえ互いに十分な敬意を拂い、また基本的な視點が同一であっても、しかしやはりなお努めて論議に値する問題を探り出して、檢討するのです。私たちは學問研究に在ってはこのような「異を求めて同を存する」態度を、また眞理追究へのたゆまぬ精神を持つべきであります。もし皆さんが同じ問題を話ししながら、しかし科學的な精神を持ち落ち着いてまじめな討論を行わないと言うのであれば、學術研究は先に進む事はできないのです。第二點として、私は日本の學者の眞劍嚴格な研究方法を我々は學ぶ價値があると思いました。日本の學者は參考書籍をとても重視致します。日本では數多の索引やインデックスなどの工具書が出版されているのです。例えば、岡村繁先生の學生は先生に倣って、多くの索引を編集し、それを基本的な勉强としています。この面では我々はまだ不十分に思われます。第三點として、私は王起先生と楊明照先生の提出した觀點に大いに贊同いたします。それは古い時代を知るにも今の時代を知らねばならない、中國の事象を知るためにも外國の事象を知らねばならないと言うものです。こうであってこそ『文心雕龍』の研究は更に深く鋭く、一層透徹したものになるのです。第四點として、もう一度重ねて私が先に揭げた總合的研究法について述べさせていただきたい。私は問題の解決には學科の領域を跨いだ研究が必要だと申しました。例えば、私たちの中で最年長の伍蠡甫先生が提起されたように、畫論を『文心雕龍』と結び付けて研究しようとするもので、これはとても素晴しい提案です。魏晉時代の畫論・樂論等の各方面に領域を跨ぐ總合的な研究を進め、そこに美學の規律を探り出して、中國の藝術の民族的特徴を更に明らかにして欲しいと思います。これは我々の今後の『文心雕龍』研究に對する大きな參考となるものでありましょう。

注

（1）この討論會は復旦大學が主催し、一九八四年十一月に中國上海で行われたもの。その會議の成果は『文心雕龍學刊』第四輯（齊魯書社、一九八六）に一部掲載、またその概要とまとめは『文心雕龍學綜覽』（上海書店出版社、一九九五）に「文心雕龍國際學術研討會總述」として掲載される。

（2）原注、興膳宏先生は日本京都大學の教授、『文心雕龍』は三人の譯者による日本語譯が三種類あるが、その譯者の一人。

三、一九八七年スウェーデン・ストックホルム大學講演(1)

本日、私が尊敬する著名な漢學者を生んだ國家及びその名も高い大學を訪れ學術講演をする機會を得まして、とても喜ばしくまた光榮にも思われます。私はここで、中國の中古時期にスケールの大きさと精密さで知られ文藝理論としては初めて完全な體系性を持った著作劉勰の『文心雕龍』を皆さんに紹介し、それに由って中國の文學藝術の中にある、歐米の視點から見ると恐らく獨特なものに見える特徴の幾つかを示そうと考えています。

この十年來、『文心雕龍』は中國文藝理論家が最も多く研究するものの一つになりました。考證、校勘、注釋、現代語譯及び研究論文などの領域で大量の書籍や論文が發表されています。議論と交流の必要性から、一九八三年には中國で既に全國的な『文心雕龍』學會が成立し、論文集も定期的に出版されています。私もこの學會の會員です。四年前に、中國社會科學院が『文心雕龍』訪問團を組織して、私をはじめ數人の教授と共に日本に學術訪問を行いました。私の知るところでは、第二次世界大戰の後日本で發表された中國の文學論に關する論文では、『文心雕龍』を對象としたものが半數以上になります。日本では僅か十數年の間に、三種類の『文心雕龍』日本語譯が出版されております。或いは言葉の隔たり因って翻譯がかなり難しいからでしょうか、このとても興味深くまた研究する價値のある著作は、今のところ歐米の讀者からは、しかるべき注目をまだ受けておりません。現在多くの歐米の學者が、好奇と研究の眼差しを東方に向け、中國に向けております。古典學術の領域では、孔子の學、老子の學、莊子の學、『周易』及び中國の醫學と科學技術史が、次第に人々の興味を引き始めました。もし、『文心雕龍』もそれらと同樣に重視されるという光榮を受けたとしても、決して不當なものとは思われません。

『文心雕龍』は中國古代文學論を集大成したものです。その内容は歴史・論述・批評などを一つに兼ね備え、この書を讀むと中國の先秦から南朝齊代に至る文學の發展史、文學理論の原則と道筋、文學ジャンルの分類と變化、文學批評と文學鑑賞の標準と方法を理解する事ができます。つまり、『文心雕龍』は當時の文學百科全書と言ってよいでしょう。時間の制約がありますので、私は『文心雕龍』中で語られる文學創作に關する若干の概念に據って中國の文學論の特色を示す事にします。當然ながら、これは全體を知るには餘りにも僅かな紹介に過ぎません。もし、私の話が僅かな指摘で多くの事柄が明らかになるという効果を生みましたら、それはとりわけ大きな喜びであります。以下『文心雕龍』中の四つの概念に從って私の理解するところをお話いたします。

心物交融

魏晉以來の文學理論家は、多くが素朴な觀點で文學と自然の關係を分析してきました。晉の陸機の「文賦」では「四季の循環につれて時の移ろいを傷み、萬物の盛衰を眺めては心は千々に亂れ騷ぐ」と述べ、梁の鍾嶸『詩品』では、「氣が事物を動かし、事物が人を感動させる、性情が搖り動かされて、それが歌となって形を表わす」と言っています。共に詩人が景物から情感を生み出す事を明らかに示す名句です。

劉勰は『文心雕龍』物色篇の中で、當時かなり一般的であった言葉遣いを利用して、「物」、「情」、「辭」の三者の間の主從關係から、「情は物を以て遷り、辭は情を以て（感情は風物に隨って變化し、言辭は感情の流れに應じて姿を現わすのである）」という文學論を主張しました。この基礎の上、彼は更に一歩進めて創作過程に於ける主體と客體關係に關する問題を檢討し、「氣を寫し貌を圖し、既に物に隨いて以て宛轉す、釆を屬し聲を附し、亦た心と與に徘徊す（生氣を傳え姿を描き出すには、對象とする自然の變化に自己を密着させるし、修辭を整え韻律を案配するには、自己の心情との關連に於いて久しく思案を重ねる）」という見方を示しました。これまでの注釋者は劉勰の述べた「對象とする自然の變化に自己を密着させる」「自己の心情との關連に於いて久しく思案を重ねる」という發言に、然るべき注意をしておりませんでした。考えますに、「氣を寫し貌を圖し、既に物に隨いて以て宛轉す、釆を屬し聲を附し、亦た心と與に徘徊す」とは、二句が一緒になって意味を成すものです。「氣」「貌」「釆」「聲」等が示すのは自然の有樣と形態です。「寫」「圖」「屬」「附」等は作家の模寫と表現を指すものです。劉勰は創作の實踐活動に於いて、自然の有樣と形態を模寫しようとする時、心と事物の閒に融合と交流の現象が形成され、心が事物に從って樣々に搖れ、その一方で事物も心と共に動くものだと考えたのです。

ここで示される「物に隨いて宛轉す」の言葉は、決して劉勰獨自の表現ではありません。彼は前人の言葉より借りてきたのです。『莊子』天下篇に「椎を叩いて丸く切り、物に從いて宛轉す」とあります。本來は莊子學派の愼到の道術への評語でした。この愼到は戰國時代の著名な稷下の學士であり、彼が初めて「勢による」事を提唱した理論家です。天下篇の彼に對する批評から、彼の思想の大略は讀みとれます。天下篇では、「愼到は知を棄て己を去って、已むを得ないところに據り、物を選り分け、それを道理とした」とあります。これはつまり、愼到が個人の主觀的な要素を取り除き、そうならざるを得ない勢い、事物の自然に從って、自分の智慧に賴らないという事です。所謂「物に隨いて宛轉す」とは正にこのような自然の趨勢にゆだねるという思想から導かれた結論なのです。我々はこの言葉を、主觀の偏見から勝手に自然を改竄をするのではなく事物の自然な推移に從うと解釋する事ができます。劉勰は「物に隨いて宛轉す」という言葉を借りて用いていますが、その目的は正しく作家の自然を模寫し表現する時に、必ずや自己の主觀の持つ隨意性を克服し、客觀對象にぴったりと沿ったものであるべき事を明らかにしようとしたためだったのであります。

次に出てきます「心と與に徘徊す」の語は、明らかに「物に隨いて宛轉す」と對になって示されるものです。「物」とは客體と解釋でき、自然という對象について言うものです。「心」は主體と解釋でき、作家の思想活動について言うものです。「物に隨いて宛轉す」とは事物を主として、心を事物に隨わせるものです。言い換えますと、客觀的自然對象を主として、主體である作家の思想活動を客體に隨わせるものでありました。これと逆になるのが、「心と與に徘徊す」で、これは心情を主とし、心情に由って事物を操るものです。言い換えますと、主體である作家活動を主とし、主體に由って練り上げ、改造し、客體となる自然の對象を征服しようとするものなのです。

劉勰が示した「物に隨いて宛轉す」と「心と與に徘徊す」という言葉は、一面では事物を中心として、心を事物の支配下に置きながら、また別の一面では、心を中心に置き、心に由って事物をコントロールしようとするものです。表面的には、これは矛盾に見えるでしょう。しかしながら、實際には、それらは互いに補塡し合うもので、互いに背を向けながらも一つとなるのです。作家の創作活動は正しく主體と客體との閒の對立が統一されていく過程でありま す。この過程の中で、作家は消極的にまた受動的に自然に屈服するわけではありません。作家は藝術的構想から導かれる要求と藝術的加工の原則に基づき自然を改造して、個別的な、分散的な現象の中の物事から主題を練り上げ、形象を作り出し、それに由って再現された自然の上に自分獨自のスタイルを刻むのです。同時に、作家にとってみれば、自然は獨立性を持ったものです。自然はそれ自身の規律に據って作家の隨意性を制限し、作家の想像活動が客觀的な眞實に沿うように求め、それに因って作家の藝術的な創造を一定の現實的論理の筋道に沿って展開させるのです。このような客觀的事物と主觀的心の閒の對立は、終始作家の創作活動の內側を貫き、互いにぶつかり合うのですが、同時にそれぞれの作用を發揮するのです。もし、一方が完全に他方を壓倒してしまったり、一方が完全に他方に屈服してしまうのであれば、作家の創作活動ももはや消え失せてしまうのです。心にばかり中心を置き、心に據って事物を操ろうとすれば、でたらめになったり眞實に背く事になりがちです。これはヘーゲルが『美學』の中で述べたもの、つまり知性の有限意志に據って對象の存在と特性を犧牲にし、對象を自分の恣に扱わせ、事物それ自身の獨立性を奪うものだ、という所に相當します。また事物ばかりを中心として、心を事物に屈服させてしまうと、盲從や人の引き寫しといった現象が出てくるでしょう。これはヘーゲルが『美學』の中で述べたもの、つまり知性の有限的な智力に據って對象を受動的に受け入れ、主觀自身が決めてゆく作用を失わせる、という所に相當するものです。劉勰が言った「物に隨いて宛轉す」、「心と與に徘徊す」とは、正に事物と心が一つに織り成されて互いに張り合っている狀況を非常にうまく說明するものなのです。劉勰は、作家の創作活動とはこの二つの面の矛盾を統一して、客觀的事物と主觀的心の對立を起點とし、その二つの融合を終點として考えていました。彼は物色篇の贊の中で、「眼が自然と交感する時、心には知性が息づく」、「感度は自然への贈り物、詩想は心へのお返し」と述べていますが、これは客觀と主觀が融合して、調和を釀し出す最高の境地だと言ってよいでしょう。これもまた形象を巡って進められる藝術的思惟の際立った特徵であります。

劉勰のこのような視點は、後の文論に見られる美學的主客關係理論の先驅けとなるものです。龔自珍には「善入善出」說があり、王國維には「有我の境」と「無我の境」說がありますが、この二つの說は共に美學的主客關係理論に基づいて展開するものです。龔自珍の說に據りますと、「入」とはつまり作者が山や川の有樣、人の心の樣子、法令制度等に對して、じっくりと考え觀察し、描寫する對象の中に深く入り込んで、對象を徹底的に研究し理解して、自家藥籠中のものとまでする事であります。これは劉勰の言う「物に隨いて宛轉す」に相當します。「出」とは、作者が對象に深く入り込んだ後、更に飛び出して、自己の姿勢や視點及び評價を明らかにする必要がある。そうあってこそ全體の局面が統括されて、各物事の繫がりが明らかになり、作者の思うところを現わせるのです。これは劉勰の言う「心と與に徘徊す」に相當するものです。王國維の「無我の境」と「有我の境」とは、事物側から情感が動かされてゆく事及び情感側から事物に感動を求めてゆくことの二つの境地を指します。前者は「寫境」と言う事ができ、後者は「造境」と呼んでよい。王國維は清末に生まれ、西方の文藝理論の影響を受けています。彼が言うにはこの二種の境地も「理想と現實の二派に據る區分」です。劉勰の「心物交融説」から龔自珍の「出入説」に到り、更に王國維の「境界説」に到るまで、そこには中國の文論が美學的主客關係理論に關してどのように變わりながら發展してきたかという筋道を見る事ができます。

神　思

中國の古典文藝理論ではしばしば想像力の問題に觸れます。「言葉は盡きても思いは盡きない」とは、詩人なら誰でも皆知っている常識でしょう。「氣持ちを傳えるために、筆では全てを表現し盡くさない」とは、畫家なら誰でも知っている方法でしょう。「手では五弦の絲を彈きながら、目では飛ぶ鴻を送る」とは、音樂家なら誰でも分かっている氣持ちでしょう。詩人はしばしばこれらの道理に隨って、意圖は表現の外に在りという藝術作品を作り出し、讀者を刺激して連想を促し、味わい深い境地へと導くものであります。『文心雕龍』神思篇では開口一番、「古人の言に、身は海濱をさすらいながら、心は榮達を夢見るという。神思とはつまりこうした働きを指す」と述べます。これは劉勰が想像力に對して述べた定義です。引用の「身は海濱をさすらいながら、心は榮達を夢見る」とは、魏の中山公子牟が「身は草莽に在っても心は朝廷のすばらしい酒器に在る」と述べた人生態度を指すもので、本來は批判的な意味がありました。劉勰がこの言葉を引用する時、その本來の意味は捨てられて、それを借りて身體がここに在りながら、心は他所に在る、それはつまり此處に居ながら他所の事柄を連想できる力が「神思」にはあるのだと措定するのです。ここから劉勰が言う「神思」とはつまり想像力の事であるとはっきり分かります。

藝術作品には讀者に想像を働かせる機能が含まれ、藝術的な樂しみも想像力の助けによります。作家はしばしば作品の中で、讀者に當然知らせて然るべきものを略して書かなかったり、書いても僅かしか書かず、極めて切り詰められた表現法で僅かに觸れ、暗示するばかりの時がありますが、これは作者が筆墨を惜しんでいるからではありません。讀者の想像力を呼び起こすためなのです。このような文藝作品の中によく現われる現象は、劉勰の言葉を使いますと、つまり「思辨の埒外にある微妙な情緒や、文章の盡くし得ぬ妙味という事になると、言語ではもはやどうする事もできず、作家は筆を擱くより他はない」というものです。たとえ作家が描かずに、露わに示さなくても、しかし讀者にとっては何の妨げにもなりません。讀者は自分の想像力を使って、作品に示される斷片、手掛かり、暗示などから藝術の再構築を進め、その中の前後の關係を探し出し、一枚の完全で生き生きとした繪畫に仕上げて、一層大きな滿足を手に入れるのであります。

陸機は「文賦」の中でこのような想像力の活動を、「古今をたちまちの間に見渡し、全世界を一瞬にして我が手の内に收めるのだ」「文章は萬里の果てまでも際限なく廣がり、億萬年の彼方に架け橋を作る」と言っています。劉勰は神思篇で更に發展させて、「靜かに思いを廻らせば、千年の時間を飛び越え、密やかな目見の動きに、萬里の果てを見通すのだ。作家はつぶやきの中に珠玉の妙音を創出し、眼前彷彿として風雲の佇ずまいを見る」と述べました。これらの言葉は共に想像力が感覺的な經驗の限界を超える力、つまり身體に限定されない心理現象を持っている事を明らかにしています。これも正しく劉勰が想像力を「神思」(不思議な思惟)と呼んだ主な原因なのです。
「神思」の語はだいたい魏晉時代の文論から生まれました。その後この言葉は次第に使われてゆきます。蕭子顯の『南齊書』文學傳では、「文章を綴る道は、まず神思から出發する、樣々に感應して、その變化には極まりが無い」と述べますが、此處に所謂「神思」は明らかに劉勰の示したその意味と合致します。しかし、蕭子顯は決して單に陸機と劉勰の想像力理論を繼承したのではありません。彼らの述べた想像力が身體からの制限を受けないと言うところを神祕的方面へと發展させたのでした。蕭子顯の言い方に據れば、想像力は情感性情と思惟に據るもので、純粹に「心の中で運用される」心理現象でした。陸機や劉勰の視點はそうではありません。彼らは共にこのような心理現象が客觀的な對象と一定の關係がある事にある程度は氣づいていたのです。神思篇に「想像力の働きは微妙であり、人間の精神と外的事象は相互に作用を及ぼし合う」とあるところから明らかです。陸機も「文賦」で同樣に「宇宙の中心に立って遠く深く見渡し、思想・感情を古典の叡知に涵養する。四季の循環につれて時の移ろいを傷み、萬物の盛衰をながめて心は千々に騷ぐ」と言いますが、此處では「思」が「物」に感じて生み出され、また「物」の變化が「思」の變化を導く事が指摘されているのです。

とはいえ、陸機は歩を進めて想像と現實の關係を明らかにはしませんでした。劉勰に至ってこの問題に初歩的な解明が始まったのです。神思篇に「摛辭或いは功義を孕み、庸事或いは新意を萌す。布を麻に視《くら》ぶるに、未だ貴からずと云うと雖も、杼軸は功を獻じて、煥然として乃ち珍らし(月並みな描寫に優れた趣向が潛んでいたり、平凡な事柄から新鮮な發想が芽生えたりするものである。譬えば、麻布は原料の麻絲と本質上は同じものだが、織機にかけて加工されて、美しく織り上げられた結果人々に珍重されるのである)」と言っていますが、これは想像力とは何かという問題に對する答えに他なりません。注釋家は、しばしば此處に使われる「杼軸(織機にかける)」の語を「文章が修辭を貴ぶ事」だと解釋します。私はそのような見方では劉勰が此處で擧げた「布を麻に視ぶ（麻布と麻絲とを比較する）」という比喩が解釋できないと思います。考えますに、「杼軸」の語は文學の想像力の活動を示すもので、陸機に基づくものです。「文賦」に「予の懷を杼軸すると雖も、他人の我に先んずるを怵る（文章は自分の胸の内から織り上げるとは言いながら、他人が既に同じ事を言っていないかどうか氣掛かりなものだ）」とありますが、劉勰は此處に基づいているのです。ここでは「杼軸」とは組み立てを考える意味で、作家の構想活動について述べるものです。しかし、陸機の言う「予の懷を杼軸すると雖も、他人の我に先んずるを怵る」とは、重點を想像力の獨創性に置くものですが、劉勰が述べる「布を麻に視ぶるに、未だ貴からずと云うと雖も、杼軸は功を獻じて、煥然として乃ち珍らし」というところでは、想像力と現實の關係に重點が置かれているのです。

　ここで劉勰は非常におもしろい比喩を使っています、つまり「布」と「麻」の關係を使って想像と現實との關係を示すのです。劉勰に言わせれば、「布」とは「麻」によって織られたものです（正緯篇に「絲麻雜らずして、布帛乃ち成る（絲が混亂せず織り合わされてこそ、絹織物や麻布ができ上がる）」とあって布を麻布の意味で使用しているのがその證據です）、布も麻も質は同じで、その點から見れば、「布」が「麻」よりも貴重なわけではありません。しかし、織り上げの加工を經て後は、「美しく織り上げられた」品物となるのでした。

　劉勰が先に述べた「月竝みな描寫に優れた趣向が潛んでいたり、平凡な事柄から新鮮な發想が芽生えたりする」の語は、正に作家が想像力を働かせて現實の狀況を加工しようとするところを語っているのです。どうやって美しさに缺ける「月竝みな描寫」に「優れた趣向」を託す事ができるのでしょうか。どうすれば誰もが知っている「平凡な事柄」が人々の知らない「新鮮な發想」を生み出させられるのでしょうか。作者は見たところ素朴な「月竝みな描寫」を派手で巧みな言葉に變える必要はありませんし、よく知られている「平凡な事柄」を不思議な話に變える必要もありません。作家が作品の中で書くのはやはり日常でよく使われる「月竝みな描寫」（陸機の言う「雜木も切る勿かれ」、鍾嶸の言う「よく使われる言葉」――日常の言葉を指している）であり、やはり日常よく見掛ける「平凡な事柄」（劉勰が言う「用舊合機」「言庸無隘」）なのですが、彼は想像力の作用に由って人々が氣付かなかった「優れた趣向」、人々が見た事も無い「新鮮な發想」を示すのです。この點について、後世の理論家も同様の視點を打ち出しています。例えば金聖嘆の「人々の心に在りながら、無いものを書き表わす」という言葉は、つまり創造的な想像活動とは人々がよく知っている物事の中から誰も知らないような意味を示すものである事を明らかにします。「人々の心に在る」とは、人々がよく知っている「平凡な事柄」であり「月竝みな描寫」を指し、「無いものを書き表わす」とは、人々によって無視されるか氣付かれなかった「新鮮な發想」と「優れた趣向」を指すのです。作家が自分の想像力を使って、一旦「平凡な事柄」から「新鮮な發想」を示し、「月竝みな表現」から「優れた趣向」を導き、「人々の心に在りながら、無いものを書き表わす」文藝作品を生み出すや、それはまるで「麻」が「織り上げ方」に由って「輝く美しい」「布」となるのと同様に、人々の認識を新たにさせるのです。

「神思」という概念は、「虛靜」の觀念と結び付けられるものです。神思篇に「作家が文章を構想する時に大切なのは、心を虛靜に保つ事である」とあり、それが明快に示されています。「虛靜」說は先秦時代にありました。老子・莊子・宋鈃、尹文・荀子などが共に「虛靜」論を明らかにしています。劉勰は「虛靜」を文論に導入して、創作を構想する前の必要な準備であり、「文章を構想する」積極的な手段だと考えました。養氣篇に「水は動かぬ時に鏡となり、火は靜かな時輝きを増す」とありますが、これは正しく彼の「虛靜」說に對する自注と言えましょう。水は流れを止めてこそはっきりと事物を寫す事ができ、火は搖れが収まってこそはっきりと物を照らす事ができるのです。水が流れを止め火が搖れを収めるのは、はっきり事物が見えるようにするという積極的な目的の爲であります。これは正しく前人が「磨かれた鏡はずっと照らし續ける事ができる」と述べた道理同様であります。

感　興

神思篇では「心を乗り術を養いて、苦慮を務めとする無く、章を含み契を司りて、必ずしも情を勞せざるなり（心を落ち着け然るべき方策を講じて、徒な苦心をやめ、よくよく吟味して適切な表現を心掛け、無駄に頭を使わぬようにする事こそ肝要なのである）」と主張していました。養氣篇では更に進んで、「率志もて和に委ぬれば、則ち理融り情暢ぶ。鑽礪の分を過ぐれば、則ち神疲れ氣衰う（精神を自然のなすがままに委ねれば、條理はすっきりとし感情は伸びやかに發散するが、精神の研鑽が過度に陥ると、神經は疲れ活力は衰える）」と述べています。なぜ劉勰は「率志もて和に委ぬ（精神を自然のなすがままに委ねる）」事で文學の創作活動を明らかにしたのでしょうか。「率志もて和に委ぬ」の言葉は、文學創作過程で、慌てずにそのまま表現するという自然な態度を指すものでしょう。「率志もて和に委ぬ」の、「率」は遵《したが》う、循《したが》うと言う意味です。「委」とは、附屬すると言う意味です。つまりこの語は、心の向かう方向に遵い、氣持ちが伸びてゆく方向に任せるという意味です。明らかにこれは『莊子』の言う「天地の委和なり」とは全く關わりが無いものです。『莊子』の「天地の委和なり」とは、もともと舜の道とは何かという問いに答えた言葉です。『莊子』はこの句を援用して人間の形體や性情生命が全て天地からもたらされたものであって、善惡生死など自分でできるものではないのだと說くのです。因って、この語は天の道の變化を專ら說くものです。しかし、劉勰が述べる「率志もて和に委ぬ」は、作家が創作活動に遵う時に、必ずや心を澄ませ、氣持ちを伸びやかにし、ゆったりとした狀況で、胸の内を書き付け、停滯に陥ったり慌ててはふためにならないと述べるものなのです。

因って、劉勰の語は、創作について専ら述べるものなのです。

劉勰は最も複雑でまた思考を最も高度に集中しなければならない創作活動について述べる時、どうして「徒な苦心を止め」とか「無駄に頭を使わぬようにする」などと言ったのでしょうか。劉勰が「研鑽が過度に陥る」ことに反對し、「精神を自然のなすがままに委ねる」事を主張した原因は何處にあるのでしょう。劉勰から見れば、作家は文學が創作活動に従事する時、日頃の嚴しい鍛錬の積み重ねに基づかねばなりませんが、他方創作の時には胸の内をそのままに表出する自然な態度が必要なのです。ですから、神思篇では「心を落ち着け然るべき方策を講じて、徒な苦心を止め、よくよく吟味して適切な表現を心掛け、無駄に頭を使わぬようにする事こそ肝要なのである」という主張をしながら、他方では、「學問を積んで知性を養い、理知を働かせて才能を富ませ、見識を磨いて觀照力を育て、それらに沿って修辭法を練る」事の重要さを强調するのでした。

養氣篇にはこの道理を非常にはっきり述べているところがあります。「學問は努力する事が肝心である。だからこそ、錐で股を刺しながら讀書に勵む人もあった〔熊の肝を舐て自らを戒めた人もいた〕(2)。ところが文章となると、これは心中に鬱積したものを發散させる手段であり、ゆったりと構えて心情の赴くに任せ、餘裕を以て閃きを持つ事が肝要である」と言うのです。清の紀昀は『文心雕龍』を評して「學業修得は苦しいが、文章制作は樂しくするものだ」と言って、そこに含まれた意味を明らかにしていますが、立派な指摘と言うべきでしょう。「苦」は正に蓄積に辛い思いをし、「樂」とは直接的な表出を言うわけです。この「樂」の語については、孔子が述べた「それを知るものはそれを好む者に如かず、それを好む者はそれを樂しむ者に如かず」の「樂」の語で説明できます。作家は彼が描こうとする對象について、當然まず熟知し、理解して「知る」ところまでいかねばなりません。しかし、それでは不十分で、更に進んでそれを愛好し、親近感を持って「好む」所までいかねばなりません。「好む」事は「知る」と比べてより高い水準にありますが、ここで止まってはなりません、更に歩を進めて「樂しむ」所まで到達しなければならないのです。所謂「樂」とは、作家がその描く對象と渾然一體となる事でもあるのです。作家は描寫の對象についてあれこれと考えたり、比較したりしませんが、描かれるものは實に自然とその心の中に湧き上がってきます。これこそ作家が創作過程中に經驗する激情の迸りという最もすばらしい現象なのです。

作家は創作の前に非常に複雜で、非常に大變な準備作業をしなければなりませんが、しかし、かれが一旦創作過程に入るや、しばしば創作の激情が突然迸るという現象を經驗するものです。この瞬間に思考はがらりと開け、想像力が躍動して、無數の生き生きとしたイメージや、無數の美辭麗句が道を競うように現われて、何の苦勞も無く胸の内から發せられ筆先から流れ出るのです。この時、作家は創作の最大の喜びの中に浸っているのです。昔の人々の多くはこの現象を「感興（または靈感或いは創作の直接性）」と呼んでいました。

ここで言う「感興」とは、作家が物事を認識する活動的な想像力と藝術を實踐する鋭い表現力を一つに結び付け、それらが創作過程の中で手を攜えて進むようにする事を意味します。この時、作家は作品の完成に求められる技能というものが易々としたものであるような氣がするのです。作家はなかなか言うことを聞かない材料も從わせる事ができます。陸機が「文賦」の中で、「深く沈んだ言葉がじわじわと、恰も釣針を含んだ魚が深淵から引き揚げられるように浮かび出て、或いは閃く文辭がすいすいと、恰も飛ぶ鳥が繒繳に射られて遙かな雲の高みから落下するように口を衝く」と言うのは、正しくこの境地の見事な描寫なのです。

創造性を持った活動とは、このような感興を缺く事は出來ないものです。詩人が創作に在る時、しばしば主體的に進める冷靜な修辭や、人工的な磨き上げなどを經ずに、生き生きとしたイメージや美しい言葉遣いが、皆まるで抑えようもなく筆先から溢れ出る事があります。從來、中國の文藝理論家はこのような創作活動に存在する直接性或いは自然性に對して、しばしば論述を加えてきました。梁の鍾嶸は「古今のすばらしい言葉を見れば、ほとんどが修辭性に凝ったものではなく、皆そのままの表現だ」と言い、清の李漁は「すばらしいのは、水が集まって流れが出來るように、天然のすばらしさが自然に明らかになる所だ」と言い、章實齋は「無心に任せれば、石も金になるほどの收穫があるが、あれこれ欲張ると、表面を繕っただけと言う批判を得る事が多い」と言っています。このような言葉が明らかにするのは、作家が文學の創作活動に從事する時、人爲的にあれこれ付け足す方法を克服して、喜びの激情の中に浸りきり、ごく自然に胸の内を筆に任せてこそ、立派な作品が描けるのだという事です。彼らが言う「そのままの表現」、「天然のすばらしさが自然に明らかになる」、「無心に任せる」もまた、劉勰が述べた「ゆったりと構えて心情の赴くに任せ、餘裕を以て閃きを持つ事が肝要である」という意味なのです。彼らの言葉は正に「率志もて和に委ぬ」の語の最も適切な注釋になります。

このような感興として表現される創作の直接性は、正しく極めて複雜な間接的過程を經て創作活動の中に現われてきます。それはしばしば靜かに繰り返される思索と長い人生經驗の結果なのです。ヘーゲルは知識の直接性と間接性の關係を論じて、「我々は眞理の多くのものが極めて複雜な間接的思考の歩みに由って得られた結果であると知っている、（しかしそれらの眞理は）それらを熟知した者の意識の前に些かの力も使わずにその姿を現わすのだ」と言いました。正にその理由で、數學者は餘り考える事もなく難問を解決し、音樂家は自在に曲を演奏し、詩人は思うままにそのままの心情を表出できるのです。このような直接に示される圓熟した技能は、全て間接的な積み重ねを經たものなのです。作家の修養の點から言えば、思想の方向、人生への知識、藝術的技巧、全てが日々を重ねて行ってきた養成と鍛錬に據って、自分の身體の一部とされねばならないのです。このようにして、創作過程に入れば、作家は母のお腹の中にいる胎兒や、種の中の植物と同樣に、必ずや實現するであろう可能性を作家の前に示すのです。ですから、構想の前或いは構想中に行われた作家の大變な量の分析の仕事こそが、その構想を實現する表記の段階に於いて直接的に表われるものなのだと言ってよいでしょう。

雜りて越えず

附會篇は劉勰が藝術構成の問題について述べた專論です。「附會」の二字は前人の説に基づくもので、その源流はずいぶん昔になります。『漢書』爰盎傳の贊にはもう「學問は好まないとはいえ、附會に巧みであった」という記事があります。『後漢書』では張衡が「二京賦」を作るにあたり「細やかに思いを巡らし附會して、十年かかって出來上がった」と書いています。『晉書』左思傳に載せる劉逵の「三都賦」序にも「辭に傅（附）し義に會するに、細やかで丁寧な所が多い」と述べています。大體の所、附會とは作文に於ける全體的な構想や構成法の事です。劉勰自身の言葉で言うなら、附會とは「文理を總べ、首尾を總べ、與奪を定め、涯際を合し、一編を彌綸し、雜りて越えざら使むる者なり（文章の條理を體系づけて首尾を一貫させ、添削を明確に執り行い、相い隔たる部分を融合させて、一編の作品に纏め上げ、複雜多岐な要素が乖離しないようさせる事である）」というものです。ここで示される「複雜多岐な要素が乖離しない」の語が、如何にして藝術的構造を處理するかという問題への概括的な解說であります。

考えますに「複雜多岐な要素が乖離しない」の語は『周易』に出るものです。劉勰はこれを文學の領域に持ち込みました。「複雜多岐」とは藝術作品の各部分を指して言い、「乖離しない」とは、藝術作品の全體的な統一性から逸脱しないと言う事です。「複雜多岐な要素が乖離しない」とは、藝術作品の各部分は必ずや一定の目的に從って配置されねばならないと言う事です。たとえ藝術作品の各部分、各細部が表面上千差萬別で、それぞれが異なっていても、しかし實際上は、それらには共通の目的性が染み込んでおり、共通して表現すべき内容の爲に自然に結合して一つの全體を形成して、表面的には一致しない各部分や各細部は目的や內容の面に於いて一致する事をはっきり示すのです。因って附會篇では、「かくて文章の組織立てを上手くやれば、本來別々の事象も肝臟と膽囊ほどに近い間柄となる反面、組織立ての下手な連中の手にかかると、本來同じ趣きのものも遠隔の國どうしのように疎遠な關係になってしまう」と述べて、作家が藝術的構造の面で「首尾を緊密に一貫させ」「秩序ある美しさが自ずと集結している」べき事を作家に求めたのです。

藝術構造の問題では、「複雜多岐な要素が乖離しない」という概念はまず藝術作品が「單一」(劉勰はこれを「約」と言います)と雜多(劉勰はこれを「博」と呼びます)の統一である事を述べるものです。單一という面から見るなら、藝術作品は首尾一貫したものでなければなりません。各細部、各部分は共同の主旨を巡って、同一の目標に向かわねばなりません。主題から外れた餘計な枝葉があってはならないのです。劉勰は「一つでも不調和をもたらすものがあれば、全體が瓦解に陷る」「墨繩で肝要な部分を區切り、それに從って美材でも無駄を削り取って行く」と言います。つまり、藝術作品の單一性を作家の素材取捨の規準として見做すわけです。藝術作品の單一性を破壞するものは、たとえどんなに美しい素材でも、それは全體のバランスやハーモニーから遊離した餘計な贅肉に變わってしまうものなのです。些かも惜しむ事なく切り捨ててしまわねばなりません。雜多という面から見ると、藝術作品は複雜性と變化性に據り、豐かで多彩な形式で豐かで多彩な意味內容を表現する事も必要です。藝術は生き生きとして豐かな表現を求め、藝術形象が異なる狀況の下で多くの變化が生まれるであろう事を示す必要があるのであって、陸機が「文賦」の中で「下を見てもひっそりとして友も無く、上を仰いでもがらんとして手應えが無い。ちょうど琴の一本だけが張られて、如何に妙なる音色を出し得ようと響き合う音が無いようなものだ」と批判したように、單調で、貧しく、枯れ切り、本來血肉の通った藝術形象を意味だけ傳えればよいという抽象形式或いは單純な符號としてしまうわけには行かないのです。

劉勰に言わせますと、作家がもし單一性ばかりに注意を向けた場合、「餘りに敍述が簡單だと內容が寂しい」という缺陷が起きてしまいます。もし雜多性ばかりに注意が行くと、「餘りに饒舌に過ぎては言葉がそっぽを向いてしまう」という病弊が生まれます。因って、彼の藝術的な任務は單一性と雜多性という一見矛盾するものを一つに統一し、「複雜多岐な要素を乖離させない」ようにし、單一性の中から複雜性を生み出し、雜多な中からハーモニーを生み出して、それぞれ異なる成分を一つの目標に向かわせるものなのです。これが附會篇に言う「無數の筋道を一つの歸着點に結集し、數多の思索を一つの結論に整理する」というものなのです。音樂の中の五聲、繪畫の中の五色、文學作品の中の大小各種の細部、それらは全て作家のこの力量に據って一堂に會し、廣がりを持ちながらしかも調和した美しさを表現するのです。總術篇に、「幹に沿って無數の枝葉を總べ、要所を押さえて細部を統括する」、「ちょうど三十本の輻が、一つの轂に結集している樣に似る」、と言うのはこの事を言うのです。

古代の理論家は藝術作品の各部分の關係を生命を持った有機體に準えられる事に氣付いていました。劉勰は、藝術作品のそれぞれの部分が、全體にとって不可缺なものでなければならないと考えるのです。鎔裁篇に「たとえ一句でも削れる句があれば、文章に隙がある證據であり、一字として省略できないようになってこそ、文章の緻密さが明かにされた事になる」と言い、「もし一字の削除に據って內容が損なわれるようなら、それは舌足らずでこそあれ論理性の緻密さではなく、內容を敷衍して表現が重複するとすれば、それは蕪雜でこそあれ思考力の多樣さではない」と述べます。これは、全體の中の各有機的部分は、最も適切な方針に據って統一されており、如何なる改變でも、部分自身を變えるだけでなく、同時に全體にも影響が及ぶ事を物語るものです。劉勰のこの觀點は、アリストテレスの

「如何なる部分であっても、移動や削除が起これば、全體を壞してしまうのだ。もし、ある一部分がなくてもあっても、それが明らかな變化を起こさないのであれば、それは全體の中の有機的な部分ではないのである」と言う言葉に相當するものです。

附會篇では、「義脈流れざれば、則ち文體を偏枯せしむ（内容の脈絡が通らないと、文學の本質も半身不隨になってしまう）」と言いますが、これは藝術作品の中には、主導的な力が必要であり、それが血管の中に流れる血液を全身に滿たすように、各部分に生氣を與え、生命を喚起させる事を言うものです。劉勰に據れば、もし藝術作品が人間という有機體に譬えられるとするならば、「情志を以て神明と爲す（詩想・感情を文章の中樞とする）」のです。ここで言う「情志」とは、先に擧げた「内容の脈絡」に當たります。私たちは「情志」を思想と感情が互いに浸透し合ったものと解釋してよいでしょう。文學を形作る要素である思想は、必ずや藝術形象の内側に溶け込んで、感情が不自然にならないようにしなければなりません。文學の要素となる感情は、現實から呼び起こされるべきもので、思想に由って深められるものなのであります。この意味からしますと、中國古代の文論の中の「情志」とは、ギリシア人の詩學に言われる「pathos」によく似たものです。

劉勰は、彼が一貫して主張した「内に因って外と符す（内部から外部への照應の作用）」という觀點に從って、「内容の脈絡」を主導的な力と考えます。かくして、作家は自然形態の各部分に對して、作品に何でもかんでも取り入れるというわけにはいきません。その中の末梢的な部分を捨て去り、主旨内容の特徵を際立たせる各部分を練り上げなければならないのです。附會篇に、「畫家が人物の毛髮ばかりに氣を取られていると顏全體を捉え損なう」と言うのは、この原則から出た言葉です。人の體で、髭や髮はその人の内面的特徵を最も示しにくいものですが、もしこのような自然形態の末梢的な部分に拘泥して、本筋を忘れ末梢を追うように詳細な描寫を加えてしまうと、顏つき全體の様子すら變えてしまう事になります。主旨内容から出發して、主旨内容の要求に從って各部分を處理し、細かな部分を配置し、些かも惜しむ事なく一切の餘計な装飾や、不要な贅肉を捨て、それがたとえ作者が最も苦勞した得心の所でもさっさと捨ててしまう、これこそ劉勰の藝術的構想の根本的な觀點であります。

劉勰は、もし一貫性だけを强調して、一切の細部、そこにはある種の偶然的な現象も含みますが、それら全てが主題の思想に從って展開するべきだとすると、今度は文藝作品を圖式的で人工的な構造物にしてしまい、平淡で味わいの無いものにしてしまう恐れがあると感じていました。そこで、彼は同時に文學作品の中の自然性の問題をも提起したのです。『養氣篇』に「常に閑を才鋒に弄す（鋭利な才能を閑靜の境地に遊ばせる）」、物色篇に「興に入るは閑を貴ぶ（詩想が喚起されるには練達を要す）」と言い、雜文篇では「思いは閑にして贍るべし（發想的にも肩のこらぬものだから充實させ易い）」と言いますが、ここで言う「閑」の語は、後に章實齋の言う「閑を捜し神を傳うるは亦た文家の妙用（閑の中に真實を傳える事、それが文章家の技法だ）」「閑情逸出こそ正に阿堵傳神（閑情が溢れ出てこそ、正しくおもしろみが傳わると言える）」と言う中の「閑」の語と近い意味で、共に文學創作の中の自然性を言うのです。作家がこの點を摑めば、拾うも捨てるも心のままで、長短もお手の物、創作過程の中で、修飾に苦心する事なく、自然のままに完成させられるという境地に達するのです。

附記

本文は一九八八年ストックホルム大學が出版した『東亞研究』（英文版）に發表したものである。私はここで、本文を英語に翻譯するに當たり援助をいただいた陳仁炳、裘克安、馬悦然三人の先生、及びスウェーデン・ストックホルム大學『東亞研究』に掲載の勞を取っていて頂いた羅多弼先生に心からのお禮を申し上げます。

注

（1）この講演は、一九八七年十月中國作家代表團團長としてスウェーデン・フィンランドを訪れた時のもの。後、The Stokholm Journal of East Asian Studies 1988-1に掲載。

（2）〔 〕内の部分は後世の追加とされる部分。

四、一九八八年廣州『文心雕龍』國際研究會閉幕の言葉(1)

四日半開かれた會議も、いま終わろうとしています。皆さんの發表に、私は大きな啓發を受けました。私は以下に幾つかの個人的な感想を述べて、皆さんにご教示を願おうと思います。

「道」と「德」

今回の會議では、多くの發表が期せずして原道篇の「道」に言及していました。これは昔からの問題だと言ってよいでしょう。魯迅『漢文學史綱要』で、劉勰の「文は道に原する」という思想に言い及んで、「その言葉は捕えどころがなく、明らかにし難い」と言っていました。つまり、そこには混亂があって、はっきりと説明できないと言う事です。中國が解放されて後、大陸の學者のこの問題に對する議論は、概ね次の二つの問題を巡ってなされました。一つは「道」が唯心的なものであろうか、それとも唯物的なものであろうかというもの、もう一つは原道篇と「滅惑論」の關係は如何様なものであるかというものです。多くの人は原道篇と「滅惑論」の二篇の中の「道」を關係させて檢討を進めていました。當時は唯心的か唯物的かの線引きを强調し過ぎたために、議論も唯心と唯物の争いに落ち込んでしまいます。有るものは「道」は唯心主義だと言い、有るものは「道」は唯物主義だと言い、また有るものは「道」を客觀唯心主義だと言いました。このような線引きは原道篇の中の「道」をちゃんと明らかにできるものではなく、逆に「滅惑論」の中の「道」をも巻き込んで一緒にして考えてしまったために、原道篇の中の「道」の意味を混亂させてしまうことになったのでした。「滅惑論」に述べる「道」は佛教の「道」で、原道篇が『易』繫辭傳の本體論に從って「道」の意義を明らかにするものとは違います。私は嘗て前人の論文に考證を加え、『文心雕龍』は齊の時代の成立ですが、「滅惑論」は梁の時代に作られており、『文心雕龍』の後にできたもので、佛教の教義を明らかにする文章であると論定した事があります。當時梁の武帝は三度にわたり同泰寺に捨身しておりますが、劉勰の「滅惑論」中の佛教觀は武帝の佛教觀と一致するものであります（參考：拙論「〈滅惑論〉と劉勰前期後期の思想變化」）。今回の學會では多くの先生が原道篇の「道」の概念を新たに捉え直し、以前より殘されている幾つかの問題を解決しようとしています。私はとても意義あるものだと思います。

私は『文心雕龍創作論』の中で、原道篇の「道」についてある觀點を示したことがあります。そこでは主に中國に傳統的な哲學思想の宇宙構成論にしたがって劉勰の文學觀を述べました。原道篇の基本的な觀點は『周易』繫辭傳の「太極が兩儀を生む」というところに基づくものです。それは、『周易』繫辭傳を主とし、「文言傳」「說卦傳」「彖辭」「象辭」及び『大戴禮記』の中の幾種かの斷片を取り混ぜたものです。そこでは、原道篇の「道」が『周易』と密接な關係がある事が示されています。序志篇では劉勰も「論旨に基づいて篇名を定め、『易經』のいう宇宙生成の數五十に篇を分かったが、うち實際に文學の働きについて述べたのは、四十九篇に留まる」と述べています。「繫辭傳」では、「大衍の數は五十、そのうち一は用いない」と述べています。なぜ、「そのうち一は用いない」のでしょうか。それはその「一」は本體を表わすからです。私は原道篇こそが「そのうち一は用いない」という「一」だろうと考えています。それは形を持たない「本質體」であり、實際の場面で用いられる具體的なものではないのです。實際に用いられる具體的なものは、その本質體（道）から全て派生して來るものなのです。劉勰のこのような觀點は主に王弼の『易』學から來るもので、鄭玄等の漢代儒學の『易』學から來るものではありませんでした。

では、なぜ劉勰は「道」を論じた時にまた「德」も擧げたのでしょうか。原道篇では冒頭で「文の德爲るや大なり」と述べます。私が考えますに、これは老子の思想と密接な關係があります。劉勰の「道」が老子に基づく事は以下の三點から示す事ができます。一、老子は「道」は天地に先立って生まれ、天下の母だと考えます。つまり、「道」は天地萬物の根源だというのです。この「道」は原道篇の中の「太極」に當たります。二、老子の述べる「道」は意圖性を持たない自然で、人工に對應するものです。「自然」は決して自然界を指すのではなく、自然にそうなってゆくという意味を指すのです。劉勰の「自然の道」は、今でも尙物質と考えて、唯物主義的だと斷言する人もいますが、それは强引すぎます。それは、實際には老子の自然觀と同じ意味なのです。老子が述べたのは意圖性を持たない自然で、唯物的なものではありません。それはやはり唯心的なものでしょう。意圖性がないという事は、神が萬象を主宰するのではないと否定するばかりですので、心が萬象を主宰するものだとなら言い得ましょう。原道篇に言う「自然の道」とは、實際には老子の言う自然の意味にもっと近いものなのです。三、老子は「道」が「何かをする事はないが、何かをしない事はない」ものだと考えています。何かをする事はないとは、それが本質體である事を指して述べた言葉で、何かをしない事はないとはこの本質體が天地萬物を生み出してゆく事を指して言うのです。原道篇では「人文の元は、太極から肇まる」と述べ、日月・山川・動植物の文様（卽ち天地の三才）が、皆「道」から來るものだと言います。これもまた、老子と同じ考えであります。

原道篇のまず始めに述べられる「文の德爲るや大なり」の語の中では、「道」と「德」の關係が述べられています。私は劉勰の言う「道」と「德」との關係も、また老子に基づくものだろうと考えています。『韓非子』解老篇には、「道とは、萬物をそうあらしめるものであり、萬物の基づくところである。理とは、萬物をそうあらしめる筋道である。故に道は、筋道を立てるものなのである」とあり、馮友蘭はこの語に對して、「各事物はそれが生まれ來る筋道がある、しかし、萬物の生まれ來る全ての根源は道なのである」と解釋しています。「道」は實際上は本質體で萬物（文章も含まれる）がそこから生まれる本源なのです。『管子』心術では、「德とは、道の家であり、物は德によって生じ得るのだ、德とは、得《とく》（そうあり得ること）である」と言っていました。ここで「德とは道の家」と言うのは、「德」が「道」の宿る場所だと言うことです。「道」は形も名前もないもので、ある場所に現われ出てくるというものではなく、萬物を通して示されるものなのです。「德とは、そうあり得ることだ」とは、ある物がその物「たり得る」こと、つまりそれが「德」の字の正しい解釋だと言うのです。私はこのように「文の德たるや大なり」の語を解釋すればよく分かると思います。更に「道」と「德」の關係に據って、文章の文章たりうるのは、それが「道」から派生してくるものだからです。かくして、原道篇では「道」を論じる前にまず「德」を述べましたが、その「道」と「德」の關係も一つに繫がるものとなるのです。

言葉と意味の關係について

今回の會議では『文心雕龍』に於ける言葉と意味の問題を論じた方は多くはありませんでしたが、私の印象に據れば、近年發表された『文心雕龍』關係の論文の多くはこの問題に觸れています。ここでは私のこの問題に對する視點を話しましょう。嘗て、私はこの問題に對する意見を拙著『文心雕龍創作論』の中に書いて、劉勰が「言は意を盡くす（言葉は意味を述べ盡くし得る）」一派に屬すのだと考えました。これまでの議論の中では、私の視點に贊成した方もいれば、また反對した方もいます。しかし、『文心雕龍』を「言は意を盡くす」派に區分けしようと、またその逆に「言は意を盡くさず（言葉は意味を述べ盡くせない）」派に區分けしようとも、共に「言葉」と「意味」の關係を、言語と思想の閒に果たして『文心雕龍』范文瀾注に述べるような「不可避な差異」があるかどうかという點まで持っていきます。因って、それら二つの視點の立脚點は全く同じなのです。私は、これは基本的に范文瀾注の影響を受けたものと考えています。范文瀾注は、概ね最も早く「言語は思想を表わし得るか」というところから言葉と意味の關係を説明しようとしたものです。近年、私はこの問題を新たに考えてみましたが、私自身は固より、他の人も范文瀾注の影響下に在ったように思われました。しかし、『范文瀾注』のこの問題に對する解釋には限界性があったのです。

『世説新語』文學篇では、人々が揚子江を渡って南朝が始まった後、王丞相（導）は「音聲に哀樂はない」「養生」「言は意を盡くす」の三つの理論の話ばかりをしたと言います。「言は意を盡くす」とは、當時の玄學者達の述べた三理の一つです。この問題は『周易』繫辭本傳に「聖人が易の記號を示して言いたい事を全て示し、それについて語って必要な言葉は全て述べ盡くした」という文句に對する解釋から導かれるものなのです。何劭の「荀粲傳」では、荀氏には『易』を治めたものが多く、共に古くからの學派を受けるものでしたが、荀粲のみは新しい解釋を標榜し、「易の記號の外に含まれた意味、言外の言葉は、しまわれて表には出て來ない」という主張をしたのです。玄學を代表する人物の王弼も『周易略例』明象篇の中で「意味は易の記號に全て現われ、易の記號は言葉でその内容が明らかにされる。因って、言葉とは易の記號を明らかにするもので、易の記號の意味が明らかになれば、言葉の事は忘れ、意味が分かれば易の記號の事も忘れてしまう」と言っています。荀粲・王弼の二人は、文字の表面に關わらずに、そこに込められた意味を探究し、言葉を手掛かりに易の記號を觀察し、易の記號を手掛かりに意味を探るのだと言うに他なりません。これは、漢代の儒學が文字の意味に拘泥したこと、及びその末流の文字面ばかりを議論していた悪弊を正す事に對して、大きな役割を果たしたでしょうが、文學に導入されて、それが想像力の活動を導く要因となりますと、もっと大きな意義を持つ事になりました。荀・王の言葉と意味の關係に對する考え方に從いますと、その實質は范文瀾注に述べられる言葉は思想を表明できない、或いは言葉と思想の間には不可避な溝があるのだという問題に重點が置かれたのではありません（觸れられない事すらあるのです）。玄學家とりわけ玄學と佛教學を共に用いた人々は、確かに「心の道は絕え、言語の道は斷たれる」という言い方をして、言葉が思想を表明できはしないのだという主張を明らかにするばかりでなく、更に歩を進めて全ての意識的活動にも屆かないのだとまで考えました。しかしながら、これが玄學三理の一つである言葉と意味の關係に對する理論への完全な解釋だとするわけにはいきません。

劉勰は、言葉と意圖の關係に對する考え方を文學の領域に導き入れましたが、その意義は何處にあるのでしょうか。これについては、私は以下の二點に氣を付ける必要があると思います。一つ目は、劉勰が文質（文彩と質實）概念を文學の領域に導入した時と同樣に、我々がこの問題を研究するためには、まずその源流を探して、その據り所を探し出す必要があります。同時に、そこで見つけた本義に拘泥して、元來の意味を別の領域の中でそのまま利用するわけにもいきません。例えば文質概念について言いますと、『文心雕龍』の中の文質概念は、既に『論語』に見える文質概念とは違っていますし、魏晉時代の佛教翻譯に見える文質概念とすら異なる場合もあります。（拙著『劉勰の文學起源論と文學創作論』に詳しく述べています。）『文心雕龍』で言葉と內容の問題が論じられる時もまた同樣です。二つ目は、これまで范文瀾注の注釋に拘泥して『文心雕龍』の言葉と意味の問題を考えてしまったがために、二つの全く異なった視點が現在出現している事です。一つは劉勰を「言は意を盡くす」派に入れてしまうものです。もう一つはその逆で、「言は意を盡くさず」派に入れてしまうものです。以前、私は前者の說を主張し、『文心雕龍』の「（詩經の）「皎《しろ》」いお日さま、「嘒《ちい》」さな星といった表現が、たった一言で本質を窮め盡くし、「參差」「沃若」などの措辭は、二字で物象の外形を完全に捉えている」（物色篇）「外的事象が官能に觸れる時のバネとなるのは言語である。言語のバネが機能を全うすれば外的事象はくまなく映し出される」「構想は思考から生まれ、言語はまた構想から生まれるわけで、三者の接觸が密であれば相互の關係は天衣無縫だが、反對に疏であれば三者の閒には千里もの隔たりが生ずる」（神思篇）等の言葉を引用して論證した事があります。私はずっとこのような考え方でいましたが、その一方で完全に納得したわけではありませんでした。と言うのは、『文心雕龍』にはもう一つ別の面があるのです。例えば「思辨の埒外にある微妙な情緒や、文章の盡くし得ぬ妙味という事になると、言語ではもはやどうする事もできず、作家はただ筆を擱くより他はない」（神思篇）「自然の實寫が盡きた後になおゆらめく餘情は、融通無碍の創作法に通曉した手並みを示している」（物色篇）等々、これらの表現は、言葉はその思想を全ては傳え得るものではない事を示していたからです。私は、先に擧げた二つの視點の內、どちらかばかりにこだわりますと、偏った視點になってしまうのだと考えました。

最近では、私は『文心雕龍』の中の言葉と意圖の問題について、以前とは少し違った見方を持っています。まず、范文瀾注が示したような言語が思想を表わし得るか或いは言葉と意圖の閒にズレがあるかどうかという視點から『文心雕龍』中での言葉と意圖との關係に對する考え方を判斷しようとしてはならないと考えるようになりました。そういたしますと、では劉勰の言葉と意圖の關係に對する判斷は一體どんな問題を明らかにしようとしているのでしょうか。私見を申しますと、劉勰はそれに據って文學の寫意性を明らかにしようとしたのです。寫意性とは中國の藝術の重要な特徵の一つです。中國の繪畫が寫意性を持つこと、これは說明する必要はないでしょう。中國の戲曲が持つ抽象的な上演形態もまた寫意というものです。例えば中國傳統的戲曲の舞臺裝置は、時閒と空閒の同一性を壞していますが、これは寫意の手法を用いたものに他なりません。これを象徵性だと述べる人もいますが、實のところは何の象徵でもなくそれは寫意なのです。中國の音樂や舞踏なども共に寫意という明らかな特徵を持っています。伯牙が琴を彈きますと、子期がそこから高山を表現しているとか川の流れを表現しているとか聞き取る、これは音樂の寫意表現をちゃんと理解した結果です。寫意性とは想像力に一層廣い領域の中を驅け回らせるものなのです。中國古代の文論は西方の古代文論と比べますと、より早くまたより多く想像力の問題に觸れています。これは、暗示や隱喩、連想などの手段を借りて形成された比興理論が中國古代文論の中でとりわけ發達した事から證明できます。中國詩學に於ける比興の思想は、歷代文論、詩話を貫き、一種の民族的特色を形成しています。もし、比興の視點から『文心雕龍』の言葉と意圖の問題を探究すれば、過去の議論に於ける各種の矛盾や對立も共にすらすらと解決できるかも知れません。

ロジック性と體系性(2)

今回の會議では多くの發言が、『文心雕龍』のロジック性及び體系性の問題に觸れていました。以前、私も拙著の中で『文心雕龍』のロジック性と因明學の關係について述べた事があります。この問題を最初に指摘したのが朱東潤先生だった事は、ここで觸れておかねばなりませんが、そこではそれについて何か述べているわけではありませんでした。私の論文も詳しく述べたものではなく、簡單な說明をしたばかりです。その論文を發表した後、ある方から因明學は唐代の玄奘法師の時代に中國に傳わったものだから、『文心雕龍』と關係はないという反駁が出ました。因明學の著作から見ますと、確かに唐代になって中國に入っています。最も代表的なものである『因明入正理論』をその例としてここに擧げることができます。しかしながら、因明とは古代インドの「五明」の一つで、佛教以前に既に存在したものだったのです。實際、北朝で譯された二部の佛教書、卽ち『方便心論』と『迴諍論』は、共に因明學と關係があるものです。『迴諍論』は龍樹の作になるもので、東魏の孝靜帝（元善見）の興和三年（五四一）に譯出されたものです。この時劉勰は既に沒していますので、讀めたはずはありません。『出三藏記』の著錄に據ると、『方便心論』は西域の三藏吉迦夜と雲曜が北魏の孝文帝（元宏）延興二年（四七二）に譯出したものですから、劉勰が見た可能性があります。劉勰の『文心雕龍』の系統性、ロジック性は、恐らく中國の古籍中最も注目すべきものでしょう。ロジック性と系統性は關連して一つになるものです。ロジック性がなければ、完成された體系を構成する事は不可能だからです。序志篇では『文心雕龍』の文章體裁論の部分について觸れ、原則の中の四項目を示していました。この四つの項目とは、「各樣式の起源から說き起こして沿革を述べる」――文章體裁の歷史と變化を述べる、「名稱を解釋して內容を明らかにする」――各文章體裁に定義を與えてその特徵を明らかにする、「代表的作品を擧げて模範を示す」――代表的な作家作品を選び出し品評を加える、「筋道を付けて首尾を整える」――理論的な概括を行う、というものです。『文心雕龍』の文章體裁論の各篇を研究しさえすれば、その綿密な構成、しっかりした結合は、當時に在って他の誰も行い得なかったものだという事が分かります。因って、後に章學誠は『文心雕龍』を「完全な書籍の始祖とも言い得る」と稱したのです。これはつまり、『文心雕龍』が世に出てより、中國に初めて體系的な專門書が出現したのだという事なのです。劉勰以前の著作では、何の體系性も論じられてはいなかったのです。

『文心雕龍』は、史・論・評を一つに練り合わせて、體系性に富む專門書として出來上がっています。私は、構成がこのようにロジックを重視する特徵に因明學の影響がなかったはずはないと考えます。更に、劉勰は先秦名家から玄學家までの考え方の影響もまた受けていると考えます。昔、正統的な儒家は諸子の中にあった名辨の學（論理學の一種）に偏見を抱き、名辨の學派を怪しげな言葉遣いで、人々を誑かし、天下の道を混亂させるものだとして、そこから詭辯という惡名を與えました。兩漢時代になると、諸子は次第に衰え、名辨の學も次第に衰えてゆきます。魏晉になりますと、諸子が勢いを盛り返し、名辨の學が再び唱えられるようになります。同時に、佛教が中國に入り、ロジックを重んじるその精神が玄學の思辨的思考と合流したのでした。『文心雕龍』はこのような學術の背景の下に、體系性を完備した著作として生み出される事になったのです。

魏晉では兩漢の儒家一尊の統治が打ち破られ、思想は自由に、學術は活氣にみちた狀況が生まれました。このことは、劉勰が『文心雕龍』を作るに當たり、ある程度の影響を與えています。しかし、この傳統はどうして劉勰以後にとぎれてしまったのでしょうか。私の見るところでは、第一に因明學が唐代に盛んになった後、忽ち消えてしまった事に因ります。清末になって、日本で玄奘の弟子道召が彼の國に傳えた窺基『因明入正理論疏』（卽ち『大疏』と通稱されるもの）を始めとする因明學の解釋記錄が見つかり、それが中國に戻って印刷され漸く出回る事になったのでした。次に、魏晉の玄學が中國思想史に於いて特殊なものだったことです。六朝以後、玄學は攻擊にさらされ續け、清談は國を滅ぼすものと排除され、思辨的思考は抑壓を受けました。同時に名辨の學も成熟して發展する前に夭折したのです。晉の魯勝が『墨辯』に注をしてより、この書籍は先秦時代を代表する專著にも關わらず、失われたまま千餘年が經ち、清代になって漸く畢沅らの努力に由って、その殘篇や斷章が新たに整理されたのです。中國の形式論理學は確かに發達していませんでした。アルキメデスの幾何學の著作に當たるものはほとんどなく、『幾何原本』は、明代になって徐啓光に由って漸く中國に翻譯されました。その閒には千餘年の隔たりがあるのです。これらは共に中國に形式論理學が發達しなかった原因なのです。

最後に、この機會に研究方法の問題について話してみます。或る學說を研究したり、或る思想家を研究する時には、體系的に、全體的に把握しようとするべきで、必要な部分だけ、或る部分だけを取り出して考えてはなりません。以前、古典遺產の批判的繼承について討論がなされた時、馮友蘭は所謂「抽象的繼承法」というものを提起した事があります。所謂「抽象的繼承法」とは、前人の表現を言葉通りに利用し、その時代の特有の具體的な內容を捨て去って、その言葉に新しい意味を賦與し普遍的なものとするものだと、私は理解しています。この「抽象的繼承法」は絕對に採用してはならないものだとは思いません。日常生活の中では、こういった比喩や例えとして昔の有名な言葉を利用するからです。しかしながら、このような「抽象的繼承法」は、或る學說や或る思想家に對する研究の中に用いる事はできません。その理由は、そんなことをしますと對象の本來の面目が失われたり、場合によっては本來の意味を變えてしまうからです。ですから、ある筆者がまず一つの枠組みを立て、その後に必要に應じて、古來の著作の中から自分が必要な言葉を拔き出して、自己の主張を裏付けようとする事に、私は反對です。我々は研究の仕事に於いてこの問題についての議論を更に發展させて欲しいと希望しています。

注

（1）この學會は、一九八八年十一月に廣州の曁南大學が中心となって開催されたもの。そのまとめが「面向世界、弘揚『龍學』」の題で『文心雕龍綜覽』に掲載されている。

（2）ロジック、原文「邏輯」。「logic」に基づく音譯語。ここでは概念・判斷・推理などを含む思惟の規律性をしているので、單に論理と譯すのはさけロジックとした。

五、『日本における文心雕龍研究論文集』序(1)

日本の學者の方々が以前『文心雕龍』研究の論文を送って下さった時、私は論文集を編集しようと考えた。なぜならば、今まで中國では國外の學者の中國文學研究を紹介するという仕事について、十分な注意が拂われていなかったからだ。管見によれば、王更生『文心雕龍研究』（臺灣出版社）第一章『緒論』第三節『文心雕龍の研究視角の變化』丙『國際市場を切り開いた開拓者』の部分がこの方面について簡略で要を得た概略を述べていた。王氏のこの書籍は丁寧に資料を集めており、參考價値が高いものだ。

中國と日本の閒には文化交流の長い歷史がある。昔の事はさておき、この六〇年閒でも、兩國の文化の相互の影響は目を見張るものがある。例えば、因明學という學問について言えば、玄奘が慈恩宗を創立して以來、唐代には大いに盛えていた。その後戰亂を經て、因明學關係の論著や注釋は中國ではほとんど失われ、五百年以上もの閒、音沙汰は途絶えたままだった。清末になり、日本で玄奘の日本人の弟子道召が彼の國にもたらした窺基『因明入正理論疏』を始めとする多くの因明學のノートが發見され、それが再輸入されて中國で出版される、かくして因明學は五四運動の頃に中國で復活したのだ。一世代前の學者は日本の漢學者の研究成果に關心を持っていたし重視もしていた。この傳統は持ち續けるべきだと思う。

筆者は日本語はよく解さないし、更に資料も十分ではなく、この論文集を編集する力はもとよりないが、幸い日本の漢學者の助けを得て、漸く編集する事ができた。ここで、以下の方々に感謝の言葉を述べたい。九州大學教授岡村繁先生が手紙に記されたその論文から、私は戰後以來日本の中國古代文論研究に關しては、まず『文心雕龍』が第一に擧げられるべき事を知った。京都大學教授の興膳宏先生は『文心雕龍』關係の論文を集める援助をして下さった。前立正大學教授の戸田浩曉先生はご自分が『文心雕龍』を研究した論文を送ってくださった。神戸大學教授の伊藤正文先生は紹介の手傳いをして下さった。京都大學助手の釜谷武志先生はわざわざ中國語で『日本文心雕龍研究簡史』を書いてくださった（本論文集では日本の學者が『文心雕龍』を研究した概況を詳しく述べた戸田浩曉の『文心雕龍小史』を收錄したために、重複を避けるため、釜谷氏の論文は載せていない。ここにお詫びを申し上げる。しかしながら、私は『序』の中で彼の視點と彼の示した資料をできる限り使うつもりである）。本論文集には岡村繁先生の論文は收錄していない。最近頂いた手紙に據れば、論文は發表してはいないという事だ。因って缺けたままにしておいた。また、釜谷氏の話では「先年興膳氏が更に『文心雕龍と出三藏記』（一九八二年『中國中世の宗教と文化』掲載）を書き、十一萬字を超えるこの論文では、さまざまな角度から、とりわけ佛教の面から『文心雕龍』に詳細な分析と研究を行った」とのことだが、その大きさと時間の關係から本論文集には掲載していない。更に前京都大學教授ですでに鬼籍となった高橋和巳先生の『劉勰文心雕龍文學論の基礎概念の檢討』がある。これに言い及ぶ論文も幾つかあるが、見付ける事ができず、割愛せざるを得なかった。こういった不備の點はきっと多いにちがいない。將來もっと完全な論文集が出版される事を望む。本書はまず始めの一歩に過ぎないのだ。

『文心雕龍小史』に據ると、日本の學者の『文心雕龍』研究は概ね以下の幾つかの分野にまとめる事ができる。一つは援用である。日本で最も早く『文心雕龍』の言葉を引用したのは空海の『文鏡祕府論』だった。その書の天卷・四聲論では『文心雕龍』聲律篇の文章を引いている。また小西甚一が言うには、その書の南卷・定位の論旨は『文心雕龍』鎔裁篇を藍本としているとのことだ。その後、青木正兒『中國文學藝術考』（弘文堂）の中の「中國人の自然觀」

もまた『文心雕龍』物色篇を擧げて、その大意を述べ、自然景物に對する文學批評だとしていた。第二は『文心雕龍』の日本文學への影響である。この面の仕事では、まず土田杏村を擧げねばならない。彼は『文學の發生』第八章「文學批評の發生およびその源泉」の中で、日本の延喜五年（九〇五）の敕撰和歌集『古今集序』と『文心雕龍』との關係について觸れ、原道篇と程器篇の文を引いてその例證としていた。第三は版本研究及び校勘である。釜谷武志は、「京都大學の鈴木虎雄『敦煌本文心雕龍校勘記』を嚆矢とする」と言う。鈴木虎雄は最も早く唐寫本『文心雕龍』を校勘した學者で、これは一九二六年五月に發表されている。その一ヶ月後中國の趙萬里の『唐寫本文心雕龍殘卷校勘記』が『清華學報』三巻一期に發表されている。本論文集に收錄した戸田浩曉論文は近來日本での『文心雕龍』版本研究において大きな成果を擧げた著作である。第四に校注と解釋である。斯波六郎の『文心雕龍札記』が最もすばらしい。吉川幸次郎はこの著作を評して「奥深いところを明らかにし、幅廣くまた精緻である」と述べた。斯波六郎がこの書を完成する前に沒してしまったのは殘念である。第五は翻譯だ。釜谷武志は、「初めて『文心雕龍』の全文を翻譯して日本語にしたのは京都大學の興膳宏である。彼の翻譯書（一九六八年筑摩書房『世界古典文學全集』第二十五巻）は、流れるような現代日本語譯と、日本に傳統的な典雅な訓讀體という二種類の譯文とその他の注釋本にはなかった細やかな注釋をその特徵としており、日本での評價は高い。九州大學の目加田誠は興膳宏よりも早く部分的な翻譯を始め、その後補訂を加えて、一九七四年平凡社より出版した。これには現代語譯と簡略な注釋がつけられ、一般化にかなりの貢獻をした。戸田浩曉は一九六〇年から一九七〇年に部分的な譯注を發表して後、一九七四年に明治書院より上下二冊の全譯本を出版した。その特徵は、現代日本語の譯文と訓讀以外に、一九三八年養素堂が黃叔琳輯注本を藍本として刊行した原文を載せていることである」と述べる。日本の學會は以前から翻譯の迅速でタイムリーな事で知られているが、『文心雕龍』の日本語譯はアメリカのワシントン大學教授の施友忠の英譯本 The Literary Maind

The Carving of Doragons に比べると遲れたものだった。この本は一九五八年にコロンビア大學の出版部より出版されている。筆者は書籍全體を見てはおらず、引用された部分を見るだけに過ぎないが、譯文の出來はそれほど良くはなさそうである。第六は索引である。岡村繁『文心雕龍索引』は中國の王利器の『文心雕龍通檢』に相當して、日本では好評で、有用な工具書となっている。第七は思想內容の檢討である。この二十年來、中國の『文心雕龍』に關する研究の方向は、過去の訓詁考證の成果を據り所とし、時代背景に踏み込んで、劉勰の出身や思想、世界觀、創作論等々に深く細緻に檢討を加えてきた。この流れは今盛んでまだ衰えていない。日本の狀況も大體同じようである。本論文集に收めた五篇の論文ではその全貌を傳えるにはやはり不足である。

日本の學者は弛まず中國の古代文論の精華の研究を續けまた廣めてきた。その精神は感服するべきものだ。第二次大戰の後、日本の人々が苦難の歲月を送っている時、目加田誠達が休む事なく『文心雕龍』の研究に打ち込んでいた事を知った時、緩む事のない精神に、私は感動したのである。しかしながら、賢者に隱し事はないという昔の言葉に基づき、たくさんの教えを受けた事の他に、本論文集に收錄した論文に對して、私自身の考えを述べてみたい。一つ一つの論文について述べるつもりはなく、幾つかの問題を擧げて尋ねようと思う。以下の意見は主に斯波六郎の『文心雕龍札記』を巡って檢討を進めるものである。(2)

「原道篇」の贊に「文成規矩、思合符契」という。(3)『札記』ではこれを解釋して、「文成由規矩、思合有如符契」と述べる。ここに言う「文成由規矩」とは、『札記』の更に進んだ解釋に據れば、「文章の構造を規矩に據って測る」というものだ。吉川幸次郎のこの句に對する解釋もほぼ同じで、「表現形式が文章の法則に合致していること」だと理解している。(4)私にはこの二人の說は原文の本來の意味とは違うのではないかと思われる。劉勰が文章について論じる時、確かに規準となる規矩の存在を認めていた。しかし、劉勰はまた平板で固定化された方法に反對もしていたのである。神思篇では「虚位を規矩し、無形に刻鏤す（虚構の畫布に具象をもたらし、氣ままに目に見えぬ創造のみを揮うのだ）」と述べ、情采篇では、「情の爲に文を造る」と述べ、通變篇では、「文を變ずるの數は方無し（創作の展開に關しては定まった法則がない）」と述べ、章句篇に「變に隨い會に適して、定準を見ること莫し（必要に應じて適宜使い分け、定まった法則といっては別にない）」と述べているのが共にその證據である。このような言葉は共に一定の規矩に從って作文することを否定しているのだ。私の考えでは、「文成規矩」とは、つまり後世の章學誠が述べた「文章の作り方には、決まった方法は無いが、無いとは言えそこには一定のものがあるのだ」と言うことではないか。この文は「文成規矩」の比較的ぴったりとした注釋にできると思う。第二句の「思合符契」では、斯波六郎の解釋は本來の意味に基本的に合致するものだが、吉川幸次郎は正確ではないと考えて、新たに「表現の前提となる思索が文章の要點と合致し、またしっかりと把握されている事」だと解釋している。私が考えるに、「符契」を「要點」と理解する據り所はないし、これではまた原文の意味を十分には盡くさないものだ。『文心雕龍』の體例からすれば、對偶の句はそれぞれ互文として意味を補い合う。例えば物色篇で對偶を作る二句、「物に隨いて宛轉す」とはつまり心が事物とぴったり寄り沿う事だし、「心と與に徘徊す」とは事物が心と共に動き回ることである。「思合符契」の思は何と符契のように合するのであろうか。私は吉川幸次郎が文を表現形式とし、「思」の意味を表現の前提となる思索內容だとする事は一つの見解だと思う。ここに言う「思合符契」とはつまり思想と文章が互いに符契のようにぴったり合致している事を指すのである。

『札記』では原道篇の「夫子の聖を繼ぐに至って、獨り前哲に秀ず（孔子が聖人の系列を繼いで、先人たちの上に超越した）」を引いて、劉勰の『文心雕龍』での孔子への尊敬を認め、更に序志篇等を例證に引いている。けれども吉川幸次郎はそれを閒違いだとして、「六朝時代の孔子の地位は後世ほど高いものではなかった」と言う。この問題は『文心雕龍』思想體系の中に占める儒學・佛學・玄學などの諸家の關係に絡んでくる。最近は中國であろうと日本であろうと共にこの問題を巡って研究が進んでいる。私自身は『文心雕龍』范文瀾注の儒家古文學派説に贊成する。歷代の論者も儒家説を取るものが多かったのだが、最近になって異説が出始めたのである。様々な意見に據って研究が進む事は固より好ましい事だ。私は定説を覆す論文に反對はしない、覆されるべきたくさんの問題があるからだ。しかしながら、新説を立てるためにはその據り所が無くてはならないし、更に從來の定説の基づく論據に一つ一つ反駁を加えなければならない。大きな效果を狙うが故に、思い込みばかりの獨斷で書くわけにはいかないのだ。この傾向はある種の論文に時折見かけるもので、このような病弊を避けて確實な論文を仕上げるようにして欲しいと思う。吉川幸次郎が孔子の六朝時代に於ける地位を後世ほど尊敬されたものではないとして斯波六郎の説を否定した點については、些か大雜把すぎるきらいがある。吉川幸次郎は別の論文の中でその點を詳しく論じているのかもしれないが、もし十分な論證がなければ、人を納得させる事はできない。私の見るところでは、中國の研究者が『文心雕龍』に佛・道・玄學の思想が混じっている事を論じる時、言葉の類似對應法を用いるのが普通である。つまり佛・道・玄學の諸家の著作中の語彙を『文心雕龍』の用語に當て嵌めるのである。日本でもまた同樣だ（本論文集掲載の安東諒論文に述べる日本人學者の觀點を參照）。この比較方法は時には大きな取り違いを引き起こし、そもそも佛・道・玄學の用語ではないものをその專門述語だと誤認してしまう事については、ここでは論じまい。『文心雕龍』に佛・儒・道の用語と類似するものが有る場合、私は、それがどのような狀況の下で出現し及びその目的がどこにあるのかを分析しようとする場合以外でも、やはり一線を引いて區別すべきだと考える。つまり、その本來の意味を用いて譬えとする方法と本來の意味を捨てて譬えとして用いる方法の二種類の用法を嚴密に區別しなければならないのだ。この點については嘗て拙文「神思篇虛靜說柬釋」で述べた事がある（『中華文史論叢』一九六三年第三期）。私には、『文心雕龍』が思想體系に於いて儒家に屬すべき事を否定せんが爲に、原道・徵聖・宗經の觀點を顧みず、宗經篇に儒家を「恆久の至道にして、不刊の鴻教（恆久至高の原理、不滅の偉大な教え）」と述べた最高贊辭を顧みず、序志篇に作者本人が述べた『文心雕龍』撰述の意圖も顧みない……と共に、斯波六郎が擧げた「夫子の聖を繼ぐに至って、獨り前哲に秀ず」等々の十分な證據を覆そうとしているように見える。もし、原文を顧みることなく、牽强附會の言葉で科學的な論證に代えるならば、それは取るに足らないものである。劉勰は嘗て當時の文章家たちが奇を衒って正當さを失う弊害に對して、「舊式を厭黷す、故に穿鑿して新を取る。其の訛意を察するに、難きに似て實に他術無きなり、正に反するのみ（傳統的な方法に飽き足らなくなった人々は、躍起になって新規な方向をほじくり出す。この歪んだ發想は一見したところ難かしそうだが、實は何の事はない、正統な方法を裏返せば足りるのである）」と述べている。この言葉は、確かにある種の技巧を凝らし過ぎ、目新しさで勝負しようとする好ましからざる風潮を指摘するもので、我々も戒めとする價値がある。この思想問題に關して、私の觀點は拙著の「後記」に述べたように、劉勰『文心雕龍』の文學觀は儒學の考え方をしっかり守るものだと考える。佛教家の論理を重んじる精神は、とりわけ理論の體系化と系統化の面で彼に潛在的な作用を及ぼしたに違いない。因って、彼が採用した方法に於いては佛教の因明學の影響をある程度受けているはずだ。しかし、この面を除いて、とりわけ『文心雕龍』の思想内容に在っては、佛教學の大きな影響は見付け出せないのである。

『札記』では徵聖篇の贊の二句「妙極生知、叡哲唯宰」の解釋について、「『宰』はそもそも動詞なのか、それとも名詞の性格を持った動詞なのか」という問題を提起し、その後に斯波六郎自身が、「叡哲とは一般には哲人を指すし、宰とは『主』、『長』の意味で、名詞的な動詞となるから、この句の意味は『孔子は哲人の中でも最高を極めたものだ』と解釋する」と答えている。私はこれを些か强引だと思う。不思議なのは、吉川幸次郎がこのような明快な臆斷に何も觸れていない事である。『札記』は叡哲を孔子の代名詞として、更に「宰」を名詞性の形容詞として、「主」或いは「長」の意味で考え、「最高を極めたもの」を表わすものだとするけれども、これは根據を缺くだけではなく、しかも駢儷文の對偶的なスタイルにもそぐわない。私は下の句の「宰」の語は上の句の「知」の語と對になるもので、共に名詞であり、「主宰」或いは「眞の主宰」として心の意味だと解釋すべきだと思う。情采篇にも「眞宰存せず、翻として其れ反せり」という言葉がある。徵聖篇の贊中の「宰」の語は、『荀子』に基づくものだ。『荀子』正名篇に「心とは、道の工宰である」とあり、揚注に「工みであれば事物を作ることができ、管理ができれば事物の主となれるものだ、心と道との關係もまた同じなのだ」と言う。陳奐は「工宰とは、工官である。官宰とは主宰のような意味」と言う。ここでは共に「宰」を心の代りに使っている事は明らかだ。私は嘗て拙著で『文心雕龍』が思想體系に於いて『荀子』とかなり密接な關係がある事を明らかにした事がある。例えば、劉勰の心物交融說が耳目という感官の能力から事物を感受することを强調することは、『莊子』の「精神によって感受し、目で感受することはしない、言葉では言えない所から精神が働き始める」という主張とは矛盾する。ところがこの主張は『荀子』の「天宮に緣る（生まれつきの感覺による）」說（正名篇）とは符合するのである。更に、「心生じて言立ち、言立ちて文明らかなり（心が生まれて言葉が起こり、言葉が起これば文もまた明らかになる）」という基本的な論理から見れば、劉勰は文が心より生み出されると考えている。心というものに據って、道－聖－文の三者を貫き、原道・徵聖・宗經の理論體系を構成したのである。郭紹虞『中國文學批評史』では、道を明らかにし、聖人に規範を求め、經典を祖と仰ぐ三つの意味が一つになって、中國に傳統的な文學觀ができ上がるが、「その基礎は『荀子』によって確定された」と指摘している。また例えば「神思篇」の虛靜說は、私の見るところ、やはり『荀子』の「虛壹にして靜」の說から來るもので、決して前人の注釋の中で說かれるような『老子』や『莊子』に基づくものではない。先に引用した徵聖篇の贊二句の意味を、私は拙書の中で、「聖人が叡智を極めたのは聖人の心が天地の心とぴったり合ったからであり、宇宙が智慧に滿ちた聖人の心を生んだのは、誠に極めて不思議な道理というものなのである」と解釋した。こう解釋しないと、徵聖篇贊の末の句「百齡影は徂けども、千歲に心は在り（肉體は現し世を去ろうと、かの精神は永久に在す）」と言う言葉に納得する理解が得られないのだ。

『札記』では原道篇の「道」の語を「天地の閒の元氣であり理法であって、『老子』や『莊子』の道に對する理解とよく似ている」と考えていた。また『韓非子』解老篇の文に「道とは萬物をそうあらしめるもので、全ての理法の基づくところだ。理とは事物をそうあらしめる文（綾模樣・筋道）であり、道とは全ての理法を成立させるものだ」と言う文を引いて、これらの言葉が「明らかに『一道萬理』の思想を現わすもので、しかも『理とは萬物をそうあらしめる文』の語もまた劉勰の『文』に對する見方と非常によく似ている」と考えている。斯波六郎が『韓非子』解老篇の文を以て原道篇の道を解釋すること、この說は黃侃の『札記』に基づく。後者も先に擧げた解老篇の言葉を引用するが、しかし、更に徹底している。黃侃は韓非子の「道」を公のレベル（つまり一般）とし、「理」を私（つまり個別）のレベルとする。更に彼の考えを記して、「莊子・韓非子の述べる道は、萬物がそうある據り所である。文章もまた自然に出來上がるものだ。だから韓非子は聖人がこれを我がものにして文章を作り上げると言うのだ。韓非子の言葉は、正しく劉勰の據り所である」（節錄）。黃侃の公のレベルと私のレベルの說は、後に更に意味が擴大されて、「道とは自然界の根本的規律であり、理とは萬物がそれに據って互いを區別する特殊な規律である。特殊な原則は全體の規律から離れられず、全體の規律は特殊な規律の中に込められている」（『中國哲學史』）となり、ますます本來の意味から離れるようになってしまった。中國の別の『中國思想通史』でも、同樣に『韓非子』と『老子』の違いを問題とせず、時には韓非子が老子を解釋した言葉を直接老子本人の學說とするところもある。斯波六郎はこのような考え方の影響を受けたのだろうか。私はここではまず韓非子と老子の思想には嚴格な區別が加えられねばならないと考える。もとより、韓非子も老子と同様に、道を萬物の本體として不變なものとみなしたが、理は變化するものと考えている。例えば方圓・短長・粗靡・堅脆・存亡・盛衰などは皆相對的なもので、萬物・萬理の變化はこの永劫不變な道の上に現われるものと考えたのである（故に道と理の關係は決して一般と特殊な關係ではなく、無が有を制御し、不變が萬變を制御すると言う關係なのである）。しかし、韓非子と老子には更に根本的な區別がある。それは韓非子が老子の自然崇拜の道德の中に彼の君主專制の覇權論の思想を組み込んだ點である（一九八〇年『中華文史論叢』第八期に掲載の拙論『韓非子論稿』に詳しい）。この點は必ずや明確にしておかねばならない。私は劉勰の原道の觀點は『周易』に基づくもので、儒家の思想を骨幹にしたものだと考える。その宇宙起源の假說は漢代儒學者の宇宙構成論、つまり斯波六郎の述べる元氣說に近いものだ。しかしながら、劉勰は太極とは何かという大切な問題に於いて、古文家がはっきりと太極とは元氣の事なのだと斷定する態度と比べると、曖昧な態度を取っていると言ってよい。彼の宇宙構成論と文學起源論は全く混亂を極め、でたらめな形式を取ったと共に神秘的な精神に滿ちているのである。

以上は私が斯波六郎の『文心雕龍札記』を讀んだ後に持った考えである。本論文集に收められたその他の論文にも同意できないところがあるけれども、一々は述べない。ただ『文心雕龍』の成立年代について簡單に述べておこう。本論文集所載の目加田誠及び林田愼之助の二つの論文は、正面からそれを論じてはいないけれども、文章から見る限り、共に梁代に出來上がったものと考えているようだ。一方、興膳宏の論文に據れば、『文心雕龍』の中に「劉勰が見た時代は彼が生きていた齊代である」と考えている。興膳宏が『文心雕龍』が齊代に出來上がったものだとしているのは明らかだ。考えるに、中國では劉毓崧・紀昀以來、齊代說が主流である。後に范文瀾注、楊明照『本傳箋注』等でかなり精密な考證が出されて、次第に定說となった。近頃異議を唱える論文が梁代成立を主張するけれども、しかしその言葉に據り所はなく、結局のところ學會の注意や承認を得る事なく終わった。筆者は目加田誠及び林田愼之助が『文心雕龍』の成立が梁代である事を他の所で論述しているのかどうかは知らないし、また論述していたとしたらどんな論據を示しているのか知らないので、ここでは論じるのは止めておこう。このあたりの資料について詳しい學者がこの問題を檢討してくれればと思う。

最後に言わせていただければ、日本の學者は唐代の寫本『文心雕龍』を非常に重視している。五〇年代の始め、王利器『文心雕龍新書』の序錄では、『文心雕龍』を校勘した時、その存在は確かに知っていたがそれを用いる事ができなかったものに、「前北京大學西北考察團團員の某」が所藏していた唐寫本『文心雕龍』殘巻、約三尺があるという。この話は内外からの注目を集めた。王更生はこの三尺の殘巻はスタインが外國に持っていった『文心雕龍』殘巻（大英博物館藏）の缺を補うものだと推測した。昨年、筆者は中國社會科學員文學研究所の敏澤氏の調査報告を承る事ができた。彼の話では、この三尺は『隱秀篇』である事は確かである。中國が解放されたころ何人かの學者がその目で見ている。しかし十年の文革の内亂で今は何處に行ったか不明だということだ。

本論文集は彭恩華氏に翻譯を擔當してもらった。最後の二篇以外は皆彼の手になるものである。

一九八二年七月十四日黃山人字瀑下の聽濤居に記す

注

（1）『日本研究文心雕龍論文集』は王元化氏の編集選定で一九八三年濟南の齊魯書社から出版された。ここには戸田浩曉・吉川幸次郎・斯波六郎・興膳宏・目加田誠・林田愼之助・安東諒氏の『文心雕龍』關係各論文・札記の中國譯が掲載、岡村繁氏は「日本研究中國古代文論的概況」を載せる。

（2）なお、斯波六郎「文心雕龍札記」、一九五三年より一九五八年にかけて『支那學研究』（廣島大學中國文學研究室）十號・十二號・十五號・十九號に掲載。
（3）原道篇の贊、實際は徵聖篇の本文。著者の思い違いと思われる。
（4）ここに引かれた吉川幸次郎の文章は、「斯波六郎氏『文心雕龍原道篇札記』『文心雕龍札記（二）』書評」（『中國文學報』第三册、一九五五。『吉川幸次郎全集』第七卷にも收錄）による。

六、『敦煌遺書文心雕龍殘卷集校』序[1]

一九八四年上海で擧行された中國と日本の『文心雕龍』研究會に於いて、『文心雕龍』元至正刻本が刊行された。[2]當時影印の仕事を擔當したのは上海古籍出版社で、そもそもは『文心雕龍』敦煌殘卷本と共に刊行する計畫であった。しかしながら、北京圖書館所藏のスタイン五四七八のマイクロフイルムが、ちょうど一枚分缺けており、ずっと補われていなかったので、影印の仕事も長らく手が付けられなかった。先回の會議において、私は會議に參加された戶田浩曉教授にこの事を話したところ、かたじけなくも、彼は歸國後すぐに自己所有で北京圖書館に缺けているその一枚を私に郵送して下さった。[3]従って、これで敦煌殘卷本の全文が揃った事になる。

昨年、更に香港の楊克平先生、潘錦女士より潘重規先生が刊行された『唐寫文心雕龍殘本合校』が贈られた。[4]この影印本の長所は、潘重規先生の校勘記があるばかりでなく、原本のマイクロフイルムを加工して、ゴミや埃を除き、美しく印刷されて筆跡も明快になっている所だ。これら頂いた資料は、私一人のものにしておくわけにはいかない。そこで林其錟・陳鳳金のご夫婦に整理して出版し、學者の研究に役立つようお願いした。それがこの『敦煌遺書文心雕龍殘卷集校』出版の經緯である。私はこの本が今年の十一月廣州で行われる『文心雕龍』國際研究會に於いて出版される事を願っている。

其錟、鳳金ご夫妻が多くの人が嫌がるような所謂「落ち葉を掃き塵を拂う」校勘の仕事を喜んで引き受けて下さった事は、今でも大變有り難い事だと言わざるを得ない。校勘し考證する學問は古代文獻を研究する上で缺く事の出來ない基本的な仕事である。もしそこから手掛けなければ、書籍の中の文字の誤りや脱落或いは餘計な添加の部分を辨別できない。從って正確な言葉の意味や的確な文脈を明らかにする事など無理な話である。今、影印されたこの『文心雕龍』敦煌殘卷は、この點に於いて重要な意味を持つ。趙萬里は嘗て、もしこれを使って嘉靖本を校勘したら、それに勝るものはないだろうと言ったことがある。また、殘卷の文と『太平御覽』に引用される文、及び黃叔琳本を比べてみれば、黃叔林本が憶測で勝手に改めた部分も、正しい形が見えてくる。戶田浩曉教授は敦煌殘卷本には以下の六つの良い點があるという。一、文字の形が似ていたために閒違って傳えられた部分を改める事ができる。二、漢字音が似ていたために閒違って筆寫されたことを改める事ができる。三、語順の轉倒を改めることができる。四、脱文を補う事ができる。五、後から付け加えられた餘計な文を削る事ができる。六、正しい內容に改める事ができる。しかしながら、大英博物館所藏の『文心雕龍』殘卷の現物は、長い閒に變質し、染みがあちこちにつき、文字の形もぼやけて、非常に讀み取りづらい。しかも、この現物から作ったマイクロフイルムは、當然ながら不明確さは更にまし、一層分かりづらいものだ。因って、同樣に唐代本に據ると言いながら、文字の異同の指摘にあれやこれやの說が出てきて、この殘卷に依っているのかそれとも別に他の唐代のテキストがあるかと疑ってしまうほどであった。しかし、潘重規本が出版されて以後は、こういった困難や疑問も一掃されてしまったのである。

本書の校定者は、この基礎の上に殘卷を影印したのである。嘗ては、『文心雕龍』の書は明代の版本が多く、時代も最も早いものだった。四年前、元至正刻本を影印し、學者たちの歡迎を受けた。今、中國內外の學者の助けを得て、『敦煌殘卷本』をまた出版する事ができ、以前からの願いを叶える事ができたが、これを喜びに思うのは、決して私と校定者だけではあるまい。

本書は『影印刻本太平御覽引文心雕龍輯校』を附錄として後に付けている。これにもしっかりした意義がある。輯校は『太平御覽』に引用される全て四十三段、九千八百餘りの文字を收めている。これは『文心雕龍』全體の四分の一強を占める。輯校がある事に因って、『文心雕龍』テキストの傳達に於ける、唐代巻本から元代版本の閒の缺けた部分を補う事ができるのだ。更に版本研究以外にも、檢索の便利さや捜索の煩わしさからの解放という點もある。本書では廣く諸家の說を採用し、一つ一つ比べて校勘した。校勘者は熱心に仕事をし、至る所に目配りして、時には獨創的な見解も示している。當然ながらこれも前人の成果の基礎の上に獲得した收穫なのである。「後から來たものが上座を占める」と言う諺があるが、それは後學の者がしっかりと學問を治め、努力を惜しまなければ、前人の經驗の上に立ち、以前には無かった條件を利用して、學術の悠久の流れに新しい要素を付け加えられるのだと言う事だろう。この意味から言えば、本書の校勘は集大成となるものだと言ってよいのだ。

一九八八年七月十六日　酷暑中、滬上逸園にて

注

（1）この書籍は一九九一年十月上海書店より出版、張光年氏の題字。始めにスタイン本の影印が掲載される。清代黄叔琳以來の十一種類の校勘成果を集めたもの。
（2）元刻本は上海圖書館所藏本の復刻版。一九八四年十月に、王元化氏の序文を載せ上海古籍出版社より出版。
（3）原注、戶田浩曉先生は日本の前立正大學教授。『文心雕龍』の三種の日本語譯の譯者の一人。
（4）原注、楊克平及び潘錦の二人は潘重規先生の娘及び娘婿である。

七、『文心雕龍創作論』初版後記(1)

この書の原稿は以前書いたものである。書き始めたのは一九六一年だった。その後、病氣を患ったので、書いては休み書いては休みで、初稿が概ね完成したのは、一九六六年だった。その當時は、整理して出版する時間がないまま、十年の動亂文化大革命が始まってしまった。「四人組」が勝手氣ままに振る舞っていた頃、原稿は持ち去られ、十餘年の長い歳月が經って、漸く再度我が手に戻ってきたのである。私は原稿に些かの修正を加え、幾篇かを削った他に、新しく書いた一章『體性篇の才性說を釋す』を加え、またその他幾篇かの『釋義』に元々あった附錄の他に、十篇近くの新しい附錄を書き足している。

私は友人の意見に從い、舊稿を修訂する時目立った改變は加えなかった。幾つかの名詞すらもまた以前のままにして、本來の樣子を保つ事にした。例えば、形象思惟と言う用語は、當時は嫌がられていたので、藝術的思惟と書いていた。今日では、このようなタブーは既に打ち破られているので、そのまま表現すればよい。しかし、これは逆に舊稿と後に新しく書いた付錄に同一名詞上ではっきり區分を付けさせるものとなった。これに對して、私は統一を加えようとは思わない。本書に時代の刻印を殘させようと思う。この些細な側面からでも目前に正に盛んになっている思想の解放運動が如何に大きな力を持つのかを深く理解できるし、それは私に、理性の再覺醒を掲げる實事求是の科學的精神が既に新しい呼び聲を發しているという最大の激勵を與える。

本書を書くに至った理由については、「小引」の中に說明をしている。附錄を付ける方法に餘り贊成せずに、昔と今、中國と外國という時間や空間を超えて書くようにと私に勸めてくれた人もいた。確かにその方法は最もすばらしいもので、また私がこの書籍を書くに至った初志に他ならない。しかしながら、限界というものがあり、私にはそこまで至る力がなかった。愼重を期し、無理遣りに東西を融合させて、結局は比べただけとなってしまうよりも、我が考えを述べるが斷定は避けるという方法で、古今中外に私が關係有りと見た論點を、個別に附錄の中で述べる方がよいと思われたのである。もし、學力が十分に備わった研究者がこれを些かの參考資料として、更に進んだ總合的な論述を打ち出せたなら、それこそ筆者の望むところである。

この他に、說明しておかねばならないのは、本書で劉勰の思想體系を明らかにする時、佛教家の因明學が『文心雕龍』にある程度の影響を與えた事に觸れていないことだ。この影響は劉勰の具體的な文學觀の上には見られないのである。劉勰の文學觀からすれば、私は儒家の立場をしっかり守っていると思う。論者の中には劉勰が後に佛教學の立場から書いた「滅惑論」の中のある種の概念や觀點を使って『文心雕龍』を解釋しようとする者もいるけれども、私は今でもやはりそれは强引だと考えている。しかしながら、もし當時の儒教・佛教・道教の三家が竝び立った時代の思潮が劉勰の『文心雕龍』制作に何の影響も與えなかったと言ってしまう事、これもまた餘りに一面的である。佛教學は漢の末から中國に入り始め、劉勰の時代になると、彼らの言葉で言うなら、「空に輝く太陽のよう」であった。劉勰は年少の頃より定林寺の沙門の僧祐の所に入り、佛教の硏鑽を始めている。佛教家のロジックを重視する精神は、とりわけ理論的な體系化或いは系統化の方面で、劉勰に知らず知らずの內に影響を與えないわけがない。六朝以前、中國の理論的著作は、僅かに散らばってあるばかりで、體系立てられた專門著作はなかった。劉勰の『文心雕龍』が出現して、漸く初めて體系的にきちんと整えられた理論的著作が生まれたのである。因って、章實齋はこれを「きちんと體系立てて書籍とした最初のもの」と呼んだのである。この狀況は、佛教家の因明學が劉勰にある程度の影響を與えたのだと考えなければ、理解し難いことである。しかしながら、私はこの本の中では『文心雕龍』の構成方法に佛教家の因明學の要素を取り入れている事をはっきり述べてはいない。今後、私はこの方面での研究成果を出して、本書の足りない部分を補いたい。

私が本書を書き始めたその日から、私はマルクス資本論の第一版「序言」の最後の段落の言葉を戒めとして我が身を勵ましてきた。今でもやはりその言葉を引用しておきたい。

科學的な批判の意見であれば如何なるものでも私は歡迎する。しかし、私がこれまで讓った事のない輿論と呼ばれる偏見に對しては、私はやはり偉大なフィレンツェの詩人の格言に従いたい。

汝の道を行け、そして人には言わせておくがよい。

作　者

一九七九年校正後記す

注

（1）『文心雕龍創作論』は一九七九年十月上海古籍出版社より初版、後、版を重ね、三版にて『文心雕龍講疏』と名稱を改める。

八、『文心雕龍創作論』第二版跋

本書を重版する時、私は些かの修訂を加えた。私は章太炎が晩年に文集を編集する時、何度も削って修正を加えたやり方には賛成しないと嘗て述べた事がある。それは考えがあっての事だ。そのままにすることに因って、作者はある時代條件の下に書かれた文章に本來の風貌を殘す事ができ、讀者は前後異なる時期の作者の文章を通して、その變化の痕跡を窺う事ができるからである。

この本は、「文革」の前にほぼ書き終えている。一九七九年に出版する時、私は「後記」の中で、何の修訂もしていないと述べた。現在第二版を出版するに當たり、私は初めの方針に從い、些かの言葉を改めたが、その視點に關してはそれが閒違っていても、手を加える事なく、そのままにして印刷している。しかしながら、この三・四年の閒、『文心雕龍』の研究は多くの進展を遂げ、私の思想にも發展があり、そのまま以前の場所に止まってはいられない。補充の必要があるものや、說明または修正が必要なものについては、私は「二版附記」の形式で篇末に付けておいた。これもまた本書の『小引』に擧げた閻若璩『古文尚書疏證』の體例に倣ったものだ。

もう四年以上も前になるが、本書の一章が單篇の論文として雜誌に發表された時、今に至るまで忘れられない無言の支持を得たとはいうものの、しかし多くの過酷な粗探しにも出會った。叱責の中には强引に政治問題化し、何とか主義に祭り上げられる事で、不愉快な氣持ちにさせるものもあったが、しかし主題を攻擊されたわけではなかったので、私は全く氣落ちする事はなかった。この著作は『文心雕龍』の研究（或いは中國古代文論の研究と言えるかも知れないが）に於いて、新しい方法を採用し、實驗をしてみようとしたものである。そのために、長年の思考を重ねた。それを世に出し多くの讀者の前に提供するに當たっては、私には十分に心の準備があったのである。中國の文學論研究の領域にある先入觀を私はよく知っている。私が多くの困難に出會う事を、全く豫想しなかったわけではない。私は實踐という檢證の場を求め、讀者からの誠實な批評を切望している。たとえその批評が些かの容赦もないものでも、私は喜んで自己反省の手引きとしよう。なぜならば、そのような批評は眞理の追究から生まれたものだからだ。しかし、偏見や先入觀、或いはヘーゲルが指摘したような空疎であればあるほどに非理性的で、それだけに大哲學者を壓倒してやろうとする傲慢な氣持ちを一層顯わにした評論に對しては、私はしっかりした理論家たちを模範とし、現在であろうと未來であろうと勿論、決して妥協などしない。しかし、私には理論の進歩に何の助けもない、ただ相手に勝とうとするだけの無益な論爭に關わる氣持ちもないのだ。

この二三年の閒、この書籍は次第に偏見のない評論を得るようになった。多くの讀者、學者や先輩の方から勵ましの手紙を頂いている。雜誌には本書に關する幾篇かの評論以外に、本書を對象にしたものではないとはいえ、幾篇かの論文の中で、本書の觀點や方法について褒めて頂いた。當然ながら、私にまじめな問い掛けを行った論文もあった。私にとって嬉しかったのは、私が提起した幾つかの觀點が次第に人々に檢討される事になった所だ。例えば、劉勰の出身の問題を論じた時に、私は劉勰が庶族に屬す（それ以前は皆士族に屬すとしていた）と指摘した。この說に對して、季羨林先生から一九八一年贊同の手紙を頂くと共に、更に研究を進める絲口を示された。その手紙には、「劉勰の出身について、士庶區別の面から立論される事は、誠に卓見である。私は陳寅恪先生が幾篇かの論文の中で天師道の問題を論じていた事を思い出す。劉穆之、劉秀之、この二世代は共に『之』の字を排行に用いており、王羲之の家やその他の家とよく似ている。天師道が劉勰の思想に對して影響を與えたかどうか、誠に檢討する餘地がある」。天師道の問題は確かに研究に値する。それは劉勰の家系に關係するばかりでなく（劉勰の家系には之を排行に持つ者がいない。范文瀾はこの點に注意はしていたがしっかりと論じてはいない。もし更に檢討を進めれば、本傳に述べられている劉勰の系圖をひっくり返す可能性がある）、更に劉勰の思想にも關係してくる。しかし私は忙しくて、この問題についてまだ檢討したことがなく、また他の研究者もまだ論及していない。ここでは觸れるだけにして、この問題への注意を喚起しておきたい。この他に、劉勰が貴族ではない庶族に屬すという考え方については、より早く周振甫氏から認められている。一九七九年の末、手紙を頂き、「御著書では劉勰が貴族の出身ではないと論じられていますが、非常に豐富な資料を使われ、極めて力強い論證で、誠に感服、すばらしいものです」と書かれていた。後、周氏と牟世金氏共にそれぞれの著作の中でこの說を採用している（前者は一九八一年人民文學出版社『文心雕龍注釋・前言』に、後者は一九八二年齊魯書社『文心雕龍譯注・引論』に見える）。また私が一九六九年江蘇句容で出土した『劉岱墓志』に基づき、劉勰の家系に劉勰の遠い祖先である劉撫及びその父方の叔父に當たる劉岱の名前を書き加えたものも、後に他者の著作の中に取り入れられている。更に「滅惑論」の制作が梁の時代であり、これを契機に劉勰の思想が前期後期に分けられると論定したが、この論證は今でも議論が殘るとはいえ、かなり多くの方の贊成を得ている。例えば、李慶甲、李淼氏などは基本的に私の說に贊成されるばかりでなく、私の論據に補充資料を追加して、私よりも一層精確な論證を進めている。本書に收めた『創作論八說釋義』となると、更に大きな反響を引き起こしたが、ここでは一々擧げることは止めよう。

私がとても嬉しいのは、評論する人々が本書で試みた私の研究方法に細やかな注意を拂ってくれたことだ。一九八一年『讀書』第二期に趙毅衡先生が文を寄せ、「一九七九年、この年は中國の比較文學研究が『自覺期』に入った年かも知れない。錢鍾書『舊文四篇』『管錐編』前四卷、楊絳『春泥集』、范存忠『英國文學語言論文集』、王元化『文心雕龍創作論』、これらは解放後の出版物の中で中西比較文學的内容が最もまとめられた書籍であるが、共に一九七九年に現われている」。季羨林氏も比較文學の方だが、彼は一九八一年私に寄せた手紙の中でこう述べている、「私は、中國の古典文學論は、そこで使われる名詞に分かりにくいものがあっても、きちんとした體系があると常々感じている。中國の文藝理論をヨーロッパの文藝理論と比較し、深い檢討を加えさえすれば、きっと中國文藝理論の多くの述語を明確で科學性を持った言葉で表現する事ができるはずだ。そこまで進めば誠にその功德は大きい。あなたはこの面に先鞭を付けた。續けて檢討を加えていって欲しい」と。

正直なところ、私は比較文學について研究してない。本書を書く時にも、私は比較文學の方法（例えば比較文學の對照研究法など）を採用しようとは思わなかった。私が採用した方法については、本書の「小引」の中で既に十分はっきりと述べられていると考えている。しかし、錢仲聯氏が本書を評論した論文でこの點に觸れた以外には（『文學遺產』八〇年第三期「文心雕龍創作論讀後偶見」）、それについて述べられた事は殆どなかった。私が六〇年代の始めの一、二年に本書の構想を醸しまた書き始めた頃は、正しく學術界は自由な討論がかなり活發な雰圍氣であった時期であり、雜誌にはしばしば科學的研究法の文章が載せられていた。その時觸れられていたのは、抽象性から具體性に昇ってゆく等の科學的規律方面の理論、周邊科學、アカデミズム、科學的研究法（類推法・假説法・對比法・歸納法）、文獻と實際の文物を組み合わせる研究などだった。その中の多くの問題は長い閒無視されてきたもので、中には排斥されていたものもあった。このような活動的な學術狀況は新しい息吹をもたらし、人々を元氣づけただけでなく、小さく凝り固まった頭を解放するものでもあった。その狀況は私の目も開き、『文心雕龍』の研究で些か新しい試みを考えたのである。私はまず、三種の結合に思い至った。卽ち、古と今の結合、中と外の結合、文と史の結合である。中でも最後の結合は、中國の古代文論の研究に對してばかりではなく、より廣い文藝理論の研究にもまたとても重要なものに思われる。中國の古代では文・史・哲は分けられていなかったが、後獨立の學科となった。これは當時に在っては積極的な意義を持ち、確かに一大進歩であると言うべきなのだが、しかし、今日の狀況はしばしば分散作業が細かく分かれすぎて、それぞれの學科の關係が隔絶され、それぞれ孤立した狀態を生みだした。因って、國外の各種學際的な研究を强調する趨勢とは對照的なものになっているのだ。私は、このような研究法に於ける保守的狀況は、我々の文藝理論を各方面で停滯に陷れ、新しい成果を出しづらい主要な原因の一つになっていると考えている。文學と史學の關係が分割されにくい事は容易に理解されるだろう。なぜならば中國の古代ではずっと文史を併稱してきたからだ。しかし、文學と哲學との密接な關係については、しばしば無視されてきた。實際にはいかなる文藝思潮であってもその哲學的な基礎を持っているのである。美學が哲學の一つの分派になっている事が、兩者の關係の密接さを物語る。しかし、このような簡單な事實を、我々は十分に理解していない。文藝理論の仕事に攜わる者が、哲學的基礎を持たずに美學の角度から文藝現象を分析しようとしても、その現象の根底にまでは屆く事ができず、眞理もしっかりと述べられはしないのだ。我々が文學史を說明しようとするとなると、哲學的な方向からその思想的基盤を明らかにしようとする事、例えばチェルヌィシェフスキーがゴーゴリーの時期のロシア文學の槪況を論述して、その時代の理論家と哲學との閒に一定の血緣關係を明らかにしたようにする事はより一層少なくなる。例を擧げれば、ポリフィーはフランスのクーザン哲學を基礎にしていたし(1)、ナチリテイはドイツのシェリングの哲學を基礎としていたし(2)、ベリンスキーはドイツのヘーゲルの哲學を基礎としていた。一方チェルヌィシェフスキーの文藝思想はフォイエルバハの哲學が基礎にあった。これらの問題に關して考えると、次第に我々は研究に於ける文史哲の結合の必要性を認識するのである。

古今內外を結合させる考え方となると、マルクスが『政治經濟學批判導言』の中で述べた次のような言葉、「人體解剖は猿の解剖の祕密を開く鍵である。下等動物の身體に現われた高等動物の徵候は、逆に高等動物自身が既に認識されて後に漸く分かるものだから。因って資產階級の經濟も古代經濟を理解する鍵を提供する」というものから生まれている。この言葉に、私は大きな啓發を受け、まずこう考えた。まだ萌芽形態にあり成熟していない文學現象については、その後成熟して發達した形態の文學現象を用いてのみ説明を加える事ができるのではないかと。とはいえ、ここには氣を付けねばならない問題がある。文學の範疇、概念、及び法則は、決して永遠なものではなく、變化するものだという事だ。しかしながら、文學を形作る最も普遍的で、最も根本的な規律と方法は、決して時間の流れと共には消えてゆくものではない。幾つかの範疇と概念自身にも發展があって、停滯して變わらないというものではない、と。例えば萌芽形態から成熟した形態への發展、下等な段階から高級な段階への發展というもの、しかもこの發展變化の過程は多くが極めて複雜な形式を示し、時には辨別できないような時すらある。因って、一方では、我々は歷史の進展に沿って消えてゆく範疇や概念、方法、法則と、最も普遍的で、最も根本的な範疇、概念、方法、規律とを嚴格に區分しなければならないし、もう一方では後者の萌芽形態と成熟形態及び下等段階と高等段階との變化した形式及び性質とを嚴格に區別しなければならない、一括りにしたり、簡單に對比する方法を取ってはならないのだ。かくあってこそ、我々は古と今及び內と外を結び付けて、比較對照を進め、異同を辨別し、それに據って文學發展上に在って規律性を持つものを探し出し易くするのである。私はこのような方法を「綜合研究法」と呼んだ事がある（最近出版された『文學沈思錄』[3]五五頁から六一頁を參照）。もう一度言っておきたい。私がこの方法に思い至ったのは、主に『政治經濟批判導言』の中のマルクスのあの言葉からの啓示に據ってである。

季羨林氏の先掲の手紙には、內外の文藝理論の比較を通して、「きっと中國文藝理論の多くの術語を明確で科學性を持った言葉で表現する事ができるはずだ」とあった。私にはこの言葉がとても重要だと思われる。當然、我々はその作業を單純に現代的術語で古典の術語に突き合わせるのだと考えてはならない。人體解剖が猿の體の解剖に對する規準となるように、成熟した形態の分析を通して、それを鏡として研究を進め、まだ十分に發達していない萌芽や胚胎を探らねばならないのである。こうすることに因って、我々は本來ぼんやりしてよく理解できなかった問題を明快に認識できるばかりでなく、我々の研究の仕事にも新しい成果をもたらす事ができるのだ。私は嘗てある文章の中で、中國の古い傳統と豊富な臨床經驗を積み重ねてきた針治療を例に擧げた事がある。もし我々が現代科學（神經生理學・心理學・生物化學などを包含する）に關する現代科學を用いて、有機的に研究を進めれば、これまで曖昧であった論理を明快に解き明かし、研究に大きな飛躍が得られるであろう事をそこでは述べたのだ。しかしながら、このような見解は中國古代文論研究の領域の中で完全には受け入れられていないか或いは正確な理解を得てはいない。中には、今日一層發達した文藝理論を以てそれに分析を加え、そこから古今内外を通じて、最も根本的最も普遍的な意義を持つ藝術規律と藝術方法を探り出し、その萌芽形態と成熟形態とを區別して、その發展の過程を探り、同時にそこから異同を辨別し、中國の傳統的文學論の民族的な風格を示す事に對し、中國古代文學論の民族と時代の特殊性の保護を口實にして反對する人もいる。私は、古の事柄で古を明らかにしようとする方法にこだわる事は、しばしば堂々巡りの狀況に陷り、今日の科學的な文藝理論の光に據って古代文論の中にぼんやりと潛む形式と內容を明快に照らし出す事は永遠に不可能だと思われる。そのような主張をする人には根深い偏見があり、古の事柄で古の事柄を明らかにする事でこじつけから免れられると信じているのだ。しかし、古の事柄で古の事柄を明らかにする時でも、同じようにこじつけを起こす事は理解していない。現在のものからでもたくさんの例證を示すことができるばかりでなく、たとえ前人のそのような文章の中でも同様に多くの例證を探し出す事ができる。しかしながら、このような明らかにこじつけである缺陷は、それらが古の事柄で古を明らかにするという手法で書かれているがために、指摘され批判される事はない。これは誠に不正常な事態である。これを偏見と言わずに、何と言うべきであろう。尤も、現在でも今の事柄で古を論じる文章が大量に湧き出しており、私は論文雜誌に發表されるこのような論文を讀む以外、私に意見を求める論文も頂いている。そこには多くのこじつけの問題點があるのは確かである。この事實を隱そうという氣持ちは全くない。私は、どんな理由から起ころうとも、こじつけには常に反對しなければならないと考える。

科學的な文藝理論に據って中國の古代文學論を整理し明らかにするには、まず前人が取得した成果に立って進める必要がある。ここではとりわけ版本の考證と校勘、及び文字の訓詁と注釋について指摘したい。これまで我々は考證と訓詁を輕蔑して、面倒なものだと排斥してきたが、これは中國古典文學研究に大きな災害をもたらした。この何年か學術界では、既に清代の考證訓詁の學の重要性を認識し始めている。もし、前人が考證學の面で擧げた成果を放棄したとすれば、我々が古典研究に於いて如何なる問題に突き當たるか、想像し難いものがある。このような情況の下、「乾嘉學派に戻れ」という意見すら出始めた。[4]確かに、長い間我々は乾嘉學派にずっと然るべき評價を與えてこなかった（乾嘉學派の人物の思想上の評價が最も不足していると私は考える）。今、新しい文學理論に據って古代文論を研究しようとする者の中には、しばしば字面から考えたり、無理遣りこじつけたりする者がいるが、これは前人の考證學訓詁學の成果を踏まえないところから起こるものである。しかし、その一方で、我々の研究の仕事は乾嘉學派に止まってはならないと考える。それだけでは前人の考證學・訓詁學を超える事には全くならないし、研究方法上でも模倣に終わり、舊來の方法をひたすら繰り返すばかりだからだ。前人は唐の李善が『文選』に注をつけた時、事柄についてのみ注釋しその意味については注釋をつけなかった點を批判した。文に込められた内容を明らかにせず、ただ法令制度や事柄文物、特殊な名詞・述語についてのみ熱心であった事に偏向性を感じていたのである。實際、清末以來、王國維・梁啓超等、彼らは前人の考證訓詁の學を吸收する一方、前人の限界を超え、研究方法の上で新しい境地を開拓している。『文心雕龍』の研究について言えば、私はたとえかなり早い時期に出現した著作群、例えば黃侃の『文心雕龍札記』、范文瀾『文心雕龍注』、劉永濟『文心雕龍校釋』等も、考證訓詁の學の傳統を墨守して出來上がったものではないと思う。これら新しい貢獻をした著作は前人に比べて更に前へと大きな一歩を踏み出したのだ。私には古代文學論研究には一種の惰性作用があるように思う。幾つかの文學史と多くの作家の作品研究は概ね頭の中の論理で書かれたもので、それは通俗社會學を科學理論に摩り替えたものである。しかし、それが長い閒續く事で、習慣も自然なものに感じられ、誰も古典文學研究の前進を阻む重大な缺點を指摘する事がなくなり、些細な批判すら聞こえなくなっている。それどころか、見識の淺い者がそれを規範として祭り上げるありさまだ。この點は重視する必要があり且つ矯正せねばならない。

この他、本書の內容についてやはり一言述べておかねばならないことがある。私は第一版の「後記」の中で、劉勰の思想について説明した時、佛教の因明學が『文心雕龍』に與えた影響について觸れなかった。後に、私は「文學理論體系問題」の中で、西域の三藏吉迦夜與曇曜が譯した『方便心論』及び三藏毗目智仙共瞿曇流支が譯した『迴諍論』、これらが共に昔の因明學を明らかにするものであることを示し、劉勰もこれらの著作を讀んだであろうと考えた。この機會を借りて、私は些かの釋明と訂正をしたい。『出三藏記集』の著錄によれば、『方便心論』は北魏孝文帝（元宏）延興二年（四七二）に譯出されている。この書が譯出された時劉勰はまだ年が若く、因って劉勰がこの書を讀む事ができた可能性が高い。『迴諍論』になると、龍樹の作ったもので、東魏の孝靜帝（元善見）が興和三年（五四一）に譯出したものである。この時劉勰は既に沒していた。ここで訂正したいのは、先揭の拙文「文學理論體系問題」の中で兩書が同じ時代に生まれたと閒違えたところである。とはいえ、因明學が唐代になってから中國に輸入されたのだという閒違った論定を打ち破っておく必要はある。因明學はインドの五明の一つで、ずいぶん昔に遡る。先に述べたように、少なくとも南北朝時代には佛教因明學の專著は既に中國に入ってきており、漢語による譯本もあった。それが中國の學術に影響を與えないはずはないだろう（當時他にも多くの佛教書があり、それらが因明學の專著でないとしても、それらは因明學の薫陶の上に論理を重んじる精神及び理論的體系化と系統的體系化という特徴を內部に持っており、當時の學術に對して潛在的な影響作用をもたらしたであろう事はここでは觸れない）。私は第一版の「後記」で、劉勰が『文心雕龍』を制作した時儒學の立場と學風をしっかり守っていると考えた。學者達の中には、劉勰がその後佛教學の立場に立って書いた「滅惑論」の中のある種の概念と觀點を使って、『文心雕龍』を解明理解しようとする者もいるけれども、私は牽強附會だと考える。しかし、もし當時の儒・佛・道の三家が竝び立った時代思潮が、『文心雕龍』の制作に於いて劉勰に何の影響も與えなかったというのであれば、それはあまりに一面的な見方である。このような考え方については、私は今でも變えていない。しかし、私はもう少し說を補い、この考えを更に明快に述べてみたい。

魏晉南北朝の時代は、戰亂が續き、政局も搖れ動いたが、しかし學術思想では兩漢に定まった儒家一尊の局面が打ち破られ、儒・佛・道の諸家が多數湧き起こり、また思辨を特徵とする玄學も生み出され、諸家が爭う活氣のある狀況になった。學術文化にはそれ自身に相對的に獨立する發展の規律があり、それは前代と同時代の思想家が提供する思想的な資料から構成される自己の學說から離れる事はない。しかしながら、思想家がどの學派に屬すのかを決めるのは、その思想體系に據ってである。我々はその論著からその主導的な思想を分析せねばならないのであって、彼が同時代の異なる學派の思想資料を用いているからといって、單純にその閒に淵源關係があるとは判定してはならないのだ。『文心雕龍』において、劉勰は嘗て王弼の『易』の大衍の數の解釋に據って、その大枠を決めている（全部で五十篇、「その用は四十九、その一は用いず」）。また玄學中の言語と意味の議論や有無の議論などにも及んでいる。たとえ劉勰がこの思想資料を運用しても、その思想體系から見れば、またその主導的な思想から見れば、『文心雕龍』はやはり儒家思想なのである。儒家思想自身にも發展があり、發展過程に在ってはその他の思想學派のある種の要素を自己の中に取り込んでいる事を知っておくべきである。もし、私たちが今日ある思想を分析する時、その思想體系と主導的な傾向は問題にせず、別のある思想學派の幾種かの要素が組み込まれているから、或いは前人または同時代の人物の別の流派の思想資料を用いているからというだけで、その學派に入れてしまうという單純なやり方を取るなら、それは研究を推進する科學的な態度には相應しくない。しかし、今日のある種の論文の幾篇かが『文心雕龍』の思想内容を分析しようとする時には、しばしばこれよりも更に單純な、例えば既に指摘されたような語彙對比法等が取られている。それでは餘りにこじつけが過ぎるというものだ。このような問題について、私はこの何年か行政事務的な仕事に從事してきたために、しっかりと考える術がなかった。もしこの點についてどなたか自分の體驗を書いて下されば、それは『文心雕龍』の研究を先に進める作用を持つだろう。

最後に、現在の文章作法に於ける一つの問題についてこの機會に述べておこう。この問題については、私は拙著『文學沈思錄』の中で述べた事があるのだが、殆ど何の反應もなかった。よって、ここで煩を厭わず、もう一度述べようと思う。私が嘗て述べたのは、ある人がある新しい觀點や新しい論據を示した時、多くの人々がそれを踏襲し始めるのだが、その時誰のどの書籍によるのかを明記せず、その第一發表者としての功績を埋沒させてしまったり、甚だしい時には剽竊した後、逆にその一つ二つの細部に對していちゃもんをつけ、自分を立派に見せようとする者すら見かける時があるということだ。そのような學風は、大いに懲罰を加えて、流れを絶やさなければならない。我々は昔から今までの理論家で新しい見解を出したものであれば、皆論文の本文又は脚注にて正確に注記するべきなのである。我々はこのような學術的道德の氣風こそ養成しなければならない（『文學沈思錄』六〇頁に見ゆ）。このような勉學の方法に遵って、私は自分の文章の中では他人の成果を横取りはしなかったし、他人が私に先んじて示した參考價値のある觀點や論據は全て、逐一誰のどの書籍によったかを明記した。この點、注意深い讀者は私の論文制作の心遣いに氣付いてくださるだろうと信じている。

作　者

一九八三年六月六日　記於上海

注

（1）ポリフィー、N.A.Polevoi（一七九六－一八四六）、ロシアの自由派政治家、歷史家、劇作家、嘗て《モスクワ電訊》を主宰した。

（2）ナチリティ、N.I.Nadezdin（一八〇四－五六）、ロシア評論家、モスクワ大學の教授、嘗て《望遠鏡》という雜誌を主宰した。

（3）『文學沈思錄』は一九八三年五月上海文藝出版社より出版。一九七六年から八二年までの文章を集めたもの。

（4）乾嘉學派、清代の乾隆・嘉慶年閒に盛んになった文獻考證を主とする學派で文字・音韻・訓詁の面で成果を擧げた。

あとがき

この『文心雕龍講疏』の邦譯本は、正に櫻が滿開の季節に校正などの仕事がすべて完結し、いよいよ刊行されることになる。本當に感慨無量だ。

思えば、甲斐勝二氏が翻譯に着手してから十數年の歳月が經ち、岡村繁先生はこのでき上がった翻譯原稿を更に一年をかけて綿密に原作に照らしながら書き改めた。爾後、初校から三校まで、私、竝びに野村和代氏・陳秋萍氏らは半年以上を費やして、著者に打診しながら、きめ細かく校正をしてきた。このようにして、やっと『文心雕龍講疏』を日本の學界に紹介することができ、編集委員竝びに翻譯者一同無上の光榮と思う次第である。

本書の著者である王元化先生（一九二一～　）は當代中國隨一の文化人であると共に、當代中國の碩學・思想家・政治家でもある。從って、もし當代中國における學術・文化・思想・文學創作理論などの變遷を知りたいならば、恐らくこの邦譯本の『王元化著作集』（全三卷）に收めた『文心雕龍講疏』（一九七九、一九九二）『思辨隨筆』（一九九四）『九十年代の反思錄』（二〇〇〇）を讀まなければなるまい。

第一卷『文心雕龍講疏』は著者が一九六一年から書き始めて、一九六六年に初稿が完成した。ところが「文化大革命」の中で沒收された。幸い「文化大革命」後、この原稿が歸ってきて、一九七九年『文心雕龍創作論』という書名で刊行され、のち二版、三版を重ね、改訂した上で、一九九二年書名を『文心雕龍講疏』に書き換えて新版で刊行された。その閒、『文心雕龍創作論』は、『管錐編』『談藝錄』『七綴集』などと共に中國第一回（一九七九～八九）比較文學圖書の榮譽獎を受賞した。

王元化先生は自分の半生をかけて著わした『文心雕龍講疏』が初めて日本語に翻譯され、日本で刊行されることに對して大變喜ばれ、早速日本語版刊行のために序文を寄せて下さり、楢崎洋一郎氏はこれを日本語に翻譯した。最後になるが、恐縮ながら、本書の刊行に偏に支えてくれた汲古書院の前社長坂本健彦氏・現社長石坂叡志氏に心から感謝申し上げると同時に、いろいろと巨細にわたって提案してくださった責任編集者小林詔子氏に衷心より御禮を申し上げる。

常務副編　海村惟一

二〇〇五年四月吉日

編譯者一覽

岡村　繁（おかむら　しげる）主編
海村惟一（あまむら　ゆいじ）常務副編
陸　曉光（りく　ぎょうこう）副編
甲斐勝二（かい　かつじ）副編・翻譯

編集委員

錢鋼・趙堅・陳秋萍・楢崎洋一郎・野村和代

王元化著作集　第一巻

文心雕龍講疏

平成十七年四月二十六日　發行

著者　王　元化
主編者　岡村　繁
發行者　石坂叡志
整版印刷　富士リプロ

發行所　汲古書院
〒102-0072東京都千代田區飯田橋二-五-四
電話　〇三（三二六五）九七六四
FAX　〇三（三二二二）一八四五

ISBN4-7629-2756-2　C3398

王元化著作集　全三巻

王元化著・岡村繁主編

Ⅰ　文心雕龍講疏　二〇〇五年四月刊　本体12,000円

Ⅱ　思辨隨筆　二〇〇五年十月刊行予定　未定

Ⅲ　九十年代の反思錄　二〇〇六年四月刊行予定　未定

汲古書院